新完譯 改訂版

懲毖錄

징비록

附·임진록(壬辰錄)

金鍾權 譯註

明文堂

柳成龍

領議政 西厓 柳成龍 像

유성룡柳成龍의 초상화

병산서원屛山書院

이 서원의 전신은 풍산현에 있던 풍악서당豊岳書堂으로 고려 때부터 사림의 교육기관이었다. 사적 제260호로 지정되어 있으며 서애 선생의 문집을 비롯하여 각종 문헌 1,000여 종 3,000여 책이 소장되어 있다. 경상북도 안동시 풍천면 병산리 30에 위치.

충효당忠孝堂

조선 중기의 문신인 서애西厓 유성룡柳成龍의 생가로서 경북 안동시 풍천면 종가길 69(하회리)에 위치.(보물 제414호)

충효당의 일각문

안채 중문 밖 마당으로 통하는 문

갑주甲胄(갑옷과 투구)

임진란 중 도체찰사都體察使로서 전지戰地에서 착용하였던 것이며, 투구는 앞면에 반달 모양의 가림이 있고 네 쪽의 철편鐵片을 연결하여 만들었으며 비교적 보존상태가 좋으나, 갑옷은 가죽 조각을 비늘 모양으로 꿰매어 붙여서 만든 것으로서 연결 끈의 손상이 심하여 원상을 알 수 없다. (보물 제460-1호)

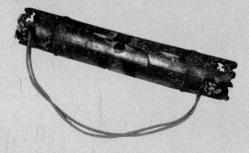

유서통諭書筒

국왕이 체찰사 등에게 중대한 사명을 내릴 때의 지령서를 유서諭書라고 하였으며, 유서를 넣는 통을 유서통諭書筒이라 하였다. 경북 안동시에 위치한 충효당 영모각永慕錄에 소장되어 있다. (보물 제460-1호)

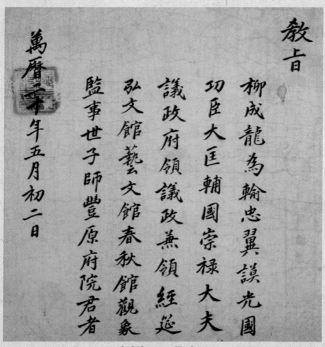

영의정領議政 교지敎旨

파천播遷 길에 있던 선조宣祖는 개성에서 유성룡을 영의정에 임명하였는데 그때의 교지敎旨
이다. 경북 안동시에 위치한 충효당 영모각永慕閣에 소장되어 있다.(보물 제460-3호)

당장시화첩唐將詩畫帖

임진란 당시에 조선에 왔던 명明나라 장수들의 시와 그
림 등을 모아서 첩帖으로 만든 것이다.(보물 제160-8호)

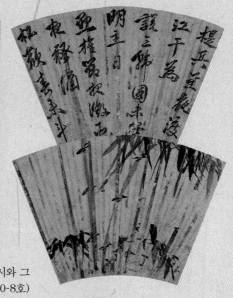

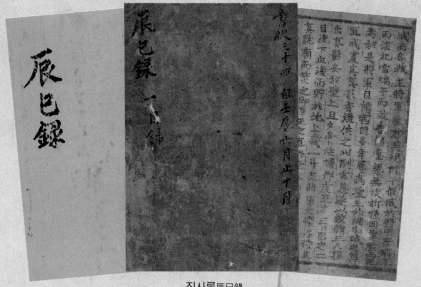

진사록辰巳錄

임진란 7년 동안에 전란처리의 최고책임자(영의정으로 사도 도체찰사 겸임)로서 그 직무 수행의 과정에서 발생한 사태에 따라, 이에 대응·대비하는 방안을 조정에 보고, 건의한 서장書狀을 등출謄出 편찬한 책자이다.(보물 160-1호)

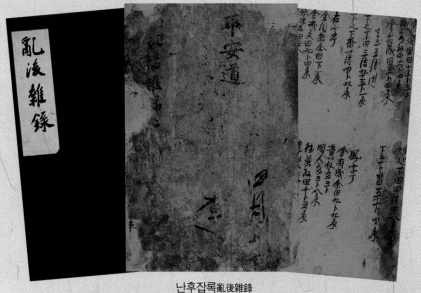

난후잡록亂後雜錄

임진란 전후의 일들을 기록한 것이며, 전반부는 간행본 징비록 16권 본 말미에 수록된 녹후 잡기錄後雜記와 내용이 대동소이하므로 녹후잡기는 이 난후잡록을 첨삭한 것으로 추측되기도 하지만, 그 배열과 내용에는 조금 차이점이 있다.(보물 160-2호)

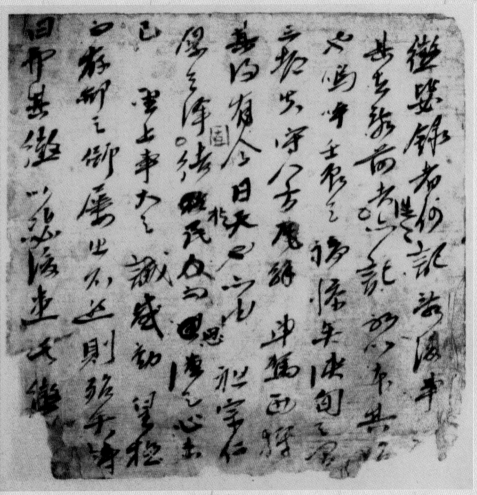

초본징비록草本懲毖錄

조선사편수회朝鮮史編修會 編. 조선총독부朝鮮總督府.
소화昭和 11년(1936) 영인본. 경성京城.
국립중앙도서관 소장.

懲毖錄卷之一

萬曆丙戌間日本國使橘康廣以其國王平秀吉書
來始日本國王源氏立國於洪武初與我修隣好始
二百年其初我國亦嘗遣使修慶弔禮申叔舟以書
狀往來即其一也後叔舟臨卒
對曰願國家毋與日本失和
成宗聞所欲言叔舟提
平秀吉代源氏為王秀吉者或云華人流入倭國負
驚疑得狹上書言狀　成廟命致書幣於島主而回
目是不復遣使其國信使至依禮接待而已至是
學本号元書狀官金誠一條睦到對馬島使臣以風水
康廣來求通信書辭屈彊有今天下朕一握之語
乃曰我使每往朝鮮而朝鮮使不至是鄙我也遂使
蓋源氏之以十餘年諸島倭歲往來我國而畏其
康廣勇力善鬪積功於六官因得權竟奪源氏代之或
平安諸島域內六十六州合而為一遂有外侵之志
日源氏為他人所弑秀吉又殺其人而奪國云用兵
新為生一日國王出遇於路中異其為人招補軍伍
令嚴不泄故
朝廷不知也康廣時年五十餘容貌
偉鬚髮半白所經舘驛必舍上室輝止倨傲與平
時倭使絶異人頗怪之故事一路郡邑凡遇倭使發

권卷1~16. 사주쌍변四周雙邊 반엽광곽半葉匡郭 20.5×16.0cm

懲毖錄卷之二

時各道起義兵討賊者甚衆在全羅道者前判決事金
千鎰僉知高敬命前府使崔慶會千鎰宇士重率
兵先至京畿　朝廷嘉之賜其軍號曰倡義已而不能
軍入江華歘命字而順孟英之子有文于亦率鄉兵起
樓郡縣討賊與賊戰敗死其子從厚代領其衆名曰復
讎軍慶會後為慶尚右兵使死於晉州其在慶尚道者
玄風人郭再佑高靈人前佐郎金沔陜川人前掌令鄭
仁弘禮安人前翰林金垓奉教正字柳宗介草溪人李
大期軍威校生張士珍等佑越之子頗有才略累與賊
戰賊憚之固守鼎津賊不得入宜寧界人以為有佑
之功河故武將世文之子禦賊于居昌牛脊嶺累却賊
而死　朝廷嘉其志贈禮曹參議士珍前後射殺賊兵
甚多賊稱為張將軍不敢入軍威界一日賊設伏誘之
士珍窮追陷入伏中猶大呼力戰矢盡賊擊斷士一臂
士珍獨以一臂舊鬪卒已遂死事　閫贈水軍節度使
其在忠清道者僧人靈圭前提督官趙憲前清州牧使
金弘敏蔗孽李山謙士人朴春茂忠州人趙德恭內禁
衛趙雄清州人李逢覺勇力善鬪與高復清州後為
賊所敗皆死雄尤勇敢能馬上立馳終賊頗多戰死其
在京坊者前司諫儒性傳前正郎叔夏水原人崔屹高

2卷 1册. 사주쌍변四周雙邊, 반곽半郭 19.2×15.7cm

신완역 개정판

징비록

附 임진록(壬辰錄)

懲毖錄

세월은 참으로 빨리 갑니다.

국학國學 한학자漢學者이신 金鍾權 先生의 역작力作으로 징비록懲毖錄의 국역國譯은 제대로 된 완역본으로 국내 초유의 쾌거인 동시에 가장 알기 쉽게 번역된 바 타他의 추종追從을 불허不許하는 우리나라 국학계國學界와 사학계史學界에 신선한 번역 작품을 탄생시킨 노작勞作으로써 가히 독자讀者 제현諸賢들에게 일독一讀을 권권勸勸하는 바입니다.

일찍이 1973년 4월에 이미 초판본이 나왔고 본사에서 1987년 5월에 새로이 개정改正 초판본을 냈으며 이번 2015년 2월에 또한 전면 새롭게 재개정再改訂한 최신판最新版을 내놓게 됨에 감개가 무량합니다.

가장 알기 쉽게 친절히 주註를 달고 관련 사진자료를 막라하여 편집한 이번 신완역新完譯 개정판改訂版을 감히 부끄럽지 않게 독자들에게 내놓은 바입니다.

따라서 갈고 닦아서 내놓은 이번의 작품은 자라나는 젊은 세대들이 읽어 나라의 기초를 어떻게 공고히 하며 부끄러운 치욕의 역사를 다시는 되풀이 하지 않기 위해서 우리 국가와 민족은 일치 단결하여 자주국방에 온 힘을 기울이며 역사를 부인하는 저들에게도 만천하에 단죄를 내려 다시는 망언치 않도록 할 것이며, 역사의 영웅들에게는 그 정신을 숭앙하여 그들의 우국살신 정신을 기리며 배워서 우리의 삶을 살아가는데 항시 정신적 좌표로써 거울삼아 실천하여야 할 것입니다.

  사랑하는 독자 여러분, 아무리 세월이 변하여도 진리는 변하지 않는 법입니다. 우리 다 같이 진실된 삶을 살고 모두가 건강하고 맑은 정신을 함양한다면 그리고 단결한다면 못 이룰 것이 없다고 봅니다. 하루하루 각자 자기 주변에서 책임있고 성실한 삶을 살며 연구하고 노력한다면 그리고 거듭 단결한다면 우리는 결코 지지 않는 민족으로 새롭게 거듭날 수 있음을 확신합니다. 다 같이 일치단결 노력합시다.

2015년 2월

發行人 序함.

懲
毖
錄

목차

『징비록』제2권

녹후잡기錄後雜記

부附 · 임진록壬辰錄

1. 『징비록』의 개요

『징비록懲毖錄』은 조선조朝鮮朝 선조宣祖 때의 유명한 재상인 서애西厓 유성룡柳成龍이 임진壬辰·정유왜란丁酉倭亂의 사실史實을 사건 중심으로 정리하여 저술한 귀중한 문헌文獻이다.

저자 유성룡은 임진왜란 이전부터 정부의 요직에 있었고, 왜란 중에는 좌의정左議政에서 영의정領議政으로, 또 도체찰사都體察使의 중책까지 맡아 정치적·경제적·군사적으로 크게 활약을 하였는데, 그가 이 책을 마련한 경위는 벼슬길에서 물러나서 한가롭게 있을 때, 7년(1592~1598) 동안의 왜적倭賊의 침해로 인한 국난극복國難克服의 처참한 사실을 회고하여 「지난 일을 징계하면서 뒷일을 삼간다.」는 뜻에서 저술한 것이다.

『징비록』은 상하上下 2권과 녹후잡기錄後雜記로 마련된 2권본과 이것을 포함한 16권본으로 마련된 것이 있는데, 그 내용은 전자는 『초본징비록草本懲毖錄』을 바탕으로 정리하여 간행한 것으로서, 2권에는 왜란이 일어난 원인과 전쟁의 실황을 사실史實별로 저술한 기록이고, 녹후잡기(『초본징비록』의 잡록 부분)에는 그 당시의 여러 일을 논평한 기록이며, 후자는 전자의 『징비록』 2권 외에 『근포집芹曝集』 3권, 『진사록辰巳錄』 9권, 『군문등록軍門謄錄』 2권(2권 본의 녹후잡기 포함)으로, 군사기무軍事機務에 관한 차자〔箚〕・계사〔啓〕・장계狀啓・문이文移 등을 모아 정리한 기록이다.

　『징비록』의 사료史料는 저자가 몸소 체험한 당시의 풍부한 사료를 각 방면으로 모아 편찬 저술한 것인데, 이 책은 저자의 아들 유진柳袗이 인조仁祖 때(1633) 『서애집西厓集』을 간행할 때 그 속에 수록收錄하였고, 그 15년 뒤에 16권의 『징비록』을 간행하였으며, 서기 1936년에 조선사편수회朝鮮史編修會에서 그 종가宗家에 간직되어 오던 저자 자필自筆의 『징비록』을 영인影印 간행하여 『초본징비록草本懲毖錄』이라 이름하였고, 서기 1958년에 성균관대학교成均館大學校에서 『서애집』『징비록』을 영인하여 간행하였다.

『징비록』의 가치는 역사적으로 우리 겨레가 외적外賊의 침해를
물리친 국난극복國難克服의 생생한 사실史實일 뿐만 아니라, 당시
의 정치政治·경제經濟·사회社會·문화文化 등의 문물제도文物
制度를 연구할 수 있는 귀중한 문헌이며, 전쟁문학戰爭文學의 고
전古典으로서도 중요한 가치가 있고, 또 이 책을 읽음으로써 국난
에 처한 국민으로서 지난 일을 거울삼아 앞일을 경계하는 마음가
짐과 몸가짐을 가다듬게 되고, 나아가서는 우리 민족정기를 길러
새 역사 창조에 힘쓸 수 있게 된다는 점에 큰 의의가 있는 것이다.

2. 저자와 저술의 경위

　유성룡柳成龍의 자字는 이현而見, 호號는 서애西厓, 본관은 풍
산豊山, 시호〔諡〕는 문충文忠이다. 그는 중종中宗 37년(1542)에 경
상도慶尙道 의성현義城縣 사촌리沙村里에서 관찰사觀察使 유중영
柳仲郢의 아들로 태어났는데, 어려서부터 총명하고 학업에 힘써
16세 때 향시鄕試에 급제하고, 21세 때는 안동도산安東陶山에서
퇴계退溪 이황李滉에게 학업을 닦다가 생원회시生員會試에 급제
한 다음 태학太學에 입학하고, 25세 때 문과文科에 급제하여 승정
원承政院 권지부정자權知副正字가 되어 벼슬길로 들어섰다.

그 뒤 이조좌랑吏曹佐郎·홍문관부제학弘文館副提學·승정원
승지承政院承旨·상주목사尙州牧使·사간원대사간司諫院大司
諫·도승지都承旨·대사헌大司憲·경상도관찰사慶尙道觀察使 등
을 거쳐 43세 때 예조판서禮曹判書 겸 동지연춘추관사同知筵春秋
館事 홍문관제학弘文館提學이 되었고, 뒤이어 형조판서刑曹判書
겸 홍문관대제학弘文館大提學·예문관대제학藝文館大提學·춘추
관성균관사春秋館成均館事·병조판서兵曹判書·지중추부사知中
樞府事·이조판서吏曹判書 등의 여러 벼슬을 거쳐 49세 때 우의
정右議政이 되고, 또 풍원부원군豊原府院君에 봉하였고, 50세 때
좌의정左議政이 되었다.

　이때 왜적의 동태가 심상치 않음으로써 정읍현감井邑縣監으로
있는 이순신李舜臣을 전라좌수사全羅左水使로, 형조정랑刑曹正郎
으로 있는 권율權慄을 의주목사義州牧使로 천거하였다. 그 다음
해(1592) 좌의정으로 병조판서를 겸하였고, 4월에 왜란倭亂이 일
어나자 도체찰사都體察使로 임명되었고, 왕이 서순西巡하자 호종
扈從:임금이 탄 수레를 호위하여 따름. 임금을 수행하는 사람.하여 개성開城에
서 영의정領議政이 되었는데(곧 그만둠), 그는 왕이 요동遼東으로
건너가는 것을 반대하여 국내에 머물러 항전할 것을 강력히 주장
하였고, 군수물자 공급에 힘쓰다가 평안도平安道 도체찰사都體察

使가 되어 그 다음 해(1593)에 평양성平壤城을 수복하고 개성開城
에 진주하였고, 충청忠淸 · 전라全羅 · 경상도慶尙道 도체찰사都體
察使가 되어 서울을 수복한 다음 다시 영의정領議政에 임명되고,
훈련도감도제조訓練都監都提調를 겸하여 민심을 수습하고, 산업
을 장려하고, 군비를 강화하고, 기강을 숙정하고, 인재를 배양하
는 등 내치와 외정에 온갖 힘을 기울였으며, 54세 때(1595)에는 경
기京畿 · 황해黃海 · 평안平安 · 함경도咸鏡道 체찰사體察使로 임
명되어 제철장製鐵場을 설치하고 대포大砲와 조총鳥銃 등 무기를
만드는 한편 외적의 침해에 대비하여 북방의 방비도 강화하였다.

그가 56세 때(1597) 왜란倭亂이 다시 일어났는데, 이순신李舜
臣이 하옥되고, 원균元均이 대패하여 왜적이 크게 밀려들어 오자,
각 도의 병력을 동원하여 왜적을 방비하였다. 그 다음 해(1598)에
왜란이 평정되었으나, 그러나 당파싸움의 영향으로 영의정의 벼
슬에서 물러나고, 이어 관작官爵이 삭탈되고 고향으로 돌아갔는
데, 여러 번 부름에도 응하지 않고 조용히 저술著述에 힘을 기울
이다가 선조宣祖 40년(1607)에 66세를 일기로 세상을 떠났다.

그의 저술 활동의 중요한 것을 들면, 『대학연의초大學衍義
抄』 · 『황화집皇華集』 · 『문산집文山集』의 서문과 『구경연의九經
衍義』 · 『정충록精忠錄』의 발문을 짓고, 『포은집圃隱集』을 교정하

고, 그 정본正本·연보年譜·발문을 짓고, 『지주중류비음기砥柱中流碑陰記』를 짓고, 『퇴계집退溪集』을 편집하고, 『효경대의孝經大義』의 발문을 지었다. 그리고 그 중요한 저서로는 『징비록』을 비롯하여 『서애집』 10책, 『신종록愼終錄』·『상례고증喪禮考證』·『영모록永慕錄』·『관화록觀化錄』 등이 있다.

『징비록』을 저술한 경위를 살펴보면, 이 책은 그가 왜란을 겪으며 체험한 회고록으로, 벼슬길에서 물러나 고향으로 돌아와서 세상을 떠날 때까지 9년 동안(1598~1607)에 지은 것인데, 그 동기는 그의 서문에 잘 나타나 있다. 이를 대략 추려 보면,

「아아, 슬프다! 임진왜란의 재화는 참혹하였다. 10여 일 동안에 삼도三都가 함락되고, 팔도八道 강산이 무너지고, 임금님께서 피란길을 떠나셨다. 『시경詩經』에 『내 지난 일을 징계하면서 뒷날의 환난을 삼가게 한다.』는 말이 있는데, 이것이 『징비록』을 짓게 된 까닭이다. 나같이 보잘 것 없는 사람이 나라의 중요한 소임을 이처럼 어지러운 때에 맡아서 위태로운 판국을 바로잡지 못하고 기울어지는 형세를 붙들지 못하였으니, 그 죄는 죽어도 용서를 받을 수 없겠는데 오히려 전원에서 목숨을 이어가고 있으니, 어찌 임금님의 관대하신 은전이 아니겠는가? 지난날의 일을 생각할 때마다 아닌 게 아니라 황송한 마음뿐이다. 이에 한가로운

틈에 듣고 겪은 사실을 기록하였는데, 비록 보잘 것은 없으나 이
것으로 나라에 충성하는 간절한 뜻을 표시하고, 또 나라의 은혜
에 보답하지 못한 죄를 나타내고자 한다.」고 하였다. 이 뜻으로
보아 저자가 한 나라의 수상으로서 국정을 잘못되게 만든 죄책감
에서 쓴 참회록 또는 회고록이라는 것을 알겠다.

3. 『징비록』의 내용

『징비록』은 2권 본과 16권 본으로 마련된 『간행징비록』과 2권
본의 원본이라고 볼 수 있는 『초본징비록草本懲毖錄』이 있다는
것은 이미 말하였거니와, 그 관계를 알기 위하여 16권 본의 내용
이 된 목차를 적어 보면,

1 · 2권은 『징비록懲毖錄』으로 『초본징비록草本懲毖錄』의 잡록
雜錄 부분을 제외한 것이고,

3~5권은 『근포집芹曝集』으로 차자〔箚〕 · 계사〔啓〕이고,

6~14권은 『진사록辰巳錄』으로 장계狀啓이고,

15 · 16권은 『군문등록軍門謄錄』으로 문이文移인데,

16권에 『녹후잡기錄後雜記』, 곧 『초본징비록』의 잡록雜錄에 해
당하는 부분이 들어 있다.

이것으로 본다면, 2권 본은 16권 본의 1·2권과 16권에 실린 녹후잡기에 해당하는 것인데, 그 내용을 『초본징비록』과 대조하여 보면 각 사실의 기록 내용과 그 배열에 많은 차이가 엿보인다. 어쨌든 『징비록』은 그 내용면으로 볼 때 『초본징비록』을 바탕으로 한 2권 본이 주된 기록이고, 16권 본은 여기에 『근포집芹曝集』·『진사록辰巳錄』·『군문등록軍門謄錄』의 세 가지 기록을 합한 것인데, 이는 곧 왜란으로 인한 처참한 국난에 처하여 중책을 진 저자가 보고, 듣고, 느끼고, 생각하고, 체험한 생생한 역사적 사실을 기록한 문서로 그야말로 피어린 사료를 총정리하여 놓았다고 할 것이다.

 그 내용을 대략 적어 보면, 우선 1·2권 『징비록』에는 7년 (1592~1598) 동안에 일어난 왜란의 원인과 전쟁의 상황을 기록하였는데, 왜란이 일어나기 6년 전에 왜사倭使가 왕래하던 일부터 붓을 일으켜 왜란이 일어난 경위를 적고, 임진왜란이 일어나서 (1592) 부산釜山 동래東萊가 함락된 것을 뒤이어 상주尙州 싸움에 관군이 무너지고 왜적이 서울로 달려들자, 왕이 피란하고 서울이 함락되어 종묘까지 불타 재가 되고, 이어 평양성平壤城이 함락되고, 왜적이 함경도까지 짓밟아 두 왕자가 포로가 되는 등 국토와 민족이 처참한 국난을 겪은 눈물겨운 사실을 기록하였고, 이순신

李舜臣이 이끄는 해군이 왜적을 무찔러 승리한 것을 계기로 의병義兵이 봉기하고, 차츰 전비를 갖추어 항전 태세를 취하다가 명나라 군사의 내원으로 힘을 합하여 공세를 취하면서 평양성을 회복하고, 개성을 수복하고, 서울에 입성하게 되고, 왜적은 강화講和를 구실로 영남으로 물러가서 전쟁이 소강상태로 되었다가, 정유왜란이 일어나서(1597) 다시 2년 동안 치열한 싸움을 전개하다가 노량싸움을 마지막으로 왜적이 패주한 사실 등을 탁월한 식견과 유창한 문장으로서 간단명료하고 조리정연하게 저술하였고,

3~5권 『근포집芹曝集』에는 왜란 동안의 차자〔箚〕·계사〔啓〕로, 대개 군사기무軍事機務에 관하여 건의建議문과 헌책獻策문을 수록하였고,

6~14권 『진사록辰巳錄』에는 임진년(1592)과 계사년(1593) 동안의 군사기무에 관한 장계狀啓를 수록하였고,

15·16권 『군문등록軍門謄錄』에는 왜란 중에 각도의 관찰사觀察使와 순찰사巡察使와 병사兵使와 수사水使와 방어사防禦使 등에게 통첩한 글을 수록하였고, 그 끝에 수록한 녹후잡기錄後雜記, 곧 『초본징비록』에 실린 잡록 부분에는 왜란 중에 있었던 여러 가지 점을 논평한 글이 수록되어 있다.

그리고 한두 가지 더 말하여 둘 것은 『초본징비록草本懲毖錄』

과 『간행본징비록刊行本懲毖錄』(2권 본)의 내용을 비교 대조하여 보면, 첫째는 각 사실을 분류하여 배열한 것이 많이 다르고, 둘째로 기록의 내용을 고치고 생략한 것이 많다는 점을 엿볼 수 있는데, 그 근본이 되는 것은 역시 저자의 친필로 된 『초본징비록』의 주된 내용이 되는 것이라고 여겨진다.

또 저자가 이 책을 짓느라고 얼마나 노심초고하였는가 하는 것이 엿보이는 곳은 친필로 된 난후잡록亂後雜錄의 기록인데, 이의 중요한 부분은 『징비록』의 초고 내용이라고 믿어진다.

4. 『징비록』의 간행

『징비록』은 먼저 말한 것처럼 2권 본과 16권 본이 있는데, 그 간행 연대에 대하여는 명확한 기록이 없으나 『초본징비록』을 바탕으로 한 2권 본 『징비록』은 인조 11년(1633)에 유성룡의 아들 유진柳袗이 합천군수陜川郡守로 있으면서 『서애집西厓集』을 편찬하여 간행할 때 간행되고, 16권 본은 그 15년 뒤인 인조 25년(1647)에 간행된 것이라고 여겨지는데, 영조英祖 때 사람 이의현李宜顯의 문집인 『도곡집陶谷集』에 수록된 운양만록雲陽漫錄에 이런 기록이 있다.

「서애西厓 유성룡柳成龍이 임진왜란의 사실을 기록하여 『징비록』이라고 이름하고, 또 왜란 때의 여러 가지 일을 잡기雜記한 것도 지금 그 문집 속에 실려 있다. 그 문집文集과 『징비록』은 오랫동안 간행을 하지 못하고 있었는데, 인조 때 그 외손인 조수익趙壽益이 경상감사로 있는 기회를 타서 서애의 후손이 안동安東에서 그 간행을 부탁하여 승낙하였다.」(柳西厓成龍, 記壬辰事, 名曰懲毖錄, 又雜記兵亂時事, 今在文集中. 其文集及懲毖錄, 又未錄梓, 仁祖朝, 其外孫趙壽益, 按嶺南, 西厓姓孫, 在安東, 託其刊行, 諾之.)

그런데 조수익이 경상감사로 있던 기간은 인조 25년(1647) 9월 8일부터 그 다음 해 2월 14일까지였으니, 이 기록이 사실이라면 『징비록』은 이때 간행되었을 것이다. 다만 그의 문집인 『서애집西厓集』은 이보다 15년 전인 인조 11년(1633)에 간행되었는데도 「문집과 징비록은 오랫동안 간행을 하지 못하였다.」(文集及懲毖錄, 又未錄梓)고 한 것은 모순된 말이나, 어쨌든 이 무렵에 문집과 『징비록』이 간행된 것만은 사실이라고 하겠다.

그 뒤 2권 본 간행 『징비록』은 세상에 널리 퍼지고 일본까지 건너가서, 숙종肅宗 21년(1695)에는 일본 경도京都에 있는 대화

옥大和屋에서 4권 4책으로 간행하였는데, 숙종 28년(1712)에는 조정에서 『징비록』의 일본 수출을 엄금하기까지 하였다.

그 후 우리나라에서는 여러 판본으로 『징비록』을 간행하여 널리 읽혀졌는데, 서기 1936년에 조선사편수회朝鮮史編修會에서 경상북도慶尙北道 안동군安東郡 풍산면豊山面 하회리下回里에 사는 유씨종가柳氏宗家에 간직되어 오는 저자 친필의 『징비록』 필사본筆寫本을 영인하여 조선사료총간朝鮮史料叢刊 제11집으로 『초본징비록草本懲毖錄』이라 이름하여 간행하였다.

또 1958년에는 성균관대학교成均館大學校 연구원研究院에서 영인影印한 『서애집西厓集』의 끝에도 『징비록』을 영인하여 간행하였고, 그 뒤 몇 곳에서도 『징비록』의 원문 또는 번역문을 간행하였다.

5. 『징비록』의 가치

『징비록』은 임진·정유왜란의 생생한 사료이며 당시의 문물제도를 연구할 수 있는 귀중한 문헌으로, 거족적으로 감분할 수 있는 전쟁문학의 훌륭한 가치가 있는 고전이다. 이 책을 읽음으로써 나라가 힘이 없고 국방이 미약하면 외적의 침해를 당한다는

사실을 깨달을 수 있고, 거족적으로 단결하면 아무리 사나운 적
도 물리친다는 신념을 체득할 수 있으며, 지난 일을 반성하고 뒷
일을 삼가며 국토와 민족을 수호하고, 평화롭고 행복한 나라를
이룩하여 자손들에게 넘겨 주는 것이 우리들의 해야 할 마땅한
도리임을 알게 된다고 할 수 있겠다.

　임진·정유왜란에 관한 사료는 『선조실록宣祖實錄』·『용사일
기龍蛇日記』를 비롯하여 그 당사국들에게도 이에 관한 기록들이
있으나, 여러 가지 면으로 살펴보더라도 『징비록』처럼 뛰어난 저
술은 없다. 이것은 저자가 나라의 중요한 직책에 있으면서 모든
일을 스스로 처리하였으므로 그 사실이 그야말로 실제의 생생한
기록이라 하겠고, 『징비록』에 실려 있는 70여 가지의 사실 내용
은 내치 외정의 정치·경제·군사·사회·문화의 여러 면에 언
급된 것이므로, 당시의 내외 문물제도를 광범위하게 연구할 수
있는 귀중한 문헌이라 하겠고, 그리고 이 책은 저자의 고매한 인
품과 탁월한 식견과 능숙한 필치로 유창하게 저술된 문장이므로,
읽는 사람으로 하여금 함께 감동하고 분발할 수 있게 한 값진 고
전이라고 할 수 있겠다. 그 한 예로 굶주리는 백성들의 실상을 적
은 것에 이런 것도 있다.

　「군량의 나머지 곡식을 내어서 굶주리는 백성들을 구제할 것

을 임금님에게 청하였더니 허락하시었다. 이때는 왜적들이 서울을 점거한 지가 벌써 2년이나 되었고, 병란의 화를 입어 천리강산이 폐허처럼 쓸쓸하였다. 백성들은 농사를 지을 수가 없어서 거의 다 굶어 죽는 형편이다. 도성 안에 살아 남은 백성들은 내가 동파에 와 있다는 소문을 듣고서 서로서로 붙들고, 이끌고, 이고 지고 찾아오는데 그 수를 헤아릴 수가 없었다. 사총병은 마산으로 가는 길에 어린아이가 죽은 어머니에게로 기어가서 가슴을 헤치고 그 젖을 빨고 있는 것을 보고 너무 가엾어서 데려다가 군중에서 길렀다. 그는 나에게 말하기를, 『왜적은 아직 물러가지 않고 백성들은 이처럼 처참한 형편이니, 장차 어떻게 하겠습니까?』하고 이어 탄식하기를, 『하늘도 근심하고 땅도 슬퍼할 일입니다.』하였다. 나는 이 말을 듣고 나도 모르는 사이에 그만 눈물이 흘렀다.」(請發軍糧餘粟, 賑救飢民, 許之. 時賊據京城已二年, 鋒焰所被千里蕭然. 百姓不得耕種, 餓死殆盡. 城中餘民, 聞余在東坡, 扶携擔負而至者, 不計其數. 查總兵於馬山, 路中, 見小兒匍匐飮死母乳, 哀而牧之, 育於軍中, 謂余曰, 「倭賊未退, 而人民如此, 將奈何?」乃歎息曰, 「天愁地慘矣.」余聞之, 不覺流涕.)

　　이 얼마나 실감이 나는 사실이며 문학적인 표현인가?

이 『징비록』은 우리나라의 국보國寶로 지정된 귀중한 고전이
다. 우리는 이 귀중한 고전을 읽어 겨레의 과거를 거울삼아 자신
을 반성하며 앞길을 바로잡아야 하겠지만, 한발 더 나아가 우리
선조들이 겪은 많은 국난극복사國難克服史의 사실을 살펴 그 원
인과 경과와 결과를 잘 분석하고, 당시의 사실을 현실에 결부시
켜 보며 부강하고 행복한 나라의 새로운 역사를 창조하는 데 온
갖 정성을 다 바치고, 선인들의 거룩한 넋을 이어받는데 부끄럽
지 않게 살아야 하겠다.

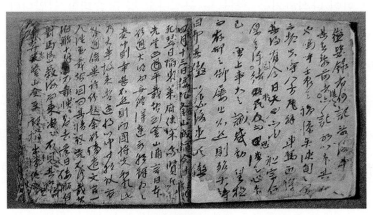

징비록懲毖錄

유성룡柳成龍(1542~1607)이 전쟁을 돌아보며 반성과 후일의 경계를 위해 기록한 글.

6. 이 글에 덧붙이는 말

지금부터 14년 전(1973) 4월 모출판사에서 『한국의 명저대전』을 낼 때 『징비록』을 번역해 출판하였다. 그런데 그 내용은 좀 더 가다듬을 점이 있으므로 다시 손을 보아 출판해야겠다고 생각하던 바 뜻을 이루지 못하고 오랜 세월을 그대로 넘겼다. 그 뒤 모 출판사가 출판을 못하고 있으므로 어쩌나 하고 걱정하던 중 明文堂 김동구 사장님께서 이를 새로 다듬어서 출판하겠다고 하므로 이 책을 다시 번역, 주해하여 세상에 내놓게 되었다.

이 『징비록』은 『간행징비록』 2권 본을 저본하고 『초본징비록』을 참고로 지금까지 간행된 관계서적을 참고로 하여 번역하였는데, 번역은 될 수 있는 대로 원문에 충실을 기하였고 현대적 감각에 맞도록 쓰려고 힘썼다.

그리고 독자의 이해를 돕는 뜻에서 내용을 72항목으로 나누고 작은 제목을 붙였는데, 이는 본인 소장의 『초본징비록』 제목을 참고로 하였다. 또 주석은 주와 중요한 것만을 가려서 간략하게 풀이하였고, 독자로 하여금 읽을 때 쉽게 이해하도록 하였으며, 번역문의 뒤마다 원문을 붙이고 구두점을 찍어 한문 학습에 도움을 주도록 하였다.

외국인의 이름은 사실대로 밝히고 그 음은 한문 그대로 적었으며, 숫자는 한문자로 통일하였고, 연대는 (　)안에 서기로 보충하였다. 그리고 유의할 말이나 간단한 주는 (　)안에 넣고, 뜻으로 풀이한 말은〔　〕으로 넣었다.

　결론으로, 요즘 우리나라에선 전통문화를 계승발전시키자는 운동이 크게 일고, 한문 학습과 이를 번역하려는 사업도 크게 전개되는 바, 국가적으로 값진 이 문헌을 누구나 한 번씩 읽어서 우리의 과거 지난날을 현실에 결부시켜서 다시 한 번 살피면서 앞날을 바로잡아 우리 민족의 전통문화를 발전시키는 것이 올바른 도리라고 생각하며 이 책을 꼭 한 번 읽기를 권하는 바이다.

1987년 3월 3일

雪嶽山人 金鍾權

자서自序

『징비록懲毖錄』이란 무엇인가? 임진왜란 뒤의 사실을 기록한 것이다. 여기에는 임진왜란 전의 것도 가끔 기록하여 놓기도 하였는데, 이는 임진왜란이 시발된 근본을 밝히려는 까닭이다.

슬프다! 임진왜란의 전화는 참혹하였다. 십일〔협순浹旬 ; 10일간. 浹日(협일) 浹(두루 미칠 협. 일주하다. 10간干이 10일에 일주하는 것을 협일浹日. 12지支가 12일에 일주하는 것을 협진浹辰이라 이른다.)〕 동안에 삼도三都[1]를 지켜내지 못하였고, 팔도강산〔八方[2]〕이 부서져 떨어졌으며, 임금님께서 피란길에 올라 고초를 겪으셨다. 그러고도 오늘날을 부지하게 된 것은 하늘의 도움이요, 또한 조종祖宗[3]의 어질고 후한 은택이 백성에게 굳게 맺어져서 그들이 나라를 생각하는 마음이 그치지 않았으며, 성상聖上[4]께서 명나라

---

1 삼도三都 : 서울 · 개성 · 평양.
2 팔방八方 : 당시 전국토를 가리키는 것으로, 곧 경기도 · 강원도 · 황해도 · 충청도 · 경상도 · 전라도 · 함경도 · 평안도.
3 조종祖宗 : 선조 · 조상.
4 성상聖上 : 현재 자기 나라 임금의 존칭. 여기서는 선조宣祖.

를 섬기는〔事大〕정성이 황극皇極⁵을 감동시켜서 명나라의 구원병이 여러 번 나와 도와주었기 때문이다. 그렇지 않았던들 우리나라는 위태로왔을 것이다.

『시경』에 말하기를, 「내가 지난 일을 징계하여 뒷날의 근심거리를 삼가게 한다〔予其懲而毖後患〕.」고 하였는데, 이것이 『징비록懲毖錄을 저작한 까닭이다. 나와 같이 보잘 것 없는 사람이 나라의 중요한 책임을, 어지러운 난리를 겪을 때 맡아가지고 그 위태로운 판국을 바로잡지도 못하고 넘어지는 형세를 붙들지도 못하였으니, 그 죄는 죽는다고 해도 용서를 받을 수가 없을 것인데, 오히려 시골 구석에 살면서 구차스럽게 목숨을 이어 나아가고 있으니, 어찌 임금님의 너그러우신 은전이 아니겠는가?

근심 걱정이 좀 진정되고 늘 지난날의 일을 생각할 때마다 황송스럽고 부끄러워 몸둘 곳을 알지 못하겠다. 이에 한가로운 가운데서 그 듣고, 보고, 생각하고 겪은 것들을 임진년(1592)으로부터 무술년(1598)에 이르기까지 대략 기술하니 이것이 얼마 가량

━
5 황극皇極 : 중국 황제의 존칭. 여기서는 명나라 신종神宗.

되고, 또 장계狀啓[6] · 소차疏箚[7] · 문이文移[8] 및 잡록雜錄을 그 뒤에 붙였다. 이는 비록 볼 만한 것은 없지만 역시 다 그 당시의 사적들이므로 빼놓을 수 없는 것이다. 이것으로써 시골의 전원田園에 몸을 의지하고 참된 마음으로 나라에 충성하는 뜻을 표하고, 또 어리석은 신하로서 나라의 은혜에 보답하지 못한 모양 없는 죄를 드러내는 것이라 하겠다.

■
6 장계狀啓 : 감사監司 또는 왕명을 받고 지방에 파견된 관원이 서면으로 임금에게 보고하는 글.
7 소차疏箚 : 소疏는 상소하는 글이고, 차箚는 차자箚子로, 곧 상주하는 글.
8 문이文移 : 이문(移文 ; 여러 사람이 돌려가며 보도록 쓴 글. 회장回狀. 이서移書), 곧 공문서의 한 가지로, 관청 사이에서 주고받던 공문서를 말한다. 때로는 격문과 포고문의 성격을 띠기도 한다.

懲毖錄者, 何? 記亂後事也, 其在亂前者, 往往亦記, 所以本
징 비 록 자 하 기 난 후 사 야 기 재 관 전 자 왕 왕 역 기 소 이 본

其始也. 嗚呼! 壬辰之禍, 慘矣, 浹旬之間, 三都失守, 八方瓦
기 시 야 오 호 임 진 지 화 참 의 협 순 지 간 삼 도 실 수 팔 방 와

解, 乘輿播越[9], (草本懲毖錄에는 車駕西狩) 其得有今日, 天
해 승 여 파 월 초 본 징 비 록 거 가 서 수 기 득 유 금 일 천

也. 亦由祖宗仁厚之澤, 固結於民, 而思漢之心未已, 聖上事
야 역 유 조 종 인 후 지 택 고 결 어 민 이 사 한 지 심 미 이 성 상 사

大之誠, 感動皇極, 而存邢[10]之師屢出, 不然則殆矣. 詩曰,
대 지 성 감 동 황 극 이 존 형 지 사 누 출 불 연 즉 태 의 시 왈

「予其懲, 而毖後患.」此懲(草本懲毖錄에는 以下闕) 毖錄所
여 기 징 이 비 후 환 차 징 초 본 징 비 록 이 하 궐 비 록 소

以作也. 若余者以無似, 受國重任於流離板蕩之際, 危不持,
이 작 야 약 여 자 이 무 사 수 국 중 임 어 유 리 판 탕 지 제 위 부 지

顚不扶, 罪死無赦, 尙視息田畝[11]間, 苟延性命, 豈非寬典? 憂
전 불 부 죄 사 무 사 상 시 식 전 묘 간 구 연 성 명 기 비 관 전 우

悸稍定, 每念前日事, 未嘗不惶愧靡容. 乃於閑中, 粗述耳其
계 초 정 매 념 전 일 사 미 상 불 황 괴 미 용 내 어 한 중 조 술 이 기

目所逮者, 自壬辰至于戊戌, 總若干言, 因以狀·啓·疏·
목 소 체 자 자 임 진 지 우 무 술 총 약 간 언 인 이 장 계 소

箚·文移及雜錄附其後. 雖無可觀者, 示皆當日事蹟, 故不能
차 문 이 급 잡 록 부 기 후 수 무 가 관 자 시 개 당 일 사 적 고 불 능

去, 旣以寓畎畝[12]惓惓願忠之意, 又以著愚臣報國無狀之罪
거 기 이 우 견 묘 권 권 원 충 지 의 우 이 저 우 신 보 국 무 상 지 죄

云.
운

9 파월播越 : 파천播遷 ; ① 정처없이 떠돌아 다님. 유랑함. ② 임금이 도성을 떠나 다
른 곳으로 피란하던 일.

10 존형存邢 : 중국의 주周나라 때 주왕周王이 제후국 형邢나라를 구원하였다는 고사
에서, 명나라가 수차에 걸쳐 우리나라를 도운 것을 말함.

11 전묘田畝 : ① 논밭. 전답田畓. ② 밭이랑. 밭고랑. ③ 시골. 농촌.

12 견묘畎畝 : ① 밭의 고랑과 이랑. ② 시골. 전원.

제1권

징비록

懲毖錄

일본국사日本國使
귤강광橘康廣이 다녀감

만력萬曆[1] 병술년(1586) 무렵에 일본국日本國 사신使臣 귤강광橘康廣이 그 국왕國王 평수길平秀吉[2]의 서신을 가지고 우리나라에 왔다.

처음에 일본 국왕 원씨源氏[3]가 나라를 홍무洪武[4] 초기에 세우고, 우리나라와 선린 우호[隣好]관계를 맺은 지가 거의 2백 년이 되었다. 그 처음에는 우리나라에서도 역시 사신을 파견하여 경조

---

1 만력萬曆 : 명나라 신종 때의 연호. 병술년은 만력 14년, 곧 우리나라 선조 19년 (1586)이다.

2 평수길平秀吉 : 풍신수길豊臣秀吉을 말함. 당시 일본 막부의 관백으로 임진왜란을 일으킨 원흉.

3 원씨源氏 : 실정막부室町幕府의 끝 장군 족리의소足利義昭를 가리킴, 또는 직전신장 織田信長이라고도 함.

4 홍무洪武 : 명태조〔失元璋〕 때의 연호.

신숙주申叔舟 초상화

慶弔[5]의 예절을 닦았는데, 신숙주申叔舟[6]가 서장관書狀官[7]으로 왕래한 것이 곧 그 한가지 예다. 그 뒤 신숙주가 죽음에 임하였을 때, 성종成宗[8]께서 「말하고 싶은 것이 있는가?」라고 물으시니, 신숙주는 대답하기를,

「원하옵건대, 우리나라는 일본과 평화롭게 지내는 것을 잊지 말도록 하소서.」

라고 하였다. 성종께서는 그 말에 감동되어 부제학副提學[9] 이형원李亨元과 서장관書狀官 김흔金訢에게 명하여 일본에 가서 화목을 도모하고 오게 하여 대마도對

5 경조慶弔 : 경사慶事와 상사喪事.

6 신숙주申叔舟(1417~1475) : 조선조 초기의 문신. 자는 범옹泛翁, 호는 보한재保閒齋, 시호諡號는 문충文忠. 본관은 고령高靈. 세종 때 문과에 급제하여 집현전 부수찬副修撰이 되고, 세조 때 정란공신靖難功臣이 되고 벼슬이 영의정에 이름. 세종 때 서장관書狀官으로 일본에 가서 시명詩名을 떨치고 대마도주와 계해조약癸亥條約을 맺음. 저술에 『보한재집保閒齋集』 일본사행기록日本使行記錄인 『해동제국기海東諸國記』 등이 있음.

7 서장관書狀官 : 외국에 보내는 사신의 한 사람으로, 상사·부사·서장관을 삼사라고 함. 그 직책은 서장 등 문서관계의 일을 맡아봄. 행대어사行臺御史를 겸하게 했다.

8 성종成宗 : 조선조 제9대 임금.

9 부제학副提學 : 조선조 때의 관직. 홍문관에 속한 정3품 벼슬로 제학의 다음, 직제학直提學의 윗자리인데 정원은 1명이었다.

馬島[10]에 이르렀는데, 사신들은 풍랑으로 해서 놀라 병을 얻을까 근심하여 글을 올려 그 상황을 보고하니, 성종께서는 서신과 예물[書幣]을 대마도주[島主]에게 전하고서 돌아오라고 명령하셨다. 이로부터는 다시 사신을 파견하지 않고, 늘 그 나라에서 사신이 올 때마다 예절에 따라서 대접할 따름이었다.

그런데 이때에 이르러 평수길平秀吉은 원씨源氏를 대신하여 왕이 되었다. 평수길에 대하여 어떤 사람은 말하기를,

「그는 본래 중국 사람인데 왜국倭國[11]으로 떠돌아 들어가 나무를 해다가 팔아 생활을 하였다. 하루는 국왕國王[12]이 밖에 나왔다가 그를 길에서 만났는데, 그 사람됨이 남다르므로 불러서 자기 군대에 편입시켰더니, 그는 용감하고 힘이 세어 잘 싸우고 공을 쌓아 대관大官에까지 이르고, 인하여 권력을 잡게 되어 마침내 원씨의 자리를 빼앗고 그를 대신하여 왕이 되었다.」

라고 하기도 하고, 또 어떤 사람은 말하기를,

「원씨源氏가 다른 사람에게 죽음을 당하자, 평수길이 또 그 사람을 죽이고 나라를 빼앗았다.」

라고 하기도 한다.

평수길은 병력을 사용하여 여러 섬을 평정하고, 국내의 66주州

10 대마도對馬島 : 지명. 우리나라 남단과 일본 구주의 해협에 있는 섬으로, 고려 말부터 우리나라에 조공을 바치고 우리가 내어주는 곡식을 받아가는 관계에 있었다.

11 왜국倭國 : 일본의 옛 이름.

12 국왕國王 : 실정막부의 마지막 장군 족리의소 또는 직전신장을 가리킴.

를 통합하여 하나로 만들고는 드디어 다른 나라를 침략하려는 뜻을 가졌다. 그는 말하기를,

「우리 사신은 늘 조선朝鮮에 가는데도 조선 사신은 오지 않으니, 이는 곧 우리를 업신여기는 것이다.」

라 하고, 드디어는 귤강광으로 하여금 우리나라에 와서 통신사通信使를 보낼 것을 요구했는데, 그 사신의 언사가 매우 거만하였으니 「이제 천하가 짐朕의 한 손아귀에 돌아올 것이다.」라는 말까지 했다. 이때는 대개 원씨가 망한 지 이미 10여 년이 되었는데, 여러 섬에 사는 왜인倭人들이 해마다 우리나라를 왕래하고 있지만, 그 명령의 엄중함을 두려워하여 누설하지 않은 까닭으로 조정에서는 일본의 정세를 전혀 알지 못하고 있었다.

귤강광은 이때 나이가 50여 세로 용모가 장대하고 수염과 머리털이 반백이었다. 그는 지나는 관역館驛[13]마다 반드시 좋은 방에서 묵고 행동이 거만하여 여느 때의 왜국 사신과는 아주 다르므로 사람들은 자못 괴상하게 여겼다. 우리나라의 풍습으로 대개 왜국 사신을 맞게 되면 한 길가의 군읍郡邑에서는 그 지경 안의 장정을 동원하여 창을 잡고 길가에 늘어서서 군사의 위엄을 보였었는데, 귤강광은 인동仁同[14]을 지나다가 창을 잡고 있는 사람을 흘겨보고는 웃으며 말하기를,

「너희들의 창자루는 아주 짧구나.」

■
13 관역館驛 : 역에 마련된 객관.
14 인동仁同 : 경상북도 칠곡군에 있는 지명.

라고 하였다. 그가 상주尚州[15]에 이르렀을 때, 목사牧使[16] 송응형宋應泂이 그를 대접하여 기생들의 음악과 노래와 춤이 어울렸는데, 귤강광은 송응형이 노쇠하고 백발인 것을 보고 통역관으로 하여금 그에게 말하기를,

「이 늙은이는 여러 해 동안 전쟁하는 마당에 있었으므로 수염과 머리털이 다 희어졌지만, 사군使君[17]께서는 아름다운 기생들 틈에서 온갖 근심할 것이 없이 지냈겠는데도 오히려 백발이 되었으니 무슨 까닭입니까?」

라고 하였다. 이는 대개 그를 풍자한 말이다.

귤강광이 서울에 이르자, 예조판서禮曹判書[18]가 잔치를 베풀고 대접하였다. 술이 취하자 귤강광이 호초胡椒[19]를 자리 위에 헤쳐 놓으니 기생과 악공들이 그것을 다투어 줍느라고 좌석의 질서가 걷잡을 수 없는 형편이 되었다. 귤강광은 객관으로 돌아와서 탄식하며 통역에게 말하기를,

「너희 나라는 망하겠다. 기강紀綱이 이미 허물어졌으니 망하지 않기를 어찌 기대하겠는가?」

---

15 상주尚州 : 경상북도 북서부에 위치한 요지.

16 목사牧使 : 조선조 때의 지방 관직. 전국 8도에 두었던 정3품 벼슬로서 각 고을의 으뜸 벼슬이었다.

17 사군使君 : 나라의 일로 외방에 나와 있거나 나라의 사명을 받들고 있는 관원을 친근하게 이르는 말. 여기서는 목사를 지칭함.

18 예조판서禮曹判書 : 조선조 때의 관청인 예조의 판서로 정2품 벼슬.

19 호초胡椒 : 열대지방에서 생산되는 향목의 열매.

도요토미 히데요시(풍신수길豊臣秀吉) 관백시절의 초상화

라고 하였다. 그가 돌아갈 때 우리 조정에서는 다만 그 서신에 회답하여 「물길에 어두움으로 해서 사신을 파견하는 것은 허락할 수 없다.」고 말하였다. 귤강광이 돌아가서 보고하니, 평수길은 크게 노하여 귤강광을 죽이고, 또 그 일족을 멸망시켰는데, 대개 귤강광은 그 형 강년康年과 함께 원씨源氏 때부터 우리나라에 내조來朝하여 직명職名을 받았으므로, 그의 말이 자못 우리나라의 처지를 위해서 하였던 까닭으로 평수길에게 죽은 바 되었다고 이른다.

萬曆丙戌間, 日本國使橘康廣, 以其國王平秀吉書來. 始日本

國王源氏, 立國於洪武初, 與我國修隣好, 殆二百年. 其初我

國亦嘗遣使修慶弔禮, 申叔舟以書狀往來, 卽其一也. 後叔舟

臨卒, 成宗問所欲言, 叔舟對曰,「願國家毋與日本失和.」成

廟感其言, 命副提學李亨元, 書狀官金訢修睦, 到對馬島, 使

臣以風水驚疑得疾, 上書言狀, 成廟命致書幣於島主而回. 自

是不復遣使, 每其國信使至, 依禮接待而已. 至是平秀吉, 代

源氏爲王, 秀吉者, 或云華人, 流入倭國, 負薪爲生, 一日國王

出遇於路中, 異其爲人, 招補軍伍, 勇力善闘, 積功至大官, 因

得權, 竟奪源氏, 而代之. 或曰,「源氏爲他人所弑, 秀吉又殺

其人, 而奪國云.」用兵平定諸島, 域內六十六州, 合而爲一,

遂有外侵之志. 乃曰,「我使每往朝鮮, 而朝鮮使不至, 是鄙我

也」, 遂使康廣, 來求通信, 書辭甚倨, 有今天下歸朕一握之

語. 蓋源氏之亡, 已十餘年, 諸島倭歲往來我國, 而畏其令嚴,

不泄故, 朝廷不知也. 康廣時年五十餘, 容貌傀偉, 鬚髮半白,

所經館驛, 必舍上室, 擧止倨傲, 與平時倭使絶異, 人頗怪之,

故事, 一路郡邑, 凡遇倭使, 發境內民夫, 執槍夾道, 以示軍

威, 康廣過仁同, 睨視執槍者笑曰,「汝輩槍竿太短矣.」到尙
위　강광과인동　예시집창자소왈　　여배창간태단의　　도상

州, 牧使宋應泂, 享之, 妓樂成列, 康廣見應泂衰白, 使譯官語
주　목사송응형　향지　기악성렬　강광견응형쇠백　사역관어

之曰,「老夫數年在干戈中, 鬚髮盡白, 使君處聲妓之間, 百無
지왈　　노부수년재간과중　수발진백　사군처성기지간　백무

所憂, 而猶爲皓白何哉?」蓋諷之也. 及至, 禮曹判書押宴. 酒
소우　이유위호백하재　　개풍지야　급지　예조판서압연　주

酣, 康廣散胡椒於筵上, 妓工爭取之, 無復倫次. 康廣回所館,
감　강광산호초어연상　기공쟁취지　무복윤차　강광회소관

歎息語譯曰,「汝國亡矣, 紀綱已毁, 不亡何待?」及還, 朝廷
탄식어역왈　　여국망의　기강이훼　불망하대　　급환　조정

但報其書, 辭以水路迷昧, 不許遣使. 康廣歸報, 秀吉大怒, 殺
단보기서　사이수로미매　불허견사　강광귀보　수길대노　살

康廣, 又滅族, 蓋康廣與其兄康年, 自源氏時, 來朝我國, 受職
강광　우멸족　개강광여기형강년　자원씨시　내조아국　수직

名, 其言頗爲我國地, 故爲秀吉所害云.
명　기언파위아국지　고위수길소해운

일본국사日本國使
평의지平義智 등이 옴

일본국사日本國使 평의지平義智[1]가 우리나라에 왔다. 풍신수길
豊臣秀吉이 이미 귤강광을 죽이고 의지義智로 하여금 우리나라에
가서 통신사通信使[2]를 보내라고 요구하게 했다. 의지義智란 사람
은 그 나라의 주병대장主兵大將[3] 평행장平行長[4]의 사위〔女壻〕로서
풍신수길의 심복心腹이었다.

---

1 평의지平義智 : 종의지宗義智를 이름. 대마도주 종성장宗盛長의 7대손으로 도주가
되었는데, 풍신수길이 명하여 조선으로 왔었고, 임진왜란 때 소서행장少西行長과
함께 선봉으로 쳐들어왔다.
2 통신사通信使 : 나라의 명을 받고 다른 나라로 왕래하는 외교사절.
3 주병대장主兵大將 : 병마 군권을 주관하고 있는 대장.
4 평행장平行長 : 소서행장을 이름. 풍신수길豊臣秀吉의 부하. 명장으로 임진왜란 때
가등청정加藤清正과 함께 왜군 최고 책임자의 한 사람으로 우리나라에 쳐들어와서
온갖 만행을 자행하였다.

조선통신사 행렬도(대영 박물관 소장)

대마도對馬島 태수太守 종성장宗盛長 :대마도주를 말함. 그 선대 정성貞
盛 때부터 우리나라와 무역관계를 맺고 있었다.은 대대로 대마도를 지키면서
우리나라를 섬겨 왔는데, 이때 풍신수길은 종씨宗氏를 제거하고
는 의지義智로 하여금 대마도의 정무〔務〕를 대신하게 하였다. 우
리나라에서는 바닷길을 알지 못한다는 것을 핑계로 해서 통신사
通信使 보내기를 거절하여 왔었는데, 풍신수길은 거짓으로 말하
기를, 「의지義智는 곧 대마도주〔馬主〕의 아들이므로 바닷길에 익
숙하니 그와 함께 오라.」고 하여 우리나라로 하여금 핑계로 거절
하는 일이 없게 하려고 하였고, 또한 우리나라의 허실虛實[5]을 엿보
려고 평조신平調信[6] · 중 현소玄蘇[7] 등과 같이 왔다.

5 허실虛實 : 허허실실虛虛實實의 준말로, 공허와 충실의 뜻.
6 평조신平調信 : 유천조신柳川調信을 이름. 임진왜란 직전에 풍신수길의 사자 종의
  지宗義智가 올 때 현소와 함께 우리나라에 와서 허실을 살펴보고 갔으며, 난중에는
  왜장의 막하에서 계략을 꾸민 자.
7 현소玄蘇 : 임진왜란 때 중의 탈을 쓴 왜의 앞잡이.

의지義智는 나이가 젊고 정력이 있고 사나와서 다른 왜인들이 다 두려워하였고, 그 앞에서는 엎드려 무릎으로 기며 감히 쳐다보지도 못하였다. 의지는 오랫동안 동평관東平館[8]에 머물러 있으면서 반드시 우리 사신을 데리고 함께 돌아가겠다고 하였으나, 조정의 의논은 어떻게 결정을 짓지 못하고 머뭇거릴 따름이었다.

몇 해 전에 왜적이 전라도全羅道 고흥군의 손죽도損竹島에 쳐들어와서 그곳을 지키던 변장邊將 이태원李太源을 죽였는데, 그때에 사로잡힌 왜적이 「우리나라 변방 백성인 사을배동沙乙背同이란 자의 무리들이 배반하여 왜국 안으로 들어와 왜인들을 인도해서(길 안내를 한 것) 침구〔寇, 쳐들어 가다〕하게 되었다.」고 말하므로 조정에서는 분개하였다. 이때에 이르러 사람들이 혹은 말하기를,

「마땅히 일본으로 하여금 배반한 백성들을 조사하여 모두 돌려보내게 하고, 그런 뒤에 통신사通信使 문제에 대하여 의논하여 저들의 성의가 있느냐 없느냐를 보아야 할 것이다.」고 하므로, 관객館客(접대를 맡고 있는 관원)으로 하여금 그 뜻을 빗대어(슬며시 떠보다) 말하게 하였더니, 의지는 말하기를,

「이는 어렵지 않은 일이다.」

라고 하면서, 곧 평조신平調信으로 하여금 그날로 돌아가 이 사실을 알리게 하였더니, 두어 달이 안 되어 우리나라 백성으로서 그

---

8 동평관東平館 : 왜국 사신이 머무르던 숙소.

나라에 가 있는 사람 10여 명을 모두 잡아가지고 와서 바쳤다. 이때 임금께서는 인정전仁政殿[9]에 나아가 크게 군사의 위엄을 보이고는 사을배동沙乙背同 등을 묶어 뜰 안에 들여놓고 심문한 다음 성 밖에 끌어내어 베어 죽이고, 의지에게는 내구마內廐馬[10] 한 필을 상으로 주고, 그런 뒤에 왜국 사신 일행을 인견引見하고 잔치를 베풀어 주었다. 이때 의지와 현소 등은 모두 대궐 안으로 들어와서 차례로 왕에게 술잔을 올렸다.

　이때 나(이 책을 지은 柳成龍)는 예조판서禮曹判書로 있었으므로 역시 왜국 사신을 예조에 불러 잔치를 베풀었으나, 통신사通信使 파견에 대한 의논은 그 후 오랫동안 결정을 짓지 못하였다. 그러는 동안 내가 대제학大提學[11]이 되어 장차 일본에 보낼 국서國書를 지으려 할 때 글을 올려,「이 일을 속히 결정하시어 두 나라 사이에 틈이 생기지 않도록 하소서.」하고 청했고, 그 다음날 조강朝講[12]에서 지사知事 변협邊協[13] 등도 또한,「마땅히 사신을 파견하여 회답하게 하고, 또 저 나라 안의 동정도 살펴보고 오게 하는 것도 잘못된 계책은 아닐 것입니다.」라고 아뢰었다.

9 인정전仁政殿 : 창덕궁의 정전.

10 내구마內廐馬 : 임금이 타는 수레와 말 등을 관장하는 내사복시內司僕寺에서 기르는 말.

11 대제학大提學 : 조선조 때 관직. 홍문관과 예문관에 속한 정2품 벼슬.

12 조강朝講 : 아침에 경연관經筵官이 왕에게 「경전經傳」을 강의하는 것.

13 변협邊協(1528~1590) : 조선조 선조 때의 장군. 자는 화중和中, 호는 남호南湖, 본관은 원주原州, 시호는 양정襄靖이다. 무과에 급제하고, 벼슬이 공조판서工曹判書 겸 도총관都摠管, 포도대장捕盜大將에 이름.

이에 조정의 의논은 비로소 결정되었다. 그래서 임금께서는 사신으로 보낼 만한 사람을 선택하라고 명하였는데, 대신大臣이 첨지僉知:첨지중추부사僉知中樞府事의 약칭. 중추부에 속한 2품 당상관堂上官. 황윤길黃允吉[14]과 사성司成:성균관의 종3품 벼슬. 김성일金誠一[15]을 적임자로 아뢰어 상사上使와 부사副使로 삼고, 전적典籍:성균관의 정6품 벼슬. 허성許筬[16]을 서장관書狀官으로 삼았다.

이들은 경인년(宣祖 23년 : 서기 1590) 3월에 드디어 평의지 등과 함께 일본으로 떠났다. 이때 평의지는 공작孔雀 두 마리와 조총鳥銃[17]·창·칼 등의 물건을 바쳤는데, 왕은 공작은 남양南陽의 해도海島[18]에 놓아 날려 보내고, 조총은 군기시軍器寺[19]에 넣어두라고 명령하셨다. 우리나라가 조총을 가진 것은 이것이 처음이었다.

14 황윤길黃允吉(1536~?) : 조선조 선조 때의 문관. 자는 길재吉哉, 호는 우송당右松堂, 본관은 장수長水. 황희黃喜의 5대손. 명종明宗 때 문과에 급제. 선조 때 통신정사로 일본에 다녀와서 병화가 있을 것이라고 보고함. 벼슬이 병조참판兵曹參判에 이름.

15 김성일金誠一(1538~1593) : 조선조 선조 때 문신. 자는 사순士純, 호는 학봉鶴峯, 본관은 의성義城, 시호는 문충文忠이다. 선조 때 문과에 급제, 장령掌令·부제학副堤學을 지냄. 선조 23년 1590년 황윤길과 함께 통신부사로 일본에 다녀와서 병화가 없을 것이라고 보고하여 말썽이 일어남. 임진왜란 때 순찰사巡察使를 지냄. 저서에『학봉집鶴峯集』·『상례고증喪禮考證』·『해사록海槎錄』이 있다.

16 허성許筬(1548~1612) : 조선조 선조 때의 문신. 자는 공언功彦, 호는 악록岳麓·산전山前, 본관은 양천陽川. 문과에 급제하여 1590년 통신사의 서장관으로 일본에 다녀왔고, 벼슬이 이조판서에 이름. 저서에『악록집岳麓集』이 있다.

17 조총鳥銃 : 무기의 일종으로, 곧 소총. 화승총火繩銃의 구칭舊稱.

18 남양해도南陽海島 : 경기도 화성군에 위치한 지명. 곧 남양의 여러 섬.

19 군기시軍器寺 : 조선조 때의 관청. 병기兵器·기치旗幟·융복戎服·집물什物 등 무기를 만드는 일을 맡아 보았다.

日本國使平義智來, 秀吉旣殺橘康廣, 令義智來求信使, 義智
일 본 국 사 평 의 지 래　수 길 기 살 귤 강 광　영 의 지 래 구 신 사　의 지

者, 其國主兵大將平行長女壻也, 爲秀吉腹心. 對馬島太守宗
자　기 국 주 병 대 장 평 행 장 녀 서 야　위 수 길 복 심　대 마 도 태 수 종

盛長, 世守馬島, 服事我國, 時秀吉去宗氏, 使義智代主島務,
성 장　세 수 마 도　복 사 아 국　시 수 길 거 종 씨　사 의 지 대 주 도 무

以我國不諳海道爲辭, 拒通信, 詐言義智, 乃島主子, 熟海路,
이 아 국 불 암 해 도 위 사　거 통 신　사 언 의 지　내 도 주 자　숙 해 로

與之偕行. 便欲使我, 無辭以拒, 因又窺覘我虛實, 平調信 ·
여 지 해 행　변 욕 사 아　무 사 이 거　인 우 규 점 아 허 실　평 조 신

僧玄蘇等同至, 義智年少精悍, 他倭皆畏之, 俯伏膝行, 不敢
승 현 소 등 동 지　의 지 연 소 정 한　타 왜 개 외 지　부 복 슬 행　불 감

仰視. 久留東平館, 必邀我使與俱, 朝議依違而已. 數年前, 倭
앙 시　구 류 동 평 관　필 요 아 사 여 구　조 의 의 위 이 이　수 년 전　왜

寇全羅道損竹島, 殺邊將李太源, 捕得生口, 言我國邊氓沙
구 전 라 도 손 죽 도　살 변 장 이 태 원　포 득 생 구　언 아 국 변 맹 사

乙 · 背同者, 叛入倭中, 導倭爲寇, 朝廷憤之. 至是人或言, 宜
을　배 동 자　반 입 왜 중　도 왜 위 구　조 정 분 지　지 시 인 혹 언　의

令日本, 刷還叛民, 然後議通信, 以觀誠否, 使館客諷之, 義智
령 일 본　쇄 환 반 민　연 후 의 통 신　이 관 성 부　사 관 객 풍 지　의 지

曰「此不難」卽遣平調信, 歸報其國, 不數月, 悉捕我民之在
왈　차 불 난　즉 견 평 조 신　귀 보 기 국　불 수 월　실 포 아 민 지 재

其國者十餘人來獻, 上御仁政殿, 大陳兵威, 鎖沙乙 · 背同等
기 국 자 십 여 인 래 헌　상 어 인 정 전　대 진 병 위　쇄 사 을　배 동 등

入庭詰問, 斬於城外. 賞義智內廐馬一匹, 後引見倭使一行賜
입 정 힐 문　참 어 성 외　상 의 지 내 구 마 일 필　후 인 견 왜 사 일 행 사

宴, 義智 · 玄蘇等, 皆入殿內, 以次進爵, 時余判禮曹, 亦宴倭
연　의 지　현 소 등　개 입 전 내　이 차 진 작　시 여 판 예 조　역 연 왜

使於曹中, 然通信之議久未決, 余爲大提學, 將撰國書, 啓請
사 어 조 중　연 통 신 지 의 구 미 결　여 위 대 제 학　장 찬 국 서　계 청

速定議, 勿致生釁, 明日朝講, 知事邊協等, 亦啓宜遣使報答,
속 정 의　물 치 생 흔　명 일 조 강　지 사 변 협 등　역 계 의 견 사 보 답

且見彼中動靜而來, 非失計也. 於是朝議始定, 命擇可使者,
차 견 피 중 동 정 이 래　비 실 계 야　어 시 조 의 시 정　명 택 가 사 자

大臣以僉知黃允吉, 司成金誠一爲上副使·典籍許筬爲書狀
대신이 첨지황윤길 사성김성일위상부사 전적허성위서장

官. 庚寅三月, 遂與義智等同發. 時義智獻二孔雀及鳥銃·
관 경인삼월 수여의지등동발 시의지헌이공작급조총

槍·刀等物, 命放孔雀於南陽海島, 下鳥銃於軍器寺, 我國之
창 도등물 명방공작어남양해도 하조총어군기시 아국지

有鳥銃始此.
유조총시차

대마도(쓰시마섬) 이즈하라항
조선과 중국의 문물과 문화를 왕래하던 지역

우리 통신사通信使 황윤길黃允吉 등이 일본日本에 다녀 옴

신묘년(宣祖 24년 : 서기 1591) 봄에 통신사通信使 황윤길黃允吉·김성일金誠一 등이 일본에서 돌아왔는데, 왜인倭人 평조신平調信·현소玄蘇가 함께 따라 왔다.

이보다 먼저 황윤길 등이 지난해(1590) 4월 29일에 부산포釜山浦[1]로부터 배를 타고 출발하여 대마도對馬島에 이르러 한 달 동안을 머무르고, 또 대마도로부터 뱃길로 40여 리를 가서 일기도一岐島에 이르고, 박다주博多州·장문주長門州·낭고야浪古耶[2]를 거쳐 7월 22일에 이르러서야 비로소 그 국도國都[3]에 도착하였다. 대개 왜인들이 고의로 그 길을 멀리 돌고 또 곳곳에 머물러 지체

---

1 부산포釜山浦 : 지금의 부산.
2 일기도一岐島·박다주博多州·장문주長門州·낭고야浪古耶 : 일본에 있는 지명.
3 국도國都 : 당시 일본의 수도로 지금의 경도京都.

케 한 까닭으로 여러 달 만에 이르게 된 것이다.

그들이 대마도에 머물러 있을 때 평의지平義智가 사신을 청하여 절간〔山寺〕에서 잔치를 베풀었다. 사신들이 이미 자리에 앉아 있는데, 평의지가 교자轎子를 탄 채로 문 안으로 들어와 섬돌에 이르러서야 내렸다. 이를 본 김성일이 노하여 말하기를,

「대마도는 곧 우리나라의 번신藩臣[4]이다. 사신인 우리가 왕명을 받들고 왔는데, 어찌 감히 오만하게 업신여김이 이와 같으냐? 나는 이런 잔치는 받을 수 없다.」

하고는 곧 일어나서 나오니 허성許筬 등도 잇따라 나와 버렸다. 그러자 평의지는 그 허물을 교자를 메고 온 사람에게 돌려 그 사람을 죽여서 그 머리를 받들고 와서 사과하였다. 이로부터 왜인들은 김성일을 공경하고 두려워하여 그를 대접함에 예를 더 극진히 하며 멀리 바라보이기만 해도 말에서 내렸다. 우리 사신들이 그 나라의 국도에 이르니 큰 절에 묵게 하였다. 때마침 평수길(풍신수길)이 동산도東山道를 치러 갔으므로〔出戰〕 두어 달 동안 머물러 있었는데, 평수길이가 돌아오고도 또 궁실宮室을 수리한다는 핑계로 즉시 국서國書를 받지 않아서 전후 다섯 달 동안이나 머물러 있다가 비로소 왕명을 전달하였다.

그 나라에서는 천황天皇[5]을 매우 높여서 평수길로부터 이하의

---

4 번신藩臣 : 번병藩屛의 신하라는 뜻. 대마도는 세종 때 삼포를 개항한 뒤부터 조선에 세공을 바쳤으므로 이렇게 말함.

5 천황天皇 : 일본의 임금.

곽광상霍光像
전한前漢의 정치가《삼재도회三才圖會》

모든 관리가 다 신하의 예로써 이에 처하였고, 평수길은 나라 안에 있을 땐 왕이라 칭하지 않고 다만 관백關白[6]이라고 칭하였고, 혹은 박륙후博陸候[7]라고 칭하였다. 이른바 관백이라는 말은 곽광霍光[8]이 말한,「모든 일은 다 먼저 자기에게 관백하라〔凡事皆先關白〕.」는 말에서 따온 것이다.

풍신수길은 우리 사신을 접대할 때에 교자를 타고 그 궁宮으로 들어가는 것을 허락하였으며, 날라리〔笳 ; 갈잎피리 가〕와 피리〔角 ; 뿔 피리 각〕를 불며 앞에서 인도하여 당堂에 올라서 예禮를 행하게 하였다. 풍신수길은 얼굴은 작고 누추하고 낯빛은 검으며 보통 사람과 다른 의표는

---

6 관백關白 : 일본의 막부시대의 벼슬 이름. 태정대신太正大臣의 윗자리에 있어 실제적인 집권자. 등원藤原시대부터 시작되어 명치유신明治維新 때 폐지되었으나, 어원은 한서『곽광전霍光傳』의「凡事皆先關白光, 然後奉御天子(모든 일은 다 먼저 곽광에게 관백한 연후에 천자에게 아뢴다)」하는데서 따온 말임.

7 박륙후博陸候 : 한나라 때 곽광에게 봉한 작명.

8 곽광霍光 : 전한前漢 때 사람. 소제昭帝 때 대사마대장군이 되어 정사를 돕고, 이어 선제宣帝를 섬겨 20여 년 동안 궁중을 마음대로 출입함. 기린각공신麒麟閣功臣의 제1인자라고 칭함.

없었으나, 다만 눈빛이 좀 번쩍거려 사람을 쏘아보는 것같이 느껴졌다고 한다. 그는 삼중석三重席을 깔고 남쪽을 향하여 마루에 앉았고, 사모紗帽를 쓰고 검은 도포를 입었으며 신하들 몇 사람이 옆에 벌려 앉았다가 우리 사신을 인도하여 자리에 앉게 하였다. 자리에는 연회의 기구도 설비하지 않았고 앞에는 한 개의 탁자가 놓였는데, 그 가운데에 떡 한 그릇이 놓여 있었으며, 질그릇 사발로써 술을 따랐는데 술 역시 탁주濁酒였으며, 그 예禮가 극히 간단하여 두어 번 술잔을 돌리고는 그만두니, 절〔拜〕하고 읍揖하고 술잔을 주고 받고 하는 절차가 없었다. 잠시 후에 평수길은 갑자기 일어나서 집안으로 들어갔는데 자리에 앉아 있던 사람은 모두 움직이지 않았다. 조금 뒤에 한 사람이 편복便服[9]으로 어린애를 안고 집안으로부터 나와서 집안을 배회하므로 이를 바라보니 곧 평수길이었다. 이때 자리에 앉아 있던 사람들은 모두 고개를 숙이고 엎드려 있을 따름이었다. 이윽고 난간 밖에 나와서 우리나라 악공樂工을 불러 여러 가지 풍악을 성대히 연주하게 하고 이를 듣고 있는데, 안고 있던 어린애가 그 옷에 오줌을 누었다. 평수길은 웃으면서 시자侍子를 부르니 한 여왜女倭인 여자가 그 소리에 응하여 달려나왔다. 평수길은 그녀에게 아이를 건네주고는 다른 옷으로 갈아 입었다. 그의 모든 행동은 제멋대로였으며 마치 그 곁에는 사람이 없는 것 같은 태도였다.

9 편복便服 : 평상시에 입는 옷.

우리 사신들이 하직하고 나온 후에는 다시 평수길을 볼 수 없었는데, 상사上使와 부사副使에게는 선물로 은銀 4백냥을 주고, 서장관書狀官·통사通事 이하 수행원에게는 은을 차등을 두어 주었다.

우리 사신이 장차 돌아오려 할 때, 곧 답서를 마련하지 않고 먼저 떠나라고 하였다. 김성일이 말하기를,

「우리는 사신이 되어 국서國書를 받들고 왔는데, 만약 회보하는 글이 없다면 이것은 왕명을 풀밭[草莽초망=草野초야]에 버리는 것과 같은 것이다.」

라고 하였다. 그런데 황윤길은 더 머물라는 말이 나올까 두려워 갑자기 떠나 배가 머물러 있는 바닷가에 이르러 기다리고 있으니 그제야 답서가 왔다. 그러나 그 글 내용이 거칠고 거만하여 우리가 바라던 것이 아니었다. 김성일은 이를 받지 않고 몇 차례를 고쳐 써오게 한 연후에야 가지고 떠났다. 사신이 지나는 곳마다 여러 왜인들이 선물을 주었으나 김성일은 이를 모두 물리쳤다.

황윤길은 부산으로 돌아오자 급히 장계를 올려 왜국의 정세를 보고하고, 「반드시 병화兵禍가 있을 것입니다.」라고 말하였다. 사신이 서울에 와서 복명復命할 때 임금께서는 그들을 불러 보시고 일본의 사정을 물으셨다. 황윤길은 먼저 보고한 대로 대답하였는데, 김성일은 말하기를,

「신은 그곳에서 그러한 징조[兵禍]가 있는 것을 보지 못하였습니다.」라고 하며, 인하여 「황윤길이 사람들의 마음을 동요시키는

행동은 옳지 않습니다.」라고 말하였다.

이에 의논하는 사람들은 혹은 황윤길의 의견을 주장하고, 혹은 김성일의 의견을 주장하였다. 이때 나는 김성일에게 묻기를,

「그대의 말은 황사黃使(황윤길)의 말과 같지 않은데, 만일 병화 兵禍(戰爭)가 있으면 장차 어떻게 하려는가?」

하니 그는 말하기를,

「나도 역시 어찌 왜倭가 끝내 움직이지 않을 것이라고 장담을 하겠습니까? 다만 황사의 말이 너무 중대하여 중앙이나 지방이 놀라고 당황할 것 같으므로 이를 해명하였을 따름입니다.」

라고 하였다.

原文

辛卯春, 通信使黃允吉·金誠一等, 回自日本, 倭人平調信·
신묘춘   통신사황윤길   김성일등   회자일본   왜인평조신

玄蘇偕來, 初允吉等, 上年四月二十九日, 自釜山浦乘船, 抵
현소해래   초윤길등   상년사월이십구일   자부산포승선   저

對馬島, 留一月, 又自馬島, 水行四十餘里, 到一岐島, 歷博多
대마도   유일월   우자마도   수행사십여리   도일기도   역박다

州·長門州·浪古耶, 至七月二十二日, 始至國都. 蓋倭人,
주   장문주   낭고야   지칠월이십이일   시지국도   개왜인

故迂迴其路, 且處處留滯, 故累月乃至. 其在對馬島, 平議智
고우회기로   차처처유체   고누월내지   기재대마도   평의지

請使臣, 宴山寺中, 使臣已在座, 義智乘轎入門, 至階方下, 金
청사신   연산사중   사신이재좌   의지승교입문   지계방하   김

誠一怒曰, 「對馬島, 乃我藩臣, 使臣奉命至, 豈敢慢侮如此?
성일노왈   대마도   내아번신   사신봉명지   기감만모여차

吾不可受宴.」 卽起出, 許筬等繼出, 義智歸咎於擔轎者殺之,
오불가수연   즉기출   허성등계출   의지귀구어담교자살지

奉其首來謝. 自是倭人, 敬憚誠一, 待之加禮, 望見下馬. 到其
봉 기 수 래 사　자 시 왜 인　경 탄 성 일　대 지 가 례　망 견 하 마　도 기

國, 館於大刹, 適平秀吉往擊東山道, 留數月, 秀吉回, 又託以
국　관 어 대 찰　적 평 수 길 왕 격 동 산 도　유 수 월　수 길 회　우 탁 이

修治宮室, 不卽受國書, 前後留館五月, 始傳命, 其國尊其天
수 치 궁 실　부 즉 수 국 서　전 후 유 관 오 월　시 전 명　기 국 존 기 천

皇, 自秀吉以下, 皆以臣禮處之, 秀吉在國中不稱王, 但稱關
황　자 수 길 이 하　개 이 신 례 처 지　수 길 재 국 중 불 칭 왕　단 칭 관

白, 或稱博陸侯, 所謂關白者, 取霍光凡事皆先關白之語, 而
백　혹 칭 박 륙 후　소 위 관 백 자　취 곽 광 범 사 개 선 관 백 지 어　이

稱之也. 其接我使也, 許乘轎入其宮, 以笳角前導, 陞堂行禮,
칭 지 야　기 접 아 사 야　허 승 교 입 기 궁　이 가 각 전 도　승 당 행 례

秀吉容貌矮陋, 面色黧黑, 無異表, 但微覺目光閃閃射人云.
수 길 용 모 왜 루　면 색 이 흑　무 이 표　단 미 각 목 광 섬 섬 사 인 운

設三重席, 南向地坐, 戴紗帽穿黑袍, 諸臣數人列坐, 引我使
설 삼 중 석　남 향 지 좌　대 사 모 천 흑 포　제 신 수 인 열 좌　인 아 사

就席, 不設宴具, 前置一卓, 中有熟餠一器, 以瓦甌行酒, 酒亦
취 석　불 설 연 구　전 치 일 탁　중 유 숙 병 일 기　이 와 구 행 주　주 역

濁, 其禮極簡, 數巡而罷, 無拜揖酬酢之節, 有頃, 秀吉忽起入
탁　기 례 극 간　수 순 이 파　무 배 읍 수 초 지 절　유 경　수 길 홀 기 입

內, 在席者皆不動. 俄而, 有人便服, 抱小兒從內出, 徘徊堂
내　재 석 자 개 부 동　아 이　유 인 편 복　포 소 아 종 내 출　배 회 당

中, 視之, 乃秀吉也, 坐中俯伏而已. 已而出臨楹外, 招我國樂
중　시 지　내 수 길 야　좌 중 부 복 이 이　이 이 출 림 영 외　초 아 국 악

工, 盛奏衆樂, 而聽之, 小兒遺溺衣上, 秀吉笑呼侍者, 一女倭
공　성 주 중 악　이 청 지　소 아 유 닉 의 상　수 길 소 호 시 자　일 녀 왜

應聲走出, 授其兒更他衣, 皆肆意自得, 旁若無人. 使臣辭出,
응 성 주 출　수 기 아 경 타 의　개 사 의 자 득　방 약 무 인　사 신 사 출

其後不得再見, 與上副使銀四百兩, 書狀通事以下有差. 我使
기 후 부 득 재 견　여 상 부 사 은 사 백 량　서 장 통 사 이 하 유 차　아 사

將回, 不時裁答書令先行. 誠一曰, 「吾爲使臣, 奉國書來, 若
장 회　불 시 재 답 서 령 선 행　성 일 왈　오 위 사 신　봉 국 서 래　약

無報書, 與委命於草莽同.」 允吉懼見留, 遽發至界濱, 待之,
무 보 서　여 위 명 어 초 망 동　윤 길 구 견 류　거 발 지 계 빈　대 지

答書始來, 而辭意悖慢, 非我所望也. 誠一不受, 改定數次, 然
답 서 시 래　이 사 의 패 만　비 아 소 망 야　성 일 불 수　개 정 수 차　연

後行, 凡所經由, 諸倭贈遺, 誠一皆卻之, 允吉還泊釜山, 馳啓
후행 범소경유 제왜증유 성일개각지 윤길환박부산 치계

情形, 以爲必有兵禍. 旣復命, 上引見而問之, 允吉對如前, 誠
정형 이위필유병화 기복명 상인견이문지 윤길대여전 성

一曰,「臣不見其有是」, 因言允吉搖動人心, 非宜, 於是議者,
일왈 신불견기유시 인언윤길요동인심 비의 어시의자

或主允吉, 或主誠一, 余問誠一曰,「君言與黃使不同, 萬一有
혹주윤길 혹주성일 여문성일왈 군언여황사부동 만일유

兵, 將奈何?」曰,「吾亦豈能必倭終不動? 但黃言太重, 中外
병 장내하 왈 오역기능필왜종부동 단황언태중 중외

驚惑, 故解之耳.」
경혹 고해지이

조선통신사朝鮮通信使 내조도來朝圖(일본 고베시립미술관 소장)

명明나라를 치겠다는
일본국서日本國書가 말썽이 됨

그때 통신사가 가져온 왜의 국서[倭書]에, 「군사를 거느리고 명나라에 뛰어 들어가겠다.」는 말이 있었는데, 나는 「마땅히 곧 사유를 갖추어서 명나라 조정에 알려야 한다.」고 말하였는데, 수상首相[1]은 「명나라 조정에서 우리가 왜국과 사사로이 통신한 것을 죄책할까 염려되니 알리지 말고 숨겨 두는 것이 좋을 것 같다.」고 하는 것이었다. 나는 말하기를, 「일로 인해서 이웃 나라를 왕래하는 것은 한 나라로서 어찌할 수 없는 것입니다. 성화成化[2] 무렵에 일본도 역시 일찍이 우리나라를 통해서 중국에 조공朝貢하게 해달라고 요구하므로, 즉시 사실대로 명나라 조정에 알렸더니, 명나라 조정에서는 칙서勅書를 내려 회유回諭하였던 것입니

---

1 수상首相 : 영의정 이산해李山海.
2 성화成化 : 명나라 헌종 때의 연호.

다. 먼저의 일이 이미 그러하오니, 다만 오늘에만 있는 일은 아닙니다. 지금 우리가 이것을 숨기고 알리지 않는다면 대의大義에 있어서도 옳지 아니합니다. 더구나 적賊이 만약 실제로 명나라를 침범할 계획이 있어서 이 사실을 다른 곳으로부터 들어 알게 된다면, 명나라에서는 도리어 우리나라가 왜국

이산해(李山海, 1539~1609) 초상화

과 공모하여 숨기는 것으로 의심할 것이니, 이렇게 된다면 곧 그 죄는 다만 왜국에 통신사를 보냈다는 일에만 그치지는 않을 것입니다.」라고 하였다.

조정에서는 나의 의견이 옳다고 하는 사람들이 많았다. 그래서 드디어는 김응남金應南[3] 등을 파견하여 명나라 조정에 이 사실을 빨리 알리게 하였다.

이때 복건성福建省[4] 사람 허의후許儀候·진신陳申 등이 왜인에게 사로잡혀 왜국 안에 있었는데, 그들은 이미 왜국의 이러한 정세를 비밀리에 본국에 알렸으며, 또 유구국琉球國[5]의 세자 상녕尚

---

3 김응남金應南(1546~1598) : 조선조 선조 때의 문신. 자는 중숙重叔, 호는 두암斗巖. 본관은 원주原州이다. 선조 때 문과에 급제하여 대사헌大司憲·대사간大司諫을 거쳐 좌의정을 지냄.

4 복건성福建省 : 지명. 곧 중국의 복건성.

5 유구국琉球國 : 일본의 구주 남쪽 지방에 있는 작은 섬으로 이루어진 나라로 지금 충승열도沖繩列島(오키나와 제도)이다.

寧도 연달아 사신을 파견하여 이 소식을 알렸는데, 다만 우리나라 사신만이 아직 이르지 않으므로 명나라 조정에서는 우리가 왜국과 어울린 것으로 의심하고는 이에 대한 논의가 자자하였다. 이때 각로閣老 허국許國[6]은 일찍이 우리나라에 사신으로 다녀간 일이 있으므로 홀로 「조선朝鮮은 정성을 다하여 우리나라를 섬기고 있으니 반드시 왜국과 더불어 배반하지 않을 것이다. 좀 더 기다려 보자.」 하였다. 그런데 얼마 아니하여 김응남金應南 등이 보고하는 글을 가지고 이르니, 허공[許國]은 크게 기뻐하고 명나라 조정의 의심도 비로소 풀어졌다고 이른다.

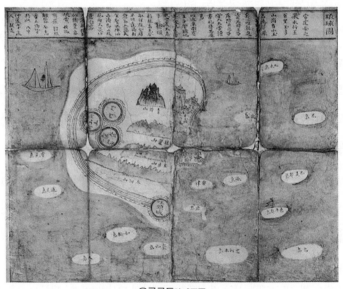

유구국도琉球國圖
조선시대 여지도의 일부(전쟁기념관 소장)

6 허국許國(1522~1566) : 명나라 흡주歙州 사람. 신종神宗 때의 재상.

時倭書, 有率兵超入大明之語, 余謂當卽具由奏聞天朝, 首相
시 왜 서 유 솔 병 초 입 대 명 지 어 여 위 당 즉 구 유 주 문 천 조 수 상

以爲恐皇朝罪我私通倭國, 不如諱之. 余曰, 「因事往來隣邦,
이 위 공 황 조 죄 아 사 통 왜 국 불 여 휘 지 여 왈 인 사 왕 래 인 방,

有國之所不免. 成化間, 日本亦嘗因我, 求貢中國, 卽據實奏
유 국 지 소 불 면 성 화 간 일 본 역 상 인 아 구 공 중 국 즉 거 실 주

聞, 天朝降勅回諭, 前事已然, 非獨今日, 今諱不聞奏, 於大義
문 천 조 강 칙 회 유 전 사 이 연 비 독 금 일 금 휘 불 문 주 어 대 의

不可. 況賊若實有犯順之謀, 從他處奏聞, 而天朝反疑我國同
불 가 황 적 약 실 유 범 순 지 모 종 타 처 주 문 이 천 조 반 의 아 국 동

心隱諱, 則其罪不止於通信而已也.」 朝廷多是余議者, 遂遣
심 은 휘 즉 기 죄 부 지 어 통 신 이 이 야 조 정 다 시 여 의 자 수 견

金應南等馳奏. 時福建人許儀後陳申等, 被擄在倭中, 已密報
김 응 남 등 치 주 시 복 건 인 허 의 후 진 신 등 피 로 재 왜 중 이 밀 보

倭情, 及琉球國世子尙寧, 連遣使報聲息, 獨我使未至, 天朝
왜 정 급 유 구 국 세 자 상 녕 연 견 사 보 성 식 독 아 사 미 지 천 조

疑我貳於倭, 論議藉藉, 閣老許國, 曾使我國, 獨言朝鮮至誠
의 아 이 어 왜 논 의 자 자 각 로 허 국 증 사 아 국 독 언 조 선 지 성

事大, 必不與倭叛, 姑待之. 未久, 應南等賫奏至, 許公大喜,
사 대 필 불 여 왜 반 고 대 지 미 구 응 남 등 재 주 지 허 공 대 희

而朝議始釋然云.
이 조 의 시 석 연 운

다급한 군비軍備

　우리 조정에서는 왜국의 움직임을 근심하여 변방을 수비하는
일에 밝은 재신宰臣들을 가려서 뽑아 하삼도下三道[1]를 순찰하여
이에 대비(방비)하게 하였는데, 김수金晬[2]를 경상감사慶尙監司[3]로,
이광李洸[4]을 전라감사全羅監司로, 윤선각尹先覺을 충청감사忠淸
監司로 삼아 기계器械를 갖추고 성지城池를 수축하게 하였다. 그
중에서도 경상도에서는 성을 쌓은 것이 더욱 많아서 영천永川·

---

1 하삼도下三道 : 아랫녘의 삼도. 곧 충청도·경상도·전라도.

2 김수金晬(1537~1615) : 조선조 선조 때 문신. 자는 자앙子昻, 호는 몽촌夢村. 선조 때
　문과에 급제하여 경상감사·호조판서·영중추부사 등의 벼슬을 지냄.

3 경상감사慶尙監司 : 조선조 때 지방장관. 8도에 1명씩 두었는데 종2품 벼슬로서, 관
　찰사·관찰출척사觀察黜陟使라고도 이름하였다. 문관직으로서 절도사·수군절도
　사 등의 무관을 겸하고 있었다.

4 이광李洸(1541~1607) : 조선조 선조 때의 문신. 자는 사무士武, 호는 우계雨溪. 선조
　때 문과에 급제, 임진왜란 때 전라감사가 되어 충청감사 윤선각尹先覺, 경상감사
　김수 등과 더불어 용인에서 왜적과 싸우다가 대패하였다.

청도淸道·삼가三嘉·대구大丘·성주星州·부산釜山·동래東
萊·진주晉州·안동安東·상주尙州의 좌우병영左右兵營과 같은
곳은 새로 쌓기도 하고, 혹은 증축하기도 하였다.

이때는 세상이 태평스러운 지가 이미 오래 되었으므로, 중앙과
지방이 다 편안한 데 젖어서 백성들은 성 쌓는 일 같은 노역을 꺼
리게 되고 원망하는 소리가 길에 가득 찼다. 나와 같은 연배이면
전에 전적典籍 벼슬을 지낸 이노李魯는 합천陜川사람인데, 그는
나에게 서신을 보내 말하기를,

「성을 쌓는 것은 좋은 계교가 아닙니다.」
하고, 또 말하기를,

「삼가三嘉는 앞에 정진鼎津:경남 의령군 의령면 남단 낙동강 지류인 남강
에 있는 나루로 함안군에서 의령군으로 건너가는 나루다.이 가로막혀 있으니
왜적들이 날아서 건너오겠습니까? 애써 쓸데없이 성을 쌓느라고
백성을 수고롭게 만드리오.」라고 하였다.

대저 만리 창해로서도 오히려 왜적을 막을 수가 없었는데 조그
마한 강물 하나를 가로놓고 반드시 왜적이 건너올 수 없을 것이
라고 단정하니, 그 사람 역시 사리에 어두운 것이라 하겠으나, 이
때 사람들의 의견도 다 이와 같았다. 홍문관弘文館[5]에서도 또한
차자箚子[6]를 올려 그렇게 논란하였다.

5 홍문관弘文館 : 조선조 때의 삼사三司(사헌부·사간원·홍문관)의 하나. 주로 궁중의
  경서 및 사적을 관리하며 문서를 처리하고, 또 임금의 자문에 응하는 관청이다.
6 차자箚子 : 상소문의 간략한 형식으로, 신하가 임금에게 올리는 문서의 한 체를
  말함.

그런데 경상도와 전라도의 두 도내에 쌓은 성들은 다 그 지형과 형세를 잘 살펴서 쌓지 않고 넓고 크게 하여 많은 사람들을 수용할 수 있게 만드는 데에만 힘썼다. 진주성晉州城 같은 것은 본래 험한 곳에 의거하여 지킬 만하였으나, 이때에 이르러 그것이 작다고 여겨서 동면東面의 평지로 내려 쌓았기 때문에, 그 뒤에 적들이 여기로부터 성 안으로 들어와서 성을 보전(지키지)하지 못했다.

대체로 성이란 견고하고 작은 것을 고귀하게 여기는 것인데, 오히려 그것이 넓지 않다고 염려를 하였으니, 역시 그때의 의논이 그러하였던 것이다.

더구나 군정軍政의 근본 문제라든지 장수를 가리는(뽑는) 요긴한 점(요령)이라든지, 군사를 편성하고 훈련하는 방법에 이르러서는 백 가지 중에서 한 가지도 제대로 갖추지 못하였으므로 전쟁에 패하는 데에 이르고 말았다.

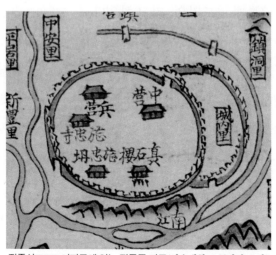

진주성晉州城 여지도에 있는 진주목 지도(서울대학교 규장각 소장)

朝廷憂倭, 擇知邊事宰臣, 巡察下三道, 以備之. 金睟爲慶尙
조 정 우 왜   택 지 변 사 재 신   순 찰 하 삼 도   이 비 지   김 수 위 경 상

監司, 李洸爲全羅監司, 尹先覺爲忠淸監司, 令備器械修城池,
감 사   이 광 위 전 라 감 사   윤 선 각 위 충 청 감 사   영 비 기 계 수 성 지

慶尙道築城尤多, 如永川·淸道·三嘉·大邱·星州·釜
경 상 도 축 성 우 다   여 영 천   청 도   삼 가   대 구   성 주   부

山·東萊·晉[7]州·安東·尙州左右兵營, 或新築或增修, 時
산   동 래   진 주   안 동   상 주 좌 우 병 영   혹 신 축 혹 증 수   시

昇平旣久, 中外狃安, 民以勞役爲憚, 怨聲載路, 余同年前典
승 평 기 구   중 외 뉴 안   민 이 노 역 위 탄   원 성 대 로   여 동 년 전 전

籍李魯, 陜川人, 貽書余言, 築城非計. 且曰, 「三嘉前阻鼎津,
적 이 노   합 천 인   이 서 여 언   축 성 비 계   차 왈   삼 가 전 조 정 진

倭能飛渡乎! 何爲浪築勞民.」 夫以萬里滄溟, 猶不能禦倭, 而
왜 능 비 도 호   하 위 낭 축 노 민   부 이 만 리 창 명   유 불 능 어 왜   이

欲限一衣帶水, 必倭之不能渡, 其亦踈[8]矣, 而一時人議如此.
욕 한 일 의 대 수   필 왜 지 불 능 도   기 역 소 의   이 일 시 인 의 여 차

弘文館亦上箚[9]論之, 然兩南所築, 皆不得形勢, 且以濶大, 容
홍 문 관 역 상 차 논 지   연 양 남 소 축   개 부 득 형 세   차 이 활 대   용

衆爲務. 如晉州城, 本據險可守, 至是以爲小, 移東面下就平
중 위 무   여 진 주 성   본 거 험 가 수   지 시 이 위 소   이 동 면 하 취 평

地, 其後, 賊由此入城, 城遂不保, 大抵城以堅小爲貴, 而猶恐
지   기 후   적 유 차 입 성   성 수 불 보   대 저 성 이 견 소 위 귀   이 유 공

其不廣, 亦時論然也. 至於軍政之本, 擇將之要, 組練之方, 百
기 불 광   역 시 논 연 야   지 어 군 정 지 본   택 장 지 요   조 련 지 방   백

不一擧, 以至於敗.
불 일 거   이 지 어 패

7 진晉 : 나아갈 진. 본자 晉. 속자 晋. 간체자 晋.

8 소疏 : ①트일 소. ②거칠 소. ③적을 소. 조목 별로 써서 진술하다. 상소하다. 疎
는 동자이나 그 뜻에 있어 ; ①트다. 통하다. ②채소〔蔬〕③거칠 소. ④적을 소.
기록하다로 쓰일 때는 관습상 이 자를 쓰지 아니한다. 踈는 疎의 와자(譌字=바뀐 글
자).

9 차箚 : 차자 차. ①찌르다. ②상소문. ③위에서 내리는 공문서. 剳 낮 답. 우리나
라에서는 箚의 속자로도 쓰임.

읍현감이 되었다.

이때 왜적이 쳐들어온다는 소리가 날로 심하게 전해지자 임금께서는 비변사備邊司[11]에 명하여 각각 재모가 장수감이 될 만한 사람을 추천하라고 하므로, 내가 이순신을 추천하여 드디어 정읍현감으로부터 수사水使(수군절도사)로 뛰어 임명되니, 사람들은 혹은 그가 갑작스레 승진한 것을 의아하게 여기기도 하였다.

당시 조정에 있는 무장武將 가운데서는 오직 신립申砬[12]·이일李鎰[13]이 가장 유명하였다. 경상우병사慶尙右兵使[14] 조대곤曺大坤은 나이도 늙고 용맹도 없으므로 여러 사람들은 그가 군사의 전권을 감당하지 못할 것이라고 근심하였다. 나(유성룡)는 경연經筵[15]

---

11 비변사備邊司 : 조선조 때 군국기무軍國機務를 총령하는 관청. 비국備局 또는 주사籌司라고도 함. 도제조都提調·제조提調 등의 관원을 둠. 삼포왜란三浦倭亂 때 창설되어 을묘왜란乙卯倭亂 때 상설 군사기구로 되고, 임진왜란 때에는 전시의 군사·정치의 통할기구로 됨.

12 신립申砬(1546~1592) : 조선조 선조 때의 장군. 본관은 평산平山. 자는 입지立之, 시호는 충장忠壯. 선조 때 무과에 급제하여 진주판관晉州判官·온성부사穩城府使·평안도병마절도사 등을 거쳐 한성부판윤漢城府判尹이 되고, 임진왜란이 일어나자 삼도도순변사三道都巡邊使가 되었는데, 충주 탄금대彈琴臺에서 왜적과 싸우다가 전사함.

13 이일李鎰(1538~1601) : 조선조 선조 때의 무장武將. 자는 중경重卿, 시호는 장양壯襄. 본관은 용인龍仁이다. 명종 때 무과에 급제, 경원부사慶源府使를 지내고 임진왜란 때 순변사巡邊使로 활약함. 함경남도병사咸鏡南道兵使를 지냄.

14 병사兵使 : 조선조 때 무관직武官職. 속칭 병마절도사兵馬節度使. 지방의 군대를 통솔한 책임자로 종2품 벼슬. 정원은 15명으로 경기 1, 충청 2, 경상 3, 전라 2, 황해 2, 강원 1, 함경 3, 평안도 2명이 있고, 그중에 1명은 관찰사觀察使를 겸임하였다.

15 경연經筵 : 임금 앞에서 경전을 강론講論하는 자리.

에서 임금에게 아뢰어 이일로 조대곤을 대신하게 할 것을 청하니, 병조판서兵曹判書[16] 홍여순洪汝諄[17]이 말하기를,

「유명한 장수는 마땅히 서울에 남아 있어야 합니다. 이일을 파견하여서는 안 됩니다.」하였다. 나는 거듭 아뢰어 말하기를,

「모든 일은 미리 준비하는 것이 소중합니다. 더구나 군사를 다스려 적을 막는 일은 더욱 갑자기 마련해서는 안 됩니다. 하루 아침에 사변이 생기면 마침내는 이일을 파견하지 않을 수 없을 것이오니, 이왕 보낼 바에는 차라리 하루라도 일찍 보내어 미리 군사를 정비하고 변고를 대비하게 하는 것이 매우 이로울 것입니다. 그렇지 않고 갑작스럽게 다른 고을에 있던 장수를 급히 내려보낸다면 거의 그 도道의 형세를 알지 못할 것이고, 또 그 군사들의 용감함과 비겁함도 알지 못할 것이오니, 이는 병가兵家[18]의 꺼리는 것이므로 이러다가는 반드시 후회가 있을 것입니다.」라고 하였으나 임금께서는 아무런 대답도 하지 않으셨다.

나는 또 비변사備邊司에 나와서 여러 사람들과 의논하여 조종祖宗 때에(예전에, 선대先代에) 마련한 진관鎭管의 법法[19]을 시행하

---

16 판서判書 : 조선조 때 6조六曹의 으뜸 벼슬로 정2품.

17 홍여순洪汝諄(1547~1609) : 조선조 때의 문신. 자는 사신士信. 본관은 남양南陽. 선조 때 문과에 급제, 병조판서兵曹判書를 거쳐 임진왜란 때에는 호조판서를 지내고, 순찰사巡察使 · 지중추부사 등을 역임함.

18 병가兵家 : 병학을 연구하는 사람, 또는 그 학파.

19 진관鎭管의 법法 : 조선조 때의 지방 군사조직으로, 각 도의 군사를 진관에 분속시키고, 유사시에는 진관의 주장이 이를 지휘하여 방위에 임하게 하는 제도이다.

자고 계청(아뢰었다)하였다. 그 내용은 대략 이러하였다.

「우리나라의 건국 초기에는 각 도의 군사들을 다 진관鎭管에 나누어 붙여서(배치해 두어서) 사변이(무슨 일이) 있으면 진관鎭管에서는 그 소속된 고을을 통솔하여 인차鱗次[20]로 정돈하고 주장主將의(장수의) 호령을 기다렸습니다. 경상도慶尙道를 예로 들어 말한다면, 김해金海·대구大丘·상주尙州·경주慶州·안동安東·진주晉州가 곧 여섯 진관鎭管이 되어서 설사 적병이 쳐들어와서 한 진鎭의 군사(군대)가 비록 실패한다 하더라도 다른 진이 차례로 군사를 엄중히 단속하여 굳건히 지켰기 때문에 한꺼번에 다 허물어져 버리는 데 이르지는 않았습니다. 저 지난 을묘년(1555)의 왜변이 있은 뒤에 김수문金秀文[21]이 전라도에 있으면서 처음으로 분군법分軍法:군사 편제.을 고쳐 만들어 도내의 여러 고을을 갈라서 소속한 군사를 순변사巡邊使[22]·방어사防禦使[23]·조방장助防將[24]·도원수都元帥와 및 본도의 병사兵使·수사水使들에

20 인차鱗次: 고기의 비늘처럼 차례차례로 정돈한다는 뜻.
21 김수문金秀文(?~1568): 자는 성장成章. 본관은 고령高靈. 조선조 명종 때 무장. 중종 때 무과에 급제, 명종 을묘왜변乙卯倭變(1555) 때 제주목사로 적(왜구)을 쳐 공을 세우고, 한성판윤漢城判尹을 거쳐 평안도병마절도사로 북변 방위에 공이 많았다.
22 순변사巡邊使: 조선조 때 왕명으로 군무의 책임을 띠고 변방邊方을 순검巡檢하는 목사牧使로, 대개 유사시에 임명하는 임시 겸직兼職.
23 방어사防禦使: 조선조 때 외관직. 각 도에 배속되어 요지를 방어하는 병권을 가진 종2품從二品 벼슬로, 병마절도사兵馬節度使의 다른 직위.
24 조방장助防將: 방어사. 수하手下에서 방어사를 보좌하는 무관. 적의 침략을 받으면 각 고을의 수령이 자기 휘하의 군사를 거느리고 전투가 벌어지는 지역으로 이동해서 중앙에서 내려 온 장수의 지휘를 받게 하는 방식.

게 나누어 붙이고(소속 시키고) 이름하기를 「제승방략制勝方略」[25]이라고 하였는데, 여러 도道에서도 다 이를 본받아 군사를 정비하였던 것입니다. 이에 있어서 진관鎭管의 명칭만은 비록 남아 있었사오나 그러나 그 실상은 서로 잘 연결이 되지 않았으므

제승방략制勝方略 (서울대학교 규장각 소장)

로, 한 번 경급驚急:위급한 사태.을 알리는 일이 있으면 반드시 멀고 가까운 곳이 함께 움직이게 되어 장수가 없는 군사들로 하여금 먼저 들판 가운데 모여 장수 오기를 천리 밖에서 기다리게 하다가 장수가 제때에 오지 않고 적의 선봉이 가까워지면 군사들이 마음속으로 놀라고 두려워하게 되니, 이는 반드시 무너질 수밖에 없는 도리입니다. 군대가 한번 무너지면 다시 수습하기가 어려운 것인데, 이때에는 장수가 비록 온다고 하더라도 누구를 데리고 함께 싸움을 하겠습니까? 그러하오니 다시 조종祖宗 때(선조先祖들이) 마련한 진관鎭管의 제도를 수복(재정비)하는 것이 좋을 것 같습니다. 이렇게 하면 평상시에 훈련하는 데 쉽고 사변이 있을 (일이 생겼을 때에는) 때면 순조롭게 군사를 모을 수 있을 것이며,

25 제승방략制勝方略 : 조선조 문종 때 김종서가 함경도 8진의 방수防戍(국경을 지킴)를 논한 병서.

또 전후를 서로 호응하게 만들고 안팎이 서로 의지하게 되어 갑자기 무너져서 어찌할 수 없는 지경에 이르지 않게 될 것이오니, 이변에 대처하는 데 편리할 것으로 여겨집니다.」

이 일에 관하여 본도本道에 하달하였더니 경상감사 김수金睟는 「제승방략制勝方略은 써 온 지가 이미 오래되었으니 갑자기 변경할 수 없습니다.」 하므로, 그 의론은 드디어 중지되고 말았다.

原文

擢井邑縣監李舜臣, 爲全羅左道水軍節度使. 舜臣有膽略善
탁 정 읍 현 감 이 순 신   위 전 라 좌 도 수 군 절 도 사   순 신 유 담 략 선

騎射, 嘗爲造山萬戶時, 北邊多事, 舜臣以計誘致叛胡于乙其
기 사   상 위 조 산 만 호 시   북 변 다 사   순 신 이 계 유 치 반 호 우 을 기

乃, 縛送兵營斬之, 虜患遂息. 巡察使鄭彦信, 令舜臣護鹿屯
내   박 송 병 영 참 지   노 환 수 식   순 찰 사 정 언 신   영 순 신 호 녹 둔

島屯田. 一日大霧, 軍人盡出收禾, 柵中但有十餘人, 俄而, 虜
도 둔 전   일 일 대 무   군 인 진 출 수 화   책 중 단 유 십 여 인   아 이   노

騎四集, 舜臣閉柵門, 自以柳葉箭, 從柵內連射賊數十墮馬
기 사 집   순 신 폐 책 문   자 이 유 엽 전   종 책 내 연 사 적 수 십 타 마

虜驚駭退走. 舜臣開門, 單騎大呼逐之, 虜衆大奔, 盡奪所掠
노 경 해 퇴 주   순 신 개 문   단 기 대 호 축 지   노 중 대 분   진 탈 소 략

而還. 然朝無推挽者, 登第十餘年不調, 始爲井邑縣監. 是時
이 환   연 조 무 추 만 자   등 제 십 여 년 부 조   시 위 정 읍 현 감   시 시

倭聲日急, 上命備邊司, 各薦才堪將帥者, 余擧舜臣, 遂自井
왜 성 일 급   상 명 비 변 사   각 천 재 감 장 수 자   여 거 순 신   수 자 정

邑超拜水使, 人或疑其驟. 時在朝武將中, 惟[26]申砬·李鎰最
읍 초 배 수 사   인 혹 의 기 취   시 재 조 무 장 중   유 신 립   이 일 최

有名, 慶尙右兵使曺大坤, 年老無勇, 衆憂不堪閫寄, 余於經
유 명   경 상 우 병 사 조 대 곤   연 로 무 용   중 우 불 감 곤 기   여 어 경

■ **26** 惟유 : 생각할 유. 오직 유. (같은 뜻으로 같이 쓰이는 자字 唯 오직 유. 다만.)

席, 啓請以鎰代大坤, 兵曹判書洪汝諄曰,「名將當在京都. 鎰
不可遣.」余再啓曰,「凡事貴預, 況治兵禦賊, 尤不可猝辦. 一
朝有變, 鎰終不得不遣, 等遣之, 寧早往一日, 使預備待變. 庶
或有益, 不然倉卒之際, 以客將馳下, 旣不諳本道形勢, 又不
識軍士勇怯, 此兵家所忌, 必有後悔.」不答, 余又出備邊司,
與諸人議, 啓請修祖宗鎭管之法. 大略以爲, 國初各道軍兵,
皆分屬鎭管, 有事則鎭管統率屬邑, 鱗次整頓, 以待主將號
令. 以慶尙道言之, 則金海 · 大丘 · 尙州 · 慶州 · 安東 · 晉
州是爲六鎭管, 脫有敵兵, 一鎭之軍, 雖或失利, 他鎭次第嚴
兵堅守, 不至於靡然奔潰, 往在乙卯變後, 金秀文在全羅道,
始改分軍法, 割道內諸邑, 散屬於巡邊使, 防禦使 · 助防將 ·
都元帥及本道兵水使, 名曰,「制勝方略」, 諸道皆效之. 於是
鎭管之名雖存, 而其實不相維繫, 一有驚急, 則必將遠近俱動,
使無將之軍, 先聚於原野之中, 以待將帥於千里之外, 將不時
至, 而賊鋒已逼, 則軍心驚懼, 此必潰之道也, 大衆一潰, 難可
復合, 此時將帥雖至, 誰與爲戰? 不如更修祖宗鎭管之制, 平
時易於訓鍊[27], 有事得以調集, 且使前後相應, 內外相倚, 不至

---

27 련鍊 : 통자 煉. 불릴 련. 몸 · 정신 등을 단련하다.(같은 뜻으로 같이 쓰이는 자字
練 익힐 련. 단련하다. 훈련하다.)

於土崩瓦解[28], 於事爲便, 事下本道, 慶尙監司金睟以爲, 制勝
어 토 붕 와 해　　어 사 위 편　사 하 본 도　경 상 감 사 김 수 이 위　제 승

方略, 行用已久, 不可猝變, 議遂寢.
방 략　행 용 이 구　불 가 졸 변　의 수 침

북관유적도첩北關遺蹟圖帖 중 수책거적도守柵拒敵圖
이순신이 1587년(선조 20) 함경도 조산보 만호 겸 녹둔도 둔전관으로 있을 때 기습 침입한 여진
족을 쫓아 포로로 붙잡힌 농민과 병사를 구했던 사건을 기록한 것이다. (고려대박물관 소장)

28 토붕와해土崩瓦解 : 집에 흙이 무너지고 기와가 깨지고 하여 어느 일을 먼저해야
집을 고칠지 도저히 수습할 수 없는 지경을 말함.

신립장군申砬將軍의
사람됨

　임진년(1592) 봄에 왕은 신립申砬과 이일李鎰을 나누어 보내 변방의 군비 상태를 순시하게 하였다. 이일은 충청忠淸·전라도 全羅道로 가고, 신립은 경기京畿·황해도黃海道로 갔다가 모두 한 달이 지난 뒤에 돌아왔는데, 점검點檢한 것들이란 활〔弓〕·화살 〔矢〕·창槍·칼〔刀〕 따위 뿐이었고, 군읍郡邑에서는 모두들 문서 의 형식만 갖춘 것을 가지고 법망을 피하며 달리 방어에 대한 좋 은 계책을 마련한 것이 없었다.

　신립申砬은 평소에 잔인하고 포악하다는 평판이 있는 사람인 데, 이르는 곳마다 사람들을 죽여 그 위엄을 세우니 수령守令[1]들 이 그를 무서워해서 백성을 동원하여 길을 닦고, 대접하는 음식

---

1 수령守令 : 조선조 때 각 고을을 맡아 다스리던 지방관의 총칭. 곧 원님.

신립申砬 장군 순절비각 충북 충주 칠금동에 위치함.

이나 거처하는 숙소가 지극히 사치스러워 비록 대신大臣[2]의 행차
라 하더라도 이만 같지 못할 형편이었다.

그들이 이미 임금에게 복명復命한 뒤, 4월 1일에 신립이 우리
집으로 나를 찾아왔기에, 나는 묻기를,

「머지 않아서 변란이 있을 것 같다. 그때는 공公이 마땅히 이
일을 맡아야 할 것인데, 공의 생각으로는 오늘날 적의 형세로 보
아서 이를 방어하기 어렵겠소, 아니면 어떠할 것 같소?」

하였더니, 신립은 아주 적을 가볍게 보면서 근심할 것이 없을 것
이라 여기고 있었다. 나는 말하기를,

「그렇지 않으리라. 지난날에 왜인들은 다만 짧은 창칼 따위만
믿는 처지였지만, 오늘날에는 조총鳥銃과 같은 무기를 다루는 장
기長技까지 가지고 있으니 가볍게 보아서는 안 되오.」

하니, 신립은 거침없이 말하기를,

「비록 조총鳥銃을 가졌다 하더라도 어찌 쏘는 대로 다 맞힐 수

2 대신大臣 : 재신과 같은 뜻의 말로, 중앙 관청의 정승 · 판서와 같이 임금을 보좌하
며 국정을 다스리던 높은 벼슬아치의 총칭.

있겠습니까?」

하므로, 나는 말하기를,

「우리나라는 태평세월을 누린 지 오래 되었으므로 군사들이 겁쟁이고 약해서, 과연 위급한 일이 있으면 적에게 항거하기가 아주 어려울 것 같으오. 내 생각으로는 수년 후에 사람들이 자못 군사 일에 익숙하여지면 혹은 난리를 수습하게 될지 알 수 없으나 지금 같아서는 매우 근심스럽소.」

라고 하였으나, 신립은 도무지 깨닫지 못하고 가버렸다.

대개 신립申砬은 계미년(1583)에 온성부사穩城府使³가 되었다. 그때 배반한 오랑캐들이 종성鐘城⁴을 포위하므로 신립이 달려가서 이를 구원하였는데, 그가 10여 명의 기병을 거느리고 돌격하니 오랑캐들이 포위를 풀고 물러가 버렸다. 이 일을 계기로 조정에서는 신립이 대장의 소임을 감당할 만한 재능이 있다고 하여 북병사北兵使 · 평안병사平安兵使로 승진시키고 얼마 안 되어 품계를 정2품 자헌資憲⁵에 올리어 병조판서兵曹判書를 삼고자 하는 형편에까지 이르니, 바야흐로 그 의기가 충천하여 바로 조괄趙括⁶

3 부사府使 : 조선조 때 지방관으로 도호부사都護府使는 종3품從三品 벼슬.

4 종성鐘城 : 함경북도 두만강변에 위치한 지명으로, 군사적 요지. 조선조 초 세종 때 김종서金宗瑞가 개척한 6진六鎭의 하나로, 세종 때 도호부를 둔 곳임.

5 자헌資憲 : 조선조 때 관계官階인 자헌대부資憲大夫를 말함. 국초부터 정2품인 동반 東班〔문관文官〕및 서반西班〔무관武官〕에게 주었으나, 말기에는 종친宗親 의빈儀賓에게 도 이 관계官階를 주었다.

6 조괄趙括 : 옛날 중국 전국시대 조趙나라의 장수로, 병법을 좀 안다고 진秦나라를 업신여기다가 크게 패하여 남의 지탄을 받은 사람.

이 진秦나라를 업신여기던 것과 같이 조금도 일에 임하여 두려워하는 기색이 없으므로, 사리를 아는 사람은 그의 행동을 매우 근심하였다.

原文

壬辰春, 分遣申砬·李鎰, 巡視邊備. 鎰往忠淸·全羅道, 砬
임진춘 분견신립 이일 순시변비 일왕충청 전라도 입

往京畿·黃海道, 皆閱月而還, 所點者, 弓矢槍刀而已. 郡邑
왕경기 황해도 개열월이환 소점자 궁시창도이이 군읍

率以文具避法, 無他備禦長策. 砬素有殘暴之名, 所至, 殺人
솔이문구피법 무타비어장책 입소유잔포지명 소지 살인

立威, 守令畏之, 發民治道, 供帳極侈, 雖大臣之行不如也. 旣
입위 수령외지 발민치도 공장극치 수대신지행불여야 기

復命, 四月一日, 砬來見余于私第, 余問早晚有變, 公當任之,
복명 사월일일 입래견여우사제 여문조만유변 공당임지

公料今日, 賊勢難易如何? 砬甚輕之, 以爲不足憂. 余曰,「不
공료금일 적세난이여하 입심경지 이위부족우 여왈 불

然, 往者倭但恃短兵, 今則兼有鳥銃長技, 不可輕視.」砬遽
연 왕자왜단시단병 금즉겸유조총장기 불가경시 입거

曰,「雖有鳥銃, 豈能盡中?」余曰,「國家昇平久, 士卒怯弱,
왈 수유조총 기능진중 여왈 국가승평구 사졸겁약

果然有急, 極難支吾, 吾意數年後, 人頗習兵, 或還收拾未可
과연유급 극난지오 오의수년후 인파습병 혹환수습미가

知, 其初則吾甚憂之.」砬都不省悟而去. 蓋砬於癸未, 爲穩城
지 기초즉오심우지 입도불성오이거 개립어계미 위온성

府使, 叛胡圍鍾城, 砬馳往救之, 以十餘騎突擊, 虜解去, 朝廷
부사 반호위종성 입치왕구지 이십여기돌격 노해거 조정

以砬才堪大將, 陞爲北兵使·平安兵使. 未久, 階資憲, 至欲
이립재감대장 승위북병사 평안병사 미구 계자헌 지욕

以爲兵曹判書, 意氣方銳, 正如趙括輕秦, 略無臨事而懼之意,
이위병조판서 의기방예 정여조괄경진 약무임사이구지의

識者憂焉.
식자우언

임진왜란壬辰倭亂이 일어나다

경상우병사慶尙右兵使 조대곤曺大坤을 갈아 버리고, 임금의 특지特旨로 승지承旨[1] 김성일金誠一을 그 대신 임명하였다. 그런데 비변사備邊司에서 아뢰기를,

「성일은 유신儒臣〔문신文臣〕입니다. 그는 이러한 때 변방의 장수로 소임을 맡기기에 적합하지 않습니다.」

하였으나, 임금께서 윤허하지 않으므로 김성일은 임금께 하직하고 임지로 떠났다.

4월 13일에 왜병倭兵들이 국경을 침입하여 부산포釜山浦를 함락시켰는데, 이때 첨사僉使 정발鄭撥[2]이 전사하였다.

---

1 승지承旨 : 조선조 때 관직. 승정원에 소속되어 왕명의 출납을 맡아 보았는데, 정3품의 당상관 벼슬로 정원은 6명임.

2 정발鄭撥(1533~1592) : 조선조 때의 장군. 자는 자고子固, 호는 백운白雲, 본관은 경주慶州이고, 시호는 충장忠壯. 1579년 25세 때 무과에 급제하여 선전관宣傳官으로 뽑혔고, 임진왜란 때 부산진釜山鎭 첨사僉使로 있다가 전사함.

이보다 먼저 왜국의 평조신平調信·현소玄蘇 등이 우리 통신사通信使와 함께 와서 동평관東平館에 묵고 있었는데, 비변사備邊司에서는 임금께 「황윤길黃允吉·김성일金誠一 등으로 하여금 사사로이 술과 음식을 마련하여 가지고 가서 그들을 위로하는 체하면서 조용히 그 나라 형편을 물어 그 정세를 살핀 다음에 방비할 대책을 마련하자.」고 청하니, 이를 허락하였다.

김성일 등이 동평관에 이르니, 현소玄蘇는 과연 비밀히 말하기를, 「중국中國이 오랫동안 일본日本과의 국교를 끊고 조공을 바치지 않았으므로, 평수길平秀吉은 이것을 마음속에 품어 분하고 부끄럽게 여겨서 전쟁을 일으키려고 합니다. 조선朝鮮이 먼저 이 사정을 중국(명明나라)에 알려서 조공하는 길이 트이게끔 주선한다면 반드시 아무 일도 없을 것이며, 일본 66주州의 백성들도 역시 전쟁의 수고로움을 면하게 될 것입니다.」

라고 하였다. 김성일 등은 대의大義로써 이를 책망하고 타일렀는데, 현소는 말하기를,

「옛날에 고려高麗는 원元나라의 군사를 인도하여 일본을 쳤습니다. 일본이 이로 인한 원한을 조선에 갚으려 하는 것은 그 사세가 마땅할 것입니다.」

하면서 그 말이 점점 거칠어졌다. 이로부터 두 번 다시 찾아가 물어보지도 않았다. 그리고 조신調信·현소도 스스로 돌아가고 말았다.

신묘년(1591) 선조 24년 여름에 평의지平義智가 또 부산포에 와서 변장邊將에게 위협조로 말하기를,

「일본은 명나라와 국교를 통하고자 하는데, 만약 조선이 이를 위하여 그 뜻을 알려 주면 아주 다행하겠으나, 그렇지 않으면 두 나라는 장차 화기和氣를 잃게 될 것입니다. 이는 곧 큰일인 까닭에 우리가 일부러 와서 알려 드립니다.」라고 하였다.

변장邊將이 이 사실을 위에 알렸으나, 이때 조정의 의논은 마침 일본에 통신사를 보낸 것이 잘못이라고 나무라고, 또 그들의 거칠고 거만한 것을 노여워하여 회보하지 않으니, 의지義智는 10여 일 동안이나 배를 머물러 두고 기다리고 있다가 그만 앙심을 품고 돌아가 버렸다. 이 뒤로는 왜인들이 다시 오지 아니하였고, 부산포의 왜관에 항상 머물러 있던 왜인 수십 명도 차츰차츰 돌아가 버리고 왜관 전부가 거의 비어 있다시피 하니 사람들은 이를 괴상하게 여겼다.

이 날(선조 25년 임진년인 1592년 4월 13일) 왜적의 배가 대마도對馬島로부터 온 바다를 덮고 건너오는데, 이를 바라보아도 그 끝이 보이지 않았다.

부산포 첨사 정발鄭撥은 절영도絶影島[3]로 나아가 사냥을 하다가 왜적이 쳐들어오는 것을 보고 허둥지둥 성으로 달려 들어왔는데, 왜병倭兵이 뒤따라 와서 상륙하여 사방에서 구름같이 모여들어 삽시간에 부산성이 함락되었다.

3 절영도絶影島 : 지금 부산의 영도.

부산진순절도釜山鎭殉節圖
조선 선조 25년(1592) 4월 13일과 14일 이틀 동안 부산진에서 벌어진 왜군과의 전투장면을 변박
卞璞이 그린 기록화이다.(보물 제 391호)

遞慶尙右兵使曺大坤, 特旨以承旨金誠一代之. 備邊司啓, 「誠
체 경 상 우 병 사 조 대 곤　특 지 이 승 지 김 성 일 대 지　비 변 사 계　성

一儒臣也, 不合此時邊帥之任.」不允. 誠一遂拜辭而行. 四月
일 유 신 야　불 합 차 시 변 수 지 임　불 윤　성 일 수 배 사 이 행　사 월

十三日, 倭兵犯境, 陷釜山浦, 僉使鄭撥死. 先是, 倭平調信·
십 삼 일　왜 병 범 경　함 부 산 포　첨 사 정 발 사　선 시　왜 평 조 신

玄蘇等, 與通信使偕來, 館於東平館. 備邊司, 請令黃允吉·
현 소 등　여 통 신 사 해 래　관 어 동 평 관　비 변 사　청 령 황 윤 길

金誠一等, 私以酒饌往慰, 因從容問其國事, 鉤察情形, 以備
김 성 일 등　사 이 주 찬 왕 위　인 종 용 문 기 국 사　구 찰 정 형　이 비

策應, 許之. 誠一至館, 玄蘇果密語曰, 「中國久絶日本, 不通
책 응　허 지　성 일 지 관　현 소 과 밀 어 왈　중 국 구 절 일 본　불 통

朝貢, 平秀吉以此心懷憤恥, 欲起兵端, 朝鮮先爲奏聞, 使貢
조 공　평 수 길 이 차 심 회 분 치　욕 기 병 단　조 선 선 위 주 문　사 공

路得達, 則必無事, 而日本六十六州之民, 亦免兵革之勞矣.」
로 득 달　즉 필 무 사　이 일 본 육 십 육 주 지 민　역 면 병 혁 지 노 의

誠一等, 因以大義責諭之, 玄蘇又曰, 「昔高麗導元兵擊日本,
성 일 등　인 이 대 의 책 유 지　현 소 우 왈　석 고 려 도 원 병 격 일 본

日本以此報怨於朝鮮, 勢所宜然, 其言漸悖. 自是再不復問,
일 본 이 차 보 원 어 조 선　세 소 의 연　기 언 점 패　자 시 재 불 부 문

而調信·玄蘇自回. 辛卯夏, 平義智又到釜山浦, 爲邊將言,
이 조 신　현 소 자 회　신 묘 하　평 의 지 우 도 부 산 포　위 변 장 언

日本欲通大明, 若朝鮮爲之奏聞, 則幸甚, 不然兩國將失和氣,
일 본 욕 통 대 명　약 조 선 위 지 주 문　즉 행 심　불 연 양 국 장 실 화 기

此乃大事, 故來告. 邊將以聞, 時朝議方咎通信, 且怒其悖慢
차 내 대 사　고 래 고　변 장 이 문　시 조 의 방 구 통 신　차 노 기 패 만

不報, 義智泊船十餘日, 怏怏而去. 是後倭人不復至, 釜山浦
불 보　의 지 박 선 십 여 일　앙 앙 이 거　시 후 왜 인 불 부 지　부 산 포

留館倭, 常有數十餘人, 稍稍入歸, 一館幾空, 人怪之. 是日,
유 관 왜　상 유 수 십 여 인　초 초 입 귀　일 관 기 공　인 괴 지　시 일

倭船自對馬島, 蔽海而來, 望之不見其際, 釜山浦僉使鄭撥,
왜 선 자 대 마 도　폐 해 이 래　망 지 불 견 기 제　부 산 포 첨 사 정 발

出獵絶影島, 狼狽入城, 倭兵隨至登陸, 四面雲集, 不移時城陷.
출 렵 절 영 도　낭 패 입 성　왜 병 수 지 등 륙　사 면 운 집　불 이 시 성 함

영남嶺南 여러 성城의 함락

경상좌수사慶尙左水使 박홍朴泓[1]은 왜적의 형세가 대단한 것을 보고는 감히 군사를 내어 싸우지도 못하고 성을 버리고 도망하였다.

왜적은 군사를 나누어 서평포西平浦·다대포多大浦를 함락시켰다. 이때 다대포 첨사 윤흥신尹興信은 적을 막아 힘써 싸우다가 죽음을 당하였다.

경상좌병사慶尙左兵使 이각李珏은 이 소식을 듣고 병영兵營으로부터 동래성東萊城[2]으로 들어왔는데, 부산성이 함락되자 이각은 겁을 내어 어찌할 줄 몰라 하며, 말로는 성 밖에 나가 있으면

---

1 박홍朴泓(중종 29년 1534~선조 26년 1593) : 조선조 선조 때의 무관. 자는 청원清源. 본관은 울산蔚山이다. 명종明宗 11년(1556) 무과에 급제함. 임진왜란 때 경상좌수사慶尙左水使로 있다가 성을 버리고 도망하여 행재소에 이르러 우위대장右衞大將이 됨. 그 이듬해에 전사했다.

2 동래성東萊城 : 경상남도 동남단에 위치한 지명. 지금 부산광역시에 속함.

서 적을 견제하려 한다고 핑계하고는 성을 나와서는 소산역蘇山驛
으로 물러가서 진을 쳤다. 이때 동래부사東萊府使 송상현宋象賢[3]
은 자기와 함께 여기 머물러 성을 지키고자 말해 보았으나 이각
은 그 뜻을 따르지 않았다.

4월 15일에 왜적이 동래로 쳐들어와서 성에 육박하였다. 부사
송상현은 성의 남문으로 올라가서 군사들의 싸움을 독려하였으
나 반나절 만에 성이 함락되었다. 이때 송상현은 그 자리에 버티
고 앉아서 적의 칼날에 맞아 죽었다. 왜적들은 그가 죽음으로써
성을 지키는 것을 가상하게 여겨, 그 시체를 관棺에 넣어서 성 밖
에 묻고 말뚝을 세우고 그 뜻을 표지하였다.

이렇게 되자 여러 군郡·현縣에서는 풍문만 듣고 도망하여 무
너져 버렸다.

밀양부사密陽府使 박진朴晉[4]은 동래성으로부터 급히 달려 돌아
오다가 작원鵲院의 좁은 골목을 가로막고 적을 방어하려고 하였
다. 이때 적은 양산梁山을 함락시키고 작원鵲院에 이르러 그 길목
을 지키는 우리 군사를 보고는 산 뒤로부터 높은 데를 타고서 개

---

3 송상현宋象賢(1551~1592) : 조선조 선조 때 문신. 의사義士. 자는 덕구德求, 호는 천
곡泉谷. 본관은 여산礪山이다. 15세 때 보시, 진사를 거쳐 선조 9년(1576)에 문과에
급제하여 정랑·사재감·군자감의 정正을 지내고, 임진왜란 때 동래부사로 왜적
을 막아 싸우다가 순사함. 시호諡號는 충열忠烈이다.

4 박진朴晉 : 조선조 선조 때의 무신. 자는 명보明甫, 시호는 의열毅烈. 본관은 밀양密
陽이다. 무과에 급제함. 밀양부사로 있다가 임진왜란을 당하고, 경상좌도병사慶尙
左道兵使가 되어 영천永川싸움에서 공을 세우고, 비격진천뢰飛擊震天雷를 발명하여
왜적을 쳐 경주성慶州城을 수복하였다.

동래부순절도東萊府殉節圖

선조 25년(1592) 4월 15일 임진왜란 당시 동래성에서 왜군의 침략에 대응하다 순절한 부사 송상현과
군민들의 항전 내용을 묘사한 그림이다. (보물 제392호)

미떼처럼 붙어 막 흩어져 내려오니, 좁은 길목을 지키던 군사들
은 이것을 바라보고 다 흩어져 버렸다. 박진은 말을 달려 밀양密
陽으로 돌아와서 성 안에 불을 질러 군기창고軍器倉庫를 불태우
고 성을 버리고 산으로 들어갔다.

　　이각李珏은 급히 달아나 병영兵營으로 돌아와서 먼저 그 첩을

피난 보내니, 성 안의 인심이 흉흉하고 군사들도 하룻밤 사이에 너덧 차례나 놀랐다. 이각은 새벽을 타서 또한 몸을 빼어 도망하니 모든 군사는 크게 무너져 버리고 말았다.

이때 적은 길을 나누어 휘몰아서 달려들어 잇달아 여러 고을들을 함락시켰으나, 한 사람도 감히 항거하는 자가 없었다.

김해부사金海府使 서예원徐禮元[5]은 성문을 굳게 닫고 지키고 있었는데, 적들은 성 밖의 보리를 베어서 참호를 메우니 잠깐 동안에 그 높이가 성과 가지런하게 되었고, 인하여 성을 넘어 달려들었다. 그러자 초계군수草溪郡守[6] 이모李某가 먼저 도망하고, 서예원徐禮元이 뒤를 이어 도망하니 성은 드디어 함락되고 말았다.

순찰사巡察使 김수金睟는 처음에 진주성晉州城[7]에 있다가 왜변의 소식을 듣고 말을 달려 동래성으로 향하다가 중도에 이르러 적병이 이미 가까이 왔다는 말을 듣고, 더 앞으로 나아가지 못하고 말머리를 돌려 경상우도慶尙右道로 달려왔으나 어떻게 할 바를 알지 못하고, 다만 여러 고을에 격문을 보내 백성들을 타일러 적을 피하라고만 하였다. 이로 말미암아 도내는 모두 텅 비어서 더욱 어찌할 방도가 없었다.

용궁현감龍宮縣監 우복룡禹伏龍은 그 고을 군사를 거느리고 병영으로 달려가다가 영천永川의 길가에 앉아서 밥을 먹고 있었다.

---

5 서예원徐禮元(?~1593) : 조선조 선조 때 사람. 임진왜란 때 김해부사로 있다가 도주하고, 뒤에 진주목사가 되어 왜적을 막다가 전사하였음.

6 군수郡守 : 조선조 때 군의 행정을 맡아 다스리는 지방관으로, 종4품 벼슬.

7 진주晉州 : 경상남도 서남단에 있는 요지.

이때 하양河陽 군사 수백 명이 방어사防禦使에 소속되어 상도上道로 향하느라고 그 앞을 지나갔는데, 우복룡은 그 군사들이 말에서 내리지 않고 지나가는 것을 괘씸하게 여겨 붙잡아서 반란을 하려 한다고 책망하므로 하양군河陽軍이 병사兵使의 공문을 꺼내어 그에게 보이며 곧 스스로를 변명하려 하는데, 우복룡이 자기 군사들에게 눈짓을 하자, 그들을 둘러싸고 막 쳐 죽여서 전멸을 시키니 그 시체가 들판에 가득히 쌓였다.

그런데 순찰사 김수는 이와 같은 행동을 공이 있었다고 임금에게 알려서 우복룡은 통정대부通政大夫[8]가 되고, 정희적鄭熙績을 대신하여 안동부사安東府使까지 되었다.

그 뒤에 죽은 하양 군사들의 가족인 고아孤兒와 과부〔寡妻〕들이 사신이 오는 것을 만날 때마다 그 말머리를 가로막고 원통함을 호소하였으나, 우복룡이 이때 명성이 있었으므로 아무도 그 원통한 사정을 말하여 풀어 주는 사람이 없었다고 한다.

原文

左水使朴泓, 見賊勢大, 不敢出兵, 棄城逃. 倭分兵陷西平
좌 수 사 박 홍　　견 적 세 대　　불 감 출 병　　기 성 도　　왜 분 병 함 서 평

浦 · 多大浦, 多大僉使尹興信, 力戰被殺. 左兵使李珏聞聲
포　　다 대 포　　다 대 첨 사 윤 흥 신　　역 전 피 살　　좌 병 사 이 각 문 성

息, 自兵營入東萊, 及釜山陷, 珏怯撓失措, 託言欲在外掎角,
식　　자 병 영 입 동 래　　급 부 산 함　　각 겁 요 실 조　　탁 언 욕 재 외 기 각

8 통정대부通政大夫 : 조선조 때 관계官階로 정3품正三品 당상관堂上官인 문관文官. 종친宗親 및 의빈儀賓에게 줌.

出城退陣于蘇山驛. 府使宋象賢, 留與同守, 珏不從. 十五日,

倭進迫東萊, 象賢登城南門, 督戰半日而城陷. 象賢堅坐受刃

而死. 倭人嘉其死守, 棺斂之, 埋於城外, 立標而識之. 於是,

郡縣望風奔潰. 密陽府使朴晉, 自東萊奔還, 欲阻鵲院隘路,

以禦之, 賊陷梁山至鵲院, 見其守兵, 從山後乘高, 蟻附散漫

而至, 守隘者望之, 皆散. 晉馳還密陽, 縱火焚軍器倉庫, 棄城

入山. 李珏奔還兵營, 先出其妾, 城中洶洶, 軍一夜四五驚, 珏

乘曉亦脫身遁去, 衆軍大潰. 敵分道長驅, 連陷諸邑, 無一人

敢拒者, 金海府使徐禮元, 閉門城守, 賊刈城外麥禾, 塡壕, 頃

刻與城齊, 因踰城. 草溪郡守李某先遁, 禮元繼出, 城遂陷. 巡

察使金睟, 初在晉州聞變, 馳向東萊, 至中路, 聞賊兵已近, 不

能前, 還走右道, 不知所爲, 但檄列邑, 諭民避賊, 由是道內皆

空, 愈不可爲矣. 龍宮縣監禹伏龍, 領邑軍赴兵營, 食水川路

邊, 有河陽軍數百, 屬防禦使向上道, 過其前, 伏龍怒軍士不

下馬, 拘之責以欲叛, 河陽軍出兵使公文, 示之, 方自辨, 伏龍

目其軍, 圍而殺之皆盡, 積屍滿野. 巡察使以功聞, 伏龍爲通

政, 代鄭熙績爲安東府使, 後河陽人孤兒寡妻, 每逢使臣之來,

遮馬首號冤, 伏龍有時名, 故無伸理者云.

급보急報가 연잇고,
신립申砬 등이 달려 내려감

4월 17일 이른 아침에 변방의 급보가 처음으로 조정에 이르렀는데, 이는 곧 경상좌수사 박홍朴泓의 장계狀啓였다. 대신들과 비변사가 빈청賓廳[1]에 모여서 임금에게 뵙기를 청하였으나 허락하지 않았으므로 곧 글을 올려 청하여 이일李鎰을 순변사巡邊使로 삼아 가운데 길〔中路〕로 내려보내고, 성응길成應吉을 좌방어사로 삼아 왼쪽 길〔左路〕로 내려보내고, 조경趙儆을 우방어사右防禦使로 삼아 서쪽 길〔西路〕로 내려보내고, 유극량劉克良을 조방장助防將으로 삼아 죽령竹嶺[2]을 지키게 하고, 변기邊璣를 조방장을 삼아

---

1 빈청賓廳: 궁중에 있어, 대신이나 비변사의 당상관들이 모여 중요한 일을 의논하던 곳.

2 죽령竹嶺: 소백산맥의 동북부에 있으며, 경상북도 풍기와 충청북도 단양 사이의 큰 고개로 군사적 요지.

조령 관문鳥嶺 關門

조령鳥嶺[3]을 지키게 하고, 경주부윤慶州府尹[4] 윤인함尹仁涵이 유
신, 즉 문신文臣으로 나약하고 겁이 많다고 해서 전 강계부사江界
府使 변응성邊應星을 기복起復[5]시켜 경주부윤으로 삼아서 모두
스스로 군관軍官(장교)을 가려서 데리고 가게 하였다.

　그런데 잠시 후에 부산釜山이 함락되었다는 보고가 또 이르렀
다. 이때 부산은 적에게 포위를 당하고 있었으므로 사람들이 교
통할 수가 없었다. 박홍의 장계에는 다만 말하기를,

　「높은 곳으로 올라가서 바라보니 깃발이 성 안에 가득합니다.」

라고 하였는데, 이것으로써 부산성이 함락된 것을 알았다.

이일李鎰이 서울 안에서 날랜 군사 3백 명을 거느리고 가려고 하므로 병조兵曹에게 군사를 뽑은 문서를 가져다가 보았더니, 이는 다 여염집과 시정의 군사 경험이 없는 무리들이었다. 이 중에는 아전〔胥使〕과 유생儒生들이 그 반수를 차지하고 있었다. 임시로 검열을 해보았더니 유생들은 관복冠服을 갖추어 입고 과거시험 볼 때 쓰는 종이〔시권試券〕를 들고 있었으며, 아전들은 평정건平頂巾[6]을 쓰고 나와 있어 저마다 군사를 뽑는 데서 모면하기를 애쓰는 사람들만 뜰안에 가득하여 가히 보낼 만한 사람이 없었다. 그래서 이일은 명령을 받은지 3일이 되도록 떠나지를 못하므로 할 수 없이 이일로 하여금 혼자서 먼저 떠나게 하고, 별장 유옥兪沃으로 하여금 뒤따라 군사를 거느리고 가게 하였다. 나는 장계를 올려 「병조판서 홍여순洪汝諄은 맡은 일을 잘 다스리지 못하고, 또 군사들이 원망을 많이 하니 바꾸어야 하겠습니다.」 하였더니, 이에 김응남金應南을 그 대신 병조판서로 삼고, 심충겸沈忠謙을 병조참판參判[7]으로 삼았다.

대간臺諫[8]은 계청하기를, 「마땅히 대신大臣을 체찰사體察使[9]로

---

6 평정건平頂巾 : 각쏨 관사官司의 아전·서리들이 머리에 쓰던 두건.

7 참판參判 : 조선조 때 6조(이·호·병·예·공·형조)에 소속되었던 종2품의 관직. 일명 아당亞堂이라고 하는데 판서 다음가는 벼슬.

8 대간臺諫 : 조선조 때 간언을 관장하는 관직으로 사간원과 사헌부를 통틀어 말한다.

9 체찰사體察使 : 조선조 때 군관직의 하나. 나라에 전란이 있을 때 임금을 대신하여 지방으로 나가서 군무를 총찰하는 벼슬. 재상이 겸임하는 것이 상례다.

삼아 모든 장수들
을 검열하고 감독
하게 하소서.」하
였다. 수상首相(李
山海)은 나를 추천
하여 체찰사의 명
을 받게 되고, 나
는 청원하여 김응
남을 부사副使로

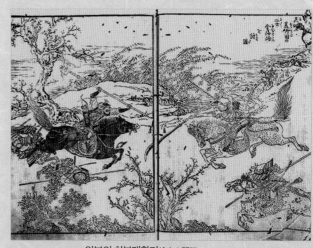

일본의 회본태합기繪本太閤記
김여물 장군의 모습. 적토마를 타고 수염이 얼굴을 뒤덮은 왼쪽의
이가 김여물 장군이다.

삼게 되었다. 전 의주목사義州牧使 김여물金汝岉[10]은 무인으로서
의 지략이 있었는데, 이때 그는 어떤 사건에 관련되어 감옥에 갇
혀 있었으므로 임금에게 계청하여 죄를 면해 주고 자유로운 몸으
로 군사를 따르게 하였다. 그리고 무사들 중에서 비장裨將[11]의 소
임을 감당할 만한 사람을 모아 80여 명을 얻었다.

조금 뒤에 급보가 연달아 들어왔는데, 적의 선봉이 벌써 밀양
密陽·대구大丘를 지나 장차 조령鳥嶺 밑에 가까이 왔다고 알려
왔다. 나는 김응남과 신립申砬에게 일러 말하기를,

---

10 김여물金汝岉(1548~1592) : 조선조 선조 때의 무관. 자는 사수士秀, 호는 피구披
裘·외암畏庵. 본관은 순천順川이다. 시호는 장의壯毅이다. 문과에 급제하여 의주
목사를 지냈다. 임진왜란 때 순변사 신립申砬의 부장으로 조령 탄금대 싸움에서
왜적을 막다가 전사하였다.

11 비장裨將 : 감사·유수留守·병사·수사, 그리고 외국에 보내는 사신使臣(지난날,
나라의 명을 받아 외국에 파견되던 신하.)들을 따라 다니는 관원의 하나. 막객幕客. 막
료幕僚.

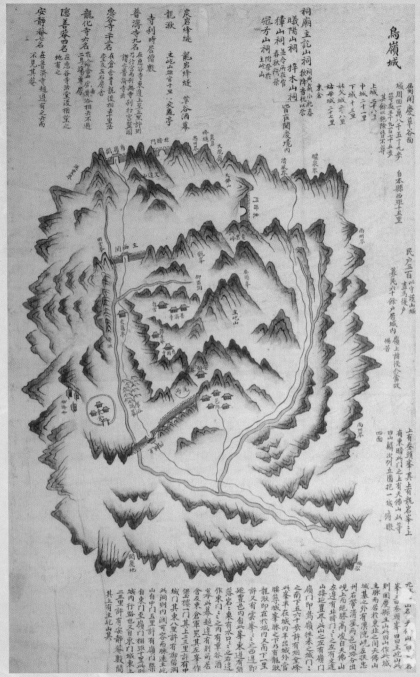

조령진산도鳥嶺鎭山圖

1872년에 제작된 조령진산도를 보면, 당시에는 세 관문의 이름을 상문, 중문, 하문으로 표기하였으며 조령진과 교귀정이 그려져 있다.

「왜적들이 깊이 들어왔으니 일은 이미 급하게 되었소. 장차 어떻게 하면 좋을는지?」

하니, 신립은 말하기를,

「이일이 외로운 군사를 거느리고 전방에 나가 있는데 뒤따를 군사가 없습니다. 체찰사體察使(柳成龍)께서 비록 달려 내려가신다 하더라도 싸우는 장수는 아닙니다. 어째서 용맹스러운 장수로 하여금 급히 달려 먼저 내려가게 하여서 이일을 응원하게 하지 않으십니까?」 하였다. 내 신립의 뜻을 살펴보니 자신이 가서 이일을 구원하겠다는 것이므로, 나는 김응남과 함께 임금에게 신립의 말과 같이 아뢰니, 임금께서는 즉시 신립을 불러서 그 뜻을 물어보시고, 드디어는 신립을 도순변사都巡邊使[12]로 삼았다. 신립은 대궐문 밖으로 나가서 스스로 군사를 불러 모았으나 군사로서 따라가기를 원하는 자가 없었다. 이때 중추부中樞府[13]에서 떠날 준비를 하고 있었는데, 신립이 내가 있는 곳으로 와서 뜰안에 군관 응모자가 많이 늘어서 있는 것을 보고서 얼굴에 노기를 띠고 김판서金判書(金應南)를 가리키며 나에게 일러 말하기를,

「이분〔金應南〕을 대감께서 데리고 가서 무슨 일에 쓰시겠습니까? 소인이 부사副使가 되어 모시고 가기를 원합니다.」

12 도순변사都巡邊使 : 순변사는 도의 군사 업무를 시찰하기 위해 파견하는 왕의 특사이다. 보통은 한 도의 업무만 살피게 하는데, 여기서는 여러 도의 일을 총괄하여 맡겼으므로 도순변사라고 했다. 당시 신립은 삼도순변사에 임명되었다.

13 중추부中樞府 : 조선조 때 중앙관청의 하나. 출납 · 병기 · 군정 · 숙위 · 경비 · 차섭 등의 일을 관장함. 정2품의 판사가 그 장관임.

하였다. 나는 신립이, 무사들이 자기를 따르지 않는 것을 노여워
하여 하는 말임을 알므로 웃으면서 말하기를,

「다 같은 나라 일인데 어찌 이것저것을 구분하겠는가? 공은 이
미 떠날 길이 급하니 내가 모집한 군관軍官을 데리고 먼저 떠나도
록 하는 것이 좋겠소. 나는 곧 따로 모아가지고 따라가리라.」
하면서 인하여 군관의 단자單子[14]를 주니, 신립은 드디어 뜰안에
있는 무사들을 돌아보며, 「따라오너라」 말한 다음, 곧 이끌고 나
가니 여러 사람들은 다 실심한 모습으로 따라갔다. 김여물金汝岉
도 역시 그와 함께 갔는데 속으로 몹시 좋아하지 않는 듯하였다.

신립이 떠날 때 임금께서는 그를 불러보시고 보검寶劒을 주시
면서 말하기를,

「이일李鎰 이하의 장수들로서 명령을 듣지 않는 자에게는 이
칼을 쓰도록 하여라.」
하셨다. 신립은 임금께 하직하고 나와서 또 빈청賓廳으로 찾아와
서 대신을 뵌 다음에 막 계단을 내려서려고 할 때 머리 위에 썼던
사모紗帽가 갑자기 땅에 떨어지니 보는 사람들이 실색하였다. 그
런데 신립은 용인龍仁에 이르러 임금에게 장계를 올렸는데, 거기
에 자기의 이름을 쓰지 않았으므로, 사람들은 혹시 그 마음이 산
란하여진 것이 아닌가 하고 의심하였다.

14 단자單子 : 남에게 보내는 물건의 품명·수량과 보내는 사람의 이름을 적은 종이.
여기에서는 그 명단을 말함.

十七日早朝, 邊報始至, 乃左水使朴泓狀啓也. 大臣・備邊
십 칠 일 조 조　변 보 시 지　내 좌 수 사 박 홍 장 계 야　　대 신　　비 변

司, 會賓廳請對, 不許, 卽啓請, 以李鎰爲巡邊使, 下中路, 成
사　회 빈 청 청 대　불 허　즉 계 청　이 이 일 위 순 변 사　하 중 로　성

應吉爲左防禦使, 下左道, 趙儆爲右防禦使, 下西路, 劉克良
응 길 위 좌 방 어 사　하 좌 도　조 경 위 우 방 어 사　하 서 로　유 극 량

爲助防將, 守竹嶺, 邊璣爲助防將, 守鳥嶺, 以慶州府尹尹仁
위 조 방 장　수 죽 령　변 기 위 조 방 장　수 조 령　이 경 주 부 윤 윤 인

涵, 儒臣儒愶, 起復前江界府使邊應星, 爲慶州府尹, 皆令自
함　유 신 나 겁　기 복 전 강 계 부 사 변 응 성　위 경 주 부 윤　개 령 자

擇軍官以去. 俄而, 釜山陷報又至. 時釜山受圍, 人不能通, 泓
택 군 관 이 거　아 이　부 산 함 보 우 지　시 부 산 수 위　인 불 능 통　홍

狀啓但云,「登高而望, 赤旗滿城中.」以此知城陷. 李鎰欲率
장 계 단 운　　등 고 이 망　적 기 만 성 중　　이 차 지 성 함　이 일 욕 솔

京中精兵三百名去, 取兵曹選兵案視之, 皆閭閻市井白徒・
경 중 정 병 삼 백 명 거　취 병 조 선 병 안 시 지　개 여 염 시 정 백 도

胥吏・儒生居半. 臨時點閱, 儒生具冠服持試卷, 吏戴平頂
서 리　유 생 거 반　임 시 점 열　유 생 구 관 복 지 시 권　이 대 평 정

巾, 自愬求免者, 充滿於庭, 無可遣者. 鎰受命三日不發, 不得
건　자 소 구 면 자　충 만 어 정　무 가 견 자　일 수 명 삼 일 불 발　부 득

已令鎰先行, 使別將兪沃, 隨後領去. 余啓兵曹判書洪汝諄,
이 령 일 선 행　사 별 장 유 옥　수 후 령 거　여 계 병 조 판 서 홍 여 순

不能治任, 且軍士多怨可遞. 於是, 金應南代爲判書, 沈忠謙
불 능 치 임　차 군 사 다 원 가 체　어 시　김 응 남 대 위 판 서　심 충 겸

爲參判, 臺諫啓請, 宜使大臣爲體察使, 檢督諸將. 首相以余
위 참 판　대 간 계 청　의 사 대 신 위 체 찰 사　검 독 제 장　수 상 이 여

應命, 余請以金應南爲副. 以前義州牧使金汝岉有武略, 時汝
응 명　여 청 이 김 응 남 위 부　이 전 의 주 목 사 김 여 물 유 무 략　시 여

岉坐事繫獄, 啓請貸罪自隨. 募武士可堪裨將者, 得八十餘
물 좌 사 계 옥　계 청 대 죄 자 수　모 무 사 가 감 비 장 자　득 팔 십 여

人. 旣而急報絡繹, 聞賊鋒已過密陽・大丘, 將近嶺下. 余謂
인　기 이 급 보 낙 역　문 적 봉 이 과 밀 양　대 구　장 근 영 하　여 위

應南及申砬曰,「寇深事已急矣, 將若之何?」砬曰,「鎰以孤軍
응 남 급 신 립 왈　　구 심 사 이 급 의　장 약 지 하　　입 왈　　일 이 고 군

在前, 而無後繼, 體察使雖下去, 非戰將, 何不使猛將星馳先
下, 爲鎰策應耶?」觀砬意, 欲自行援鎰, 余與應南請對, 啓如
砬言, 上卽召申砬問之, 遂而砬爲都巡邊使. 砬出闕門外, 自
行招募, 武士無願從者. 時余在中樞府治行事, 砬至余所, 見
階庭間應募者簇立, 色甚怒, 指金判書謂余曰, 「如此公者, 大
監帶去安用? 小人願爲副使而去.」余知砬怒武士不從己, 笑
曰, 「同是國事, 何分彼此? 令公旣行急, 吾所得軍官, 可先帶
行, 吾當別募隨行.」因以軍官單子授之, 砬遂回顧庭中武士
曰來, 乃引之而出, 諸人皆憮然而去. 金汝岉亦同去, 意甚不
樂, 砬臨行, 上引見, 賜寶劍曰, 「李鎰以下不用命者, 用此
劍.」砬辭出, 又詣賓廳見大臣, 將下階, 頭上紗帽忽落在地
上, 見者失色. 到龍仁, 啓事狀中, 不署其名, 人或疑其心亂.

김성일金誠一의
논죄문제論罪問題

　　경상우병사慶尙右兵使 김성일金誠一을 체포하여 하옥下獄시키려 하다가 서울에 이르기도 전에 도리어 초유사招諭使[1]로 삼고, 함안군수咸安郡守 유숭인柳崇仁[2]을 경상도병마사로 삼았다.

　　이보다 먼저 김성일이 상주尙州에 이르러 왜적이 이미 국경을 침범하였다는 말을 듣고 밤낮으로 말을 달려 본영本營으로 향하였는데 조대곤曹大坤을 도중에서 만나서 인절印節[3]을 교환하였다.

---

1 초유사招諭使 : 조선조 때 관직으로, 난리가 일어났을 때 백성을 불러 모아〔召集〕 타일러 안정시키는 효유曉諭(알아듣도록 타이름) 책임을 맡은 임시 벼슬.

2 유숭인柳崇仁(?~1592) : 선조 25년 임진왜란때 함안군수로서 포위된 성을 고수, 6월 곽재우郭再祐의 의병에게 진로를 차단 당한 왜군을 추격해 진해鎭海에 이르러 수군의 이순신과 합세하여 크게 무찔렀다. 이어 경상우도慶尙右道 병마절도사兵馬節度使에 특진. 이 해 12월 적군이 진주성晉州城을 공격하자 창원昌原에서 이를 지원하려고 성 밖에 이르렀다가 전사했다.

3 인절印節 : 조정朝廷에서 지방관에게 주어보내는 인장印章과 병부兵符를 말함.

이때 왜적은 이미 김해金海를 함락시키고 경상우도의 여러 고
을을 나누어 노략질을 하는 것이었다. 김성일이 나아가서 왜적과
만났는데, 부하 장병들이 달아나려고 하였다. 김성일은 말에서
내려 호상胡床⁴에 걸터 앉아서 움직이지 않으며 군관軍官 이종인
李宗仁을 불러 말하기를,

「너는 용감한 군사이니 적을 보고서 물러서서는 안 된다.」

하였다. 이때 적 한 명이 금가면金假面⁵을 쓰고서 칼을 휘두르며
돌진하여 왔다. 이를 본 이종인은 말을 달려 뛰어나가서 그를 한
화살로 쏘아 죽이니 여러 적들이 물러나 도망하고 감히 앞으로
나오지 못하였다.

김성일은 흩어진 군사들을 불러 거두어 모으면서 여러 군현郡
縣에 격문檄文⁶을 보내어 수습할 계교를 마련하고 있었다.

그런데 임금께서는 김성일이 먼저 일본日本에 사신으로 갔다
와서, 「왜적이 쉽사리 오지 않을 것이라.」고 말하여 백성들의 마
음이 풀어지고 나랏일을 그르쳤다고 해서 의금부도사義禁府都事⁷

---

4 호상胡床 : 승상繩床을 말함. 당상관堂上官 이상의 관원이 하인에게 들고 다니게 하
　다가 승마할 때 사용하는 의자.

5 금가면金假面 : 일본의 무장武將들이 쇠로 만들어 쓰던 투구.

6 격문檄文 : 급히 여러 사람에게 알리기 위하여 만든 글, 또는 사람들의 감흥感興을
　일으키기 위하여 여러 사람들에게 보내는 글발.

7 의금부義禁府 : 조선조 때의 한 관아官衙. 금오金吾, 왕부王府라고도 함. 왕명을 받
　들어 죄인罪人을 추국推鞫하는 일을 관장하였다. 관원은 판사(判事, 종1품) 1명, 지
　사(知事, 정2품), 동지사(同知事, 종2품)의 당상관을 합하여 4명을 두어 다른 관원이
　겸임하게 하고, 경력(經歷, 종4품) · 도사(都事, 종5품, 관원의 감찰과 규탄을 맡아봄.)를
　합하여 10명이고, 그밖에 나장羅將 232명을 두었다.

에게 명하여 잡아오게 하여 일이 장차 어떻게 될지 헤아릴 수 없었다. 경상감사慶尙監司 김수金睟는 김성일이 체포를 당하였다는 말을 듣고 나와서 그를 길가에서 송별하였는데, 김성일은 말이나 얼굴빛이 강개慷慨하여 한 마디 말도 자기에 관한 일에 미치는 것이 없고, 오직 김수에게, 「힘을 다하여 적을 치라.」고 권면하기만 하였다. 이것을 본 늙은 아전(吏) 하자용河自溶은 감탄하며 말하기를,

「자신의 죽음에 관하여는 걱정하지 아니하고 오직 나랏일만을 근심하니 정말 충신忠臣이다.」

라고 하였다.

김성일이 떠나서 직산稷山에 이르렀을 때 임금께서는 노여움을 푸시고, 또 김성일이 경상도 사민士民의 인심을 얻은 것을 알고 그의 죄를 용서하고 경상우도초유사慶尙右道招諭使로 삼아 도내의 백성들을 타일러 군사를 일으켜 적을 치라고 명하였다.

이때 유숭인이 전공戰功이 있으므로 차례를 뛰어넘어 군수에서 병사兵使로 임명되었다.

原文

逮慶尙右兵使金誠一, 下獄, 未至, 還以爲招諭使, 以咸安郡
체 경 상 우 병 사 김 성 일   하 옥   미 지   환 이 위 초 유 사   이 함 안 군

守柳崇仁爲兵使, 初誠一到尙州, 聞賊已犯境, 晝夜馳赴本營,
수 유 숭 인 위 병 사   초 성 일 도 상 주   문 적 이 범 경   주 야 치 부 본 영

遇曺大坤於路中, 交印節, 時賊已陷金海, 分掠右道諸邑, 誠
우 조 대 곤 어 로 중   교 인 절   시 적 이 함 김 해   분 략 우 도 제 읍   성

一進與賊遟, 將士欲走, 誠一下馬踞胡床不動, 呼軍官李宗仁
일 진 여 적 악   장 사 욕 주   성 일 하 마 거 호 상 부 동   호 군 관 이 종 인

曰,「汝勇士也, 不可見賊先退.」有一賊著金假面, 揮刃突進,
왈　　여용사야　불가견적선퇴　유일적착금가면　휘인돌진

宗仁馳馬而出, 一箭迎射殪[8]之, 諸賊却走不敢前. 誠一收召
종인치마이출　일전영사에 지　제적각주불감전　성일수소

離散, 移檄郡縣, 以爲牽綴之計, 上以誠一前使日本, 言賊未
이산　이격군현　이위견철지계　상이성일전사일본　언적미

易至, 解人心誤國事, 命遣義禁府都事拿來[9], 事將不測. 監司
이지　해인심오국사　명견의금부도사나래　사장불측　감사

金晬, 聞誠一被逮, 出別於路上, 誠一辭氣慷慨, 無一語及己
김수　문성일피체　출별어노상　성일사기강개　무일어급이

事, 惟勉晬以盡力討賊, 老吏河自溶歎曰,「己死之不恤, 而惟
사　유면수이진력토적　노리하자용탄왈　기사지불휼　이유

國事是憂, 眞忠臣也.」誠一行至稷山, 上怒霽, 且知誠一得本
국사시우　진충신야　성일행지직산　상노제　차지성일득본

道士民心, 命赦其罪, 爲右道招諭使, 使諭道內人民, 起兵討
도사민심　명사기죄　위우도초유사　사유도내인민　기병토

賊, 時柳崇仁有戰功, 故超拜兵使.
적　시유숭인유전공　고초배병사

김성일金誠一의 교서教書
선조宣祖가 1592년(선조25)에 경상도관찰사인 김성일에게 내린 교서임.(보물 제906호)

8 예殪 : 쓰러질 에. 죽다. 다하다.

9 나래拿來 : 죄인을 잡아옴. 나치拿致.

김늑金玏의
민심民心 수습

첨지僉知 김늑金玏[1]을 경상좌도안집사慶尙左道[2]安集使[3]로 삼았다. 이때 경상감사監司 김수金晬는 경상우도慶尙右道[2]에 있었는데, 적병이 그 중로中路를 가로 꿰뚫고 있어 경상좌도와 서로 소식이 통하지 않았으므로 수령守令들이 모두 관직을 버리고 도망하여 백성들의 마음이 풀어지고 흩어졌다. 조정에서는 이 말을

---

1 김늑金玏 : 1540(중종 35년)~1616(광해군 8년). 자는 희옥希玉. 호는 백암栢巖. 시호는 민절敏節. 본관은 예안禮安. 영천榮川 출신. 1576년 선조 9년 식년 문과 병과로 급제. 1584년 영월군수寧越郡守. 임진왜란이 일어나자 안집사安集使로 영남에 가서 민심을 수습하였고, 1593년 경상우도 관찰사. 이어 대사헌이 됨. 형조참판. 저서에는 『백암문집栢巖文集』이 있다.

2 경상좌도慶尙左道 · 경상우도慶尙右道 : 조선 중종中宗 때 처음으로 경상도慶尙道를 좌우左右로 나누었다. 한양漢陽의 궁전宮殿에서 볼 때 낙동강洛東江의 오른쪽을 경상우도, 낙동강의 왼쪽을 경상좌도로 이름 붙였다.

3 안집사安集使 : 국가에 변고가 일어났을 때 민심을 안정시키고 어울리게 하는 임시 벼슬.

김늑金玏 선생의 춘양목으로 지은 종가

듣고 김늑金玏이 영천
榮川 사람으로 경상좌
도 백성들의 실정을 자
세히 알고 있어 가히
백성들을 불러 모아 안
정시킬 만하다고 한 까
닭으로 임금에게 알려
그를 보내게 된 것이다. 김늑이 부임하자 경상좌도의 백성들은
비로소 조정의 명령이 있다는 것을 듣고 차츰 도로 모여들었다.
이때 영천과 풍기豐基 두 고을에는 왜적이 다행스럽게도 오지 않
았고, 의병義兵[4]도 자못 많이 일어났다고 한다.

原文

以僉知金玏爲慶尙左道安集使. 時, 監司金睟在右道, 而賊兵
이 첨 지 김 늑 위 경 상 좌 도 안 집 사 시 감 사 김 수 재 우 도 이 적 병

橫貫中路, 與左道聲聞不通, 守令皆棄官逃走, 民心解散. 朝
횡 관 중 로 여 좌 도 성 문 불 통 수 령 개 기 관 도 주 민 심 해 산 조

廷聞之, 以金玏榮川人, 詳知本道民情, 可以安集, 故白遣之.
정 문 지 이 김 늑 영 천 인 상 지 본 도 민 정 가 이 안 집 고 백 견 지

玏旣至, 左道之民, 始聞朝廷之令, 稍稍還集, 榮川 · 豐基二
늑 기 지 좌 도 지 민 시 문 조 정 지 령 초 초 환 집 영 천   풍 기 이

邑, 賊幸不至, 而義兵頗起云.
읍 적 행 부 지 이 의 병 파 기 운

4 의병義兵 : 나라가 위태로울 때 조정의 명령이나 소집을 기다리지 않고 자발적으로
일어나서 적을 무찌르던 민병民兵. 임진왜란 때에는 많은 의병이 일어나 적을 무
찌르고 나라를 구하는 데 공이 컸다.

상주尙州 싸움에서 이일李鎰이 패주함

왜적이 상주尙州를 함락시키니, 순변사巡邊使 이일李鎰은 싸움에 패해 도망하여 충주忠州로 돌아왔다.

이보다 먼저 경상도순찰사慶尙道巡察使[1] 김수金睟는 왜적의 변고(침략)를 듣고서 곧 「제승방략制勝方略」의 분군법分軍法에 의거하여 여러 고을에 공문을 보내서 각각 소속된 군사를 거느리고 약속한 곳에 모여 주둔하고 있으면서 서울에서 파견하는 장수가 이르는 것을 기다리게 하였다. 이에 따라 문경閒慶 이하의 수령守令들은 모두 그 소속된 군사를 거느리고 대구大丘로 나아가 냇가에서 노숙을 하면서 순변사를 기다린 지 벌써 며칠이 되었으나 순변사는 오지 않고 적은 점점 가까이 다가오므로, 모든 군사들은 스스로 서로 놀라며 동요하기 시작하였다. 이때 마침 큰비가

1 순찰사巡察使 : 조선조 때 지방장관인 관찰사가 겸한 관직으로, 종2품 벼슬로 임명함.

와서 옷가지가 다 젖고 먹을 양식도 이어지지 않아 떨어지니, 밤
중에 다 흩어져 버리고 수령들도 모두 저 혼자 도망하여 버렸다.

　이때 순변사巡邊使(李鎰)가 문경聞慶으로 들어왔는데 고을은
이미 텅 비어 있어 한 사람도 볼 수 없었으므로 자신이 창고에 있
던 곡식을 풀어내어 거느리고 온 사람들을 밥먹였다. 그리고 함
창咸昌을 지나 상주尙州에 이르렀는데, 상주목사尙州牧使 김해金
澥는 순변사를 출참出站²에서 기다리겠다고 핑계하고는 산속으
로 도망하여 들어가고, 홀로 판관判官³ 권길權吉이 고을을 지키고
있었다. 이일은 고을에 군사가 없다고 해서 권길을 책망하고, 그
를 뜰로 끌어내어 목을 베어 죽이려고 하니, 권길은 자기가 스스
로 나아가서 군사를 불러 모아오겠다고 애원하여 허락하였는데,
밤새도록 마을 안을 수색하여 이튿날 아침까지 수백 명을 데리고
왔으나 모두 농민들이었다.

　이일은 상주에 하루를 묵으면서 창고 안에 있는 곡식을 꺼내어
흩어져 있는 백성들을 달래어 나오도록 하니, 산골짜기로부터 한
사람 한 사람 모여와서 또한 수백 명이 되었다. 이래가지고 창졸
간에 대오를 편성하여 군사를 만들었으나, 한 사람도 싸울 만한
사람은 없었다.

---

2 출참出站 : 사신이나 감사 등을 영접하고 모든 편의를 제공하기 위하여 그의 숙역
　가까운 곳에 사람을 보내는 일.

3 판관判官 : 조선조 때의 지방관직. 관찰사 · 유수영留守營 및 중요한 주부州府의 소
　재지에서 배속되어 그 장관을 보좌하는 벼슬로 종5품으로 임명되었다. 판관은 또
　중앙관직에도 있어 각 시寺 · 감監 · 원院 등에도 배속되었다.

이때 왜적은 이미 선산善山에 이르렀다. 저녁 때 개령開寧사람이 와서 적이 가까이 왔다고 알렸는데, 이일은 여러 사람들의 마음을 미혹하게 만든다고 생각하여 곧 목을 베어 죽이려고 하였더니, 그 사람은 소리를 질러 말하기를,

「내 말을 믿지 못하겠거든 잠시 동안만 나를 가두어 두소서. 내일 아침에 적이 오지 않거든 죽이시오. 그래도 늦지 않을 것입니다.」

하였다. 이날 밤에 왜적은 장천長川에 와서 주둔하였는데, 그곳은 상주와 20리 떨어진 곳이었다. 그러나 이일의 군사는 척후병斥候兵이 없었으므로 왜적이 가까이 온 것을 알지 못하였다. 그 이튿날 아침에 이일은 그래도 적이 온 사실이 없지 않느냐고 하면서 개령 사람을 옥獄에서 끌어내어 목을 베어 여러 사람들에게 조리 돌렸다.

인하여 이일은 얻은 바 민군民軍과 서울에서 데리고 온 장병을 합하여 겨우 8, 9백 명을 거느리게 되었다. 그는 이들을 데리고 나가 진치는 법을 북천 냇가에서 가르쳤는데, 산을 의지하여 진을 만들고, 진 한가운데 대장기大將旗를 꽂아놓고, 이일은 말 위에 앉아 대장기 밑에 서고, 종사관從事官[4] 윤섬尹暹[5]·박호朴篪와

---

4 종사관從事官 : 조선 왕조 때 각 군영軍營과 포도청捕盜廳의 종6품 벼슬.

5 윤섬尹暹 : 1561(명종 16년)~1592(선조 25년). 조선조 선조 때의 문신이며 의인. 자는 여진汝進, 호는 과재果齋, 시호는 문열文烈, 본관은 남원南原이다. 형조랑·사헌부지평司憲府持平 등을 지내고, 서장관書狀官으로 명나라에 다녀옴. 임진왜란 때는 노모를 모신 친구를 대신하여 상주 싸움에서 박지朴篪·이경류李慶流와 함께 전사하였는데, 이들 3인을 삼종사三從事라고 불렀다.

판관判官 권길權吉과 사근찰방沙斤察訪[6] 김종무金宗武 등은 모두 말에서 내려 이일의 말 뒤에 섰다.

조금 뒤에 몇 사람이 숲 속 나무 사이로부터 나와서 서성거리며 이 광경을 바라보다가 돌아가 버렸다. 여러 사람들은 이들이 적의 척후인가 의심하였으나, 그러나 개령開寧 사람의 일을 경계하여 감히 알리지를 못하였다. 이어 또 성 안을 바라보니 몇 곳에서 연기가 일어났다. 이일은 비로소 군관軍官 한 사람을 시켜 곧 가서 살펴보고 오게 하였다. 군관이 말을 타고 두 역졸驛卒이 말 재갈을 잡고 느릿느릿 가는데, 왜적이 먼저 다리 밑에 숨어 있다가 조총鳥銃으로 군관을 쏘아 말에서 떨어뜨리고 목을 베어가지고 달아났다. 우리 군사들은 이것을 바라보고 그만 맥이 빠져 버렸다.

조금 뒤에 왜적이 크게 몰려와서 조총鳥銃 10여 자루로 막 쏘아 대니 총에 맞은 사람은 즉시 쓰러져 죽었다. 이일은 급히 군사들을 불러 활을 쏘라고 소리질렀으나, 화살은 수십 보를 나가다가 뚝 떨어지니 이것으로써는 적을 죽일 수가 없었다. 이때 적은 이미 좌익左翼·우익右翼으로 나눠 벌여 세우고 깃발을 들고 우리 군대의 뒤를 둘러 포위하고 달려들어 왔다. 이일은 사세가 위급하게 된 것을 알고 급히 말머리를 돌려 북쪽을 향하여 달아나

---

6 사근찰방沙斤察訪 : 조선조 때 각 도의 역참驛站의 일을 맡아 보던 외직. 일명 마관馬官·우관郵官·역승驛丞이라고 함. 종6품으로 임명했음. 사근沙斤은 함양咸陽 동쪽 16리 지점에 있던 역.

니, 군사들이 크게 어지러워져 제각기 목숨을 건지려고 도망하였으나 위험을 벗어나 살아간 사람은 몇 사람도 없었고, 그 종사관 이하 미처 말을 타지 못한 사람은 모두 적에게 죽음을 당하고 말았다.

왜적들은 이일을 다급하게 뒤쫓으니, 이일은 말을 버리고 의복을 벗어던지고 머리를 풀어 제치고는 알몸으로 달아나서 문경聞慶[7]에 이르렀다. 그는 거기에서 종이와 붓을 구하여 그 패전한 상황을 임금에게 급히 아뢰고 물러가서 조령鳥嶺을 지키려고 하다가 신립申砬이 충주忠州[8]에 있다는 말을 듣고, 드디어는 충주로 달려갔다.

原文

賊陷尙州, 巡邊使李鎰, 兵敗奔還忠州. 初慶尙道巡察使金
적 함 상 주   순 변 사 이 일   병 패 분 환 충 주   초 경 상 도 순 찰 사 김

晬, 聞賊變, 卽依方略分軍, 移文列邑, 各率所屬, 屯聚信地,
수   문 적 변   즉 의 방 략 분 군   이 문 열 읍   각 솔 소 속   둔 취 신 지

以待京將之至. 聞慶以下守令, 皆引其軍赴大丘, 露次川邊,
이 대 경 장 지 지   문 경 이 하 수 령   개 인 기 군 부 대 구   노 차 천 변

待巡邊使旣數日, 巡邊使未及來, 而賊漸近, 衆軍自相驚動.
대 순 변 사 기 수 일   순 변 사 미 급 래   이 적 점 근   중 군 자 상 경 동

會大雨, 衣裝沾濕, 糧餉不繼, 夜中皆潰散, 守令悉以單騎奔
회 대 우   의 장 첨 습   양 향 불 계   야 중 개 궤 산   수 령 실 이 단 기 분

7 문경聞慶 : 경상북도 서북단에 있는 지명. 그 북쪽에는 남북 교통의 요지인 조령鳥嶺이 있음.
8 충주忠州 : 충청북도 북동부에 위치한 요지. 임진왜란 때의 대전지大戰地인 탄금대가 있음.

還. 巡邊使入聞慶, 縣中已空, 不見一人, 自發倉穀, 餉所率
환 순변사입문경 현중이공 불견일인 자발창곡 향소솔

人, 而過歷咸昌, 至尙州. 牧使金澥, 託以支待巡邊使于出站,
인 이과력함창 지상주 목사김해 탁이지대순변사우출참

遁入山中, 獨判官權吉守邑. 鎰以無兵責吉, 曳之庭欲斬之,
둔입산중 독판관권길수읍 일이무병책길 예지정욕참지

吉哀告願自出招呼, 達夜搜索村落間, 詰朝得數百人以至, 皆
길애고원자출초호 달야수색촌락간 힐조득수백인이지 개

農民也. 鎰留尙州一日, 發倉開糶, 誘出散民, 從山谷中, 介介
농민야 일류상주일일 발창개조 유출산민 종산곡중 개개

而來, 又數百餘人, 倉卒編伍爲軍, 無一人堪戰者. 時賊已至
이래 우수백여인 창졸편오위군 무일인감전자 시적이지

善山, 暮有開寧縣人, 來報賊近, 鎰以爲惑衆, 將斬之, 其人呼
선산 모유개령현인 내보적근 일이위혹중 장참지 기인호

曰, 「願姑囚我, 明早賊未至, 死未晚也.」 是夜, 賊兵屯長川,
왈 원고수아 명조적미지 사미만야 시야 적병둔장천

距尙州二十里, 而鎰軍無斥候, 故賊來不知. 翌朝, 鎰猶謂無
거상주이십리 이일군무척후 고적래부지 익조 일유위무

賊, 出開寧人於獄, 斬以徇衆, 因率所得民軍, 合京來將士, 僅
적 출개령인어옥 참이순중 인솔소득민군 합경래장사 근

八九百, 習陣于州北川邊, 依山爲陣, 陣中立大將旗, 鎰被甲
팔구백 습진우주북천변 의산위진 진중입대장기 일피갑

立馬大將旗下, 從事官尹暹 · 朴篪及判官權吉, 沙斤察訪金
입마대장기하 종사관윤섬 박호급판관권길 사근찰방김

宗武等, 皆下馬在鎰馬後. 有頃, 有數人從林木間出, 徘徊眺
종무등 개하마재일마후 유경 유수인종림목간출 배회조

望而回, 衆疑爲賊候, 而懲開寧人不敢告. 既又望見城中, 數
망이회 중의위적후 이징개령인불감고 기우망견성중 수

處煙起, 鎰始使軍官一人往探, 軍官跨馬, 二驛卒執鞚緩緩去,
처연기 일시사군관일인왕탐 군관고마 이역졸집공완완거

倭先伏橋下, 以鳥銃中軍官墜馬, 斬首而去, 我軍望見奪氣.
왜선복교하 이조총중군관추마 참수이거 아군망견탈기

俄而, 賊大至, 以鳥銃十餘衝之, 中者卽斃. 鎰急呼軍人發射,
아이 적대지 이조총십여충지 중자즉폐 일급호군인발사

矢數十步輒墜, 不能傷賊, 賊已分出左右翼, 持旗幟繞軍後,
시수십보첩추 불능상적 적이분출좌우익 지기치요군후

圍抱而來. 鎰知事急, 撥回馬向北走, 軍大亂, 各自逃命, 得脫
위 포 이 래   일 지 사 급   발 회 마 향 북 주   군 대 란   각 자 도 명   득 탈

者無幾, 從事以下未及上馬者, 悉爲賊所害. 賊追鎰急, 鎰棄
자 무 기   종 사 이 하 미 급 상 마 자   실 위 적 소 해   적 추 일 급   일 기

馬脫衣服披髮, 赤體而走, 到聞慶, 索紙筆, 馳啓敗狀, 欲退守
마 탈 의 복 피 발   적 체 이 주   도 문 경   색 지 필   치 계 패 상   욕 퇴 수

鳥嶺, 聞申砬在忠州, 遂據忠州.
조 령   문 신 립 재 충 주   수 거 충 주

상주尙州 임란북천전적지壬亂北川戰跡地

경북 상주시 만산동에 있는 1529년 임진왜란시 조선 관군과 의병들이 왜군에 대항하여 격전을
벌인 전적지.(경상북도기념물 제77호)

서울의 수비와
서순문제西巡問題

우상右相[1] 이양원李陽元[2]을 수성대장守城大將으로, 이전李戩ㆍ
변언수邊彦琇를 경성좌우위장京城左右衞將으로, 상산군商山君 박
충간朴忠侃을 경성순검사京城巡檢使로 삼아 도성都城을 수비하
게 하고, 김명원金命元[3]을 기복起復하여 도원수都元帥로 삼아 한

1 우상右相 : 우의정의 별칭. 조선조 때 관직으로 의정부에 속하였으며, 정원은 1명,
   품계는 정1품이었다.

2 이양원李陽元(1533~1592) : 조선조 선조 때의 영의정. 자는 백춘伯春, 호는 노저鷺
   渚. 본관은 전주全州이다. 명종 때 문과에 급제하여 서장관ㆍ삼도감사ㆍ형조판
   서ㆍ대제학大提學 등을 거처 우의정이 되고, 임진왜란 때 유도대장留都大將으로 공
   을 세워 영의정이 되었다. 철령鐵嶺으로 후퇴하여 있을 때 왕이 요동遼東으로 건너
   갔다는 풍문을 듣고 7일간 먹지 않고 분사함.

3 김명원金命元(1534~1602) : 조선조 선조 때 문신. 자는 응순應順, 호는 주은酒隱, 시
   호는 충익忠翼. 본관은 경주慶州이다. 명종 때 장원급제하여 좌참찬에 이르고, 임
   진왜란 때 팔도도원수八道都元帥로 활약하고 호조ㆍ예조ㆍ형조ㆍ공조판서를 거처
   영의정을 지냈다.

강漢江[4]을 지키게 하였다.

　이때 이일李鎰이 패하였다는 보
고서가 이미 이르렀으므로 인심이
흉흉하고, 궁중에서는 서울을 옮기
려는〔去邪〕 의견까지 있었으나 대
궐 밖에서는 알지 못하였다. 그런데
이마理馬[5] 김응수金應壽가 빈청賓廳
에 이르러 수상首相(이산해)과 귀엣
말로 수군거리고 갔다가 다시 오므

이항복李恒福 초상화(서울대학교 박물관 소장)

로 보는 사람들이 이를 의심스럽게 생각하였는데, 이는 대개 수
상이 그때 사복제조司僕提調[6]의 일을 맡았던 까닭이었다.

　도승지都承旨 이항복李恒福[7]이 손바닥에 「영강문永康門 안에 말

---

4 한강漢江 : 우리나라 넷째 가는 큰 강. 길이 514킬로미터. 근원인 두 줄기가 태백산
　에서 나와 중부지방을 횡단하여 서울 근방에서 합류하여 서해로 흐른다.

5 이마理馬 : 조선조 때 관직. 사복시司僕寺에 소속되어 임금이 타는 말에 관한 일을
　맡아보았다. 정원은 4명, 품계는 6품 이하였음.

6 사복제조司僕提調 : 사복시司僕寺는 조선조 때 궁중의 승여·마필·목장 등을 맡아
　보던 관청. 제조는 관청의 우두머리가 아닌 사람에게 그 일을 다스리게 하던 벼슬
　로서, 종1품 또는 정2품의 품계를 가진 사람이 맡았다. 정1품일 때는 도제조都提
　調, 정3품의 당상관堂上官일 때는 부제조副提調라 함.

7 이항복李恒福 : 1556(명종 11년)~1618(광해군 10년) 조선조 선조 때의 명상名相. 자는
　자상子常. 호는 필운弼雲·백사白沙·청화진인淸化眞人·동강東岡·소운素雲. 시
　호는 문충文忠. 본관은 경주慶州이다. 선조 때 문과에 급제, 호조참의戶曹參議·승
　지를 거쳐 임진왜란 때에는 도승지·형조판서로 활약하였고, 난후亂後에 우의정
　을 거쳐 영의정이 되었다. 광해군 때 북청으로 귀양 가 적소에서 죽었는데, 『백사
　집白沙集』·『북천일록北遷日錄』·『사례훈몽四禮訓蒙』·『노사영언魯史零言』·『주
　소계의奏疏啓議』·『유연전柳淵傳』 등의 저서를 남겼다.

을 세워 두라[立馬永康門內].」는 여섯 글자를 써서 나에게 보였다.

대간臺諫이 「수상首相(李山海)이 나랏일을 그르쳤다.」고 탄핵〔劾〕[8]을 하며 파면시키기를 청하였으나, 임금께서는 허락하지 않았다. 종친宗親[9]들이 합문閤門[10] 밖에 모여 통곡하면서, 「도성〔城〕을 버리지 말라.」고 청하였다. 영부사領府事〔영중추부사領中樞府事〕 김귀영金貴榮[11]은 더욱 분격하여 여러 대신들과 함께 들어가 임금을 뵈옵고 「서울을 굳게 지켜야 합니다.」고 청하고, 또 말하기를,

「도성都城을 버리자는 의논을 주장하는 사람은 곧 소인小人입니다.」라고 하였다.

임금께서 하교下敎하시기를, 「종묘 사직〔宗社〕[12]이 이곳에 있는데, 내가 장차 어디로 간다는 말이냐?」 하니, 여러 사람들은 드디어 물러나갔다. 그러나 사세는 어찌할 수가 없었다. 이에 방리

---

8 핵劾 : 탄핵을 말함. 잘못된 점을 들어 논죄論罪하며 책망하는 것.

9 종친宗親 : 임금의 족속. 임금의 친족으로 촌수가 가까운 사람. 대군大君의 자손은 4대손까지. 왕자군의 자손은 3대손까지를 봉군封君이라 하여 예후했다.

10 합문閤門 : 임금이 평시에 거처하는 궁전, 곧 편전便殿의 앞문.

11 김귀영金貴榮(1519~1593) : 조선조 중기의 문신. 자는 현경顯卿, 호는 동원東園, 본관은 상주尙州다. 명종 때 문과에 급제, 여러 요직을 거쳐 선조 때 우의정을 지냄. 임진왜란 때 임해군臨海君을 모시고 북도로 피란하였다가 회령會寧에서 왕자와 함께 적장 가등청정加藤淸正에게 잡혔다. 일본과의 화친문제를 말하다가 임금의 노여움을 사서 희천으로 유배됨.

12 종사宗社 : 종묘宗廟와 사직社稷(왕조 때, '왕실과 나라'를 아울러 이르던 말). 종묘는 역대왕의 신주를 모신 곳이고, 사직은 토지신과 곡신을 위하는 곳.

종묘宗廟
조선시대 역대의 왕과 왕비 및 추존追尊된 왕과 왕비의 신주神主를 모신 왕가의 사당.

坊里[13]의 백성들과 공사천인公私賤人[14]들과 서리胥吏[15]와 삼의사
三醫司[16] 사람들을 뽑아내어 성첩城堞:성 위에 낮게 쌓은 담.을 나누어
지키게 하였으나, 성첩은 3만여 곳으로 계산이 되는데 성을 지키
는 사람의 수는 겨우 7천 명이고, 그것도 거의 다 오합지중〔烏合〕[17]
이라서 다 성을 넘어서 도망갈 마음만 가졌다. 그리고 상번上番[18]
한 군사들도 비록 병조兵曹에 소속되어 있으나, 그러나 하리下吏[19]
들과 함께 서로 농간질을 하여 뇌물을 받고 사사로이 놓아 보내

■

13 방리坊里 : 말단 행정구역. 지금 동리洞里와 같은 것.

14 공사천인公私賤人 : 공천公賤과 사천私賤. 공천은 조선조 때 관부에 종사하는 천인
으로, 죄를 지어 종이 된 자와 관청 소속의 기생·나인·종·역졸 등으로 구성
됨. 사천은 개인에게 소속된 천인을 말함.

15 서리胥吏 : 중앙과 지방관청에 소속된 하급관리로, 일명 이서·이속·아전이라
고 함.

16 삼의사三醫司 : 조선조 때의 의료를 맡은 세 관사官司. 내의원內醫院·전의감典醫
監·혜민서惠民署의 통칭.

17 오합烏合 : 오합지중의 준말로, 쓸모없는 무리들만 모인 것을 말함.

18 상번上番 : 지방의 군사를 뽑아 차례로 서울의 군영으로 올려보내어 근무하도록
하는 일.

19 하리下吏 : 지체가 낮은 이속들.

는 사람이 많았는데, 관원들도 가거나 있거나 묻지도 않으니, 위급한 일을 당하면 다 쓸 수 없는 군사들이었다. 군정軍政의 해이解弛함이 이러한 지경에 이르렀었다.

대신大臣이 왕세자(저군儲君)를 세워[建儲][20] 민심을 수습하자고 청하니, 임금께서는 그 뜻을 따랐다.

이덕형李德馨 초상화

동지사同知事[동지중추부사同知中樞府事] 이덕형李德馨[21]을 왜군倭軍에 사자使者로 보냈다. 우리 군사가 상주尙州 싸움에서 패하고 후퇴할 때에 왜학통사倭學通事[22] 경응순景應舜이라는 사람이 있어 이일李鎰의 군중軍中에 있다가 왜적에게 사로잡힌 바 되었는데, 왜장倭將 평행장平行長이 평수길平秀吉의 편지와 예조禮曹에 보내는 공문

---

20 건저建儲 : 왕세자를 세우는 것.

21 이덕형李德馨 : 1561(명종 16년)~1613(광해군 5년). 조선조 중기의 명신. 자는 명보明甫, 호는 한음漢陰, 시호는 문익文翼, 본관은 광주廣州다. 선조 때 문과에 급제하여 직제학·승지·대사간·대사성·이조참의를 거쳐 31세에 예조참판 겸 대제학에 이름. 임진왜란 때 동지중추부사로 왜사倭使와 화의를 교섭하고, 임금을 피란시키고, 명나라 구원병을 요청하는 등 활약이 컸음. 4도(경상·전라·충청·강원의 도)체찰사를 거쳐 38세로 우의정이 되었고, 뒤에 영의정을 지냄. 저서에 『한음문고漢陰文藁』가 있다.

22 왜학통사倭學通事 : 사역원司譯院의 벼슬 이름. 일본말 통역관이다.

公文 한 통을 경응순에게 주고 내어보내 주면서 말하기를,

「동래東萊에 있을 때 울산군수蔚山郡守를 사로잡아서 편지(평수길의 편지)를 전해 보냈으나, 지금에 이르기까지 회답을 받지 못하였다. (당시 울산군수는 곧 이언성李彦誠인데, 그는 적의 진중으로부터 돌아왔으나 죄를 받을까 두려워하여 「스스로 도망하여 왔다.」고 말하며, 그 서류를 숨기고 전달하지 않았다. 그러므로 조정에서는 그 사실을 알지 못하였다.) 조선朝鮮이 만약 강화講和[23]하려는 뜻이 있으면 이덕형으로 하여금 오는 28일에 우리와 충주忠州에서 만나게 하는 것이 좋겠다.」

고 하였다. 대개 이덕형은 왕년에 일찍이 선위사宣慰使:임금의 명령으로 외국의 사신을 영접, 위로하는 임시 벼슬.가 되어 왜국의 사신을 접대한 일이 있었기 때문에 소서행장小西行長이 그를 만나보려고 한 것이다. 경응순이 서울에 와서 평행장의 글과 말을 전했다. 이때 사세가 급해서 아무런 계교도 나오지 않으므로, 혹은 이것으로 인해서 싸움을 늦출 수가 있을까 생각하였으며, 이덕형도 역시 스스로 가기를 청하므로, 예조禮曹로 하여금 답서를 마련하게 하여 경응순을 데리고 떠나갔다.(그런데 이덕형은 중도에서 충주가 이미 함락되었다는 말을 듣고 먼저 경응순으로 하여금 가서 실정을 탐지하게 하였는데, 경응순은 적장 가등청정加藤淸正에게 잡혀 죽음을 당하고 말았다. 그래서 이덕형은 드디어 중도에서 돌

23 강화講和 : 화친을 의논하는 것.

아왔는데, 평양平壤²⁴에서 임금에게 이 사실을 복명復命하였다.)

형혹熒惑²⁵이 남두南斗²⁶를 침범하였다.

경기·강원·황해·평안·함경도 등의 군사를 징발하여 들어
와 서울을 구원하게 하였다.

이조판서吏曹判書 이원익李元翼²⁷을 평안도 도순찰사都巡察使
로, 지사知事 최흥원崔興源²⁸을 황해도 도순찰사로 삼아 모두 그
날로 출발시켜 보냈는데, 이는 장차 임금께서 서순西巡²⁹ 하시려
고 하는 의논이 있었던 때문이었다. 그리고 이원익은 일찍이 안
주목사安州牧使가 되고, 최흥원은 황해감사黃海監司가 되었었는
데, 모두 어진 정사를 베풀어 백성들의 마음이 그들을 기쁘게한
바 되었던 까닭으로 해서 먼저 그들을 가게 하여 군민軍民을 잘

---

24 평양平壤 : 평안남도에 있는 지명. 우리나라의 역사적인 고도古都.

25 형혹熒惑 : 화성火星의 다른 이름. 재화, 병란의 조짐이 보인다는 별 이름.

26 남두南斗 : 남쪽 두성. 남방의 여섯 별로 구성된 성수星宿의 이름. 제왕의 수명을
맡는다고 한다.

27 이원익李元翼(1547~1634) : 조선조 중기의 문신. 자는 공려公勵, 호는 오리梧里, 시
호는 문충文忠, 본관은 전주全州다. 선조 때 문과에 급제, 정언正言·승지·대사
헌을 지내고, 임진왜란 때 이조판서로 평안도 도순찰사를 겸하고, 이어 우의정이
되어 4도 도체찰사를 겸하고, 광해군 때 영의정이 됨. 저서는 『오리집梧里集』이
있다.

28 최흥원崔興源(1529~1603) : 자는 복초復初, 호는 송천松泉, 본관은 삭녕朔寧이다.
선조 원년(1568) 증광문과增廣文科에 급제한 후 정언正言·사간司諫·동래부사東
萊府使를 역임했으며 임진왜란 때 황해도 도순찰사가 되고 이어 우의정을 거쳐
좌의정으로 승진. 영의정 유성룡이 파면되자 영의정에 기용되었고 그 뒤 의주에
가서 왕을 시종侍從했다. 시호는 충정忠貞이다.

29 서순西巡 : 임금이 서쪽 지방으로 피란하는 것.

어루만지고 타일러서 임금의 순행巡幸[30][파천播遷 : 임금이 도성都城을 떠나 딴 곳으로 피란 함. ＝파월播越]에 대비하게 한 것이다.

以右相李陽元爲守城大將, 李戩·邊彦琇爲京城左右衛將,
이 우 상 이 양 원 위 수 성 대 장 이 전   변 언 수 위 경 성 좌 우 위 장

商山君朴忠侃爲京城巡檢使, 使守都城, 起復金命元爲都元
상 산 군 박 충 간 위 경 성 순 검 사 사 수 도 성 기 복 김 명 원 위 도 원

帥守漢江. 時李鎰敗報已至, 人心洶洶, 內間有去邠之意, 外
수 수 한 강 시 이 일 패 보 이 지 인 심 흉 흉 내 간 유 거 빈 지 의 외

庭不和. 理馬金應壽, 到賓廳, 與首相耳語, 去而復來. 觀者疑
정 불 화 이 마 김 응 수 도 빈 청 여 수 상 이 어 거 이 부 래 관 자 의

之, 蓋首相時爲司僕提調故也, 都承旨李恒福, 於掌中書, 「立
지 개 수 상 시 위 사 복 제 조 고 야 도 승 지 이 항 복 어 장 중 서 입

馬永康門內」六字示我. 臺諫劾首相誤國, 請罷, 不允. 宗親
마 영 강 문 내 육 자 시 아 대 간 핵 수 상 오 국 청 파 불 윤 종 친

聚閤門外痛哭, 請勿棄城, 領府事金貴榮, 尤憤憤, 與諸大臣
취 합 문 외 통 곡 청 물 기 성 영 부 사 김 귀 영 우 분 분 여 제 대 신

入對, 請固守京城, 且曰, 「倡議棄城者, 乃小人也.」上敎曰,
입 대 청 고 수 경 성 차 왈 창 의 기 성 자 내 소 인 야 상 교 왈

「宗社在此, 予將何適?」衆遂退, 然事不可爲矣. 抄發坊里民
종 사 재 차 여 장 하 적 중 수 퇴 연 사 불 가 위 의 초 발 방 리 민

及公私賤·胥吏·三醫司, 分守城堞, 計堞三萬餘, 而守城人
급 공 사 천 서 리 삼 의 사 분 수 성 첩 계 첩 삼 만 여 이 수 성 인

口僅七千, 率皆烏合, 皆有縋城逃散之心. 上番軍士, 雖屬於
구 근 칠 천 율 개 오 합 개 유 추 성 도 산 지 심 상 번 군 사 수 속 어

兵曹, 而與下吏相與爲奸, 受賂私放者甚多, 官員不問去留,
병 조 이 여 하 리 상 여 위 간 수 뢰 사 방 자 심 다 관 원 불 문 거 류

臨急皆不可用, 軍政解弛, 一至於此. 大臣請建儲以繫人心,
임 급 개 불 가 용 군 정 해 이 일 지 어 차 대 신 청 건 저 이 계 인 심

---

30 순행巡幸 : 순수巡狩. 임금이 나라 안을 순행巡行(여러 곳으로 돌아다님)하는 일.

從之.
종지

遣同知事李德馨, 使倭軍. 尙州之敗, 有倭學通事景應舜者,
견 동 지 사 이 덕 형 사 왜 군 상 주 지 패 유 왜 학 통 사 경 응 순 자

在李鎰軍中爲賊所獲, 倭將平行長, 以平秀吉書契及送禮曹
재 이 일 군 중 위 적 소 획 왜 장 평 행 장 이 평 수 길 서 계 급 송 예 조

公文一道, 援應舜出送. 且曰, 「在東萊時, 生得蔚山郡守, 傳
공 문 일 도 원 응 순 출 송 차 왈 재 동 래 시 생 득 울 산 군 수 전

送書契, 而至今未報.」〈郡守卽李彦誠, 自賊中回, 而畏得罪,
송 서 계 이 지 금 미 보 군 수 즉 이 언 성 자 적 중 회 이 외 득 죄

自云逃來, 隱其書不傳, 故朝廷不知也.〉朝鮮若有意講和, 可
자 운 도 래 은 기 서 불 전 고 조 정 부 지 야 조 선 약 유 의 강 화 가

令李德馨, 於二十八日, 會我於忠州. 蓋德馨, 往年嘗爲宣慰
령 이 덕 형 어 이 십 팔 일 회 아 어 충 주 개 덕 형 왕 년 상 위 선 위

使, 接待倭使, 故行長欲見之, 應舜至京, 時事急, 計無所出,
사 접 대 왜 사 고 행 장 욕 견 지 응 순 지 경 시 사 급 계 무 소 출

意或因此緩兵. 德馨亦自請行, 令禮曹裁答書, 挾應舜而去.
의 혹 인 차 완 병 덕 형 역 자 청 행 영 예 조 재 답 서 협 응 순 이 거

〈德馨在道, 聞忠州已陷, 先使應舜往探, 應舜爲賊將淸正所
덕 형 재 도 문 충 주 이 함 선 사 응 순 왕 탐 응 순 위 적 장 청 정 소

殺. 德馨遂從中路還, 復命於平壤.〉
살 덕 형 수 종 중 로 환 복 명 어 평 양

熒惑犯南斗, 徵京畿·江原·黃海·平安·咸鏡等道兵, 入
형 혹 범 남 두 징 경 기 강 원 황 해 평 안 함 경 등 도 병 입

援京師. 以吏曹判書李元翼爲平安道都巡察使, 知事崔興源
원 경 사 이 이 조 판 서 이 원 익 위 평 안 도 도 순 찰 사 지 사 최 흥 원

爲黃海道都巡察使, 皆卽日發遣, 以將有西狩之議. 而元翼曾
위 황 해 도 도 순 찰 사 개 즉 일 발 견 이 장 유 서 수 지 의 이 원 익 증

爲安州牧使, 興源爲黃海監司, 皆有惠政, 爲民心所喜, 故使
위 안 주 목 사 흥 원 위 황 해 감 사 개 유 혜 정 위 민 심 소 희 고 사

之先往, 撫諭軍民, 以備巡幸.
지 선 왕 무 유 군 민 이 비 순 행

신립申砬이 충주忠州에서
크게 패함

　왜적의 군사들이 충주忠州에 들어왔다. 신립申砬은 적을 맞아 싸우다가 패하여 죽고, 여러 군사들은 크게 무너졌다.

　신립이 충주에 이르니 충청도忠淸道의 여러 군현郡縣의 군사로서 와서 모여 있는 사람이 8천여 명이나 되었다. 신립은 조령鳥嶺을 지키려고 하였으나, 이일李鎰이 패하였다는 말을 듣고 간담이 떨어져서 충주로 돌아왔으며, 또 이일·변기邊璣 등을 불러 함께 충주로 오게 하여 험한 곳〔鳥嶺〕을 버려두고 지키지 않았으며, 호령이 번거롭고 소란스러우므로 보는 사람들은 그가 반드시 패할 것을 알았다. 그런데 그와 친한 군관軍官이 있어 적군이 이미 조령을 넘었다고 비밀히 알려 주었는데, 이때는 곧 4월 27일 초저녁이었다. 이 말을 듣자 신립은 갑자기 성 밖으로 뛰어나가므로 군중軍中은 더 소란스러워졌으며 신립이 가 있는 곳을 알지 못하

탄금대彈琴臺
배수진背水陣을 치고 적군과 대결했으나 패했다.

였는데, 그는 밤이 깊어서야 가만히 객사客舍로 돌아왔다.

그 다음날 아침에 신립은, 「군관軍官이 망녕된 말을 하였다.」고 말하면서 끌어내어 목을 베어 죽였다. 그리고 임금에게 장계를 올려,

「왜적들이 아직 상주尙州를 떠나지 않았습니다.」

라고만 하고, 적병이 10리 밖에 있는 것을 알지 못하였다.

인하여 신립은 군사를 거느리고 나와 탄금대彈琴臺[1] 앞의 두 강물 사이에 진진을 쳤다. 그곳은 왼쪽과 오른쪽에 논〔稻田〕이 있고 물풀이 뒤섞여서 말을 달리기가 불편하였다.

그런데 조금 뒤에 왜적들이 단월역丹月驛으로부터 길을 나누어 쳐들어오는데, 그 기세가 비바람이 몰아치는 것과 같았다. 그 한 패는 산을 따라 동쪽으로 오고, 한 패는 강을 따라 내려오는데, 총소리는 땅을 진동시키고 하늘을 뒤흔들었다.

신립은 어찌할 바를 알지 못하다가 말을 채찍질하여 몸소 적진으로 돌격하려고 시도한 것이 두 차례였으나 들어갈 수가 없었다. 이렇게 되자 그는 말머리를 돌려 강으로 뛰어들어 물에 빠져

---

1 탄금대彈琴臺 : 충청북도 충주시의 서쪽에 있는 지명.

죽었다. 뒤이어 여러 군사들도 다 강으로 뛰어들어 그 시체가 강물을 덮어 떠내려갔다. 김여물金汝岉도 또한 어지러운 군사들 속에서 전사하였다. 이일李鎰은 동쪽의 산골짝으로부터 몸을 빼어 도망하였다.

이보다 먼저 조정에서는 적병이 강성하다는 말을 듣고, 이일이 혼자 힘으로는 지탱하기 어려울 것으로 근심하여, 신립은 당시의 명장이라 군사들이 두려워하여 잘 복종할 것이라고 해서 그로 하여금 많은 군사들을 거느리고 그 뒤를 따라가게 하여, 두 장수가 서로 힘을 합하여 적을 막을 것을 바랐던 것이니 계교로서는 잘못된 것이 아니었다.

불행스럽게도 경상도 수륙水陸의 장수들은 다 겁쟁이었다. 그 바다를 감당하던 좌수사左水使 박홍朴泓은 한 사람의 군사도 내보내지 않았고, 우수사右水使 원균元均²은 비록 물길이 좀 멀었다 하더라도 거느리고 있는 배도 많았고 또 적병이 하루에 달려든 것이 아니었으니, 모든 군사를 다 거느리고 앞으로 나아가 위세를 보이면서 서로 버티고 행여 한 번만이라도 이겼더라면, 적들은 마땅히 뒤를 염려하여 반드시 갑자기 깊이 쳐들어오지는 못하였을 것인데, 우리 군사들은 적을 바라보기만 하면 곧 멀리 피하여 한 번도 적과 맞싸워 보지도 못하였다. 그리고 적병이 육지로

2 원균元均(?~1597) : 조선조 선조 때의 무장武將. 본관은 원주原州다. 선조 25년 임진왜란 때 경상우도 수사水使로서 왜군에 대적할 수 없다고 판단해 전선戰船과 무기를 바다에 가라앉히고 수천여 명의 수군水軍을 해산시킨 다음 전선 3척으로 왜군을 피해 다녔다. 이하 그의 만행을 생략하는 걸로 역사에 심판한다.

올라오게 되자, 경상도 좌우병사左右兵使 이각李珏 · 조대곤曺大坤은 혹은 도망하고, 혹은 교체되기도 하여 적병이 북을 울리면서 마음대로 행진하여 수백 리를 사람이 안 사는 지경같이 밟으며, 밤낮으로 북상北上하여도 한 곳에서도 감히 저항을 하여 조금이라도 그 진격하는 기세를 늦추게 하는 사람이 없었다. 그래서 적은 상륙한 지 10일도 안 되어 이미 상주尙州에 이르렀다. 이일李鎰은 객장客將의 처지로 거느린 군사도 없었으며 갑자기 적과 싸우게 되었으므로 그 형세가 실로 대적할 수 없는 형편이어서, 신립이 아직 충주에 이르지도 않았을 때 그는 먼저 패하여 진퇴進退의 근거지를 잃어 일이 이렇게 크게 그르치게 되었다.

아아 원통하다! 뒤에 들었지만 왜적이 상주에 들어왔으나, 그래도 험한 곳을 지나갈 것을 두려워하였다. 문경현聞慶縣의 남쪽 10여 리쯤 되는 곳에 옛 성인 고모성姑母城이 있는데, 여기는 좌左 · 우도右道의 경계가 되는 곳으로서, 양쪽 산골짝이 묶어놓은 듯하고 가운데 큰 냇물이 흐르고 길이 그 아래로 나 있었다. 적병들은 여기 우리 군사가 지키고 있을까 두려워하여 사람을 두세 번 살펴보게 하여 지키는 군사가 없다는 것을 알고는, 곧 노래를 부르고 춤을 추면서 지나왔다고 한다. 그 뒤에 명나라 장수 도독都督 이여송李如松[3]이 왜적을 추격하여 조령鳥嶺을 지나면서 탄식하기를,

---

3 이여송李如松(?~1598) : 명나라 신종 때의 장군. 임진왜란 때 명의 구원군 4만 명을 거느리고 와서 왜적을 치는 일을 도움.

「이와 같이 험한 요새지가 있는 데도 지킬 줄을 알지 못하였으니, 신총병申總兵(申砬)은 실로 모책[謨]이 없는 사람이었다고 이를 것이다.」

하였다. 대체로 신립은 비록 날쌔어서 그때 이름은 떨쳤다고 하더라도 전략을 마련하는 데는 그리 장한 바 아니었다. 옛사람이 이르기를,

「장수가 군사를 쓸 줄 모르면 그 나라를 적에게 주게 되는 것이다.」라고 하였는데, 지금 비록 이를 뉘우친다고 한들 소용은 없으나, 그래도 가히 뒷날의 경계는 되는 것이므로 자세히 적어두는 것이다.

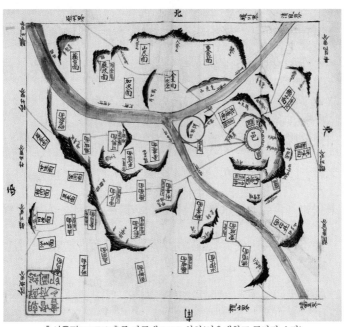

호서읍지湖西邑誌 충주 탄금대彈琴臺 위치(서울대학교 규장각 소장)

賊兵入忠州, 申砬迎戰, 敗績而死, 諸軍大潰, 砬至忠州, 忠清
道郡縣兵, 來會者八千餘人. 砬欲保鳥嶺, 聞鎰敗膽落, 還忠
州. 且召李鎰·邊璣等, 俱到忠州, 棄險不守, 號令煩擾, 見者
知必敗. 有所親軍官, 密報賊已踰嶺, 乃二十七日初昏也. 砬
忽跳出城, 軍中擾擾, 不知砬所在, 夜深潛還客舍, 明朝謂軍
官妄言, 引出斬之. 狀啓猶云,「賊未離尚州.」不知賊兵已在
十里內也, 因率軍出, 陣于彈琴臺前兩水間, 其地左右多稻田,
水草交雜, 不便馳驅. 少頃賊從丹月驛, 分路而至, 勢如風雨,
一路循山而東, 一路沿江而下, 炮響震地, 塵埃接天. 砬不知
所爲, 鞭馬欲親自突陣者再, 不得入, 還赴江, 沒于水中而死,
諸軍悉赴江中, 屍蔽江而下, 金汝吻亦死亂兵中, 李鎰從東邊
山谷間脫走, 初朝廷聞賊兵盛, 憂李鎰獨力難支, 以申砬一時
名將, 士卒畏服, 使引重兵隨其後, 欲兩將協勢, 庶幾捍賊, 計
未失也. 不幸本道水陸將, 皆恇怯, 其在海中也, 左水使朴泓,
一兵不出, 右水使元均, 雖水路稍遠, 所領舟艦旣多, 且賊兵
非一日俱至, 可悉衆前進, 耀兵相持[4], 幸而一捷, 則賊當有後

---

4 持:가질 지. 소유하다. 손에 쥐다. 보전하다. 보존하다. 지키다. 버티다. 돕다.
바로잡다. 괴롭히다.

顧慮, 未必遽深入, 而乃望風遠避, 不一交兵. 及賊登陸, 左右
고 려　미 필 거 심 입　이 내 망 풍 원 피　불 일 교 병　급 적 등 륙　좌 우

兵使李珏·曺大坤, 或遁或遞, 賊鳴鼓橫行, 蹈數百里無人之
병 사 이 각　조 대 곤　혹 둔 혹 체　적 명 고 횡 행　도 수 백 리 무 인 지

境, 晝夜北上, 無一處敢齟齬[5]少緩其勢者, 不十日, 已至尙州,
경　주 야 북 상　무 일 처 감 저 어　소 완 기 세 자　불 십 일　이 지 상 주

李鎰客將無軍, 猝與相角, 勢固不敵, 砬未至忠州, 而鎰先敗,
이 일 객 장 무 군　졸 여 상 각　세 고 부 적　입 미 지 충 주　이 일 선 패

進退失據, 事是以大謬. 嗚乎痛哉! 後聞賊入尙州, 猶以過險
진 퇴 실 거　사 시 이 대 류　오 호 통 재　후 문 적 입 상 주　유 이 과 험

爲憚. 聞慶縣南十餘里, 有古城曰姑母, 據左右道交會處, 兩
위 탄　문 경 현 남 십 여 리　유 고 성 왈 고 모　거 좌 우 도 교 회 처　양

峽如束, 中盤大川, 路出其下. 賊恐有守兵, 使人再三覘覰知[6]
협 여 속　중 반 대 천　노 출 기 하　적 공 유 수 병　사 인 재 삼 첨 처 지

無兵, 乃歌舞而過云, 其後天將李提督如松, 追賊過鳥嶺, 歎
무 병　내 가 무 이 과 운　기 후 천 장 이 제 독 여 송　추 적 과 조 령　탄

曰「有險如此, 而不知守, 申總兵可謂無謀矣.」蓋砬雖輕銳
왈　유 험 여 차　이 부 지 수　신 총 병 가 위 무 모 의　개 립 수 경 예

得時名, 籌略非其所長. 古人云,「將不知兵, 以其國與敵.」今
득 시 명　주 략 비 기 소 장　고 인 운　장 부 지 병　이 기 국 여 적　금

雖悔之無及, 猶可爲後日之戒. 故備著云.
수 회 지 무 급　유 가 위 후 일 지 계　고 비 저 운

---

5 저어齟齬 : ① 윗니와 아랫니가 서로 어긋나 맞지 않음. ② 일이 서로 어긋나거나
차질이 생김. 서로 모순됨. 저齟 ; 어긋날 저. 윗니와 아랫니가 서로 어긋나다. 사물
이 서로 어긋나 맞지 않다. 씹다. 간체 龃. 齬 어긋날 어. 간체 龉.

6 처지覰(覷)知 : 엿보아서 앎. 처覰 엿볼 처. 覰는 覷의 속자. 覰는 동자. 노리다. 엿
보다. 거칠다. 촘촘하지 않다.

임금이 서울을 떠나
피란길에 오름

4월 30일 새벽에 임금께서는 서쪽으로 피란길을 떠나셨다.

신립申砬이 서울을 떠나간 뒤로 서울 사람들은 날마다 승리했다는 보고가 오기를 기다렸는데, 전날 저녁 때 전립氈笠[1]을 쓴 사람 셋이 말을 달려 숭인문崇仁門으로 들어오므로, 성 안 사람들은 서로 앞을 다투어 전쟁에 관한 소식을 물으니, 대답하기를,

「우리들은 곧 순변사巡邊使(申砬)의 군관軍官의 노복奴僕인데, 어제 순변사는 충주忠州에서 왜적과 싸우다가 패하여 죽고, 여러 군사들은 크게 무너졌는데, 우리들은 겨우 몸만 빠져나와서 돌아가 집안 사람들에게 알려 피란시키려고 합니다.」

라고 하였다. 이 말을 들은 사람들은 크게 놀라서 지나는 곳마다

---

1 전립氈笠 : 벙거지. 군인이나 지체가 낮은 사람들이 쓰는 모자.

서로 전하여 알려 얼마 안
되는 사이에 온 도성 안이
모두 진동했다.

초저녁에 임금께서 재상
들을 부르셔서 나와 피란할
문제를 의논하셨는데, 임금
께서는 동상東廂²에 나와 마
룻바닥에 앉으시어 촛불을
밝히고, 종실宗室 하원군河
源君과 하릉군河陵君 등이
모시고 앉았다. 대신大臣들
이 아뢰기를,

권협權悏 초상화

「사세가 이 지경에 이르렀사오니 상감께서 잠시 동안 평양平
壤에 행하시고 명나라에 구원병을 청하여 수복을 도모하소서.」
하였다. 장령掌令³ 권협權悏⁴이 임금에게 뵙기를 청하고 무릎 밑까
지 다가가서〔조슬造膝 : 무릎 앞까지 가까이 다가간다는 말. 형제지간에 불량한
행동이 있으면 응당 조슬造膝(무릎 앞까지 가까이 다가서서)하여 간諫해야 한다.〕큰소
리로 호소하기를, 「청하옵건대 서울을 굳게 지키소서.」 하였는데,

2 동상東廂 : 동쪽 바깥채.

3 장령掌令 : 조선조 때 사헌부에 속한 종4품 벼슬. 정원은 2명.

4 권협權悏(1542~1618) : 조선조 선조 때의 문신. 자는 사성思省, 호는 석당石塘, 본관
은 안동安東이다. 시호는 충정忠貞. 선조 10년(1577)문과에 급제하여 사헌장령司憲
掌令을 지내고, 정유재란 때에는 고급사告急使로 명나라에 가서 구원병을 얻어옴.
뒤에 예조판서를 지냄.

말소리가 몹시 시끄러우므로 내가 이르기를,

「비록 위급하고 어지러운 때라고 하더라도 군신君臣간의 예의가 이같아서는 안 될 것이니, 조금 물러나서 아뢰는 것이 좋겠다.」

고 하였더니, 권협은 연달아 부르짖기를,

「좌상左相(柳成龍)께서도 또한 그런 말씀을 하십니까? 그렇다면 서울을 버리는 게 옳다는 말씀입니까?」

하였다. 나는 임금에게 아뢰기를,

「권협의 말은 매우 충성스럽지마는, 다만 사세가 그렇게 하지 않을 수 없겠나이다.」

하고, 인하여 왕자王子를 여러 도道로 파견하여 근왕병勤王兵[5]을 부르게 하고, 세자世子는 임금님의 행차를 따라가도록 하기를 청하여 의논을 결정지었다.

대신들이 합문閤門 밖에 나와 기다리고 있다가 임금의 분부를 받았는데, 임해군臨海君은 함경도咸鏡道로 가기로 하여 영부사領府事 김귀영金貴榮과 칠계군漆溪君 윤탁연尹卓然이 모시고 따르게 하고, 순화군順和君은 강원도江原道로 가기로 하여 장계군長溪君 황정욱黃廷彧[6]과 호군護軍 황혁黃赫, 동지同知〔동지중추부사同知中樞府使〕이기李墍가 모시고 따르게 하였다. 대개 황혁은 딸이

---

5 근왕勤王 : 임금을 위하여 힘쓴다는 뜻. 근왕군勤王軍은, 곧 나라를 위하여 힘쓰는 군사를 말함.

6 황정욱黃廷彧(1532~1607) : 조선조 선조 때의 문신. 자는 경문景文, 호는 지천芝川, 본관은 장수長水이다. 시호는 문정文貞. 선조 때 문과에 급제, 호조판서·동지중추부사를 지냄. 저서는 『지천집芝川集』이 있다.

순화부인順和夫人이 되었고, 이기는 원주原州 사람이었으므로 아울러 그들을 보내게 된 것이다.

이때 우상右相은 유도대장留都大將:임금이 거둥시 서울을 지키는 군대의 대장.이 되고, 영상領相과 아울러 재신宰臣[7] 수십 명은 호종扈從[8]으로 뽑혀 임금을 모시고 가기로 결정되었으나 나에게는 명하는 것이 없었는데, 정원政院[9]에서 아뢰기를, 「호종에 유성룡〔柳某〕이 없어서는 안 되겠습니다.」라고 하였다. 이어서 나에게도 호종하여 떠나라는 명령이 내렸다.

이때 내의內醫 조영선趙英璇과 정원政院의 이속吏屬 신덕린申德麟 등 10여 명이 큰 소리로 부르짖기를,

「서울을 버려서는 안 됩니다.」

하였다. 조금 뒤에 이일李鎰의 장계가 이르렀다. 그러나 궁중宮中의 위사衛士가 다 흩어져서 경루更漏[10]조차 울리지 못하였다. 이때 횃불을 선전관청宣傳官廳[11]에서 얻어가지고 장계를 열어보니 그 내용은, 「적이 오늘이나 내일 사이에 꼭 도성都城으로 들어갈 것

---

7 재신宰臣 : 정3품 당상관 이상으로, 중앙의 중요 관직에 있는 사람을 통틀어 이름. 재상은 정1품의 3정승을 말함.

8 호종扈從 : 임금의 뒤를 따라다니며 호위하는 것, 또는 그렇게 하는 사람.

9 정원政院 : 승정원承政院의 다른 이름. 조선조 때 왕명의 출납出納을 맡아보던 관청. 후원喉院·은대銀臺·대언사代言司 등으로 불렀음.

10 경루更漏 : 밤에 때를 알리는 것. 밤을 5경更으로 나누어 초경, 2경, 3경, 4경, 5경으로 시간을 표시했다. 조선 때 밤 동안의 시간을 알리는 데 쓰던 물시계.

11 선전관청宣傳官廳 : 조선조 때 형명刑名·계라啓螺·시위侍衛·전령傳令·부신符信의 출납을 맡아보던 관청.

같습니다.」라고 말하였다. 이 장계가 들어간 지 한참 있다가 대가大駕[12]가 대궐문 밖으로 나왔는데, 삼청三廳[13]의 금군禁軍[14]들은 다 달아나서 숨어버리고 사람들은 어두움 속에서 서로 맞부딪쳤다. 때마침 우림위羽林衛[15]의 지귀수池貴壽가 앞으로 지나갔는데, 내가 그를 알아보고 책망하며 호종하게 하니, 지귀수는 말하기를,

「어찌 감히 힘을 다하여 모시지 않겠습니까.」

하고는 같은 무리 두 사람도 아울러 불러가지고 왔다.

경복궁景福宮[16] 앞을 지나는데 시가의 양쪽 길가에서는 통곡하는 소리가 들려왔다. 승문원承文院[17]의 서원書員 이수겸李守謙이 나의 말고삐를 잡고 묻기를,

「승문원 안의 문서文書는 어떻게 하겠습니까?」

하므로, 나는 「그중에서 긴요한 것만 수습하여 가지고 뒤따라 쫓아오너라.」 하였더니, 이수겸은 울면서 돌아갔다.

돈의문敦義門[18]을 나와서 사현沙峴 고개에 이르니 동쪽 하늘이

---

12 대가大駕 : 임금이 타는 수레.

13 삼청三廳 : 금군3청禁軍三廳. 곧 내금위內禁衛 · 우림위羽林衛 · 겸사복兼司僕을 말함.

14 금군禁軍 : 궁궐 안을 호위하는 군대.

15 우림위羽林衛 : 금군3청의 하나. 왕실의 숙위宿衛 · 배종陪從 · 호위護衛, 신변보호를 맡았음.

16 경복궁景福宮 : 조선조 때의 궁궐. 경복이라는 이름은 『시경』의 「君子萬年, 介爾景福」이라는 데에서 따 붙임.

17 승문원承文院 : 조선조 때 사대교린事大交隣에 관한 외교 문서를 맡아보던 기관.

18 돈의문敦義門 : 서울 서대문의 원명.

차츰 밝아왔다. 고개를 돌려 도성 안을 바라보니 남대문南大門[19] 안의 큰 창고에 불이 일어나서 연기가 이미 하늘에 치솟았다. 사현을 넘어서 석교石橋에 이르렀을 때 비가 내리기 시작하였다. 이때 경기감사京畿監司 권징權徵이 쫓아와서 호종扈從하였다. 벽제관碧蹄館[20]에 이르니 비가 더 심하게 내려 일행이 다 비에 젖었다. 임금께서 역으로 들어가셨다가 조금 뒤에 나와 떠나셨는데, 여러 관원들이 여기로부터 도성都城으로 돌아가는 사람이 많았으며, 시종侍從 대간臺諫들이 가끔 뒤떨어져 오지 않는 사람도 있었다. 혜음령惠陰嶺을 지날 때는 비가 물붓듯 쏟아졌다. 궁인宮人들은 약한 말을 타고서 수건으로 얼굴을 가리고 소리를 내어 울면서 따라갔다. 마산역馬山驛[21]을 지나가는데 한 사람이 밭에서 바라보고 통곡하며 말하기를,

「나라님이 우리를 버리고 가시면 우리들은 누구를 믿고 살랍니까?」 하였다. 임진강臨津江에 이르렀을 때에도 비는 그치지 않았다. 임금께서 배에 오르신 뒤에 수상首相과 나를 부르시므로 들어가서 뵈었다. 강을 건너고 나니 날은 벌써 저물어 물체의 빛

---

19 남대문南大門 : 지금 남대문. 원명은 숭례문崇禮門. 태조 4년(1395)에 성곽 축성과 동시에 기공하여 태조 7년(1398)에 준공됨. 지금 것은 세종 때(1447) 개축한 것으로, 서울에 남아 있는 목조 건물 중 가장 오래된 것임. 2008년 불타기 직전까지의 일로 이 얼마나 소중한 문화유산을 지켜내지 못한 바 어찌하리요!

20 벽제관碧蹄館 : 경기도 고양읍내에 있는 옛날의 역관. 이 역관에 외국 사신使臣이 숙박하였다. 임진왜란 때의 대전지大戰地.

21 마산역馬山驛 : 경기도 파주시 교화읍에 있었던 조선시대의 역원驛院.

깔도 분별할 수가 없었다. 임진강의 남쪽 기슭에 옛날 승청丞廳[22]
이 있었는데 적들이 와서 이 재목을 헐어가지고 뗏목을 만들어
타고 건널까 염려되므로 이를 태워 버리라고 명령하여 불을 지르
니, 불빛이 강의 북쪽까지 환하게 비춰 길을 찾아갈 수가 있었다.
초경初更[23]에 동파역東坡驛에 이르니 파주목사坡州牧使 허진許晉
과 장단부사長湍府使 구효연具孝淵이 지대차사원支待差使員[24]으
로 그곳에 와 있으면서 간략하게 임금에게 올릴 음식을 마련하였
는데, 호위하는 사람들이 종일토록 굶고 온지라 난잡하게 주방으
로 달려들어 닥치는 대로 빼내어 먹어서 장차 임금에게 올릴 음
식이 없어지려 하였다. 이를 본 허진과 구효연은 두려워하여 도
망하고 말았다.

　5월 1일 아침에 임금께서는 대신들을 불러 보시고, 「남쪽 지방
의 순찰사巡察使 중에서 근왕勤王: 국사에 힘쓰고자 함.할 만한 사람이
없겠는가?」고 물으셨다. 날이 저물어서야 임금께서 개성開城[25]으
로 향하려 하셨으나, 경기도의 아전과 군사들이 도망하여 흩어져
서 호위扈衛할 사람이 없었다. 때마침 황해감사黃海監司 조인득
趙仁得이 황해도 군사를 거느리고 곧 돌아와서 도우려 한다고 했
는데, 서흥부사瑞興府使 남의南嶷가 먼저 도착하니, 그 군사가 수

-----

22 승청丞廳 : 도장渡場〔나루터〕를 관리하던 청사廳舍.

23 초경初更 : 하룻밤을 5경으로 나눈 첫째 경. 곧 오후 8시경임.

24 지대차사원支待差使員 : 임금의 접대를 위하여 파견된 관리.

25 개성開城 : 경기도에 있는 지명. 고려高麗의 고도古都.

백 명이고 말 5, 60필이었다. 이것으로써 비로소 떠날 수 있었는데, 떠나려 할 때 사약司鑰[26] 최언준崔彦俊이 앞에 나와서 아뢰기를,

「궁중 사람들이 어제도 먹지 않았고 지금도 또 먹지 못하였사오니, 좁쌀을 좀 얻어서 요기를 하게 한 다음에 떠나게 하옵소서.」

하고, 남의가 거느리고 온 군사들이 가지고 있는 양곡에서 쌀·좁쌀 두서너 말을 구해서 들여왔다. 오정 때에 초현참招賢站에 이르니, 조인득趙仁得이 와서 뵙는데 장막을 길 가운데 베풀고 영접하였다. 여기서 백관들은 비로소 밥을 얻어먹을 수 있었다. 저녁때 개성부開城府에 이르렀다. 임금께서 문밖의 공서公署에 납시니 대간臺諫이 글을 번갈아 올려, 「수상首相〔李山海〕이 궁중 측근들과 결탁하여 나랏일을 그르쳤다.」는 죄를 들어 탄핵하였으나 임금께서는 윤허하시지 않았다.

5월 2일에 대간들이 계속하여 글을 올리므로 수상首相을 파직罷職시키고, 나〔柳成龍〕를 승진시켜 수상으로 삼고, 최흥원崔興源을 좌상左相으로, 윤두수尹斗壽[27]를 우상右相으로 삼았다. 함경북도병사咸鏡北道兵使 신할申硈이 경질되어 왔다. 이날 낮에 임금께

26 사약司鑰 : 조선조 때 액정서掖庭署의 정6품 잡직雜織.

27 윤두수尹斗壽(1533~1601) : 조선조 선조 때 문신. 자는 자앙子仰, 호는 오음梧陰, 시호는 문정文靖, 본관은 해평海平. 대과에 급제하여 참의·참판·관찰사·형조판서 등을 지내고, 임진왜란 때 우의정으로 서순하는 임금을 모셨고, 뒤에 좌의정·영의정을 지냈다. 저서에 『성인록成人錄』·『오음유고梧陰遺稿』. 편서에 『연안지延安志』·『평양지平壤志』·『기자지箕子志』가 있다.

서 남성문루南城門樓에 나오셔서 백성들을 위로하고 타이르시며
분부하여 각자 마음속에 품고 있는 생각을 말하게 하시었더니,
한 사람이 앞으로 나와 엎드렸다. 임금께서, 「무슨 일이냐?」고
물으니, 그는 대답하기를,

「정정승鄭政丞(鄭澈)을 불러 주시기를 원합니다.」하였다. 정
철鄭澈[28]은 이때 강계江界에 귀양 가 있었으므로 그를 불러 정사
를 맡기자고 뜻하는 것이었다. 임금께서는 말씀하시기를,

「알았다.」

고 하시면서, 곧 「정철을 소환하여 행재소行在所[29]로 오도록 하
라.」고 명령하셨다. 임금께서는 저녁 때에 환궁하셨다. 그리고
나를 죄로 다스려(나라 일을 그르쳤다는) 파면시키고, 유홍俞泓을
우상으로 삼고, 최홍원을 수상으로, 윤두수를 좌상으로 차례에
따라 승진시켰다.

그런데 왜적이 아직도 서울에 이르지 않았다고 들리므로 여러
사람의 의논은 다 임금이 서울을 떠나온 것이 실책이었다고 나무
랐다. 그리고는 승지承旨 신잡申礁으로 하여금 서울로 돌아가서
그 형세를 살피게 하였다.

---

28 정철鄭澈(1536~1593) : 조선조 선조 때의 명신. 자는 계함季涵, 호는 송강松江, 시
호는 문청文清, 본관은 연일延日이다. 명종 때 문과에 급제. 벼슬이 우의정에 올랐
으나 당파싸움으로 귀양살이를 하다가 임진왜란 때 풀려 활약함. 저서는 『송강
집松江集』·『송강사가松江歌辭』 등이 있다.

29 행재소行在所 : 임금이 대궐 밖에 나가 멀리 거동할 때 일시 머무르는 곳.

四月三十日曉, 車駕西巡, 申硈旣去, 都人日望捷報. 前日夕,
사 월 삼 십 일 효 거 가 서 순 신 립 기 거 도 인 일 망 첩 보 전 일 석

有氈笠[30]三人, 走馬入崇仁門, 城內人, 爭問軍前消息, 答曰,
유 전 립 삼 인 주 마 입 숭 인 문 성 내 인 쟁 문 군 전 소 식 답 왈

「我乃巡邊使軍官奴僕, 昨日巡邊使敗死於忠州, 諸軍大潰,
아 내 순 변 사 군 관 노 복 작 일 순 변 사 패 사 어 충 주 제 군 대 궤

俺等脫身獨來, 欲歸報家人避兵耳.」聞者大驚, 所過傳相告
엄 등 탈 신 독 래 욕 귀 보 가 인 피 병 이 문 자 대 경 소 과 전 상 고

語, 不移時, 滿城俱震. 初昏, 召宰執議出避, 上御東廂地坐,
어 불 이 시 만 성 구 진 초 혼 소 재 집 의 출 피 상 어 동 상 지 좌

張燈燭, 宗室河源君·河陵君等侍坐. 大臣啓, 「事勢至此, 車
장 등 촉 종 실 하 원 군 하 릉 군 등 시 좌 대 신 계 사 세 지 차 거

駕暫出幸平壤, 請兵天朝, 以圖收復.」掌令權悏請對, 造膝[31]
가 잠 출 행 평 양 청 병 천 조 이 도 수 복 장 령 권 협 청 대 조 슬

大聲呼, 請固守京城, 語囂甚. 余謂曰, 「雖危亂之際, 君臣之
대 성 호 청 고 수 경 성 어 효 심 여 위 왈 수 위 란 지 제 군 신 지

禮, 不可如是, 可少退以啓.」悏連呼曰, 「左相亦爲此言耶?
례 불 가 여 시 가 소 퇴 이 계 협 연 호 왈 좌 상 역 위 차 언 야

然則京城可棄乎?」余啓曰, 「權悏言甚忠, 但事勢不得不然.」
연 즉 경 성 가 기 호 여 계 왈 권 협 언 심 충 단 사 세 부 득 불 연

因請分遣王子諸道, 使呼召勤王, 世子隨駕定議. 大臣出在閤
인 청 분 견 왕 자 제 도 사 호 소 근 왕 세 자 수 가 정 의 대 신 출 재 합

門外得旨, 臨海君可往咸鏡道, 領府事金貴榮·漆溪君尹卓
문 외 득 지 임 해 군 가 왕 함 경 도 영 부 사 김 귀 영 칠 계 군 윤 탁

然從. 順和君可往江原道, 長溪君黃廷彧·護君黃赫·同知
연 종 순 화 군 가 왕 강 원 도 장 계 군 황 정 욱 호 군 황 혁 동 지

李堅從. 蓋赫女爲順和夫人, 而李堅爲原州人, 故幷遣之. 時
이 기 종 개 혁 녀 위 순 화 부 인 이 이 기 위 원 주 인 고 병 견 지 시

---

30 전립氈笠 : ① 털실로 짠 갓. ② 國 벙거지. 전氈 ; 모전毛氈 전. 털로 짠 모직물. 융단. 속자 毡. 동자 氀. 간체 毡.

31 조슬造膝 : 무릎 앞까지 가까이 다가간다는 말. 형제지간에 불량한 행동이 있으면 응당 조슬(무릎 앞까지 가까이 다가서서)하여 간諫해야 한다.

右相爲留將, 領相幷宰臣數十人, 以扈從點出, 余無所命, 政
우상위유장 영상병재신수십인 이호종점출 여무소명 정

院啓扈從不可無柳某, 於是令扈行, 內醫趙英璇, 政院吏申德
원계호종불가무유모 어시령호행 내의조영선 정원리신덕

獜十餘人, 大呼言,「京都不可棄.」俄而, 李鎰狀啓至, 而宮中
린십여인 대호언 경도불가기 아이 이일장계지 이궁중

衛士盡散, 更漏不鳴. 得火炬於宣傳官廳, 發狀啓讀之, 內云,
위사진산 경루불명 득화거어선전관청 발장계독지 내운

「賊今明日當入都城.」狀入良久, 駕出, 三廳禁軍奔竄[32], 昏黑
적금명일당입도성 장입양구 가출 삼청금군분찬 혼흑

中, 互相牴觸, 適羽林衛池貴壽過前, 余認之, 責令扈從[33], 貴
중 호상저촉 적우림위지귀수과전 여인지 책령호종 귀

壽曰,「敢不盡力.」幷呼其類二人而至, 過景福宮前, 市街兩
수왈 감불진력 병호기류이인이지 과경복궁전 시가양

邊, 哭聲相聞. 承文院書員李守謙, 執余馬鞚問曰,「院中文書
변 곡성상문 승문원서원이수겸 집여마공문왈 원중문서

當何如?」余令收拾其緊關者, 追來, 守謙哭而去. 出敦義門到
당하여 여령수습기긴관자 추래 수겸곡이거 출돈의문도

沙峴, 東方向明, 回視城中, 南大門內大倉火起, 煙焰已騰空
사현 동방향명 회시성중 남대문내대창화기 연염이등공

矣, 踰[34]沙峴[35]石橋, 雨作. 京畿監司權徵, 追至扈從, 至碧蹄
의 유 사현 석교 우작 경기감사권징 추지호종 지벽제

驛, 雨甚, 一行皆沾濕, 上入驛, 少頃卽出, 衆官自此多還入都
역 우심 일행개첨습 상입역 소경즉출 중관자차다환입도

城者, 侍從臺諫, 往往多落後不至. 過惠陰嶺, 雨如注, 宮人騎
성자 시종대간 왕왕다낙후부지 과혜음령 우여주 궁인기

---

32 분찬奔竄 : 도망쳐 숨음. 둔찬遁竄. 분奔 ; 달릴 분. 달아나다. 도망쳐 내닫다. 패주
하다. 속자 犇. 고자 犇.

33 호종扈從 : 임금이 탄 수레를 호위하여 따름. 임금을 수행하는 사람. 호扈 ; 뒤따를
호. 시중들기 위하여 뒤따르다. 넓다.

34 유踰 : ① 넘을 유. 지나가다. 건너다. 뛰어넘다. ② 멀 요. 아득하다.

35 현峴 : 재 현. 고개. 산 이름. 간체 岘.

弱馬, 以物蒙面, 號哭而行. 過馬山驛, 有人在田間, 望之痛
약마 이물몽면 호곡이행 과마산역 유인재전간 망지통

哭, 曰, 「國家棄我去, 我輩何恃而生也?」 至臨津雨不止, 上
곡 왈 국가기아거 아배하시이생야 지임진우부지 상

御舟中, 召首相及臣入對, 旣渡, 已向昏不能辨色, 臨津南麓,
어주중 소수상급신입대 기도 이향혼불능변색 임진남록

舊有丞廳, 恐賊取材作桴筏[36]以濟, 命焚之, 火光照江北, 得尋
구유승청 공적취재작부벌 이제 명분지 화광조강북 득심

路而行, 初更到東坡驛, 坡州牧使許晉, 長湍府使具孝淵, 以
로이행 초경도동파역 파주목사허진 장단부사구효연 이

支待差使員在其處, 略設御廚, 扈衛人終日飢來, 亂入厨中,
지대차사원재기처 약설어주 호위인종일기래 난입주중

搶奪以食, 將闕上供, 晉·孝淵, 懼而逃. 五月初一日朝, 引見
창탈이식 장궐상공 진 효연 구이도 오월초일일조 인견

大臣, 問南方巡察使有能勤王者否, 日晩, 乘輿欲發向開城,
대신 문남방순찰사유능근왕자부 일만 승여욕발향개성

而京畿吏卒逃散, 無扈衛人. 適黃海監司趙仁得, 率本道兵,
이경기이졸도산 무호위인 적황해감사조인득 솔본도병

將入援, 瑞興府使南嶷先到, 有軍數百人, 馬五六十匹, 以此
장입원 서흥부사남의선도 유군수백인 마오육십필 이차

始發. 臨行, 司鑰崔彦俊出曰, 「宮中人昨日不食, 今又未食,
시발 임행 사약최언준출왈 궁중인작일불식 금우미식

得少米饒[37]飢可行.」 索南嶷軍人所持糧, 雜大小米二三斗以
득소미요 기가행 색남의군인소지량 잡대소미이삼두이

入. 午至招賢站, 趙仁得來朝, 設帳幕於路中以迎之, 百官始
입 오지초현참 조인득래조 설장막어노중이영지 백관시

得食. 夕次于開城府, 御南門外公署, 臺諫交章劾首相交結誤
득식 석차우개성부 어남문외공서 대간교장핵수상교결오

國等罪, 不允. 二日, 臺諫仍啓首相罷, 余陞爲之, 崔興源爲左
국등죄 불윤 이일 대간잉계수상파 여승위지 최흥원위좌

---

36 부벌桴筏 : 뗏목, 桴는 작은 뗏목 筏은 큰 뗏목을 뜻함. 부桴 ; 마룻대 부. 뗏목 부.

37 요饒 : 넉넉할 요. 배불리 먹다. 충분히 있다. 너그럽다. 비옥하다. 여유. 용서하
다. 속자 饒. 간체 饶.

相, 尹斗壽爲右相. 咸鏡北道兵使申硈遞來. 是日午, 上御南
상 윤두수위우상 함경북도병사신할체래 시일오 상어남

城門樓, 慰諭人民, 有旨令各陳所懷, 有一人出行俯伏, 問何
성문루 위유인민 유지령각진소회 유일인출행부복 문하

言? 對曰「願召鄭政丞.」蓋鄭澈, 時竄在江界, 故云然. 上曰,
언 대왈 원소정정승 개정철 시찬재강계 고운연 상왈

「知道」, 即命召澈赴行在, 夕還宮. 余以罪罷, 俞泓爲右相, 崔
지도 즉명소철부행재 석환궁 여이죄파 유홍위우상 최

興源·尹斗壽以次而陞. 聞賊尙未至京城, 衆議皆咎去邠之
흥원 윤두수이차이승 문적상미지경성 중의개구거빈지

失, 使承旨申磼, 還入京城, 察形勢.
실 사승지신잡 환입경성 찰형세

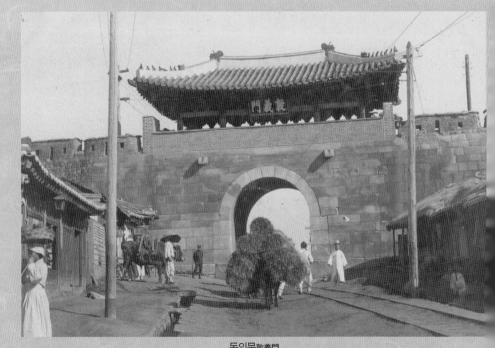

돈의문敦義門

서울 종로구 새문안길에 있던 조선시대 성문이다. 서울 성곽의 4대문 가운데 서쪽 큰 문으로 서대문西大門·
새문·신문新門이라고도 한다. 1915년 일제의 도시계획에 따른 도로확장 공사로 인해 철거되었다.

왜적이 서울에 들어오고
임금은 평양에 도착함

　5월 3일에 왜적이 서울에 들어오고, 유도대장留都大將 이양원
李陽元과 도원수都元帥 김명원金命元은 다 달아나 버렸다.

　이보다 먼저 왜적은 동래東萊로부터 세 길〔三路〕로 나누어 올
라왔는데, 한 패는 양산梁山·밀양密陽·청도淸道·대구大丘·
인동仁同·선산善山을 경유하여 상주尙州에 이르러 이일李鎰의
군사를 패배시켰고, 한 패는 좌도左道(慶尙左道)의 장기長鬐·기
장機張을 경유하여 좌병영左兵營인 울산蔚山·경주慶州·영천永
川·신녕新寧·의흥義興·군위軍威·비안比安을 함락시키고, 용
궁龍宮의 하풍진河豐津 나루를 건너 문경聞慶을 나와서 경상좌도
와 우도의 중간 지대인 중로中路로 온 군사와 합세하여 조령鳥嶺
을 넘어 충주忠州로 들어오고, 또 충주忠州로부터 두 패로 나누어
한 패는 여주驪州로 달려가서 강물을 건넌 다음 양근楊根을 경유

하여 용진龍津을 건너서 서울[京城]의 동쪽으로 나왔으며, 한 패는 죽산竹山·용인龍仁으로 달려가서 한강漢江의 남쪽에 이르렀으며, 동래에서 갈라진 또 한 패는 김해金海를 경유하여 성주星州의 무계현茂溪縣으로부터 강을 건너고, 지례知禮·금산金山을 거쳐 충청도忠淸道 영동永同으로 나와 진격하여 청주淸州를 함락시키고 경기京畿로 향하였다. 그런데 그들의 깃발과 창검은 천리에 서로 뻗치었고, 총소리는 서로 마주쳐 들렸다. 그리고 지나는 곳에는 10리 혹은 5, 60리마다 모두 험한 요지에 의거하여 진영陳營과 방책防柵을 설치해서 군사를 머물러두어 지키게 하고, 밤이면 횃불을 들어 서로 신호로 응하였다.

도원수都元帥 김명원金命元은 제천정濟川亭에 있다가 적이 오는 것을 바라보고 감히 나가서 싸우지 못하고, 군기軍器·화포火砲·기계機械를 강물 속에 다 집어넣고는 옷을 갈아입고 도망하였다. 이때 종사관從事官 심우정沈友正이 이를 굳게 말렸으나 듣지 않았다.

이양원李陽元은 성城 안에 있다가 한강漢江을 지키는 군사가 이미 흩어졌다는 말을 듣고는, 도성(서울)을 지킬 수 없는 것을 알고 역시 성을 버리고 나와 양주楊洲로 달아났다.

강원도江原道 조방장助防將 원호元豪[1]는 이보다 먼저 군사 수

1 원호元豪(1533~1592) : 조선조 선조 때 무신. 자는 중영仲英, 시호는 충장忠壯. 명종 때 무과에 급제. 경원부사를 지내고, 임진왜란 때에는 강원도 조방장助防將으로 적을 격파하고, 방어사防禦使가 되어 김화金化에서 적과 싸우다가 전사하였다.

동궐도東闕圖

조선후기 순조 연간에 도화서 화원들이 동궐인 창덕궁과 창경궁의 전각과 궁궐 전경을 조감도식
으로 그린 궁궐 그림이다. 고려대박물관과 동아대박물관 소장.(국보 제 249호)

백 명을 거느리고 여주驪州 북쪽 강언덕을 지키며 왜적과 서로
대치하고 있었으므로 적들이 강을 건너오지 못한 것이 며칠이나
되었었는데, 좀 뒤에 강원도江原道 순찰사巡察使 유영길柳永吉이
격문檄文으로 원호를 불러서 강원도로 돌아가니, 적들은 마을의
민가民家와 관사官舍를 헐어서 그 재목을 가져다가 엮어서 긴 뗏
목을 만들어 타고 강을 건너오다가 중류에서 그냥 물에 떠내려가
서 죽은 사람도 매우 많았다. 그러나 원호도 이미 가버려서 강언
덕에는 한 사람도 지키는 군사가 없었으므로 적들은 여러 날에
걸쳐 다 건너왔다.

이에 있어서 왜적의 세 갈래 길로 퍼졌던 군사들은 다 서울로 들어왔다. 그런데 성 안의 백성들은 이미 다 흩어져 나가 버리고 한 사람도 없었다.

김명원은 이미 한강漢江을 빼앗기고 황해도로 향하려 하여 임진臨津에 이르러 임금에게 장계를 올려 상황을 말하니 임금께서는, 「다시 경기도와 황해도의 군사를 징집하여 임진강을 지키라.」고 명령하였다. 이어 또 「신할申硈과 함께 임진강을 지켜 왜적이 서쪽으로 내려오는 길을 막으라.」고 명령하였다.

이날 임금께서는 개성開成을 떠나 금교역金郊驛에 행차하셨다. 나는 비록 파직을 당한 몸이라 하더라도 감히 뒤떨어질 수가 없어서 임금을 모시고 갔다.

경복궁도景福宮圖

겸재謙齋 정선鄭歚이 그린 백납병풍 중 임진왜란 때 불타버려 빈터만 남아있는 모습이다.

5월 4일에 임금께서는 흥의興義·금암金巖·평산부平山府를 지나서 보산역寶山驛에 행차하셨다. 이보다 먼저 개성부開城府를 출발할 때 급히 서두르느라고 그만 종묘신주宗廟神主를 목청전穆淸殿[2]에 놓아두고 왔었다. 이때 종실宗室 한 사람이 울부짖으면서 「마땅히 신주神主를 적이 있는 곳에 버려 두어서는 안 됩니다.」 하였다. 이에 밤새도록 개성까지 달려가서 신주를 받들고 돌아왔다고 한다.

5월 5일에 임금께서는 안성安城·용천龍泉·검수역劍水驛을 지나서 봉산군鳳山郡에 행차하셨다. 6일에는 황주黃州에 행차하시고, 7일에는 중화中和를 지나 평양平壤으로 들어가셨다.

原文

初三日, 賊入京城, 留都將李陽元, 元帥金命元皆走初, 賊自
초 삼 일   적 입 경 성   유 도 장 이 양 원   원 수 김 명 원 개 주 초   적 자

東萊分三路以進, 一路由梁山·密陽·淸道·大丘·仁同·
동 래 분 삼 로 이 진   일 로 유 양 산   밀 양   청 도   대 구   인 동

善山, 至尙州, 敗李鎰軍. 一路由左道長鬐·機張·陷左兵營
선 산   지 상 주   패 이 일 군   일 로 유 좌 도 장 기   기 장   함 좌 병 영

蔚山·慶州·永川·新寧·義興·軍威·比安, 渡龍宮河豐
울 산   경 주   영 천   신 녕   의 흥   군 위   비 안   도 용 궁 하 풍

津, 出聞慶, 與中路兵合, 踰鳥嶺入忠州, 又自忠州, 分兩路,
진   출 문 경   여 중 로 병 합   유 조 령 입 충 주   우 자 충 주   분 양 로

一趨驪州渡江, 由楊根渡龍津, 出於京城東. 一趨竹山·龍
일 추 여 주 도 강   유 양 근 도 용 진   출 어 경 성 동   일 추 죽 산   용

仁, 至漢江之南. 又一路由金海, 從星州・茂溪縣渡江, 歷知

禮・金山, 出忠清道永同, 進陷清州, 向京畿, 旌旗劍戟, 千里

相連, 炮聲相聞, 所過或十里, 或五六十里, 皆據險設營柵, 留

兵以守, 夜則擧火相應. 都元帥金命元, 在濟川亭, 望見賊至,

不敢戰, 悉沉軍器火砲機械于江中, 變服以逃. 從事官沈友

正, 固止不從. 李陽元在城中, 聞漢江軍已散, 知城不可守, 亦

出走楊州. 江原道助防將元豪, 初率兵數百, 守驪州北岸, 與

賊相持, 賊不能渡者數日, 旣而江原道巡察使柳永吉, 檄召元

豪歸本道. 賊毁閭里民家及官舍, 取屋材聯爲長筏以渡, 中流

爲水所漂, 死者甚多, 而豪旣去, 江上無一守者, 故累日畢渡.

於是賊三路兵, 皆入京城. 城中之民, 先已散去, 無一人矣.

金命元旣失漢江, 欲向行在, 至臨津, 狀啓言狀. 命更徵京

畿・黃海兵, 守臨津. 且命申硈同守, 以遏賊西下之路. 是日,

車駕發開成, 次于金郊驛, 余雖罷散, 不敢後從行. 四日, 車駕

過興義・金巖・平山府, 次于寶山驛. 初出開城時, 倉卒留宗

廟神主于穆清殿, 有宗室一人號泣, 啓不當委神主於賊所. 於

是達夜馳至開城奉還云. 五日, 車駕過安城・龍泉・劍水驛,

次于鳳山郡, 六日, 進次黃州. 七日, 過中和入平壤.

삼도군三道軍이 용인龍仁
싸움에서 무너짐

삼도순찰사三道巡察使[1]의 군사가 용인龍仁에서 무너졌다〔패전
敗戰〕.

이보다 먼저 전라도순찰사全羅道巡察使 이광李洸은 전라도 군
사를 거느리고 서울로 들어와 도우려고 하다가, 임금께서 서도로
피란하시고 서울이 이미 함락되었다는 말을 듣고는, 군사를 거두
어 가지고 전주全州로 돌아왔다. 그런데 도내 사람들은 이광이
싸우지 아니하고 돌아온 것을 나무라며 분개하고 불평하는 사람
이 많았다. 이러니 이광은 마음이 스스로 편안하지 않아서 다시
군사를 징발하여 가지고는, 충청도순찰사忠淸道巡察使 윤국형尹
國馨 : 윤선각尹先覺의 아이 때 이름.과 더불어 군사를 합쳐 가지고 나아갔

---

1 삼도순찰사三道巡察使 : 전라도순찰사 이광李洸, 충청도순찰사 윤국형尹國馨, 경상
   도순찰사 김수金睟를 말한다.

다. 이때 경상도순찰사慶尙道巡察使 김수金睟도 역시 그 도道로부터 군관軍官 수십 명을 거느리고 와서 합세하였는데, 군사들이 모두 5만여 명이나 되었다.

그들은 용인龍仁에 이르렀는데, 북두문北斗門 산 위에 적의 작은 보루堡壘[2]가 있는 것을 바라보고, 이광李洸은 이것을 쉽게 얕보고는 먼저 용사 백광언白光彦과 이시례李時禮 등으로 하여금 가서 적을 시험하여 보게 하였다. 백광언 등은 선봉先鋒을 거느리고 산으로 올라가 적의 보루에서 수십보쯤 되는 곳에 이르러 말에서 내려 활을 쏘았는데 적들은 나오지 않았다. 날이 저문 뒤에 적들은 백광언 등의 기세가 좀 풀린 것을 보고서 시퍼런 칼을 빼어 들고 크게 소리를 지르면서 돌격해 나오니, 백광언 등은 창황히 서둘러 말을 찾아 타고 달아나려 하였으나 달아나지 못하고 다 적에게 잡혀 죽음을 당하게 되었다. 여러 군사들은 이 말을 듣고, 놀라고 두려워하였다.

이때 순찰사 세 사람은 다 문인文人이라 군사 일에 관하여는 익숙하지 못하고, 군사의 수효는 비록 많았으나 그러나 훈련이 통일이 안 되었고, 또한 험한 요지에 군사적 방어 설비를 하지도 않았으니, 참으로 옛사람이 말하는 이른바,「군사적인 행동을 봄놀이하듯 생각하면 어찌 패하지 않겠는가?」
하는 그 말대로라고 하겠다.

---

2 보루堡壘 : 적군을 막거나 치기 위하여 흙·돌로 튼튼하게 쌓은 진지.

그 다음날에 적은 우리 군사들이 속으로 겁내는 것을 알고는 몇 사람이 칼을 빼어 휘두르고 용맹을 뽐내면서 앞으로 달려 들어왔다. 3도의 군사들이 이것을 바라보고 크게 무너졌는데, 그 소리가 마치 큰 산이 무너지는 것과 같았다. 이때 군사물자軍事物資와 기계器械를 헤아릴 수 없이 버려두고 도망하여 길이 막혀서 사람들이 다닐 수가 없었다는데, 적들은 이것을 다 가져다가 불을 질러 버렸다.

이렇게 되자 이광은 전라도로 돌아가고, 윤국형은 공주公州로 돌아가고, 김수는 경상우도로 돌아갔다.

原文

三道巡察使之軍, 潰於龍仁, 初全羅道巡察使李洸, 率本道兵
入援, 聞車駕西狩, 京城已陷, 收兵還全州, 道內人, 咎洸不戰
而回, 多憤惋不平者. 洸不自安, 更調兵, 與忠淸道巡察使尹
國馨, 合軍而進. 慶尙道巡察使金睟, 亦自其道, 率軍官數十
餘人來會, 兵總五萬餘. 至龍仁, 望見北斗門山, 有賊小壘, 洸
易之, 先使勇士白光彦・李時禮等嘗賊, 光彦等, 率先鋒登山,
去賊壘數十餘步, 下馬發射, 賊不出, 日晚, 賊見光彦等稍解,
發白刃大呼突出, 光彦等倉皇索馬, 欲走不及, 皆爲賊所害,
諸軍聞之震懼. 時三巡察皆文人, 不閑兵務, 軍數雖多, 而號

令不一, 且不據險設備, 眞古人所謂,「軍行如春遊安得不敗
령불일   차불거험설비   진고인소위   군행여춘유안득불패

者也?」明日, 賊知我軍心怯, 數人揮刃賈勇³而前, 三道軍望
자야   명일   적지아군심겁   수인휘인고용 이전   삼도군망

之大潰, 聲如崩山, 委棄軍資器械無數, 塞路人不能行, 賊悉
지대궤   성여붕산   위기군자기계무수   색로인불능행   적실

聚而焚之, 洸還全羅, 國馨還公州, 睟還慶尙右道.
취이분지   광환전라   국형환공주   수환경상우도

■
3 고용賈勇 : ① 용기勇氣를 삼. 남의 용기를 내것으로 삼음. ② 용기를 보여 공을 세
우려 함. ③ 용기가 넘쳐 흐름. ④ 남에게 용기를 다하게 함. 고賈 ; ① 장사 고. 사
다. 구하다. ② 값 가. 가격.

신각申恪의 승리와
억울한 죽음

　부원수副元帥 신각申恪이 왜적과 양주楊洲에서 싸워 적을 파하
여 패배시키고 적의 머리 60여 급을 베었는데, 조정에서는 선전
관宣傳官[1]을 파견하여 즉시 군중軍中에서 베어 죽였다.

　신각申恪이 이보다 먼저 김명원金命元을 따라가서 부원수가 되
었는데, 한강漢江 싸움에서 무너졌을 때 신각은 김명원을 따르지
않고 이양원李陽元을 따라 양주楊洲로 갔었다. 이때 함경남도병
사咸鏡南道兵使 이혼李渾의 군사가 마침 도착하였으므로, 신각이
그 군사를 합해가지고 적군이 서울로부터 나와서 민가로 돌아다
니며 재물을 약탈하고 있는 것을 만나서 맞아 쳐부쉈다. 이는 왜
적이 우리나라에 들어온 뒤 처음으로 그들을 이긴 첫 승리였으므

---

　1 선전관宣傳官 : 조선조 때의 관직. 선전관청에 소속된 관원으로, 정3품에서 종9품
　　중에서 임명되었다.

로 사람들은 다 좋아 날뛰었다.

그런데도 김명원金命元은 임진臨津에 있으면서, 장계狀啓를 올리면서 「신각[恪]은 제 마음대로 다른 데로 가는 등 호령에 복종하지 않았습니다.」 하였다. 우상右相 유홍俞泓은 급히 그를 베어 죽여야 하겠다고 청하여 선전관宣傳官을 이미 떠나보냈는데, 신각이 적을 쳐부쉈다는 첩보가 이르렀다. 조정에서는 사자를 뒤쫓아 보내 처형을 중지하게 하였으나, 그가 가기 전에 벌써 죽음을 당하고 말았다.

신각은 비록 무인武人이었으나, 평소에 청렴하고 조심성이 있는 사람이었다. 그는 일찍이 연안부사延安府使가 되었을 때, 성을 쌓고 해자[壕]를 파고 군기軍器를 많이 준비하여 놓았었으므로, 뒤에 이정암李廷馣[2]이 연안성延安城을 지켜 성을 보전하였으니, 사람들은 이는 신각申恪의 공이라고 생각했다.

그런데도 그가 아무런 죄도 없이 죽음을 당하였고, 또 그에게 90세가 된 늙은 어머니가 있었으므로 이 말을 듣는 사람들은 이를 원통하게 여기지 않는 이가 없었다.

조정에서는 지사知事 한응인韓應寅을 파견하여 평안도平安道 강변江邊:압록강의 연변.의 날랜 군사 3천 명을 거느리고 임진강臨津

---

2 이정암李廷馣(1541~1600) : 조선조 선조 때의 공신. 자는 중훈仲薰, 호는 사유거사四留居士·퇴우당退憂堂, 시호는 충목忠穆. 명종 때 문과에 급제. 장령掌令·사성司成·동래부사를 거쳐 임진왜란 때 이조참의로 개성 방위에 공을 세우고, 연안에서 의병을 모집하여 적을 쳐부숴 공을 세우고 지중추부사가 됨. 뒤에 전라감사·황해도순찰사 등을 지냄.

江으로 달려가서 왜적을 치게 하고, 김명원의 절제節制(지휘)를 받지 말게 하였다. 이때 한응인이 명나라 서울에 갔다가 막 돌아왔는데, 윤좌상左相(尹斗壽)이 여러 사람에게 말하기를,

「이 사람은 얼굴에 복기福氣가 있으니 반드시 일을 잘 처리할 것이다.」

라고 하였다. 한응인은 드디어 임진강으로 떠났다.

原文

副元帥申恪, 與賊戰于楊州, 敗之, 斬首六十餘級. 遣宣傳官,
부원수신각 여적전우양주 패지 참수육십여급 견선전관

卽軍中斬之. 恪初從金命元爲副, 漢江之潰, 恪不從命元, 隨
즉군중참지 각초종김명원위부 한강지궤 각부종명원 수

李陽元于楊州, 時咸鏡南道兵使李渾兵適至, 恪合兵, 遇賊自
이양원우양주 시함경남도병사이혼병적지 각합병 우적자

京城出散掠閭閻, 邀擊破之. 自倭入我國, 始有此捷, 人皆踊
경성출산략여염 요격파지 자왜입아국 시유차첩 인개용

躍, 金命元在臨津, 狀啓恪擅自他適, 不從號令, 右相兪泓, 遽
약 김명원재임진 장계각천자타적 부종호령 우상유홍 거

請誅之. 宣傳官旣行, 而捷報至, 朝廷使人追止不及. 恪雖武
청주지 선전관기행 이첩보지 조정사인추지불급 각수무

人, 而素淸愼, 嘗爲延安府使, 修城浚壕, 多備軍器. 後李廷
인 이소청신 상위연안부사 수성준호 다비군기 후이정

馣, 守延安全城, 人以爲恪之功, 死非其罪, 且有九十歲老母,
암 수연안전성 인이위각지공 사비기죄 차유구십세노모

聞者莫不痛之. 遣知事韓應寅, 帥平安道江邊精兵三千人, 赴
문자막불통지 견지사한응인 솔평안도강변정병삼천인 부

臨津擊賊, 令勿受金命元節制. 時應寅, 赴京新回, 尹左相言
임진격적 영물수김명원절제 시응인 부경신회 윤좌상언

於衆曰,「斯人狀貌有福氣, 必能辨事.」遂行.
어중왈 사인장모유복기 필능변사 수행

임진강臨津江 방어선이
무너짐

한응인韓應寅·김명원金命元의 군사가 임진강臨津江에서 무너지고 왜적이 강을 건너왔다.

이보다 먼저 김명원은 임진강의 북쪽에 있으면서 여러 군사를 나누어 강여울에 벌여 서서 지키게 하고, 강 가운데 있는 배〔船隻〕는 모두 북쪽 언덕으로 끌어다 매어두게 하였다. 왜적은 진을 임진강의 남쪽에 쳤으나 배가 없으므로 건널 수 없었다. 다만 유격병遊擊兵:임기응변臨機應變으로 공격하는 병사.들만 내어 강을 사이에 두고 서로 싸우면서 버티기 10여 일이나 되었어도 왜적은 끝내 강을 건널 수가 없었다.

하루는 왜적이 강언덕에 지은 여막廬幕(兵舍)을 불태우고, 장막을 헐어치우고, 군기를 거두어 싣고 물러나 도망가는 모양을 보이며 우리 군사를 유인하는 것이었다. 신할申硈은 평소 행동이

한응인(韓應寅, 1554~1614) 조선 중기의 문신

가볍고 날카로우나 꾀가 없어서 왜적이 정말로 도망하는 것으로 생각하여 강을 건너 뒤쫓아가서 짓밟아 버리려고 하였다. 경기감사京畿監司 권징權徵이 신할과 합세하였으나 김명원은 능히 금지할 수 없었다.

이날 한응인도 또한 임진강에 이르러 모든 군사를 거느리고 왜적을 추격하려 하였다. 한응인이 거느리고 있는 군사들은 다 강변江邊의 건아健兒들로서 북쪽 오랑캐와 가까이 있어서 싸우고 진치는 형세를 자세히 알고 있었으므로 한응인에게 알려 말하기를,

「군사들이 먼 곳에서 오느라고 피로한 데다가 아직껏 밥도 먹지 못하였고, 기계도 정비하지 않았으며, 뒤따라오는 군사도 또한 다 도착하지 않았습니다. 또 왜적이 물러가는 것이 참인지 거짓인지 알 수 없사오니, 원컨대 조금 쉬었다가 내일 적군의 형세를 보아서 나가 싸우도록 하십시다.」

하였다. 한응인은 군사들이 머뭇거린다고 하여 몇 사람을 베어 죽였다. 김명원은 한응인이 새로 조정으로부터 보내왔고, 또 자

기의 절제를 받지 말라고 명령한 까닭으로, 비록 그것이 옳지 않은 줄 알면서도 감히 충고하지 않았다.

별장別將 유극량劉克良은 나이 많고 군사에 익숙한지라, 힘써 가벼이 진격하는 것이 마땅하지 않은 것을 말하니, 신할이 그를 베려고 하므로 유극량은 말하기를,

「내가 어려서부터 군사가 되어 싸움에 따라다녔으니, 어찌 죽음을 피할 생각을 하겠습니까? 그렇게 말씀드리는 까닭은 나랏일을 그르칠까 염려해서입니다.」

하고 분개하면서 나와 그에게 소속된 군사를 거느리고 먼저 강을 건너갔다. 우리 군사가 막 험한 곳으로 들어가려 하니, 적이 과연 정병을 산 뒤에 매복시켰다가 일시에 들고 일어나서 달려들므로 여러 군대가 무너져 달아났다. 유극량은 말에서 내려 땅에 앉으면서 말하기를,

「여기는 내가 죽을 곳이다.」

하고는 활을 당겨 적 몇 사람을 쏘아 죽이다가 적에게 죽음을 당하게 되었다. 신할도 또한 죽었다. 군사들은 달아나서 강언덕까지 왔으나 건널 수가 없어서 바위 위로부터 스스로 몸을 던져 강물에 빠지니, 마치 바람에 불려 어지럽게 날리는 나뭇잎과 같았다. 그리고 미처 강물에 뛰어들지 못한 사람은 적이 그 뒤로부터 긴 칼을 휘둘러 내려 찍으니 모두 엎드려 칼을 받을 뿐 감히 저항하는 사람이 없었다.

김명원과 한응인은 강 북쪽에 있으면서 이것을 바라보고 그만

기운을 잃어버리고 말았다. 이때 상산군商山君 박충간朴忠侃이 마침 군중에 있다가 말을 타고 먼저 달아났는데, 여러 사람들이 그를 바라보고 김명원으로 여겨 다 부르짖기를,

「도원수(김명원)가 달아났다.」

고 하니, 강여울을 지키던 군사들은 그 소리에 응하여 다 흩어졌다.

김명원과 한응인은 행재소로 돌아왔으나 조정에서는 묻지도 않았다. 경기감사 권징權徵이 가평군加平郡으로 들어가서 난을 피하니, 왜적은 드디어 승리한 기세를 타가지고 서쪽으로 달려 내려왔으며, 이를 다시 막아낼 수가 없었다.

原文

韓應寅·金命元之師, 潰于臨津. 賊渡江, 初命元在臨津北,
한응인 김명원지사 궤우임진 적도강 초명원재임진북

分付諸軍, 列守江灘, 斂江中船隻, 悉在北岸. 賊結陣于臨津
분부제군 열수강탄 염강중선척 실재북안 적결진우임진

南, 無船可渡. 但出遊兵, 隔江交戰, 相持十餘日, 賊終不能
남 무선가도 단출유병 격강교전 상지십여일 적종불능

渡. 一日賊焚江上廬幕[1], 撤帷帳載軍器, 爲退遁狀, 以誘我軍.
도 일일적분강상여막 철유장재군기 위퇴둔장 이유아군

申硈素輕銳無謀, 以爲賊實遁, 欲渡江追躡, 京畿監司權徵,
신할소경예무모 이위적실둔 욕도강추섭 경기감사권징

1 여막廬幕 : 시묘侍墓를 위해 상제喪制가 거처하는 무덤 근처에 지은 초막. 여사廬舍.
려廬 ; ① 오두막집 려. 초옥草屋. 상제가 거처하는 무덤 근처에 지은 집. ② 창자루 로.

與硈合, 命元不能禁. 是日, 應寅亦至, 將悉衆追賊. 應寅所
여갈합　명원불능금　시일　응인역지　장실중추적　응인소

將, 皆江邊健兒, 與北虜近, 備諳戰陣形勢, 告應寅曰,「軍士
장　개강변건아　여북로근　비암전진형세　고응인왈　군사

遠來罷弊, 尙未食, 器械未整, 後軍亦未齊到, 且賊之情僞未
원래파폐　상미식　기계미정　후군역미제도　차적지정위미

可知, 願少休, 明日觀勢進戰.」應寅以爲逗遛[2], 斬數人. 命元,
가지　원소휴　명일관세진전　응인이위두류　참수인　명원

以應寅新自朝廷來, 且令勿受己節制, 故雖知不可, 而不敢
이응인신자조정래　차령물수기절제　고수지불가　이불감

言. 別將劉克良, 年老習兵, 力言不宜輕進, 申硈欲斬之, 克良
언　별장유극량　연로습병　역언불의경진　신할욕참지　극량

曰,「吾結髮從軍, 豈以避死爲心, 所以云云者, 恐誤國事耳.」
왈　오결발종군　기이피사위심　소이운운자　공오국사이

憤憤而出. 率其屬先渡, 我軍旣入險地, 賊果伏精兵於山後,
분분이출　솔기속선도　아군기입험지　적과복정병어산후

一時俱起, 諸軍奔潰, 克良下馬坐地曰,「此吾死所也.」彎弓
일시구기　제군분궤　극량하마좌지왈　차오사소야　만궁

射賊數人, 爲賊所害, 申硈亦死, 軍士奔至江岸不得渡, 從巖
사적수인　위적소해　신할역사　군사분지강안부득도　종암

石上自投入江, 如風中亂葉. 其未及投江者, 賊從後奮長刀斫
석상자투입강　여풍중난엽　기미급투강자　적종후분장도작

之, 皆匍匐受刃, 無敢拒者. 命元·應寅, 在江北望之喪氣, 商
지　개포복수인　무감거자　명원　응인　재강북망지상기　상

山君朴忠侃, 適在軍中, 騎馬先走, 衆望之以爲命元, 皆呼曰,
산군박충간　적재군중　기마선주　중망지이위명원　개호왈

「元帥去矣.」諸守灘軍, 應聲皆散. 命元·應寅, 還行在, 朝廷
원수거의　제수탄군　응성개산　명원　응인　환행재　조정

不問, 京畿監司權徵, 入加平郡避亂, 賊遂乘勝西下, 不可復
불문　경기감사권징　입가평군피란　적수승승서하　불가부

止矣.
지의

2　류遛 : 머무를 류. 나아가지 아니하다. 遛는 遛와 동자. 간체 遛.

왜적이 함경도咸鏡道로 들어오고
두 왕자가 잡힘

왜적이 함경도咸鏡道로 들어오고, 두 왕자王子가 적의 수중에 잡혔고, 종신從臣 김귀영金貴榮 · 황정욱黃廷彧 · 황혁黃赫과 함경 감사〔本道監司〕 유영립柳永立[1]과 북병사北兵使 한극함韓克諴[2] 등 이 다 왜적에게 잡혔으며, 남병사南兵使 이혼李渾은 달아나서 갑 산甲山에 이르렀다가 우리 백성들에게 죽은바 되었고, 남북南北 의 군현郡縣들이 다 적에게 함몰되고 말았다.

이때 왜학통사倭學通事 함정호咸廷虎라는 사람이 서울에 있다

1 유영립柳永立(1537~1599) : 자는 입지立之, 본관은 문화文化. 조선조 선조 때 문신. 문과에 급제, 종성부사를 지내고, 임진왜란 때 함경도관찰사로 있다가 왜적이 북 도로 들어와 사로잡혔다가 도망하였으나 말썽이 되어 파직됨.

2 한극함韓克諴(?~1593) : 조선조 선조 때 무신. 경원부사를 거쳐 임진왜란 때는 함경 북도 병마절도사로서 왜적을 해정창에서 맞아 싸웠으나, 불리하여 도망했는데 뒤 에 말썽이 되어 처형됨.

가등청정(加藤淸正, 가토 기요마사)
일본의 장수(무장)이자 정치가이다.

가 적장 가등청정加藤淸正에게 잡힌바 되어 인하여 가등청정을 따라 북도北道(함경도)로 들어갔다. 그는 왜적들이 물러갈 때 도망하여 돌아왔는데, 나를 보고 북도의 사정을 자못 자세하게 말하였다.

가등청정은 적장 중에서 더욱 용맹스럽고 싸움을 잘하는데, 그는 평행장平行長(小西行長)과 함께 같이 임진강을 건너 황해도 안성역安城驛에 이르러서 함경도와 평안도〔兩界〕를 나누어 빼앗기를 도모하고 각각 갈 길을 의논하였으나 결정을 짓지 못하고, 두 적장은 제비를 뽑았는데 소서행장은 평안도로 가게 되고, 가등청정은 함경도로 가게 되었다.

이에 가등청정은 안성安城 백성 두 사람을 사로잡아 길잡이〔向

導]를 시켰다. 두 사람이 「이곳에서 나서 자랐으므로 북도의 길을 알지 못한다.」고 거절하였더니, 가등청정은 즉시 한 사람을 베어 죽이니, 한 사람은 두려워하여 앞에서 인도하는 길잡이가 되겠다고 하였다.

왜적 가등청정은 곡산谷山 땅으로부터 노리현老里峴을 넘어서 철령鐵嶺[3]의 북쪽으로 나왔다. 그는 하루에 수백 리를 가는데 그 기세가 마치 바람이 비를 몰고 가는 것과 같았다.

북도병사北道兵使 한극함韓克諴은 6진六鎭[4]의 군사를 거느리고 적을 해정창海汀倉[5]에서 적군과 만났다. 북도北道의 군사들은 말타기와 활쏘기를 잘하며, 지역이 또한 평탄하고 넓어서 곧 왼쪽, 오른쪽으로 달려나와 말을 달리면서 활을 쏘니, 적들은 능히 지탱하지 못하고 쫓겨서 창고 안으로 들어왔다. 이때에 날은 이미 저물어서 군사들은 좀 쉬다가 적들이 나오는 것을 기다려 내일 다시 싸우자고 하였으나 한극함韓克諴은 듣지 않고 그 군사를 지휘하여 적을 포위하였다. 적들은 창고 속에서 곡식 섬을 꺼내어 나란히 벌여놓고 성城처럼 만들어 우리 군사의 시석矢石:화살과 돌.을 피하면서 그 속에서 조총鳥銃을 쏘았다. 우리 군사는 빗살처럼 가지런히 늘어서서 겹겹이 나무를 묶어 세운 듯이 서 있다가

---

3 철령鐵嶺 : 강원도의 회양과 함경남도의 안변 사이에 있는 큰 고개.

4 6진六鎭 : 조선조 세종 때 김종서 장군이 여진의 침구에 대비하여 두만강변을 중심으로 설치한 여섯 곳의 대진大鎭. 곧 종성鐘城·온성穩城·회령會寧·경원慶源·경흥慶興·부령富寧.

5 해정창海汀倉 : 함경북도 길주에 있는 지명.

6진六鎭의 위치도

총알을 맞으면 꼭 관통이 되고, 혹은 총 한 방에 3, 4명씩 쓰러져서 우리 군사는 드디어 무너졌다. 한극함은 군사를 거두어 거느리고 물러서서 고개 위에 진을 치고 날이 밝기를 기다려 다시 싸우려고 하였다.

그런데 밤에 적이 가만히 나와서 우리 군사를 둘러싸고 흩어져 풀숲 속에 매복하고 있었다. 아침에 안개가 크게 끼었다. 우리 군사는 그래도 적이 산 밑에 있는 줄로 생각하고 있다가 갑자기 한 방의 총소리가 나더니 사방에서 큰 소리로 부르짖으며 뛰어 나오는데 다 적병들이었다. 우리 군사들이 놀라 드디어 무너져서 장병들은 적들이 없는 곳을 향하여 도망하다가 모두 진흙구덩이에 빠졌는데 적들이 뒤쫓아 와서 칼로 베어 죽이니, 죽은 사람의 수효를 헤아릴 수가 없었다. 한극함은 도망하여 경성鏡城⁶으로 들어갔다가 드디어는 사로잡히고 말았다.

두 왕자인 임해군臨海君·순화군順和君은 함께 회령부會寧府에 이르렀다. 대개 순화군은 처음에 강원도江原道에 있었는데, 적병이 강원도로 들이닥친 까닭으로 옮겨 북도北道(咸鏡北道)로 향한 것이다. 이때 왜적들은 왕자를 끝끝내 쫓아왔다. 이때 회령부의 아전〔會寧吏〕 국경인鞠景仁은 그 무리를 거느리고 배반하여 먼저 왕자王子와 종신從臣:따라온 신하들.을 결박하여 가지고 왜적을 맞아들였다. 적장 가등청정은 그 결박을 풀어준 다음 군중에 머물러 두고 함흥咸興으로 돌아와서 주둔하였다. 이때 홀로 칠계군

회본태합기繪本太閤記
임해군臨海君·순화군順和君과 가등청정加藤淸正이 대면하는 모습.

---

6 경성鏡城 : 함경북도의 두만강 연안에 있는 지명으로, 옛 6진의 하나. 군사적 요지.

漆溪君 윤탁연尹卓然만은 도중에 병이 났다고 핑계하고는 다른 길로 빠져나와 별해보別害堡로 깊이 들어가 있었다. 동지同知 이기李墍는 왕자를 따라가지 않고 강원도에 머물러 있었으므로 다 적에게 잡히지 않았다. 유영립柳永立은 적에게 구류된 지 며칠 만에 적들은 그가 문관文官이라고 해서 감시를 좀 허술하게 하였는데, 유영립은 이 틈을 타서 적굴을 빠져나와 도망하여 행재소行在所로 돌아왔다.

原文

賊兵入咸鏡道, 兩王子陷賊中, 從臣金貴榮·黃廷彧·黃赫,
적병입함경도 양왕자함적중 종신김귀영 황정욱 황혁

及本道監司柳永立, 北兵使韓克誠等, 皆被執, 南兵使李渾,
급본도감사유영립 북병사한극함등 개피집 남병사이혼

走至甲山, 爲我民所害, 南北道郡縣, 皆沒于賊, 有倭學通事
주지갑산 위아민소해 남북도군현 개몰우적 유왜학통사

咸廷虎者, 在京城, 爲賊將淸正所得, 因隨淸正入北道, 賊退
함정호자 재경성 위적장청정소득 인수청정입북도 적퇴

後逃還京城, 見余言道事頗詳. 淸正在賊將中, 尤勇悍善鬪,
후도환경성 견여언도사파상 청정재적장중 우용한선투

與平行長, 同渡臨津, 至黃海道安城驛, 謀分搶兩界, 各議所
여평행장 동도임진 지황해도안성역 모분창양계 각의소

向未決, 二賊拈[7]䦰[8], 行長得平安道, 淸正得咸鏡道. 於是, 淸
향미결 이적염구 행장득평안도 청정득함경도 어시 청

正擒[9]安城居民二人, 使向導, 二人辭以生長此地, 不諳北路,
정금 안성거민이인 사향도 이인사이생장차지 불암북로

---

7 념拈 : 집을 념. 집다. 손가락으로 집어 비틀다. 집어들다. 따다.
8 구䦰 : 제비 구. ① 제비. 추첨. ② 쟁취하다. ③ 손에 잡다. 손으로 잡다. 염구拈䦰 ; 제비를 뽑다. 추첨을 따다.
9 금擒 : 사로 잡을 금. 생포하다.

淸正卽斬之, 一人懼請先導, 從谷山地踰老里峴. 出於鐵嶺
청정즉참지　일인구청선도　종곡산지유노리현　출어철령

北. 日行數百里, 勢如風雨. 北道兵使韓克諴, 率六鎭兵, 相遇
북　일행수백리　세여풍우　북도병사한극함　솔육진병　상우

於海汀倉, 北兵善騎射, 地又平衍, 乃左右迭出, 且馳且射, 賊
어해정창　북병선기사　지우평연　내좌우질출　차치차사　적

不能支, 退入倉中. 時日已暮, 軍士欲少休, 俟賊出, 明日復
불능지　퇴입창중　시일이모　군사욕소휴　사적출　명일부

戰. 克諴不聽, 揮其軍圍之, 賊出倉中穀石, 列置爲城, 以避矢
전　극함불청　휘기군위지　적출창중곡석　열치위성　이피시

石, 從其內多發鳥銃. 我軍櫛比而立, 重疊如束, 中必貫穿, 或
석　종기내다발조총　아군즐비이립　중첩여속　중필관천　혹

一丸斃三四人, 軍遂潰. 克諴收兵, 退屯嶺上, 欲天明更戰, 夜
일환폐삼사인　군수궤　극함수병　퇴둔영상　욕천명갱전　야

賊潛行, 環我軍, 散伏于草間. 朝大霧, 我軍猶意賊在山下, 忽
적잠행　환아군　산복우초간　조대무　아군유의적재산하　홀

一聲砲響, 從四面大呼突起, 皆賊兵也. 軍遂驚潰, 將士向無
일성포향　종사면대호돌기　개적병야　군수경궤　장사향무

賊處奔走, 悉陷泥澤中, 賊追至芰刈, 死者無數, 克諴遁入鏡
적처분주　실함이택중　적추지삼예　사자무수　극함둔입경

城, 遂被擒. 兩王子臨海君・順和君, 俱至會寧府. 蓋順和君,
성　수피금　양왕자임해군　순화군　구지회령부　개순화군

初在江原道, 賊兵入江原道, 故轉向北道. 是時賊窮追王子,
초재강원도　적병입강원도　고전향북도　시시적궁추왕자

會寧吏鞠景仁, 率其類叛, 先縛王子及從臣以迎賊, 賊將淸正
회령리국경인　솔기류반　선박왕자급종신이영적　적장청정

解其縛留置軍中, 還屯咸興. 獨漆溪君尹卓然, 路中稱病, 從
해기박유치군중　환둔함흥　독칠계군윤탁연　노중칭병　종

他路, 深入別害堡, 同知李堅, 不從王子, 留江原道, 皆免執.
타로　심입별해보　동지이기　부종왕자　유강원도　개면집

柳永立拘賊中數日, 賊以爲文官, 防禁少懈, 永立乘間脫走,
유영립구적중수일　적이위문관　방금소해　영립승간탈주

還行在.
환행재

이일李鎰이 평양으로 쫓겨옴

　이일李鎰이 평양平壤에 이르렀다. 이일은 이미 충주忠州에서
패전한 뒤 강을 건너 강원도江原道 지경까지 이리저리 옮겨 다니
다가 이곳(평양) 행재소〔行在〕에 이른 것이다. 이때 여러 장수들
이 서울로부터 남하하여 혹은 도망하고, 혹은 죽고 하여 한 사람
도 임금을 호종할 사람이 없었는데, 적군이 장차 이곳에 이를 것
이라는 말을 듣고 사람들은 더욱 두려워하였다. 이일은 무장武將
들 중에서 평소 이름이 높았으므로 그가 비록 싸움에 패하여
도망 온 형편이라고 하더라도 사람들은 그가 왔다는 말을 듣고
기뻐하지 않는 사람이 없었다.
　이일은 이미 여러 번 패하여 가시덤불 속에 숨어 있었던 터이
므로 평량자平凉子[1]를 쓰고 흰 베적삼을 입고 짚신을 신고 왔는

데, 얼굴이 몹시 수척하여 보는 사람으로 하여금 탄식을 자아내게 하였다. 나는 그에게 말하기를,

「이곳(평양) 사람들이 장차 그대에게 의지하여 든든하게 여기고 있는데, 이와 같이 메마르고서야 어떻게 여러 사람들을 위로할 수 있겠는지?」

하며 행장을 뒤져 남색 비단 첩리帖裏²를 찾아 그에게 주었다. 이에 여러 재신(諸宰)들이 종립鬃笠³도 주고, 혹은 은정자銀頂子⁴와 채색 갓끈도 주어 그 자리에서 바꿔 입혀 옷차림은 일단 새로 갖추었으나, 다만 가죽신을 벗어 주는 사람이 없었으므로 그대로 짚신을 신고 있었다. 나는 웃으면서 말하기를,

「비단옷에 짚신은 서로 격이 맞지 않구먼.」

하니, 좌우에 있던 사람들이 다 웃었다.

그런데 갑자기 벽동碧潼에 사는 토병土兵 임욱경任旭景이 왜적들이 벌써 봉산鳳山에 이르렀다는 정보를 탐지하여 가지고 와서 알리므로, 나는 윤상尹相(左相 尹斗壽)에게 일러 말하기를,

「왜적의 척후斥候가 틀림없이 벌써 대동강 밖에 와 있을 것이오. 이 강 사이에 있는 영귀루詠歸樓 밑은 강물이 두 갈래로 나뉘

---

2 첩리帖裏 : 철릭. 깃이 길고 허리에 주름을 잡은 옷으로, 곧 무관이 입는 공복公服의 하나.

3 종립鬃笠 : 말총으로 만든 갓.

4 은정자銀頂子 : 전립戰笠〔무관이 쓰던 벙거지(병졸이 쓰던 모자. 털로 검고 두껍게 갓처럼 만들었음.〕 따위의 위에 꼭지처럼 만든 꾸밈새로, 품계에 따라 금, 은, 옥, 석의 차등이 있다. 증자鏳子 또는 징자라고도 한다.

영귀루詠歸樓

조선 초기의 문신이며, 학자인 김일손의 학문과 덕행을 기리기 위하여 중종 13년(1518)에 지은 서원(자계서원)이다. 경북 청도군 이서면 서원리에 위치함.

어서 물이 얕으므로 사람이 건널 수가 있는데, 만일 왜적이 우리 백성을 잡아 향도를 만들고 몰래 건너와서 갑자기 달려든다면 성城이 위태로우리다. 어찌 이일을 급히 파견하여 가서 그 얕은 여울목을 거머잡고 뜻밖의 변고를 방비하지 않으리오?」

하니, 윤공尹公도 「그렇게 하는 것이 좋겠습니다.」라고 말하므로, 곧 이일을 파견하였다. 이때 이일이 거느리고 있는 강원도 군사는 겨우 수십 명이었으므로 다른 군사를 더 붙여주게 하였다. 이일은 함구문含毬門·평양성의 남문.에 앉아서 군사를 점고하고 곧바로 떠나지 않았다. 나는 사세가 급한 것을 생각하여 사람을 보내 살펴보게 하였더니 그는 그대로 함구문 위에 있었다. 내가 연달아 윤공

尹公에게 말하여 이를 독촉하게 하였더니, 이일은 비로소 떠나갔다. 그는 성 밖으로 나가기는 하였으나 길을 가르쳐 주는 사람이 없어서 잘못 강서江西쪽으로 향하였는데, 길에서 평양좌수平壤座首 김내윤金乃胤이 밖으로부터 들어오는 것을 만나서 길을 물어 그로 하여금 앞에서 인도하게 하여 만경대萬頃臺 아래로 달려가니, 여기는 성으로부터 떨어지기 겨우 10여 리쯤 되는 곳이었다.

이일이 강의 남쪽 언덕을 바라보니 적병이 와서 모여 있는 것이 이미 수백 명이라, 강안의 작은 섬에 사는 사람들이 이를 보고 놀라 소리를 지르며 도망하여 흩어지고 있었다. 이일은 급히 무사武士 10여 명으로 하여금 섬 안으로 들어가서 활을 쏘게 하였으나, 군사들이 두려워하여 곧 나아가지 않았다. 이일이 칼을 빼어들고 그를 베려 하자, 그제야 앞으로 나아갔다. 이때 왜적들은 벌써 강물 속에 들어서 있다가 많이 강언덕으로 가까이 왔는데, 우리 군사들이 급히 굳센 활을 당겨 이들을 쏘아 연달아 6, 7명을 거꾸러뜨리니, 왜적들은 드디어 물러가 버렸다. 이일은 그대로 머물러 나루터의 어귀를 지켰다.

原文

李鎰至平壤, 鎰旣敗于忠州, 渡江入江原道界, 輾轉至行在.
이 일 지 평 양   일 기 패 우 충 주   도 강 입 강 원 도 계   전 전 지 행 재

時諸將自京城南下, 或走或死, 無一人扈駕者, 聞賊將至, 人
시 제 장 자 경 성 남 하   혹 주 혹 사   무 일 인 호 가 자   문 적 장 지   인

心益懼, 鎰於武將中, 素有重名, 雖奔敗之餘, 而人聞其來, 無
심 익 구   일 어 무 장 중   소 유 중 명   수 분 패 지 여   이 인 문 기 래   무

不喜悅. 鎰旣屢敗, 竄荊棘中, 戴平凉子, 穿白布衫草屨而至,
불희열 일기누패 찬형극중 대평량자 천백포진초구이지

形容憔悴, 觀者歎息, 余語之曰,「此處人, 將倚君爲重, 而槁
형용초체 관자탄식 여어지왈 차처인 장의군위중 이고

枯如此, 何以慰衆?」索行橐得藍色紗帖裏與之. 於是諸宰,
고여차 하이위중 색행탁득남색사첩리여지 어시제재

或與鬉笠, 或與銀頂子彩纓, 當面改換, 服飾一新, 獨無有脫
혹여종립 혹여은정자채영 당면개환 복식일신 독무유탈

靴與之者, 猶著草屨, 余笑曰,「錦衣草屨不相稱矣.」左右皆
화여지자 유착초구 여소왈 금의초구불상칭의 좌우개

笑, 俄而碧潼土兵任旭景, 探報賊已至鳳山, 余謂尹相曰,「賊
소 아이벽동토병임욱경 탐보적이지봉산 여위윤상왈 적

之斥候, 應已至江外, 此間詠歸樓下, 江水岐而爲二, 水淺可
지척후 응이지강외 차간영귀루하 강수기이위이 수천가

涉, 萬一賊得我民嚮導, 而暗渡[5]猝至, 則城危矣. 何不急遣鎰
섭 만일적득아민향도 이암도졸지 즉성위의 하불급견일

往把淺灘, 以防不測乎?」尹公曰,「然」, 卽遣鎰. 時鎰所率江
왕파천탄 이방불측호 윤공왈 연 즉견일 시일소솔강

原道軍, 僅數十餘人, 益以他軍. 鎰坐含毬門點兵, 不卽行, 余
원도군 근수십여인 익이타군 일좌함구문점병 부즉행 여

念事急, 遣人視之, 猶在門上. 余連語尹公使催之, 鎰始去. 旣
염사급 견인시지 유재문상 여연어윤공사최지 일시거 기

出城, 無指路者, 誤向江西, 路遇平壤座首金乃胤自外來, 問
출성 무지노자 오향강서 노우평양좌수김내윤자외래 문

之使前引, 馳至萬頃臺下, 距城纔十餘里. 望見江南岸, 賊兵
지사전인 치지만경대하 거성재십여리 망견강남안 적병

來聚者, 已數百, 江中小島居民, 驚呼奔散. 鎰急令武士十餘
래취자 이수백 강중소도거민 경호분산 일급령무사십여

人, 入島中射之, 軍士畏不卽進, 鎰拔劍欲斬之, 然後乃進, 賊
인 입도중사지 군사외부즉진 일발검욕참지 연후내진 적

已在水中多近岸, 我軍急以强弓射之, 連斃六七, 而賊遂退.
이재수중다근안 아군급이강궁사지 연폐육칠 이적수퇴

鎰仍留守渡口.
일잉유수도구

5 도渡 : 건널 도. 물을 건너다. 나루. 물을 건너게 하다.

명나라 사자가 오고,
평양성 수비 문제가 논란됨

요동도사遼東都司¹가 진무鎭撫 임세록林世祿으로 하여금 우리 나라로 와서 왜적의 정세를 탐지하게 하였다. 임금께서는 명나라 사자를 대동관大同館에서 접견하였다. 나는 5월에 관직을 파면당 하였다가 6월 1일에야 다시 복직되고, 이날 바로 당장唐將을 접 대하라는 명령을 받았다.

이때 요동遼東에서는 왜적이 우리나라를 침입하였다는 말을 들은지 얼마 아니되어 또 서울이 함락되고 임금이 서쪽지방으로 피란하였다고 들리더니, 또 왜병이 이미 평양平壤에 이르렀다고 들리므로 몹시 이를 의심하여 왜적의 변고가 비록 급하다 하더라 도 이토록 빠를 수는 없을 것이라고 생각하였다. 어떤 사람은 「우 리나라가 왜적의 앞잡이가 되었다.」고도 말하였다. 임세록이 오

---

1 요동도사遼東都司 : 명나라 요동성의 군정을 맡아 다스리는 관직.

자 나는 그와 더불어 함께 연광정練光亭으로 올라가서 그 형세를 살펴보니, 한 왜적이 대동강의 동쪽 숲 사이로부터 잠깐 나타났다가 숨더니 조금 뒤에는 2, 3명의 왜적이 계속 나와서 앉고, 혹은 서며 그 태도가 태연하고 한가로와 마치 나그네가 길을 가다가 쉬고 있는 모양과 같았다. 나는 임세록에게 그것을 가리켜 보이면서 말하기를,

「이는 왜적의 척후입니다.」

하니, 임세록은 기둥에 의지하여 바라보고 이를 믿지 않는 기색을 지으면서 말하기를,

「왜적의 군사라면 왜 저렇게 적겠습니까?」

하기에 나는 말하기를,

「왜적은 교묘하고 간사하여 비록 대군〔大兵〕이 뒤에 있더라도 먼저 와서 정탐하는 자는 몇 놈에 지나지 않습니다. 만약 그 적은 것을 보고 이를 소홀히 여기다가는 반드시 왜적의 꾀에 빠지게 되는 것입니다.」

하니, 임세록은「그렇겠습니다.」하면서 급히 회답하는 자문咨文[2]을 요구하여 가지고 달려갔다.

조정에서는 좌상左相 윤두수尹斗壽에게 명령하여 도원수都元帥 김명원金命元과 순찰사巡察使 이원익李元翼 등에게 명하여 평양을 지키게 하였다.

---

2 자문咨文 : ① 청대淸代에 동급 관청 사이에 주고받던 공문서. ② 조선 때, 중국과 주고받던 공식적인 외교 문서.

며칠 전에 성 안 사람들이 임금께서 평양성을 나와 피란하려 한다는 말을 듣고서 저마다 도망하여 흩어져 마을이 거의 비어 버리게 되었다. 임금께서는 세자世子에게 명하여 대동관문大同館門으로 나와서 성 안의 부로父老를 모아놓고 평양성을 굳게 지키겠다는 뜻을 타이르게 하였더니, 부로들이 앞으로 나와서 말하기를,

「다만 동궁東宮[3]의 명령만 듣고서는 백성들의 마음이 믿어지지 않을 것이오니, 반드시 성상聖上[4]께서 친히 타이르는 말씀을 들어야만 되겠습니다.」

하였다. 그 다음날 임금께서는 할 수 없이 대동관문으로 나가시어 승지承旨로 하여금 전날 동궁이 말한 것처럼 타이르니, 부로들 수십 명은 엎드려 절하고 통곡하면서 명령을 받들고 물러가 드디어 각기 길을 나누어 나가서 늙은이, 어린이와 남자, 여자와 자제들로서 산골짝에 숨어 있던 사람을 찾아 불러내어 성 안으로 들어오게 하니 성 안에 백성들이 가득 찼다.

그런데 왜적이 대동강변에 나타나자, 재신宰臣 노직盧稷[5] 등은 묘사廟社[6]의 위판位版을 받들고 아울러 궁인宮人을 호위하며 먼

3 동궁東宮 : 왕세자 궁전의 별칭. 곧 왕세자를 말함.

4 성상聖上 : 현재 자기 나라 임금의 존칭.

5 노직盧稷(1545~1618) : 조선조 중기의 문신. 자는 사형士馨, 본관은 교하交河이다. 선조 때 문과에 급제하여 승정원주서承正院注書를 거쳐 청환직清宦職을 지냈다. 임진왜란 때에는 병조참판으로 임금을 호종하였고, 뒤에 벼슬이 병조판서, 판중추부사에 이르렀다.

6 묘사廟社 : 종묘宗廟와 사직社稷을 말한다.

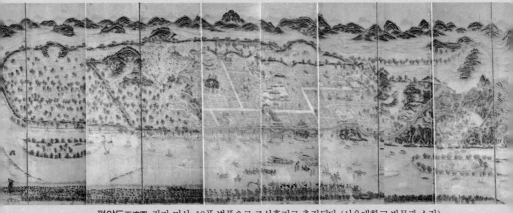

평양도平壤圖 작가 미상, 10폭 병풍으로 조선후기로 추정된다. (서울대학교 박물관 소장)

저 성을 나왔다. 이에 성 안의 아전과 백성들이 난을 일으켜 칼을
빼어들고 그 길을 막고 함부로 쳐서 묘사의 신주[主]를 땅에 떨어
뜨리고 따라가던 재신들을 지목하여 크게 꾸짖으며 말하기를,

「너희들은 평일에 나라의 녹[國祿]만 훔쳐먹다가 이제 와서는
나랏일을 그르치고 백성들을 속임이 이 같으냐?」

하였다. 나는 연광정練光亭으로부터 임금이 계시는 행궁行宮으로
달려가면서 길 위에 있는 부녀자와 어린이들을 보았는데, 그들은
다 성난 얼굴로 머리털을 곤두세워 가지고 서로 함께 소리 질러
외치기를,

「성을 버리고 가시려면 무슨 까닭으로 우리들을 속여서 성 안
으로 들어오게 하여 유독 우리들만 적의 손에 넣어 어육魚肉을
만들게 하시려는 겁니까?」

하였다. 궁문宮門에 이르니, 난민亂民들이 거리를 꽉 막았는데 모
두들 팔소매를 걷어 올리고 무기와 몽둥이를 가지고 사람을 만나

면 막 치며 시끄럽게 어지럽혔으나 금할 수가 없었다. 여러 재신들도, 성문 안의 조당朝堂에 있던 사람들도 다 얼굴빛이 하얗게 변하여 뜰 안에 일어서 있었다.

나는 난민들이 궁문 안으로 몰려 들어올까 염려하여 궁문 밖의 섬돌 위에 나와 서 있다가, 그중에 나이 좀 먹고 수염이 많은 사람을 보고 손짓을 하여 그를 부르니, 그 사람은 곧 앞으로 나왔는데, 그는 곧 지방관리였다. 나는 그를 타일러 말하기를,

「너희들이 힘을 다하여 성을 지키고 임금께서 성을 나가기를 원하지 않게 하려고 하니, 나라를 위하는 충성이 지극하구나. 다만 이 일로 인하여 난을 일으키고, 더구나 궁성문까지를 놀라고 요란하게 만들었으니 심히 놀라운 일이다. 또 조정에서 마침 굳게 지킬 것을 계청啓請하여 임금께서 이미 이를 허락하셨는데, 너희들이 무슨 일로 이렇게 소란을 떠느냐? 너의 모양을 보니, 곧 유식한 사람 같다. 모름지기 이 뜻을 여러 사람들에게 잘 타일러서 물러가도록 만들어라. 그러지 않는다면 너희들은 장차 중한 죄에 빠지게 될 것이니, 그때에는 용서하지 않을 것이다.」

하니, 그 사람은 곧 몽둥이를 버리고 손을 모아 빌며 말하기를,

「소인은 성을 버리려 한다는 말을 듣고 분한 기운을 이기지 못하여 이와 같은 망령된 짓을 하였사온데, 지금 그 말씀을 듣자오니, 소인은 비록 우매하고 용렬하오나 가슴속에 맺힌 원한이 시원히 열리나이다.」

하면서, 드디어 그 무리를 지휘하여 가지고 흩어졌다.

대개 이보다 먼저 조정의 신하들이 적병이 곧 가까워 온다는 말을 듣고 모두 나가 피란하기를 청하였는데, 양사兩司(司憲府·司諫院)와 홍문관弘文館[7]은 날마다 대궐문 앞에 엎드려 힘써 피란하기를 청하고, 인성부원군寅城府院君 정철鄭澈이 더욱 피란하자는 의논을 주장하였다. 나는 말하기를,

「오늘의 사세는 먼저 서울에 있을 때와는 다른 점이 있습니다. 서울에서는 군대와 백성들이 함께 무너져 버렸으므로, 비록 이를 지키려고 해도 지킬 수가 없었습니다. 이 평양성은 앞에는 강물이 가로막혔고 그리고 백성들의 마음이 자못 굳건하며, 또 중원지방中原地方에 가까워 만약 며칠 동안만 굳게 지킨다면 명나라 군사가 반드시 와서 구원할 것이오니, 이를 힘입어서 왜적을 물리칠 수 있겠사오나, 그렇지 못하면 여기로부터 의주義州에 이르기까지는 다시 의지할 만한 성이 없사오니, 그렇게 된다면 형세는 반드시 나라가 망하는 데 이르게 될 것입니다.」

하였다. 좌상左相 윤두수尹斗壽도 나의 의견과 같았다. 나는 또 정철에게 대하여 말하기를,

「평시에 나는 늘 공이 나라를 위하는 일이라면 강개해서 어려운 일이든 쉬운 일이든 회피하지 않는다고 생각하였는데, 오늘의 논의가 이와 같은 줄은 헤아리지 못하였습니다.」

7 홍문관弘文館 : 조선조 때 삼사三司의 하나. 궁중의 경서 및 사적을 관리하며 문서를 처리하고, 임금의 자문에 응하는 일을 맡아 보았다.

하였다. 윤상尹相(尹斗壽)이 문산文山[8]의 시詩인 「내가 칼을 빌어 가지고 아첨하는 신하를 베어 버린다면〔我欲借劍斬佞臣〕.」을 읊으니, 인성寅城(鄭撤)은 크게 노하여 옷소매를 뿌리치고 일어나 가버렸다. 평양平壤 사람들도 또한 내가 성을 지키자는 의견을 내세웠다는 말을 들었던 까닭으로, 이날 내 말을 듣고 자못 순종하면서 물러간 것이다.

저녁에 감사監司 송언신宋言愼을 불러서 능히 난민을 진정하지 못한 것을 책망하였더니, 송언신이 그 앞장을 선 세 사람을 결박하여 대동문大同門 안에서 목을 베어 죽이니, 그 나머지는 다 흩어져 가버렸다.

그때 이미 임금께서는 성을 나가기로 결정하였으나 갈 곳을 알지 못하였고, 조신朝臣들은 많이들 「북도(함경북도)는 지역이 궁벽하고 길이 험하여 가히 난리를 피할 만하다.」고 말하였다. 대개 이때 적병은 벌써 함경도를 침범하여 도로가 통하지 못하였고, 또 변고를 보고하는 사람이 없는 까닭으로 조정에서는 알지 못하였다.

이에 있어서 동지同知 이희득李希得을, 그가 일찍이 영흥부사永興府使로서 어진 정사를 베풀어 민심을 얻었다고 해서 함경도순검사咸鏡道巡檢使로 삼고, 병조좌랑兵曹佐郎 김의원金義元을 종사관從事官으로 삼아 북도로 가게 하고, 내전內殿 및 궁빈宮嬪 이

---

8 문산文山 : 중국 송나라 때의 충신인 문천상文天祥의 호.

하의 사람들을 먼저 내보내어 북으로 향하게 하였다. 나는 굳게 이를 간쟁하여 말하기를,

「임금께서 서쪽으로 피란하신 것은 본래 명나라 군사의 구원을 입어 흥복興復을 도모하려 하였기 때문입니다. 우리가 지금 이미 구원병을 명나라에 청하여 놓고도 도리어 북도로 깊이 들어간다면 중간에서 적병이 길을 가로막아 명나라의 소식도 역시 통할 길이 없을 것인데, 더구나 나라의 회복을 바라오리이까? 또 왜적들이 여러 도道로 흩어져 나갔는데, 어찌 북도에는 반드시 적병이 없을 줄 알겠습니까? 만약 그곳으로 들어가셨다가 불행하게도 적병이 뒤따라 이른다면 달리 갈 길도 없고, 다만 북쪽 오랑캐로 가는 길밖에 없사오니, 어느 곳에 의지하겠습니까? 그 위태롭고 급박함이 역시 심하지 않습니까? 지금 조신朝臣의 가속家屬들이 많이들 북도에 피란하고 있는 까닭으로 각각 사사로운 계교를 생각하여 다 북도로 향하자고 말하는 것입니다. 신에게도 늙은 어머니가 있사옵는데 역시 동쪽 방면으로 피란을 나왔다고 듣고 있습니다. 지금 비록 그 계시는 곳은 알지 못하오나, 그러나 반드시 강원도江原道나 함경도咸鏡道 사이로 흘러들어 갔을 것이오니 신도 역시 사사로운 계교로써 말한다면, 어찌 북쪽으로 향할 마음이 없사오리이까? 다만 국가를 위하여 큰 계교가 남들과 신의 뜻이 동일하지 않은 까닭으로 감히 간곡하에 진술하는 것입니다.」

하고, 인하여 흐느껴 울며 눈물을 흘리니 임금께서 측은하게 여

기시며 말씀하시기를,

「경의 어머니는 어떻게 지내는지, 나의 탓이로구나!」

하셨다. 내가 물러나온 뒤에 지사知事 한준韓準이 또 홀로 임금께
뵙기를 청하고 힘써 북도로 향하는 것이 옳겠다고 말하였다. 이
에 중전中殿⁹께서 드디어 함경도를 향하여 떠나셨다.

　이때 왜적은 대동강大同江에 이른 지가 벌써 3일이나 되었다.
우리들이 연광정練光亭에 있으면서 건너편을 바라보니, 한 왜적
이 나무 끝에 작은 종이를 달아매어 강가의 모래 위에 꽂고 가므
로 화포장火砲匠 김생려金生麗로 하여금 작은 배를 타고 가서 이
를 가져오게 하였더니, 왜적은 무기도 휴대하지 아니하고 김생려
와 손을 잡고 등을 두드리며 극히 친절하게 굴면서 서신〔書〕을 붙
여 보냈다. 그 서신이 이르러도 윤상尹相은 열어 보려고 하지 않
았다. 나는 말하기를,

「열어 본들 무엇이 해로우리오?」

하고 열어보았더니, 그 서면에 「조선국朝鮮國 예조판서禮曹判書
이공각하李公閣下에게 올립니다.」 하였는데, 이는 대개 이덕형李
德馨에게 보내는 서신으로 평조신平調信과 현소玄蘇가 마련하여
보낸 것이었고, 그 내용은 대개 이덕형을 보고 강화를 의논하고
자 하는 것이었다.

　이덕형李德馨은 조각배를 타고 가서 평조신平調信과 현소玄蘇

를 대동강 가운데서 만났는데, 서로 위로하고 안부를 묻는 것이 평일과 같았다. 이때 현소玄蘇는 말하기를,

「일본日本이 길을 빌어 중국에 조공朝貢을 하고자 하는데, 조선朝鮮이 이를 허락하지 않은 까닭으로 일이 이 지경에 이른 것입니다. 지금도 역시 한 가닥의 길을 빌려 주서서 일본으로 하여금 중국에 통할 수 있게 한다면 아무 일도 없을 것입니다.」

하였다. 이덕형은 전일의 약속을 저버린 것을 책망하고, 또 군사를 물러가게 한 뒤에 강화를 의논하자고 말하였다. 그런데 조신調信의 말이 자못 공손하지 않으므로 각기 회담을 피하고 헤어지고 말았다.

이날 저녁 때 왜적 수천 명이 몰려와서 대동강 동쪽 언덕 위에 진을 쳤다.

原文

遼東都司, 使鎭撫[10]林世祿, 來探倭情. 上接見于大同館, 余自
요동도사 사진무 임세록 내탐왜정 상접견우대동관 여자

五月罷, 六月初一日收叙, 是日承命接待唐將. 時遼東聞倭犯
오월파 육월초일일수서 시일승명접대당장 시요동문왜범

我國, 未久, 又聞都城不守, 車駕西遷. 旣又聞倭兵, 已至平
아국 미구 우문도성불수 거가서천 기우문왜병 이지평

壤, 甚疑之, 以爲倭變雖急, 不應猝遽如此, 或云, 我國爲倭先
양 심의지 이위왜변수급 불응졸거여차 혹운 아국위왜선

---

10 진무鎭撫 : 난리를 평정하고 백성을 편안하게 함. 민심을 진정시켜 위무함. 鎭 ; ① 진압할 진. ② 지킬 진. ③ 메울 전. 억눌러서 조용하게 하다. 진정하다. 撫 ; 어루만질 무. 사랑하다. 달래다. 위로하다.

導, 世祿之來, 余與之同上練光亭, 望察形勢, 有一倭從江東
林木間, 乍見乍隱, 已而二三倭繼出, 或坐或立, 意態安閒, 若
行路休息之狀, 余指示世祿曰,「此倭候也.」世祿倚柱而望,
殊有不信之色曰,「倭兵何其少也?」余曰倭巧詐, 雖大兵在後
而先來偵探者, 不過數輩. 若見其少而忽之, 則必陷於賊術
矣. 世祿唯唯, 亟求回咨馳去, 命左相尹斗壽, 率都元帥金命
元, 巡察使李元翼等, 守平壤, 數日前, 城中人聞車駕欲出避,
各自逃散, 閭里幾空. 上命世子, 出大同館門, 集城中父老, 諭
以堅守之意, 父老進前曰,「但聞東宮之令, 民心不信, 必得聖
上親諭, 乃可.」明日, 上不得已御館門, 令承旨曉諭如昨, 父
老數十人, 拜伏痛哭, 承命而退, 遂各分出招呼, 悉追老弱男
婦子弟之竄伏山谷者入城, 城中皆滿. 及賊見形於大同江邊,
宰臣盧稷等, 奉廟社位版, 幷護宮人先出. 於是城中吏民作
亂, 挺刃橫路縱擊之, 墜廟社主路中, 指從行宰臣大罵曰,「汝
等平日, 偷食國祿, 今乃誤國欺民, 乃爾耶?」余自練光亭赴
行宮, 路上見婦女幼稚, 皆怒髮上指, 相與號呼曰,「旣欲棄
城, 何故紿我輩入城, 獨使魚肉於賊手耶?」至宮門, 亂民塞
街, 皆袒臂持兵杖, 遇人輒擊, 粉囂雜沓, 不可禁. 諸宰在門內

朝堂者, 皆失色起立於庭中. 余恐亂民入宮門, 出立門外階
<small>조 당 자 개 실 색 기 립 어 정 중 여 공 난 민 입 궁 문 출 립 문 외 계</small>

上, 見其中有年長多鬚者, 以手招之, 其人卽至, 乃土官也. 余
<small>상 견 기 중 유 연 장 다 염 자 이 수 초 지 기 인 즉 지 내 토 관 야 여</small>

諭之曰, 「汝輩欲竭力守城, 不願車駕出城, 爲國之忠則至矣,
<small>유 지 왈 여 배 욕 갈 력 수 성 불 원 거 가 출 성 위 국 지 충 즉 지 의</small>

但因此作亂, 至於驚擾宮門, 事甚可駭. 且朝廷方啓請堅守
<small>단 인 차 작 란 지 어 경 요 궁 문 사 심 가 해 차 조 정 방 계 청 견 수</small>

上已許之, 汝輩何事乃爾? 觀汝貌樣, 乃有識人, 須以此意,
<small>상 이 허 지 여 배 하 사 내 이 관 여 모 양 내 유 식 인 수 이 차 의</small>

曉諭衆人而退, 不爾則汝輩將陷重罪, 不可赦也.」 其人卽棄
<small>효 유 중 인 이 퇴 불 이 즉 여 배 장 함 중 죄 불 가 사 야 기 인 즉 기</small>

杖斂手[11]曰, 「小民聞欲棄城, 不勝憤氣, 妄動如此, 今聞此言,
<small>장 염 수 왈 소 민 문 욕 기 성 불 승 분 기 망 동 여 차 금 문 차 언</small>

小人雖迷劣, 胸中卽豁然矣.」 遂揮其衆而散, 蓋前此朝臣, 聞
<small>소 인 수 미 렬 흉 중 즉 활 연 의 수 휘 기 중 이 산 개 전 차 조 신 문</small>

賊兵將近, 皆請出避, 兩司·弘文館, 連日伏閤力請, 寅城府
<small>적 병 장 근 개 청 출 피 양 사 홍 문 관 연 일 복 합 역 청 인 성 부</small>

院君鄭澈, 尤主避出之議. 余曰, 「今日事勢與前在京城時有
<small>원 군 정 철 우 주 피 출 지 의 여 왈 금 일 사 세 여 전 재 경 성 시 유</small>

異, 京城則軍民崩潰, 雖欲守之, 未由也. 此城前阻江水, 而民
<small>이 경 성 즉 군 민 붕 궤 수 욕 수 지 미 유 야 차 성 전 조 강 수 이 민</small>

心頗固, 且近中原地方, 若堅守數日, 天兵必來救, 猶可藉[12]以
<small>심 파 고 차 근 중 원 지 방 약 견 수 수 일 천 병 필 래 구 유 가 자 이</small>

卻[13]賊, 不然, 從此至義州, 更無可據之地, 勢必至於亡國.」 左
<small>각 적 불 연 종 차 지 의 주 갱 무 가 거 지 지 세 필 지 어 망 국 좌</small>

相尹斗壽同余意, 余又請鄭澈曰, 「平時每意公慷慨不避難易,
<small>상 윤 두 수 동 여 의 여 우 청 정 철 왈 평 시 매 의 공 강 개 불 피 난 이</small>

不圖今日之議如此也.」 尹相詠文山詩曰, 「我欲借劍斬佞臣.」
<small>부 도 금 일 지 의 여 차 야 윤 상 영 문 산 시 왈 아 욕 차 검 참 녕 신</small>

---

11 염수斂手 : 손을 오므림. 두려워하고 삼감. 두 손을 공손히 모아 잡고 서 있음. ② 지명 렴. 렴斂 ; ① 거둘 렴. 흩어져 있는 것을 모으다. 오므리다. 염하다. 시체에 옷을 입히는 일이 소렴小斂. 관棺에 시체를 넣는 일이 대렴大斂이다. 장사 지내다.

12 자藉 : 깔개 자. 제사 지낼 때의 깔개. 빌리다. 의존하다. 古字 耤. 고자 藉. 간체 借.

13 각卻 : 卻은 却의 본자. 郤은 동자. 却 물리칠 각. 쳐서 물러가게 하다. 쫓아 버리다.

寅城大怒, 奮袂而起. 平壤人亦聞余爲守議, 故是日聞余言,
인 성 대 노　분 메 이 기　평 양 인 역 문 여 위 수 의　고 시 일 문 여 언

頗順從而退. 夕召監司宋言愼, 責以不能鎭定亂民, 言愼摘發
파 순 종 이 퇴　석 소 감 사 송 언 신　책 이 불 능 진 정 난 민　언 신 적 발

其倡首者三人, 斬於大同門內, 餘皆散去, 時已定出城, 而不
기 창 수 자 삼 인　참 어 대 동 문 내　여 개 산 거　시 이 정 출 성　이 부

知所適, 朝臣多言北道地僻路險, 可以避兵. 蓋是時, 賊兵已
지 소 적　조 신 다 언 북 도 지 벽 노 험　가 이 피 병　개 시 시　적 병 이

犯咸鏡道, 而道路不通, 且無報變者, 故朝廷不知也. 於是, 以
범 함 경 도　이 도 로 불 통　차 무 보 변 자　고 조 정 부 지 야　어 시 이

同知李希得, 曾爲永興府使, 有惠政得民心, 以爲咸鏡道巡檢
동 지 이 희 득　증 위 영 흥 부 사　유 혜 정 득 민 심　이 위 함 경 도 순 검

使, 兵曹佐郞金義元爲從事官, 往北道, 而內殿及宮嬪以下,
사　병 조 좌 랑 김 의 원 위 종 사 관　왕 북 도　이 내 전 급 궁 빈 이 하

先出向北. 臣固爭曰,「車駕西狩, 本欲倚仗天兵, 以圖興復
선 출 향 북　신 고 쟁 왈　거 가 서 수　본 욕 의 장 천 병　이 도 흥 복

耳. 今旣請兵于天朝, 而顧深入北道, 中間賊兵限隔, 天朝聲
이　금 기 청 병 우 천 조　이 고 심 입 북 도　중 간 적 병 한 격　천 조 성

問亦無可通之路, 況望恢復乎? 且賊散出諸道, 安知北道必
문 역 무 가 통 지 로　황 망 회 복 호　차 적 산 출 제 도　안 지 북 도 필

無賊兵, 若不幸旣入其處, 而賊兵? 隨至, 則他無去路, 只有
무 적 병　약 불 행 기 입 기 처　이 적 병　수 지　즉 타 무 거 로　지 유

北虜而已, 何處可依? 其爲危迫, 不亦甚乎? 今朝臣家屬, 多
북 로 이 이　하 처 가 의　기 위 위 박　불 역 심 호　금 조 신 가 속　다

避亂于北道, 故各顧私計, 皆言向北便. 臣有老母, 亦聞東出
피 란 우 북 도　고 각 고 사 계　개 언 향 북 편　신 유 노 모　역 문 동 출

避亂, 雖不知在處, 而必流入於江原·咸鏡之間, 臣亦以私計
피 란　수 부 지 재 처　이 필 유 입 어 강 원 함 경 지 간　신 역 이 사 계

言之, 則豈無向北之情哉? 只以國家大計, 不與人臣同, 故敢
언 지　즉 기 무 향 북 지 정 재　지 이 국 가 대 계　불 여 인 신 동　고 감

此懇陣耳. 因嗚咽[14]流涕[15], 上惻然曰,「卿母安在? 予之故
차 간 진 이　인 오 열　유 체　상 측 연 왈　경 모 안 재　여 지 고

---

14 열咽 : 목메다. 목이 메어 말을 못하다.

15 유체流涕 : 눈물 흘리며 울다. 流 흐를 류. 흘리다. 涕 눈물 체. 울다.

矣.」既退, 知事韓準, 又獨請對, 力言向北之便. 於是中殿遂
向咸鏡道. 時賊至大同江, 已三日矣. 余輩在練光亭, 望見越
邊, 有一倭以木末縣小紙, 插江沙上, 令火砲匠金生麗, 悼小
舟往取之, 倭不帶兵器, 與生麗握手拊背, 極歡狎, 附書以送.
書至, 尹相欲不開見, 余曰,「開見何妨?」開示則書面云,「上
朝鮮國禮曹判書李公閣下」蓋與李德馨書, 而平調信·玄蘇
所裁也, 大槩欲見德馨議講解. 德馨以扁舟會平調信·玄蘇
于江中, 相勞問如平日. 玄蘇言,「日本欲借道朝貢中原, 而朝
鮮不許, 故事至此, 今亦借一條路, 使日本達中原則無事矣.」
德馨責以負約, 且令退兵後議講解. 調信等, 語頗不遜, 遂各
罷去, 夕賊數千, 結陣於江東岸上.

24

임금이 평양성을 떠남

정철鄭澈 초상화

6월 11일에 임금께서 평양 성〔平壤〕을 떠나 영변寧邊으로 향하셨다. 대신大臣 최흥원崔興源·유홍俞泓·정철鄭澈 등이 호종扈從하고, 좌상 윤두수·도원수 김명원金命元·순찰사 이원익李元翼은 머물러 평양성을 지켰다. 나도 또한 명나라 장수를 접대하기 위하여 함께 머물렀다.

이날 적군이 성을 공격하였다. 좌상左相(尹斗壽)·원수元

帥(金命元)·순찰사巡察使(李元翼)과 나는 연광정練光亭에 있었고, 본도감사本道監司 송언신宋言愼은 대동성大同城의 문루門樓를 지키고, 병사兵使 이윤덕(李潤德)은 부벽루浮碧樓 위쪽의 강여울을 지키고, 자산군수慈山郡守 윤유후尹裕後 등은 장경문長慶門을 지켰다. 성 안의 군사〔士卒〕와 민부民夫(民丁)는 합하여 3, 4천 명인데, 이 인원으로 성첩을 나누어 배치하였으나 부오部伍가 분명하지 (대오가 정돈되지) 못하고, 성 위에 사람들이 드문드문 혹은 빽빽하며, 혹은 사람의 위에 사람이 서서 그 어깨와 등이 서로 부딪치고, 혹은 연달아 몇 살받이 터〔垛〕에는 한 사람도 없는 곳도 있었다. 그리고 옷가지를 을밀대乙密臺 근처의 소나무 사이에 걸어 놓고, 이를 〈의병疑兵[1]〉이라고 말하였다.

대동강 건너 적병을 바라보니 역시 매우 많지는 않았다. 동대원東大院 언덕 위에 벌려 한 일자一字처럼 한 줄로 진을 치고 붉고 흰 깃발을 벌려 세웠는데, 마치 우리나라의 만장挽章을 세워 놓은 모양과 같았다. 왜적은 10명의 기병을 내어 양각도羊角島를 향하여 강물 속으로 들어가니, 물이 말의 배에 잠기는데 그들은 모두 말고삐를 잡고 벌여 서서, 곧 말을 건너 강을 건너오려는 모양을 보였다. 그 나머지 적들도 강 위를 왕래하는 자들은 혹은 한두 명, 혹은 3, 4명씩 짝지어 큰 칼을 메었는데 칼날이 햇빛에 비쳐 번개처럼 번쩍거렸다. 어떤 사람은 이는 진짜 칼이 아니고 나

---

1 의병疑兵 : 적을 현혹시키기 위하여 군사가 있는 것처럼 보이게 한 것.

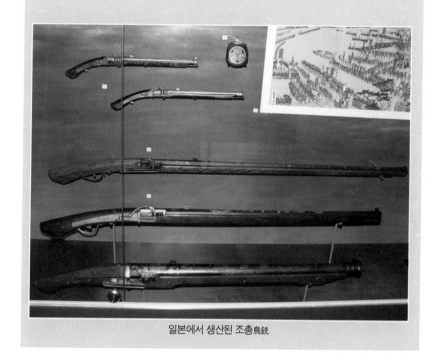

일본에서 생산된 조총鳥銃

무로 만든 칼에 백랍을 칠하여 남의 눈을 어찔어찔하게 하는 것
이라 하였으나, 그러나 멀어서 잘 분별할 수가 없었다. 그리고 또
6, 7명의 왜적이 조총鳥銃을 가지고 강변에 이르러서 평양성을
향하여 총을 쏘니, 그 소리가 매우 크고 탄환이 강을 지나 성 안
으로 들어왔고, 먼 것은 대동관大同館으로 들어오고 기와 위에 쏟
아졌으며 거의 1천 보 거리나 날아왔는데, 혹 성루城樓 기둥에 맞
은 것은 깊이가 몇 치쯤 틀어박혔다. 그중에 붉은 옷을 입은 왜적
하나가 연광정練光亭 위에 제공諸公들이 모여앉아 있는 것을 보
고 장수인 줄 알고 조총鳥銃을 들고 겨누면서 차츰차츰 나와 모
래 벌판까지 이르러 탄환을 쏘아 정자 위에 있는 두 사람을 맞혔

으나, 그러나 거리가 먼 까닭으로 중상은 아니었다.

나는 군관軍官 강사익姜士益으로 하여금 방패防牌 안에서 편전 片箭[2]을 쏘게 하니, 화살이 모래벌판 위에까지 나가 적들은 이리 저리 피하면서 물러갔다. 이를 본 원수元帥 김명원은 활 잘 쏘는 사람을 뽑아서 날랜 배를 타고 강의 중류에 나가 왜적을 쏘며, 배 가 점점 동쪽 언덕에 가까워지자 적들도 또한 물러나 피하였다. 우리 군사는 배 위로부터 현자총玄字銃[3]을 쏘고 화전火箭[4]이 서까 래같이 쭉쭉 뻗어 강을 지나가 떨어지니, 왜적의 무리들은 이를 쳐다보며 큰소리로 비명을 지르면서 흩어졌다가 화전이 떨어진 곳으로 다투어 모여 이를 구경하였다.

이날 즉시 병선兵船을 정비하지 않았다고 해서 공방리工房吏 한 사람을 베어 죽였다.

이때 오랫동안 비가 오지 않아서 강물이 날마다 줄어들므로 일 찍이 재신宰臣을 나누어 보내 단군檀君 · 기자箕子 · 동명왕묘東 明王廟에서 비를 빌었으나, 그래도 비가 오지 않았다. 나는 윤상 尹相(尹斗壽)에게 일러 말하기를,

「이곳은 강물이 깊고 배도 없으니 왜적들이 능히 건널 수 없겠 으나, 오직 강물의 상류엔 얕은 여울이 많으니 멀지 않아서 왜적 들이 반드시 여기로부터 건너오리라. 건너오게 되면 성을 지킬

---

2 편전片箭 : 짧고 작은 화살로 살촉이 날카로워서 갑옷이나 투구에 잘 박혔다.

3 현자총玄字銃 : 불화살을 쏘는 대포의 한 가지.

4 화전火箭 : 불을 달아 쏘는 화살.

수 없으리니, 어찌 엄중히 방비하지 않으리오?」

하니, 김원수金元帥(金命元)는 성품이 느린지라 다만 말하기를,

　「이윤덕李潤德에게 명령하여 지키게 하였습니다.」

라고 하였다. 나는 말하기를,

　「이윤덕 같은 사람을 어떻게 의지한단 말이오?」

하고, 이순찰李巡察(李元翼)을 가리키면서 말하기를,

　「공公들이 한자리에 모여 앉아 있는 것이 마치 잔치 모임과 같아서 일하는 데는 아무런 도움이 없으니, 공이 나가서 강여울을 지켜서는 안 되겠는지요?」

하니, 이원익은 말하기를,

　「만약 가보라고 명령하신다면 감히 힘을 다하지 않으오리까.」

하였다. 이에 윤상尹相(尹斗壽)이 이원익에게 일러 말하기를,

　「공이 가보는 것이 좋을 것 같으오.」

하니, 이원익은 일어나서 나갔다.

　나는 그때 임금의 명령을 받아 다만 명나라 장수만 접대하고 군사적 일에는 참여하지 않게 되었었다. 그러나 가만히 생각하니 반드시 패망할 것만 같아, 빨리 명나라 장수를 중도에서 맞아서 한 걸음이라도 속히 와서 구원하여 도움이 되게 하는 것만 같지 못하겠다고 여겼다. 그래서 날이 저물 때 드디어 종사관從事官 홍종록洪宗祿·신경진辛慶晉과 더불어 성을 떠나와 밤이 깊어서야 순안順安에 도착하였는데, 도중에 이양원李陽元의 종사관인 김정목金廷睦이 회양淮陽으로부터 오는 것을 만나 적병이 철령鐵嶺에

이르렀다는 말을 들었다. 그 다음날 숙천肅川을 지나 안주安州에 이르렀는데, 요동진무遼東鎭撫 임세록林世祿이 또 왔으므로 그 자문咨文을 접수하여 임금이 계신 행재소行在所[5]로 보냈다.

그 다음날에 임금께서 이미 영변寧邊을 떠나 박천博川에 행차하였다는 말을 듣고, 나는 박천으로 달려갔다. 임금께서는 동헌東軒[6]에 나오시어 나를 불러 보시고, 「평양성[平壤]을 지킬 수 있겠더냐?」

고 물으시기에 나는 대답하기를,

「사람들의 마음이 자못 굳건하여 지킬 것 같았습니다. 다만 구원병을 빨리 보내지 않아서는 안되겠습니다. 그러므로 신은 이 일을 위하여 와서 명나라 군사를 맞아 속히 달려가 구원하기를 청하려 하오나, 그러나 지금까지 구원병이 오는 것이 보이지 않으므로 이를 민망하게 생각하고 있나이다.」

하니, 임금께서는 손수 윤두수의 장계를 가져다가 내게 보이면서, 「어제 이미 늙은이와 어린이들로 하여금 성을 나가게 하였다고 하니, 어떻게 지킬 수 있겠는가?」 하시므로, 나는 대답하여 말하기를,

「실로 성상께서 생각하시는 것과 같습니다. 신이 그곳에 있을 때에는 아직 이런 일을 당하지 않았었습니다. 대개 그곳의 형세

---

5 행재소行在所 : 거둥 때에 임금의 연(輦 ; 임금이 타는 가마의 하나. '덩' 비슷한데, 좌우와 앞에 주렴이 있고 채가 썩 긺.)이 머무는 곳.

6 동헌東軒 : 고을의 원님이 공사를 다스리던 관청집.

를 보면 왜적들은 반드시 얕은 여울로부터 건너왔을 것이오니, 마땅히 마름쇠〔능철菱鐵〕[7]를 물속에 많이 늘어놓고 이를 방비해야 하겠습니다.」

하니, 임금께서 이 고을〔縣〕에 마름쇠가 있는가 없는가를 묻게 하시므로, 곧 알아 보아 「수천 개가 있습니다.」라고 대답하였더니, 임금님께서는 말씀하시기를,

　「급히 사람을 모아 이것을 평양으로 보내라.」

하셨다. 내가 또 아뢰기를,

　「평양平壤 서쪽의 강서江西·용강龍岡·증산甑山·함종咸從 등 여러 고을에는 창고에 곡식도 많고 백성들도 많사온데, 적병이 가까이 온다는 말을 들으면 백성들이 반드시 놀라서 흩어질 것이오니, 급히 시종侍從 한 사람을 여기로부터 보내어 달려가서 이들을 진무鎭撫하게 하시고, 또 군사를 수습하여 평양을 구원하도록 하는 것이 옳겠나이다.」

하니, 임금께서는 말씀하시기를,

　「누가 갈 만한가?」

하시므로, 나는 대답하기를,

　「병조정랑兵曹正郎 이유징李幼澄이 계략이 있사오니 그를 보낼만하다고 생각되나이다.」

---

7 마름쇠〔능철菱鐵〕: 끝이 송곳처럼 날카롭고 서너 갈래가 지게 무쇠로 만든 물건. 옛날에 도둑이나 적군이 쳐들어오는 길목에 깔아서 방어하는 데 썼음.

하고, 또 아뢰기를,

「신은 사세가 급박하와 지체할 수가 없사옵니다. 마땅히 밤새 도록 달려가서 명나라 장수를 맞아 구원군이 올 때를 의논하겠나 이다.」

하고, 드디어 하직하고 물러나와서 이유징을 보고 임금님 앞에서 아뢴 말대로 말하니, 이유징은 깜짝 놀라면서 말하기를,

「그곳은 곧 적의 소굴인데, 어떻게 간다는 말씀입니까?」

하므로, 나는 꾸짖어 말하기를,

「국록〔祿〕을 먹고 있으면 난리를 피하지 않는 것이 신자臣子의 의리이다. 지금 나랏일의 위험하기가 이와 같으니, 비록 끓는 물

회본태합기繪本太閤記
방패 뒤에 숨어 조총鳥銃을 사용하는 일본 보병들

이나 불 속에 뛰어들라고 하더라도 피해서는 안 되겠는데, 이 한
번 가는 것을 가지고서 어렵게 생각하는가?」

하니, 이유징은 아무 말은 안하면서도 원망하는 기색이 있었다.
나는 임금에게 하직하고 나와서 대정강大定江가에 이르니 해는
벌써 서산으로 기울어졌었다. 고개를 돌려 광통원光通院 쪽을 바
라보니 들판에 흩어진 군사들이 잇달아 오고 있으므로 평양성이
함락된 것이 아닌가 하고 의심하여 군관 몇 사람을 시켜 달려가
서 거두어 오게 하였더니, 그들은 열 아홉 사람을 데리고 왔는데,
이들은 곧 의주義州 · 용천龍川 등지의 군사로서 평양에 가서 강
여울을 지키던 사람들이었다. 그들은 말하기를,

「어제 왜적들이 이미 왕성탄王城灘으로부터 강을 건너왔으므
로 강가를 지키던 군사들이 다 무너지고 병사兵使 이윤덕李潤德
이 도망하였습니다.」

하였다. 나는 크게 놀라, 곧 도중에서 서장書狀을 만들어 군관軍
官 최윤원崔允元을 파견하여 행재소에 급히 알리게 하였다. 밤에
가산군嘉山郡으로 들어갔다.

이날 밤에 내전內殿[8]께서 박천博川에 이르셨다. 이는 대개 북
으로 향하시다가 적병이 벌써 북도北道로 들어간 까닭으로 더 앞
으로 나가시지 못하고 돌아온 것이다. 이때 통천군수通川郡守 정

---

8 내전內殿 : 왕비가 거처하는 궁전. 곧 왕비를 가리켜 말함.

구鄭逑[9]가 사자를 파견하여 찬(음식물)을 올렸다(진상해 왔다).

原文

六月十一日, 車駕出平壤, 向寧邊, 大臣崔興源 · 兪泓 · 鄭澈
육월십일일 거가출평양 향영변 대신최흥원 유홍 정철

等扈從, 左相與金元帥, 李巡察元翼, 留守平壤, 余亦以接待
등호종 좌상여김원수 이순찰원익 유수평양 여역이접대

唐將留. 是日, 賊攻城, 左相 · 元帥 · 巡察及余, 在練光亭, 本
당장류 시일 적공성 좌상 원수 순찰급여 재연광정 본

道監司宋言愼, 守大同城門樓, 兵使李潤德, 守浮碧樓以上江
도감사송언신 수대동성문루 병사이윤덕 수부벽루이상강

灘, 慈山郡守尹裕後等, 守長慶門. 城中士卒民夫, 合三四千,
탄 자산군수윤유후등 수장경문 성중사졸민부 합삼사천

分配城堞, 而部伍不明, 城上人或踈[10]或密, 或人上有人, 肩背
분배성첩 이부오불명 성상인혹소 혹밀 혹인상유인 견배

相磨, 或連數堞無一人, 散掛衣服於乙密臺近處松樹間, 名曰
상마 혹연수타무일인 산괘의복어을밀대근처송수간 명왈

疑兵. 隔江望賊兵, 亦不甚多, 東大院岸上, 排作一字陣, 列竪
의병 격강망적병 역불심다 동대원안상 배작일자진 열수

紅白旗, 如我國挽章樣, 出十餘騎向羊角島, 入江中, 水沒馬
홍백기 여아국만장양 출십여기향양각도 입강중 수몰마

服, 皆按轡列立, 示將渡江之狀, 其餘往來江上者, 或一二或
복 개안비열립 시장도강지상 기여왕래강상자 혹일이혹

---

9 정구鄭逑(1543~1620) : 조선조 선조 · 광해군 때의 문신, 학자. 자는 도가道可, 호는
한강寒岡, 시호는 문목文穆, 본관은 청주다. 조식曺植 · 이황李滉의 문인이다. 임진
왜란 때 의병을 일으켜 싸웠고, 강릉부사 · 강원감사 · 대사헌 등을 지냈다. 산수算
數 · 병진兵陣 · 의학醫學 · 풍수風水 등에 능통하며 『심경발휘心經發揮』 · 『역대기
년歷代紀年』 · 『한강집寒岡集』 등 많은 저서를 남겼다.

10 소踈 : 踈은 疎의 와자(譌字 = 바뀐 글자). 疎는 疏와 동자. 疏 ; ① 트일 소. ② 거칠
소. ③ 적을 소. (1) 멀다. 드물다. 길다. 트이다. 통하다. 멀다. 넓다. (2) 험하다. (3)
조목 별로 써서 진술하다. 적다. 상소하다. 쓰다. 기록하다. 주. 주석. 편지. 문체
文體 이름. 상소. 주소奏疏 따위.

三四, 荷大劍, 日光下射, 閃閃如電, 或云非眞劍, 以木爲之,
沃以白鑞, 以眩人眼者, 然遠不可辨. 又六七賊, 持鳥銃到江
邊向城放, 聲響甚壯, 丸過江入城, 遠者入大同館, 散落瓦上,
幾千餘步, 或中城樓柱, 深入數寸. 有紅衣賊, 見練光亭上諸
公會坐, 知爲將帥, 挾鳥銃邪睨, 漸進至沙渚上, 放丸中亭上
二人, 然遠故不重傷. 余令軍官姜士益, 從防牌內, 以片箭射
之, 矢及沙上, 賊逡巡而卻, 元帥發善射者, 乘快船中流射賊,
船稍近東岸, 賊亦退避, 我軍從船上發玄字銃, 火箭如椽過江,
倭衆仰視, 皆叫噪而散, 箭落地, 爭聚觀之. 是日以不卽整兵
船, 斬工房吏一人. 時久不雨, 江水日縮, 曾分遣宰臣, 禱雨檀
君箕子東明王廟, 猶不雨, 余謂尹相曰,「此處水深無船, 賊終
不能渡, 惟水上多淺灘, 早晚賊必由此渡, 渡則城不可守, 何
不嚴備?」金元帥性緩, 但曰,「已命李潤德守之矣.」余曰,
「潤德輩何可倚仗?」指李巡察曰,「公等會坐一處如宴集, 無
益於事, 不可往護江灘耶?」李曰,「若令往見, 敢不盡力?」於
是尹相謂李曰,「公可往」李起出. 余時承命只應接唐將, 不
參軍務, 默念必敗, 不如早迎唐將於中路, 速進一步來救, 庶
可有濟, 日暮, 遂與從事官洪宗祿·辛慶晉出城, 夜深到順安,

路中逢李陽元從事官金廷睦自淮陽來, 聞賊兵至鐵嶺矣, 明
日過肅川至安州, 遼東鎭撫林世祿又來, 接受咨文送行在, 翌
日聞車駕已離寧邊次博川, 余馳詣博川, 上御東軒引見臣問,

「平壤可守乎?」臣對曰, 「人心頗固, 似可守, 但援兵不可不速
進, 故臣爲此以來, 欲迎着天兵, 請速馳援, 而至今未見兵至,
玆以爲憫.」 上手取尹斗壽狀啓示臣曰, 「昨日已令老弱出城
云, 人心必搖, 何以能守?」臣對曰, 「誠如聖慮, 臣在彼時, 未
見此事, 大槪觀其處形勢, 賊必由淺灘以渡, 宜多布菱鐵於水
中, 以備之.」上使問此縣亦有菱鐵否? 對, 「有數千介」, 上曰,
「急募人送之平壤.」臣又啓曰, 「平壤以西江西・龍岡・甑
山・咸從等邑. 倉穀多人民衆, 聞賊兵已近, 則必驚駭散失,
宜急遣侍從一人, 自此馳去, 鎭撫之, 且收兵爲平壤繼援便.」
上曰, 「誰人可去?」對曰, 「兵曹正郞李幼澄, 有計慮可遣.」
又啓「臣事急不可遲滯, 當達夜馳去, 以迎見唐將爲期.」遂
辭退出, 見李幼澄, 言上前所達, 幼澄愕然曰, 「此乃賊藪, 何
可進?」余責之曰, 「食祿不避亂, 臣子之義, 今國事危急如此,
雖湯火不可避, 顧以此一行爲難乎?」幼澄默然有恨色, 余旣
拜辭出, 至大定江邊, 日已平西矣. 回望廣通院, 野有散卒, 絡

繹而來. 疑平壤失守, 使軍官數輩, 馳往收之, 得十九人而至,
역이래 의평양실수 사군관수배 치왕수지 득십구인이지

乃義州龍川等處之軍, 而往平壤守江灘者也. 言,「昨日賊已
내의주용천등처지군 이왕평양수강탄자야 언   작일적이

從王城灘渡江, 江上軍潰, 兵使李潤德遁走.」余大驚, 卽於路
종왕성탄도강 강상군궤 병사이윤덕둔주   여대경 즉어로

中, 爲書狀, 遣軍官崔允元, 馳報行在, 夜入嘉山郡, 是日夕,
중 위서장 견군관최윤원 치보행재 야입가산군 시일석

內殿至博川, 蓋在路聞賊兵已入北道, 故不前而回. 通川郡守
내전지박천 개재로문적병이입북도 고부전이회 통천군수

鄭逑, 遣使進物膳.
정구 견사진물선

을밀대乙密臺
평양시 중구역 경산동 금수산에 위치한 고구려시대의 누정樓亭이다.

왜적이 평양성에 들어옴

 평양성이 함락되었다. 임금께서 가산嘉山으로 행차하시고, 동궁東宮께서 종묘사직[廟社]의 신주를 받들고 박천博川으로부터 산골의 군郡으로 들어가셨다.

 이보다 먼저 적병이 대동강의 모래 위에 나누어 주둔하였다. 적은 10여 개의 둔진屯陳을 만들고 풀을 엮어서 막을 치고 있었는데, 벌써 여러 날이 지났으나 강을 건널 수가 없었고 그 경비도 자못 태만하였다. 김명원金命元은 성 위로부터 이것을 바라보고 가히 밤을 타서 엄습할 수 있을 것이라 생각하고 날랜 군사를 뽑아서 고언백高彦伯 등으로 하여금 이를 거느리게 하여 부벽루浮碧樓 밑 능라도나루[綾羅島渡]로부터 몰래 배로 군사를 건너게 하였다. 처음에 삼경三更[1]에 거사擧事하기로 약속하였으나 시간을

---

1 삼경三更 : 밤 12시경.

어거서 다 건너가고 보니 벌써 새벽이었다. 적의 여러 막사를 살펴보니 적은 아직도 일어나지 않았으므로, 드디어 먼저 그 제1진을 돌격하니 적들이 놀라서 소란하여졌다. 우리 군사는 적을 많이 쏘아 죽였다. 이때 사병士兵 임욱경任旭景은 먼저 적진으로 뛰어들어 힘써 싸웠으나 적도들에게 죽음을 당하였는데, 이 싸움에 적의 말 3백여 필을 빼앗았다. 그런데 갑자기 여러 곳에 주둔하였던 적들이 다 일어나서 크게 달려들므로 우리 군사는 물러서서 달아나 도로 배로 달려왔다. 그러나 배 위에 있던 사람은 적들이 이미 뒤에 육박하므로 중류中流에 있으면서 감히 물가로 가서 배를 대지 못하니, 물에 밀려 들어가서 죽은 사람이 많았고, 나머지 군사들은 또 왕성탄王城灘으로부터 어지럽게 강을 건너왔다. 이를 본 적들은 비로소 강물이 얕은 것을 알고, 이날 저물 때 많은 무리를 휘몰아 얕은 여울로부터 강을 건너왔다. 이때 우리 군사로서 여울을 지키던 사람들은 감히 화살 한 대도 쏘지 못하고 다 흩어져 달아났다. 왜적들은 대동강을 건너와서도 오히려 성 안에 수비대가 있을 것을 의심하여 머뭇거리면서 전진하지 못하였다.

이날 밤에 윤두수尹斗壽·김명원金命元은 성문을 열어서 성 안에 있는 사람들을 다 나가게 하고, 군기軍器와 화포火砲를 풍월루風月樓의 연못 속에 침몰시켰다. 윤두수 등은 보통문普通門으로부터 나와 순안順安에 이르렀는데 적병은 뒤쫓아오는 사람이 없었다. 종사관從事官 김신원金信元은 혼자서 대동문大同門을 나와

이호민李好閔 초상화
경기도 유형문화재 제144호(연안이씨종친회 소장)

서 배를 타고 물흐름을 따라 강서江西로 향하였다. 그 다음날에 왜적은 성 밖에 이르러 모란봉牡丹峯으로 올라가서 오랫동안 바라보다가 성이 비어 사람이 없는 것을 알고는, 곧 평양성으로 들어왔다.

먼저 임금께서 평양성에 이르니 조정의 의논은 다 식량을 근심하여 여러 고을의 전세田稅를 가져다가 평양으로 옮겨두었는데, 성이 함락되자 본래 창고에 있던 곡식 10만 석石과 함께 다 적의 소유가 되고 말았다.

이때 나의 장계가 박천에 이르고, 또 순찰사巡察使 이원익李元翼과 그 종사관從事官 이호민李好閔[2]이 역시 평양으로부터 와서 적이 강을 건너온 상황을 말하였다. 그래서 밤에 임금과 내전(왕

2 이호민李好閔(1553~1634) : 조선조 선조 때의 공신. 자는 효언孝彦, 호는 오봉五峯, 남곽南郭, 수와睡窩. 본관은 연안延安, 시호는 문희文僖이다. 선조 17년(1584) 별시 문과에 급제함. 임진왜란 때 임금을 의주까지 모시고, 요양遼陽으로 가서 명나라 군사를 청하여 와 평양싸움을 승리로 이끄는 데 공이 컸다. 부제학·예조판서·대제학·좌찬성左贊成 등의 벼슬을 지냄. 저서에『오봉집五峯集』이 있다.

연광정도 鍊光亭圖

겸재 정선(謙齋 鄭敾, 1676~1759)이 그린 『겸재정선화첩』 중에서 대동강변의 연광정을 중심으로
평양성을 그린 진경산수화이다.

비)께서는 길을 떠나 가산嘉山으로 향하시고, 세자世子에게 명하
여 종묘사직〔廟社〕의 신주를 받들고 다른 길을 경유하여 사방에
있는 군사를 거두어 모아 나라의 흥복興復을 도모하게 하였다.
이에 신료臣僚들을 나누어 수행하게 하였는데, 영의정 최흥원崔
興源이 어명을 받들고 세자世子를 수행하게 되었다. 우의정 유홍
兪泓도 또한 세자를 수행하겠다고 스스로 청하였으나 임금께서

는 이에 대답하지 않았다. 임금의 행차가 이미 나가니 유홍이 길 가에 엎드려 하직하고 가려 하였다. 내관內官(환관宦官)이 여러 번 우의정 유홍이 하직하기를 청한다고 아뢰었으나 임금은 끝내 대답하지 아니하셨다. 유홍이 드디어 동궁東宮(世子)의 뒤를 따라갔다.

이때 윤두수尹斗壽는 평양성에 있었는데 아직 돌아오지 못했으므로 행재소에는 대신大臣이 없었고, 오직 정철鄭澈이 옛 재상으로써 모셨다. 임금께서 가산嘉山에 이르니 이미 오경〔五鼓〕[3]이 되었다.

原文

平壤陷, 車駕次于嘉山, 東宮奉廟社主, 自博川入山郡, 初賊
평 양 함   거 가 차 우 가 산   동 궁 봉 묘 사 주   자 박 천 입 산 군   초 적

兵分駐江沙上, 作十餘屯, 結草爲幕, 旣累日不得渡江, 警備
병 분 주 강 사 상   작 십 여 둔   결 초 위 막   기 누 일 부 득 도 강   경 비

頗怠. 金命元等, 自城上望見, 以爲可乘夜掩襲, 抄擇精兵, 使
파 태   김 명 원 등   자 성 상 망 견   이 위 가 승 야 엄 습   초 택 정 병   사

高彦伯等領之, 從浮碧樓下綾羅島渡, 潛以船渡軍. 初約三更
고 언 백 등 령 지   종 부 벽 루 하 능 라 도 도   잠 이 선 도 군   초 약 삼 경

擧事, 失時刻, 旣渡已昧爽矣. 見諸幕中, 賊猶未起, 遂前突第
거 사   실 시 각   기 도 이 매 상 의   견 제 막 중   적 유 미 기   수 전 돌 제

一陣, 賊驚擾, 我軍多射殺賊. 士兵任旭景, 先登力戰, 爲賊所
일 진   적 경 요   아 군 다 사 살 적   사 병 임 욱 경   선 등 역 전   위 적 소

害, 奪賊馬三百餘匹, 俄而列屯賊, 悉起大至, 我軍退走還趨
해   탈 적 마 삼 백 여 필   아 이 열 둔 적   실 기 대 지   아 군 퇴 주 환 추

船, 船上人見賊已迫後, 中流不敢艤船, 淹死者甚衆, 餘軍又
從王城灘, 亂流而渡, 賊始知水淺可涉, 是日暮, 擧衆由灘以
濟, 我軍守灘者, 不敢發一矢, 皆散走, 賊旣渡, 猶疑城中有
備, 遲回不前. 是夜, 尹斗壽·金命元開城門, 盡出城中人, 沉
軍器火炮于風月樓池水中, 斗壽等由普通門而出, 至順安, 賊
無追躡者, 從事官金信元, 獨出大同門, 乘船順流向江西. 明
日賊至城外, 登牧丹峰, 良久觀望, 知城空無人, 乃入城, 始車
駕至平壤, 廷議皆以糧餉爲憂, 盡取列邑田稅, 輪到平壤, 及
城陷, 幷本倉穀十餘萬石, 皆爲賊所有. 時余狀報至博川, 又
巡察使李元翼, 從事官李好閔, 亦自平壤來, 言賊渡江狀. 夜
車駕及內殿, 發向嘉山, 命世子奉廟社, 別由他路, 使之收召
四方, 以圖興復. 分臣僚從行, 領議政崔興源, 以命從世子, 右
議政兪泓, 亦自請隨世子, 上不答, 駕旣出, 泓伏路邊辭去, 內
官屢啓, 右相兪泓請辭, 上終不答, 泓遂從東宮, 時尹斗壽在
平壤未還, 行在無大臣, 惟鄭澈以舊相從. 駕至嘉山, 已五鼓
矣.

임금은 정주定州·선천宣川으로 향하고
민심은 어지러워짐

임금께서 정주定州로 행차하셨다. 임금께서 평양성을 나온 뒤로부터 인심이 허물어져서 지나는 곳마다 난민亂民들이 문득 창고로 들어가서 곡물穀物을 약탈하여 순안順安·숙천肅川·안주安州·영변寧邊·박천博川의 창고가 차례로 다 허물어져 버렸다.

이날에 임금께서는 가산嘉山을 출발하셨는데, 이때 가산군수 심신겸沈信謙은 나에게 일러 말하기를,

「이 고을에는 양곡이 자못 넉넉하고, 관청에도 또한 백미白米 일천석一千石이 있습니다. 이것을 명나라 군사에게 먹이려 했는데 불행히도 일이 이 지경에 이르렀습니다. 공公이 만약 조금만 머물러 진정시킨다면 고을 사람들이 감히 움직이지 못할 것입니다. 그렇지 않으면 난동이 일어날 것이오니, 소인도 또한 여기에 머무를 수가 없겠으므로 장차 해변海邊을 향하여 몸을 피하겠습니다.」

하였다. 이때 심신겸은 이미 그 부하들에게 명령할 수가 없었다. 홀로 내가 데리고 있는 군관 6명과 도중에서 거둬 모은 패잔병 19명은 나와 약속하고 스스로 따라오게 하였으므로 각각 활과 화살을 휴대하고 나의 곁에 있었다. 심신겸이 이를 의지하여 스스로 지키려 하는 까닭으로 그렇게 말하는 것이었다. 나는 차마 갑자기 떠날 수가 없어서 얼마 동안 대문大門에 앉아 있으니 해는 벌써 한낮이 지났다. 다시 생각해 보니 임금의 명령도 없는데 마음대로 머물러 떠나가지 않는 것이 도리에 미안하므로, 드디어 심신겸과 헤어져 길을 떠나 효성령曉星嶺에 올라서 머리를 돌려 가산嘉山을 바라보니 고을 안은 이미 어지러워졌다. 심신겸은 창고의 곡식을 다 잃어버리고 도망하였다.

그 다음날에 임금께서는 정주定州를 떠나서 선천宣川으로 향하시며 나에게 정주에 머물러 있으라고 명령하셨다. 이때 고을 사람들은 이미 사방으로 흩어져 피란하고, 다만 늙은 아전 백학송白鶴松 등 몇 사람이 성 안에 남아 있을 따름이었다. 나는 길가에 엎드려서 임금께서 성을 떠나시는 것을 전송하고 눈물을 닦고서 연훈루延薰樓 아래 앉아 있는데, 군관軍官 몇 사람이 좌우의 섬돌 밑에 있고 거두어 모은 패잔병 19명도 오히려 가지 않고서 말을 길가의 버드나무에 매어 놓고 서로 둘러앉아 있었다. 저녁 때가 될 무렵에 남문南門을 바라보니 몽둥이를 든 사람들이 밖으로부터 연달아 와서 왼쪽 방면을 향하여 가므로 군관軍官을 시켜 이를 살펴보게 하였더니, 창고 밑에 모여든 사람이 벌써 몇백 명이나 된다고 하였다. 나는 내가 거느린 군사는 적고 약한데 만약에 난민이 더 많아져 그들과 싸운다면 제어하기가 어려울 것이니, 먼저 그 약한 자를 쳐서 그들로 하여금 놀라 흩어지도록 하는 것이 옳겠다고 생각하였다. 이때 성문을 보았더니, 또 이어 오는 사람이 10여 명이나 있었다. 나는 급히 군관을 불러 19명의 군사를 데리고 달려가서 그들을 잡아오게 하였는데, 그 사람들이 바라보고 도망하는 것을 뒤쫓아 가서 9명을 잡아왔다. 나는 곧 그들의 머리를 풀어 산발하고 손을 뒤로 돌려 묶고 벌거벗기게 한 다음에 창고 옆 길가로 조리 돌려 보이며, 10여 명의 군사가 그 뒤를 따라가면서 큰소리로 외쳐 말하기를,

「창고를 약탈하려는 도둑을 사로잡아서 곧 사형에 처하여 효시梟示[1]하련다.」

하니, 성 안의 사람들이 이를 보게 되고, 이때 이미 창고 아래 모여든 사람들도 이를 바라보고 모두 놀라서 다 서문西門으로부터 흩어져 달아나 버렸다. 이로부터 정주 창고에 있는 곡식은 겨우 보전되었고, 그리고 용천龍川·선천宣川·철산鐵山 등 여러 고을도 창고를 덮치려는 사람이 또한 없어졌다.

정주판관定州判官 김영일金榮一은 무인武人이었다. 그는 평양平壤으로부터 도망하여 돌아와서 그 처자를 바닷가에 두고 창고의 곡식을 훔쳐내어 이를 보내려 하였다. 나는 이 말을 듣고 그를

---

1 효시梟示 : 죄인의 목을 베어 높은 곳에 달아매고 여러 사람에게 보여 경계하는 것.

잡아들여 죄를 하나하나 들
춰내어 말하기를,

「너는 무장武將의 몸으로
싸움에 패하고도 죽지 않았
으니 그 죄만 하여도 죽일
만한데, 또 감히 관곡官穀을
훔쳐내려느냐? 이 곡식은
장차 명나라 구원병을 먹이
려는 것이지, 네가 사사로이
가져다 먹을 것이 아니다.」
하고 곤장(杖) 60대를 때렸다.

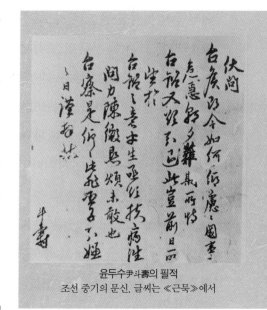

윤두수尹斗壽의 필적
조선 중기의 문신. 글씨는 《근묵》에서

좀 뒤에 윤좌상尹左相(尹斗壽)·김원수金元帥(金命元)와 무장武
將 이빈李薲[2] 등이 평양으로부터 다 정주定州에 이르렀다. 임금께
서 정주를 떠나실 때 명령하시기를,

「좌상이 만약 올 것 같으면 또한 정주에 머물러 있도록 하라.」
고 하셨다. 윤두수가 이르렀기에 나는 그에게 임금의 명령을 전
하였으나, 윤두수는 대답도 하지 않고 바로 행재소行在所로 향하
여 갔다. 나도 역시 김명원과 이빈 등을 머물러 정주를 지키게 하
고 임금님의 수레를 뒤쫓아 용천龍川에 이르렀다.

이때 여러 고을의 백성들은 평양성이 함락되었다는 말을 듣고

2 이빈李薲(1537~1603) : 조선조 선조 때 무신. 자는 문원聞遠, 본관은 전주全州이다.
  왕족 덕천군德川郡 후생厚生의 4대손. 1570년(선조 3년) 무과武科에 급제. 임진왜란
  때 경상병사·평안병사·순찰사 등을 지냄.

왜적들이 뒤따라 올 것이라고 생각하고서 모두들 산골짝으로 숨어 버려 길에는 한 사람도 보이지 않았다. 강변의 여러 고을 중에서 강계江界 등지 같은 곳도 다 그러하다고 들었다.

나는 길을 떠나 곽산산성郭山山城 밑에 이르렀는데, 보니 두 갈래길이 있으므로 하졸下卒에게 묻기를,

「이 길은 어디로 가는 길이냐?」

하니, 그는 대답하기를,

「구성龜城으로 달리는 길입니다.」

하였다. 나는 말을 세우고 종사관從事官 홍종록洪宗祿을 불러 말하기를,

「연도沿道의 창고가 하나같이 비어 있으니, 명나라 구원병이 비록 온다고 하더라도 무엇으로써 식량을 공급하겠는가? 이 부근에서는 오직 구성 한 고을만 창고에 저장한 곡식이 자못 넉넉한 모양이나, 그러나 또한 아전과 백성들이 다 흩어졌다고 들리니 그것을 옮겨 낼 계책이 없구나. 그대는 오랫동안 구성에 있었으니, 그곳 사람들이 만약 그대가 왔다는 말을 들으면 비록 산골짝 안에 숨어 있더라도 반드시 나와서 보고 왜적의 형세를 들으려 할 것이니, 그대는 여기서 급히 구성으로 달려가서 그들을 타일러 말하기를, 『왜적들이 평양성으로 들어왔으나 아직 나오지 않았고, 명나라 구원병이 방금 크게 오고 있어서 이의 수복이 멀지 않았다. 하나 근심스러운 것은 군량이 부족한 것뿐인데, 너희들은 품관品官이든 아전이든 논할 것 없이 모두 온 고을의 힘을

다하여 군량을 옮겨다가 군용에 모자라지 않게 한다면 뒷날에 반드시 중한 상이 있을 것이다.』 하라. 이와 같이 한다면 아마도 마음과 힘을 합해서 군량을 정주定州·가산嘉山까지 운반하여 가히 뜻하는 바를 성공시킬 수 있을 것이다.」

하였더니, 홍종록은 감개하여 승낙하고는 길을 나누어 떠나 가고, 내 자신은 용천으로 향하였다. 대개 홍종록은 기축년의 옥사〔己丑獄〕[3]에 관련되어 구성에 귀양을 가서 있었는데, 임금께서 평양에 오신 뒤에 비로소 거두어 용서하여 사용정司饔正으로 삼았다. 그는 사람됨이 충직하고 성실하여 자신을 잊고 나라의 일을 위하여는 순국殉國할 마음으로 이험夷險[4]을 피하지 않는 뜻을 가지고 있었다.

原文

車駕次于定州, 自駕出平壤, 人心崩潰, 所過亂民, 輒入倉庫,
거가차우정주 자가출평양 인심붕궤 소과난민 첩입창고

搶掠穀物, 順安·肅川·安州·寧邊·博川, 以次皆敗. 是
창략곡물 순안 숙천 안주 영변 박천 이차개패 시

日, 駕發嘉山, 郡守沈信謙謂余曰, 「此郡糧穀頗優, 官廳亦有
일 가발가산 군수심신겸위여왈 차군양곡파우 관청역유

白米一千石, 欲以此餉天兵, 不幸事至於此, 公若少留鎭定,
백미일천석 욕이차향천병 불행사지어차 공약소류진정

則邑人不敢動, 不然亂作, 小人亦不敢留此, 將向海邊躲避
즉읍인불감동 불연난작 소인역불감류차 장향해변타피

---

3 기축옥己丑獄 : 조선조 선조 때(1589) 정여립鄭汝立의 모반을 계기로 일어난 옥사獄事.

4 이험夷險 : 지리적으로 평탄하고 험악한 곳, 또는 순경順境과 역경逆境을 말함.

矣.」時信謙已不能令其下矣, 獨余所帶軍官六人, 及路中所
의 시신겸이불능령기하의 독여소대군관육인 급로중소

收潰卒十九人, 余約束使之自隨, 故各帶弓箭在傍, 信謙欲藉
수궤졸십구인 여약속사지자수 고각대궁전재방 신겸욕자

此自護, 故云然. 余不忍遽發, 少坐大門, 日已過午, 更念無上
차자호 고운연 여불인거발 소좌대문 일이과오 갱념무상

命, 而擅留不行, 於義未安, 遂與信謙別, 行上曉星嶺, 回望嘉
명 이천류불행 어의미안 수여신겸별 행상효성령 회망가

山, 則郡中已亂矣, 信謙盡失倉穀而逃. 翌日, 車駕出定州向
산 즉군중이란의 신겸진실창곡이도 익일 거가출정주향

宣川, 命臣留定州, 州人已四散避亂, 獨老吏白鶴松等數人,
선천 명신류정주 주인이사산피란 독노리백학송등수인

在城中而已. 余伏路邊, 送駕出城, 掩泣坐延薰樓下, 軍官數
재성중이이 여복노변 송가출성 엄읍좌연훈루하 군관수

人, 在左右階下, 所收潰卒十九人猶不去, 繫馬路邊柳木, 相
인 재좌우계하 소수궤졸십구인유불거 계마노변류목 상

還而坐, 向晚見南門, 有執杖者, 自外連絡而來, 向左邊去, 使
환이좌 향만견남문 유집장자 자외연락이래 향좌변거 사

軍官視之, 聚於倉下者已數百. 余念以所率寡弱, 若亂民益
군관시지 취어창하자이수백 여념이소솔과약 약난민익

多, 而與之爭鬪, 則難制, 不如先攻弱者, 使之驚散爲可, 於是
다 이여지쟁투 즉난제 불여선공약자 사지경산위가 어시

視城門, 又有繼至者十餘人. 余急呼軍官, 從十九卒馳捕之,
시성문 우유계지자십여인 여급호군관 종십구졸치포지

其人望見奔走, 追及捕九人而至, 即令披髮反接, 而赤脫之,
기인망견분주 추급포구인이지 즉령피발반접 이적탈지

徇于倉邊道路, 十餘卒隨其後, 大呼曰,「擒怵倉賊, 將行刑梟
순우창변도로 십여졸수기후 대호왈 금겁창적 장행형효

首.」城中人見之, 於是已聚倉下者, 望而惶駭, 悉從西門散
수 성중인견지 어시이취창하자 망이황해 실종서문산

去. 由是定州倉穀僅全, 而龍川·宣川·鐵山等邑, 怯[5]倉者亦
거 유시정주창곡근전 이용천 선천 철산등읍 겁 창자역

絶. 定州判官金榮一, 武人也, 自平壤奔還, 置其妻子於海邊,
절 정주판관김영일 무인야 자평양분환 치기처자어해변

---

5 怯겁 : 겁낼 겁. 무서워하다. 약하다. 비겁하다. 피하다. 회피하다.

偸出倉穀欲送之. 余聞而數之曰,「汝爲武將, 敗軍不死, 其罪
투출창곡욕송지　여문이수지왈　여위무장　패군불사　기죄

可誅. 又敢偸出官穀耶? 此穀將餉天兵, 非汝所得私者.」杖
가주　우감투출관곡야　차곡장향천병　비여소득사자　　장

之六十. 旣而尹左相 · 金元帥 · 武將李薲等, 自平壤皆至定
지육십　기이윤좌상　　김원수　　무장이빈등　자평양개지정

州, 上出定州時, 有命,「左相若來, 亦留駐定州.」及尹至, 余
주　상출정주시　유명　좌상약래　역유주정주　　급윤지　여

傳上命, 尹不答, 直向行在, 余亦留金命元 · 李薲等守定州,
전상명　윤부답　직향행재　여역류김명원　　이빈등수정주

追及乘輿於龍川. 時郡邑人民, 聞平壤陷, 意賊隨後至, 盡竄山
추급승여어용천　시군읍인민　문평양함　의적수후지　진찬산

谷, 路上不見一人, 聞江邊列邑, 如江界等地皆然. 余行至郭
곡　노상불견일인　문강변열읍　여강계등지개연　여행지곽

山山城下, 見有岐路, 問下卒曰,「此向何處路?」曰,「此走龜
산산성하　견유기로　문하졸왈　차향하처로　　왈　　차주구

城路也.」余駐馬呼從事官洪宗祿曰,「沿道倉儲一空, 天兵雖
성로야　　여주마호종사관홍종록왈　연도창저일공　천병수

來, 何以接濟? 此間」惟龜城一邑, 儲峙頗優, 而亦聞吏民盡
래　하이접제　차간　유구성일읍　저치파우　이역문이민진

散, 輸運無策, 君久在龜城. 其處人如聞君至, 雖隱山谷中, 必
산　수운무책　군구재구성　기처인여문군지　수은산곡중　필

有來見, 欲聞賊勢者. 君從此急去龜城, 諭之曰,「賊入平壤尙
유내견　욕문적세자　군종차급거구성　유지왈　적입평양상

不出, 天兵方大至, 收復不遠, 所患一路糧餉不足耳, 爾輩無
불출　천병방대지　수복불원　소환일로양향부족이　이배무

論品官人吏, 悉一境之力, 輸運軍糧, 不乏軍興, 則後日必有
론품관인리　실일경지력　수운군량　불핍군흥　즉후일필유

重賞, 若此則庶幾同心協力, 輸到定州 · 嘉山 · 可以濟事.」
중상　약차즉서기동심협력　수도정주　　가산　　가이제사

宗祿慨然應諾, 分路而去, 余自向龍川. 蓋宗祿坐己丑獄, 謫
종록개연응낙　분로이거　여자향용천　개종록좌기축옥　적

在龜城, 車駕至平壤後, 始收叙爲司饔正, 爲人忠實, 有忘身
재구성　거가지평양후　시수서위사옹정　위인충실　유망신

徇國, 不避夷險之志.
순국　불피이험지지

임금이 의주에 이르고
명나라 구원병을 오게 함

임금께서 의주義州[1]에 이르렀다.

명나라 장수 참장參將[2] 대모戴某와 유격장군遊擊將軍 사유史儒가 각각 한 부대의 군사를 거느리고 평양으로 향하다가 임반역林畔驛에 이르러 평양성이 벌써 함락되었다는 말을 듣고 의주義州로 돌아와 주둔하였다. 명나라 조정에서는 군사들에게 주는 은銀 2만 냥을 내주어 명나라 관원이 가지고 의주에 도착하였다.

이보다 먼저 요동遼東에서는 우리나라에 왜적의 변고가 있다는 말을 듣고 곧 조정에 보고하였으나, 조정에서는 의논이 한결같지 않아서 심지어는 우리가 왜적의 향도가 되었다고 의심하기

1 의주義州 : 평안북도 서북단에 있는 지명. 임진왜란 때 선조가 여기에 피란하여 버틴 곳이다.
2 참장參將 : 명대의 관명官名으로, 부총병副總兵 다음 자리의 무관이다.

의주義州의 위치

선조가 임진왜란 당시 의주義州로 피난을 왔던 지역. 여지도輿地圖.(서울대학교 규장각 소장)

도 하였는데, 유독 병부상서兵部尙書 석성石星[3]만은 우리나라의 구원을 열심으로 주장하였다. 이때 우리나라에서 사신으로 가 있던 신점申點이 옥하관玉河館에 묵고 있다가 석성石星의 부름을 듣고서 그 뜰에 이르렀더니, 요동遼東에서 보내온 왜적 변고의 보고 문서를 내어 보이므로, 신점은 즉시 통곡을 하면서 그 일행과 함께 아침 저녁으로 국상을 당해 통곡하는 것처럼 울며 먼저 구원병을 보내 달라고 청하였다. 병부상서 석성은, 이를 임금(신종)

3 석성石星 : 명나라 신종 때 사람. 임진왜란 때에는 병부상서로서 우리나라에 구원병을 보내는 데 적극적으로 힘썼다. 그러나 심유경沈惟敬을 시켜 일본과 강화하려다 실패하고 정유재란이 일어나자 파면되고 마침내 옥사함.

에게 알려 두 부대를 내어보내며 가서 임금을 호위하게 하고, 그 경비로 은銀을 하사할 것을 청하였던 것이다.

신점申點이 통주通州로 돌아왔을 때에 우리 고급사告急使 정곤수鄭崑壽[4]가 뒤이어 이르렀다. 병부상서 석성은 그를 화방火房[5]으로 인도하여 들여 친히 상황을 물으면서 혹은 눈물을 흘렸다고도 한다. 이때 연달아 파견한 사신이 요동에 이르러 위급함을 알리며 구원병을 보내달라고 청하고, 또 내부內附(와서 귀부歸附[6]하다.) 할 것을 빌었다. 이는 대개 왜적이 벌써 평양성을 함락시켰다면 그 형세가 물동이를 지붕에서 쏟는 것처럼 세차서〔건령建瓴：동이 령；병(양옆에 손잡이가 달린 질그릇. 동이)의 물을 옥상屋上에서 쏟음. 세력이 강함〕 아침이나 저녁으로 꼭 압록강까지 다다를 것이라고 생각되어, 일의 위급함이 이와 같은 까닭으로 내부內附하려는 데까지 이른 것이다. 그런데 다행스럽게도 왜적은 이미 평양성에 들어와서는 그 자취를 감추고는, 몇날이 되도록 늘어붙어서 비록 순안順安·영유永柔가 평양에서 떨어지기가 지척 사이 고을인데도 오히려 침범하지 않았다. 이로 해서 인심이 차츰차츰 안정되고 남은 군사를 거두어 모으는 한편으로 명나라 구원병을 맞아들여 마침내는

---

4 정곤수鄭崑壽(1538~1602)：조선조 선조 때의 명신. 자는 여인汝仁, 호는 백곡柏谷·경음慶陰·조은朝隱. 본관은 청주淸州이며, 시호는 충익忠翼. 이황李滉의 문인이다. 선조 때 과거에 급제하여 상주목사·강원도관찰사·우승지·병조참판을 지내고, 임진왜란 때는 명나라에 구원병을 청하는 데 성공하고 돌아와서 판돈령부사가 되고, 이어 예조판서를 거쳐 좌찬성이 되었다. 저서는 『백곡집栢谷集』이 있다.

5 화방火房：안방.

6 귀부歸附：스스로 와서 복종함. 귀복歸伏함.

나라를 회복하는 공을 이루게 되었다. 이는 실로 하늘의 도움이
지 사람의 힘으로는 미칠바 아니었다.

原文

車駕至義州. 天將參將戴某, 遊擊將軍史儒, 各領一枝兵向平
壤, 至林畔驛, 聞平壤已陷, 亦還駐義州. 天朝賜犒軍[7]銀二萬
兩, 唐官領到義州. 先是, 遼東聞我國有賊變, 卽奏聞, 而朝議
多異同, 甚或疑我爲賊向導, 獨兵部尙書石星, 銳意救援. 時
我使申點, 在玉河館, 尙書呼至庭, 出遼東報變文書示之, 點
卽號慟, 與一行, 朝夕大臨, 先請援兵, 尙書奏發二枝兵, 往衞
國王, 及請賜銀. 點回至通州, 而告急使鄭崑壽繼至, 尙書引
入火房, 親問事狀, 或至流涕云. 至是連遣使至遼東, 告急請
援, 且乞內附, 蓋賊已陷平壤, 則勢如建瓴, 意謂朝夕當至鴨
綠江, 事之危急如此, 故至欲內附, 幸賊旣入平壤, 斂跡城中,
延至數月, 雖順安·永柔·去平壤咫尺, 而猶不來犯以此人
心稍定, 收拾餘燼, 導迎天兵, 終致恢復之功, 此實天也, 非人
力所及也.

---

7 호군犒軍 : 호궤犒饋 ; 군사軍士들을 위로慰勞하여 음식물을 베풂. 호군犒軍. 犒 ; 호
궤할 호. 음식을 보내어 군사를 위로하다. 饋 ; 먹일 궤. 음식을 대접하다. 음식이나
물건을 보내다.

명나라 구원병 5천 명이
먼저 달려옴

7월에 요동부총병遼東副總兵 조승훈祖承訓이 군사 5천 명을 거느리고 도우려 온다는 기별이 먼저 왔다. 이때 나는 치질痔疾병으로 괴로움이 심하여 자리에 누워 일어날 수 없었으므로, 임금께서는 좌상左相(尹斗壽)으로 하여금 나가서 연도 군사들(구원병)의 식량을 보살피라고(준비하라고) 하셨다. 나는 종사관從事官 신경진辛慶晉으로 하여금 임금에게 아뢰기를,

「행재소(行在)에 시임대신時任大臣으로 다만 윤두수 한 사람만이 남아 있을 뿐이므로 그가 나가서는 안 되겠나이다. 신이 이미 명나라 장수를 접대하라는 명령을 받고 있사오니, 비록 병이 들었다 해도 그래도 자신이 억지로라도 한번 가볼까 여기나이다.」
하니, 임금께서 이를 허락하셨다.

7월 7일에 병을 무릅쓰고〔역질力疾〕[1] 행궁行宮으로 가서 임금에게 절하고 하직하니, 임금께서 불러 보시므로 엉금엉금 기어들어가서 아뢰기를,

「명나라 군사가 지나가는 길인 소곶所串 남쪽으로부터 정주定州·가산嘉山까지는 5천 명의 군사가 지나갈 동안에 하루 이틀 먹을 식량은 준비되겠사오나, 안주安州·숙천肅川·순안順安의 세 고을은 양식을 저장한 것이 없사오니, 명나라 군사가 여기를 지날 때는 마땅히 먼저 3일 동안 먹을 식량은 가지고 안주安州 이남에서 먹을 식량으로 준비하여야 하겠습니다. 만약 구원병이 평양에 이르러서 그날로 수복한다면, 성 안에는 좁쌀이 많으므로 식량을 보급할 수 있겠사오며, 비록 성을 포위하고 여러 날이 된다고 하더라도 평양平壤의 서쪽 세 고을을〔江西·龍岡·咸從〕곡식을 또한 힘을 다하여 옮겨다 군대가 있는 곳에 공급할 수 있어 군량이 모자라지는 않을 것입니다. 이러한 사정을 청컨대, 이곳에 있는 여러 신하들로 하여금 명나라 장수와 서로 의논하여 융통성 있게 계획하시고 편리한 대로 시행하옵소서.」

하니, 임금께서는 「그렇게 하겠다.」고 말씀하셨다. 그 앞을 물러나오니, 임금께서는 안에 분부하여 웅담熊膽과 납약臘藥[2]을 내어

---

1 역질力疾 : 힘을 다하여 병든 몸을 견딘다는 뜻.
2 납약臘藥 : 섣날(납월臘月)에 내의원에서 만든 소합원蘇合元·안신원安神元·청심원淸心元 같은 약.

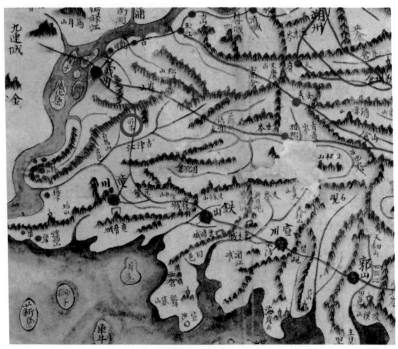

소곳所串의 위치
여지도輿地圖(서울대학교 규장각 소장)

주시고, 내의원內醫院[3]의 노복(하인) 용운龍雲이라는 사람은 나를
성문 밖 5리까지 전송하면서 통곡하여, 내가 전문령箭門嶺에 오
르도록 울음소리가 그대로 들렸다.

저녁 때 소곳역所串驛에 이르니, 아전과 군사들이 다 도망하여
흩어져서 그 그림자도 보이지 않았다. 군관을 시켜 가서 촌락을
수색하게 하였더니 몇 사람을 데리고 왔다. 나는 힘써 타일러 말
하기를,

3 내의원內醫院 : 조선조 때 임금이 복용하는 약을 만드는 일을 맡아 보던 관청.

「나라에서 평소 너희들을 어루만져 기르는 것은 오늘 같은 날에 쓰려는 때문인데, 어떻게 차마 도망하여 피한다는 말이냐? 또 명나라 구원병이 바야흐로 이르러 나랏일이 정말로 급하니, 이때야말로 곧 너희들이 수고로움을 다하여 공을 세울 때다.」

하고는 인하여, 공책자空冊子 한 권을 꺼내어 먼저 와서 보이는 사람의 성명을 써서 보이며 말하기를,

「뒷날 마땅히 이것으로써 그 공로를 등급 매겨 임금에게 알려 상줄 것을 의논하고, 여기에 기록되어 있지 않은 사람은 하나하나 조사하여 벌을 줄 것이니, 한 사람도 그 죄를 면할 수는 없을 것이다.」

하였다. 그랬더니 조금 뒤에 사람들이 잇따라 와서 다 말하기를,

「소인들이 볼일이 있어서 잠시 나갔었습니다. 어찌 감히 할 일을 피하오리까? 원컨대, 저희들 이름을 책에 써넣어 주소서.」

하였다. 나는 사람들의 마음을 수습할 수 있음을 알고, 곧 공문을 각처로 보내 이 같은 예로 고공책考功冊⁴을 비치하여 놓고 공로의 많고 적은 것을 써 두었다가 보고하는 데 참고하여 시행하도록 하였다. 이에 있어서 명령을 들은 사람들은 다투어 나와서 땔나무와 말 먹일 풀을 운반하여 집을 짓기도 하고, 가마솥을 걸어놓기도 하여 며칠 동안에 모든 일이 차츰 이루어져 나갔다. 이때에 나는 난리를 만난 백성들은 다급하게 부려서는 안 될 것이라고

4 고공책考功冊 : 공로를 기록하여 논공論功의 자료로 만드는 책.

생각하여 다만 정성을 다하여 잘 타이르고 한 사람도 매질하지 않았다. 그 길로 나아가 정주定州에 이르니, 홍종록洪宗祿이 구성龜城 사람들을 다 일으켜 가지고 말 먹일 콩과 좁쌀을 운반하여 정주定州·가산嘉山에 도착시킨 것이 2천여 석石이나 되었다. 나는 오히려 구원병이 안주安州에 온 뒷일을 근심하였는데, 마침 충청도忠淸道 아산牙山 창고에 있는 세미稅米 1천 2백 석石을 배에 싣고 장차 행재소(行在)로 향하려 하다가 정주의 입암立巖에 이르러 정박하고 있었다. 나는 매우 기뻐하며 곧 행재소로 달려가서 임금에게 아뢰기를,

「먼곳에 있는 곡식이 마치 약속한 듯이 이르렀사오니, 이는 하늘이 중흥中興의 운수를 돕는 것 같습니다. 청컨대, 아울러 가져다가 군량을 보충하게 하시옵소서.」

하였다. 이어 수문장守門將 강사웅姜士雄을 시켜 입암立巖으로 달려가게 하여 2백 석을 정주定州로, 2백 석을 가산嘉山으로, 8백 석을 안주安州로 나누어 옮기게 하였는데, 안주는 왜적이 있는 곳과 가까우므로 아직은 배를 물속에 머물러 기다리게 하였다.

이때 선사포첨사宣沙浦僉使 장우성張佑成은 대정강大定江의 부교浮橋[5]를 만들고, 노강첨사老江僉使 민계중閔繼仲은 청천강淸川江 부교를 만들어 명나라 군사들이 건널 수 있게 준비하게 하고, 나는 먼저 안주로 가서 군수품을 징발하였다.

■
5 부교浮橋 : 강물에 띄워놓고 왕래하게 만든 다리. 배다리라고도 함.

이때 왜적은 평양성으로 들어가서 오래도록 나오지 않았는데, 순찰사巡察使 이원익李元翼은 병사 이빈李薲과 함께 순안順安에 주둔하고, 도원수都元帥 김명원金命元은 숙천肅川에 있었고, 나는 안주安州에 있었다.

原文

七月, 遼東副總兵祖承訓, 率兵五千來援, 報先至. 時余病痔
칠 월   요동부총병조승훈   솔병오천래원   보선지   시여병치

苦甚, 臥不能起, 上令左相, 出治沿道軍食. 余使從事辛慶晉,
고 심   와불능기   상령좌상   출치연도군식   여사종사신경진

啓曰, 「行在時任大臣, 只有斗壽一人, 不可出, 臣已受接待唐
계 왈   행재시임대신   지유두수일인   불가출   신이수접대당

將之命, 雖病, 猶可自力一行.」 上許之. 初七日, 力疾詣行宮
장지명   수병   유가자력일행   상허지   초칠일   역질예행궁

拜辭, 蒙引對, 匍匐以入, 啓曰, 「一路自所串以南, 至定州·
배 사   몽인대   포복이입   계왈   일로자소곶이남   지정주

嘉山, 則五千兵經過時, 一二日食可辦, 安州·肅川·順安三
가 산   즉오천병경과시   일이일식가판   안주   숙천   순안삼

邑, 蕩無所儲, 天兵過此, 宜先持三日糧, 以備安州以南之食,
읍   탕무소저   천병과차   의선지삼일량   이비안주이남지식

若兵至平壤, 卽日收復, 則城中粟多, 可以接濟, 雖圍城累日,
약병지평양   즉일수복   즉성중속다   가이접제   수위성누일

平壤西三縣穀, 亦可竭力輸到軍前, 不至闕乏, 此等曲折, 請
평양서삼현곡   역가갈력수도군전   부지궐핍   차등곡절   청

令在此諸臣, 與唐將相議, 濶狹相濟, 便宜施行.」 上曰, 「然」
령재차제신   여당장상의   활협상제   편의시행   상왈   연

旣出, 內賜熊膽臘藥, 內醫院僕龍雲者, 送余于城門外五里痛
기출   내사웅담납약   내의원복용운자   송여우성문외오리통

哭, 余登箭門嶺, 哭聲猶聞, 夕至所串驛, 吏卒逃散, 不見形
곡   여등전문령   곡성유문   석지소곶역   이졸도산   불견형

影, 使軍官往搜村落間, 得數人而至, 余勉諭曰, 「國家平日撫
영   사군관왕수촌락간   득수인이지   여면유왈   국가평일무

養汝輩, 用在今日, 何忍逃避? 且天兵方至, 國事正急, 此乃

汝輩效勞立功之秋也.」因出空冊子一卷, 先書來見者姓名,

示之曰,「後日當以此, 等第功勞, 啓聞論賞, 其不在此錄者,

事定一一查覈行罰, 不可免也.」旣而來者相續, 皆曰,「小人

因事暫出, 豈敢避役? 願書名于冊.」余知人心可合, 旣移文

各處, 使例置考功冊, 書功勞多少, 以憑轉報施行. 於是聞令

者爭出, 搬運柴草, 架造房屋, 排設釜鼎, 數日之間, 凡事稍

集, 余以爲亂離之民, 不可用急, 但至誠曉諭, 未嘗鞭撻一人.

進至定州, 洪宗祿盡起龜城人, 輸運馬豆及小米, 到定州・嘉

山者, 已二千餘石矣, 余猶以安州以後爲憂, 適忠淸道牙山倉

稅米全一千二百石, 載船將向行在, 到泊於定州立嵒, 余喜甚,

卽馳啓曰,「遠穀適至如期, 似是天贊中興之運, 請幷取以補

軍餉.」令守門將姜士雄馳去立嵒, 分運二百石定州, 二百石

嘉山, 八百石於安州, 安州則以近賊, 姑令停船水中以待之.

宣沙浦僉使張佑成, 造大定江浮橋, 老江僉使閔繼中, 造晴川

江浮橋擬渡天兵, 余前往安州調度. 時賊入平壤, 久不出, 巡

察使李元翼, 與兵使李薲, 駐順安, 都元帥金命元在肅川, 余

在安州.

명나라 구원병이
평양성을 치다가 실패함

7월 19일에 조총병祖總兵(祖承訓)의 군사가 평양성을 치다가
이롭지 못하여 물러가고, 사유격史遊擊(史儒)이 전사하였다.

이보다 먼저 조승훈祖承訓이 의주義州에 이르자, 사유史儒는
그 부대의 선봉先鋒이 되었다. 조승훈은 곧 요좌遼左(遼東)의 용
맹스러운 장수로 여러 번 북쪽 오랑캐와 싸워 공을 세웠으므로,
이번 행군에 있어서도 왜적을 반드시 물리칠 수 있을 것이라고
말하며 가산嘉山에 이르러 우리나라 사람에게 묻기를,

「평양성〔平壤〕에 있는 왜적이 벌써 달아나지나 않았는지?」
하므로, 「아직 물러가지 않았습니다.」라고 대답하니, 조승훈은
술잔을 들고 하늘을 우러러 보며 축도하기를,

「적군이 아직 있다고 하니, 반드시 하늘이 나로 하여금 큰 공
을 이루도록 하심이다.」

칠성문七星門 옛 평양성의 북문

하였다. 이날 그는 순안順安으로부터 삼경三更에 군사를 출발시켜 나아가 평양성平壤城을 공격하였다. 마침 큰 비가 와서 성 위에는 지키는 군사도 없었다. 명나라 군사는 칠성문七星門으로부터 성 안으로 들어갔는데, 길은 좁고 꼬불꼬불한 골목길이라서 말을 달릴 수가 없었다. 왜적들은 험협한 곳에 의지하여 어지럽게 조총鳥銃을 쏘았는데, 사유격史遊擊(史儒)은 총알을 맞고 그 자리에 쓰러져 죽고 군사와 말들도 많이 죽었다. 조승훈은 드디어 군사를 후퇴시켰는데, 적은 급히 쫓아오지는 않았으나 뒤에 있는 군사들로 진흙구덩이에 빠져서 스스로 빼낼 수 없었던 사람은 모두 적에게 죽음을 당한 바 되고 말았다.

조승훈祖承訓은 남은 군사를 이끌고 돌아서서 순안順安·숙천
肅川을 지나 밤중에 안주성安州城 밖에 이르러 말을 세우고 통역
관〔譯官〕박의검朴義儉을 불러 말하기를,

「우리 군사는 오늘 왜적을 많이 죽였으나, 불행히 사유격史遊
擊이 부상하여 죽고 날씨도 이롭지 못하여 큰 비가 와 진흙투성
이가 되어 능히 왜적을 섬멸시킬 수가 없었으나 마땅히 군사를
더 보태어 다시 쳐들어갈 것이다. 너의 재상(유성룡)에게 말하여
동요하지 말게 하고, 부교浮橋는 철거해서도 안 된다.」
하고 말을 마치고는, 말을 달려 두 강(청청강, 대정강)을 건너 군사
를 공강정控江亭에 주둔시켰다.

대개 조승훈은 싸움에 패하여 마음에 겁을 내고 적병이 뒤쫓아
올까 두려워하여 앞에 두 강으로 가로막으려 한 까닭으로 이와
같이 빨리 서둘렀던 것이다. 나는 신종사辛從事(辛慶晉)로 하여금
가서 위로하게 하고, 또 양식과 음식을 실어보냈다.

조승훈이 공강정에 머무른 지 2일 동안은 날마다 밤에 큰 비가
와서 여러 군사들이 들판에서 노숙하고 있었으므로 옷과 갑옷이
다 젖어 모두 조승훈을 원망하였는데, 얼마 안 되어 물러나 요동
으로 돌아갔다. 나는 인심이 동요될까 두려워하여 임금에게 계청
하여 그대로 안주安州에 머무르면서 명나라 후군後軍이 오는 것
을 기다리기로 하였다.

十九日, 祖總兵軍, 攻平壤, 不利而退, 史遊擊戰死. 先是祖承
십 구 일 조 총 병 군 공 평 양 불 리 이 퇴 사 유 격 전 사 선 시 조 승

訓, 至義州, 史儒以其軍爲先鋒. 祖乃遼左勇將, 累與北虜戰
훈 지 의 주 사 유 이 기 군 위 선 봉 조 내 요 좌 용 장 누 여 북 로 전

有功, 是行, 謂倭必可取, 至嘉山, 問我人曰,「平壤賊, 無乃已
유 공 시 행 위 왜 필 가 취 지 가 산 문 아 인 왈 평 양 적 무 내 이

走耶?」曰,「不退.」承訓擧酒仰天祝之曰,「賊猶在, 必天使
주 야 왈 불 퇴 승 훈 거 주 앙 천 축 지 왈 적 유 재 필 천 사

我成大功也.」是日, 自順安三更發軍進攻平壤, 適大雨, 城上
아 성 대 공 야 시 일 자 순 안 삼 경 발 군 진 공 평 양 적 대 우 성 상

無賊守兵, 天兵從七星門, 入城內, 路狹多委巷, 馬足不可展,
무 적 수 병 천 병 종 칠 성 문 입 성 내 노 협 다 위 항 마 족 불 가 전

賊依險阨[1], 亂發鳥銃, 史遊擊中丸卽斃, 軍馬多死, 祖遂退軍,
적 의 험 액 난 발 조 총 사 유 격 중 환 즉 폐 군 마 다 사 조 수 퇴 군

賊不急追, 後軍陷泥潦中, 不能自拔者, 悉爲賊所害. 承訓引
적 불 급 추 후 군 함 이 료 중 불 능 자 발 자 실 위 적 소 해 승 훈 인

餘兵, 還過順安·肅川, 夜中至安州城外, 立馬呼譯官朴義儉
여 병 환 과 순 안 숙 천 야 중 지 안 주 성 외 입 마 호 역 관 박 의 검

曰,「吾軍今日多殺賊, 不幸史遊擊傷死, 天時又不利, 大雨泥
왈 오 군 금 일 다 살 적 불 행 사 유 격 상 사 천 시 우 불 리 대 우 이

濘, 不能殲賊, 當添兵更進矣. 語汝宰相毋動, 浮橋亦不可
령 불 능 섬 적 당 첨 병 갱 진 의 어 여 재 상 무 동 부 교 역 불 가

撤.」言畢, 馳渡兩江, 駐軍於控江亭, 蓋承訓戰敗膽怯, 恐賊
철 언 필 치 도 양 강 주 군 어 공 강 정 개 승 훈 전 패 담 겁 공 적

追躡, 欲前阻二江, 故疾急如此. 余使辛從事往慰, 且載送糧
추 섭 욕 전 조 이 강 고 질 급 여 차 여 사 신 종 사 왕 위 차 재 송 량

饌. 承訓留控江亭二日, 連日夜大雨, 諸軍露處野中, 衣甲盡
찬 승 훈 유 공 강 정 이 일 연 일 야 대 우 제 군 노 처 야 중 의 갑 진

1 험액險阨 : 지세地勢가 험함, 험한 곳. 험애 ; 길이 험하고 좁음. 險 ; ① 험할 험. 다
니기에 위태롭다. 요해要害의 땅. ② 괴로워할 삼. 몹시 어려움이 있어 괴로워하다.
③ 낭떠러지 암. 험하다. 阨 ; ① 좁을 애. 좁고 험하다. 좁고 험한 길. ② 막힐 액. 통
로가 막히다. 험한 길. 곤란. 어려움. 시달리다.

濕, 皆怨承訓, 已而退還遼東. 余恐人心動搖, 啓請仍留安州,
습 개 원 승 훈 이 이 퇴 환 요 동 여 공 인 심 동 요 계 청 잉 류 안 주

以待後軍之至.
이 대 후 군 지 지

회본태합기|繪本太閤記
평양성 전투 중 일본군의 집중 사격을 받아 후퇴하는 명나라 군대의 모습

이순신李舜臣이 거북선〔龜船〕으로
왜적을 격파함

　전라수군절도사全羅水軍節度使 이순신李舜臣[1]이 경상우수사慶尙右水使 원균元均[2], 전라우수사全羅右水使 이억기李億祺[3]등과 함께 적병을 거제도巨濟島 바다 가운데서 크게 격파하였다.

　이보다 먼저 왜적이 바다를 건너 육지로 올라왔을 때에 원균元

1 이순신李舜臣(1545~1598) : 조선조 선조 때의 명장名將. 자는 여해汝諧, 시호는 충무忠武. 무과에 급제하여 만호萬戶・조방장・정읍현감・군수 등을 거쳐 전라좌수사가 되었고, 임진왜란 때에는 삼도수군통제사三道水軍統制使로 왜적을 크게 무찔러 나라를 구하고, 정유재란 때 노량해露梁海에서 왜적의 퇴로를 막고 섬멸시키다가 전사함.

2 원균元均(?~1597) : 조선조 선조 때의 무장武將. 자는 평중平仲. 무과에 급제하여 만호萬戶・부령부사富寧府使를 거쳐 임진왜란 때엔 경상우수사慶尙右水使로 왜적과 싸우다가 패사敗死함.

3 이억기李億祺(1561~1597) : 조선조 선조 때 무장. 자는 경수景受, 본관은 전주이다. 시호는 의민毅愍. 무과에 급제하여 함흥부사를 지내고, 임진왜란 때에는 전라우수사로 이순신과 함께 왜적을 크게 파하고, 1597년 정유재란 때 칠천량漆川梁에서 왜적과 싸우다가 원균과 함께 전사함.

均은 왜적의 형세가 대단한 것을 보고 감히 나가서 치지 못하고, 그 전선戰船 백여 척과 화포火砲·군기軍器를 바닷속에 침몰시켜 버린 다음, 홀로 수하의 비장裨將 이영남李英男[4]·이운룡李雲龍[5] 등과 함께 네 척의 배를 타고 달아나 곤양昆陽의 바다 어귀에 이르러 육지로 올라가서 왜적을 피하려고 하였다. 이에 그 수군水軍 만여 명이 다 무너져 버렸다. 이영남李英男이 간하기를,

「공公은 임금의 명령을 받아 수군절도사가 되었는데, 지금 군사를 버리고 내려간다면 뒷날 조정에서 죄를 조사할 때 무슨 이유를 들어 스스로 해명하겠습니까? 그보다는 구원병을 전라도全羅道에 청하여 왜적과 한번 싸워 보고, 이기지 못하겠으면 그 연후에 도망하여도 늦지는 않을 것입니다.」

하니, 원균元均은 그렇게 하는 것이 옳겠다고 여겨 이영남으로 하여금 이순신에게 가서 구원병을 청하게 하였다. 이순신은 이에 대하여「각각 분담한 한계가 있으니, 조정의 명령이 아니면 어찌 함부로 경계를 넘어갈 수 있으리오?」

하며 거절하였다. 원균은 또 이영남으로 하여금 가서 청하게 하여 무릇 대여섯 차례나 마지않고 왔다가 돌아갔는데, 늘 이영남

---

4 이영남李英男(?~1598) : 조선조 선조 때의 무관. 임진왜란 때 가리포첨절제사加里浦僉節制使로 원균을 도와 왜적을 쳤고, 뒤에 이순신을 따라 진도에서 왜적을 쳐 공을 세우고, 정유재란 때 노량해전露梁海戰에서 적을 섬멸시키다가 전사함.

5 이운룡李雲龍(1562~1610) : 자는 경현景見, 호는 동계東溪. 본관은 재령載寧이다. 선조 18년(1585) 무과에 급제. 조선조 선조 때의 무관. 임진왜란 때 옥포만호玉浦萬戶에 임명되어 원균이 패전한 뒤 이순신을 도와 왜적을 물리쳐 공을 세우고 그 추천으로 경상좌도수군절도사慶尙左道水軍節度使가 됨.

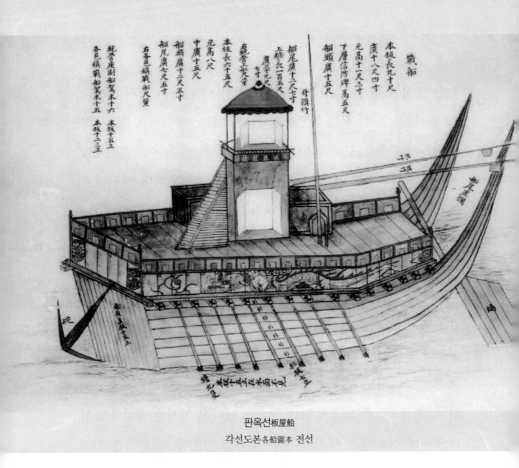

戰船

本板長九尺
廣十八尺四寸

下層信防□高五尺
元高十尺三寸

船頭廣十五尺

升旗竿

部尾廣十二尺七寸
上粧長九尺七寸
廣六尺七寸

部長九尺九寸
廣六尺七寸
七寸
上粧長一百八尺
廣九尺六寸

左右舷□板高五尺
元高八尺
申廣十五尺
元廣十五尺

船頭廣十五尺五寸
右舷底□板七尺五寸
船頭廣十五尺

統官戰副船寫木十六
各邑鎭戰船寫木十五
本板十五石
本板十二三石

판옥선板屋船
각선도본各船圖本 전선

이 돌아갈 때마다 원균은 뱃머리에 앉아서 바라보고 통곡하였다.

　얼마 뒤에 이순신은 판옥선板屋船[6] 40척을 거느리고 아울러 약
속한 이억기와 함께 거제巨濟[7]에 이르렀다. 이에 원균과 함께 군
사를 합세하여 나아가 왜적의 배와 견내량見乃梁에서 만났다. 이
순신은 말하기를,

　「이곳은 바다가 좁고 물이 얕아서 마음대로 돌아다니기 어려

6　판옥선板屋船 : 널판자로 지붕과 벽을 만든 전선戰船.

7　거제巨濟 : 경상남도 동남단 대한해협에 있는 우리나라 제2의 섬.

우니 거짓으로 물러가는 척하고 적을 유인하여 바다가 넓은 곳으로 나가서 서로 싸우는 것이 좋겠습니다.」

하니, 원균이 분함을 못 이겨 바로 앞으로 나아가서 싸우려고 덤볐다.

이순신은 말하기를,

「공公은 병법을 모릅니다그려. 그렇게 하다가는 반드시 패하고 맙니다.」

하고는, 드디어 깃발로써 그 배들을 지휘하여 물러나니 왜적들은 크게 기뻐하며 서로 앞을 다투어 따라 나왔다. 배가 벌써 좁은 어귀를 다 벗어나왔을 때 이순신이 북소리를 한 번 울리니, 모든 배들이 일제히 노를 돌려 저어 바다 가운데 열 지어 벌여 서서 바로 적선과 맞부딪치니 서로의 거리는 수십 보쯤 떨어져 있었다.

이보다 먼저 이순신은 거북선〔龜船〕[8]을 창조하였다. 이 배는 널판자로 배 위를 덮어 그 모양이 활처럼 가운데가 높고 주위가 차츰 낮아져서 거북〔龜〕과 같았고, 싸우는 군사들과 노젓는 사람들은 다 그 안에 들어가 있으면서 활동하고, 왼쪽, 오른쪽 앞뒤에는 화포火砲를 많이 싣고 마음대로 이리저리 드나드는 게 마치 베짜는 북〔梭〕 드나들 듯하였다.

이순신은 적선을 만나자 대포를 쏘아 이들을 쳐부수며 여러 배들이 일시에 합세하여 공격하니 연기와 불꽃이 하늘에 가득하였

---

8 거북선〔龜船〕: 임진왜란 때 이순신이 창조하여 왜적을 격멸시킨 전투용 공격선.

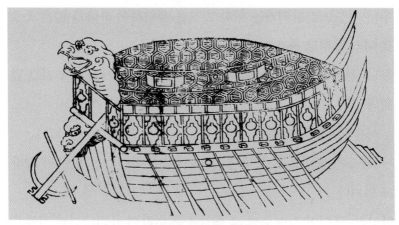

거북선〔龜船〕 전라 좌수영 귀선도

고, 적선을 불태운 것이 수를 헤아릴 수 없이 많았다. 이때 적장
은 누선樓船⁹을 타고 있었는데, 그 높이가 두어 길이나 되고, 그
위에는 높은 망대가 있어 붉은 비단과 채색 담요로 그 밖을 둘러
쌓았다. 이 배도 또한 우리 대포에 맞아 부서져 버리고 배에 탔던
적들은 모두 물에 빠져 죽어 버렸다.

그 뒤에도 왜적들은 싸움마다 연달아 다 패하여 드디어는 도망
하여 부산釜山·거제巨濟로 들어가서 다시는 나오지 못하였다.

하루는 이순신이 바야흐로 싸움을 독려하다가 날아오는 총알
이 그의 왼쪽 어깨에 맞아서 피가 발꿈치까지 흘러내렸으나, 이
순신은 아무 말도 아니하였다. 그는 싸움이 끝난 뒤에야 비로소
칼로써 살을 베고 총알을 꺼내니 두어 치나 깊이 박혀 보는 사람

9 누선樓船 : 다락처럼 만든 큰 배.

들은 낯빛이 까맣게 질렸으나, 이순신은 말하고 웃고 하는 것이 태연하여 여느 때와 다름 없었다.

첩보〔捷〕가 알려지자 조정에서는 크게 기뻐하여 임금께서는 이순신에게 한 품계〔一品〕 벼슬을 더 높여 주려고 하였으나, 간하는 사람이 너무 지나친 일이라고 하므로 이순신을 정헌正憲대부로, 이억기와 원균을 가선嘉善대부로 높였다.

이보다 먼저 적장 평행장平行長(小西行長)은 평양에 이르러 글을 보내 말하기를,

「일본의 수군〔舟師〕 10만여 명이 또 서해西海로부터 올 것입니다. 알지 못하겠습니다만, 대왕의 행차는 이로부터 어디로 가시겠습니까?」 하였는데, 대체로 적은 본래 수군과 육군〔水陸〕이 합세하여 서쪽으로 내려오려고 하였던 것이다.

그런데 이 한 번의 싸움에 힘입어 드디어는 그 한 팔이 끊어져 버렸다. 그래서 소서행장은 비록 평양성〔平壤〕을 빼앗았다고 하더라도 그 형세가 외로와서 감히 다시는 전진하지 않았다.

이로 인하여 나라에서는 전라도와 충청도를 확보할 수 있었고 아울러 황해도〔黃海〕와 평안도〔平安〕 연안 일대도 보전할 수가 있었고, 군량을 조달하고 호령을 전달할 수가 있어서 나라의 중흥中興을 이룩할 수 있었다. 그리고 요동遼東의 금金·복復·해海·개주〔蓋〕와 천진天津 등지도 적의 침해로 놀람을 당하지 않고, 명나라 군사로 하여금 육로陸路로 와서 도와 왜적을 물리치게 된 것이니, 이는 다 이순신이 한 번 싸움에 승리한 공이었다. 아

견내량見乃梁
경상남도 거제시 사등면 덕호리와 통영시 용남면 장평리 사이에 위치한 좁은 해협이다.

아, 이 어찌 하늘의 도움이 아니겠는가? 이순신은 이로 인하여 삼도三道(경상·전라·충청도)의 수군〔舟師〕을 거느리고 한산도閑 山島[10]에 주둔하여 왜적이 서쪽으로 침범하려는 길을 막았다.

原文

全羅水軍節度使李舜臣, 與慶尙右水使元均, 全羅右水使李
전 라 수 군 절 도 사 이 순 신   여 경 상 우 수 사 원 균   전 라 우 수 사 이

億祺等, 大破賊兵于巨濟洋中. 初賊旣登陸, 均見賊勢大, 不
억 기 등   대 파 적 병 우 거 제 양 중   초 적 기 등 륙   균 견 적 세 대   불

10 한산도閑山島 : 경상남도 통영군의 중부, 거제도의 서남쪽에 있는 섬. 이순신이 왜적을 파하여 크게 승리한 곳.

敢出擊, 悉沉其戰船百餘艘及火炮軍器於海中, 獨與手下裨
감 출 격　실 침 기 전 선 백 여 소 급 화 포 군 기 어 해 중　독 여 수 하 비

將李英男·李雲龍等, 乘四船奔至昆陽海口, 欲下陸避賊, 於
장 이 영 남　이 운 룡 등　승 사 선 분 지 곤 양 해 구　욕 하 륙 피 적　어

是水軍萬餘人皆潰, 英男諫曰, 「公受命爲水軍節度, 今棄軍
시 수 군 만 여 인 개 궤　영 남 간 왈　공 수 명 위 수 군 절 도　금 기 군

下陸, 後日朝廷按罪, 何以自解, 不如請兵於全羅道, 與賊一
하 륙　후 일 조 정 안 죄　하 이 자 해　불 여 청 병 어 전 라 도　여 적 일

戰, 不勝然後逃未晚也?」均然之, 使英男往舜臣請援, 舜臣
전　불 승 연 후 도 미 만 야　균 연 지　사 영 남 왕 순 신 청 원　순 신

辭, 「以各有分界, 非朝廷之命, 豈宜擅自越境?」均又使英男
사　이 각 유 분 계　비 조 정 지 명　기 의 천 자 월 경　균 우 사 영 남

往請, 凡往返至五六不已, 每英男回, 均坐船頭, 望見痛哭, 旣
왕 청　범 왕 반 지 오 륙 불 이　매 영 남 회　균 좌 선 두　망 견 통 곡　기

而舜臣率板屋船四十艘, 幷約億祺到巨濟, 與均合兵進, 與賊
이 순 신 솔 판 옥 선 사 십 소　병 약 억 기 도 거 제　여 균 합 병 진　여 적

船遇於見乃梁, 舜臣曰, 「此地海狹水淺, 難於回旋, 不如佯退
선 우 어 견 내 량　순 신 왈　차 지 해 협 수 천　난 어 회 선　불 여 양 퇴

誘賊, 至海濶處相戰也, 均乘憤欲直前搏戰. 舜臣曰, 「公不知
유 적　지 해 활 처 상 전 야　균 승 분 욕 직 전 박 전　순 신 왈　공 부 지

兵, 如此必敗.」逐以旗揮其船退, 賊大喜, 爭乘之, 旣出隘口,
병　여 차 필 패　수 이 기 휘 기 선 퇴　적 대 희　쟁 승 지　기 출 애 구

舜臣鳴鼓一聲, 諸船一齊回棹, 擺列[11]於海中, 正與賊船撞著[12],
순 신 명 고 일 성　제 선 일 제 회 도　파 렬 어 해 중　정 여 적 선 당 착

相距數十步. 先是舜臣, 創造龜船, 以板鋪其上, 其形穹窿如
상 거 수 십 보　선 시 순 신　창 조 귀 선　이 판 포 기 상　기 형 궁 륭 여

龜, 戰士櫂夫, 皆在其內, 左右前後, 多載火炮, 縱橫出入如
귀　전 사 도 부　개 재 기 내　좌 우 전 후　다 재 화 포　종 횡 출 입 여

---

11 파렬擺列 : 열 지어 벌려 서서. 擺 ; 열릴 파. 벌여놓다. 배열하다. 흔들리다. 요동
하다. 列 ; ① 벌릴 렬. 나란히 하다. 가지런하다. 다스리다. 행렬. 차례. 등급. 나
누다. 차례를 세우다. ② 보기 례〈例〉.

12 당착撞著 : ① 서로 맞부딪침. ② 앞뒤가 서로 맞지 않음. 모순矛盾. 撞 ; 칠 당. 쳐
서 찌르다. 부딪치다. 돌진하다. 著 ; ① 분명할 저. 짓다. 저술하다. ② 둘 저. 비
축하다. ③ 붙일 착. 달라붙다. 정착하다. 바둑을 두다. ④ 뜰 저.

梭, 遇賊船, 遠以大砲碎之, 諸船一時合攻, 烟焰漲天, 焚賊船
사 우적선 원이대포쇄지 제선일시합공 연염창천 분적선

無數, 有賊將在樓船, 高數丈, 上施樓櫓, 以紅段彩氈[13]圍其外,
무수 유적장재누선 고수장 상시누로 이홍단채전 위기외

亦爲大砲所破, 賊悉赴水死. 其後賊連戰皆敗, 遂遁, 入釜
역위대포소파 적실부수사 기후적연전개패 수둔 입부

山・巨濟, 不復出. 一日方督戰, 流丸中舜臣左肩, 血流至踵,
산 거제 불부출 일일방독전 유환중순신좌견 혈류지종

舜臣不言, 戰罷, 始以刀割肉出丸, 深入數寸, 觀者色墨, 而舜
순신불언 전파 시이도할육출환 심입수촌 관자색묵 이순

臣談笑自若. 捷聞, 朝廷大喜, 上欲加舜臣以一品, 言者以爲
신담소자약 첩문 조정대희 상욕가순신이일품 언자이위

大濫, 陞正憲, 億祺・均, 陞嘉善. 先是賊將平行長, 到平壤投
대람 승정헌 억기 균 승가선 선시적장평행장 도평양투

書曰, 「日本舟師十餘萬, 又從西海來, 未知大王龍御, 自此何
서왈 일본주사십여만 우종서해래 미지대왕용어 자차하

之?」 蓋賊本欲水陸合勢西下, 賴此一戰, 遂斷賊一臂. 行長
지 개적본욕수륙합세서하 뇌차일전 수단적일비 행장

雖得平壤, 而勢孤不敢更進. 國家得保全羅・忠淸, 以及黃
수득평양 이세고불감갱진 국가득보전라 충청 이급황

海・平安沿海一帶, 調度軍食, 傳通號令, 以濟中興, 而遼東
해 평안연해일대 조도군식 전통호령 이제중흥 이요동

金復海蓋與天津等地, 不被震驚, 使天兵從陸路來援, 以致卻
금복해개여천진등지 불피진경 사천병종육로래원 이치각

賊者, 皆此一戰之功. 嗚呼! 豈非天哉? 舜臣因率三道舟師,
적자 개차일전지공 오호 기비천재 순신인솔삼도주사

留屯于閑山島, 以遏賊西犯之路.
유둔우한산도 이알적서범지로

---

13 홍단채전紅段彩氈 : 붉은 직물(비단)로 채색된 융단(담요). 段 ; 구분 단. 포목. 직물.
氈 ; 모전毛氈 전. 털로 짠 모직물. 융단. 속자 毡. 동자 氊. 간체 毡.

조호익曹好益의 충의忠義

　　전前 의금부도사義禁府都事[1] 조호익曹好益[2]이 군사를 강동江東
(평안남도 강동군)에서 모아 왜적을 토벌하였다. 조호익은 창원昌
原 사람으로 지조와 덕행이 있었는데, 남의 무고를 당하여 온 가
족이 강동으로 이사하였다. 그는 집안이 빈곤하여 생도를 가르쳐
서 밥을 얻어 먹은 지가 거의 20년이나 되었어도 그 지조는 더욱
굳건하였다.

1　의금부도사義禁府都事 : 의금부義禁府는 조선조 때의 관청으로 왕명을 받들어 죄수
　　를 추국하는 일을 관장하였다. 그 관원으로 판사(종1품), 지사(정2품), 동지사(종2품)
　　의 당상관을 합하여 4명을 두어 다른 관원으로 하여금 겸임시키고, 경력(종4품)·
　　도사(종5품)를 합하여 10명, 그밖에 나장羅將 232명을 두었다.

2　조호익曹好益(1545~1609) : 조선조 선조 때의 문신. 자는 사우士友, 호는 지산芝山,
　　본관은 창녕昌寧이다. 임진왜란 때 의병을 모집하여 상원에서 왜적을 많이 참획
　　함. 뒤에 안주목사·성천목사를 지냈다. 시호는 정간貞簡 뒤에 문간文簡으로 고쳐
　　졌다. 저서에 『지산집芝山集』·『심경질의고오心經質疑考誤』·『역상추설易象推
　　說』·『대학동자문답大學童子門答』·『가례고증家禮考證』·『주역석해周易釋解』·
　　『제서질의諸書質疑』가 있다.

임금의 행차가 평양에 이르자 그의 죄를 용서하고 불러 의금부
도사義禁府都事로 임명하였다. 평양성이 왜적에게 포위를 당하자
조호익은 강동江東으로 가서 군사를 모집하여 평양을 구원하려
고 하였는데, 조금 뒤에 평양성이 함락되고 군사와 백성들이 다
무너지자, 조호익은 돌아서 행재소[行在]로 갔다. 나는 그를 양책
역良策驛에서 만나 그에게 말하기를,

「명나라 구원병이 곧 올 것이니, 자네는 의주義州로 가지 말고
강동으로 돌아가서 그대로 군사를 모집하여 가지고, 명나라 군사
와 평양에서 모여서 군세軍勢를 돕도록 하는 것이 좋겠네.」
하자, 조호익은 그 의견을 따랐다. 나는 드디어 그 사유를 적어
장계狀啓를 올리고, 군사를 일으키는 공문을 만들어 조호익에게
주고 또 군기軍器를 도와주었다.

조호익은 그길로 가서 군사를 모은 것이 수백 명이나 되었다.
그는 상원祥原에 나와서 진을 치고 왜적을 맞아 많이 베어 죽였다.

조호익은 서생書生으로서 활을 쏘고 말을 달리는 무예에는 익
숙하지 못하였으나 다만 충성과 의리[忠義]로써 군사들의 마음
을 격려하였다. 그는 동짓날[冬至日]에 그 군사를 거느리고 멀리
행재소를 바라보고 네 번 절하고는 밤새도록 통곡하니, 모든 군
사들이 다 눈물을 흘렸다.

前義禁府都事曺好益, 募兵江東討賊. 好益昌原人, 有志行,
전 의 금 부 도 사 조 호 익　 모 병 강 동 토 적　 호 익 창 원 인　 유 지 행

爲人所誣, 全家徙江東, 貧困, 敎授生徒以得食[3], 幾二十餘年,
위 인 소 무　 전 가 사 강 동　 빈 곤　 교 수 생 도 이 득 식　 기 이 십 여 년

厲操益堅. 車駕至平壤, 赦其罪, 召拜義禁府都事, 及平壤被
여 조 익 견　 거 가 지 평 양　 사 기 죄　 소 배 의 금 부 도 사　 급 평 양 피

圍, 好益往江東募兵, 欲救平壤, 旣而平壤陷, 軍民皆潰, 好益
위　 호 익 왕 강 동 모 병　 욕 구 평 양　 기 이 평 양 함　 군 민 개 궤　 호 익

還赴行在. 余遇於良策驛, 語之曰,「天兵將至, 子毋往義州,
환 부 행 재　 여 우 어 양 책 역　 어 지 왈　 천 병 장 지　 자 무 왕 의 주

可還江東, 仍行召募, 與天兵會平壤, 以助軍勢.」好益從之,
가 환 강 동　 잉 행 소 모　 여 천 병 회 평 양　 이 조 군 세　 호 익 종 지

余遂狀啓其由, 爲起兵文移授好益, 且助以軍器. 好益去聚兵
여 수 장 계 기 유　 위 기 병 문 이 수 호 익　 차 조 이 군 기　 호 익 거 취 병

得數百人, 出陣祥原, 邀賊多斬獲, 好益書生, 不閑弓馬, 徒以
득 수 백 인　 출 진 상 원　 요 적 다 참 획　 호 익 서 생　 불 한 궁 마　 도 이

忠義, 激厲士心, 冬至日, 率其士卒, 望行在四拜, 終夜痛哭,
충 의　 격 려 사 심　 동 지 일　 솔 기 사 졸　 망 행 재 사 배　 종 야 통 곡

一軍爲之流涕.
일 군 위 지 유 체

3 식食 : ① 밥 식. ② 밥 사. ③ 사람 이름 이. 〈漢書〉酈食基력이기.

전주全州 방어전과
정담鄭湛 등의 용전勇戰

　왜적의 군사들이 전라도全羅道를 침범하자, 김제군수金提郡守
정담鄭湛[1]과 해남현감海南縣監 변응정邊應井[2]이 힘을 다하여 싸우
다가 전사하였다.

　이때 왜적은 경상우도慶尙右道로부터 전주全州 지경으로 들어
오므로, 정담〔湛〕·변응정〔應井〕 등이 이를 웅령熊嶺[3]에서 막았는
데, 목책木柵을 만들어 산길을 가로질러 끊어놓고서 장병들을 독

---

　1 정담鄭湛(?~1592) : 조선조 선조 때의 의병장. 자는 징경澄卿, 본관은 초계草溪, 무
　　과에 급제하여 임진왜란 때 김제군수로 의병을 모아 거느리고 웅령에서 왜적을 쳐
　　부수다가 전사함.
　2 변응정邊應井(1557~1592) : 조선조 선조 때의 무관. 자는 문숙文淑, 시호는 충장忠壯.
　　무과에 급제하여 임진왜란 때에는 해남현감으로 정담과 함께 웅령에서 왜적을 쳐
　　부수다가 전사함.
　3 웅령熊嶺 : 전라도 전주와 금산 사이에 있는 고개. 웅치熊峙.

려하여 종일토록 크게 싸워 적병을 헤아릴 수 없이 많이 쏘아 죽
였다. 왜적들이 물러가려 할 무렵에 마침 날이 저물고 화살이 다
떨어졌는데, 왜적들이 다시 나와 치므로 두 사람(湛·應井)은 이
를 막다가 함께 전사하고 드디어는 군사들이 무너졌다.

그 다음날 왜적이 전주全州에 이르니 관리들이 달아나려고 하
였는데, 고을 사람으로 전에 전적典籍 벼슬을 지낸 이정란李廷鸞[4]
이 성 안으로 들어가서 아전과 백성들을 일으켜 굳게 지켰다.

이때 왜적의 정예부대가 웅령熊嶺에서 많이 죽었으므로 그 기
세가 이미 흩어져 버렸고, 전라감사 이광李洸이 또 의병疑兵을 성
밖에 베풀고, 낮에는 깃발을 많이 벌여 세우고, 밤이면 횃불을 온
산에 가득히 벌여놓으니 왜적은 성 밑에 와서 몇 번 돌아다니며
살피다가 감히 공격하지 못하고 달아나 버렸다.

왜적은 돌아가다가 웅령熊嶺에 이르러 전사한 사람의 시체를
모두 모아 길가에 묻어 몇 개의 큰 무덤을 만들어 놓았다. 그리고
나무를 그 무덤 위에 세우고 쓰기를 「조선국朝鮮國의 충간의담忠
肝義膽을 조상〔弔〕한다.」고 하였다. 이는 대개 그들(鄭湛·邊應井)
등이 힘써 싸운 것을 칭찬한 것이었다.

이로 말미암아 전라도全羅道 한 도道만은 유독 보전되었다.

---

4 이정란李廷鸞(1529~1600) : 자는 문보文父, 본관은 전의全義이다. 조선조 선조 때
무관. 무과에 급제하여 해남현감·도사를 지내고, 임진왜란 때 전주에서 의병을
모아 전주를 지키는 데 공을 세워 태상시첨정太常寺僉正이 되고, 공주목사公州牧使
가 됨.

賊兵犯全羅道, 金堤郡守鄭湛, 海南縣監邊應井, 力戰死之.
적병범전라도 김제군수정담 해남현감변응정 역전사지

時賊從慶尙右道, 入全州界, 湛·應井等, 禦之於熊嶺, 爲木
시적종경상우도 입전주계 담 응정등 어지어웅령 위목

柵橫斷山路, 督將士終日大戰, 射殺賊兵無算. 賊欲退, 會日
책횡단산로 독장사종일대전 사살적병무산 적욕퇴 회일

暮矢盡, 賊更進攻之, 二人俱死, 軍遂潰, 明日賊至全州, 官吏
모시진 적갱진공지 이인구사 군수궤 명일적지전주 관리

欲走, 州人前典籍李廷鸞, 入城, 倡吏民固守. 時賊精銳, 多死
욕주 주인전전적이정란 입성 창리민고수 시적정예 다사

於熊嶺氣已索, 監司李洸, 又設疑兵於城外, 晝則多張旗幟,
어웅령기이삭 감사이광 우설의병어성외 주즉다장기치

夜則列炬滿山, 賊到城下, 環視數周, 不敢攻而去. 悉聚熊嶺
야즉열거만산 적도성하 환시수주 불감공이거 실취웅령

戰死者屍, 埋路邊作數大塚, 立木其上, 書曰,「弔朝鮮國忠肝
전사자시 매노변작수대총 입목기상 서왈 조조선국충간

義膽.」蓋嘉其力戰也. 由是, 全羅一道獨全.
의담 개가기역전야 유시 전라일도독전

평양성을 공격해 봄

8월 1일에 순찰사巡察使 이원익李元翼과 순변사巡邊使 이빈 李賓 등이 군사를 거느리고 나아가 평양성을 공격하였으나 불리 하여 물러났다.

이때 이원익은 이빈과 함께 수천 명의 군사를 거느리고 순안順 安으로 가고, 별장別將 김응서金應瑞[1] 등은 용강龍岡·삼화三和· 증산甑山·강서江西 네 고을의 군사들을 거느리고 20여 개의 진 둔[屯]을 만들어 평양의 서쪽에 있고, 김억추金億秋[2]는 수군水軍

---

1 김응서金應瑞(1564~1624) : 자는 성보聖甫, 시호는 양의襄毅, 본관은 김해金海이다. 무과에 급제. 조선조 선조 때 별장別將. 임진왜란 때 명나라 이여송李如松과 합류 하여 평양성을 탈환하고, 뒤에 경상우도병마절도사가 되어 부산을 수복함.

2 김억추金億秋(1584~1618) : 자는 방로邦老, 시호는 현무顯武, 본관은 청주淸州. 평안 도 방어사. 경상도 우수사를 거쳐 병조판서에 이르렀다.

을 거느리고 대동강大同江의 하류에 있으면서 서로 호응하는 형
세를 취하고 있었다.

　이날 이원익 등은 평양성平壤城 북쪽으로부터 군사를 내보내
었는데, 왜적의 선봉을 만나서 20여 명의 적을 쏘아 죽였다. 그런
데 조금 뒤에 왜적들이 크게 이르니, 군사들이 놀라 무너지고, 강
변江邊의 용맹스러운 군사들이 많이 죽고 상하였다. 우리 군사는
드디어 순안으로 되돌아와서 주둔하였다.

原文

八月初一日, 巡察使李元翼, 巡邊使李薲等, 率兵進攻平壤,
팔 월 초 일 일　순 찰 사 이 원 익　순 변 사 이 빈 등　솔 병 진 공 평 양

不利而退, 時元翼與薲, 將數千人往順安, 別將金應瑞等, 率
불 리 이 퇴　시 원 익 여 빈　장 수 천 인 왕 순 안　별 장 김 응 서 등　솔

龍岡 · 三和 · 甑山 · 江西四邑之軍, 作二十餘屯, 在平壤之
용 강　삼 화　증 산　강 서 사 읍 지 군　작 이 십 여 둔　재 평 양 지

西, 金億秋率水軍, 在大同江下流, 以爲掎角之勢, 是日, 元翼
서　김 억 추 솔 수 군　재 대 동 강 하 류　이 위 기 각 지 세　시 일　원 익

等, 從平壤城北進兵, 遇賊先鋒, 射中二十餘賊, 旣而賊大至,
등　종 평 양 성 북 진 병　우 적 선 봉　사 중 이 십 여 적　기 이 적 대 지

軍士驚潰, 江邊勇力之士, 多折傷, 遂還屯順安.
군 사 경 궤　강 변 용 력 지 사　다 절 상　수 환 둔 순 안

명나라 심유경沈惟敬의
강화회담講和會談

1592년 9월에 명나라 유격장군遊擊將軍 심유경沈惟敬이 왔다.

이보다 먼저 조승훈祖承訓이 이미 패전하고 돌아가자, 왜적들은 더욱 교만하여져서 글을 우리 군사들에게 보내었는데 「염소떼가 한 호랑이를 친다〔군양공일호郡羊攻一虎〕.」라는 말이 있었다. 염소는 명나라 군사를 비유함이고, 호랑이는 자기들을 자랑함이었다. 왜적들은 가까운 시일에 서쪽 방면으로 내려간다고 떠들므로 의주義州 사람들은 다 피란할 짐을 지고 서 있는 형편이었다.

심유경〔惟敬〕은 원래 절강성浙江省 백성〔浙民〕이었는데, 석상서石尙書(石星)는 평소 그가 왜국의 실정을 안다고 하여 유격장군遊擊將軍의 이름을 빌어 내보냈던 것이다. 그는 순안順安에 이르러 급히 글을 왜적의 장수에게 보내어 성지聖旨[1]로써 「조선朝鮮

---

1 성지聖旨 : 명나라 신종神宗의 교지敎旨.

이 무슨 잘못을 일본에 저지른 일이 있는가? 일본은 어찌하여 마음대로 군사를 일으켰느냐?」하고, 문책하였다.

이때 왜적의 변고가 갑자기 일어나고, 또 그 잔인하고 혹독함을 사람마다 두려워하여 감히 그들의 병영을 엿보는 사람이 없었는데, 심유경은 노란 보자기에 편지를 싸서 부하[家丁] 한 사람을 시켜 등에 지고 말을 달려 가게 하여 보통문普通門으로부터 성 안으로 들어가게 하였다. 왜적의 장수 소서행장[行長]은 그 편지를 보고 즉시 「직접 만나서 일을 의논하자.」고 회답하여 왔다. 심유경이 곧 가려고 하자, 사람들은 다 위태로운 일이라 하

보통문普通門
평남 평양시 신양리에 있는 고구려시대의 성문으로 현존하는 성문 가운데서 가장 오래된 것 중의 하나다.

여 그만두라고 권하는 이가 많았다. 심유경은 웃으면서 말하기를,
「저들이 어찌 능히 나를 해칠 수 있으랴.」
하고, 3, 4명의 부하[家丁]를 데리고 평양성으로 갔다. 소서행장·평의지平義智·현소玄蘇 등은 군대의 위세를 성대히 베풀고 나와서 평양성 북쪽 십리 밖의 강복산降福山 밑에 모였다.

우리 군사들은 대흥산大興山 꼭대기에 올라가서 그 광경을 바라보니, 왜적의 군사는 매우 많고 창칼이 눈빛처럼 번득였다. 심유경

이 말을 내려 왜적의 진중으로 들어가니, 왜적들이 떼를 지어 사면에 둘러서므로 붙잡히게 되는가 의심하였다. 날이 저물어 심유경이 돌아왔는데, 왜적들은 그를 전송하는 예가 매우 공손하였다.

그 다음날 소서행장은 글을 보내 안부를 묻고, 또 말하기를,

「대인大人(沈惟敬)께서는 시퍼런 칼날 속에서도 낯빛 하나 변하지 않으시니, 비록 일본 사람이라 하더라도 이보다 더할 수 없겠습니다.」하였다. 심유경은 이에 대답하기를,

「니희들은 당나라 때[唐朝] 곽영공郭令公[2]이 있었다는 말을 듣지 못하였는가? 그는 혼자서 회흘回紇[3]의 만군萬軍 속으로 들어가서도 조금도 두려워하지 않았는데, 난들 어찌 너희를 두려워하겠는가.」하였다. 인하여 왜적과 약속하여 말하기를,

「내 돌아가서 우리 황제[神宗]에게 보고하면 마땅히 처분이 있을 것이니, 50일을 기한으로 하여 왜군은 평양성 북쪽 십리 밖으로 나와 재물을 약탈하는 일이 없도록 하고, 조선朝鮮 군사도 그 십리 안으로 들어가서 그와 싸우지 말도록 할 것이다.」

라고 했다. 그리고는, 곧 그곳 경계에 나무를 세워 금표禁標:함부로 드나들지 못하게 하는 표식.를 만들어 세워 놓고 갔으나 우리나라 사람들은 다 그 자세한 내용을 알 수가 없었다.

---

2 곽영공郭令公 : 당나라의 명장 곽자의郭子儀를 말함. 시호는 충무忠武. 분양왕汾陽王에 봉해져 곽분양郭汾陽이라고도 한다. 부귀공명과 다복多福을 누렸다고 하여 좋은 사람을 「곽분양 팔자」라고 한다. 그는 현종 때 안록산安祿山의 난리를 평정하고, 회흘回紇의 후범後犯을 막는 등 많은 공을 세움.

3 회흘回紇 : 중국 동북쪽에 있는 부족. 본래는 흉노족의 후예.

九月, 天朝遊擊將軍沈惟敬來, 初祖承訓旣敗, 賊愈驕, 投書

我軍, 有群羊攻一虎之語, 羊喩天兵, 虎以自詫. 聲言朝夕將

西下, 義州人皆荷擔而立, 惟敬本浙民, 石尙書以爲素諳倭情,

假遊擊將軍號出送, 旣至順安, 馳書倭將, 以聖旨責問,「朝鮮

有何虧負於日本, 日本如何擅興師旅?」時倭變猝發, 且殘毒

甚, 人人惴恐, 莫敢有窺其營者, 惟敬以黃袱裹書, 使家丁一

人背負騎馬直馳, 由普通門而入, 倭將行長, 見其書, 卽回報

求面見議事. 惟敬將往, 人皆危之, 多勸止者, 惟敬笑曰,「彼

焉能害我也?」從三四家丁赴之, 行長・平義智・玄蘇等, 盛

陳兵威, 出會于城北十里外降福山下, 我軍登大興山頭望見,

倭軍甚多, 劍戟如雪, 惟敬下馬入倭陣中, 群倭四面圍繞, 疑

被拘執. 日暮, 惟敬還, 倭衆送之甚恭. 翌日, 行長遣書馳問,

且曰,「大人在白刃中, 顏色不變, 雖日本人, 無以加也.」惟敬

答之曰,「爾不聞唐朝有郭令公者乎? 單騎入回紇萬軍中, 曾

不畏懾, 吾何畏爾也?」因與倭約曰,「吾歸報聖皇, 當有處分,

以五十日爲期, 倭衆無得出平壤西北十里外搶掠, 朝鮮人毋入

十里內與倭鬪.」乃於地界, 立木爲禁標而去, 我國人皆莫測.

경기감사京畿監司
심대沈岱의 죽음

경기감사京畿監司 심대沈岱[1]가 왜적의 습격을 당하여 삭녕朔寧[2]에서 사망하였다.

심대〔岱〕는 사람됨이 강개慷慨하여 왜적의 변고가 일어난 뒤로부터 항상 분함을 참지 못하였으며, 나라의 사명을 받들고 싸움터로 출입할 때에도 위험한 곳〔夷險〕[3]도 피하지 아니하였다.

이해(1592) 가을에 심대〔岱〕는 권징勸徵을 대신하여 경기감사京畿監司가 되어 행조行朝[4]로부터 임소任所(임지任地)로 떠나가는

---

1 심대沈岱(1546~1592) : 조선조 선조 때의 문신. 자는 공망公望, 호는 서돈西墩, 본관은 청송靑松이다. 시호는 충장忠壯. 문과에 급제하여 임진왜란 때 경기감사로 서울 수복을 꾀하다가 왜적에게 죽음을 당함.

2 삭녕朔寧 : 지금 경기도 연천漣川의 옛 이름.

3 이험夷險 : 평탄한 곳과 험준한 곳을 이르는 말이나, 여기서는 안전한 곳과 위험한 곳을 말한다.

4 행조行朝 : 임금이 임시 거처하는 행재소의 다른 이름. 행궁이라고도 함.

데, 길이 안주安州로 나오게 되므로 나(유성룡)를 (안주安州의) 백
상루百祥樓에서 찾아보았다. 그는 국난國難을 말하면서 분개하고
있는데, 그 뜻을 살펴보니 강직하여 친히 시석矢石을 무릅쓰고 왜
적과 싸우려 하므로, 나는 그를 경계하여 말하기를,

「옛날 사람이 말하지 않았는가?『밭을 가는 일은 마땅히 종〔農
奴〕에게 물으라.』고, 그대는 서생書生이므로 싸움터에 임하는 일
은 결국 능숙하지 못할 것일세. 그곳〔京畿道〕에 양주목사楊州牧使
고언백高彦伯이라는 사람이 있는데 용맹스러워 잘 싸울 것이니,
그대는 다만 군병을 수습하여 주어 고언백으로 하여금 이를 거느
리게만 한다면 가히 공을 세울 수 있을 것이니, 스스로 삼가 군사
를 거느리고 직접 덤비지는(싸움에 나서지는) 말도록 하게.」
하니, 심대〔岱〕는 「예, 예」 하고 대답하였지만, 속으로는 매우 마
땅하지 않은 눈치였다. 나는 또 그가 외롭게 떠나 왜적이 있는 속
으로 들어가는 것을 보고 군관으로서 활을 잘 쏘는 의주義州 사
람 장모張某를 보내어 그와 함께 가게 하였다.

심대가 떠나간 지 몇 달 동안 늘 경기도 사람으로 행재소〔行朝〕
에 아뢸 일이 있어 갈 때 안주安州를 지나가는 사람이 있으면 아
닌게 아니라 그는 꼭 편지로 나에게 안부를 물었다. 나도 꼭 친히
그 사람에게 경기도의 왜적의 형세와 감사(심대)가 어떻게 하고
있는지를 물었다. 그는 대답하기를,

「경기도〔畿甸〕는 왜적의 잔학한 피해가 다른 도보다도 심합니
다. 왜적들은 날마다 나와서 불지르고 약탈을 하여 성한 곳이라

고는 없는 형편입니다. 전에는 감사와 수령 이하의 관원들은 모두 다 깊은 벽지에 몸을 피하고 그를 따라다니는 사람들도 평복을 입고 몰래 다니고, 혹은 여기저기로 자주 옮겨 그 있는 곳을 정하지 않아서 왜적들의 환난을 막았었습니다. 그런데 지금 감사(심대)께서는 그와는 달리 왜적을 두려워하지 않으시고 늘 순행巡行하실 때마다 먼저 공문을 보내 알리기를 평일처럼 하시고 깃발을 세우고 나팔을 불며 다니십니다.」 하였다. 나는 이 말을 듣고 몹시 근심하여 거듭 글을 써 보내어 전에 말한 것같이 조심하라고 당부를 하였으나, 심대는 그 태도를 변경하지 않았다. 그는 이미 군사를 모아 모두 스스로 거느리고 「서울을 회복하련다.」라고 소리쳐 소문을 퍼뜨리고, 날마다 사람을 보내 성 안으로 들어가서 군사를 불러 모아 안에서 호응하라고 약속하니, 사람들은 난리가 진정된 뒤에 왜적에게 붙었다는 것을 죄받을까 두려워하여 연명連名하여 글을 써 가지고 나와 감사에게 가서 스스로 성 안에서 내응할 수 있는 사람이라고 말하니, 이런 사람이 날로 천백 명을 헤아렸다. 그들은 이름하기를, 「약속을 받는 패〔聽約束〕니, 군기를 옮기는 패〔軍器〕니, 적정을 알리는 패〔報賊情〕니 하여 사람마다 왕래하는 데 거리낌이 없었다. 그러니 그중에는 또한 왜적의 앞잡이가 되어 와서 우리의 동정을 살펴 가는 사람도 많았다. 이처럼 나고 들고 서로 뒤섞여 날쳤으나 그러나 심대는 믿고 의심하지 않았다.

이때에 이르러 심대는 삭녕군朔寧郡에 있었는데, 왜적들은 이

것을 탐정하여 알고는 몰래 대탄大灘을 건너와서 밤에 습격하였
다. 심대는 놀라 일어나서 옷을 입고 달아나니 왜적들이 쫓아와서
그를 죽였다. 군관軍官 장모張某도 역시 함께 죽음을 당하였다.

왜적들이 물러간 뒤에 경기도 사람들은 그 시체를 거두어 임시
로 삭녕군 안에 장사지냈다. 며칠 뒤에 왜적이 다시 나와서 그 머
리를 베어 가져다가 서울의 종루鐘樓 거리 위에 매달았는데, 5,
60일이 지나도 그 얼굴빛이 산 사람과 같았다. 경기도 사람들은
그 충의忠義를 애석하게 여겨 서로 재물을 모아 가지고 파수 보
는 왜적에게 뇌물을 주고 그 머리를 찾아 내어 함에 넣어 강화도
로 보내다가 왜적이 물러간 뒤에 그 시체와 함께 고향 산으로 환
송하여 장사지냈다.

심대는 청송靑松 사람으로, 그의 자는 공망公望이다. 그 아들
대복大復은 조정에서 심대를 대신하여 벼슬을 주어 현감縣監에
이르렀다.

原文

京畿監司沈岱, 爲賊所襲, 死於朔寧, 岱爲人慷慨, 自變後, 當
경 기 감 사 심 대   위 적 소 습   사 어 삭 녕   대 위 인 강 개   자 변 후   당

憤憤, 奉使出入, 不避夷險, 是年秋, 代權徵爲京畿監司, 從行
분 분   봉 사 출 입   불 피 이 험   시 년 추   대 권 징 위 경 기 감 사   종 행

朝赴任所, 路出安州, 見余于百祥樓上. 語國難慨然, 觀其意
조 부 임 소   노 출 안 주   견 여 우 백 상 루 상   어 국 난 개 연   관 기 의

直欲親犯矢石, 以角賊, 余戒之曰, 「古人不云乎? 耕當問奴.
직 욕 친 범 시 석   이 각 적   여 계 지 왈   고 인 불 운 호   경 당 문 노

君書生, 臨陣終非所能. 其處有楊州牧使高彦伯者, 勇力善
군 서 생   임 진 종 비 소 능   기 처 유 양 주 목 사 고 언 백 자   용 력 선

鬪, 君但收拾軍兵, 使彦伯將之, 可有功, 愼勿自將也.」岱唯
투 군단수습군병 사언백장지 가유공 신물자장야 대유

唯, 而不甚然之. 余又見其孤行入賊中, 分軍官善射者義州人
유 이불심연지 여우견기고행입적중 분군관선사자의주인

張某與俱. 岱旣去, 數月間, 每有京畿人, 啓事行朝, 經過安州
장모여구 대기거 수월간 매유경기인 계사행조 경과안주

者, 未嘗不致書問余也. 余輒親問其人京畿賊勢及監司何爲?
자 미상불치서문여야 여첩친문기인경기적세급감사하위

對曰,「畿甸創殘甚他道, 賊日出焚掠, 無乾淨地. 前監司及守
대왈 기전창잔심타도 적일출분략 무건정지 전감사급수

令以下, 悉從深僻處躲避, 減去儀從, 微服潛行, 或屢遷徙, 不
령이하 실종심벽처타피 감거의종 미복잠행 혹루천사 부

定厥居, 以防賊患. 今監司, 殊不畏賊, 每巡行, 先文知委如平
정궐거 이방적환 금감사 수불외적 매순행 선문지위여평

日, 建旗鳴角而行.」余聞而甚憂之, 申書戒勅如前, 岱不變,
일 건기명각이행 여문이심우지 신서계칙여전 대불변

旣乃聚集軍兵, 悉以自隨, 聲言欲復京城, 日遣人入城中召募,
기내취집군병 실이자수 성언욕복경성 일견인입성중소모

約爲內應. 城中人, 恐事定後, 以附賊獲罪, 連名結狀, 出赴監
약위내응 성중인 공사정후 이부적획죄 연명결장 출부감

司, 自言能內應者, 日以千百數, 名曰聽約束, 曰輪軍器, 曰報
사 자언능내응자 일이천백수 명왈청약속 왈수군기 왈보

賊情, 人人往來無阻. 其間亦有爲賊耳目, 來察動靜者多, 出
적정 인인왕래무조 기간역유위적이목 내찰동정자다 출

沒相雜, 而岱信之不疑. 至是, 岱在朔寧郡, 賊詗知之, 潛渡大
몰상잡 이대신지불의 지시 대재삭녕군 적형지지 잠도대

灘, 夜襲之, 岱驚起披衣走出, 賊追害之, 軍官張姓者亦同死.
탄 야습지 대경기피의주출 적추해지 군관장성자역동사

賊去, 京畿人, 權殯于朔寧郡中. 數日, 賊復出取其首, 懸於鐘
적거 경기인 권빈우삭녕군중 수일 적부출취기수 현어종

樓街上, 積五六十日, 面色如生. 京畿人, 哀其忠義, 相與率財
루가상 적오륙십일 면색여생 경기인 애기충의 상여솔재

物, 賂守倭贖出之, 函送于江華, 賊退後, 與尸身還葬故山. 岱
물 뇌수왜속출지 함송우강화 적퇴후 여시신환장고산 대

靑松人, 字公望. 子大復, 朝廷以岱故官之, 至縣監.
청송인 자공망 자대복 조정이대고관지 지현감

원호元豪가 왜적을 쳐부숨

　강원도조방장江原道助防將 원호元豪가 왜적을 구미포龜尾浦에
서 쳐서 이를 섬멸시켰다. 그는 또 춘천春川에서 싸우다가 패하
여 죽었다.

　이때 왜적의 대진大陣(큰 진영)이 충주忠州와 원주原州에 있었
는데, 그 병영(군영)이 서울에까지 연달아 있었다. 충주忠州에 있
는 적들은 죽산竹山·양지陽智·용인龍仁의 길을 왕래하고, 그
원주에 있는 적들은 지평砥平·양근楊根·양주楊州·광주廣州
등지로부터 서울에 이르려고 하였다.

　원호元豪는 왜적을 여주驪州의 구미포龜尾浦에서 쳐서 섬멸시
켰다. 이천부사利川府使 변응성邊應星은 또 배에 활쏘는 군사를
싣고 안개 낀 틈을 타서 왜적을 여주의 마탄馬灘에서 맞아 쳐서
적을 죽인 것이 자못 많았다. 이로부터 원주原州 왜적들의 길은

드디어 끊어져서 모두 충주忠州의 길을 경유하여 다니게 되었고, 이천利川·여주驪州·양근楊根·지평砥平 등 고을의 백성들은 왜적의 칼날에서 벗어나게 된 것은 사람마다 원호의 공이라고 생각하였다.

순찰사巡察使 유영길柳永吉은 또 원호元豪를 재촉하여 춘천春川의 왜적을 치게 하였는데, 원호는 벌써 적을 쳐서 이겼으므로 자못 왜적을 치게 하였는데, 원호는 벌써 적을 쳐서 이겼으므로 자못 왜적을 깔보는 마음을 가졌다. 그런데 춘천의 왜적들은 원호가 장차 쳐들어올 것을 알고 복병을 베풀고 기다렸다. 원호는 이것을 알지 못하고 나가다가 왜적의 복병이 일어나 드디어 죽음을 당하게 되었다. 이에 있어서 강원도江原道 한 도道에서는 왜적을 막아 낼 사람이 없었다.

原文

江原道助防將元豪, 擊賊于龜尾浦, 殲之. 又戰于春川, 兵敗
강원도조방장원호 격적우구미포 섬지 우전우춘천 병패

而死. 時賊大陣, 在忠州及原州, 連營達于京都, 其在忠州者,
이사 시적대진 재충주급원주 연영달우경도 기재충주자

取路竹山·陽智·龍仁往來, 其在原州者, 欲從砥平·楊
취로죽산 양지 용인왕래 기재원주자 욕종지평 양

根·楊州·廣州抵京, 元豪擊殲于驪州·龜尾浦, 利川府使
근 양주 광주저경 원호격섬우여주 구미포 이천부사

邊應里, 又船載射手, 乘霧邀賊於驪州之馬灘, 殺賊頗多, 由
변응리 우선재사수 승무요적어여주지마탄 살적파다 유

是原州賊路遂斷, 悉由忠州之路·而利川·驪州·楊根·砥
시원주적로수단 실유충주지로 이이천 여주 양근 지

平等邑之民, 見遣於賊鋒者, 人以爲豪之功也, 巡察使柳永吉,
평등읍지민 견견어적봉자 인이위호지공야 순찰사유영길

又催豪擊春川賊, 豪旣勝, 頗有輕敵之意, 賊知豪將至, 設伏
우최호격춘천적 호기승 파유경적지의 적지호장지 설복

以待, 豪不知而進, 伏發遂爲所殺. 於是江原一道, 無禦賊者.
이대 호부지이진 복발수위소살 어시강원일도 무어적자

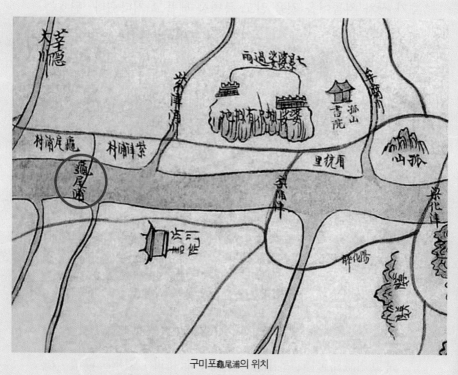

구미포龜尾浦의 위치
여주목 고지도(1750년대 초, 서울대학교 규장각 소장)

권응수權應銖 등이
영천永川을 수복함

훈련원부봉사訓鍊院副奉事[1] 권응수權應銖[2]와 정대임鄭大任[3] 등
이 향병鄕兵[4]을 거느리고 영천永川에 있던 왜적을 쳐서 이를 파하
고 드디어 영천을 수복하였다.

권응수〔應銖〕는 영천 사람인데, 담력과 용맹이 있었다.

그는 정대임〔大任〕과 함께 향병鄕兵 천여 명을 거느리고 왜적
을 영천성에서 포위하였는데, 군사들이 왜적을 두려워하여 앞으
로 나아가지 못하였다.

1 훈련원부봉사訓鍊(練)院副奉事 : 훈련원의 정9품 벼슬. 훈련원은 병사의 시재詩才
(시험), 무예의 연습, 병서兵書의 강서講書 등에 관한 일을 맡아보던 관청(관아).

2 권응수權應銖(1546~1608) : 조선조 선조 때의 무장. 자는 중평仲平, 호는 백운재白雲
齋, 시호는 충의忠毅, 본관은 안동安東. 무과에 급제하여 임진왜란 때에는 의병을
일으켜 영천을 수복하고는 의병대장으로 활약하였음. 뒤에 경상도병마사慶尙道兵
馬使·밀양부사密陽府使·오위도총관五衛都摠管 등을 지냄.

3 정대임鄭大任(1553~1594) : 조선조 선조 때의 무장. 자는 중경重卿, 호는 창대昌臺,
본관은 연일延日. 임진왜란 때 권응수權應銖와 의병을 거느리고 영천을 수복하는
데 공을 세움. 뒤에 무과에 급제하고 왜적과 싸우다가 전사함.

4 향병鄕兵 : 시골 사람들로 편성된 군대. 향토鄕土의 군사. 여기서는 의병을 말함.

권응수權應銖 초상화(국립중앙박물관 소장)

권응수는 그 몇 사람을 베니, 군사들이 다투어 기운을 뽐내며 성을 넘어 들어가서 왜적과 좁은 골목에서 싸워 쳐부수니 왜적들은 당해내지 못하고 도망하여 창고 속으로 들어가고, 혹은 명원루明遠樓 위로 올라갔다. 우리 군사는 불로써 이를 공격하여 모두 태워 죽였는데, 그 시체 타는 냄새가 몇 리까지 풍겼다. 그 살아 남은 왜적 수십 명은 도망하여 경주慶州로 돌아가 버렸다.

이로부터 신녕新寧·의흥義興·의성義城·안동安東 등지의 왜적들도 다 한쪽 길로 모이게 되었다. 그리고 경상좌도의 여러 고을이 보전할 수 있었던 것은 이 영천永川에서 한 번 싸워 이긴 공이었다.

原文

訓鍊副奉事權應銖·鄭大任等, 以鄉兵擊永川賊, 破之, 遂復
훈련부봉사권응수 정대임등 이향병격영천적 파지 수복

永川. 應銖永川人, 有膽勇, 與大任率鄉兵千餘人, 圍賊于永
영천 응수영천인 유담용 여대임솔향병천여인 위적우영

川, 軍士畏賊不進, 應銖斬數人, 士卒爭奮, 踰城而入, 與賊巷
천 군사외적부진 응수참수인 사졸쟁분 유성이입 여적항

擊, 賊不勝, 奔入倉中, 或上明遠樓, 我軍以火攻之, 悉燒死,
격 적불승 분입창중 혹상명원루 아군이화공지 실소사

臭聞數里, 餘賊數十, 遁歸慶州. 自是新寧·義興·義城·安
취문수리 여적수십 둔귀경주 자시신녕 의흥 의성 안

東等處賊, 皆聚一路, 而左道郡邑得保, 永川一戰之功也.
동등처적 개취일로 이좌도군읍득보 영천일전지공야

박진朴晉이 경주慶州를 수복함

경상좌병사慶尙左兵使 박진朴晉[1]이 경주慶州를 수복하였다.

박진은 처음에 밀양密陽으로부터 달아나서 산속으로 들어갔었는데, 조정에서는 전 병사前兵使 이각李珏이 성을 버리고 도망하였다고 해서 즉시 그가 숨어 있는 곳에서 베어 죽이고, 박진을 그 대신 병사兵使로 삼았다.

이때 왜적의 군사들이 가득 차 득실거려 행조行朝(行在所) 소식이 남쪽지방에 통하지 않은 지는 이미 오래 되었고, 사람들의 마음이 동요되어 어찌할 바를 알지 못하였는데, 박진이 병사가 되었다는 말을 듣고 이에 흩어졌던 백성들이 차츰차츰 모여들고 수

---

1 박진朴晉 : 조선조 선조 때 무신. 자는 명보明甫, 시호는 의열毅烈. 무과에 급제하여 밀양부사로 있다가 임진왜란 때에는 좌병사가 되어 경주를 수복하는 데 공을 세움. 벼슬이 참판에 이름.

비격진천뢰飛擊震天雷

령守令들도 왕왕(이따금) 산골짜기로부터 다시 나와서 일을 보게
되니, 비로소 조정朝廷이 일하고 있는 것도 알게 되었다.

후에 권응수權應銖가 영천永川을 수복하게 됨에 이르러, 박진
은 경상도의 군사 만여 명을 거느리고 나아가 경주성〔慶州〕의 성
밑에 육박하였다. 이때 왜적들은 몰래 북문을 나와서 우리 군사
의 뒤를 엄습하므로, 박진은 군사를 거느리고 달아나 안강安康으
로 돌아왔다. 그는 밤에 또 군사를 몰래 경주성 밑에 매복시켜 놓
았다가 비격진천뢰飛擊震天雷[2]를 쏘아 성 안으로 들여보내니, 왜

---

2 비격진천뢰飛擊震天雷 : 임진왜란 때 화포장火炮匠 이장손李長孫이 만든 무기로 성
  능이 있어 성을 공격하는데 알맞아 임진왜란 때 많은 전투에서 사용되어 효력을
  발휘하였다. 대포의 일종. 화약 · 철편 · 뇌관 등을 속에 넣고 겉을 쇠로 싸서 만든
  폭발탄이다. 박진이 이 무기로 왜적을 쳐 경주성을 수복하였다.

적들이 있는 객사의 뜰 안에 떨어졌다. 그런데 왜적들은 그것이 어떻게 만들어졌는지를 알지 못하여 다투어 모여들어 이것을 구경하고 서로 밀고 굴려보기도 하며 이를 살펴보았는데, 갑자기 포砲가 그 가운데로부터 폭발하여 소리가 천지를 진동시키고 쇳조각이 별처럼 부서져서 흩어지니, 이를 맞고 즉시 쓰러져 죽은 사람이 30여 명이나 되었고, 맞지 않은 사람도 역시 쓰러졌다가 오래 되어서야 일어나니, 놀라고 두려워하지 않는 사람이 없었고, 그것이 어떻게 만들어졌는지를 알지 못하였으므로 모두 다 신통〔神〕한 재주를 부린다고 생각하였다. 그래서 왜적들은 그 다음날 드디어는 모든 무리를 이끌고 경주성을 버리고 도망하여 서생포西生浦로 가버렸다.

박진은 드디어 경주성으로 들어가서 남아 있는 곡식 만여 석石을 얻었다. 이 사실이 임금에게 알려지자, 박진을 가선대부嘉善大夫〔종3품직〕로 승진시키고, 권응수를 통정대부通政大夫〔정3품직〕로 승진시키고, 정대임鄭大任을 예천군수醴泉郡守로 승진시켰다.

진천뢰震天雷를 날려 공격한〔飛擊〕 일은 옛날에는 그 전법이 없었는데, 군기시軍器寺:병기兵器, 기치旗幟 등 군대에서 사용하는 기구를 제작·관리하던 관아.의 화포장火砲匠 이장손李長孫[3]이란 사람이 있어 이 무기를 창안하여 만들어낸 것이다. 이 무기는 진천뢰震天雷를

3 이장손李長孫 : 조선조 선조 때 군기시의 화포장으로, 1592년 선조 25년 경상좌병사 박진이 경주 수복전에 사용하여 큰 전과를 이루었다. 비격진천뢰를 발명한 사람.

가져다가 대완구大碗口⁴에 넣어 쏘면 능히 5, 6백 보步를 날아가
서 땅에 떨어져 한참 있으면 불이 그 안으로부터 일어나 터지는
것이었는데, 왜적들은 이 물건(무기)을 가장 두려워하는 것이었
다.

대완구大碗口(국립중앙박물관 소장. 보물 제857호)

4 대완구大碗口 : 우리나라 조선조 때의 대포. 다른 이름으로 댕구라고 함. 본래는 돌
   을 이 속에 넣고 화약을 터뜨려 쏘았으나, 임진왜란 때 이장손이 발명한 진천뢰를
   여기 넣고 쏘게 만들었다.

左兵使朴晉, 收復慶州, 晉初自密陽, 奔入山中, 朝廷以前兵
좌 병 사 박 진　수 복 경 주　진 초 자 밀 양　분 입 산 중　조 정 이 전 병

使李珏, 棄城逃走, 卽其所在誅之, 以晉代爲兵使, 時賊兵充
사 이 각　기 성 도 주　즉 기 소 재 주 지　이 진 대 위 병 사　시 적 병 충

滿, 行朝聲聞, 不通南方已久, 人心搖動, 不知所出, 及聞晉爲
만　행 조 성 문　불 통 남 방 이 구　인 심 요 동　부 지 소 출　급 문 진 위

兵使, 於是散民稍集, 而守令往往從山谷中, 復出莅事, 始知
병 사　어 시 산 민 초 집　이 수 령 왕 왕 종 산 곡 중　부 출 이 사　시 지

有朝廷矣. 及權應銖復永川, 晉率左道兵萬餘, 進薄慶州城
유 조 정 의　급 권 응 수 복 영 천　진 솔 좌 도 병 만 여　진 박 경 주 성

下, 賊潛出北門掩軍後, 晉奔還⁵安康. 夜又使人潛伏城下, 發
하　적 잠 출 북 문 엄 군 후　진 분 환　안 강　야 우 사 인 잠 복 성 하　발

飛擊震天雷入城中, 墮於客舍庭中, 賊不曉其制, 爭聚觀之,
비 격 진 천 뢰 입 성 중　타 어 객 사 정 중　적 불 효 기 제　쟁 취 관 지

相與推轉而諦視之, 俄而炮自中而發, 聲震天地, 鐵片星碎,
상 여 추 전 이 체 시 지　아 이 포 자 중 이 발　성 진 천 지　철 편 성 쇄

中仆卽斃者三十餘人, 未中者亦顚仆, 良久而起, 莫不驚懼,
중 부 즉 폐 자 삼 십 여 인　미 중 자 역 전 부　양 구 이 기　막 불 경 구

不測其制, 皆以爲神, 明日遂擧衆棄城, 遁歸西生浦. 晉遂入
불 측 기 제　개 이 위 신　명 일 수 거 중 기 성　둔 귀 서 생 포　진 수 입

慶州, 得餘穀萬餘石, 事聞, 陞⁶晉嘉善, 應銖通政, 大任醴泉郡
경 주　득 여 곡 만 여 석　사 문　승 진 가 선　응 수 통 정　대 임 예 천 군

守. 震天雷飛擊, 古無其制, 有軍器寺火炮匠李長孫者, 創出,
수　진 천 뢰 비 격　고 무 기 제　유 군 기 사 화 포 장 이 장 손 자　창 출

取震天雷, 以大碗口發之, 能飛至五六百步, 墜地良久, 火自
취 진 천 뢰　이 대 완 구 발 지　능 비 지 오 륙 백 보　추 지 양 구　화 자

內發, 賊最畏此物.
내 발　적 최 외 차 물

---

5 분환奔還 : 달아나 돌아왔다. 분奔 ; 속자 奔. 고자 犇. 급히 향해가다. 달아나다. 도
망쳐 내닫다. 패주敗走하다.

6 승陞 : 오를 승. 관위官位가 오르다.

의병義兵이 일어나서
왜적을 무찌름

　이때 각 도各道에서는 의병義兵[1]이 일어나서 왜적을 토벌하는 사람이 매우 많았다.

　전라도全羅道에 있으면서 활약했던 사람은 전 판결사前判決事:

장예원掌隷院의 으뜸 벼슬. 정3품. 노예문서와 소송에 관한 업무를 맡은 관서. 김천일

金千鎰[2]과 첨지僉知 고경명高敬命[3]과 전 영해부사前寧海府使 최경

---

1 의병義兵 : 나라가 위태로울 때 정부의 명령이나 소집을 기다리지 않고 자발적으로 일어나 싸우던 민병. 임진왜란 때 그 활약이 매우 컸다.

2 김천일金千鎰(1537~1593) : 조선조 선조 때 의병장. 자는 사중士重, 호는 건재健齋, 본관은 언양彦陽이다. 시호는 문열文烈. 삼장사三壯士의 한 사람. 임진왜란 때 전라도 나주羅州에서 의병을 일으켜 수원성을 거쳐 강화도로 들어감. 그 뒤 진주성 싸움에서 왜적을 무찌르다가 성이 함락당하자 아들 상건象乾과 진주 남강南江에 투신 자살했다.

3 고경명高敬命(1533~1592) : 조선조 선조 때 의병장. 자는 이순而順, 호는 제봉霽峰, 시호는 충열忠烈, 본관은 장흥長興. 식년 문과에 장원. 동래부사를 지내고, 임진왜란 때에는 유팽로柳彭老와 함께 6, 7천 명의 의병을 거느리고 행재소를 향하여 북상하다가 금산錦山전에서 전사함.

회崔慶會였다.

김천일(千鎰)의 자字는 사중士重이다. 그
는 의병을 거느리고 먼저 경기도에 이르므
로 조정에서는 이를 가상하게 여겨 그에게
군호軍號를 주어 창의군倡義軍이라고 부르
게 하였는데, 얼마 뒤에 군세:군대君隊의 형세形

김천일金千鎰 초상화(나주 정렬사 소장)

勢-勢(형편이나 상태)를 잘 정비할 수 없었으므로 강화江華로 들어갔다.

고경명高敬命의 자字는 이순而順이다. 그는 맹영孟英의 아들로
글재주가 있었다. 그도 또한 향병鄕兵을 거느리고 격문〔檄〕을 여
러 군현郡縣으로 보내 왜적을 토벌하였는데, 그는 왜적과 싸우다
가 패하여 전사하였다. 그 아들 종후從厚는 그 아버지를 대신하여
그 무리를 거느리고 이름하기를 「복수군復讐軍」이라고 하였다.

최경회崔慶會는 뒤에 경상우병사慶尙右兵使가 되어 진주晉州
에서 왜적과 싸우다가 전사하였다.

경상도에 있으면서 활약했던 사람은 현풍玄風 사람 곽재우郭
再祐[4]와 고령高靈 사람 전 좌랑前佐郎:육조의 정6품 벼슬. 김면金沔[5]과
합천陜川 사람 전 장령前掌令:사헌부司憲府(조선 때 삼사三司의 하나. 정사를 비판

---

4 곽재우郭再祐(1552~1617) : 조선조 선조 때 의병장. 자는 계수季綏, 호는 망우당忘憂
堂, 시호는 충익忠翼, 본관은 현풍玄風이다. 임진왜란 때 의령宜寧에서 의병을 일으
켰는데, 왜적들이 가장 두려워하였고 항상 붉은 옷을 입고 다녔으므로 천강홍의장
군天降紅衣將軍이라 불렸다. 저서에 『망우당집忘憂堂集』이 있다.

5 김면金沔(1541~1593) : 조선조 선조 때의 의병장. 자는 지해志海, 호는 송암松菴, 본
관은 고령高靈이다. 임진왜란 때 거창·고령 등지에서 의병을 일으켜 거창 우척현
牛脊峴에서 왜적을 파하여 공을 세우고 합천군수陜川郡守가 되고, 의병대장의 호를
받았다.

하고 벼슬아치의 잘못을 가려내어 백성의 억울함을 다스리는 관청)의 정4품 벼슬. 정인홍鄭仁弘[6]과 예안禮安 사람 전 한림前翰林:조선왕조 때 예문관藝文館 검열檢閱. 정9품 벼슬. 김해金垓와 교서관정자校書館正字:조선왕조 때 교서관의 정9품 벼슬. 교서관은 경서인행經書印行·향축香祝·인전印篆 등을 맡은 관아. 유종개柳宗介와 초계草溪 사람 이대기李大期와 군위교생軍威校生 장사진張士珍 등이었다.

곽재우郭再祐는 곽월郭越의 아들로 자못 재략才略이 있었다. 그는 여러 번 왜적과 싸워 이겼는데, 왜적들은 그를 두려워하였다. 그는 정진鼎津〔鼎巖 나루터〕을 굳게 지켜 왜적으로 하여금 의령宜寧의 지경에 들어올 수 없게 만들었는데, 사람들은 이는 다 곽재우의 공이라고 생각했다.

김면金沔은 전에 무장이었던 김세문金世文의 아들로 왜적을 맞아 거창居昌의 우척현牛脊峴(峴 ; 재. 고개.)에서 막고, 여러 번 왜적을 물리쳤다. 이 사실이 임금에게 알려지자 발탁하여 우병사를 삼았다. 그는 병으로 싸움터에서 사망하였다.

유종개〔宗介〕는 의병을 일으킨 지 오래 되지 않아 왜적을 만나 싸우다가 전사하였는데, 조정에서는 그 뜻을 가상하게 여겨 예조 참의禮曹參議〔참의 : 육조의 판서·참판 다음가는 벼슬. 정3품〕를 추증追贈하였다.

---

6 정인홍鄭仁弘(1535~1623) : 조선조 선조 때 문신. 자는 덕원德遠, 호는 내암萊菴. 본관은 서산瑞山이다. 임진왜란 때 합천陜川에서 의병을 일으킴. 나중에 좌의정에서 영의정까지 역임되었으나 인조반정이 일어나 참형되었다.

장사진張士珍은 전후前後에 왜적의 군사를 쏘아 죽인 것이 매우 많았는데, 왜적들은 그를 장장군張將軍이라고 칭하면서 감히 군위軍威의 경계에는 들어오지 못하였다. 그런데 하루는 왜적들이 복병伏兵 : 적이 쳐들어오기를 숨어 기다렸다가 갑자기 습격하는 군사.을 설치하고 그를 유인하였다. 장사진은 왜적을 끝까지 쫓아가다가 그 복병 속에 빠져들어 갔다. 그래도 그는 큰소리로 부르짖으며 힘써 싸우다가 화살이 다 떨어졌다. 왜적들은 달려들어 장사진의 한 팔을 끊었으나, 그는 남은 한 팔만으로 힘써 싸우기를 마지않다가 드디어는 전사하였다. 이 사실이 임금에게 알려지자 수군절도사水軍節度使를 추증하였다.

충청도忠淸道에서 활약했던 사람은 중〔僧〕 영규靈圭[7]와 전 제독관前提督官 : 조선 선조 때, 교육을 감독·장려하는 일을 맡아보던 벼슬아치. 조헌趙憲[8]과 전 청주목사前淸州牧使 김홍민金弘敏과 서얼庶孽 : 서자庶子와 그 자손. 이산겸李山謙과 사인士人 : 벼슬을 하지 않은 선비. 박춘무朴春茂와 충주 사람〔忠州人〕 조덕공趙德恭과 내금위內禁衛 : 조선 때, 임금을 호위하고 궁궐을 지키는 금군禁軍이 딸린 관청. 조웅趙雄과 청주 사람〔淸

7 영규靈圭(?~1592) : 조선조 선조 때 승병장. 성은 박씨, 호는 기허騎虛, 본관은 밀양密陽이다. 임진왜란 때 조헌趙憲과 함께 의병을 거느리고 왜적과 싸워 청주를 수복하고, 금산에서 싸우다가 칠백 의사와 함께 전사함.

8 조헌趙憲(1544~1592) : 조선조 선조 때의 문신. 의병장. 자는 여식汝式, 호는 중봉重峯·도원陶原·후율後栗. 시호는 문열文烈이며, 본관은 백천白川이다. 이이李珥·성혼成渾의 문인門人이다. 문과에 급제하여 좌랑·현감縣監 등을 지내고, 임진왜란 때에는 승僧 영규靈圭와 함께 칠백 의사를 거느리고 금산에서 왜적을 무찌르다가 전사함. 저서에 『중봉집重峰集』이 있다.

州人〕 이봉李逢이었다.

영규靈圭는 용맹과 힘이 있어 싸움을 잘하였는데, 조헌趙憲과 함께 의병을 거느리고 청주淸州를 회복하였으나 뒤에 왜적과 금산에서 싸우다가 패하여 다 전사하였다.

조웅趙雄은 더욱 용감하여 능히 말 위에 일어서서 달렸고, 왜적을 죽인 것이 자못 많았으나 전사하였다.

경기도에 있으면서 활약했던 사람은 전 사간前司諫:조선 때, 사간원司諫院의 종3품 벼슬. 우성전禹性傳[9]과 전정前正:봉상시奉常寺·내의원內醫院·내자시內資寺·예빈시禮賓寺 등 관아의 으뜸 벼슬. 정3품. 정숙하鄭叔夏와 수원 사람〔水原人〕 최흘崔屹과 고양 사람〔高陽人〕 진사進士:조선 때, 소과小科와 진사과進士科에 급제한 사람을 일컫던 말. 이노李魯·이산휘李山輝와 전 목사前牧使:고려 중기 이후와 조선조 때, 관찰사 아래서 지방의 각 목牧을 맡아 다스리던 정3품의 외직문관外職文官. 목관牧官. 남언경南彦經과 유학幼學:지난날, '벼슬을 하지 아니한 유생儒生'을 이르던 말. 김탁金琢과 전 정랑前正郞:조선 때, 육조六曹의 정5품 벼슬. 유대진兪大進과 충의위忠義衛:이조 충좌위忠佐衛에 속했던 군대. 공신功臣의 적실嫡室 자손과 첩홀 자손으로서 승중承重(아버지와 할아버지 대신 제사를 받드는 일. 아버지를 여의고 할아버지의 상속자가 되거나, 소종小宗의 사람이 대종가를 잇거나, 적자嫡子가 없어 서자가 가통家統을 잇는 경우 등을 이름.)된 사람으로 조직함. 세종 즉위년卽位年에 베풀어서 고종高宗 31년에 폐하였음. 성중관成衆官의 하나.

■

9 우성전禹性傳(1542~1593) : 조선조 선조 때의 문신, 의병장. 자는 경선景善, 호는 추연秋淵·연암淵庵. 시호는 문강文康, 본관은 단양丹陽이다. 문과에 급제함. 임진왜란 때 경기도에서 의병을 일으켜 추의군秋義軍이라 이름하고, 왜적과 싸워 많은 공을 세우고 벼슬이 대사성大司成에 이름.

이질李軼과 서얼庶孽 홍계남洪季男[10]과 사인士人 왕옥王玉이었다.

이 중에서 홍계남이 가장 날래고 용감하였고, 그 나머지 사람은 각각 향리鄕里에서 혹은 백여 명, 혹은 수십 명을 모아 거느리고 의병義兵이라 이름한 자로 그 수를 헤아릴 수 없었다. 그러나 기록할 만한 공적은 없었으며, 다 이리저리 옮겨다니면서 시일만 보낼 따름이었다.

또 중〔僧〕으로 유정惟政[11]이라는 사람이 있었는데, 그는 금강산金剛山 표훈사表訓寺에 있었다. 왜적들이 이 산속으로 들어오자 절에 있던 중들은 다 도망하였으나 유정惟政은 조금도 움직이지 않으니, 왜적들은 감히 가까이 오지 못하고, 어떤 사람은 합장을 하고 공경하는 뜻을 표하면서 가버렸다.

내〔柳成龍〕가 안주安州에 있으면서 공문을 사방으로 보내 각각 의병을 일으켜 국난을 구하러 나오라고 하였는데, 그 공문이 금강산 안에까지 이르자, 유정惟政은 그 공문을 불탁佛卓 위에 펴놓고 여러 중들을 불러 놓고 이를 읽으며 눈물을 흘렸다고 한다. 그

---

10 홍계남洪季男(생몰연대 미상) : 본관은 남양南陽. 수원 출신. 조선조 선조 때의 무신. 임진왜란 때 아버지 홍언수洪彦秀를 따라 의병을 일으켜 왜적을 무찌르는 데 공이 컸고, 아버지가 전사한 뒤에는 경기조방장으로 활약이 컸다.

11 유정惟政(1544~1610) : 조선조 선조 때 의병장. 호는 사명당泗溟堂 · 송운松雲 · 종봉鍾峯. 시호는 자통홍제존자慈通弘濟尊者, 본관은 풍천豊川이다. 경남 밀양密陽 출신. 속성俗姓은 임任씨, 자는 이환離幻, 유정은 법명法名. 임진왜란 때 승군을 거느리고 순안으로 가서 휴정休靜 서산대사의 휘하에서 활약하고, 체찰사 유성룡을 따라 명나라 군사와 협력하여 평양을 수복하고 일본과의 강화에 힘쓰는 등 많은 공을 세움. 저서에 『사명집四溟集』이 있다.

북관유적도첩北關遺蹟圖帖 중 북관대첩을 그린 창의토왜도倡義討倭圖
성루에는 정문부 장군이 앉아 있으며, 왜군에 협력한 매국노를 참수하는 모습.(고려대박물관 소장)

는 드디어 승군僧軍을 일으켜 거느리고 서쪽으로 달려와서 국난을 구하려 힘썼는데, 그가 평양平壤에 올 무렵에는 그 무리가 천여 명이나 되었다. 유정은 평양의 동쪽에 주둔하고 순안順安에 있던 관군〔軍〕과 함께 군건한 형세를 만들었다.

또 종실宗室의 호성감湖城監:종실의 작호爵號. 감監은 종친부宗親府의 정6품 벼슬. 여기서 호성감은 이주李柱이다.은 백여 명의 의병을 거느리고 행재소〔行在〕로 달려가니, 조정에서는 그의 벼슬을 올려 호성도정湖城都正:종실의 작호. 도정은 종친부. 돈령부敦寧府·훈련원의 정3품 당상관.으로 삼아 순안順安에 주둔하여 대군大軍과 합세하도록 하였다.

북도北道(咸鏡道)에 있으면서 활약했던 사람은 평사評事 정문부鄭文孚[12]와 훈융첨사訓戎僉使:함경북도 온성군穩城郡의 국경 취락聚落(인가가 집단으로 모여있는 촌락)의 첨절제사僉節制使. 조선조 때, 절도사節度使의 지휘 아래 있던 정3품의 군직. ㉦첨사. 고경민高敬民의 공이 가장 뛰어났다.

정문부鄭文孚 초상화

---

12 정문부鄭文孚(1565~1624) : 자는 자허子虛, 호는 농포農圃, 시호는 충의忠毅, 본관은 해주海州. 조선조 선조 때 의병장. 문과에 급제하여 북평사北評事가 되었다. 임진왜란 때 경성鏡城에서 이붕수李鵬壽 등과 의병을 일으켜 길주에서 왜적을 크게 파하고, 뒤에 길주목사吉州牧使가 되었다. 저서에 『농포집農圃集』이 있다.

時, 各道起義兵討賊者甚衆, 在全羅道者, 前判決事金千鎰,

僉知高敬命, 前寧海府使崔慶會. 千鎰字士重, 率兵先至京

畿, 朝廷嘉之, 賜其軍號曰倡義, 已而不能軍, 入江華, 敬命字

而順, 孟英之子, 有文才, 亦率鄉兵, 移檄郡縣討賊, 與賊戰敗

死, 其子從厚. 代領其衆, 名曰復讎軍. 慶會後爲慶尙右兵使,

死於晉州. 其在慶尙道者, 玄風人郭再祐, 高靈人前佐郎金

沔, 陝川人前掌令鄭仁弘, 禮安人前翰林金垓, 校書正字柳宗

介, 草溪人李大期, 軍威校生張士珍. 再祐, 越之子, 頗有才

略, 累與賊戰, 賊憚之, 固守鼎津, 使賊不得入宜寧界, 人以爲

再祐之功. 沔故武將世文之子, 禦賊于居昌牛脊峴, 累卻賊,

事聞, 擢爲右兵使, 病卒於軍中, 宗介起兵未久, 遇賊而死, 朝

廷嘉其志, 贈禮曹參議. 士珍, 前後射殺賊兵甚多, 賊稱爲張

將軍, 不敢入軍威界. 一日賊設伏誘之, 士珍窮追陷伏中, 猶

大呼力戰, 矢盡, 賊擊斷士珍一臂, 士珍獨以一臂, 奮擊未已,

遂死, 事聞, 贈水軍節度使. 其在忠淸道者, 僧人靈圭, 前都督

官趙憲, 前淸州牧使金弘敏, 庶孽李山謙, 士人朴春茂, 忠州

人趙德恭, 內禁衛趙雄, 淸州人李逢. 靈圭, 勇力善鬪, 與憲復

淸州, 後爲賊所敗皆死. 雄尤勇敢, 能馬上立馳, 殺賊頗多, 戰
청주 후위적소패개사 웅우용감 능마상입치 살적파다 전

死. 其在京畿者, 前司諫禹性傳, 前正鄭叔夏, 水原人崔屹, 高
사 기재경기자 전사간우성전 전정정숙하 수원인최흘 고

陽人進士李魯, 李山輝, 前牧使南彦經, 幼學金琢, 前正郎兪
양인진사이노 이산휘 전목사남언경 유학김탁 전정랑유

大進, 忠義衛李軼, 庶孽洪季男, 士人王玉. 季男最驍勇, 其餘
대진 충의위이일 서얼홍계남 사인왕옥 계남최효용 기여

各聚鄕里, 或百餘人, 或數十餘人, 以義爲名者, 不可勝數, 而
각취향리 혹백여인 혹수십여인 이의위명자 불가승수 이

無可紀之績, 皆遷徙日闋而已. 又有僧人惟政, 在金剛山表訓
무가기지적 개천사일결이이 우유승인유정 재금강산표훈

寺, 賊入山中, 寺僧皆走, 惟政不動, 賊不敢逼, 或合掌致敬而
사 적입산중 사승개주 유정부동 적불감핍 혹합장치경이

去. 余在安州, 移文四方, 使各起兵赴難, 文至山中, 惟政展佛
거 여재안주 이문사방 사각기병부난 문지산중 유정전불

卓上, 呼諸僧讀之流涕. 遂起僧軍, 西赴勤王, 比至平壤, 衆千
탁상 호제승독지류체 수기승군 서부근왕 비지평양 중천

餘人, 屯平壤城東, 與順安軍作爲形勢. 又有宗室湖城監, 率
여인 둔평양성동 여순안군작위형세 우유종실호성감 솔

百餘人赴行在, 朝廷陞秩爲湖城都正, 使屯順安, 與大軍合
백여인부행재 조정승질위호성도정 사둔순안 여대군합

勢. 其在北道者, 評事鄭文孚. 訓戎僉使高敬民, 功最多云.
세 기재북도자 평사정문부 훈융첨사고경민 공최다운

이일李鎰이
순변사巡邊使가 됨

　이일李鎰을 순변사巡邊使로 삼고, 이빈李薲을 불러 행재소로
돌아오게 하였다.

　이일은 이보다 먼저 대동강 여울을 지키다가 평양성〔平壤〕이
함락되자, 대동강을 건너 남쪽으로 내려가 황해도黃海道로 들어
가서 안악安岳으로부터 해주海州에 이르렀다. 그는 또 해주로부
터 강원도江原道의 이천伊川에 이르렀다. 그는 세자世子를 모시
고 군사 수백 명을 모은 다음, 왜적이 평양성으로 들어와서 오랫
동안 나오지 않고, 명나라 구원병이 장차 이른다는 말을 듣고 드
디어는 평양으로 돌아와서 진을 임원역林原驛에 쳤는데, 여기는
평양성 동북쪽 10여 리 떨어져 있는 곳이었다. 그는 여기서 의병
장義兵將 고충경高忠卿 등과 함께 세력을 연합하여 왜적을 쳐서
자못 많이 베어 죽였다.

이때 이빈李薲은 순
안順安에 있었는데, 늘
군사를 내보내 싸울 때
마다 번번이 패배하니
무군사撫軍司[1]의 종관
從官들이 다 이일을 이
빈과 교체시키려 하였
다. 도원수〔元帥〕 김명
원金命元은 홀로 이빈

김명원金命元의 묘
고양시 덕양구 관산동에 있는 위치에 있다.

을 그대로 맡겨두자고 주장하여 무군사와의 논의가 맞지 않아 자
못 서로 격돌할 기색까지 엿보였다. 조정에서는 나로 하여금 순
안順安 군중으로 가서 이를 진정鎭定 조집調輯시키라고 하였다.
그런데 나는 당시 조정의 공론이 다 이일이 이빈보다도 낫다고들
말하고, 또 명나라 구원병이 곧 나온다는 말이 들리므로, 그렇다
면 이빈이 그 임무를 이겨내지 못할 것을 염려하게 되므로, 드디
어는 이일을 그에 대신하게 하고, 박명현朴名賢[2]이 대신 이일의
군사를 거느리게 하고, 그리고 이빈을 행재소〔行在〕로 돌아오게
하였다.

1 무군사撫軍司 : 임진왜란 때 비변사에 두었던 한 관청. 왕세자가 있는 곳에 분조分
朝(分備邊司)를 설치했는데, 이것을 나중에 무군사라고 고쳐 불렀다. 현지에서 발
생하는 각종 업무를 독자적으로 처리하게 했다.
2 박명현朴名賢 : 본관은 죽산竹山. 조선조 선조 때 무신. 이몽학李夢鶴의 난을 평정하
는 데 공을 세우고, 정유재란丁酉再亂 때에는 충청도방어사가 됨.

以李鎰爲巡邊使, 召李薲還行在. 鎰初守江灘, 平壤旣陷, 渡
이 이 일 위 순 변 사   소 이 빈 환 행 재   일 초 수 강 탄   평 양 기 함   도

江而南, 入黃海道, 從安岳至海州. 又自海州至江原道伊川,
강 이 남   입 황 해 도   종 안 악 지 해 주   우 자 해 주 지 강 원 도 이 천

從世子募得兵數百. 聞賊入平壤久不出, 而天兵將至, 遂還平
종 세 자 모 득 병 수 백   문 적 입 평 양 구 불 출   이 천 병 장 지   수 환 평

壤, 結陣于林原坪, 在平壤東北十餘里, 與義兵將高忠卿等連
양   결 진 우 임 원 평   재 평 양 동 북 십 여 리   여 의 병 장 고 충 경 등 연

勢, 頗有斬獲. 而李薲在順安, 每進兵輒北, 撫軍司從官, 皆欲
세   파 유 참 획   이 이 빈 재 순 안   매 진 병 첩 북   무 군 사 종 관   개 욕

以鎰代薲, 元帥金命元, 獨主李薲, 與撫軍司論議不協, 頗有
이 일 대 빈   원 수 김 명 원   독 주 이 빈   여 무 군 사 논 의 불 협   파 유

相激之端. 朝廷使余往順安軍中, 使之鎭調輯. 旣而朝議皆言
상 격 지 단   조 정 사 여 왕 순 안 군 중   사 지 진 조 집   기 이 조 의 개 언

鎰勝薲, 又聞天兵將出, 恐薲不勝任, 遂以鎰代之, 朴名賢代
일 승 빈   우 문 천 병 장 출   공 빈 불 승 임   수 이 일 대 지   박 명 현 대

領鎰軍, 而薲還行在.
령 일 군   이 빈 환 행 재

왜적의 첩자
김순량金順良 등을 잡아 죽임

왜적의 간첩 김순량金順良을 사로잡았다.

내가 안주安州로부터 군관軍官 성남成男을 파견하여 전령傳令을 가지고 적을 나가 칠 일을 수군장군水軍將軍 김억추金億秋에게 비밀히 약속하게 하였다. 그때가 12월 2일이었는데, 이때 경계하여 말하기를,

「6일 이내에 전령을 돌려보내도록 하라.」

하였는데, 그 기일이 지나도록 전령을 돌려보내지 않으므로, 성남成男에게 그 이유를 추궁하여 따졌더니, 성남은 말하기를,

「벌써 강서江西 군인 김순량金順良으로 하여금 돌려 드리게 하였습니다.」

하므로, 나는 또 김순량을 잡아오게 하여 그 전령이 어디 있는지를 물으니, 그 사람은 고의로 전혀 모른다는 모양을 하는데 말하

는 것이 꾸며대는 듯하였다. 성남은 말하기를,

「이 사람이 전령을 가지고 나간 지 며칠 뒤에 군중軍中으로 돌아왔는데, 소 한 마리를 끌고 와서 가족과 그 동무들과 함께 잡아먹으므로 사람들이 『소를 어디서 가져왔느냐?』고 물으니, 김순량은 대답하기를, 『내 소인데 친척집에 맡겨 기르다가 지금 도로 찾아왔을 따름이다.』라고 하였습니다. 그런데 지금 그 말을 들으니, 행동이 의심스럽습니다.」 하였다. 나는 그제야 고문을 하여 그를 엄중히 국문하게 하였더니, 곧 사실대로 고백하여 말하기를,

「소인이 적의 간첩이 되어 그날 전령과 비밀 공문을 받아 가지고, 곧 평양성으로 들어가서 이를 적에게 보였더니, 적장은 전령을 책상 위에 놓아두고 비밀 공문을 보고 나서 찢어 없앴으며 소 한 마리를 상으로 주었습니다. 그리고 같이 간첩이 된 서한룡徐漢龍에게는 명주〔紬〕 다섯 필을 상으로 주면서 다시 다른 비밀을 탐지하여 15일 안으로 와서 보고하라기에 그렇게 하기로 약속하고 나왔습니다.」

하였다. 나는 「간첩이 된 사람이 홀로 너뿐이냐? 또 몇 사람이나 있느냐?」 하고 물으니, 대답하기를,

「모두 40여 명이나 되는데 순안順安·강서江西의 여러 진영에 흩어져 나와 있으며, 또 숙천肅川·안주安州·의주義州에 이르기까지 뚫고 들어가서 돌아다니지 않는 데가 없으며, 일이 있는 대로 곧 알리고 있습니다.」

하였다. 나는 크게 놀라서 즉시 임금에게 장계를 올리고, 또 그들

의 이름을 조사하여 여러 진에 급히 알려 이를 잡게 하였는데, 혹은 잡히고 혹은 도망하였다. 그리고 성 밖에서 김순량의 목을 베었다.

이 일이 있은 지 오래지 않아 명나라 군사가 이르렀는데 왜적들은 알지 못하였다. 이는 대개 그 간첩의 무리들이 놀라 도망한 까닭이었다. 이것도 역시 중요한 일을 처리하는 우연한 것이었으나, 하늘의 도움이 아니라고는 할 수 없다.

原文

獲賊諜金順良. 余自安州, 遣軍官成男, 持傳令密約進取事于
水軍將金億秋, 時十二月初二日也. 戒曰,「六日內回繳.」過
期不繳, 追成男詰之, 成男云,「已使江西軍人金順良還納.」
又捕順良來, 問傳令安在, 其人故作迷罔狀, 言辭流遁. 成男
曰,「此人持傳令出數日, 還軍中, 牽一牛來, 與同伴屠食, 人
問牛何來, 順良答曰,「吾牛而寄養於族人家, 故還取耳. 今聞
其言, 蹤跡可疑.」余始令栲椋, 而嚴鞫之, 乃吐實曰,「小人爲
賊間, 其日受傳令及秘密公文, 直入平壤示賊, 賊將置傳令案
上, 公文則見卽扯裂, 賞一牛, 同爲間者徐漢龍, 賞紬五疋, 約
更探外事, 期十五日來報, 故聽出矣.」余問,「爲間者獨汝乎?

更有幾人?」 對曰, 「凡四十餘輩, 每散出順安·江西諸陣, 以
갱유기인   대왈   범사십여배 매산출순안   강서제진 이

至肅川·安州·義州, 無不貫穿行走, 隨事輒報.」 余大駭, 卽
지숙천   안주   의주 무불관천행주 수사첩보   여대해 즉

狀啓, 又按名急通諸陣, 捕之, 或得或逸, 斬順良於城外. 不久
장계 우안명급통제진 포지 혹득혹일 참순량어성외 불구

天兵至, 而賊不知, 蓋其類駭散故耳. 兹亦事機之偶然者, 莫
천병지 이적부지 개기류해산고이   자역사기지우연자   막

非天也.
비천야

임진왜란 당시 명나라 황제인 만력제萬曆帝

제2권

징비록

懲毖錄

평양성을 수복收復함

　12월에 명나라가 크게 군사를 일으켜 병부우시랑兵部右侍郎 송응창宋應昌[1]을 경략經略으로 삼고, 병부원외랑兵部員外郎 유황상劉黃裳[2], 주사主事 원황袁黃[3]을 찬획군무贊畫軍務로 삼아 요동遼東에 주둔하게 하고, 제독提督 이여송李如松을 대장大將으로 삼아 삼영장三營將인 이여백李如柏[4]·장세작張世爵·양원楊元과 남방 장수[南將] 낙상지駱尙志·오유충吳惟忠·왕필적王必迪 등을 거

---

1 송응창宋應昌 : 명나라 신종神宗 때의 병부우시랑兵部右侍郎. 임진왜란 때 경략經略 (중국 벼슬 이름)으로 요동에 주둔하였다.

2 유황상劉黃裳 : 명나라 신종 때의 병부원외랑兵部員外郎. 임진왜란 때 명나라 구원병의 군무를 찬획贊畫(도와서 꾀함)함.

3 원황袁黃 : 명나라 신종 때의 병부주사兵部主事. 임진왜란 때 명나라 구원병의 군무를 찬획함.

4 이여백李如柏 : 명나라 신종 때의 무장. 임진왜란 때 삼영장三營將의 한 사람으로 출전함. 곧 제독提督 이여송李如松의 아우.

느리게 하여 압록강을 건너오니, 그 군사의 수효는 4만여 명이었다.

이보다 먼저 심유경沈惟敬이 돌아간 뒤에 왜적들은 과연 군사를 거두고 움직이지 않았는데, 이미 약속한 50일이 지나도 심유경이 오지 않으니 왜적들은 의심하여 「세시歲時(설)에는 말을 몰아 압록강鴨綠江에서 물을 먹이겠다.」는 소문을 퍼뜨렸다. 왜적에게 잡혔다 그 속에서 도망하여 돌아온 사람도 다 「왜적들이 성을 공격할 때 쓰는 기구를 크게 수리한다.」고 하므로, 사람들은 더욱 두려워하였다.

12월 초에 심유경〔惟敬〕이 또 와서 평양성으로 들어가 며칠을 머무르며 다시 서로 약속을 하고 돌아갔으나, 그러나 말한 내용은 알려지지 않았었다. 그런데 이때에 이르러 명나라 구원병이 안주安州에 이르러 병영〔營〕을 성 남쪽에 설치하니, 그 깃발과 기계가 정돈되고 엄숙함이 귀신 같았다.

내가 제독提督(李如松)을 만나보고 할 말이 있다고 청하였더니, 제독은 동헌東軒에 있으면서 들어오라 허락하기에 보니, 곧 키가 크고 품위가 있는 장부다운 사람이었다. 의자를 놓고 마주앉은 다음 내가 소매 속에서 평양성의 지도〔平壤地圖〕를 꺼내 놓고 그 형세와 군사들이 어디로부터 들어가야 할 길을 가리켜 보이니, 제독은 주의깊게 들은 다음, 곧 붉은 붓을 가지고 가리키는 곳마다 점을 찍어 표를 하였다. 그리고 말하기를,

「왜적들은 다만 조총鳥銃을 믿고 있을 뿐입니다. 우리는 대포

大砲를 사용하는데다 5, 6리를 지나가 맞으니 왜적들이 어떻게 당해 내겠습니까?」

하였다. 내가 물러나온 다음 제독은 부채〔扇面〕에 시詩를 지어 보내왔는데 이르기를,

「군사를 거느리고 압록강을 건너옴은〔提兵星夜渡江干〕
삼한의 나라 안이 안정되지 못한 때문〔爲說三韓國未安〕.
명주께선 날마다 첩보 오길 기다리고〔明主日懸旌節報〕
이 몸도 밤들어 술잔 들고 즐기는 것 그만뒀네〔微臣夜釋酒杯歡〕.
봄이 살기를 띠고 왔었지만 마음은 오히려 장렬해지고〔春來殺氣心猶壯〕
이젠 왜적들도 뼈가 벌써 저리겠네〔此去妖氛骨已寒〕.
담소엔들 어찌 감히 승산이 없다고 말하리오〔談笑敢言非勝算〕?
꿈속에도 말 달리는 싸움터를 생각하오〔夢中常憶跨征鞍〕.」

라고 하였다. 이때 안주성安州城 안에는 명나라 군사로 가득 찼다. 나는 백상루百祥樓에 있었는데, 밤중에 갑자기 명나라 사람이 군사상의 비밀 약속〔密約〕 세 조목〔三條目〕을 가지고 와서 내보였다. 그의 성명을 물었으나 그는 알려 주지 않고 가버렸다.

제독提督(李如松)은 부총병副總兵 사대수查大受로 하여금 군사를 거느리고 먼저 순안順安으로 가서 왜적 놈을 속여 말하기를,

「명나라에서는 이미 강화를 허락하여 심유격沈遊擊(沈惟敬)이 또 왔다.」

라고 하게 하였다. 왜적들은 기뻐하고 현소玄蘇는 시詩를 지어 바쳤는데 말하기를,

「일본이 싸움을 그치고 중화에 복종하니〔扶桑[5]息戰服中華〕
사해와 구주가 한 집안이 되었구나〔四海[6]九州[7]同一家〕.
기쁜 기운이 갑자기 밖의 눈을 녹여 놓으니〔喜氣忽消寰[8]外雪〕
세상엔 봄이 이른데 태평화가 피었구나〔乾坤春早太平花〕.」

라고 하였다. 이때는 계사년〔癸巳 : 宣祖 26年, 1593〕 정월正月 초하루〔初吉〕였다. 왜적은 그 소장小將 평호관平好官으로 하여금 20여 명의 왜적을 거느리고 나와서 심유격沈遊擊을 순안順安에서 맞게 하였다. 사총병査總兵은 그들을 유인하여 함께 술을 마시다가 복병을 일으켜 그들을 닥치는 대로 몰아쳐서 평호길을 사로잡고 그를 따라 온 왜적들을 거의 다 베어 죽여 버렸다. 그중에서 세 사람이 도망하여 달려가자, 왜적들은 비로소 명나라 군사가 온 것을 알고 크게 소란하여졌다.

이때 명나라 대군이 벌써 숙천肅川에 도착하여 날이 저물었으므로 병영을 마련하고 밥을 짓고 있었는데 이 보고가 이르자, 제

---

5 부상扶桑 : 옛날에는 동쪽 바다의 해가 뜨는 곳을 말했는데, 여기서는 일본을 일컬어 부상이라고 한다.

6 사해四海 : 중국 밖의 천하.

7 구주九州 : 구주는 중국 본토를 말함.

8 환寰 : ① 기내畿內. 나라. 천자天子가 직할하던 도읍 주변의 영지領地. ② 천하. 하늘 아래. ③ 에워싸다.

독제독提督이 화살을 쏘아 신호를 하고〔명현鳴弦 ; ① 우는 활 시위. ② 활 시위를 울림은 활 시위 소리와 함께 바로 이것이 진격의 신호 음인 것이다.〕 즉시 몇 사람의 기병을 거느리고 말을 달려 순안順安으로 달려오니 모든 병영의 군사들이 계속 출발하여 나왔다.

그 다음날 아침에 나아가 평양성〔平壤〕을 포위하고 보통문普通門·칠성문七星門을 공격하였다. 왜적은 성 위로 올라가서 붉은 기, 흰 기〔紅白旗〕를 벌여 세우고 막아 싸웠다. 명나라 군사가 대포大砲와 화전火箭(불화살)으로 이를 공격하니, 대포소리가 땅을 진동시키고 몇 십리 안의 산악까지 다 움직였으며, 화전火箭이 하늘에 베를 짜는 실오리처럼 퍼지고 연기가 하늘을 덮고 불화살이 성 안에 들어가 떨어져 곳곳에서 불이 일어나 나무들까지 다 불 붙어 버렸다.

낙상지駱尚志·오유충吳惟忠 등은 친히 군사를 거느리고 개미처럼 붙어 성을 기어 올라 앞사람이 떨어져도 뒷사람이 올라 물러서는 사람이 없었다. 왜적들이 창칼을 성첩에 고슴도치 털처럼 드리워 놓았으나 명나라 군사들이 더욱 세차게 싸우니, 왜적들은 능히 견디어 내지 못하고 물러서 내성內城으로 들어갔는데, 이 싸움에서 베어 죽이고 불태워 죽인 왜적의 수는 매우 많았다.

명나라 군사는 성 안으로 들어가서 내성內城을 공격하니, 왜적들은 성 위에 흙벽을 만들고 이곳에 많은 구멍을 뚫어 놓았는데 마치 벌집과 같았다. 왜적들은 이 구멍으로부터 총알을 어지럽게 쏘아 명나라 군사가 많이 상하였다. 제독提督은, 궁한 도둑들은 죽기를 다할 것이라고 생각하고 군사를 성 밖으로 거두어 그들이 도망할 길을 열어 놓으니, 그날 밤에 왜적들은 대동강의 얼음을 타고 강을 건너 도망하여 갔다.

이보다 먼저 내가 안주安州에 있을 때 명나라 대군이 나오려 한다는 말을 듣고 비밀히 황해도방어사黃海道防禦使 이시언李時言·김경로金敬老에게 왜적들이 돌아가는 길목에서 맞아 치라고 하며 경계하기를,

「양군兩軍(李時言·金敬老)이 길가에 복병을 베풀고서 왜적들이 지나갈 때 그 뒤를 짓밟아라. 왜적들은 굶주리고 피곤하게 도망하는 터이므로 싸움할 마음도 없을 것이니, 다 사로 잡아서 묶을 수 있으리라.」

하였더니, 이시언[時言]은 즉시 떠나 중화中和에 이르렀으나, 김경로[敬老]는 다른 일을 핑계하며 듣지 않았으므로 나는 군관軍官 강덕관姜德寬을 파견하여 독촉하게 했더니, 김경로는 마지못한 듯 역시 중화中和로 나왔으나 왜적이 물러가기 하루 전에 황해도순찰사黃海道巡察使 유영경柳永慶[9]의 공문[關]에 따라 되돌아서 재령載寧으로 달아났다. 이때 유영경[永慶]은 해주海州에 있었는데 김경로를 불러서 자신을 보위하려고 하였고, 그리고 김경로는 왜적과 싸우는 것을 두려워해서 피하여 가버린 것이다.

왜적의 장수 평행장平行長·평의지平義智·현소玄蘇·평조신

---

9 유영경柳永慶(1550~1608) : 조선조 선조 때의 문신. 자는 선여善餘, 호는 춘호春湖, 본관은 전주. 임진왜란 때 초유어사招諭御使가 되어 군사를 모집하는 데 공이 컸다.

평수가平秀嘉
우희다수가(宇喜多秀家, 우키타 히데이에) 오카야마 성에 소장되어 있는 초상화

平調信 등은 남은 군사를 거느리고 밤을 새워 도망하여 돌아가는
데, 기운은 빠지고 발은 부르터 절룩거리면서 걸어갔으며, 혹은
밭고랑을 기어가기도 하고, 입을 가리키며 밥을 빌어먹기도 하였
으나 우리나라에선 한 사람도 나와서 치는 일이 없었고, 명나라
군사도 또한 이를 추격하지 않았으며, 홀로 이시언李時言이 그 뒤
를 밟았으나 감히 가까이 다가서지 못하고, 다만 굶주리고 병들
어 뒤떨어진 놈들 60여 명의 목을 베었을 뿐이었다.

이때 왜적의 장수로서 서울에 머물러 있던 자는 평수가平秀嘉[10]
였는데, 그는 곧 관백關白(豊臣秀吉)의 조카라고도 하고, 혹은 그 사
위라고도 말하는데, 그는 나이가 어려서 모든 일을 주관할 수 없

10 평수가平秀嘉 : 왜적의 장수, 곧 우희다수가宇喜多秀家. 풍신수길의 양자.

었으므로 군사적 사무는 소서행장이 다스리고 있었다. 그리고 가
등청정이 함경도咸鏡道에 있으며 돌아오지 않았으므로, 만약 소
서행장·의지義智·현소玄蘇 등을 사로잡았을 것 같으면 서울의
왜적은 저절로 무너졌을 것이다. 그렇게 되면 가등청정[淸正]은
돌아갈 길이 끊어져 버려서 군사들의 마음이 흉흉하여 두려워하
게 되고, 그들이 바닷가를 따라 도망한다 해도 스스로 빠져나갈
수 없었을 것이고, 한강漢江으로부터 남쪽에 주둔한 왜적들은 차
례로 부서져서 명나라 군사가 북을 울리며 천천히 따라가기만 하
여도 바로 부산釜山까지 이르러 싫도록 술을 마셨을 것이고, 잠깐
동안에 온 나라 강산 안의 왜적이 숙청되었으리니, 어찌 몇 해 동
안을 두고 어지럽게 싸웠을 리 있으리오? 한 사람[金敬老]의 잘
못한 일이 온 천하에 관계되었으니, 실로 통분하고 애석한 일이
다.

　나는 장계狀啓를 올려 김경로金敬老를 목 베자고 청하였다. 이
는 대개 내가 평안도체찰사平安道體察使로 되어 있어서 김경로는

나의 관할 밑이 아니었으므로 먼저 이를 청한 것이다. 조정에서는 선전관宣傳官 이순일李純一을 파견하여 표신標信[11]을 가지고 개성부開城府에 이르러 그를 죽이려 하다가 먼저 제독提督에게 알렸더니 제독은 말하기를,

「그의 죄는 마땅히 죽여야 하겠으나, 그러나 왜적이 아직 섬멸되지 않았으므로 한 사람의 무사라도 죽이기는 아까우니, 우선 백의종군白衣從軍[12]하여 그로 하여금 공을 세워 그 죄를 벗도록 함이 옳을 것입니다.」

라고 하면서, 공문을 만들어 이순일〔純一〕에게 주어 돌려보냈다.

原文

十二月, 天朝大發兵, 以兵部右侍郎宋應昌爲經略, 兵部員外郎劉黃裳·主事袁黃爲贊畫軍務, 駐遼東, 提督李如松爲大將, 率三營將李如柏·張世爵·楊元, 及南將駱尙志·吳惟忠·王必迪等, 渡江, 兵數四萬餘. 先是沈惟敬旣去, 倭果斂兵不動, 旣而過五十日, 惟敬不至, 倭疑之, 聲言歲時, 將飮馬

---

11 표신標信 : 이조 때 궁중에 급변을 전할 때, 궁궐문을 개폐하거나 드나들 때 지니는 증표.

12 백의종군白衣從軍 : 군적없이 종군하도록 하는 일. 무관의 죄를 경감하여 장공속죄將功贖罪 시키는 은전恩典. 죄인의 몸으로 종군하는 것.

鴨綠江, 自賊中逃回者, 皆言賊大修攻城之具, 人以益懼. 十
압록강 자적중도회자 개언적대수공성지구 인이익구 십

二月初, 惟敬又至, 再入城中, 留數日, 更相約誓而去, 所言不
이월초 유경우지 재입성중 유수일 갱상약서이거 소언불

聞. 至是兵至安州, 下營於城南, 旌旗器械, 整肅如神. 余請見
문 지시병지안주 하영어성남 정기기계 정숙여신 여청견

提督白事, 提督在東軒許入, 乃頎然丈夫也. 設椅相對, 余袖
제독백사 제독재동헌허입 내기연장부야 설의상대 여수

出平壤地圖, 指示形勢兵所從入之路, 提督傾聽, 輒以朱筆點
출평양지도 지시형세병소종입지로 제독경청 첩이주필점

其處, 且曰, 「倭但恃鳥銃耳, 我用大炮, 皆過五六里, 賊何可
기처 차왈 왜단시조총이 아용대포 개과오육리 적하가

當也?」 余旣退, 提督於扇面, 題詩寄余云, 「提兵星夜渡江干,
당야 여기퇴 제독어선면 제시기여운 제병성야도강간

爲說三韓國未安. 明主日懸旌節報, 微臣夜釋酒杯歡. 着來殺
위설삼한국미안 명주일현정절보 미신야석주배탄 착래살

氣心猶壯, 此去妖氛骨已寒. 談笑敢言非勝算, 夢中常憶跨征
기심유장 차거요분골이한 담소감언비승산 몽중상억고정

鞍.」 時城中漢兵皆滿. 余在百祥樓, 夜半, 忽有唐人, 持軍中
안 시성중한병개만 여재백상루 야반 홀유당인 지군중

密約三條來示, 問其姓名, 不告而去. 提督使副總兵查大受,
밀약삼조래시 문기성명 불고이거 제독사부총병사대수

先往順安, 紿[13]倭奴曰, 「天朝已許和, 沈遊擊且至.」 倭喜, 玄
선왕순안 태 왜노왈 천조이허화 심유격차지 왜희 현

蘇獻詩曰, 「扶桑息戰服中華, 四海九州同一家. 喜氣忽消寰
소헌시왈 부상식전복중화 사해구주동일가 희기홀소환

外雪, 乾坤春早太平花.」 時癸巳年春正月初吉也, 使其小將
외설 건곤춘조태평화 시계사년춘정월초길야 사기소장

平好官, 領二十餘倭, 出迎沈遊擊于順安, 查總兵, 誘與飲酒,
평호관 영이십여왜 출영심유격우순안 사총병 유여음주

伏起縱擊之, 擒平好官, 斬戮從倭幾盡, 三人逸馳去, 賊中始
복기종격지 금평호관 참륙종왜기진 삼인일치거 적중시

---

13 紿 : 속일 태. 속이다. 빌리다. 의심하다. 감다. 게을리하다.

知兵至, 大擾. 時大軍已到肅川, 日暮方下營做飯, 報至, 提督

彎弓鳴弦, 卽以數騎, 馳赴順安, 諸營陸續進發, 翌日朝, 進圍

平壤, 攻普通門·七星門, 賊登城上, 列竪紅白旗拒戰, 天兵

以大炮·火箭攻之, 炮聲震地, 數十里間山岳皆動, 火箭布空

如織, 烟氣蔽天, 箭入城中, 處處火起. 林木皆焚, 駱尙志·吳

惟忠等, 率親兵蟻附登城, 前者墜後者升, 莫有退者. 賊刀槊

下垂城堞如蝟毛, 天兵戰益力, 賊不能支, 退入內城, 斬戮焚

燒, 死者甚衆. 天兵入城攻內城, 賊於城上爲土壁, 多穿孔穴,

望之如蜂窠. 從穴中銃丸亂發, 天兵多傷, 提督慮窮寇致死,

收軍城外, 以開走路, 其夜賊乘氷過江遁去. 先是余在安州,

聞大兵將出, 密報黃海道防禦使李時言·金敬老, 使邀其歸

路, 戒之曰, 「兩軍沿道設伏, 俟賊過躡其後, 賊飢困遁走. 無

心戀戰, 可盡就縛. 時言卽至中和, 敬老辭以他事, 余又遣軍

官姜德寬督之, 敬老不得已亦來中和, 賊退前一日, 因黃海道

巡察使柳永慶關, 還走載寧. 時永慶在海州欲自衞, 而敬老憚

與賊戰避去. 賊將平行長·平義智·玄蘇·平調信等, 率餘

衆連夜遁還, 氣乏足繭, 跛躄而行, 或匍匐田間, 指口乞食, 我

國無一人出擊, 天兵又不追之, 獨李時言, 尾其後不敢逼, 但

斬飢病落後者六十餘級. 是時倭將之在都城者平秀嘉, 乃關
참 기 병 락 후 자 육 십 여 급   시 시 왜 장 지 재 도 성 자 평 수 가   내 관

白姪, 或言婿也, 年幼不能主事, 軍務制在行長, 而清正在咸
백 질   혹 언 서 야   연 유 불 능 주 사   군 무 제 재 행 장   이 청 정 재 함

鏡道未還, 若行長·義智·玄蘇等就擒, 則京城之賊自潰, 京
경 도 미 환   약 행 장   의 지   현 소 등 취 금   즉 경 성 지 적 자 궤   경

城潰, 則清正歸路斷絶, 軍心洶懼, 必沿海遁走, 不能自拔, 漢
성 궤 즉 청 정 귀 로 단 절   군 심 흉 구   필 연 해 둔 주   불 능 자 발   한

江以南賊屯, 次第瓦解, 天兵鳴鼓徐行, 直至釜山, 痛飮而已,
강 이 남 적 둔   차 제 와 해   천 병 명 고 서 행   직 지 부 산   통 음 이 이

俄頃之間, 海岱肅清, 安有數年之紛紛哉? 一夫不如意, 事關
아 경 지 간   해 대 숙 청   안 유 수 년 지 분 분 재   일 부 불 여 의   사 관

天下, 良可痛惜, 余狀啓請斬金敬老, 蓋余爲平安道體察使,
천 하   양 가 통 석   여 장 계 청 참 김 경 로   개 여 위 평 안 도 체 찰 사

敬老非管下, 故先請之. 朝廷遣宣傳官李純一, 持標信至開城
경 로 비 관 하   고 선 청 지   조 정 견 선 전 관 이 순 일   지 표 신 지 개 성

府, 欲誅之, 先告于提督, 提督曰「其罪應死, 然賊未滅, 一武
부   욕 주 지   선 고 우 제 독   제 독 왈   기 죄 응 사   연 적 미 멸   일 무

士可惜, 姑令白衣從軍, 使之立功贖罪, 可也.」爲咨文授純一
사 가 석   고 령 백 의 종 군   사 지 입 공 속 죄   가 야   위 자 문 수 순 일

而送.
이 송

이일李鎰 대신 이빈李薲을
순변사巡邊使로 임명함

이일李鎰을 순변사巡邊使로 직책에서 갈고, 이빈李薲을 그에 대신하게 하였다.

평양성〔平壤〕의 싸움에 명나라 군사가 보통문普通門으로부터 성 안으로 들어가자, 이일李鎰과 김응서金應瑞는 함구문含毬門으로부터 성 안으로 들어갔었는데, 군사를 거두게 되자 다 물러나와 성 밖에 주둔해서 밤에 왜적들이 도망하여 가버려도 그 다음 날 아침에야 비로소 깨달았다. 이제독李提督은 우리 군사들이 잘 경비하여 지키지 않아서 왜적으로 하여금 도망하여 가버리는 것도 알지 못하게 하였다고 나무랐다.

이때에 명나라 장수로서 일찍이 순안順安으로 왕래하며 이빈李薲과 서로 친하게 지내는 사람들이 「이일은 장수 재목이 못 되고 오직 이빈이 좋겠다.」고 다투어 말하니, 제독提督은 공문을 보내 그런 사정을 말하였다. 이에 조정에서는 좌상左相 윤두수尹斗壽로 하여금 평양平壤에 이르러서 이일의 죄를 묻게 하고 군법軍法으로 다스리려 하였으나 얼마 뒤에 이를 풀어 주고, 다시 이빈으로 이일의 소임(순변사)을 대신하게 하고, 군사 3천 명을 뽑아 거느리고 제독 이여송을 따라 남쪽으로 가게 하였다.

原文

遞李鎰巡邊使, 更以李薲代之. 平壤之戰, 天兵從普通門而入, 李鎰及金應瑞等, 從含毬門而入, 及收兵, 皆退屯城外, 夜賊遁去, 明朝始覺之. 李提督咎我軍不警守, 使賊遁去而不知. 於是, 天將之曾往來順安, 與李薲相熟者, 爭言鎰非將才, 獨李薲可, 提督移咨言狀, 朝廷使左相尹斗壽, 至平壤問鎰罪, 欲行軍法, 良久釋之, 更以薲代鎰, 選兵三千騎, 從提督而南.

명나라 군사가 벽제碧蹄 싸움에 지고
개성開城으로 물러섬

이제독李提督(李如松)이 군사를 거느리고 파주坡州로 나아가서 왜적과 벽제碧蹄[1]의 남쪽에서 싸웠으나 불리하여 개성開城[2]으로 돌아와서 주둔하였다.

이보다 먼저 평양성이 수복되자, 대동강大同江 이남의 연도에 주둔하고 있던 적도들은 다 도망하여 가버렸다. 제독提督 이여송은 왜적을 추격하려 하여 나에게 일러 말하기를,

「대군이 바야흐로 전진하려 하는데, 앞길에 군량과 마초가 없다고 들립니다. 의정議政(柳成龍)께서는 대신大臣으로서 마땅히

---

1 벽제碧蹄 : 서울의 서쪽 고양군에 있는 지명. 옛날에는 여기에 역관驛館이 있어 중국 사신이 오갈 때 머무른 곳이며, 임진왜란 때에는 명장 이여송李如松이 왜적과 격전한 곳.

2 개성開城 : 경기도 서북부에 위치한 지명. 옛날 고려의 서울.

벽제관碧蹄館
경기도 고양시 덕양구 고양동에 있는 조선시대의 역관터로 6·25 전쟁 때 소실되기 이전
벽제관의 모습이다.(사적 제 144호)

나랏일을 생각하여야 되겠으니 수고로움을 꺼리지 마시고 마땅
히 급히 가서 군량을 준비하는 데 소홀하고 잘못됨이 없도록 하
십시오.」
하였다. 나는 그와 작별하고 나왔다. 이때 명나라 군사의 선봉은
벌써 대동강을 지나서 가고 있었는데, 어지럽게 길이 막혀 잘 다
닐 수 없으므로 나는 옆길로 돌아서 빨리 달려 군대의 앞에 나서
서 밤에 중화中和로 들어갔다가 황주黃州에 이르렀는데, 때는 이
미 삼고三鼓(밤 12시경)이었다.
　이때는 왜적의 군사들이 금새 물러간 뒤라서 길마다 거칠고 텅
비어 백성들이 모이지 않았으므로 어떻게 할 아무런 계교가 나지

않았다. 이에 급히 공문을 황해감사黃海監司 유영경柳永慶에게 보내어 군량의 운반을 독촉하게 하고, 또 공문을 평안감사平安監司 이원익李元翼에게 보내어 김응서金應瑞 등이 거느린 군사 중에서 싸움터에 나가 견딜 수 없는 사람을 조발하여 평양으로부터 곡식을 운반하여 뒤따라와서 이를 황주黃州까지 보내라고 하고, 또 배로 평안도平安道 세 고을〔三縣〕의 곡식을 옮겨 청룡포靑龍浦로부터 황해도黃海道로 옮기도록 하였으나 일이 미리 준비하였던 것이 아니고 임시로 갑자기 급하게 서두르고 대군이 뒤따라 오므로 군량을 결핍시키는 일이 일어날까 염려하고 이 때문에 애를 쓰고 속을 태웠다. 당시 유영경柳永慶이 자못 저축하여 두었던 곡식이 있었으나 왜적들이 덮칠까 두려워하여 산골 사이에 분산시켜 두었는데, 이때 백성들을 독려하여 수송하여 왔으므로 연도에서 군량이 모자르는 데 이르지는 않았다. 그리하여 조금 뒤에 대군이 개성부開城府에 들어왔다.

정월 24일에 서울에 온 왜적들은 우리 백성들이 이에 내응할까 의심하고, 또 평양에서의 패한 것을 분하게 여겨 서울 안에 있는 백성들을 다 죽이고 관청, 개인집 할 것 없이 다 불태워 거의 다 없애 버렸다. 그리고 서쪽 지방 여러 고을에 있던 왜적들도 다 서울에 모여서 명나라 군사에 항거할 것을 도모하였다.

나는 제독 이여송에게 연달아 속히 진군할 것을 청하였으나, 제독은 머뭇거리기 여러 날 만에 진군하여 파주坡州에 이르렀다.

그 다음날 부총병副總兵 사대수査大受는 우리 장수 고언백高彦

伯과 함께 군사 수백 명을 거느리고 먼저 가서 왜적의 동정을 탐정하다가 왜적과 벽제역碧蹄驛의 남쪽 여석령礪石嶺에서 서로 만나 왜적 백여 명을 베어 죽였다.

제독 이여송은 이 말을 듣고 대군大軍을 그대로 머물러 두고서 홀로 가정家丁 : 집안에서 부리는 노복奴僕(남자 종).으로 말 잘 타는 사람 천여 명과 함께 그곳으로 달려오다가 혜음령惠陰嶺을 지나는데, 말이 넘어져서 땅에 떨어지니 그 부하들이 함께 이를 붙들어 일으켰다. 이때 왜적은 많은 군사들을 여석령礪石嶺 뒤에 숨겨 놓고 다만 수백 명만 영마루(고개) 위에 나와 있었다. 제독 이여송은 이를 바라보고 그 군사를 지휘하여 두 부대를 만들어 가지고 앞으로 나가니, 왜적들도 역시 영으로부터 내려와서 점점 서로 가까워졌다. 그런데 뒤에 숨어 있던 왜적이 산 뒤로부터 갑자기 산 위로 올라와서 진陣을 치니 그 수효가 몇만 명이나 되었다. 명나라 군사들은 이를 바라보고 마음속으로 두려워하였지만, 그러나 벌써 칼날을 맞댔으므로 어찌할 수가 없었다.

이때 제독 이여송이 거느린 군사는 다 북방의 기병들이었으므로 화기火器는 없었고 다만 짧은 칼을 가졌으나 무딘 것인데, 왜적들은 보병으로 칼이 다 3, 4척이나 되는 것을 써서 날카로운 것이 견줄 수가 없었고, 서로 맞부딪쳐 싸우는데 긴 칼을 좌우로 휘둘러 치니 사람과 말이 다 쓰러져 감히 그 날카로움을 당할 수가 없었다. 제독 이여송은 그 형세가 위급한 것을 보고 후군後軍을 불러 보았으나 안오고, 먼저 군사가 이미 패하여 사상자가 매우 많았는데, 왜적도 지쳐 군사를 거두고 급히 추격하지 않았다.

날이 저물 때 제독 이여송은 파주坡州로 돌아와서 비록 그 패한 일을 숨겼으나, 그러나 신기神氣가 매우 저상沮喪[3] :기력이 꺾여서 기운을 잃음. 하였고, 밤에는 가정家丁으로서 친히 믿던〔親臣〕 사람들이 전사한 것을 슬퍼하여 통곡하였다.

그 다음날 제독은 군사를 동파東坡로부터 후퇴시키려 하였다. 나는 우의정右議政 유홍兪泓·도원수都元帥 김명원金命元·장수이빈李薲 등과 함께 그 장막 밑에 이르니, 제독 이여송은 일어서서 장막 밖으로 나가려 하므로 여러 장수들이 좌우에 늘어서고, 나는 힘써 간하기를,

「이기고 지는 일은 병가兵家에게는 항상 있는 일입니다. 마땅히 형세를 보아서 다시 나아갈 것이지, 어찌 가볍게 움직이리오?」

하니, 이여송은 말하기를,

「우리 군사는 어제 적을 많이 죽였으니 불리한 일은 없지만, 다만 이곳은 비가 온 뒤 진창이 돼서 군사를 주둔시키기에 불편하므로 동파東坡로 돌아가서 군사를 쉬었다가 진격하려는 것입니다.」

하였다. 나와 여러 사람들이 그래서는 안 된다고 굳게 간하니, 제독 이여송은 이미 써놓은 본국에 상주上奏할 초고草稿[4]를 내보였

---

3 저상沮喪 : 기운이 없어짐. 기가 꺾여 약해짐. 沮 막을 저. 기가 꺾이다. 붕괴하다. 이루어지지 않고 깨지다. 두려워하다.

4 초고草稿 : 상주할 초고. 진초奏草.

다. 거기에 쓴 말 중에는,

「적병으로 서울에 있는 자가 20여 만명이니, 적은 많고 우리는 적어서 대적할 수가 없습니다.」

라는 말도 있고, 그 끝에는 말하기를,

「신臣은 병이 심하오니, 청컨대 다른 사람으로 그 소임(제독)을 대신하게 하옵소서.」

라고 하였다. 나는 깜짝 놀라면서 손으로 그 글을 지적하면서 말하기를,

「왜적의 군사는 아주 적은데, 어찌 20만 명이나 있겠습니까?」

하니, 제독 이여송은 말하기를,

「내가 어찌 이를 알 수 있겠습니까? 당신네 나라 사람이 그렇게 말한 것이지요.」

라고 하였으나, 이는 대개 핑계하는 말이었다. 그 여러 장수들 가운데 장세작張世爵은 더욱 제독 이여송에게 퇴병退兵하기를 권하였으며, 우리들이 굳이 간청하며 물러나가지 않는다고 해서 발길로 순변사巡邊使 이빈李贇을 차며 물러가라고 꾸짖었는데, 말소리와 낯빛이 다 격해 있었다.

이때에는 큰비가 날마다 연달아 왔다. 또한 왜적들은 길가의 모든 산을 불태웠으므로 다 민둥산이 되어 풀포기 하나 없었고, 거기다가 말병까지 돌게 되어서 며칠 동안에 쓰러져 죽은 말이 거의 만 필이나 되었다.

이 날 삼영三營의 군사들이 임진강을 건너 돌아가서 동파역東

坡驛 앞에 주둔하였다. 그 다음날 동파역으로부터 또 개성부開城府로 돌아가려고 하였다. 나는 또 간쟁하기를,

「대군이 한번 물러가면 왜적들의 기세가 더욱 교만하여지고, 멀고 가까운 곳의 백성들이 놀라고 두려워하여 임진강 이북도 또한 보전할 수가 없을 것이니, 원컨대 좀 더 머물러 있으면서 틈을 보아서 이동하도록 하소서.」

하니, 제독 이여송은 거짓으로 이를 허락하였다. 내가 물러나온 뒤에 제독 이여송은 곧 말을 타고 드디어는 개성부開城府로 돌아가니 여러 병영이 모두 개성으로 물러갔다. 오직 부총병副總兵 사대수査大受와 유격遊擊 관승선毌承宣의 군사 수백 명이 임진강臨津江을 지켰다. 나는 그대로 동파東坡에 머물러 날마다 사람을 보내 다시 진병進兵할 것을 청하였는데, 제독 이여송은 거짓으로 이에 응낙하여 말하기를,

「날씨가 개고 길이 마르면 마땅히 진격할 것입니다.」

하였다. 그러나 사실은 진격할 의사가 없었다.

대군이 개성부開城府에 이르러 여러 날이 되어 군량이 이미 다하였는데, 오직 수로水路로 조〔栗〕와 마초를 강화도〔江華〕에서 가져왔고, 또 배〔船〕로 충청도〔忠淸〕·전라도〔全羅〕의 세곡稅穀을 조금씩 옮겨 왔으나 그것은 이르는 대로 없어져서 그 형세가 급박하였다. 하루는 명나라 여러 장수들이 군량이 다 떨어졌다는 것을 핑계삼아 제독 이여송에게 군사를 돌리자고 청하였다. 제독 이여송은 노하여 나와 호조판서戶曹判書 이성중李誠

中[5]과 경기좌감사京畿左監司 이정형李廷馨[6]을 불러 뜰 아래 꿇어 앉히고는 큰 소리로 꾸짖으며 군법으로써 다스리려 하였다. 나는 사과하기를 마지 않았으며 인하여 나랏일이 이 지경에 이른 것을 생각하여 나도 모르는 새 눈물을 흘리니, 제독 이여송이 민망하게 여기면서 다시 그 여러 장수들에게 성을 내며 말하기를,

「너희들이 지난날 나를 따라서 서하西夏[7]를 칠 때에는 군사들이 여러 날을 먹지 못하였어도 오히려 감히 돌아가겠다고 말하지 않고 싸워 마침내 큰 공을 세웠는데, 지금 조선朝鮮이 우연히 며칠 군량을 지급하지 못하였다고, 어찌 감히 갑자기 군사를 돌리겠다고 말하느냐? 너희들이 어디 가려면 가봐라. 나는 적을 멸망시키지 않고는 돌아가지 않겠다. 오직 말가죽으로 나의 시체를 싸가지고 고향에 돌아가려 할 따름이다〔馬革裹尸〕.[8]」라고 하니, 여러 장수들이 다 머리를 조아리며 사과하였다.

---

5 이성중李誠中(1539~1593) : 조선조 선조 때 문신. 자는 공저公著, 호는 파곡坡谷, 본관은 전주全州. 선조 때 문과에 급제. 임진왜란 때 통어사統禦使로 서울을 방어하다가 의주로 가서 임금을 모시고 호조판서가 되어 군량 보급에 힘쓰다가 함창에서 과로로 순직함.

6 이정형李廷馨(1548~1607) : 조선조 선조 때 명신. 자는 덕훈德薰, 호는 지퇴당知退堂과 동각東閣이다. 본관은 경주慶州. 문과에 급제하여 요직을 맡고, 임진왜란 때에는 개성유수로 활약하다가 벼슬이 경기도관찰사·대사헌에 이름.

7 서하西夏 : 중국 감숙성甘肅省에서 내가고內家古의 서부에 걸친 지방.

8 마혁과시馬革裹尸 : 말가죽으로 자기의 시체를 쌈. 싸움터에 나가 살아 돌아오지 않겠다는 결의의 비유.〔屍 주검 시. 尸 통자. 死 통자. 尸+死=屍. 주검(尸)과 죽다(死)라는 두 자를 합하여 '주검'의 뜻을 나타낸다.〕尸 ; 주검 시. 시체. 위폐. 신주.

나는 문 밖으로 나온 다음, 군량을 제때에 공급하지 못한 죄로 개성경력開城經歷 심예겸沈禮謙을 곤장〔杖〕으로 다스렸더니 계속하여 군량을 실은 배 수십 척이 강화도〔江華〕로부터 와서 뒷 서강西江에 닿았으므로 겨우 아무런 일이 없었다. 이날 저녁에 제독 이여송은 총병總兵 장세작張世爵을 시켜 나를 불러 위로의 뜻을 표한 다음, 또 군사軍事에 관하여 의논하였다.

제독 이여송이 평양平壤으로 돌아갔다. 이때 왜적의 장수 가등청정〔清正〕은 아직도 함경도咸鏡道에 있었는데, 어떤 사람이 말을 전하기를, 「가등청정이 곧 함흥咸興으로부터 양덕陽德·맹산孟山을 넘어 평양성을 습격하려 한다.」고 하였다. 이때 제독 이여송은 북으로 돌아가려는 생각을 가지고 있었는데, 그 기회를 얻지 못하였다가 이 말에 따라 성언하기를,

「평양은 곧 근본이 되는 곳이므로, 만약 여기를 지키지 않으면 대군의 돌아갈 길이 없어질 것이니 여길 구하지 않을 수 없다.」

하며, 드디어는 군사를 돌려 평양성〔平壤〕으로 돌아가고, 왕필적王必迪을 머물러 두어 개성開城을 지키게 하였다. 그리고 그는 접반사接伴使[9] 이덕형李德馨에게 이르기를,

「조선朝鮮의 군사도 형세가 외롭고 구원병도 없으니 마땅히 모두 임진강의 북쪽으로 돌아가는 것이 좋겠습니다.」

9 접반사接伴使 : 임금을 모시며 외국 사신의 접대를 맡은 임시직.

하였다. 이때 전라도순찰사全羅道巡察使 권율權慄[10]이 고양군〔高陽〕의 행주幸州에 있고, 순변사巡邊使 이빈李薲이 파주坡州에 있고, 고언백高彦伯과 이시언李時言이 해유령蟹蹂嶺에 있고, 도원수〔元帥〕 김명원金命元이 임진강臨津江 남쪽에 있고, 내가 동파東坡에 있었는데, 제독 이여송은 왜적들이 틈타 쳐들어올까 두려워하여 그렇게 말한 것이다.

나는 종사관從事官 신경진辛慶晉으로 하여금 달려가서 제독 이여송을 보고 군사를 물러가게 해서는 안 될 이유 다섯 가지를 들어 설명하였는데 그 내용을 들면,

「첫째로, 선왕先王의 분묘墳墓가 다 경기〔畿甸〕 안에 있는데, 지금 왜적들이 있는 곳에 빠졌으므로 신神이나 사람이나 수복을 바라는 마음이 간절하니 차마 버리고 가서는 안 될 것이고, 둘째로는 경기도〔京畿〕 이남에 있는 백성들은 날마다 구원병〔王師〕이 오는 것을 바라고 있는데 갑자기 물러갔다는 말을 듣게 되면 다시 굳게 지킬 뜻이 없어져 서로 거느리고 왜적에게 의지할 것이고, 셋째로는 우리나라의 강토는 한 자 한 치〔尺寸〕라도 쉽사리 버릴 수 없는 것이고, 넷째로는 우리 장병들은 비록 힘이 약하다 하더라도 바야흐로 명나라 구원병의 힘을 의지하여 함께 진격하

---

10 권율權慄(1537~1599) : 조선조 선조 때 도원수. 자는 언신彦愼, 호는 만취당晩翠堂과 모악暮嶽. 시호는 충장忠壯, 본관은 안동安東. 선조 때 과거에 급제하여 예조좌랑·호조정랑을 지내고, 임진왜란 때 광주목사에서 전라도순찰사가 되어 북상하여 수원 등지에서 왜적을 쳐 그 서진西進을 막고 행주산성에서 대승하고 도원수가 되어 전군을 지휘하였다.

이여송李如松의 초상화(일본 천리대학교 소장)

려고 도모하는데, 한 번 철퇴하라는 명령을 듣게 되면 반드시 다
원망하고 분개하여 사방으로 흩어져 버릴 것이고, 다섯째로 구원
병이 물러간 뒤에 왜적들이 그 뒤를 타서 덤벼들면 비록 임진강
臨津江 이북이라 하더라도 역시 보전할 수 없을 것입니다.」

라고 하였다. 그러나 제독 이여송은 이것을 보고도 아무말 없이
떠나갔다.

原文

李提督進兵坡州, 與賊戰於碧蹄南, 不利, 還屯開城. 初平壤
이 제 독 진 병 파 주　여 적 전 어 벽 제 남　불 리　환 둔 개 성　초 평 양

旣復, 大同以南沿道賊屯, 皆遁去. 提督欲追賊, 謂余曰,「大
기 복　대 동 이 남 연 도 적 둔　개 둔 거　제 독 욕 추 적　위 여 왈　대

軍方前進, 而聞前路無糧草, 議政旣爲大臣, 當念國事, 不可
군 방 전 진　이 문 전 로 무 량 초　의 정 기 위 대 신　당 념 국 사　불 가

憚勞, 宜急行, 準備軍糧, 勿致踈¹¹誤.」余辭出, 時, 天兵先鋒,
탄로 의급행 준비군량 물치소 오 여사출 시 천병선봉

已過大同江而南, 筴搶塞路不可行, 余委曲疾行出軍前, 夜入
이과 대동강이남 낭창색로불가행 여위곡질행출군전 야입

中和至黃州, 已三鼓矣. 時賊兵新退, 一路荒虛, 人民未集, 計
중화지황주 이삼고의 시적병신퇴 일로황허 인민미집 계

無所出, 急移文于黃海監司柳永慶, 使之催運, 又移文于平安
무소출 급이문우황해감사유영경 사지최운 우이문우평안

監司李元翼, 調發金應瑞等所率軍人之不堪¹²戰陣者, 自平壤
감사 이원익 조발김응서등소솔군인지불감 전진자 자평양

負戴追隨, 送至黃州, 又令船運平安道三縣之穀, 從靑龍浦輸
부대추수 송지황주 우령선운평안도삼현지곡 종청룡포수

運於黃海道, 事非預辦, 臨時猝急, 而大軍隨之, 恐乏軍興, 爲
운어황해도 사비예판 임시졸급 이대군수지 공핍군흥 위

之勞心焦思, 永慶頗有儲峙, 畏賊散置山谷間, 督民輸至, 沿
지노심초사 영경파유저치 외적산치산곡간 독민수지 연

途不至闕乏, 旣而大軍入開城府. 正月二十四日, 賊疑我民爲
도부지궐핍 기이대군입개성부 정월이십사일 적의아민위

之內應, 且忿平壤之敗, 盡殺京城中民庶, 焚燒公私閭舍殆盡,
지내응 차분평양지패 진살경성중민서 분소공사여사태진

而西路列屯之賊, 皆會京城, 謀拒王師. 余連請提督速進, 提
이서로열둔지적 개회경성 모거왕사 여련청제독속진 제

督遲回者¹³累日, 進至坡州. 翌日副總兵查大受, 與我將高彦
독지회자 누일 진지파주 익일부총병사대수 여아장고언

伯, 領兵數百, 先行偵探, 與賊相遇於碧蹄驛南礪石嶺, 斬獲
백 영병수백 선행정탐 여적상우어벽제역남여석령 참획

百餘級, 提督聞之, 留大軍, 獨與家丁騎馬者千餘, 馳赴之, 過
백여급 제독문지 유대군 독여가정기마자천여 치부지 과

---

11 소踈 : 踈는 疎의 와자(譌字 = 바뀐 글자). 疎는 疏와 동자. 疏 ; ① 트일 소. 통하다. 멀어지다. 먼 친척. 갈라지다. 다스리다. 버리다. 채소(蔬). 빗질하다. ② 거칠 소. 험하다. 상소하다. ③ 적을 소. 조목별로 써서 진술하다. 상소하다. 편지. 문체文體 이름. 주. 주석.

12 감堪 : 견딜 감. 참다. 뛰어나다. 하늘. 천도. 낮다. 불감不堪 ; 견디기가 어려움.

13 자者 : 놈 자. 사람. 것. 곳. ~라고 하는 것은. ~면. 어세語勢를 세게 하는 조사.

惠陰嶺, 馬蹶墮地, 其下共扶起之, 時賊匿大衆於礪石嶺後,
혜음령 마궐타지 기하공부기지 시적닉대중어여석령후

只數百人在嶺上, 提督望見, 揮其兵爲兩翼而前, 賊亦自嶺而
지수백인재령상 제독망견 휘기병위양익이전 적역자령이

下, 漸相逼, 後賊從山後遽上山陣, 幾萬餘, 天兵望之心懼, 而
하 점상핍 후적종산후거상산진 기만여 천병망지심구 이

已接刃不可解. 時提督所領, 皆北騎, 無火器, 只持短劒純劣,
이접인불가해 시제독소령 개북기 무화기 지지단검순렬

賊用步兵, 刃皆三四尺, 精利無比, 與之突鬪, 左右揮擊, 人馬
적용보병 인개삼사척 정리무비 여지돌투 좌우휘격 인마

皆靡, 無敢當其鋒[14]者, 提督見勢危急, 徵後軍未至, 而先軍已
개미 무감당기봉 자 제독견세위급 징후군미지 이선군이

敗, 死傷甚多, 賊亦收兵不急追. 日暮, 提督還坡州, 雖隱其
패 사상심다 적역수병불급추 일모 제독환파주 수은기

敗, 而神氣沮甚, 夜以家丁親信者戰死痛哭, 明日欲退軍東坡,
패 이신기저심 야이가정친신자전사통곡 명일욕퇴군동파

余與右議政兪泓, 都元帥金命元, 帥李薲等至帳下, 提督出立
여여우의정유홍 도원수김명원 수이빈등지장하 제독출입

帳外, 諸將左右立, 余力諍曰,「勝負兵家常事, 當觀勢更進,
장외 제장좌우립 여력쟁왈 승부병가상사 당관세갱진

奈何輕動?」提督曰,「吾軍昨日多殺賊, 無不利事, 但此地經
내하경동 제독왈 오군작일다살적 무불리사 단차지경

雨泥濘, 不便駐軍, 所以欲還東坡, 休兵進取耳.」余及諸人爭
우이령 불편주군 소이욕환동파 휴병진취이 여급제인쟁

之固, 提督出示已奏本草, 其中有曰,「賊兵在都城者二十餘
지고 제독출시이주본초 기중유왈 적병재도성자이십여

萬, 衆寡不敵.」末又言,「臣病甚, 請以他人代其任.」余駭而
만 중과불적 말우언 신병심 청이타인대기임 여해이

以手指點曰,「賊兵甚少, 何得有二十萬?」提督曰,「我豈能知
이수지점왈 적병심소 하득유이십만 제독왈 아기능지

之? 乃汝國人所言也.」蓋託辭也, 諸將中張世爵, 尤勸都督
지 내여국인소언야 개탁사야 제장중장세작 우권도독

14 봉鋒 : 칼 끝 봉. 병기의 날. 날카로운 병기, 칼, 창 따위. 기세. 군대의 앞장. 선봉.
가래. 농기구의 한 가지.

退兵, 以余等固爭不退, 以足蹴巡邊使李薲叱退, 聲色俱厲.
퇴병 이여등고쟁불퇴 이족축순변사이빈질퇴 성색구려

是時大雨連日, 且賊燒道邊諸山, 皆兀兀無蒿草, 重以馬疫,
시시대우연일 차적소도변제산 개올올무호초 중이마역

數日間, 倒¹⁵隕¹⁶者殆將萬匹, 是日三營還渡臨津, 陣于東坡
수일간 도 운 자태장만필 시일삼영환도임진 진우동파

驛前, 明日自東坡, 又欲還開城府. 余又力爭曰, 「大軍一退,
역전 명일자동파 우욕환개성부 여우역쟁왈 대군일퇴

則賊氣愈驕, 遠近驚懼, 臨津以北, 亦不可保, 願少住觀釁以
즉적기유교 원근경구 임진이북 역불가보 원소주관흔이

動.」 提督佯許之, 余旣退, 而提督跨馬, 遂還開城府, 諸營悉
동 제독양허지 여기퇴 이제독고마 수환개성부 제영실

退開城, 獨副總兵查大受, 遊擊毌承宣軍數百, 守臨津. 余猶
퇴개성 독부총병사대수 유격관승선군수백 수임진 여유

留東坡, 日遣人更請進兵, 提督謾應之曰, 「天晴路乾, 則當
유동파 일견인갱청진병 제독만응지왈 천청노건 즉당

進.」 然實無進意. 大軍到開城府日久, 軍糧已盡, 惟從水路,
진 연실무진의 대군도개성부일구 군량이진 유종수로

括粟及茭草於江華, 又船運忠淸・全羅道稅糧, 稍稍而至, 隨
괄속급교초어강화 우선운충청 전라도세량 초초이지 수

到隨盡, 其勢愈急. 一日諸將以糧盡爲辭, 請提督旋師, 提督
도수진 기세유급 일일제장이량진위사 청제독선사 제독

怒, 呼余及戶曹判書李誠中, 京畿左監司李廷馨, 跪庭下, 大
노 호여급호조판서이성중 경기좌감사이정형 궤정하 대

聲詰責, 欲加以軍法, 余摧謝不已, 因念國事至此, 不覺流涕,
성힐책 욕가이군법 여최사불이 인념국사지차 불각유체

提督憫然, 更怒諸將曰, 「汝等昔從我征西夏時, 軍不食累日,
제독민연 갱노제장왈 여등석종아정서하시 군불식누일

猶不敢言歸, 卒成大功, 今朝鮮偶數日不支糧, 何敢遽言旋師
유불감언귀 졸성대공 금조선우수일부지량 하감거언선사

耶? 汝輩欲去則去, 我非滅賊不還, 惟當以馬革裹尸耳.」 諸
야 여배욕거즉거 아비멸적불환 유당이마혁과시이 제

---

15 도倒 : 넘어지다. 자빠지다. 죽다.

16 운隕 : 떨어지다. 추락하다. 쓰러지다. 죽다. 둘레. 원주圓周.

將皆頓首謝. 余出門, 以放糧不時, 杖開城經歷沈禮謙, 繼而
장개둔수사 여출문 이방량불시 장개성경력심예겸 계이

糧船數十隻, 自江華泊後西江, 僅得無事. 是夕, 提督使總兵
양선수십척 자강화박후서강 근득무사 시석 제독사총병

張世爵, 召余慰之, 且論軍事, 提督還平壤. 時賊將淸正, 尙在
장세작 소여위지 차론군사 제독환평양 시적장청정 상재

咸鏡道, 有人傳言, 淸正將自咸興, 踰陽德·孟山, 襲平壤, 時
함경도 유인전언 청정장자함흥 유양덕 맹산 습평양 시

提督有北還意, 未得其機, 因此聲言, 「平壤乃根本, 若不守,
제독유북환의 미득기기 인차성언 평양내근본 약불수

大軍無歸路, 不可不救.」遂回軍還平壤. 留王必迪守開城, 謂
대군무귀로 불가불구 수회군환평양 유왕필적수개성 위

接伴使李德馨曰, 「朝鮮之軍, 勢孤無援, 宜悉還江北.」是時,
접반사이덕형왈 조선지군 세고무원 의실환강북 시시

全羅道巡察使權慄, 在高陽幸州, 巡邊使李薲在坡州, 高彦
전라도순찰사권율 재고양행주 순변사이빈재파주 고언

伯·李時言等, 在蠏[17]踰嶺, 元帥金命元在臨津南, 余在東坡,
백 이시언등 재해 유령 원수김명원재임진남 여재동파

提督恐爲賊所乘, 故云然. 余使從事官辛慶晉, 馳見提督, 陣
제독공위적소승 고운연 여사종사관신경진 치견제독 진

不可退軍者五, 先王墳墓, 皆在畿甸, 淪於賊藪, 神人望切, 不
불가퇴군자오 선왕분묘 개재기전 윤어적수 신인망절 불

忍棄去一也. 京畿以南遺民, 日望王師, 忽聞退去, 無復固志,
인기거일야 경기이남유민 일망왕사 홀문퇴거 무부고지

相率而歸賊, 二也. 我國境土, 尺寸不可容易棄之, 三也, 將士
상솔이귀적 이야 아국경토 척촌불가용이기지 삼야 장사

雖力弱, 方欲倚仗天兵, 共圖進取, 一聞撤退之令, 必皆怨憤
수력약 방욕의장천병 공도진취 일문철퇴지령 필개원분

離散, 四也, 一退而賊乘其後, 則雖臨津以北, 亦不可保, 五
이산 사야 일퇴이적승기후 즉수임진이북 역불가보 오

也, 提督默然而去.
야 제독묵연이거

---

17 蠏 : 게 해. 동자 蟹.

권율權慄의
행주대첩幸州大捷

전라도순찰사全羅道巡察使 권율權慄이 왜적을 행주幸州[1]에서 격파하고 군사를 파주坡州로 옮겼다.

이보다 먼저 권율은 광주목사光州牧使로 있다가 이광李洸을 대신하여 순찰사巡察使가 되어 근왕군勤王軍: 임금을 가까이서 지키는 군부대.을 거느리게 되어 임금을 돕게 되었다. 그는 이광 등이 들판에서 싸우다가 실패한 것을 경계하여 수원水原에 이르러 독성산성禿城山城[2]에 의거하니 왜적들은 감히 쳐들어오지 못하였다. 그는 명나라 구원병이 장차 서울로 들어온다는 말을 듣고는 한강을 건너 행주산성幸州山城에 진진陣을 쳤다.

1 행주幸州 : 경기도 고양군에 있는 지명. 임진왜란 때 권율이 왜적을 쳐 크게 승리한 곳.
2 독성산성禿城山城 : 경기도 수원의 독산성.

행주대첩幸州大捷의 그림

임진왜란 때 권율權慄이 행주산성幸州山城에서 왜군을 대파한 싸움(전쟁기념관 소장)

이때에 이르러 왜적들은 서울로부터 크게 일어나 나와서 공격하여 왔는데, 군중軍中의 인심은 흉흉하여지고 두려워하여 흩어지려 하였으나 그러나 강물이 뒤에 있어서 달아날 길이 없었으므로 할 수 없이 도로 성으로 들어와서 힘을 다하여 싸우니 화살이 비오듯 쏟아졌다. 왜적들은 부대를 세 진〔三陣〕으로 나누어 번을 갈아가며 쳐들어왔으나 모두 패하고 말았다. 때마침 날이 저물자 왜적들은 돌아서서 서울로 들어갔다. 권율은 군사들로 하여금 왜적의 시체들을 가져다가 그 사지를 찢어 나뭇가지에 헤쳐 걸어놓아 그 맺혔던 한을 풀었다.

얼마 뒤에 권율은 왜적이 다시 나와서 반드시 원수를 갚으려 한다는 말을 듣고는 몹시 두려워하여 병영과 목책〔營柵〕을 헐고 군사를 거느리고 임진강에 이르러 도원수都元帥 김명원金命元을 따랐다.

나는 이 말을 듣고 단기單騎로 달려가서 파주산성坡州山城[3]으

3 파주산성坡州山城 : 경기도 파주에 있는 산성.

로 올라가 그 형세를 살펴보니, 큰 길의 요충으로서 그 지형이 험준하여 가히 근거지로 삼을 만하다고 생각하여, 즉시 권율과 순변사巡邊使 이빈李蘋으로 하여금 군사를 모아가지고 굳게 지켜 왜적의 군사들이 서쪽으로 내려오는 것을 막도록 하고, 방어사防禦使 고언백高彦伯·이시언李時言과 조방장助防將 정희현鄭希玄·박명현朴名賢 등을 유격병〔遊兵〕으로 삼아 해유령蟹踰嶺을 막도록 하고, 의병장義兵將 박유인朴惟仁·윤선정尹先正·이산휘李山輝 등으로 하여금 오른쪽 길목을 따라 창릉昌陵과 경릉敬陵[4] 사이에 복병을 베풀고 각각 그 군사를 거느리고 출몰出沒하면서 공격하되 왜적이 많이 나오면 피하여 싸우지 말고, 적게 나오는 곳에 따라 맞아 치도록 하였다. 이로부터 왜적들은 성을 나와서 마음대로 땔나무와 마초도 뜯어갈 수 없어 말들이 매우 많이 죽었다.

또 창의사倡義使[5] 김천일金千鎰·경기도수군절도사京畿道水軍節度使 이빈李蘋[6]·충청수사忠淸水使 정걸丁傑 등으로 하여금 배를 타고 용산龍山·서강西江을 따라 왜적의 세력을 분산시키도록 하고, 충청도순찰사忠淸道巡察使 허욱許頊이 양성陽城에 있으므

---

4 창릉昌陵과 경릉敬陵 : 창릉은 조선의 제8대왕인 예종睿宗과 비妃 안순왕후安順王后의 능이고, 경릉은 덕종德宗과 비 소혜왕후昭惠王后의 능이다. 모두 경기도 고양군 신도면 용두리에 있다.

5 창의사倡義使 : 나라에 큰 난亂이 일어나거나 했을 때 이에 맞서 의병을 일으킨 사람들에게 주던 임시 벼슬.

6 이빈李蘋 : 1591년(선조 25년) 무과武科에 급제, 경기도수군절도사. 1596년 충청도 관찰사, 1599년 순천부사順天府使, 1600년 제주목사濟州牧使, 1601년 경상도병마절도사, 1602년 전라도수군절도사. 앞서 임진왜란 때는 공주公州에서 전공을 세웠다.

로 돌아가 충청도를 지키게 하여 왜적이 남쪽으로 부딪치려는 기세에 대비하도록 하고, 공문을 경기도〔京畿〕·충청도〔忠淸〕·경상도〔慶尙〕의 관군과 의병〔官義兵〕에게 보내어 각각 자기들이 맡은 그곳에 있으면서 좌우로부터 왜적의 가는 길목을 막고 끊어놓도록 하게 하고, 양근군수楊根郡守 이여양李汝讓으로 하여금 용진龍津을 지키게 하였다. 그리고 모든 장수들은 벤 왜적의 머리를 다 개성부開城府의 남문南門 밖에 매달아 놓게 하였더니, 제독 이여송과 참군參軍 여응종呂應鍾이 이를 보고 기뻐하며 말하기를,

「조선 사람〔朝鮮人〕도 이제는 적의 머리 자르는 것을 공을 쪼개는 것같이 합니다그려.」

하였다. 하루는 왜적이 동문東門으로부터 많이 나와서 산을 수색하는데 양주楊州·적성積城으로부터 대탄大灘까지 이르렀으나 아무것도 얻은 것이 없었다. 명나라 장수 사대수査大受는 왜적의 습격을 받을까 두려워하여 나에게 알리기를,

「정탐하는 사람이 와서 하는 말이,『적들은 사총병査總兵(査大受)과 유체찰柳體察(柳成龍)을 사로잡으려 한다.』고 말한다니, 잠시 동안 개성開城으로 피하는 게 어떻겠습니까?」

하였다. 나는 대답하기를,

「정탐하는 사람이 말한 것은 아마 그럴 리가 없을 것입니다. 왜적들은 지금 우리 대군이 가까이 와서 있게 될까 근심하고 있는데, 어찌 감히 경솔하게 강을 건너오겠습니까? 우리들이 한 번 움직이면 민심이 반드시 동요될 것이니 조용히 기다리고 있는 것

권율權慄장군의 영정
경기도 고양시 덕양구 행주내동에 위치
(행주대첩기념관 소장)

만 같지 못할 것입니다.」

하였더니, 사대수는 웃으면서 말하기를,

「그 말은 아주 옳은 말입니다. 가령 적이 오는 일이 있다 하더라도 나는 체찰體察(柳成龍)과 함께 죽고 사는 것을 같이 하지, 어찌 감히 혼자서 가겠습니까.」

하고, 드디어는 거느리고 있는 군사 수십 명을 나누어 보내와서 나를 보호하였는데, 비록 비가 심하게 온다 하더라도 밤새도록 경비하여 지키며 잠시도 게을리하지 않다가 왜적들이 성 안으로 들어간다는 말을 듣고서야 곧 그만두었다.

그 뒤에 왜적들은 권율權慄이 파주산성坡州山城에 있다는 사실을 탐지하고 원한을 갚으려고 하여 대군을 거느리고 서쪽 길로부터 나와 광탄廣灘에 이르렀는데, 여기는 파주산성에서 몇 리쯤 떨어졌으나 군사를 머물러 두고 진격하지는 못하였다. 왜적들은 오시午時(오전 11시~오후 1시)로부터 미시未時 (오후 1시~오후 3시)까지 공격하지 않고 있다가 돌아서 물러간 뒤에는 다시 나오지 않았다. 이는 대개 왜적이 지형을 살필 줄 알아서 권율이 의거하는 데가 매우 험절함을 보고 그렇게 하였던 것이었다.

나는 공문을 왕필적王必迪에게 보내 말하기를,

「왜적은 방금 험고한 데 의거하고 있으니, 아직은 쉽사리 치지 못하겠습니다. 대군은 마땅히 동파東坡로 나와 머무르고, 파주坡州에서는 그 뒤를 밟아 이를 견제하고, 남쪽의 군사 1만 명을 뽑아 강화도〔江華〕로부터 한강의 남쪽에 나와 왜적의 뜻밖의 틈을 타서 여러 둔진을 격파하면 서울의 왜적들은 돌아갈 길이 끊어져서 반드시 용진龍津으로 달아날 것입니다. 이럴 때에 뒤에 있는 군사로써 여러 강나루를 덮친다면, 가히 한 번 군사를 일으켜 왜적을 소탕할 수가 있을 것입니다.」

하였더니, 왕필적〔必迪〕은 격절擊節:감탄하여 손뼉을 친다는 말, 또는 무릎을 친다는 말이다.무릎을 치며 신기한 전략이라고 칭찬하면서 정탐꾼 36명을 충청도忠淸道 의병장義兵將 이산겸李山謙의 진진으로 달려가서 왜적의 형세를 살피게 하였다.

이때 왜적의 정예부대는 다 서울에 있고, 후방에 주둔한 군사는 다 약하고 파리한 소수의 군사들이었다. 정탐하러 갔던 군사들이 좋아 날뛰면서 돌아와 보고하기를,

「꼭 1만 명의 군사까지도 필요하지 않고, 다만 2, 3천 명이면 쳐부술 수가 있겠습니다.」

하였다. 이제독李提督은 북방 출신의 장수였다. 그는 이 싸움에

서 남방 출신의 군사를 아주 억압하였는데, 그는 이번에도 그들의 성공을 꺼려 뜻대로 하는 것을 허락하지 않았다.

原文

全羅道巡察使權慄, 敗賊于幸州, 移軍坡州. 先是慄以光州牧
전라도순찰사권율 패적우행주 이군파주 선시률이광주목

使, 代李洸爲巡察使, 率兵勤王, 懲李洸等野戰而敗, 至水原
사 대이광위순찰사 솔병근왕 징이광등야전이패 지수원

據禿城山城, 賊不敢攻, 及聞天兵將入京城, 渡江陣于幸州山
거독성산성 적불감공 급문천병장입경성 도강진우행주산

城. 至是賊從京城大出攻之, 軍中洶懼欲散, 而江水在後無走
성 지시적종경성대출공지 군중흉구욕산 이강수재후무주

路, 不得已還入城力戰, 矢雨下, 賊分爲三陣, 迭進皆敗, 會日
로 부득이환입성역전 시우하 적분위삼진 질진개패 회일

暮, 賊還入京城, 慄令軍士, 取賊屍磔裂肢體, 散掛林木, 以泄
모 적환입경성 율령군사 취적시책렬지체 산괘임목 이설

其憤. 旣而聞賊欲更出期必報, 甚懼毁營柵, 率軍至臨津, 從
기분 기이문적욕갱출기필보 심구훼영책 솔군지임진 종

都元帥金命元, 余聞之, 單騎馳去, 登坡州山城, 觀形勢, 以爲
도원수김명원 여문지 단기치거 등파주산성 관형세 이위

當大路之衝, 而地形斗絕可據, 卽令權慄與巡邊使李薲, 合軍
당대로지충 이지형두절가거 즉령권율여순변사이빈 합군

據守, 以遏賊兵西下. 防禦使高彦伯·李時言, 助防將鄭希
거수 이알적병서하 방어사고언백 이시언 조방장정희

玄·朴名賢等, 爲遊兵遮蠏踰嶺, 義兵將朴惟仁·尹先正·
현 박명현등 위유병차해유령 의병장박유인 윤선정

李山輝等, 從右路伏於昌·敬陵之間, 各以其兵, 出沒抄擊,
이산휘등 종우로복어창 경릉지간 각이기병 출몰초격

賊多出則避而不戰, 少出則隨處邀擊. 自是賊不得出城樵採,
적다출즉피이부전 소출즉수처요격 자시적부득출성초채

馬死者甚多. 又令倡義使金千鎰, 京畿水使李蘋, 忠淸水使丁
마사자심다 우령창의사김천일 경기수사이빈 충청수사정

傑等, 乘舟從龍山西江, 以分賊勢, 忠淸道巡察使許頊, 在陽
걸등 승주종용산서강 이분적세 충청도순찰사허욱 재양

城, 令還護本道, 以備賊南衝之勢, 移文京畿 · 忠淸 · 慶尙官
성 영환호본도 이비적남충지세 이문경기 충청 경상관

義兵, 使各在其處, 從左右邀截賊路. 楊根郡守李汝讓, 守龍
의병 사각재기처 종좌우요절적로 양근군수이여양 수용

津. 凡諸將所斬賊首, 皆懸掛於開城府南門之外, 提督參軍呂
진 범제장소참적수 개현괘어개성부남문지외 제독참군여

應鍾, 見之喜曰,「朝鮮人, 今則取賊首, 如割毬矣.」一日賊從
응종 견지희왈 조선인 금즉취적수 여할구의 일일적종

東門大出搜山, 自楊州積城, 至大灘無所得, 査大受恐賊來襲,
동문대출수산 자양주적성 지대탄무소득 사대수공적래습

報余曰,「有體探人來言, 賊欲得査總兵柳體察云, 姑避開城
보여왈 유체탐인래언 적욕득사총병유체찰운 고피개성

如何?」余答之曰,「體探人所言, 恐無此理, 賊方疑大軍住近,
여하 여답지왈 체탐인소언 공무차리 적방의대군주근

豈敢輕易渡江? 我等一動, 則民心必搖, 不如靜以待之.」查
기감경이도강 아등일동 즉민심필요 불여정이대지 사

笑曰,「此言甚是, 假令有賊, 吾與體察, 死生同之, 豈敢獨
소왈 차언심시 가령유적 오여체찰 사생동지 기감독

去?」遂分所率勇士數十餘人來護余, 雖雨甚, 達夜警守不暫
거 수분소솔용사수십여인래호여 수우심 달야경수불잠

怠, 至聞賊入城乃罷. 其後, 賊探知權慄在坡州, 欲報怨, 率大
태 지문적입성내파 기후 적탐지권율재파주 욕보원 솔대

軍從四路而出, 至廣灘, 去山城數里, 住兵不進, 自午至未, 不
군종사로이출 지광탄 거산성수리 주병부진 자오지미 불

攻還退, 後不復出, 蓋賊知地形, 見慄所據險絶故耳. 余移書
공환퇴 후불부출 개적지지형 견율소거험절고이 여이서

王必迪言, 賊方據險固未易攻, 大兵當進住東坡, 坡州躡其尾,
왕필적언 적방거험고미이공 대병당진주동파 파주섭기미

以牽綴之, 選南兵一萬, 從江華出於漢南, 乘賊不意, 擊破諸
이견철지 선남병일만 종강화출어한남 승적불의 격파제

屯, 則京城之賊, 歸路斷絶, 必向龍津而走, 因以後兵, 覆諸江
둔 즉경성지적 귀로단절 필향용진이주 인이후병 복제강

津, 可一擧掃滅. 必迪擊節稱奇策, 發偵探軍三十六名, 馳往
진 가일거소멸 필적격절칭기책 발정탐군삼십육명 치왕

忠淸道義兵將李山謙陣, 察賊形勢, 時賊精兵, 皆在京城, 而
충청도의병장이산겸진 찰적형세 시적정병 개재경성 이

後屯皆嬴疲寡弱. 偵卒踊[7]躍還報云,「不須一萬, 只得二三千
후 둔 개 이 피 과 약　정 졸 용 약 환 보 운　　불 수 일 만　지 득 이 삼 천

可破.」李提督北將也, 是役也, 痛抑南軍, 恐其成功不許.
가 파　　이 제 독 북 장 야　시 역 야　통 억 남 군　공 기 성 공 불 허

독성산성禿城山城
경기 오산시 지곶동에 위치함.(사적 제140호)

---

7 踊踊 : 뛸 용. 踴과 동자. 도약하다. 춤추다. 오르다. 미리. 사전에. 용약踊躍 ; 뛰어
일어나 기세 좋게 나아감. 춤추듯이 뜀.

굶주리는 백성들을 구제함

　군량의 나머지 곡식을 내주어 굶주린 백성들을 구제하자고 임금에게 청하였더니, 이를 허락하셨다.

　이때 왜적은 서울을 점거한 지 이미 2년이나 되었으므로 병화로 인한 피해 때문에 천리 지방이 쓸쓸하였고, 백성들은 농사를 지을 수가 없어서 굶어 죽고 거의 다 없어지는 상태였다. 성 안에 남아 있던 사람들은 내가 동파東坡에 있다는 말을 듣고 서로 붙들고 이고 지고서 온 사람들이 그 수를 헤아릴 수가 없었다. 사총병査總兵(査大受)이 마산馬山:파주에 있는 역.으로 가는 길에서, 어린아이가 기어 가면서 죽은 어머니의 젖을 빨고 있는 것을 보고 가엾게 여겨 이를 데려다가 군중에서 기르면서 나에게 일러 말하기를,

　「왜적들이 아직 물러가지도 않았는데 백성들이 이와 같으니, 장차 어떻게 하겠습니까?」

하면서 이어 탄식하기를,

「하늘도 탄식하고 땅도 슬퍼할 일이다.」

하였다. 나는 이 말을 듣고 나도 모르는 새 눈물이 흘렀다.

이때 명나라 대병大兵이 곧 다시 온다고 하므로, 군량을 실은 배가 남쪽으로부터 오는 것을 다 강언덕에 벌여 대놓게 하고 감히 달리 사용하지 못하게 하였다. 때마침 전라도소모관全羅道召募官[1] 안민학安敏學[2]이 겉곡식 1천 석石을 모아가지고 배에 싣고 왔다. 나는 매우 기뻐하며 곧 임금에게 장계를 올려 이것을 가지고 굶주린 백성들을 구제하자고 청하고, 전 군수前郡守 남궁제南宮悌를 감진관監賑官으로 삼아 솔잎을 따다가 가루를 만들어서 솔잎가루 열 푼쭝〔十分〕에 쌀가루 한 홉〔一合〕씩을 섞어 물에 타서 마시게 하였는데, 사람은 많고 곡식은 적어서 인명을 살려낸 것이 얼마 안 되었다. 이를 본 명나라 장수들 역시 이를 불쌍히 여겨 자기네들이 먹을 군량 30석을 나누어 내어 백성들을 구제하게 하였으나, 이는 능히 백분의 1에 미치지도 못하였다. 하루는 밤에 큰비가 왔는데, 굶주린 백성들이 내가 있는 곳의 좌우에 와서 기둥 밑 주춧돌을 부여잡고 신음하고 있어 차마 들을 수가 없었다. 아침에 일어나 살펴보니 여기저기 흩어져 죽은 사람이 매

1 소모관召募官 : 전시에 군량·마필·정병 등을 모집하는 벼슬. 소모사召募使라고도 함.

2 안민학安敏學(1542~1601) : 조선조 선조 때 문신. 자는 이습而習, 호는 풍애楓厓, 본관은 광주廣州이다. 이이李珥의 문인門人이다. 선조 때 학행學行으로 뽑혀 감찰·현감을 지내고, 임진왜란 때 소모사로 활약함. 시호는 문정文靖이다.

우 많았다.

경상우감사慶尙右監司 김성일金誠一도 역시 전 전적前典籍 이노李魯를 파견하여 급박한 사정을 나에게 알리며 말하기를,

「전라좌도全羅左道의 곡식을 꾸어 내어 굶주린 백성을 구제하고, 또 그 곡식으로 봄 밭갈이 종자로 하려고 하나 전라도사全羅都事 최철견崔鐵堅이 빌려주는 것을 좋아하지 않습니다.」

하였다. 이때 지사知事 김찬金瓚[3]이 체찰부사體察副使가 되어 호서湖西[4]에 있었으므로, 나는 즉시 공문을 김찬에게 보내 전라도

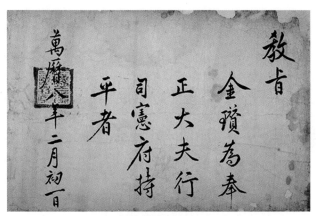

김찬金瓚의 교지敎旨
김찬을 사헌부 지평에 임명한다는 내용의 교지이다.(수원박물관 소장)

---

3 김찬金瓚(1543~1599) : 조선조 선조 때 문신. 자는 숙진叔珍, 호는 눌암訥庵, 시호는 효헌孝獻, 본관은 안동安東이다. 문과에 급제하여 대사헌 · 이조판서에 이름. 임진왜란 때 선조를 호종하고 체찰부사로 활약함.

4 호서湖西 : 충청남북도를 합쳐 부르는 지명.

로 달려 내려가서 몸소 남원南原 등지의 창고를 열어 1만 석을 영남嶺南[5]으로 옮겨 백성들을 구제하게 하였다.

대저 이때는 서울부터 남쪽 해변에 이르기까지 왜적의 군사들이 가로질러 꿰뚫고 있었고, 때는 바야흐로 4월인데 백성들은 다 산에 오르고 골짜기에 들어가 있었으므로 하나도 보리를 심는 곳이 없었으니, 왜적들이 다시 몇 달 동안 더 물러가지 않았더라면 우리 백성들은 다 굶어 죽었을 것이다.

原文

請發軍糧餘粟, 賑救[6]飢民, 許之. 時賊據京城已二年, 鋒焰所
청 발 군 량 여 속   진 구 기 민   허 지   시 적 거 경 성 이 이 년   봉 염 소

被, 千里蕭然, 百姓不得耕種, 餓死殆盡. 城中餘民, 聞余在東
피   천 리 소 연   백 성 부 득 경 종   아 사 태 진   성 중 여 민   문 여 재 동

坡, 扶携擔負而至者, 不計其數. 查總兵於馬山路中, 見小兒
파   부 휴 담 부 이 지 자   불 계 기 수   사 총 병 어 마 산 로 중   견 소 아

匍匐飮死母乳, 哀而收之, 育於軍中, 謂余曰, 「倭賊未退, 而
포 복 음 사 모 유   애 이 수 지   육 어 군 중   위 여 왈   왜 적 미 퇴   이

人民如此, 將奈何?」 乃歎息曰, 「天愁地慘矣.」 余聞之, 不覺
인 민 여 차   장 내 하   내 탄 식 왈   천 수 지 참 의   여 문 지   불 각

流涕. 時大兵將再至, 糧船之自南方來者, 皆列泊江岸, 不敢
유 체   시 대 병 장 재 지   양 선 지 자 남 방 래 자   개 열 박 강 안   불 감

他用. 適全羅道召募官安敏學, 募得皮穀千石, 船運而至, 余
타 용   적 전 라 도 소 모 관 안 민 학   모 득 피 곡 천 석   선 운 이 지   여

喜甚, 卽狀啓, 請以此賑救飢民, 以前郡守南宮悌爲監賑官,
희 심   즉 장 계   청 이 차 진 구 기 민   이 전 군 수 남 궁 제 위 감 진 관

5 영남嶺南 : 경상남북도를 합쳐 부르는 지명.
6 구救 : 건질 구. 구원하다. 치료하다. 도움.

取松葉爲屑, 每松屑十分, 合米屑一合, 投水而飮之, 人多穀
취 송 엽 위 설 매 송 설 십 분 합 미 설 일 홉 투 수 이 음 지 인 다 곡

少, 所活無幾, 唐將亦哀之, 自分所食軍糧三十石賑給, 百不
소 소 활 무 기 당 장 역 애 지 자 분 소 식 군 량 삼 십 석 진 급 백 불

能及一, 一日夜大雨, 飢民在余左右, 哀吟呻[7]礎[8], 不可忍聞,
능 급 일 일 일 야 대 우 기 민 재 여 좌 우 애 음 신 초 불 가 인 문

朝起視之, 狼藉而死者甚多. 慶尙右道監司金誠一, 亦遺前典
조 기 시 지 낭 자 이 사 자 심 다 경 상 우 도 감 사 김 성 일 역 견 전 전

籍李魯, 告急于余曰, 「欲糶[9]全羅左道之穀, 賑濟飢民, 且爲
적 이 노 고 급 우 여 왈 욕 조 전 라 좌 도 지 곡 진 제 기 민 차 위

春耕種子, 而全羅都事崔鐵堅, 不肯賑貸.」時知事金瓚, 爲體
춘 경 종 자 이 전 라 도 사 최 철 견 불 긍 진 대 시 지 사 김 찬 위 체

察副使, 在湖西, 余卽移文于瓚, 令馳下全羅, 自發南原等倉,
찰 부 사 재 호 서 여 즉 이 문 우 찬 영 치 하 전 라 자 발 남 원 등 창

移一萬石于嶺南以救之. 大抵自京都至南邊, 賊兵橫貫, 時方
이 일 만 석 우 영 남 이 구 지 대 저 자 경 도 지 남 변 적 병 횡 관 시 방

四月, 人民皆登山入谷, 無一種麥之處, 使賊更數月不退, 則
사 월 인 민 개 등 산 입 곡 무 일 종 맥 지 처 사 적 갱 수 월 불 퇴 즉

生類盡矣.
생 류 진 의

---

7 신呻 : 끙끙거릴 신. 병으로 앓는 소리를 내다.

8 초礎 : 주춧돌 초. 기둥을 떠받치는 주춧돌.

9 조糶 : 쌀 내어 팔 조. 환곡還穀 ; 백성에게 봄에 꾸어 주고, 가을에 이자를 붙여 거두던 곡식.

6

심유경의
적극 강화책講和策

　유격장〔遊擊〕 심유경沈惟敬이 다시 서울로 들어가서 왜적들에
게 군사를 물러가게 하라고 달래었다.

　4월 7일에는 제독提督(李如松)이 군사를 거느리고 평양平壤으
로부터 개성開城으로 돌아왔다.

　이보다 먼저 김천일金千鎰의 진중에 이신충李藎忠이라는 사람
이 있었는데 스스로 청하여 서울로 들어가서 왜적들의 적세를 탐
지하고, 두 왕자〔二王子 : 臨海君·順和君〕와 장계군長溪君 황정욱
黃廷彧을 만나보고 돌아와서 말하기를,

　「왜적들이 강화講和할 뜻을 가지고 있었습니다.」

하였다. 얼마 안 되어 왜적이 서한을 용산龍山의 우리 수군〔舟師〕
에게 보내어 화친하기를 청하므로, 김천일은 그 서한을 나에게
보내왔다. 나는 「제독(이여송)이 이미 싸울 의사가 없으니, 혹은

이(강화講和)를 빌어 왜적을 물리치려 한다면 다시 개성開城으로 돌아오지 않을 수 없을 것이니, 그러면 거의 일을 끝낼 것이다.」라고 생각하였다. 그 글을 사대수査大受에게 보였더니, 그는 곧 가정家丁 이경李慶으로 하여 빨리 평양平壤으로 달려가 알리게 하였다. 이에 있어서 제독 이여송은 또 심유경(惟敬)을 오게 한 것이다.

김명원金命元은 심유경을 보고 말하기를,

「왜적들이 평양平壤에서 속임을 당한 것을 분하게 여겨 반드시 좋지 않은 생각을 가졌을 것인데, 어찌 다시 적진으로 들어갈 수 있겠습니까?」

하니, 심유경은 말하기를,

「적들이 스스로 빨리 물러가지 않았던 까닭으로 패배敗하였는데, 나에게 무슨 상관이 있단 말이오?」

하면서 적진으로 들어갔다. 그가 왜적의 진중으로 들어가 있으며 말한 것은 비록 듣지는 않았지만 대개는 「왕자王子와 배신陪臣[1]을 돌려보내라고 꾸짖고, 군사를 거느리고 부산釜山으로 돌아간 연후에야 강화하는 것을 허락한다.」는 것이었으리라. 왜적이 약속을 받들겠다고 청하여 제독 이여송은 드디어 개성開城으로 돌

---

1 배신陪臣 : 황정욱과 김귀영 등을 이름. 두 왕자와 함께 가등청정에게 붙잡혀 인질이 되어 있었다. 배신陪臣이란 말은 제후諸侯의 신하가 천자에게 대하여 자기를 일컫는 말로, 여기서는 명나라가 우리나라를 제후의 나라로 인정했기에 배신陪臣이란 말을 사용한 것이다.

아왔다.

　나는 제독 이여송에게 정문묘文²을 보내어 「화호和好하는 것이 좋은 계획이 아니고, 이를 치는 것만 같지 못할 것이다.」라고 극진하게 말하였다. 그랬더니 제독 이여송은 회답하여 말하기를,

　「우선 내 마음도 그렇게 생각되는 것입니다.」

라고 하면서도 그 의견을 들어 쓸 의사는 없었던 것이다. 그는 유격장군遊擊將軍 주홍모周弘謨로 하여금 왜적의 진영으로 가게 하였다. 나는 김원수金元帥(김명원)와 함께 마침 권율權慄의 진중에 있다가 그를 파주坡州에서 만났다. 주홍모는 우리들에게 들어와서 기패旗牌³에 참배하게 하였다. 나는 말하기를,

　「이것은 곧 왜적의 진영으로 들어갈 기패旗牌인데, 내가 무엇 때문에 여기 참배한다는 말이오? 또 송시랑宋侍郎(송응창)이 왜적을 죽이지 말라는 패문牌文도 있으니 더욱 받들 수가 없습니다.」

하였다. 주홍모〔弘謨〕는 이를 세 번 네 번 강요하였으나 나는 대답하지 않고 말을 타고 동파東坡로 돌아왔다. 주홍모가 사람을 시켜 제독 이여송에게 이런 일을 말하게 하니, 제독(이여송)은 크게 노하여 말하기를,

　「기패旗牌는, 곧 황제의 명령이므로 비록 오랑캐들이라도 보면

　2 정문묘文 : 공문의 한 형식. 하급 기관이 상급 기관에게, 또는 아래 관원이 위 관원에게 진정할 때 쓰는 공문.

　3 기패旗牌 : 임금의 명령을 적은 깃발.

문득 절을 하는데, 어찌하여 절하지 않는다는 말인가? 내 군법으로 처리한 연후에 회군하리라.」

하였다. 접반사接伴使 이덕형李德馨이 이런 점을 나에게 알리며 말하기를,

「내일 아침에 와서 사과하지 않으면 안 되겠습니다.」

하므로, 다음날 나는 김원수金元帥와 함께 개성開城으로 가서 영문[門]을 찾아 이름[名]을 통하였더니, 제독(이여송)은 노하여 만나 주지 않았다. 김원수는 물러가려 하였으나 나는 말하기를,

「제독(이여송)이 우리를 시험하는 것이리니 조금만 기다려 봅시다.」 하였다. 이때 비가 조금 왔다. 우리 두 사람이 팔짱을 끼고 문 밖에서 있으려니까, 조금 뒤에 제독(이여송)이 보낸 사람이 문을 나와 우리를 엿보고 들어갔다 다시 나왔다 하기를 두 번 되풀이하더니 조금 있다가 들어오라고 하여 안으로 들어가니 제독은 마루 위에 있었다. 내가 그 앞으로 나가서 예를 표하고 사과하기를,

「우리들이 비록 어리석고 용렬하다 하더라도 어찌 기패旗牌를 공경할 줄 알지 못하겠습니까? 다만 기패의 곁에 패문牌文이 있었는데, 우리나라 사람에게 왜적을 죽이는 것을 허락하지 않았으므로 사사로운 마음이었으나 그윽이 이를 통분하게 여겨 감히 참배하지 않았습니다. 그러나 죄를 벗어날 수는 없겠습니다.」

하니, 제독(이여송)은 부끄러워하는 기색을 지으면서, 곧 말하기를,

「그 말은 아주 옳은 말씀입니다. 그런데 패문牌文은 곧 송시랑
宋侍郎(宋應昌)의 명령이니 나에게는 관계가 없는 일입니다.」
하고는 말하기를,

「요사이에는 근거없는 소문〔流言〕이 많습니다. 송시랑〔侍郎〕
이 만약 배신陪臣이 기패旗牌에 참배하지 않았는데, 내가 이를 용
서하고 문책하지 않았다는 말을 들으면 반드시 아울러 나까지도
책망을 당할 것이니, 모름지기 정문呈文을 만들어 대략 그 사정을
변명하여 보내오도록 하시오. 만약 송시랑이 문책하는 일이 있으
면 나는 그것으로써 해명할 것이고, 묻지 않으면 이 문제를 그대
로 놓아두리다.」
하였다. 우리들 두 사람은 인사하고 물러나와서 그 말대로 정문
呈文을 만들어 보냈다.

이로부터 제독(이여송)은 사람을 파견하여 왜적의 진영을 왕래
하는 일이 잇따랐다. 하루는 내가 원수〔金命元〕와 함께 가서 제독
(이여송)의 동정을 엿보고 동파東坡로 돌아오다가 천수정天壽亭
앞에 이르렀는데, 사장군〔查將 : 査大受〕의 가정家丁[4] 이경李慶을
만났다. 그는 동파로부터 개성開城으로 들어가는 길이었는데, 말
위에서 서로 읍揖하고 지나쳤다. 초현리招賢里에 이르렀을 때 명
나라 사람 셋이 말을 타고 내 뒤로부터 달려와서 큰 소리로「체찰
사體察使가 어디 계시오?」하고 물으므로 내가 말하기를,

---

4 가정家丁 : 집에서 신임하고 부리는 복역僕役들을 말함.

「내가 바로 체찰사다.」

하였더니, 그들은 「말을 돌이키라.」고 호통을 쳤다. 그 중 한 사람이 손에 쇠사슬을 들고 긴 채찍으로 내가 탄 말을 막 후려갈기며 큰 소리로,

「달려라, 달려라.」

하며 길을 재촉하였다. 나는 무슨 일인지를 알지 못하고 다만 그 뜻에 맡겨 개성으로 달리는데, 그 사람은 말 뒤에서 말에 채찍질하는 것을 그치지 않았다. 그래서 나를 수행하는 사람들은 다 뒤에 떨어지고, 오직 군관軍官 김제金霽와 종사관 신경진辛慶晉만이 힘을 다하여 뒤쫓아 따라왔다. 청교역靑郊驛을 지나 장차 토성土城 모퉁이에 이르렀을 때, 또 한 사람의 기병이 성 안으로부터 말을 달려 와서 세 사람의 기병에게 무슨 말인지 수군거렸다. 이에 이르러 세 사람의 기병은 나에게 읍하면서,

「돌아가셔도 좋습니다.」

라고 하였다. 나는 멍하니 무슨 까닭인지 헤아리지 못하고 돌아섰는데, 그 다음날 이덕형李德馨이 통지한 것으로 인하여 비로소 그 까닭을 알게 되었다. 이는 곧 제독 이여송의 신임하는 가정家丁 한 사람이 밖에 나갔다가 들어와서 제독(이여송)에게 이르기를,

「유체찰柳體察(柳成龍)이 강화講和를 하지 않으려고 임진강臨津江의 배들을 모두 없애 버려 강화를 위한 사자들이 왜적의 진영으로 드나들지 못하게 만듭니다.」

라고 하였다. 제독(이여송)은 갑자기 성을 내며 나를 잡아다가 곤장 40대를 치려고 하였다는 것인데, 내가 아직 거기에 이르지 않았을 때에 제독(이여송)은 눈을 부릅뜨고 팔을 걷으며, 혹은 앉았다 혹은 일어났다 하므로 좌우에 있던 사람들은 다 무서워 떨었다. 그 얼마 있다가 이경李慶이 이르렀는데, 제독(이여송)은 그에게 임진강臨津江에 배가 있는지 없는지를 물으므로, 이경이 말하기를,

「배가 있어서 왕래하는 데 아무런 지장이 없었습니다.」

하니, 이여송은 곧 사람을 시켜 나를 데리고 가는 사람을 그만두게 하고, 가정家丁이 거짓말을 하였다고 말하면서 그에게 수백 대나 심한 매를 쳐서 숨이 끊어진 뒤에야 끌어 내었다는 것이다. 그는 나에게 노여워한 것을 뉘우쳐 사람들에게 이르기를,

「만약 체찰사(유성룡)가 온다면 내 어떻게 대처하랴?」

하였다. 이는 대개 제독 이여송이 늘 내가 화의和議를 좋아하지 않는다고 하여 평소부터 불평스러운 마음을 가졌던 까닭으로, 남의 말을 듣자마자 다시 살펴볼 사이도 없이 갑자기 이같이 성을 내었다. 이때 사람들은 다 나를 위험하다고 생각하였다는 것이다.

며칠이 지난 뒤에 제독 이여송은 또 유격遊擊 척금戚金·전세정錢世禎 두 사람으로 하여금 기패旗牌를 가지고 동파東坡에 이르러 나와 김원수〔金命元〕와 관찰사觀察使 이덕형李德馨을 불러 함께 앉아서 조용히 말하기를,

「적이 두 분 왕자와 배신陪臣을 돌려 보내고 서울에서 물러나 돌아가기를 청하니, 곧 그들의 청하는 바에 따라 속여 성을 나오게 한 뒤에 계책을 써서 추격합시다.」

하였는데, 이는 곧 제독 이여송이 그들을 시켜 와서 좋아하는지 싫어하는지 내 뜻을 탐색하게 한 것이었다. 나는 오히려 그 전의 논의를 고집하여 서로 오가기를 마지않았다. 전세정〔世禎〕은 성질이 조급하여 성을 내며 큰 소리로 말하기를,

「그렇다면 그대들 국왕은 어찌하여 도성을 버리고 도피하였는가?」 하였다. 나는 천천히 말하기를,

「임시로 국도(서울)를 옮겨 회복을 도모하는 것도 역시 한 가지 방도라고 할 것이다.」

하였다. 이때 척금戚金은 다만 나를 자주 살펴보며 전세정과 미소를 지을 뿐 말이 없었다. 전세정 등은 드디어 돌아갔다.

4월 19일에 제독 이여송이 대군을 거느리고 동파東坡에 이르러 사총병査總兵(査大受)의 막사에 유숙하였다. 이는 대개 왜적이 벌써 퇴병退兵할 것을 약속하였으므로 장차 서울로 들어가려는 것이었다. 나는 제독 이여송의 숙소를 찾아가서 안부를 물었으나, 그는 만나 주지 않고 통역관에게 일러 말하기를,

「체찰사體察使(柳成龍)는 나에게 불쾌한 생각을 갖고 있을 터인데, 또 찾아와서 문안합니까?」

라고 할 뿐이었다.

沈遊擊惟敬, 再入京城, 誘賊退兵. 四月初七日, 提督率兵, 自
심유격유경　재입경성　유적퇴병　사월초칠일　제독솔병　자

平壤還開城府, 先是金千鎰陣中, 有李藎⁵忠者, 自請入京探
평양환개성부　선시김천일진중　유이신충자　자청입경탐

候賊情, 得見二王子及長溪君黃廷彧等, 還言賊有講和意, 旣
후적정　득견이왕자급장계군황정욱등　환언적유강화의　기

而賊投書於龍山舟師乞和, 千鎰送其書於余, 余念提督已無
이적투서어용산주사걸화　천일송기서어여　여념제독이무

戰意, 或欲假此而卻賊, 則未必不更還開城, 庶幾了事, 以其
전의　혹욕가차이각적　즉미필불갱환개성　서기료사　이기

書示查大受, 查卽使家丁李慶, 馳報平壤, 於是提督, 又使惟
서시사대수　사즉사가정이경　치보평양　어시제독　우사유

敬來, 金命元見惟敬曰, 「賊忿平壤見欺, 必有不善意, 何可更
경래　김명원견유경왈　적분평양견기　필유불선의　하가갱

入?」 惟敬曰, 「賊自不速退, 故敗, 何預我也?」 還入, 在賊中
입　유경왈　적자불속퇴　고패　하예아야　환입　재적중

所言, 雖不聞, 大槪責還王子陪臣, 還軍釜山, 然後許和. 賊請
소언　수불문　대개책환왕자배신　환군부산　연후허화　적청

奉約束, 提督遂還開城. 余呈文提督, 極言和好非計, 不如擊
봉약속　제독수환개성　여정문제독　극언화호비계　불여격

之. 提督批示曰, 「此先得我心之所同然者.」 無聽用意, 又使
지　제독비시왈　차선득아심지소동연자　무청용의　우사

遊擊將軍周弘謨, 往賊營, 余與金元帥, 適在權慄陣中, 遇於
유격장군주홍모　왕적영　여여김원수　적재권율진중　우어

坡州. 弘謨使余等, 入參旗牌, 余曰, 「此是入倭營旗牌, 我何
파주　홍모사여등　입참기패　여왈　차시입왜영기패　아하

爲參拜? 且有宋侍郎禁殺賊牌文, 尤不可承受.」 弘謨强之三
위참배　차유송시랑금살적패문　우불가승수　홍모강지삼

四, 余不答, 騎馬還東坡, 弘謨使人于提督言狀, 提督大怒曰,
사　여부답　기마환동파　홍모사인우제독언상　제독대노왈

---

5 藎 : ①조개풀 신. 나아가다. 나머지. 타다. 남음. ②풀 이름 진. ※대법원 지정
인명용 한자의 음은 신이다. 동자 藎. 동자 藎. 간체 荩.

「旗牌乃皇命, 雖猛者, 見輒拜之, 何爲不拜? 我行軍法, 然後

回軍.」接伴使李德馨, 急報於余曰,「朝日不可不來謝.」明日

余與金元帥, 往開城, 詣門通名, 提督怒不見, 金元帥欲退, 余

曰,「提督應試余, 姑待之.」時小雨, 余二人拱立門外, 有頃,

提督之人, 出門覘視, 而入者再, 俄而許入, 提督立于堂上, 余

就前行禮, 仍謝曰,「小的雖甚愚劣, 豈不知旗牌爲可敬? 但

旗牌傍有牌文, 不許我國人殺賊, 私心竊痛之, 不敢參拜, 罪

無所逃.」提督有慚色, 乃曰,「此言甚是, 牌文乃宋侍郎令, 不

關吾事.」因曰,「此間流言甚多, 侍郎若聞陪臣不參旗牌, 我

容而不問, 則必幷責我, 須爲呈文, 略辨事情來, 脫侍郎有問,

我以此解之, 不問則置之.」余二人拜辭而退, 依所言呈文. 自

是提督遣人, 往來倭陣相續. 一日余與元帥, 往候提督, 還東

坡到天壽亭前, 遇查將家丁李慶, 自東坡入開城, 馬上相揖而

過. 至招賢里, 有漢人三騎自後馳來, 喝問體察使安在? 余應

之曰,「我是也.」叱回馬, 一人手持鐵鎖, 以長鞭亂捶余馬曰,

「走走.」余不知何事, 只得回馬向開城而走, 其人從馬後鞭之

不已, 從者皆落後, 獨軍官金霽, 從事辛慶晉, 盡力追隨, 過靑

郊驛, 將至土城隅, 又有一騎自城內走馬而至, 謂三騎曰云云,

於是三騎揖余曰,「可去矣.」余恍然不測而回. 翌日因李德馨
어 시 삼 기 읍 여 왈 가 거 의 여 황 연 불 측 이 회 익 일 인 이 덕 형

通示, 始知之, 提督信任家丁, 自外入謂提督曰,「柳體察不欲
통 시 시 지 지 제 독 신 임 가 정 자 외 입 위 제 독 왈 유 체 찰 불 욕

講和, 悉去臨津船隻, 勿令通使於倭營.」提督遽發怒, 欲拿余
강 화 실 거 임 진 선 척 물 령 통 사 어 왜 영 제 독 거 발 노 욕 나 여

梱打四十, 當余之未至也, 提督瞋[6]目奮臂, 或坐或起, 左右皆
곤 타 사 십 당 여 지 미 지 야 제 독 진 목 분 비 혹 좌 혹 기 좌 우 개

慄[7]. 有頃, 李慶至, 提督問臨津有船否, 慶曰,「有船, 往來無
률 유 경 이 경 지 제 독 문 임 진 유 선 부 경 왈 유 선 왕 래 무

阻.」提督卽使人止追余者, 謂家丁妄言, 痛打數百, 氣絶曳
조 제 독 즉 사 인 지 추 여 자 위 가 정 망 언 통 타 수 백 기 절 예

出, 悔其怒余, 謂人曰,「若體察使來到, 吾當何以處之?」蓋
출 회 기 노 여 위 인 왈 약 체 찰 사 래 도 오 당 하 이 처 지 개

提督常謂余不肯和議, 素有不平心, 故纔聞人言, 不復省察,
제 독 상 위 여 불 긍 화 의 소 유 불 평 심 고 재 문 인 언 불 부 성 찰

暴怒如此, 人皆爲余危之. 後數日, 提督又使遊擊戚金·錢世
폭 노 여 차 인 개 위 여 위 지 후 수 일 제 독 우 사 유 격 척 금 전 세

禎二人, 以旗牌至東坡, 招余及金元帥·李觀察廷馨同坐, 因
정 이 인 이 기 패 지 동 파 초 여 급 김 원 수 이 관 찰 정 형 동 좌 인

從容言,「賊請出二王子陪臣, 退還京城而去, 今當從其所請,
종 용 언 적 청 출 이 왕 자 배 신 퇴 환 경 성 이 거 금 당 종 기 소 청

紿[8]賊出城, 然後行計追剿.」乃提督使之來探余意肯否也, 余
태 적 출 성 연 후 행 계 추 초 내 제 독 사 지 래 탐 여 의 긍 부 야 여

猶執前議, 往復不已, 世禎性躁[9], 發怒大罵曰,「然則爾國王,
유 집 전 의 왕 복 불 이 세 정 성 조 발 노 대 매 왈 연 즉 이 국 왕

何以棄城逃避耶?」余徐曰,「遷國圖存, 亦或一道.」是時戚
하 이 기 성 도 피 야 여 서 왈 천 국 도 존 역 혹 일 도 시 시 척

6 진瞋 : 부릅뜰 진. 눈을 부릅뜨다. 성내다.

7 률慄 : 두려워할 률. 오싹하다. 벌벌 떨다. 슬퍼하다.

8 태紿 : 속일 태. 속이다. 의심하다. 빌리다. 느슨하다. 감다. 동자 總. 간체 绐.

9 조躁 : 성급할 조. 조급하다. 떠들썩하다. 동요하다. 난폭하다. 교활하다. 벼슬자리에서 떠나다. 마르다. 동자 趮. 동자 踈.

金, 但數數視余, 與世禎微笑而無言, 世禎等遂回, 四月十九
금 단삭삭시여 여세정미소이무언 세정등수회 사월십구

日, 提督領大軍至東坡, 宿于查總兵幕, 蓋賊已約退兵, 故將
일 제독령대군지동파 숙우사총병막 개적이약퇴병 고장

入京城也. 余詣提督下處候間, 提督不見, 謂譯者曰,「體察使
입경성야 여예제독하처후간 제독불견 위역자왈   체찰사

不快於予, 亦來問耶?」
불쾌어여 역래문야

임진강臨津江

경기도 파주군 파평면 율곡리에 위치한 임진강 화석정 앞의 모습으로, 임진강은 함경남도 마식령
에서 시작하여 서남쪽으로 흘러 황해로 흘러드는 강이다.

서울이 수복收復됨

　4월 20일에 서울이 수복收復되었다. 명나라 군사가 도성〔城〕으로 들어오고 이제독李提督(李如松)이 소공주小公主의 저택邸宅ː지난날, 왕후의 집(소공주의 저택ː뒤에 남별궁南別宮이라고 칭하였다.)에 객관을 정하였다. 이보다 하루 전에 왜적은 벌써 도성을 빠져나갔다.

　나도 명나라 군사를 따라 도성으로 들어왔는데, 성 안에 남아 있는 백성들을 보니 백 명에 한 명 꼴도 살아남아 있지 않았고, 그 살아 있는 사람도 다 굶주리어 야위고 병들고 피곤하여 낯빛이 귀신과 같았다. 이때는 날씨가 몹시 무더웠는데, 죽은 사람과 죽은 말이 곳곳에 드러난 채 있어서 썩는 냄새가 성 안에 가득 차서 길에 다니는 사람들이 코를 막고서야 지나갈 형편이었다.

　관청〔公〕과 사사〔私〕집 할 것 없이 하나도 없이 다 없어져 버리

고, 오직 숭례문崇禮門[1]으로부터 동쪽에서 남산南山 밑 일대에 왜
적들이 거처하던 곳에만 조금 남아 있었다. 종묘宗廟와 세 대궐
[三闕] 및 종루鐘樓 · 각사各司 · 관학館學[2] 등 큰 거리 이북에 있
는 것들은 모두 다 타서 없어지고 오직 재만 남아 있을 따름이었
다. 소공주댁小公主宅은 역시 왜적의 장수 수가秀嘉가 머물러 있
던 곳이었으므로 남아 있게 된 것이다.

　나는 먼저 종묘를 찾아가서 통곡하였다. 다음으로 제독(이여
송)이 거처하는 곳에 이르러, 문안하려고 온 여러 사람들을 보고
한참 동안이나 소리치며 통곡하였다. 다음날 아침에 다시 제독
(이여송)을 찾아 가서 안부를 묻고 또 말하기를,

　「왜적들의 군사가 겨우 물러갔으나, 여기서 떠나갔다 해도 반
드시 멀리 가지는 않았을 것입니다. 원컨대 군사를 일으켜 급히
추격하도록 합시다.」

라고 말하니, 제독(이여송)은 말하기를,

　「나도 실로 그렇게 해야 한다고 생각합니다. 그런데 급히 추격
하지 않는 까닭은 한강漢江에 배가 없는 때문일 따름입니다.」

하므로, 나는 말하기를,

　「만약 노야老爺[3]가 왜적을 추격하려고 한다면 내가 먼저 한강

---

1 숭례문崇禮門 : 지금 서울의 남대문.

2 관학館學 : 성균관成均館과 사학四學(중학中學 · 동학東學 · 남학南學 · 서학西學)을
　총칭하는 말.

3 노야老爺 : 중국말로 높고 귀한 분에 대한 존칭. 우리말로는 대감이란 경칭과 같으
　며, 여기서는 이여송을 가리킨다.

방면으로 나가서 배를 징발하겠습니다.」

하니, 제독(이여송)은,

　「그러면 아주 좋겠습니다.」

라고 하였다. 나는 곧 한강으로 달려 나갔다. 이보다 먼저 나는 공문을 경기우감사京畿右監司 성영成泳·수사水使 이빈李蘋에게 보내 왜적들이 물러간 뒤에는 급히 강 속에 있는 크고 작은 배들을 거두어 실수하는 일이 없이 다 한강에 모이도록 마련하라고 명령하였더니, 이때에 이미 도착한 배가 80여 척이나 되었다. 나는 곧 사람을 시켜 제독(이여송)에게 「배가 벌써 준비되었다.」고 알렸더니, 조금 뒤에 식경食頃:밥을 먹는 동안. 잠깐 동안. 영장營將 이여백李如柏이 만여 명의 군사를 거느리고 강변으로 나왔는데, 군사들이 절반쯤 강을 건넜을 때 해가 이미 저물려 했다. 이때 이여백은 갑자기 발병이 났다고 칭하면서 이어 말하기를,

　「성 안으로 돌아가서 발병을 고쳐야만 진격하겠다.」

라고 하며 가마를 타고 돌아갔다. 그러자 이미 한강의 남쪽으로 건너가 있는 군사들도 다 돌아와서 성 안으로 들어가 버리고 말았다. 나는 마음속으로 통분하였지만 그러나 어찌할 수가 없었다. 이는 대개 제독(이여송)은 실제로는 왜적을 추격할 의사가 없으면서 다만 거짓말로 응하는 것처럼 속이는 수작이었다.

　4월 23일에 나는 병이 나서 자리에 누웠다.

　5월에 이제독李提督(李如松)은 왜적을 추격한다면서 문경聞慶까지 갔다가 돌아왔다. 송시랑宋侍郎(宋應昌)은 비로소 패문패牌

文[4]을 제독(이여송)에게 발송하여 그로 하여금 왜적을 추격하게 하였다. 이때 왜적들은 떠나간 지 수십 일이나 되었는데, 시랑(송응창)은 남들이 자기가 왜적을 놓아 보내고 추격하지 않는다고 비난을 할까 두려워한 까닭으로 이와 같은 행동을 하여 보인 것이나, 실상은 제독(이여송)이 왜적을 두려워하여 감히 진격을 하지 못하고 돌아온 것이었다.

이때 왜적들은 길에서 천천히 가면서 머무르기도 하고 혹은 가기도 하였는데, 우리 군사로서 연도를 지키던 자들도 다 왼쪽, 오른쪽으로 자취를 감추고 감히 나와서 공격하는 자가 없었다.

原文

四月二十日, 京城復, 天兵入城, 李提督館於小公主宅(後稱
사 월 이 십 일   경 성 복   천 병 입 성   이 제 독 관 어 소 공 주 택   후 칭

南別宮), 前一日, 賊已出城矣, 余隨入城, 見城中遺民, 百不
남 별 궁   전 일 일   적 이 출 성 의   여 수 입 성   견 성 중 유 민   백 불

一存, 其存者, 皆飢羸[5]疲困, 面色如鬼, 時日氣烘熟, 人死及
일 존   기 존 자   개 기 리 피 곤   면 색 여 귀   시 일 기 홍 숙   인 사 급

馬死者, 處處暴露, 臭穢滿城, 行者掩鼻方過. 公私廬舍一空,
마 사 자   처 처 폭 로   취 예 만 성   행 자 엄 비 방 과   공 사 여 사 일 공

獨自崇禮門以東, 循南山下一帶, 賊所止舍處稍存, 宗廟三闕
독 자 숭 례 문 이 동   순 남 산 하 일 대   적 소 지 사 처 초 존   종 묘 삼 궐

及鐘樓各司館學在大街以北者, 蕩然, 惟餘灰燼而已. 小公主
급 종 루 각 사 관 학 재 대 가 이 북 자   탕 연   유 여 회 신 이 이   소 공 주

---

4 패문牌文 : 옛날 중국 공문의 한 가지. 중국에서 조선에 칙사勅使를 파견할 때, 칙사의 파견 목적과 일정 등 칙사와 관련된 제반사항을 기록해 사전에 보내던 통지문通知文.

5 리羸 : 여윌 리. 여위다. 약하다. 앓다. 피로하다. 괴로워하다. 고달프다.

宅, 亦倭將秀嘉所止, 故見遣. 余先詣宗廟痛哭, 次至提督下

處, 見伺候諸臣, 號慟良久. 明朝更詣提督門下問起居, 且言,

「賊兵纔退, 去此應不遠, 願發軍急追.」提督曰, 「吾意固然,

所以不急追者, 以漢江無船故耳.」余曰, 「如老爺欲追賊, 卑

職當先出江面, 整備舟艦.」提督曰, 「甚善.」余出漢江. 先是

余行文京畿右監司成泳, 水使李蘋, 令賊去, 急收江中大小船,

毋失俱會漢江. 是時, 船已到者八十隻, 余使人報提督船已

辦, 食頃, 營將李如柏, 率萬餘兵, 出江上, 軍士半渡, 日已向

暮, 如柏忽稱足疾, 乃曰, 「當還城中, 醫疾可進.」乘轎而回,

已在漢南軍, 皆還渡入城, 余痛心而無如之何, 蓋提督實無意

追賊, 但以謾辭絡應而已, 二十三日, 余遂病臥.

五月, 李提督追賊, 至聞慶而回. 宋侍郎始發牌文於提督, 使

之追賊, 時賊去已數十日, 侍郎恐人議已縱賊不追, 故作如此

舉止以示之, 其實畏賊, 不敢進而回, 賊在途緩緩而去, 或留

或行, 我軍之在沿途者, 皆左右屛跡, 無敢出擊者.

왜적들은 바닷가에 진을 치고
진주성晉州城을 침

왜적들은 물러가서 바닷가에 나누어 진을 쳤다. 그들은 울산蔚山의 서생포西生浦로부터 동래東萊·김해金海·웅천熊川·거제巨濟에 이르기까지 머리와 꼬리가 서로 이어졌는데, 무릇 16둔진〔十六屯〕이나 되었고, 이들은 다 산과 바다에 의지하여 성을 쌓고 참호를 파고는 오래도록 머무를 계획을 마련하며 바다를 건너 돌아가기를 좋아하지 않았다.(돌아갈 기미가 보이지 않았다.)

명나라 조정에서는 또 사천총병泗川總兵 유정劉綎[1]으로 하여금 복건福建·서촉西蜀·남만南蠻 등지에서 모집한 군사 5천 명을 거느리고 계속 나와서 성주星州의 팔거八莒에 주둔하게 하고, 남장南將 오유충吳惟忠은 선산善山의 봉계鳳溪에 주둔하게 하고, 이

---

1 유정劉綎 : 임진왜란 때 우리나라를 구원하러 왔던 명나라 장수.

영李寧·조승훈祖承訓·갈봉하葛逢夏는 거창居昌에 주둔하게 하고, 낙상지駱尚志·왕필적王必迪은 경주慶州에 주둔하게 하였는데, 사면으로 둘러싸고 서로 버티기만 하며 진격하지 않았다. 그들의 군량은 호서지방과 호남지방〔兩湖〕에서 가져왔는데, 험준한 산길을 넘어 와서 여러 진둔으로 나눠 공급하게 되니 백성들의 힘이 더욱 곤궁하여졌다.

제독(이여송)은 심유경沈惟敬으로 하여금 가서 왜적을 타일러 바다를 건너가게 하라고 하였다. 그는 또 서일관徐一貫과 사용재謝用梓로 하여금 낭고야郞古耶(名古屋)로 들어가서 관백關白(豊臣秀吉)을 만나보게 하였다.

6월에 왜적은 비로소 두 분 왕자님 임해군臨海君·순화군順和君과 재신宰臣 황정욱黃廷彧·황혁黃赫 등을 돌려보내고, 심유경으로 하여금 돌아가서 보고하게 하였다.

그리고 한편으로 왜적은 나아가 진주성〔晉州〕을 포위하고 「지난해 싸움에 패한 원수를 갚겠다.」는 소문을 퍼뜨렸다. 이는 대게 왜적이 임진년〔壬辰 : 1592〕에 진주를 포위하였으나, 목사牧使 김시민金時敏이 이를 잘 막아내어 패배하고 물러갔던 까닭으로 그렇게 말한 것이었다.

진주성은 왜적이 포위한 지 8일 만에 함락되었는데, 목사牧使 서예원徐禮元·판관判官 성수경成守璟[2]·창의사倡義使 김천일金

---

2 성수경成守璟(?~1593) : 본관은 창령昌寧이다. 조선조 선조 때의 문관. 임진왜란 때 진주판관으로 김천일金千鎰 등과 함께 진주성을 지키다가 전사함.

진주성도晉州城圖

조선 후기 진주의 실제 모습을 묘사한 책이다.(국립중앙박물관 소장)

千鎰·경상병사〔本道兵使〕최경회崔慶會[3]·충청병사忠淸兵使 황진黃進[4]·의병복수장義兵復讎將 고종후高從厚 등이 다 전사하고, 군인과 백성 6만여 명이 죽고, 닭·개 짐승들까지도 남지 않았다. 왜적들은 성을 무너뜨리고 참호를 메우고 우물을 묻고 나무를 베어 버리는 등의 만행으로 지난해 패전했던 분풀이를 제멋대로 하였는데, 이때가 1593년 계사년 6월 28일이었다.

이보다 먼저 조정에서는 왜적이 남하하였다는 말을 듣고 연달아 왕명을 내리고 여러 장수들을 독려하여 왜적을 추격하게 하였다. 도원수都元帥 김명원金命元·순찰사巡察使 권율權慄 이하 관군과 의병은 다 의령宜寧에 모였다. 이때 권율은 행주幸州싸움에 이긴 데 자신을 가지고 기강岐江[5]을 건너 앞으로 나아가 치려 하였다. 곽재우郭再祐·고언백高彦伯은 말하기를,

「왜적의 세력은 바야흐로 강성한데 우리 군사들은 쓸모없는 군사들〔烏合之卒〕이 많아서 싸움을 감당해 낼 만한 사람이 적으며, 앞길에는 또 군량도 없으니 경솔하게 진격하여서는 안 됩니다.」

■

3 최경회崔慶會(1532~1593) : 조선조 선조 때 무신. 자는 선우善遇, 호는 삼계三溪, 시호는 충의忠毅. 선조 때 문과에 급제, 임진왜란 때 의병장으로 각처에서 왜적을 쳐부수고 경상우병사가 되어 김천일 등과 함께 진주성에서 왜적을 막다가 전사함.

4 황진黃進(?~1593) : 조선조 선조 때 무신. 자는 명보明甫, 호는 아술당蛾述堂, 본관은 장수. 무과에 급제, 임진왜란 때 근왕병을 모집하여 각처에서 왜적을 격파하고, 충청병사가 되어 진주성에서 왜적을 막다가 전사함. 시호는 무민武愍이다.

5 기강岐江 : 진주 남강南江의 하류. 낙동강과 합류하기 전 의령 동쪽을 흐르는 강.

하자, 다른 사람들도 머뭇거릴 따름이었다. 이빈李薲의 종사관
〔從事〕성호선成好善[6]은 어리석어 사세를 똑똑히 판단하지도 못
하면서 팔을 휘두르면서 여러 장수들이 머뭇거리는 것을 책망하
였다. 그는 권율과 의논이 맞아 드디어는 군사를 거느리고 기강
을 건너 나아가 함안咸安에 이르렀는데, 성은 텅 비어 아무것도
얻을 것이 없었다. 그래서 모든 군사들은 식사를 못하고 익지도
않은 푸른 감을 따서 먹었으니 다시 싸울 마음조차 없어졌다.

　그 다음날 첩자가「왜적들이 김해金海로부터 크게 오고 있다.」
고 알려 왔다. 이때 사람들 중에 어떤 사람은,「마땅히 함안咸安
을 지켜야 한다.」고도 하고, 어떤 사람은,「물러가서 정진鼎津을
지켜야 한다.」는 등으로 의논이 분분해서 결정을 짓지 못하고 있
었는데, 왜적의 포 소리가 들려오자 사람들의 마음이 흉흉하고
두려워하여 앞을 다투어 성 밖으로 나가다가 적교弔橋[7]에서 떨어
져서 죽는 사람이 많았다. 이렇게 하며 돌아와 정진鼎津을 건너
바라보니 왜적들은 강물과 육지로부터 몰려오는데, 들판을 덮고
강물을 메워 덤벼들므로 여러 장수들은 그만 저마다 흩어져 달아
나 버렸다. 권율權慄 · 김명원金命元 · 이빈李薲 · 최원崔遠 등은

■
　6 성호선成好善(1552~?) : 조선조 중기의 무신. 자는 칙우則優, 호는 월사月簑, 본관은
　　창녕昌寧이다. 선조 때 문과에 급제, 임진왜란 때 순변사 이빈李薲의 종사관으로
　　일하고 뒤에 충주목사가 되었다.
　7 적교弔橋 : 성이나 참호 위에 설치하는 다리. 밧줄이나 쇠사슬로 매어 내리게 만든
　　것.

먼저 전라도全羅道를 향하여 가고, 오직 김천일金千鎰 · 최경회崔慶會 · 황진黃進 등은 진주晉州로 들어갔는데 왜적은 뒤따라 와서 성을 포위하였다.

진주 목사牧使 서예원徐禮元과 판관判官 성수경成守璟은 명나라 장수의 지대차사원支待差使員[8]이기 때문에 오랫동안 상주尙州에 있다가 왜적들이 진주[本州]로 향하였다는 말을 듣고 크게 낭패하여 돌아왔는데, 겨우 2일 뒤에 왜적이 쳐들어온 것이다.

진주성[州城]은 본래 사면이 험준한 곳에 의거하여 있었는데, 임진년[壬辰 : 1592]에 동쪽으로 내려다 평지에 옮겨 쌓았다.

이때에 왜적들은 비루飛樓[9] 여덟 개를 세워 놓고 그 위로 올라가서 성 안을 내려다보며 칠 수 있게 하였다. 그리고 성 밖의 대밭에서 대를 베어다가 큰 다발을 만들어 둘러 가리워 시석矢石(화살과 돌)을 막게 하고, 그 안에서 조총鳥銃을 빗발치듯 쏘았으므로, 성 안의 사람들은 감히 밖으로 머리를 내놓지도 못하였다. 또 김천일金千鎰이 거느린 군사들은 다 서울의 시정市井에서 불러 모아온 무리들이고, 김천일 또한 전쟁에 관한 일을 알지 못하면서도 자기의 고집이 너무 심하였다. 또 그는 평소에 서예원徐禮元을 미워하여 주인과 나그네 사이에 서로 시기를 하는 터였으므로

---

8 지대차사원支待差使員 : 공사에 복무하는 높은 벼슬아치의 식사나 용품을 공급하는 소임을 맡은 중앙에서 파견한 임시직.

9 비루飛樓 : 높게 만든 다락. 성을 공격할 때 성에 기대놓고 오르게 만든 공성기구攻城器具.

촉석루矗石樓

임진왜란 때 왜적이 침입하자 총지휘는 물론 남쪽 지휘대로 사용하였으므로 남장대南將臺라고도
하였다. 경남 진주시 본성동에 위치.(경남문화재자료 제8호)

호령이 어긋나니, 이로 해서 더욱 패하였던 것이다.

오직 황진黃進은 동쪽 성을 지켜 며칠 동안 싸우다가 날아오는
총알에 맞아서 전사하였다. 이때 군인들은 기운이 빠지고 그리고
밖에서 돕는 군사도 오지 않았는데, 마침 비가 와서 성이 무너지
니 왜적들이 개미떼처럼 기어 들어왔다. 성 안 사람들은 가시나
무를 묶어 세우고 돌을 던지며 힘을 다하여 막아내어 왜적이 거
의 물러갔는데, 이때 김천일이 거느린 군사는 북쪽문을 지키다가
성이 이미 함락된 것으로 생각하고 먼저 무너져 버렸다. 왜적은
산 위에 있다가 우리 군사들이 무너지는 것을 바라보고 일제히
성으로 기어오르니 여러 군사들이 크게 어지러워졌다.

이때 김천일金千鎰은 촉석루矗石樓[10]에 있다가 최경회崔慶會와

10 촉석루矗石樓 : 진주에 있는 누각.

함께 손을 붙들고 통곡하면서 강물로 뛰어들어 죽었는데, 군사나 백성들로서 성 안에서 빠져나와 살아난 사람은 몇 사람뿐이었다. 왜적의 변란이 일어난 이래 사람이 죽은 것이 이 싸움처럼 심한 것이 없었다.

조정에서는 김천일이 의를 위하여 죽었다고 해서 벼슬을 높여 의정부우찬성議政府右贊成을 추증하였다. 그리고 또 권율權慄이 용감하게 싸우며 왜적을 두려워하지 않는다고 해서 김명원金命元을 대신하여 도원수都元帥로 삼았다.

명나라 장수인 총병總兵 유정劉綎은 진주성이 함락되었다는 말을 듣고 팔거八莒로부터 합천陜川으로 달려가고, 오유충吳惟忠은 봉계鳳溪로부터 초계草溪에 이르러 경상우도〔右道〕를 수호하였다.

한편 왜적들도 역시 진주晉州를 쳐부수고 난 뒤에는 부산釜山으로 돌아가서, 명나라 조정에서 강화를 허락하는 것을 기다려 바다를 건너 돌아가겠다는 소문을 퍼뜨렸다.

진주성을 공격하고 있는 가토 기요마사의 모습.(동경경제대학 출처)

賊退分屯於海邊, 自蔚山西生浦, 至東萊·金海·熊川·巨

濟, 首尾相連, 凡十六屯, 皆依山憑海, 築城掘塹, 爲久留計,

不肯渡海. 天朝又使泗川總兵劉綎, 率福建·西蜀, 南蠻等處

召募兵五千繼出屯星州·八莒, 南將吳惟忠, 屯善山·鳳溪,

李寧·祖承訓·葛逢夏, 屯居昌, 駱尙志·王必迪, 屯慶州,

環四面而相持不進, 糧餉取之兩湖, 踰越險阻, 散給諸陣, 民

力益困. 提督又使沈惟敬往諭倭令渡海, 又使徐一貫·謝用

梓, 入郞古耶, 見關白, 六月, 賊始還兩王子臨海君·順和君,

及宰臣黃廷彧·黃赫等, 遣沈惟敬歸報, 而一面進圍晉州, 聲

言報前年戰敗之怨. 蓋賊於壬辰, 圍晉州, 牧使金時敏禦之,

不克而退, 故云然也. 八日而城陷, 牧使徐禮元·判官成守

璟·倡義使金千鎰·本道兵使崔慶會·忠淸兵使黃進·義

兵復讎將高從厚等皆死, 軍民死者六萬餘人, 牛馬鷄犬不遺.

賊皆夷城塡壕, 堙井刊木, 以快前憤, 時六月二十八日也. 初

朝廷聞賊南下, 連下旨督諸將追賊, 都元帥金命元, 巡察使權

慄以下官義兵, 皆聚於宜寧, 慄狃於幸州之捷, 欲渡岐江前進,

郭再祐·高彦伯曰,「賊勢方盛, 我軍多烏合, 堪戰者少, 前頭

又無糧餉, 不可輕進.」他人依違而已, 李薲從事成好善, 騃不
曉事, 奮臂責諸將逗遛, 與權慄議合, 遂過江進至咸安, 城空
無所得, 諸軍乏食, 摘靑柿實以食, 無復鬪心矣. 明日諜報賊
從金海大至, 衆或言當守咸安, 或言退守鼎津, 紛紜[11]不決而
已, 聞賊炮響, 人人洶懼, 爭出城墮弔橋[12], 死者甚多, 還渡鼎
津, 望見賊兵從水陸來, 蔽野塞川, 諸將各自散去, 權慄·金
命元·李薲·崔遠等, 先向全羅道, 惟金千鎰·崔慶會·黃
進等, 入晉州, 賊隨至圍之. 牧使徐禮元·判官成守璟, 以唐
將支待差使員, 久在尙州, 聞賊向本州, 狼狽而還, 纔二日矣,
州城本四面據險, 壬辰移東面下就平地. 至是賊立飛樓八座,
俯瞰城中, 刈城外竹林, 作大束, 環列自蔽, 以防矢石, 從其
內發鳥銃如雨, 城中人不敢出頭. 又千鎰所率, 皆京城市井召
募之徒, 千鎰又不知兵事, 而自用太甚, 且素惡禮元, 主客相
猜, 號令乖違, 是以甚敗. 惟黃進守東城, 戰數日, 爲飛丸所中
死, 軍人奪氣, 而外援不至, 適天雨城壞, 賊蟻附而入, 城內人

---

11 운紜 : 어지러울 운. 사물이 많아서 어지러운 모양.

12 적교弔橋 : 와서 닿다. 적弔 ① 조상할 조. 영혼을 위로하다. 안부를 묻다. 위문하다. 매어달다. 우리나라에서는 이때에 음을 '적'으로 읽는다. ② 이를 적.

方束荊投石, 極力禦之, 賊幾卻, 千鎰軍守北門, 意城已陷先
방 속 형 투 석 극 력 어 지 적 기 각 천 일 군 수 북 문 의 성 이 함 선

潰, 賊在山上, 望見軍潰, 一擁而登, 諸軍大亂, 千鎰在矗石
궤 적 재 산 상 망 견 군 궤 일 옹 이 등 제 군 대 란 천 일 재 촉 석

樓, 與崔慶會攜手[13]痛哭, 赴江死, 軍民得脫者, 數人而已. 自
루 여 최 경 회 휴 수 통 곡 부 강 사 군 민 득 탈 자 수 인 이 이 자

有倭變以來, 人死未有如此戰之甚者. 朝廷以千鎰死義, 贈以
유 왜 변 이 래 인 사 미 유 여 차 전 지 심 자 조 정 이 천 일 사 의 증 이

崇秩議政府右贊成, 又以權慄敢戰不畏賊, 代命元爲元帥. 劉
숭 질 의 정 부 우 찬 성 우 이 권 율 감 전 불 외 적 대 명 원 위 원 수 유

總兵綖, 聞晉陷, 自八莒馳至陜川, 吳惟忠自鳳溪至草溪, 以
총 병 정 문 진 함 자 팔 거 치 지 합 천 오 유 충 자 봉 계 지 초 계 이

護右道, 賊亦旣破晉州, 還釜山, 聲言待天朝許和, 及渡海云.
호 우 도 적 역 기 파 진 주 환 부 산 성 언 대 천 조 허 화 급 도 해 운

진주성晉州城 전투
회본태합기繪本太閤記에 실린 귀갑차를 사용하는 일본군의 모습

13 휴수攜手 : 손을 마주 잡음. 친밀親密함. 휴攜 ; 携의 본자. 끌 휴. 이끌다. 잇다. 손
에 가지다. 동자 攜. 속자 携, 속자 攜.

임금이 서울로 돌아오고
사신들이 일본에 왕래함

10월(1593, 선조 26년, 계사년)에 임금께서 서울로 돌아오셨다.

12월에 명나라 사신 행인사行人司¹의 행인사헌行人司憲이 우리나라에 왔다.

이보다 먼저 심유경沈惟敬은 왜적의 장수 소서비小西飛를 데리고 관백關白(豊臣秀吉)의 항복문서〔降表〕를 가지고 돌아왔으나, 명나라 조정에서는 그 항복문서가 관백〔關酋〕에게서 나온 것이 아니고 소서행장〔行長〕 등이 거짓으로 만든 것이라고 의심하였다. 또 심유경〔惟敬〕이 겨우 돌아오자마자 진주성이 함락당하게 되니 강화하겠다는 뜻이 진실이 아니라고 여겨 소서비小西飛를 요동遼東에 머물러 두게 하고 오래도록 왜적에게 회답하지 않았다.

---

1 행인사行人司 : 명대의 조근朝覲 · 빙문聘問의 외교 사무를 관장하는 관청.(외국과의 사신왕래를 관장했던 관청.) 행인行人은 여기 소속된 관직명이다.

이때 제독提督(李如松)과 여러 장수들은 다 돌아가고 오직 유정
劉綎·오유충吳惟忠·왕필적王必迪 등에게 속한 만여 명의 군사
가 팔거八莒에 주둔하고 있었다. 그리고 중앙 지방 할 것 없이 굶
주림이 심하고, 또 군량을 운반하는데 피곤하여 늙은이, 어린이
들은 도랑과 골짜기에 쓰러졌고 장정들은 도둑이 되었으며, 거기
에다가 전염병으로 해서 거의 다 죽어 없어지고, 심지어는 아버
지와 아들, 남편과 아내가 서로 잡아먹는 지경에까지 이르고, 죽
은 사람의 뼈가 잡초처럼 드러나 있었다.

얼마 안 되어 유정의 군사가 팔거八莒로부터 남원南原으로 옮
기고, 또 남원으로부터 서울로 돌아와서 10여 일 동안 머물러 머
뭇거리다가 서쪽(명나라)으로 돌아갔다. 그런데 왜적들은 오히려
바닷가에 있었으므로 사람들은 더욱 두려워하였다.

이때에 명나라 경략經略 송응창宋應昌이 탄핵을 당하여 돌아가
고, 새 경략經略으로 고양겸顧養謙이 대신 요동遼東으로 왔는데,
그는 참장參將 호택胡澤을 파견하여 차부箚付(공문서)를 가지고
와서 우리 군신群臣들을 타일렀다. 그 대략은,

「왜놈들이 까닭없이 그대 나라를 침범하였는데, 그들은 대를
쪼개는 것 같은 형세로 서울과 개성·평양 등 세 도회지를 점거
하고, 그대 나라의 땅과 백성을 10분의 8, 9는 빼앗아 가졌고, 그
대 나라 왕자王子와 배신陪臣을 사로잡았다. 황제께서는 크게 노
하시어 군사를 일으켜 한 번 싸워서 평양平壤을 쳐부수고, 두 번
진격하여 개성을 되찾았다. 그러자 왜놈들은 마침내 서울에서 도

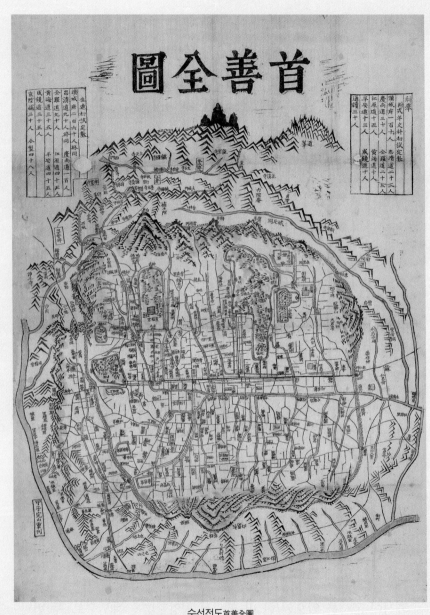

수선전도首善全圖

김정호金正浩의 제작으로 추정되는 목판본의 서울 지도이다.
(1840년대, 서울특별시 유형문화재 제296호, 연세대박물관 소장)

망하여 가고 왕자와 배신을 돌려보내고, 2천여 리의 땅을 수복하였다. 여기에 소비한 내탕금〔帑金〕[2]도 많았으며, 군사와 마필〔士馬〕의 죽은 수도 역시 적지 않았다. 우리 조정에서 조선〔屬國〕을 대접하는 은의恩義가 이에 이르렀으니, 황제의 망극한 은덕은 역시 퍽 지나쳤었다. 지금은 군량도 이미 다시 운반할 수 없으며 군사도 이미 다시 쓸 수 없게 되었는데, 왜놈들도 역시 우리 위엄을 두려워하여 항복을 청하고 또 봉공封貢[3]하기를 빌었다. 명나라 조정에서도 바로 이때야말로 그 봉공封貢을 허락하며 그 외신外臣되는 것을 용납하고, 왜적을 한 놈도 남기지 않고 다 몰아내어 바다를 건너가게 하여 다시는 그대 나라를 침범하지 않게 하며 전쟁을 종식시키려 함은, 곧 그대 나라를 구원하려는 계획을 마련하기 위한 까닭이다. 지금 그대 나라는 양식이 다 떨어져서 백성들이 서로 잡아먹는 형편인데, 또 무엇을 믿고 군사를 청하려는가? 명나라에서 이미 군량을 그대 나라에 주지 않고, 또 봉공封貢의 청을 왜놈들에게 끊어 버리면 왜놈들은 반드시 노여움을 그대 나라에 내어서 그대 나라는 반드시 멸망할 것이니, 어찌 가히 일찍 스스로 좋은 계교를 마련하지 않겠는가? 옛날 월나라 구천句踐[4]이 회계會稽에서 곤욕을 당하였을 때, 어찌 오나라 부차夫

---

2 탕금帑金 : 내탕금內帑金. 임금의 사사로운 재산.

3 봉공封貢 : 봉작封爵과 조공朝貢.

4 구천句踐 : 중국 춘추시대 월왕越王의 이름. 그는 회계산會稽山 싸움에서 오왕吳王 부차夫差에게 패하여 곤욕을 당하다가 화약을 맺고, 20년 뒤에 부차를 쳐 멸망시켜 그 치욕을 씻었다.

差[5]의 살점을 씹어먹고 싶어하지 않았겠는가? 그러나 얼마 동안 그 부끄러움을 꾹 참고 견딘 것은 뒷날을 기다림이 있었던 때문이었다. 그 자신은 또한 부차의 신하가 되고, 그 아내는 또한 그 (부차)의 첩이 되었었다. 하물며 지금 왜놈은 신하나 첩이 될 것을 중국에 청하고 있으니, 스스로 너그럽게 그 뜻을 받아들이고 천천히 도모하는 것은, 곧 구천句踐의 군신君臣 관계의 도모함보다도 나은 것이다. 이것을 능히 참지 못한다면, 이는 발끈 성내는 졸장부의 소견에 불과할 따름이니 원수를 갚고 부끄러움을 씻는 영웅다운 품이 아닌 것이다. 그대 나라가 왜倭를 도모하기 위하여 봉공封貢을 청하게 하여 만약 청하는 뜻대로 이루게 해준다면 왜倭는 반드시 더욱 중국에 감복할 것이고, 또 조선에도 고맙게 여겨 반드시 전쟁을 그만두고 가버릴 것이다. 왜놈들이 가버린 뒤에 그대 나라의 군신君臣이 드디어 애를 쓰고 속을 태우면서 와신상담臥薪嘗膽[6]하며 구천句踐이 한 일을 닦아 나간다고 하면 하늘의 운수가 좋게 돌아와서 어찌 왜놈에게 원수를 갚을 날이 없을 줄 알랴?」(복수할 날이 오지 않겠는가.)

라고 하였다. 그의 길게 늘어놓은 천백 마디의 뜻은 이와 같았다.

호택胡澤이 객관에 묵고 있는 지 3개월이 넘도록 조정의 의논

---

5 부차夫差 : 중국 춘추시대 오왕의 이름. 부왕父王 합려闔閭가 월왕 구천에게 패하여 죽자 회계산에서 그를 쳐부숴 원수를 갚았으나, 뒷날 구천에게 패하여 죽고 나라도 망하였다.

6 와신상담臥薪嘗膽 : 월왕 구천의 고사故事. 섶에 누워 잠자고 쓸개를 맛본다는 말로, 곧 원수를 갚기 위하여 온갖 괴로움을 참고 견딘다는 뜻.

은 결정을 짓지 못하였고, 임금의 생각도 더욱 난처한 일로 여기
셨다. 나는 이때 병으로 휴가 중에 있었는데, 장계를 올려 아뢰기
를,

「왜적에게 봉공을 청하게 한다는 것은 사리에 맞지 않사오니
실로 불가합니다. 오직 근일의 사정을 상세히 갖추어 중국에 알
려 그 처분을 듣는 것이 마땅하겠습니다.」

하고 여러 번 아뢰자, 그제야 임금께서는 이를 허락하셨다. 이에
진주사陳奏使[7] 허욱許頊이 명나라로 갔다.

이때 고경략顧經略(고양겸顧養謙)은 남의 말 시비(비난하는 말)
로 해서 가고, 새 경략經略으로 손광孫鑛이 와서 그를 대신하였
다.

그런데 병부兵部에서 황제에게 주청奏請하여 왜사 소서비小西
飛를 데리고 명나라 서울로 들어오게 하여 세 가지 일을 따졌다.
그 내용을 말하면,

「첫째로, 다만 봉작〔封〕만 요구하고 조공〔貢〕은 (세공을 바치
게 해달라고) 요구하지 말 것. 둘째로, 한 사람의 왜병도 부산釜山
에 머물러 있지 말 것. 셋째로, 영원히 조선朝鮮을 침범하지 말
것. 만약 약속대로 할 것 같으면 즉시 봉작을 봉할 것이나, 약속
대로 하지 않을 것 같으면 안 될 것이다.」 하니, 왜사 소서비小西
飛는 하늘을 가리켜 맹세하며 그 약속을 지키겠다고 청하였다.

■
7 진주사陳奏使 : 임금에게 사정을 자세히 설명하여 아뢰는 사명을 가지고 중국(명나
라 황제)에 보내는 사신.

그러자 드디어 심유경沈惟敬으로 하여금 다시 왜사 소서비小西飛를 데리고 왜영倭營으로 들어가 선유宣諭하게(황제의 뜻을 널리 알리게) 하고, 또 이종성李宗誠·양방형楊方亨을 각각 상사上使와 부사副使로 삼아 왜국으로 가서 평수길平秀吉(豊臣秀吉)을 일본국왕日本國王으로 봉하게 하고, 그리고 이종성 등으로 하여금 우리 서울에 머물러 왜적들이 다 철수하는 것을 살펴보고 나서 왜국으로 떠나게 하였다.

을미년〔乙未 : 宣祖 28年, 1595〕 4월에 이종성 등이 한성漢城[8]에 와서 연달아 사자를 보내어 왜적에게 바다를 건너 돌아갈 것을 재촉하느라고 사자들의 왕래가 끊어지지 않았다. 이에 있이시 왜적들은 먼저 웅천熊川[9]의 몇 진陣과 거제巨濟·장문場門·소진포蘇津浦 등 여러 둔屯을 철수하여 그 믿음성을 보이고는 또 말하기를,

「전자 평양平壤에서와 같이 속임수를 당할까 염려되오니 원컨대 명나라 사신으로 하여금 속히 왜영倭營으로 들면 마땅히 모든 것을 약속한 대로 하겠습니다.」

라고 하였다.

8월에 양방형楊方亨이 병부의 차자箚子[10](공문서公文書)에 따라서 먼저 부산釜山에 이르렀는데, 그러나 왜적은 날짜를 늦추면서

---

8 한성漢城 : 우리나라 서울의 옛 이름. 한양성이라는 뜻.

9 웅천熊川 : 경상남도 창원군에 있는 지명.

10 차자箚子 : 간단한 서식으로 하는 상소문을 이르던 말.

석성石星 초상화(국립중앙박물관 소장)

즉시 다 철수하지 않고, 다시 상사上使가 오는 것을 청하므로 사람들은 이를 많이 의심하였다. 병부상서兵部尙書 석성石星은 심유경의 말을 믿고 왜적이 다른 뜻이 없다고 생각하였으며, 또 군사를 물러가게 하는 데 급하여 누차 이종성을 재촉하여 먼저 가게 하였다. 이때 명나라

조정에서의 의논은 이론이 많았으나 석성石星은 분연히 자기 자신이 책임을 지고 이 일을 맡고 나섰다.

9월에 이종성이 양방형의 뒤를 이어 부산에 이르렀는데, 왜장 평행장平行長은 즉시 와서 만나보지도 않았다. 그러면서 또 말하기를,

「장차 가서 관백關白에게 복명하여 결정을 얻은 연후에 명나라 사신을 맞이하겠다.」

고 하였다. 소서행장〔行長〕은 일본日本으로 들어갔다가 병신년〔丙申 : 宣祖 29年, 1596〕 정월에야 비로소 돌아왔으나, 오히려 군사를 철수하는 일에 대하여는 분명하게 말하지 않았다. 이때 심유경沈惟敬은 두 사신(양방형·이종성)을 부산에 머물러 두고 또 혼자서 소서행장〔行長〕과 함께 먼저 바다를 건너가면서 장차 명

나라 사신을 맞이할 예절을 의논하여 결정지으러 간다고 말하므로 사람들은 그 내막을 헤아릴 수가 없었다. 심유경은 비단옷을 입고 배에 올랐는데, 그 깃발에는 「두 나라를 조정하여 싸움을 그만두게 한다는 조집양국調戢兩國의 네 글자를 크게 써서 배 위에 달고 뱃머리에 서서 떠나갔다. 그가 가고 난 뒤 오랫동안 회보가 없었다.

이종성李宗誠은, 곧 개국공신開國功臣 이문충공李文忠公의 후손인데, 그 공으로 벼슬을 이어받은 부진하고 귀한 집안의 자제였으나 자못 겁이 많았다. 이때 어떤 사람이 이종성에게 말하기를,

「왜추倭酋(關白 豊臣秀吉)가 사실은 봉작[封]을 받을 의사가 없고 장차 이종성 등을 꾀어 데려다 가두어 놓고 곤욕을 보이려고 하는 것이다.」

라고 하니, 이종성은 몹시 두려워하여 밤중에 미복(평복)으로 병영을 빠져나와서 하인들 수행원들과 행장 소용품과 인장 부절[印節] 등을 다 내버려두고 도망하였다. 이튿날 아침에 왜군은 비로소 이 사실을 알고 길을 나누어 그를 뒤쫓아 가서 양산梁山의 석교石橋까지 가보았으나 찾아내지 못하고 돌아왔다. 양방형楊方亨은 홀로 왜군의 병영에 머물러 있으면서 여러 왜군들을 잘 어루만지면서 또 우리나라에도 공문을 보내어 놀라 소동하지 말도록 하라고 하였다. 이때 이종성은 감히 큰 길을 경유하여 가지 못하고 산골로 들어가서 숨어다니느라고 며칠 동안 밥을 먹지도 못하다가 경주慶州로부터 서쪽으로 떠나갔다.

얼마 있다가 심유경沈惟敬과 소서행장[行長]이 비로소 부산으로 돌아왔다. 왜군은 또 서생포西生浦·죽도竹島 등지에 주둔하였던 군사를 철수시켰는데, 아직 철수하지 않은 것은 다만 부산釜山의 네 둔진[四屯]뿐이었다. 이어 심유경은 양부사楊副使(楊方亨)를 데리고 바다를 건너 일본으로 갔는데, 이때 심유경은 또 우리나라 사신도 동행할 것을 요구하며 그 조카 심무시沈懋時를 보내어 빨리 떠나게 하라고 재촉하였다. 조정에서는 좋아하지 않았으나, 심무시가 반드시 함께 가고자 하므로 마지못하여 무신武臣 이봉춘李逢春 등을 수행하는 배신陪臣이라고 칭하여 그 요구에 응하기로 하였다. 이때 어떤 사람이, 「무인武人이 저쪽(일본)에 가면 실수하는 일이 많을 것이니, 마땅히 문관文官으로 사리를 잘 아는 사람을 가게 하는 것이 옳겠다.」고 말하였다. 그래서 이때 황신黃愼[11]이 심유경의 접반사接伴使로 왜군의 병영에 가 있었으므로, 황신으로 하여금 따라가게 하였다.

명나라 사신 양방형楊方亨과 심유경沈惟敬이 일본으로부터 돌아왔다.

이보다 먼저 양방형 등이 일본에 이르니, 관백關白(豊臣秀吉)은

---

11 황신黃愼(1560~1617) : 조선조 선조 때의 문신. 자는 사숙思叔, 호는 추포秋浦, 본관은 창원昌原, 시호는 문민文敏. 성혼 이이의 문인이다. 선조 때 알성과謁聖科에 급제, 임진왜란 때 통신사로 일본에 다녀오고 전라감사로 활약했다. 벼슬이 대사헌, 호조판서에 이름. 저서에 『추포집秋浦集』·『대학강어大學講語』·『막부삼사수창록幕府三槎酬唱錄』·『일본왕한일기日本往還日記』가 있다.

관사〔館字〕를 성대하게 꾸며놓고 사신을 영접하려고 하였는데,
마침 하룻밤새 큰 지진이 일어나서 거의 다 허물어져 버렸으므로
드디어 다른 집에서 맞아들였다. 그(풍신수길)는 두 사신(양방형·
심유경)과 함께 한두 차례 만났는데, 처음에는 명나라 봉작〔封〕을
받을 것처럼 하다가 갑자기 크게 성을 내며 말하기를,

「우리가 조선朝鮮의 왕자(임해군·순화군)를 놓아 돌려보냈으
니, 조선에서는 마땅히 왕자로 하여금 와서 사례하게 해야 할 것
인데도 사신도 벼슬이 낮은 사람을 보냈으니, 이는 곧 우리를 업
신여기는 것이다.」하였
다. 그래서 황신黃愼 등
은 임금의 분부도 전하
지 못하였다. 그는 아울
러 양방형·심유경 등
에게도 돌아가라고 재
촉하므로 그대로 돌아
왔는데, 역시 명나라에
도 사은謝恩하는 예禮가
없었다.

이때 왜적의 장수 평
행장平行長(小西行長)은
부산포釜山浦로 돌아왔
고, 가등청정〔淸正〕은 다

평행장平行長

소서행장(小西行長, 고니시 유키나가)은 임진왜란 당시 일본군
을 이끌고 우리나라를 침략한 일본의 장수이다.

시 군사를 거느리고 계속 서생포西生浦에 주둔하며 「꼭 왕자王子가 와서 사례를 해야만 비로소 전쟁을 그만둘 것이다.」고 소문을 퍼뜨렸다. 대개 관추關酋(關白 豊臣秀吉)의 요구하는 것이 아주 커서 다만 봉공封貢뿐만 아니었는데, 명나라 조정에서는 봉작〔封〕만 허락하고 조공〔貢〕은 허락하지 않았으며, 심유경〔惟敬〕은 소서행장〔行長〕과 서로 친숙하여 임시 미봉책으로 구차스레 일을 성사시켜 보려고 하여 그 실정을 명나라 조정과 우리나라에 알리지 않았으므로 일이 마침내 순조롭게 합의되지 못하고 말았다.

우리나라에서는 즉시 명나라에 사신을 파견하여 그 사실을 빨리 보고하였다. 이에 있어서 석성石星·심유경沈惟敬은 다 죄를 짓게 되고, 명나라 군사도 다시 나오게 되었다.

原文

十月, 車駕還都, 十二月, 天使行人司行人司憲來.

先是沈惟敬, 挾倭將小西飛, 持關白降表而歸. 天朝疑降表非

出於關酋, 行長等詐爲之. 又惟敬纔至, 而晉州見陷, 納疑之

意不誠, 留小西飛於遼東, 久不報. 時提督及諸將皆還去, 惟

劉綎·吳惟忠·王必迪萬餘兵, 駐箚八莒. 而中外飢甚, 且困

於饋運, 老弱顚溝壑, 壯者爲盜賊, 重以癘疫, 死亡殆盡, 至父

子夫婦相食, 暴骨如莽. 未幾, 劉軍自八莒移南原, 又自南原

還都城, 留十餘日, 遂巡西去. 而賊猶在海上, 人心益恐. 於是

經略宋應昌, 被劾去, 新經略顧養謙, 代至遼東, 遣參將胡澤,

以箚付來, 諭我群臣. 其略曰,「倭奴無端侵爾, 勢如破竹, 據

王京開城三都會, 有爾土地人民十八九, 虜爾王子陪臣, 皇上

赫怒興師, 一戰而破平壤, 再進而得開城, 倭奴竟遁王京, 送

還王子陪臣, 復地二千餘里, 所費帑金不貲, 士馬物故亦不少,

朝廷之待屬國, 恩義至此, 皇上罔極之恩, 亦已過矣. 今餉已

不可再運矣, 兵已不可再用矣. 而倭奴畏威請降, 且乞封貢

矣. 天朝正宜許之封貢, 容之爲外臣, 驅倭盡數渡海, 不復侵

爾, 解勞息兵, 所以爲爾國久遠計也. 今爾國糧盡, 人民相食,

又何恃而請兵耶? 旣不與兵餉於爾國, 又絶封貢於倭奴, 倭

奴必發怒於爾國, 而爾國必亡, 安可不早自爲計耶? 昔句踐

之困於會稽山也, 豈不欲食夫差之肉乎? 而姑忍恥含垢, 以

有待也, 身且爲臣也, 妻且爲妾也. 況爲倭奴請爲臣妾於中

國, 以自寬而徐爲之圖, 是愈於句踐君臣之謀也. 此而不能

忍, 是悻悻小丈夫之見耳, 非復讎雪恥之英雄也. 爾爲倭請封

貢, 若果得請, 則倭必益感中國, 而且德朝鮮, 必罷兵而去. 倭

去, 而爾國君臣遂苦心焦思, 臥薪嘗膽, 以修句踐之業, 天道

好還, 安知無報倭日也?」其言縷縷千百, 大意如此. 胡澤在

館三月餘, 朝議不決, 聖意愈難之. 臣時以病在, 告啓曰「請

封義固不可, 惟當祥具近日事情, 奏聞以聽中朝處置.」屢啓

乃允. 於是陳奏使許頊去. 時顧經略, 又以人言辭去, 新經略

孫鑛來代, 兵部奏請收小西飛入京, 詰以三事, 一, 但求封不

求貢, 二, 一倭不留釜山, 三, 永不侵朝鮮. 如約卽封, 不如約

不可. 小西飛指天爲誓, 請遵約束. 遂令沈惟敬, 更帶小西飛

入倭營宣諭, 又差李宗誠·楊方亨爲上副使, 往封平秀吉日

本國王, 而使宗誠等, 留我都城, 候倭盡撤方行, 乙未四月, 宗

誠等至漢城, 連遣使促倭渡海, 項背相望, 於是倭先撤熊川數

陣及巨濟·場門·蘇津浦等諸屯, 以示信. 且曰,「恐如平壤

見欺, 願天使速入倭營, 當悉如約.」八月, 楊方亨因兵部箚

付, 先到釜山, 而倭遷延不卽盡撤, 更請上使, 人多疑之, 兵部

尙書石星, 信沈惟敬言, 意倭無異情, 又急於退兵, 屢促宗誠

前去, 雖朝議多異, 而星奮然以身當之. 九月, 宗誠繼至釜山,

平行長不卽來見, 又言將往復關白定奪, 然後迎天使. 行長入

日本. 丙申正月始回, 猶不明言撤兵事, 沈惟敬留二使, 又獨

與行長先行渡海, 託言將講定迎使禮節, 人莫能測, 惟敬錦衣

登舟, 旗上大書調戢兩國四字, 立船頭而去, 既去, 久無回報.
등주 기상대서조즙양국사자 입선두이거 기거 구무회보
李宗誠乃開國功臣文忠之後, 以功襲爵, 紈袴子弟, 性頗恇㤼,
이종성내개국공신문충지후 이공습작 환고자제 성파광겁
或言於宗誠曰, 「倭酋實無受封意, 將誘致宗誠等, 拘囚而困
혹언어종성왈 왜추실무수봉의 장유치종성등 구수이곤
辱之.」 宗誠懼甚, 夜半, 以微服出營, 盡棄僕從輜重印節而
욕지 종성구심 야반 이미복출영 진기복종치중인절이
逃. 翌朝, 倭始覺, 分道追之, 至梁山石橋, 不得而回, 楊方亨
도 익조 왜시각 분도추지 지양산석교 부득이회 양방형
獨留倭營, 撫戢群倭, 且移文我國, 令勿驚動, 宗誠不敢由大
독류왜영 무집군왜 차이문아국 영물경동 종성불감유대
路, 竄入山谷中, 數日不食, 宗慶州來西去. 既而沈惟敬·行
로 찬입산곡중 수일불식 종경주래서거 기이심유경 행
長始回, 又撤西生浦·竹島等屯, 其未撤者, 只釜山四屯, 乃
장시회 우철서생포 죽도등둔 기미철자 지부산사둔 내
挾楊副使過海. 沈惟敬又要我使同行, 遣其姪沈懋時催發, 朝
협양부사과해 심유경우요아사동행 견기질심무시최발 조
廷不肯, 懋時必欲與偕, 不得已以武臣李逢春等, 稱跟隨陪臣
정불긍 무시필욕여해 부득이이무신이봉춘등 칭근수배신
以應之. 或謂武人往彼中, 多失誤, 宜使文官識事理者往. 時
이응지 혹위무인왕피중 다실오 의사문관식사리자왕 시
黃愼以沈接伴使, 在倭營, 就令愼隨行.
황신이심접반사 재왜영 취령신수행

天使楊方亨·沈惟敬, 回自日本. 先是方亨等至日本, 關白盛
천사양방형 심유경 회자일본 선시방형등지일본 관백성
飾館宇, 欲迎接, 會一夜地大震, 摧倒幾盡, 遂迎候於他舍, 與
식관우 욕영접 회일야지대진 최도기진 수영후어타사 여
兩使一再會. 初若受封者然, 忽大怒曰, 「我放還朝鮮王子, 朝
양사일재회 초약수봉자연 홀대노왈 아방환조선왕자 조
鮮當使王子來謝, 而使臣秩卑, 是慢我也.」 黃愼等不得傳命,
선당사왕자래사 이사신질비 시만아야 황신등부득전명
幷促楊方亨·沈惟敬等同回, 亦無謝恩天朝之禮. 賊將平行
병촉양방형 심유경등동회 역무사은천조지례 적장평행
長回釜山浦, 清正復率兵, 繼屯西生浦, 聲言要王子來謝始解
장회부산포 청정복솔병 계둔서생포 성언요왕자래사시해

兵. 蓋關酋所求甚大, 不止封貢, 中朝但許封不許貢, 惟敬與

行長相熟, 欲臨事彌縫苟且成事, 而不以實情聞諸天朝與我

國, 事竟不諧, 本國卽遣使, 馳奏其事. 於是石星沈惟敬, 皆得

罪, 而天兵再出矣.

이순신李舜臣의
하옥下獄

수군통제사水軍統制使 이순신李舜臣을 옥에 가두었다.

이보다 먼저 원균元均은 이순신이 와서 구원해 준 것을 은덕으로 여겨서 서로 사이가 매우 좋았는데, 얼마 안 가서 공을 다투어 점차 서로 잘 어울리지 않았다. 원균은 성품이 험악하고 간사하며 또 중앙·지방〔中外〕의 인사들과 많이 연락하면서 이순신을 모함하는 데 여력을 남기지 않았으며, 늘 말하기를,

「이순신이 처음에는 우리를 구하러 오지 않는 것을 내가 굳이 청함으로 인하여 왔으니, 적을 이긴 것은 내가 수공首功(으뜸 공)이 될 것이다.」

하였다. 이때 조정의 의논은 두 갈래로 나누어져서 저마다 주장하는 것이 달랐다. 이순신을 추천한 사람은 처음에 나였기 때문에 나를 좋아하지 않는 사람은 원균과 어울려서 이순신을 공격하

는 것이 매우 강력하였다. 오직 우상右相 이원익李元翼은 그것이 그렇지 않다는 것을 밝히고 또 말하기를,

「이순신과 원균은 제각기 나누어 지키는 지역이 있었으니, 처음에 곧 나아가 구원하지 않았다 해도 족히 크게 잘못되었다고 할 수는 없다.」고 하였다. 이보다 먼저 왜적의 장수 평행장平行長(小西行長)은 자기의 졸개 요시라要時羅로 하여금 경상우병사慶尙右兵使 김응서金應瑞의 진陣으로 왕래하게 하여 은근히 정을 통하고 있었는데, 바야흐로 가등청정이 다시 출정하려고 하자, 요시라[時羅]는 비밀히 김응서에게 말하기를,

「우리 장수 소서행장[行長]의 말이 『이번에 화의를 맺는 일이 이루어지지 못한 까닭은 가등청정[淸正]의 잘못에 연유된 것이므로 나도 몹시 그를 미워한다.』고 하였습니다. 그런데 아무 날에는 가등청정이 꼭 바다를 건너올 것입니다. 조선朝鮮에서는 수전水戰을 잘하니, 만약 바다 가운데서 맞아 친다면 틀림없이 쳐부수고 잡아죽일 수 있을 것이니 삼가 실패하지 말도록 하시오.」

하였다. 김응서는 그런 일을 상주하니 조정의 의논은 이것을 믿었다. 해평군海平君 윤근수尹根壽[1]는 더욱 좋아 날뛰면서 이런 기

1 윤근수尹根壽(1537~1616) : 조선조 선조 때의 문신. 자는 자고子固, 호는 월정月汀, 시호는 문정文貞, 본관은 해평海平이다. 영의정을 지낸 윤두수尹斗壽의 아우다. 명종 때 문과에 급제, 대사성·부제학·경기관찰사·이조참판을 거쳐 호조판서·예조판서·좌찬성 등을 지냈다. 임진왜란 때 판중추부사·좌찬성으로 명나라 구원병 문제로 활약하였고, 정유재란 때에는 의금부사에 임명됨. 저서는 『월정집月汀集』이 있다.

회를 잃어버려서는 안 되겠다고 여겨 누차 이를 임금에게 아뢰고 연달아 이순신에게 전진할 것을 재촉하였다. 그런데 이순신은 여기에는 왜적들의 간사한 속임수가 있는 것을 의심하여 나아가지 않고 머뭇거리기를 여러 날 동안 하였다. 이에 이르자 요시라는 또 와서 말하기를,

「가등청정[淸正]이 지금 이미 육지에 내렸는데, 조선에서는 어찌하여 막지 않았습니까?」

하면서, 거짓으로 한탄하고 애석해 하는 뜻을 보였다.

이 사실이 알려지자 조정에서의 의논은 다 이순신을 잘못했다고 나무라고, 대간臺諫은 그를 잡아올려 국문하자고 청하였고, 현풍玄風 사람 박성朴惺[2]이라는 자도 그때의 논의에 영합하여 상소문을 올려 이순신을 목 베어야 옳겠다고 극단적으로 말하였다. 조정에서는 드디어 의금부도사義禁府都事를 파견하여 이순신을 잡아오고, 원균元均을 대신 통제사統制使로 삼았다.

그러나 임금께서는 오히려 들리는 말이 다 진실이 아닌 것으로 의심하고, 성균사성成均司成[3] 남이신南以信[4]을 파견하여 한산도

---

2 박성朴惺(1549~1606) : 조선조 선조 때 사람. 자는 덕응德凝, 호는 대암大菴, 본관은 밀양密陽이다. 임진왜란 때 초유사 김성일의 막하幕下에 있었고, 정유재란 때에는 체찰사 이원익李元翼의 막하幕下에서 일하다가 뒤에 안양현감安陽縣監을 지냈다. 저서에『대암집大菴集』이 있다.

3 성균사성成均司成 : 성균관에 속한 관직. 사성司成은 종3품 벼슬.

4 남이신南以信(1562~1608) : 자는 자유自有, 호는 직곡直谷, 본관은 의령宜寧이다. 조선조 선조 때 문신. 문과에 급제, 벼슬이 대사간에 이름.

이순신李舜臣이 서울로 압송 도중에 백성들이 길을 막고 통곡하는 장면.(충무공 이순신기념관 소장)

〔閑山〕로 내려가서 사실을 조사하고 살펴오게 하였다. 남이신이 전라도全羅道에 들어서자 군민軍民들은 길을 막고 이순신이 원통하게 잡혔다는 것을 호소했는데, 그런 사람의 수효를 헤아릴 수가 없었다. 그러나 남이신은 사실대로 보고하지 아니하고 말하기를,

「가등청정〔清正〕이 해도海島에 머무르는 7일 동안에 우리 군사가 만약 나갔다고 할 것 같으면 가히 적장을 잡아올 수 있었겠사오나, 이순신은 머뭇거리고 나가지 않아서 그 기회를 놓쳐 버렸습니다.」

라고 하였다. 이순신이 옥에 이르자, 임금께서는 대신에게 명하여 그 죄를 논의하게 하였다. 이때 홀로 판중추부사判中樞府事[5] 정탁鄭琢[6]이 간하기를,

「이순신〔舜臣〕은 명장名將이오니 죽여서는 아니됩니다. 군사

---

5 판중추부사判中樞府事 : 중추부는 조선조 때 중앙관청의 하나. 부사는 출납·병기·군정·숙위宿衛·경비 등의 일을 맡아보는 관직으로 정2품 벼슬.

6 정탁鄭琢(1526~1605) : 조선조 선조 때의 대신. 자는 자정子精, 호는 약포藥圃, 시호는 정간貞簡, 본관은 청주淸州이다. 저서에서는 『약포집藥圃集』과 『용만견문록龍灣見聞錄』이 있다. 명종 때 문과에 급제하여 벼슬이 좌의정에 이름. 경사經史·천문·지리·병서 등에 정통하고, 임진왜란 때 호종공신으로 서원부원군西原府院君에 파봉됨.

상 기밀〔軍機〕의 이해利害 관계는 멀리서 헤아리기가 어려운 것입니다. 그가 싸우러 나아가지 않은 것에는 반드시 생각하는 점이 없지는 않았을 것이오니, 청하옵건대 너그럽게 용서하시어 뒷날에 공효를 이루도록 하시옵소서.」

하였다. 조정에서는 한 차례 고문拷問을 행한 후에 사형을 감하여 관직을 삭탈한 다음 군대에서 복무하도록 하였다.

이순신의 늙은 어머니는 아산牙山[7]에 있었는데, 이순신이 옥에 갇혔다는 말을 듣고 근심으로 애를 태우다가 사망하였다. 이순신은 옥에서 나와 아산을 지나가는 길에 성복成服[8]하고는, 곧 권율權慄의 막하〔帳下〕로 가서 백의종군白衣從軍하였는데 사람들은 그 소식을 듣고 슬퍼하였다.

原文

逮水軍統制使李舜臣下獄. 初元均德舜臣來救, 相得甚歡, 既
체 수 군 통 제 사 이 순 신 하 옥   초 원 균 덕 순 신 래 구   상 득 심 환   기

而爭功, 漸不相能, 均性險詖, 且多連絡於中外, 搆誣舜臣, 不
이 쟁 공   점 불 상 능   균 성 험 피   차 다 연 락 어 중 외   구 무 순 신   불

遺餘力, 每言, 「舜臣初不欲來, 因我固請乃至, 勝敵我爲首
유 여 력   매 언   순 신 초 불 욕 래   인 아 고 청 내 지   승 적 아 위 수

功.」 時朝論分岐, 各有所主, 薦舜臣初爲余, 不悅余者, 與元
공   시 조 론 분 기   각 유 소 주   천 순 신 초 위 여   불 열 여 자   여 원

均合, 攻舜臣甚力, 惟右相李元翼, 明其不然, 且曰, 「舜臣與
균 합   공 순 신 심 력   유 우 상 이 원 익   명 기 불 연   차 왈   순 신 여

---

7 아산牙山 : 충청남도 북부에 위치한 지명.

8 성복成服 : 초상이 나서 상복을 입는 것. 보통 초상이 난 지 4일부터 입음.

元均, 各有分守之地, 初不卽進, 未足深非.」先是賊將平行

원균 각유분수지지 초부즉진 미족심비 선시적장평행

長, 使卒倭要時羅, 往來慶尙右兵使金應瑞陣, 致慇懃, 方淸

장 사졸왜요시라 왕래경상우병사김응서진 치은근 방청

正欲再出也, 時羅密語於應瑞曰, 「我將行長言, 今此和事不

정욕재출야 시라밀어어응서왈 아장행장언 금차화사불

成. 由於淸正, 吾甚疾之. 某日, 淸正當渡海, 朝鮮善水戰, 若

성 유어청정 오심질지 모일 청정당도해 조선선수전 약

要諸海中, 可以敗殺, 愼毋失也.」應瑞上其事, 朝議信之, 海

요저해중 가이패살 신무실야 응서상기사 조의신지 해

平君尹根壽, 尤踊躍以爲機會難失, 屢啓之, 連催舜臣前進.

평군윤근수 우용약이위기회난실 누계지 연최순신전진

舜臣疑賊有詐, 遲徊者累日. 至是要時羅又至曰, 「淸正今已

순신의적유사 지회자누일 지시요시라우지왈 청정금이

下陸, 朝鮮何不要截?」佯致恨惜之意, 事聞, 廷議皆咎舜臣,

하륙 조선하불요절 양치한석지의 사문 정의개구순신

臺諫請拿鞫, 玄風人前縣監朴惺者, 亦承望時論, 上疏極言舜

대간청나국 현풍인전현감박성자 역승망시론 상소극언순

臣可斬. 遂遣義禁府都事拿來, 元均代爲統制使. 上猶疑所聞

신가참 수견의금부도사나래 원균대위통제사 상유의소문

不盡實, 特遣成均司成南以信, 下閑山廉察. 以信旣入全羅道,

부진실 특견성균사성남이신 하한산염찰 이신기입전라도

軍民遮道訟舜臣冤者, 不可勝數. 以信不以實聞, 乃曰, 「淸正

군민차도송순신원자 불가승수 이신불이실문 내왈 청정

留海島七日, 我軍若往, 可縛來, 而舜臣逗遛失機.」舜臣至

류해도칠일 아군약왕 가박래 이순신두류실기 순신지

獄, 命大臣議罪, 獨判中樞府事鄭琢言, 「舜臣名將, 不可殺,

옥 명대신의죄 독판중추부사정탁언 순신명장 불가살

軍機利害, 難可遙度, 其不進, 未必無意, 請寬恕, 以責後效.」

군기이해 난가요탁 기부진 미필무의 청관서 이책후효

拷問一次, 減死削職充軍. 舜臣老母在牙山, 聞舜臣下獄, 憂

고문일차 감사삭직충군 순신노모재아산 문순신하옥 우

悸而死. 舜臣出獄, 道過牙山, 成服, 卽往權慄帳下從軍, 人聞

계이사 순신출옥 도과아산 성복 즉왕권율장하종군 인문

而悲之.

이비지

명나라 군사가
내원來援함

    명나라 조정에서는 병부시랑兵部侍郎 형개邢玠[1]를 총독군문總督軍門으로, 요동포정사遼東布政司 양호楊鎬[2]를 경리조선군무經理朝鮮軍務로, 마귀麻貴[3]를 대장大將으로 삼고, 양원楊元·유정劉綎·동일원董一元 등의 장수들이 서로 잇달아 우리나라로 나왔다.

    정유년〔丁酉 : 宣祖 30年, 1597〕 5월에 양원楊元이 3천 명의 군사를 거느리고 먼저 왔는데, 그는 서울에 며칠 동안 머무르다가 전라도全羅道로 내려가 남원南原에 주둔하여 지켰다. 대개 남원

<hr />

1 형개邢玠 : 명나라 장수. 병부시랑兵部侍郎으로 있다가 정유재란 때 총독군문總督軍門으로 우리나라에 와서 활약함.

2 양호楊鎬 : 명나라 장수. 1597년 정유재란 때 경략조선군무사經略朝鮮軍務使로 구원병을 거느리고 왔으나 울산성 공격에 실패하여 파면됨.

3 마귀麻貴 : 명나라 장수로 정유재란 때 제독提督으로 우리나라에 와서 잘 싸워 양장良將이라 이름.

교룡산성蛟龍山城
전북 남원시 산곡동에 위치(전북기념물 제9호)

은 호남〔湖〕・영남〔嶺〕의 요충이 되는 곳으로 성城도 자못 견고
하고 완전하였는데, 이는 지난날에 낙상지駱尙志가 또 성을 증축
하여 지킬 만하게 만든 까닭이었다.

　이 남원성 밖에는 교룡산성蛟龍山城이 있는데, 여러 사람들의
의논은 산성山城을 지키려고 하였으나, 양원은 본성本城을 지켜
야 된다고 하면서 성 위에 담을 더 쌓고 호를 팠으며, 호 안에 양
마장羊馬墻[4]을 설치했는데 밤낮으로 일을 돌려 하여 한 달이 넘어
겨우 완성되었다.

---

4 양마장羊馬墻 : 밖의 호壕인데, 작은 성을 쌓고 그 위에 다시 여장女墻(성 위에 쌓은
　담)의 담을 세운 것. 장墻은 장牆과 동자. 본자 牆. 간체 墙. 담 장. 담. 경계.

天朝以兵部侍郞邢玠, 爲總督軍門, 遼東布政司楊鎬, 爲經理
천조이병부시랑형개　위총독군문　요동포정사양호　위경리

朝鮮軍務, 麻貴爲大將, 楊元·劉綎·董一元等, 相繼而出.
조선군무　마귀위대장　양원　유정　동일원등　상계이출

丁酉五月, 楊元領三千兵先至, 留京城數日, 下全羅道, 駐守
정유오월　양원령삼천병선지　유경성수일　하전라도　주수

南原. 蓋南原據湖嶺之衝, 城頗堅完, 往時駱尙志, 又增築可
남원　개남원거호령지충　성파견완　왕시낙상지　우증축가

守故也. 城外有蛟龍山城, 衆議欲守山城, 楊元以爲本城可
수고야　성외유교룡산성　중의욕수산성　양원이위본성가

守, 增埤浚濠, 濠內又設羊馬墻, 晝夜董役, 月餘粗完.
수　증비준호　호내우설양마장　주야동역　월여조완

원균元均이 패하여
한산도閑山島 수군水軍이 무너짐

8월 7일〔宣祖 30年, 1597〕에 한산도閑山島 수군〔舟師〕이 무너지고, 통제사統制使 원균元均·전라우수사全羅右水使 이억기李億祺가 사망하고, 경상우수사慶尙右水使 배설裵楔[1]은 도망하여 죽음을 면하였다.

이보다 먼저 원균은 이미 한산도〔閑山〕에 이르렀었는데, 그는 이순신〔舜臣〕이 정하여 놓은 제도를 다 변경하고, 모든 장수와 군사들도 거의 이순신이 신임하여 부리던 사람들은 다 내쫓아 버렸으며, 이영남李英男이 자기〔元均〕가 전날에 패하여 도망하였던 사실을 자세히 알고 있다고 해서 더욱 그를 미워하니 군사들의

---

1 배설裵楔(?~1599) : 본관은 성주星州이다. 조선조 선조 때의 무장. 정유재란 때 경상우수사로, 원균이 패한 뒤에 이순신의 막하로 들어왔으나 명량해전鳴梁海戰을 앞두고 도망하였으므로 뒤에 잡혀 처벌됨.

제승당制勝堂
이순신李舜臣의 사령부가 있던 곳으로 원래는 운주당運籌堂 터였다. 경남 통영시 한산면 한산일주
로 70(두억리)에 위치.

마음은 그를 원망하고 분해하였다.

  이순신이 한산도에 있을 때에 한 집을 지어 운주당運籌堂[2]이라
고 이름하고, 밤낮을 그 안에서 지내면서 여러 부하 장수들과 함
께 전쟁에 대한 일을 의논하였는데, 비록 졸병이라 하더라도 군
사에 관한 일을 말하고자 하는 사람이면 와서 말하게 하여 군사
적인 사정에 통하게 하였으며, 늘 싸움을 하려 할 때 장수들을 모
두 불러서 계교를 묻고 전략이 결정된 뒤에야 싸운 까닭으로 싸
움에 패한 일이 없었던 것이다.

  그런데 원균은 좋아하는 첩을 데려다가 그 집[運籌堂]에서 살
며 이중으로 울타리를 하여 안팎을 막아 놓으니, 여러 장수들도

2 운주당運籌堂 : 한산도의 제승당制勝堂에 있던 집으로, 삼도수군통제사三道水軍統制
  使 이순신이 왜적을 치기 위한 전략戰略을 마련하던 곳.

그의 낯을 보는 일이 드물었다. 그는 또 술마시기를 좋아하여 날마다 술주정과 성내는 것을 일삼았고, 형벌이 법도가 없었으므로 군중에서는 비밀히(몰래) 수군거려 말하기를,

「만약 왜적을 만날 것 같으면 오직 도망하는 수가 있을 뿐이다.」

라고 하며, 여러 장수들은 몰래 서로 그를 비웃으며, 또한 다시 품의하거나(일을 보고하거나) 두려워하지도(복종하지) 않았으므로 호령(명령과 지휘)이 행하여지지 않았다.

이럴 때 왜적의 군사가 다시 침구(침략)하였는데, 적장 평행장平行長(小西行長)은 또 요시라要時羅를 파견하여 김응서金應瑞를 속여 말하기를,

「왜선倭船이 아무 날[모일某日]에는 꼭 더 들어올 것이니 조선朝鮮의 수군은 아마도 중간에서 맞아 쳐부수는 것이 좋을 것입니다.」

하였다. 도원수都元帥 권율權慄은 더욱 그 말을 믿었고, 또 이순신이 머뭇거리다가 이미 죄를 받았으므로 해서 날마다 원균에게 군사를 거느리고 나아가서 치라고 재촉하였다. 원균도 항상 이순신이 왜적을 보고도 나아가 치지 않았다고 말하며, 이것으로써 이순신을 모함하여 자기가 그 소임을 대신할 수 있었으니, 이에 이르러 비록 그 형세가 어려운 줄 알면서도 부끄러워 거절할 도리가 없어서 다만 전함戰艦을 다 거느리고 앞으로 진격할 수밖에 없었다.

이때 언덕 위에 있는 왜적의 병영에서는 우리 배가 가는 것을 굽어 보고는 서로 전하여 알리며 그 동정을 살피고 있었다. 원균이 절영도絶影島³에 이르니 바람이 불고 물결이 일어나 거세지고 날은 벌써 저물어 어두워지는데 배는 머물러 정박할 곳이 없었다. 그런데 왜적의 배가 바다 가운데 출몰하는 것이 바라보이자 원균은 여러 군사를 독려하여 앞으로 진격하였는데, 배 안의 군사들은 한산도閑山島로부터 종일토록 노를 저어 오느라고 쉴 수도 없었고, 또 굶주림과 목마름에 시달려 제대로 배를 운전할 수가 없었다. 여러 배들이 풍랑에 가로세로 밀려 드나들기도 하고, 잠깐 앞으로 나아갔다가는 곧 뒤로 밀려나가기도 하였다. 왜적들은 우리 군사를 피로하게 만들려고 우리 배와 가까워졌다가는 문득 허둥지둥 피하여 달아나며 맞부딪쳐 싸우지는 않았다. 밤이 깊고 바람이 세차게 불어 우리 배들은 사방으로 흩어져서 표류하여 그 가는 방향도 알지 못하였다.

원균은 간신히 남은 배를 수습하여 거느리고 돌아와 가덕도加德島⁴에 이르렀는데, 군사들은 너무도 목이 말라서 다투어 배에서 내려 물을 마셨다. 그런데 왜적의 배가 섬 속으로부터 튀어나와서 덮치므로 장병 4백여 명을 잃었다. 원균은 또 물러나와서 거제도〔巨濟〕의 칠천도漆川島에 이르렀다.

권율은 이때 고성固城에 있었는데, 원균이 출동한 뒤 실패만

<hr>

3 절영도絶影島 : 지금 부산 영도影島의 옛 이름.

4 가덕도加德島 : 경상남도에 속한 섬. 부산과 거제도 사이에 있음.

하고 아무런 소득이 없다고 해서 격서檄書를 보내 불러다가 곤장을 치고, 다시 진격하라고 독촉하였다. 원균은 군중으로 돌아와서는 더욱 분하고 화가 치밀어 술을 마시고 취하여 누워 버렸다. 여러 장수들이 원균을 만나보고 군사에 관한 일을 말하려 하였으나 만나볼 수가 없었다.

이날 밤중에 왜적의 배가 와서 습격하여 우리 군사는 크게 무너졌다. 원균은 도망하여 바닷가에 이르러 배를 버리고 언덕으로 기어올라 달아나려고 하였으나, 몸집이 비둔하여 소나무 밑에 주저앉았는데 좌우 사람들은 다 흩어져 버렸다. 어떤 사람은 그가 왜적에게 죽음을 당한 바 되었다고도 말하고, 어떤 사람은 그가 도망하여 죽음을 면하였다고도 말하는데, 그 사실을 확실하게 알

수는 없었다.

이억기李億祺는 배 위로부터 바닷물에 뛰어들어 죽었다.

배설裵楔은 이보다 먼저 여러 번 원균에게 「이러다가는 반드시 패할 것이다.」라고 간하였으며, 이날에도 또 「칠천도는 물이 얕고 협착해서 배를 부리기가 이롭지 못하니 마땅히 진을 다른 곳에 옮겨 치는 것이 좋겠다.」고 간하였으나 원균은 다 들어주지 않았다. 그래서 배설은 가만히 자기가 거느리고 있는 배와 약속하여 계엄을 하고(경계를 펴면서) 사변을 기다리고 있다가(적의 공격에 대비하다), 왜적이 와서 침범하는 것을 보고는 항구를 벗어나서 먼저 달아난 까닭으로 그 군사들은 홀로 온전하였다.

배설은 한산도閑山島로 돌아와서 불을 질러 병사兵舍와 양곡糧穀과 군기軍器를 태워 버리고, 남아 있던 백성들로써 섬 안에 있는 사람을 옮겨 왜적을 피하여 떠나가게 하였다.

한산도가 패하고 나자, 왜적들은 이긴 기세를 타서 서쪽으로 향하여 쳐들어가니 남해南海 · 순천順天이 차례로 함몰되었다. 왜적의 배들은 섬진강 하류의 두치진豆恥津에 이르러 육지에 내려서 나아가 남원南原을 포위하니, 호남 · 호서〔兩湖 : 全羅道 · 忠淸道〕 지방이 크게 진동하였다.

대개 왜적이 임진년(1592)에 우리나라 땅에 들어온 뒤로부터 오직 수군〔舟師〕에게만 패하였으므로, 평수길平秀吉(豊臣秀吉)은 이를 분하게 여겨 소서행장〔行長〕에게 반드시 조선의 수군〔舟師〕을 쳐부술 것을 책임지웠다. 이에 소서행장은 전략적으로 거짓

한산도閑山島
경상남도 통영시 한산면閑山面에 있는 섬

정성을 김응서金應瑞에게 보여 호감을 사는 한편 이순신李舜臣이
죄를 짓도록 만들고, 또 원균元均을 꾀어 바다 가운데로 나오게
하여 그 허실虛實을 다 알고 나서 덮쳐 습격하였다. 그의 계략은
지극히 교묘하여 그 계획한 꾀에 모두 떨어지고 말았으니, 실로
슬프고 안타까운 일이다.

原文

八月初七日, 閑山舟師潰, 統制使元均・全羅右水使李億祺
팔 월 초 칠 일   한 산 주 사 궤   통 제 사 원 균   전 라 우 수 사 이 억 기

死, 慶尙右水使裵楔走免. 初元均, 旣至閑山, 盡變舜臣約束,
사   경 상 우 수 사 배 설 주 면   초 원 균   기 지 한 산   진 변 순 신 약 속

凡褊[5]裨[6]士卒, 稍爲舜臣所任使者, 皆斥去, 以李英男詳知已
범 편 비 사 졸   초 위 순 신 소 임 사 자   개 척 거   이 이 영 남 상 지 이

5 편褊 : ① 좁을 편. 도량이 좁다. 성급하다. ② 옷이 날릴 변. 옷이 펄렁펄렁 날리는
   모양. 동자 偏.
6 비裨 : 도울 비. 보좌하다. 보태다. 주다. 천하다. 작다.

前日奔敗狀, 尤惡之, 軍心怨憤. 舜臣在閑山時, 作堂名曰運
전일분패상 우오지 군심원분 순신재한산시 작당명왈운

籌, 日夜處其中, 與諸將共論兵事, 雖下卒欲言軍事者, 許來
주 일야처기중 여제장공론병사 수하졸욕언군사자 허래

告, 以通軍情, 每將戰, 悉招褊裨問計, 謀定而後戰, 故無敗
고 이통군정 매장전 실초편비문계 모정이후전 고무패

事. 均挈愛妾居其堂, 以重籬隔內外, 諸將罕見其面, 又嗜酒,
사 균설애첩거기당 이중리격내외 제장한견기면 우기주

日事酗怒, 刑罰無度, 軍中竊語曰,「若遇賊, 惟有走耳.」諸將
일사후노 형벌무도 군중절어왈 약우적 유유주이 제장

私相譏笑, 亦不復禀畏, 故號令不行. 時賊將再入寇, 平行長
사상기소 역불부품외 고호령불행 시적장재입구 평행장

又遣要時羅, 紿金應瑞曰,「倭船某日當添至, 朝鮮舟師, 猶可
우견요시라 태김응서왈 왜선모일당첨지 조선주사 유가

邀擊.」都元帥權慄, 尤信其說, 且以李舜臣以逗遛已得罪, 日
요격 도원수권율 우신기설 차이이순신이두류이득죄 일

促元均進兵, 均亦常言舜臣, 見賊不進, 以此陷舜臣, 而已得
촉원균진병 균역상언순신 견적부진 이차함순신 이이득

代其任, 至是雖知其勢難, 而慙無以爲辭, 只得盡率舟艦進
대기임 지시수지기세난 이참무이위사 지득진솔주함진

前. 倭營之在岸上者, 俯視船行, 互相傳報, 均至絶影島, 風作
전 왜영지재안상자 부시선행 호상전보 균지절영도 풍작

浪起, 日已昏, 船無止泊處. 望見倭船出沒海中, 均督諸軍進
낭기 일이혼 선무지박처 망견왜선출몰해중 균독제군진

前. 舟中人自閑山終日搖櫓, 不得休息, 又困飢渴疲不能運
전 주중인자한산종일요로 부득휴식 우곤기갈피불능운

船, 諸船縱橫進退, 乍前乍卻, 倭欲疲之, 與我船相近, 輒佪[7]
선 제선종횡진퇴 사전사각 왜욕피지 여아선상근 첩상

佯引避而去, 不與交鋒. 夜深風盛, 我船四散分漂, 不知去向,
양인피이거 불여교봉 야심풍성 아선사산분표 부지거향

均艱收餘船, 還至加德島, 軍士渴甚, 爭下船取水, 倭兵從島
균간수여선 환지가덕도 군사갈심 쟁하선취수 왜병종도

7 상佪 : ① 혹시 당. 아마. ② 어정거릴 상. 배회하다. 상양佪佯 ; 어정거림. 배회徘徊
함.

中突出揜之, 失將士四百餘人, 均又引退, 至巨濟漆川島. 權
중 돌 출 엄 지　실 장 사 사 백 여 인　균 우 인 퇴　지 거 제 칠 천 도　권

慄在固城, 以均無所得, 檄召均杖之, 督令更進. 均還到軍中,
율 재 고 성　이 균 무 소 득　격 소 균 장 지　독 령 갱 진　균 환 도 군 중

益忿懣飲酒醉臥, 諸將欲見均言事不得. 夜半, 倭船來襲之,
익 분 만 음 주 취 와　제 장 욕 견 균 언 사 부 득　야 반　왜 선 래 습 지

軍大潰. 均走至海邊, 棄船登岸欲走, 而體肥鈍, 坐松樹下, 左
군 대 궤　균 주 지 해 변　기 선 등 안 욕 주　이 체 비 둔　좌 송 수 하　좌

右皆散, 或言爲賊所害, 或言走免, 終不得其實, 李億祺從船
우 개 산　혹 언 위 적 소 해　혹 언 주 면　종 부 득 기 실　이 억 기 종 선

上投水. 裵楔, 先是屢諫均必敗, 是日又言漆川島淺窄, 不利
상 투 수　배 설　선 시 누 간 균 필 패　시 일 우 언 칠 천 도 천 착　불 리

行船, 宜移陣他處, 均皆不聽, 楔私約所領船, 戒嚴待變, 見賊
행 선　의 이 진 타 처　균 개 불 청　설 사 약 소 령 선　계 엄 대 변　견 적

來犯, 奪港先走, 故其軍獨全. 楔還至閑山島, 縱火焚廬舍糧
래 범　탈 항 선 주　고 기 군 독 전　설 환 지 한 산 도　종 화 분 여 사 양

穀軍器, 徙餘民之留在島中者, 使避賊而去. 閑山旣敗, 賊乘
곡 군 기　사 여 민 지 유 재 도 중 자　사 피 적 이 거　한 산 기 패　적 승

勝西向, 南海·順天次第陷沒, 賊船至豆恥津下陸, 進圍南原,
승 서 향　남 해 · 순 천 차 제 함 몰　적 선 지 두 치 진 하 륙　진 위 남 원

兩湖大震. 蓋賊自壬辰入我境, 惟見敗於舟師, 平秀吉憤之,
양 호 대 진　개 적 자 임 진 입 아 경　유 견 패 어 주 사　평 수 길 분 지

責行長必取舟師, 行長佯輸款於金應瑞, 使李舜臣得罪, 又誘
책 행 장 필 취 주 사　행 장 양 수 관 어 김 응 서　사 이 순 신 득 죄　우 유

元均出海中, 盡得其虛實, 因行掩襲, 其計至巧, 而我悉墮其
원 균 출 해 중　진 득 기 허 실　인 행 엄 습　기 계 지 교　이 아 실 타 기

計中, 哀哉!
계 중　애 재

황석산성黃石山城의 싸움

    왜적의 군사가 황석산성黃石山城을 함락시켰는데, 안음현감安陰縣監 곽준郭䞭[1]과 전 함안군수咸安郡守 조종도趙宗道[2]가 전사하였다.

    이보다 먼저 체찰사體察使 이원익李元翼·도원수〔元帥〕 권율權慄이 도내道內의 산성山城을 수리하여 왜적을 막을 것을 의논하고, 공산公山(달성군達城郡)·금오金烏(선산군善山郡)·용기龍紀(운궁현韻宮縣)·부산富山(월성군月城郡) 등의 산성山城을 쌓았는데,

---

1 곽준郭䞭(1550~1597) : 조선조 선조 때의 문신. 자는 양정養靜, 호는 존재存齋, 시호는 충렬忠烈, 본관은 현풍玄風이다. 임진왜란 때 의병에 가담하여 공을 세우고, 정유재란 때 안음현감으로 황석산성을 지키다가 절사節死함. 저서는 『존재실기存齋實記』가 있다.

2 조종도趙宗道(1537~1597) : 조선조 선조 때 문신. 자는 백유伯由, 호는 대소헌大笑軒, 본관은 함안咸安이다. 시호는 충의忠毅다. 정유재란 때 함안군수로 황석산성에서 왜적과 싸우다가 절사함. 저서는 『대소헌집大笑軒集』이 있다.

황석산성黃石山城

경상남도 함양군 서하면 봉전리에 있는 고려 시대의 산성이다.(사적 제322호)

공산산성과 금오산성에는 백성들의 힘이 더욱 많이 들었다. 그리고 이웃 고을의 기계와 양곡을 모두 거두어 그 속에 채워 두고, 그 수령守令들을 독려하여 늙은이, 어린이와 남자 부녀자들을 다 거느리고 산성으로 들어가 지키게 하니 먼 곳, 가까운 곳 할 것 없이 다 소란하였다.

왜적이 다시 출동하게 되자, 가등청정〔淸正〕은 서생포西生浦로부터 서쪽인 전라도全羅道로 향하여 장차 소서행장〔行長〕이 거느리고 수로水路로 오는 군사와 함께 모여 남원南原을 치려 하였다. 이때 도원수都元帥(權慄) 이하 모든 장병은 다 그 위풍만 바라보고 피하여 물러가고, 각처의 산성을 지키는 사람들에게 전령傳令하여 각각 흩어져 가서 적병을 피하게 하였다. 오직 의병장義兵將

곽재우郭再祐만이 창녕昌寧의 화왕산성火王山城으로 들어가서 죽기를 기하고 지키니, 왜적들은 산성의 밑에 이르러 산성의 형세가 험준하고, 그리고 성 안 사람들이 고요히 움직이지 아니하고 지키는 것을 쳐다보고는 공격하지 아니하고 그대로 가버렸다.

안음현감安陰縣監 곽준郭䞭이 황석산성黃石山城으로 들어가니 전 김해부사金海府使 백사림白士霖도 또한 성 안으로 들어왔다. 백사림白士霖은 무인武人이었으므로 모든 사람들의 마음이 그를 의지하여 든든하게 생각하였는데, 왜적의 군사들이 성을 공격한 지 하루 만에 백사림白士霖이 먼저 도망하여 가자 모든 군사들이 다 무너지고 말았다. 왜적이 성 안으로 몰려 들어오자, 곽준은 그 아들 이상履祥·이후履厚와 함께 왜적을 막아 싸우다가 다 전사하였다. 곽준의 딸은 유문호柳文虎에게 시집갔는데, 유문호는 왜적에게 사로잡히게 되었다. 곽씨郭氏는 이미 성 밖으로 나와 있었으나 이 말을 듣고 그 몸종에게 일러 말하기를,

「아버지가 돌아가셨어도 내가 죽지 않은 것은 남편이 살아 있었기 때문인데 이제 남편까지 잡혔다고 하니, 내 어찌 살아 있겠는가?」 하고는 스스로 목을 매어 죽었다.

조종도趙宗道는 일찍이 말하기를,

「나도 일찍이 대부大夫의 뒤를 따르던(벼슬하던) 사람인데, 도망하여 숨는 무리들과 함께 어울려 풀숲에서 헤매다가 죽을 수는 없다. 죽는다면 마땅히 떳떳하게(대장부의 죽음답게) 죽을 것이다.」 하였다. 그는 처자妻子를 거느리고 성 안으로 들어왔었는데, 시詩

를 지어 읊기를,

「공동산崆峒山[3] 밖이라면 삶이 오히려 기쁘겠고[崆峒山外生猶喜],

순원성巡遠城[4] 안이라면 죽음 역시 영광일세[巡遠城中死亦榮].」

라고 하였다. 그는 드디어 곽준과 함께 왜적에게 죽음을 당하였다.

서생포왜성西生浦倭城
가토 기요마사(加藤淸正)가 일본식 건축방법으로 돌을 사용해 계단식으로 쌓았다.

3 공동산崆峒山 : 중국의 서방 감숙성甘肅省에 있는 산명. 옛날 중국의 황제가 여기
　왔다 갔다는 고사를 따라 선조께서 서방 평안도로 피란한 것을 뜻함.
4 순원성巡遠城 : 당唐나라 현종玄宗 때 안록산安祿山이 난을 일으키자 진원현령眞源
　縣令 장순張巡은 동지 허원許遠과 함께 수양성睢陽城을 지키다가 절사함. 그러므로
　순원성은 장순과 허원이 사수한 수양성을 말함.

倭兵陷黃石山城, 安陰縣監郭䞭, 前咸陽郡守趙宗道死之. 初
왜 병 함 황 석 산 성 안 음 현 감 곽 준 전 함 양 군 수 조 종 도 사 지 초

體察使李元翼 · 元帥權慄, 議修道內山城禦賊, 築公山 · 金
체 찰 사 이 원 익 원 수 권 율 의 수 도 내 산 성 어 적 축 공 산 금

烏 · 龍紀 · 富山等城, 而公山 · 金烏 · 用民力尤多, 悉收旁
오 용 기 부 산 등 성 이 공 산 금 오 용 민 력 우 다 실 수 방

郡器械糧餉實其中, 督守令盡率老弱男婦入守, 遠近騷然, 及
군 기 계 양 향 실 기 중 독 수 령 진 솔 노 약 남 부 입 수 원 근 소 연 급

賊再動, 淸正自西生浦, 西向全羅, 將與行長水路兵會攻南
적 재 동 청 정 자 서 생 포 서 향 전 라 장 여 행 장 수 로 병 회 공 남

原. 元帥以下皆望風引去, 傳令各處山城入守者, 各散去避
원 원 수 이 하 개 망 풍 인 거 전 령 각 처 산 성 입 수 자 각 산 거 피

兵, 惟義兵將郭再祐, 入昌寧火王山城, 期死守, 賊到山下, 仰
병 유 의 병 장 곽 재 우 입 창 녕 화 왕 산 성 기 사 수 적 도 산 하 앙

見形勢斗絶, 而城內人靜帖不動, 不攻而去. 安陰縣監郭䞭,
견 형 세 두 절 이 성 내 인 정 첩 부 동 불 공 이 거 안 음 현 감 곽 준

入黃石山城, 前金海府使白士霖, 亦入城中. 士霖武人, 衆心
입 황 석 산 성 전 김 해 부 사 백 사 림 역 입 성 중 사 림 무 인 중 심

倚以爲重, 賊兵攻城一日, 士霖先遁, 諸軍皆潰. 賊入城, 䞭與
의 이 위 중 적 병 공 성 일 일 사 림 선 둔 제 군 개 궤 적 입 성 준 여

子履祥 · 履厚皆死. 䞭女嫁柳文虎. 文虎爲倭所擄, 郭氏已出
자 이 상 이 후 개 사 준 여 가 유 문 호 문 호 위 왜 소 로 곽 씨 이 출

城, 聞之, 謂其婢曰, 「父死而不死, 爲有夫在耳, 今夫又執, 吾
성 문 지 위 기 비 왈 부 사 이 불 사 위 유 부 재 이 금 부 우 집 오

何生爲?」 自經死. 趙宗道嘗曰, 「吾嘗從大夫之後, 不可與奔
하 생 위 자 경 사 조 종 도 상 왈 오 상 종 대 부 지 후 불 가 여 분

竄之徒, 同死草間, 死則當明白死耳.」 率妻子入城中, 作詩
찬 지 도 동 사 초 간 사 즉 당 명 백 사 이 솔 처 자 입 성 중 작 시

曰, 「崆峒山外生猶喜, 巡遠城中死亦榮.」 遂與䞭同被害.
왈 공 동 산 외 생 유 희 순 원 성 중 사 역 영 수 여 준 동 피 해

14

이순신李舜臣을 다시
삼도수군통제사三道水軍統制使로 삼음

이순신李舜臣 초상화

다시 이순신李舜臣을 기용하여 삼도수군통제사三道水軍統制使로 삼았다.

한산도閑山島가 왜적에게 패하였다는 보고가 이르자, 조정〔朝〕·민간〔野〕이 다 크게 놀라 어찌할 줄 몰랐다. 임금께서는 비변사備邊司의 여러 신하들을 불러 보시고 이에 대한 대책을 물으셨으나 여러 신하들은 너무도 당황해서 대답할 바를 알지 못

하였다. 경림군慶林君 김명원金命元과 병조판서兵曹判書 이항복
李恒福은 조용히 아뢰기를,

「이것(수군이 한산도에서 패망한 것)은 원균元均의 죄이오니 마
땅히 이순신李舜臣을 기용하여 통제사統制使로 삼을 방도뿐입니
다.」

하니, 임금께서는 그 뜻을 따르셨다.

이때 권율權慄은 원균이 패하였다는 말을 듣고 벌써 이순신으
로 하여금 가서 남아 있는 군사를 거두어 뒷일을 수습하게 하였
는데, 왜적들은 바야흐로 기세를 올리며 덤벼들었다. 이순신은
군관軍官 한 사람과 더불어 경상도慶尙道로부터 전라도全羅道로
들어갔는데, 밤낮을 가리지 않고 험악한 길을 더듬어 달려가 진
도珍島에 이르러 군사를 거두어 왜적을 막으려고 하였다.

原文

復起李舜臣, 爲三道水軍統制使. 閑山敗報至, 朝野震駭, 上
부 기 이 순 신 위 삼 도 수 군 통 제 사 한 산 패 보 지 조 야 진 해 상

引見備邊諸臣, 問之, 群臣惶惑, 不知所對, 慶林君金命元, 兵
인 견 비 변 제 신 문 지 군 신 황 혹 부 지 소 대 경 림 군 김 명 원 병

曹判書李恒福, 從容啓曰,「此元均之罪, 惟當起李舜臣爲統
조 판 서 이 항 복 종 용 계 왈   차 원 균 지 죄 유 당 기 이 순 신 위 통

制使耳.」從之, 時權慄聞元均敗, 已使李舜臣往收餘兵, 賊方
제 사 이   종 지 시 권 율 문 원 균 패 이 사 이 순 신 왕 수 여 병 적 방

衝斥, 舜臣與軍官一人, 自慶尙道入全羅道, 晝夜潛行間關,
충 척 순 신 여 군 관 일 인 자 경 상 도 입 전 라 도 주 야 잠 행 간 관

達珍島, 欲收兵禦賊.
달 진 도 욕 수 병 어 적

왜적이 남원성南原城을
함락시킴

왜적이 남원부南原府를 함락시켰다. 이 싸움에 명나라 장수 양원楊元이 도망하여 달아나고, 전라병사全羅兵使 이복남李福男[1]·남원부사南原府使 임현任鉉[2]·조방장助防將 김경로金敬老·광양현감光陽縣監 이춘원李春元·당장접반사唐將接伴使 정기원鄭期遠[3] 등은 다 전사하였다. 군기시軍器寺의 파진군破陣軍 12명도 양원

---

[1] 이복남李福男(?~1597) : 본관은 우계羽溪. 조선조 선조 때의 무관. 시호는 충장忠壯. 정유재란 때 왜적이 남원성을 치자 전라병사로 이를 구하려다가 전사함.

[2] 임현任鉉(1549~1597) : 조선조 선조 때의 문관. 자는 사애士愛, 호는 애탄愛灘, 본관은 풍천豐川, 시호는 충간忠簡. 문과에 급제하여 회양부사·길주목사·함경도병마절도사를 지내고, 정유재란 때 남원부사로 왜적을 막다가 전사함.

[3] 정기원鄭期遠(1559~1597) : 조선조 선조 때의 문관. 자는 사중士重, 호는 견산見山, 본관은 동래東萊. 시호는 충의忠毅. 문과에 급제하여 벼슬이 참관에 이르렀다. 정유재란 때 명장 양원楊元의 접반사로 남원성전南原城戰에 참가하여 왜적을 막다가 전사하였다.

楊元을 따라 남원南原에 들어갔다가 다 적병에게 죽음을 당하였다. 다만 김효의金孝義라는 자가 거기서 벗어날 수 있어서 나에게 남원성이 함락된 사실을 아주 자세하게 말하였다.

양총병楊總兵(楊元)이 남원南原에 이르러서는 성을 한길 너머나 더 올려 쌓고 성 밖의 양마장羊馬牆에는 포砲를 쏠 구멍을 많이 뚫어 놓고, 성문에는 대포大砲 두세 대를 설치하고 깊은 참호를 한두 길이나 파놓았다.

한산도閑山島가 패한 뒤에 왜적은 수륙水陸으로부터 남원성으로 달려와서 사태가 매우 급박하다는 보고가 들어오니, 성 안은 술렁거리고 백성들은 도망하여 흩어지고, 다만 양총병이 거느린 요동마군遼東馬軍 3천 명만이 성 안에 있었다. 양총병은 격문으로 전라병사全羅兵使 이복남을 불러 함께 지키자고 하였으나, 이복남은 날짜를 지연시키면서 이르지 않으므로 연달아 야불수夜不收[4]를 내어 오기를 재촉하니 그는 마지못하여 왔는데 거느리고 온 군사는 겨우 수백 명이었다. 광양현감光陽縣監 이춘원李春元과 조방장助防將 김경로金敬老 등도 뒤를 이어 이르렀다.

8월 13일에 왜적의 선봉 백여 명이 남원성에 이르러 조총鳥銃을 쏘다가 잠깐 뒤에 그만두고 다 흩어져 밭고랑 사이에 엎드려 삼삼오오로 떼를 지어 갔다왔다하며 공격하였다. 성 위에 있는 우리 군사들은 승자소포勝字小砲[5]로 이에 응사하였는데, 왜적의

4 야불수夜不收 : 군중탐정軍中探偵의 칭호. 요즘 군에서 수색대.

5 승자소포勝字小砲 : 무기명. 화포의 일종.

대부대는 멀리 진을 치고 있으면서 유격병(遊兵)을 내어 교전하게 하고, 드문드문 줄을 지어 나와 싸우는 까닭으로 포를 쏴도 잘 맞지 않았다. 그러나 성을 지키던 군사들은 왕왕 왜적이 쏜 총알을 맞고 쓰러졌다. 조금 뒤에 왜적이 성 밑에 이르러 성 위 사람에게 소리를 질러 함께 의논하기를 요구하므로, 양총병은 가정家丁 한 사람을 시켜 통사通事를 데리고 왜적의 병영으로 갔다가 왜적의 글을 가지고 왔는데, 이는 곧 싸움을 다짐하는 글(約戰書)이었다.

8월 14일에 왜적은 남원성을 3면으로 둘러싸 진을 치고는 총포를 번갈아 쏘며 전날처럼 공격하여 왔다. 이보다 먼저 성의 남문 밖에는 민가民家가 조밀하게 있었는데, 왜적들이 달려들 무렵에 양총병은 이를 불태워 버리게 하였으나 돌담이나 흙벽은 그대로 남아 있었다. 왜적들이 몰려와서

남원성南原城
전라북도 남원시 동충동에 있었던 조선시대의 산성(사적 제298호)

는 이 담과 벽 속에 의지하여 몸을 숨기고는 총을 쏘아 성 위에 있는 사람이 많이 맞았다.

8월 15일에 바라보니, 왜적들은 성 밖의 잡초와 논의 벼를 베어 큰 다발을 수없이 만들어 담벽 사이에 쌓아 놓았으나 성 안에

서는 그것이 무슨 목적에서인지 헤아리지를 못하였다.

이때 명나라 유격장군遊擊將軍 진우충陳愚衷이 3천 명의 군사를 거느리고 전주全州에 있었으므로, 남원성南原城의 군사들은 날마다 와서 도와주기를 바랐으나 오래도록 이르지 않았으므로 군사들의 마음은 더욱 두려워졌다.

이날 저녁 때에 성첩을 지키던 군사들이 왕왕 머리를 맞대고 귓엣말로 수군거리더니, 말안장을 준비하는 등 도망하려는 기색이 있었다. 밤 일경一更(8시경)에 왜적의 진중에서 떠드는 소리가 크게 일어나더니 서로 호응하며 물건을 운반하는 모양도 보이고, 그리고 한편으로는 모든 포가 성을 향하여 어지럽게 쏘아 탄환이 날아와 성 위에 떨어지는데 마치 우박이 쏟아지는 것과 같았다. 그래서 성 위 사람들은 목을 움츠리고 감히 밖을 엿볼 수가 없었다. 한두 시간쯤 지나서 떠드는 소리가 그쳤는데, 묶어 세웠던 풀다발은 이미 호를 평평하게 메웠고, 또 풀다발을 양마장羊馬牆 안팎에도 무더기로 쌓아올려 잠깐 동안에 성의 높이와 가지런하였으며, 여러 왜적들이 이것을 밟고 성으로 올라오니 이미 성 안은 크게 어지러워지고 왜적들이 성 안으로 들어섰다고들 떠들었다.

김효의金孝義는 처음에 남문 밖의 양마장羊馬牆을 지키고 있다가 황망히 성 안으로 들어와 보니 성 위에는 벌써 사람이 없었고, 다만 성 안의 곳곳에서 불길이 일어나고 있는 것이 보였다. 그는 달아나서 북문에 이르렀는데, 명나라 군사는 모두 다 말을 타고 성문을 나가려 하였으나 문이 굳게 닫혀 쉽게 열 수가 없어서 말들의 발을 묶어 놓은 것과 같이 길거리를 꽉 메웠다. 조금 있다가 성문이 열리자 군마가 다투어 나갔는데, 왜병들이 성 밖에서 두 겹 세 겹으로 둘러싸고 각각 요로를 지키고 있다가 긴 칼을 휘둘러 어지럽게 내려찍으니 명나라 군사는 머리를 숙이고 칼을 받을 따름이었다. 마침 달이 밝아서 빠져 나간 사람은 얼마 안되었다. 이때 양총병은 가정家丁 몇 사람과 말을 달려 빠져 나가 겨우 죽음은 면하였는데, 어떤 사람은 말하기를,

「왜적이 총병(양원)인 줄 알면서도 짐짓 달아나게 한 것이다.」라고 하였다.

김효의(孝義)는 동반한 한 사람과 함께 성문을 나오다가 그 한 사람은 왜적을 만나서 죽고, 김효의 자신은 논(水田)으로 뛰어들어 풀 속에 엎드려 있다가 왜적들이 군사를 거두어 가지고 물러가는 것을 기다려서야 빠져 나왔다고 한다.

대개 양원은 곧 요동의 장수(遼將)로서, 다만 오랑캐를 막을 줄만 알았을 뿐이지 왜적을 막을 줄은 알지 못하였으므로 이렇게 패하는데 이르렀다.

또한 평지平地의 성성城을 지키기란 매우 어렵다는 것을 알겠으므로, 김효의가 말한 것을 자세히 적어서 뒷날에 성을 지키는 사람들로 하여금 경계해야 할 것을 알리려 한다.

남원성南原城이 함락되자 전주全州 이북의 성들은 와해되어 어찌할 수가 없었다.

뒤에 명나라 장수 양원楊元은 마침내 이 일로 죄를 얻어 참형

斬刑[6]을 당하고, 베인 머리는 순시徇示[7]하였다.

倭兵陷南原府, 天將楊元走還, 全羅兵使李福男·南原府使
왜 병 함 남 원 부   천 장 양 원 주 환   전 라 병 사 이 복 남   남 원 부 사

任鉉·助防將金敬老·光陽縣監李春元·唐將接伴使鄭期
임 현   조 방 장 김 경 노   광 양 현 감 이 춘 원   당 장 접 반 사 정 기

遠等皆死, 有軍器寺破陣軍十二人, 隨楊元入南原, 皆被兵死,
원 등 개 사   유 군 기 시 파 진 군 십 이 인   수 양 원 입 남 원   개 피 병 사

獨有金孝義者得脫. 爲余道城陷事甚詳, 楊總兵旣至南原, 增
독 유 김 효 의 자 득 탈   위 여 도 성 함 사 심 상   양 총 병 기 지 남 원   증

築城一丈許, 城外羊馬牆, 多穿炮穴, 城門安大炮數三坐, 鑿
축 성 일 장 허   성 외 양 마 장   다 천 포 혈   성 문 안 대 포 수 삼 좌   착

深濠塹一二丈. 閑山旣敗, 賊從水陸而至, 報甚急, 城中洶洶,
심 호 참 일 이 장   한 산 기 패   적 종 수 륙 이 지   보 심 급   성 중 흉 흉

人民逃散, 獨總兵所領遼東馬軍三千, 在城內, 總兵檄召全羅
인 민 도 산   독 총 병 소 령 요 동 마 군 삼 천   재 성 내   총 병 격 소 전 라

兵使李福男同守, 福男遷延不至, 連發夜不收催之, 不得已乃
병 사 이 복 남 동 수   복 남 천 연 부 지   연 발 야 불 수 최 지   부 득 이 내

至, 而所率纔數百, 光陽縣監李春元·助防將金敬老等繼至.
지   이 소 솔 재 수 백   광 양 현 감 이 춘 원   조 방 장 김 경 로 등 계 지

八月十三日, 倭先鋒百餘, 到城下放鳥銃, 頃刻而止, 皆散伏
팔 월 십 삼 일   왜 선 봉 백 여   도 성 하 방 조 총   경 각 이 지   개 산 복

田畝間, 三三五五作隊, 旣去復來, 城上人以勝字小炮應之,
전 묘 간   삼 삼 오 오 작 대   기 거 부 래   성 상 인 이 승 자 소 포 응 지

倭大陣在遠, 出遊兵交戰, 踈行迭出, 故炮發不能中, 而守城
왜 대 진 재 원   출 유 병 교 전   소 행 질 출   고 포 발 불 능 중   이 수 성

6 참형斬刑 : 지난날, 죄인의 목을 쳐서 죽이던 형벌. 단죄斷罪.

7 순시徇示 : ① 주의 주장을 앞장서서 부르짖을 순. 드러내 보이다. 두르다. 순행巡
行하다. ② 두루 순. 널리. 순시徇示 ; 돌아다니며 드러내 보이다. 조리 돌리다.(죄
지은 사람을 벌로 끌고 다니며 망신을 시키다.)

卒, 往往中賊丸斃, 旣而倭到城下, 叫城上人求與語, 總兵使
졸 왕왕중적환폐 기이왜도성하 규성상인구여어 총병사

家丁一人, 挾通事往倭營, 以倭書來, 乃約戰書也. 十四日, 倭
가정일인 협통사왕왜영 이왜서래 내약전서야 십사일 왜

環城三面結陣, 以銃炮迭攻如前日. 先是城南門外, 民家稠
환성삼면결진 이총포질공여전일 선시성남문외 민가조

密, 賊臨至, 總兵使焚之, 而石牆土壁猶在, 賊來依牆壁間自
밀 적임지 총병사분지 이석장토벽유재 적래의장벽간자

蔽, 放丸多中城上人. 十五日, 望見, 倭衆刈城外雜草及水田
폐 방환다중성상인 십오일 망견 왜중예성외잡초급수전

中稻禾, 作大束無數, 積牆壁間, 城中不測. 時遊擊將軍陳愚
중도화 작대속무수 적장벽간 성중불측 시유격장군진우

衷, 領三千兵在全州, 南原軍日望來援, 而久不至, 軍心益懼.
충 영삼천병재전주 남원군일망래원 이구부지 군심익구

是日晩, 守堞軍往往交頭耳語, 準備馬鞍, 有欲遁色. 夜一更,
시일만 수첩군왕왕교두이어 준비마안 유욕둔색 야일경

聞倭陣中囂聲大起, 略相應和, 有運物狀, 而一面衆炮向城亂
문왜진중효성대기 약상응화 유운물상 이일면중포향성난

放, 飛丸集城上如雨雹, 城上人縮頸不敢外窺. 經一二時, 囂
방 비환집성상여우박 성상인축경불감외규 경일이시 효

聲止, 草束已平濠. 又堆積羊馬牆內外, 頃刻與城齊, 衆倭蹂
성지 초속이평호 우퇴적양마장내외 경각여성제 중왜유

躪[8]登城, 已聞城中大亂, 云倭入城矣. 孝義初撥守南門外羊
린 등성 이문성중대란 운왜입성의 효의초발수남문외양

馬牆, 慌忙入城, 城上已無人, 但見城內處處火起. 走至北門,
마장 황망입성 성상이무인 단견성내처처화기 주지북문

唐軍悉騎欲出門, 門堅閉不可易開, 馬足如束, 街路塡塞, 旣
당군실기욕출문 문견폐불가이개 마족여속 가로전색 기

而門開, 軍馬爭門而出, 倭兵在城外, 圍匝數三重, 各守要路,
이문개 군마쟁문이출 왜병재성외 위잡수삼중 각수요로

奮長刀亂斫[9]之, 唐軍俛首受刃, 適月明得脫者無幾, 總兵與
분장도난작 지 당군면수수인 적월명득탈자무기 총병여

---

8 유린蹂躪 : 함부로 짓밟음. 적진을 종횡으로 유린하다.

9 작斫 : 벨 작. 베다. 자르다.

家丁數人, 馳馬突出, 僅以身免, 或云,「倭知爲總兵, 故使逸
가 정 수 인　치 마 돌 출　근 이 신 면　혹 운　　왜 지 위 총 병　고 사 일

去也.」孝義與同伴一人出門, 一人遇賊死, 孝義跳入水田伏
거 야　　효 의 여 동 반 일 인 출 문　일 인 우 적 사　효 의 도 입 수 전 복

草中, 待倭收兵, 乃逸云, 蓋楊乃遼將, 徒知禦虜, 不知禦倭,
초 중　대 왜 수 병　내 일 운　개 양 내 요 장　도 지 어 로　부 지 어 왜

以至於敗. 亦知平地之城守之甚難, 詳記孝義之言, 使後之守
이 지 어 패　역 지 평 지 지 성 수 지 심 난　상 기 효 의 지 언　사 후 지 수

禦者, 知所戒云. 南原旣陷, 而全州以北瓦解, 不可爲矣. 後楊
어 자　지 소 계 운　남 원 기 함　이 전 주 이 북 와 해　불 가 위 의　후 양

元竟以此伏罪, 傳首徇示.
원 경 이 차 복 죄　전 수 순 시

이순신李舜臣이 진도珍島
벽파정碧波亭에서 왜적을 쳐부숨

통제사統制使 이순신李舜臣이 왜적을 진도珍島의 벽파정碧波
亭[1]에서 쳐부수고, 그 장수 마다시馬多時를 잡아죽였다.

처음에 이순신은 진도에 이르러 병선을 거두어 모아 10여 척
을 얻었다. 이때 연해沿海지방의 백성들로서 배를 타고 피란하는
사람이 헤아릴 수 없이 많았는데, 이순신이 왔다는 말을 듣고는
기뻐하지 않는 사람이 없었다. 이순신이 여러 길로 나누어 이들
을 불러 모으니 먼 곳 가까운 곳 할 것 없이 구름처럼 모여들었
다. 이에 그들을 군軍의 뒤에 있게 하여 싸움을 돕는 형세를 취하
도록 만들었다.

왜적의 장수 마다시馬多時는 해전〔水戰〕을 잘한다고 이름났는

---

1 벽파정碧波亭 : 전라남도 진도에 있는 지명.

데, 그는 전선〔船〕 2백여 척을 거느리고 서해西海를 침범하려 했으나 이순신이 거느린 군사와 진도의 벽파정碧波亭 아래에서 서로 만났다. 이때 이순신은 12척의 배에 대포大砲를 싣고 조수의 흐름을 이용하여 순류順流에 이르러 이를 공격하니, 왜적들은 패하여 달아나 버렸다. 이에 이순신이 거느린 군대의 명성이 크게 떨치게 되었다.

이때 이순신에게는 이미 군사 8천여 명이 있어서 고금도古今島[2]에 나아가 주둔하였는데, 식량이 궁핍할 것을 근심하여 해로통행첩海路通行帖을 만들고 명령하기를,

「3도(경상·전라·충청도)의 연해를 통행하는 공사公私 선박으로서 통행첩이 없는 것은 간첩선〔奸細〕으로 인정하고 통행할 수 없게 한다.」 하였다.

이에 있어서 난을 피하여 배를 탄 사람들은 다 와서 통행첩을 받았다. 이순신은 그 배의 크고 작은 차이에 따라서 쌀을 바치고 통행첩을 받게 하였는데, 큰 배는 3석石, 중간 배는 2석, 작은 배는 1석으로 정하였다. 이때 피란하는 사람들은 그 재물과 곡식을 다 싣고 바다로 들어오는 까닭으로 쌀 바치는 것을 어렵게 여기지 않고 통행을 금지하는 일이 없는 것을 기뻐하였다. 그래서 10여일 동안에 군량 1만여 석을 얻었다. 이순신은 또 백성들이 가지고 있는 구리〔銅〕·쇠〔鐵〕를 모아 대포大砲를 주조하고, 나무

---

2 고금도古今島 : 전라남도 장흥반도와 해남반도 사이에 있는 섬.

를 베어 배를 만들어서 모든 일이 다 잘 추진되었다. 이때 먼 곳 가까운 곳에서 병화(兵)를 피하는 사람들이 다 이순신에게로 와서 의지하여 집을 짓고 막사를 만들고 장사를 하며 살아가니, 이들을 성 안에 다 수용할 수가 없었다.

얼마 있다가 명나라 수병도독水兵都督 진린陳璘[3]이 나와서 남쪽으로 고금도古今島에 내려와 이순신과 함께 군사를 합세하게 되었다. 진린은 성질이 사나와서 남과 거스르는 일이 많으므로 사람들은 그를 두려워하였다. 임금께서는 그를 내려보낼 때 청파靑坡의 들판까지 나와서 전송하였다.

나는 진린의 군사가 고을의 수령守令을 때리고 욕하기를 꺼리지 않고, 새끼줄로 찰방察訪 이상규李尙規의 목을 매어 끌어서 온 얼굴이 피투성이가 된 것을 보고 통역관을 통하여 풀어 주도록 하라고 권하였으나 뜻을 이루지 못하였다. 나는 함께 앉아 있던 재신宰臣들에게 일러 말하기를,

「애석하게도 이순신의 군사가 또 장차 패할 것 같습니다. 진린과 함께 군중軍中에 있으면 행동하는 것이 억눌리고 의견이 서로 맞지 않겠으며, 그는 반드시 장수의 권한을 침탈하고 군사들을 마음대로 학대할 것인데, 이를 거스르면 더욱 성낼 것이고, 그대로 따라 주면 꺼리는 일이 없을 것이니, 이순신의 군사가 어찌 패

---

3 진린陳璘 : 명나라 신종 때 무장. 세종 때 지휘첨사指揮僉使가 되었고, 정유재란 때에는 수병도독으로 군사를 거느리고 우리나라에 와서 이순신과 더불어 왜적을 치는 데 큰 공을 세움.

전하지 않을 수 있겠습니까?」

라고 하니, 여러 사람들도 「그렇겠습니다.」라고 말하며 서로 탄식할 따름이었다.

이순신은 진린이 장차 온다는 말을 듣고서 군사들로 하여금 크게 사냥을 하고 물고기를 잡게 하였더니, 사슴·산돼지와 바닷고기들을 잡은 것이 매우 많았다. 이로써 잔치를 성대하게 준비하고 기다리며 진린의 배가 바다로 들어올 때 이순신은 군사적 위의를 갖추고 멀리까지 나와서 맞아들였다. 그리고 진린이 도착하자 그 군사를 크게 대접하니, 여러 장수 이하 모두가 흡족하게 여기지 않은 사람이 없었다. 그래서 사졸들은 서로 전하여 이야기하기를,

「이순신은 과연 훌륭한 장수다.」

하였으며, 진린도 또한 마음속으로 진정 기뻐하였다.

오래지 않아서 왜적의 배가 가까운 성을 침범하므로, 이순신은 군사를 파견하여 이를 쳐부수고, 적의 머리 40급을 베어 모두 진린에게 주어 그의 공으로 만드니, 진린은 소망보다 후한 대접이라 더욱 기뻐하였다. 이로부터 모든 일은 일체 이순신에게 물어서 처결하였으며, 밖으로 나갈 때면 이순신과 가마〔轎〕를 나란히 하고 감히 먼저 가지 않았다. 이순신은 드디어 진린과 약속하여 명나라 군사와 자기 군사를 구별함이 없이 백성들의 조그만 물건이라도 빼앗는 사람이 있으면 잡아다가 매를 치게 하니, 감히 그 명령을 어기는 사람이 없어서 섬 안이 조용하였다.

진린은 임금에게 글을 올려 말하기를,

「통제사統制使(李舜臣)는 경천위지지재經天緯地之才[4]와 보천욕일지공補天浴日之功[5]이 있습니다.」

하였다. 이는 대개 마음으로 감복한 까닭이었다.

原文

統制使李舜臣, 破倭兵于珍島碧波亭下, 殺其將馬多時, 舜臣
통제사이순신 파왜병우진도벽파정하 살기장마다시 순신

至珍島, 收拾兵船得十餘隻, 時沿海人乘船避亂者無數, 聞舜
지진도 수습병선득십여척 시연해인승선피란자무수 문순

臣至, 莫不喜悅. 舜臣分道招呼, 遠近雲集, 使在軍後, 以助形
신지 막불희열 순신분도초호 원근운집 사재군후 이조형

勢. 賊將馬多時, 號善水戰, 率其船二百餘艘, 欲犯西海, 相遇
세 적장마다시 호선수전 솔기선이백여소 욕범서해 상우

於碧波亭下, 舜臣以十二船, 載大炮, 乘潮至順流攻之, 賊敗
어벽파정하 순신이십이선 재대포 승조지순류공지 적패

走, 軍聲大振. 是時舜臣, 已有軍八千餘人, 進駐古今島, 患乏
주 군성대진 시시순신 이유군팔천여인 진주고금도 환핍

糧, 作海路通行帖, 令曰, 「三道沿海公私船無帖者, 以奸細論,
량 작해로통행첩 영왈 삼도연해공사선무첩자 이간세론

毋得通行.」 於是, 凡避亂乘船者, 皆來受帖, 舜臣以船大小差
무득통행 어시 범피란승선자 개래수첩 순신이선대소차

次, 使納米受帖, 大船三石, 中船二石, 小船一石, 避亂之人,
차 사납미수첩 대선삼석 중선이석 소선일석 피란지인

---

4 경천위지지재經天緯地之才 : 천하를 경륜할 만한 뛰어난 인재라는 뜻.

5 보천욕일지공補天浴日之功 : 국난을 극복하여 국운을 만회한 큰 공로라는 뜻. 고사
에 여와女媧가 오색 돌로 하늘 뚫린 데를 깁고, 의화義和가 해 열 개를 낳아 감천甘
泉에 목욕시켰다는 이야기에서 나온 말.
여와씨女媧氏 ; 중국 상고시대 임금의 이름. 복희씨伏羲氏의 누이. 오색五色의 돌을
반죽해서 하늘을 깁고 큰 거북의 발을 잘라서 사극四極을 세웠다고 함. 여희女希.

盡載財穀入海, 故不以納米爲難, 而以通行無禁爲喜, 旬日,

得軍糧萬餘石, 又募民輸銅鐵鑄大炮, 伐木造船, 事事皆辦,

遠近避兵者, 往依舜臣, 結廬造幕, 販賣爲生, 島中不能容, 旣

而, 天朝水兵都督陳璘出來, 南下古今島, 與舜臣合兵. 璘性

暴猛, 與人多忤, 人多畏之. 上餞送于靑坡野, 余見璘軍人, 毆

辱守令無忌, 以繩繫察訪李尙規頸曳之, 流血滿面, 令譯官勸

解不得. 余謂同坐宰臣曰,「可惜, 李舜臣軍, 又將敗矣. 與璘

同在軍中, 掣肘矛盾, 必侵奪將權, 縱暴軍士, 逆之則增怒, 順

之則無厭, 軍何由不敗?」衆曰,「然」相與嗟歎而已. 舜臣聞

璘將至, 令軍人大畋漁, 得鹿豕海物甚多, 盛備酒醪而待之,

璘船入海, 舜臣備軍儀遠迎. 旣到, 大享其軍, 諸將以下, 無不

沾醉, 士卒傳相告語曰,「果良將也.」璘亦心喜. 不久, 賊船犯

近島, 舜臣遣兵敗之, 獲賊首四十級, 悉以與璘爲功, 璘益喜

過望, 自是凡事, 一咨於舜臣, 出則與舜臣幷轎, 不敢先行. 舜

臣遂約束唐軍與己軍無間, 有奪民一縷者, 皆拿致捆打, 無敢

違令者, 島中蕭然. 璘上書於上言,「統制使有經天緯地之才,

補天浴日之功.」蓋心服也.

왜적이 남쪽으로 물러감

왜적이 물러갔다.

이때 왜적들은 3도三道(경상·전라·충청)를 짓밟았는데, 지나는 곳마다 가옥을 다 불사르고 백성들을 죽였으며, 무릇 우리나라 사람을 잡기만 하면 모두 그 코를 베어 가지고 위엄을 보였으므로, 왜적들이 직산稷山에 이르자 서울〔都城〕 사람들은 벌써 다 달아나 흩어지는 형편이었다.

9월 9일에 내전內殿(王妃)께서는 병란을 피하여 서쪽지방으로 내려가셨다.

명나라 장수인 경리經理 양호楊鎬와 제독提督 마귀麻貴는 서울에 있으면서 평안도平安道 군사 5천여 명과 황해도〔黃海〕·경기〔京畿〕 군사 수천 명을 징집하여 한강 여울목을 나누어 지키고 창고를 경비하여 지켰다.

왜적은 경기도京畿道 지경까지 왔다가 도로 물러갔는데, 가등
청정〔清正〕은 다시 울산蔚山에 주둔하고, 소서행장〔行長〕은 순천
順天에 주둔하고, 심안돈오沈安頓吾(鳥津義弘)는 사천泗川에 주둔
하였는데, 그 머리와 끝의 거리가 7, 8백 리나 되었다.

신잡申礏 초상화
조선 중기의 문신(충북 유형문화재 45호,
진천군 노은영당 소장)

이때 서울은 거의 지키지
못할 상태에 놓였는데, 조신
朝臣들은 서로 다투어 피란할
계책을 올렸다. 지사知事 신
잡申礏은 진언하기를,

「임금께서는 마땅히 영변
寧邊으로 떠나소서. 신은 일
찍이 평안도平安道 병사兵使
를 지낸 적이 있어 영변의 사
정을 자세히 알고 있습니다.
그곳에서 가장 걱정이 되는
것은, 곧 장醬이 없는 것이오
니, 만약 미리 준비를 하지 않
는다면 어찌 소용되는 것을
이어 댈 수 있겠습니까?」

하였다. 이 말을 듣는 사람들은 서로 이 말을 전하고 웃으면서 말
하기를,

「신일辛日에는 장을 담그지 않는다네.」

라고 하였다. 한 대신이 조정에서 간하기를,

「이번의 왜적은 어찌 걱정할 거리가 되겠습니까? 오래 끌면 반드시 저절로 물러가게 될 것이오니, 마땅히 임금님의 행차를 받들고 편안하신 곳에 모셨으면 할 따름입니다.」

했다. 그런데 도원수〔元帥〕 권율權慄이 달아나 서울에 이르렀으므로, 임금께서는 불러 보시고 그에게 정세를 물으니, 권율은 대답하기를,

「당초에 임금님께서 갑자기 서울로 돌아오신 것이 적합한 처사가 아니었습니다. 마땅히 서쪽 지방에 머물러 계시면서 왜적의 형세가 어떠한가를 살펴보셔야 할 것입니다.」

하였다. 조금 뒤에 왜적이 물러갔다는 말이 들리자 권율權慄은 또 경상도慶尙道로 내려갔는데, 대간臺諫들은 「권율은 꾀가 없고 겁이 많으니 도원수都元帥로 삼아서는 안되겠습니다.」라고 논핵하였으나, 임금께서는 받아들이지 않으셨다.

原文

賊兵退. 時賊蹂躪三道, 所過皆焚燒廬舍, 殺戮人民, 凡得我
적병퇴 시적유린삼도   소과개분소여사   살육인민   범득아

國人, 悉割其鼻以示威, 兵至稷山, 都城人皆奔散. 九月初九
국인   실할기비이시위   병지직산   도성인개분산   구월초구

日, 內殿避兵西下, 經理楊鎬, 提督麻貴在京城, 而平安道軍
일   내전피병서하   경리양호   제독마귀재경성   이평안도군

五千餘人, 黃海 · 京畿軍數千徵至, 分守江灘, 警守倉庫. 賊
오천여인   황해   경기군수천징지   분수강탄   경수창고   적

從京畿界還退, 清正再屯蔚山, 行長屯順天, 沈安頓吾屯泗川,
종경기계환퇴 청정재둔울산 행장둔순천 심안돈오둔사천

首尾七八百里. 是時, 都城幾不守, 朝臣爭獻出避之策, 知事
수미칠팔백리 시시 도성기불수 조신쟁헌출피지책 지사

申磼進言曰, 「車駕應行寧邊, 臣曾爲兵使, 備諳寧邊事, 其最
신잡진언왈 거가응행영변 신증위병사 비암영변사 기최

可憂者, 乃無醬也, 若不預辦, 何以繼用?」 聞者傳笑曰, 「辛
가우자 내무장야 약불예판 하이계용 문자전소왈 신

不合醬.」 一大臣言於朝堂曰, 「此賊何足憂? 久當自息, 惟當
불합장 일대신언어조당왈 차적하족우 구당자식 유당

奉乘輿往安便處耳.」 元帥權慄, 走至京, 上引見問之, 慄曰,
봉승여왕안편처이 원수권율 주지경 상인견문지 율왈

「當初, 車駕不合遽還都城, 當留駐西方, 以觀賊勢如何.」 既
당초 거가불합거환도성 당유주서방 이관적세여하 기

而聞賊退, 慄又下慶尙道. 臺諫論慄無謀恇㤼, 不可爲元帥,
이문적퇴 율우하경상도 대간논율무모광겁 불가위원수

不聽.
불청

명나라 장수들의 전황

　12월에 양경리樣經理(楊鎬)·마제독麻提督(麻貴)은 기병과 보병 수만 명을 거느리고 경상도慶尙道로 내려가서 울산蔚山에 있는 왜적의 진영으로 나아가 공격하였다.

　이때 왜적의 장수 가등청정이 성을 울산군蔚山郡의 동해 바닷가 험준한 곳에 쌓고 있었는데, 양호 경리와 마귀 제독은 그들의 뜻밖의 기회를 틈타서 엄습하여 날랜 기병대로 몰아치니, 왜적들은 쓰러져 감히 견디지 못하였다. 명나라 군사가 왜적의 외책外柵(外城)을 빼앗으니 왜적들은 달아나 내성內城으로 들어갔다. 명나라 군사들은 왜적이 두고 간 전리품의 노획을 탐내어 즉시 몰아서 진공進攻하지 않았는데, 왜적들은 성문을 닫고 굳고 크게 지키므로 이를 공격해도 이기지 못하였다. 명군의 여러 진영에서는 성 아래 나누어 주둔하고, 성을 포위한 지 13일이나 되어도 왜적들은 나오지 않았다.

29일에 내가 경주慶州로부터 울산으로 가서 양경리와 마제독을 만나보았는데, 왜적의 진루[壘]를 바라보니 매우 고요하고 한가로와 사람의 소리도 없이 적적하였고, 성 위에는 여장女牆:성城가퀴 ; (몸을 숨겨 적을 공격할 수 있도록 하기 위해) 성 위에 덧쌓은 낮은 담. 성첩城堞을 베풀지 않고

울산왜성蔚山倭城의 동쪽 성벽
울산광역시의 시가지에 남아있는 일본식 성곽(왜성)이다.(문화재자료 제7호)

사면을 둘러 장랑長廊:줄 행랑行廊 ; 대문 좌우쪽에 쭉 벌여있는 행랑.을 만들어 지키는 군사들은 모두 그 안에 있다가 밖의 군사가 만약 성 밑에 이르면 총탄을 비가 쏟아지듯 어지럽게 쏘았다.

날마다 이런 싸움이 되풀이되어 명나라 군사와 우리나라 군사의 주검이 성 밑에 쌓이게 될 뿐이었다. 이때 왜적의 배가 서생포西生浦로부터 와서 돕는데 물속에 벌여 정박한 것이 마치 물오리 떼와 같았다.

이 섬 안에는 물이 없어서 왜적은 밤마다 성 밖으로 출몰하므로, 양경리는 김응서金應瑞로 하여금 날랜 군사를 거느리고 성 밖의 샘 곁에 복병을 설치하게 하여 밤마다 연달아 백여 명을 사로잡았는데, 그들은 다 굶주리고 파리하여 겨우 목숨을 부지하고

있었다. 여러 장수들은 「성 안에는 양식이 끊어졌으니 오랫동안 포위하고 있으면 왜적들은 장차 저절로 무너져 버릴 것이다.」라고 말하였다.

이때는 날씨가 몹시 춥고 게다가 비가 와서 군사들은 손발이 얼어 터졌다.

얼마 뒤에 왜적은 또 육로로부터 와서 구원하니, 경리 양호는 그 공격을 당하게 될까 두려워하여 갑자기 군사를 돌리고 말았다.

정월(1598)에 명나라 장수들은 모두 서울로 돌아가서 다시 진격할 일을 도모하였다.

무술년〔戊戌 : 宣祖 31年, 1598〕 7월에 경리經理 양호楊鎬가 파면되고, 새 경리로 만세덕萬世德[1]이 그를 대신하여 왔다. 이때 형개邢玠의 참모관參謀官인 병부주사兵部主事 정응태丁應泰는 「양호가 속이다가 일을 그르친 20여 가지 죄」를 탄핵하여 아뢰었기 때문에 양호는 드디어 파면되어 가게 된 것이다.

임금께서는 양호가 여러 경리들 가운데서 왜적을 토벌하는 데 가장 힘썼다고 해서 즉시 좌의정左議政 이원익李元翼을 파견하여 그를 구제하는 주문奏文을 가지고 명나라 서울로 달려가게 하였다.

1 만세덕萬世德 : 명나라 장수. 병법을 잘 알고 기사騎射에 능하여 우포정右布政에 임명되었다. 정유재란 때 첨도어사僉都御史로 양호를 대신하여 경리가 되어 우리나라에 와서 공을 세움.

8월에 양호가 서쪽으로 떠나가므로 임금께서는 홍제원弘濟院의 동쪽까지 나가서 보내는데, 눈물을 흘리면서 이별하였다. 만세덕萬世德은 곧 출발하였으나 아직 도착하지는 않았다.

9월에 형개邢玠는 또 여러 장수들을 나누어 배치하였는데, 마귀麻貴는 울산蔚山을 맡게 하고, 동일원董一元은 사천泗川을 맡게 하고, 유정劉綎은 순천順天을 맡게 하고, 진린陳璘은 수로水路를 맡게 하여 동시에 진공하게 하였으나 다 불리하였고, 동일원의 군대는 왜적에게 패한 바 되어 죽은 사람이 더욱 많았다.

原文

十二月, 楊經理·麻提督, 領騎步兵數萬, 下慶尙道, 進攻蔚
山賊營. 時賊將淸正, 築城於蔚山郡東海邊斗絶處, 經理提督,
乘其不意掩之, 以鐵騎馳擊, 賊披靡不能支, 天兵奪賊外柵,
賊奔入內城. 天兵貪擄獲之利, 不卽進攻, 賊閉門固守, 攻之
不克, 諸營分屯城下, 圍守十三日, 賊不出. 二十九日, 余自慶
州, 往見經理·提督, 望見賊壘甚靜暇, 寂無人聲, 城上不設
女牆, 環四面爲長廊, 守兵悉在其內, 外兵若至城下, 則銃丸
亂發如雨. 每日交鋒, 天兵與我軍, 死城下成積, 賊船從西生
浦來援, 列泊水中如鳧雁. 島山無水, 賊每夜出沒城外, 經理

令金應瑞, 率勇士伏兵城外泉傍, 連夜擒百餘人, 皆飢羸僅屬
령김응서 솔용사복병성외천방 연야금백여인 개기리근촉

聲氣, 諸將言城內糧絶, 久圍將自潰, 時天甚寒陰雨, 士卒手
성기 제장언성내양절 구위장자궤 시천심한음우 사졸수

走瘒²〔瘃〕³瘃, 已而, 賊又從陸路來援, 經理恐爲所乘, 遽旋師.
주온 군 촉 이이 적우종육로래원 경리공위소승 거선사

正月, 天將悉回京師, 謀再擧.
정월 천장실회경사 모재거

戊戌七月, 經理楊鎬罷, 新經理萬世德代之. 時邢軍門參謀
무술칠월 경리양호파 신경리만세덕대지 시형군문참모

官, 兵部主事丁應泰, 劾奏楊鎬欺罔僨事二十餘罪. 鎬遂罷
관 병부주사정응태 핵주양호기망분사이십여죄 호수파

去, 上以鎬於諸經理中, 銳意討賊, 卽遣左議政李元翼, 賫伸
거 상이호어제경리중 예의토적 즉견좌의정이원익 재신

救奏, 馳赴京師. 八月, 鎬西去, 上送至弘濟院東, 流涕而別.
구주 치부경사 팔월 호서거 상송지홍제원동 유체이별

萬世德將出, 未至.
만세덕장출 미지

九月, 邢玠又分調麻貴主蔚山, 董一元主泗川, 劉綎主順天,
구월 형개우분조마귀주울산 동일원주사천 유정주순천

陳璘主水路, 同時進攻, 皆不利, 董軍爲賊所敗, 死者尤多.
진린주수로 동시진공 개불리 동군위적소패 사자우다

2 온瘒 : 어리석은 모양 온.

3 군瘃 : 틀. 군. 틈. 얼어터짐. 瘃 ; 동상 촉. 동상. 동자 瘃. 군촉瘒瘃 ; 추위로 살갗이
트거나 동창凍瘡을 입음.

최후最後의 결전決戰

10월에 유제독劉提督(유정劉綖)이 다시 두 차례 순천順天에 있는 왜적의 병영을 공격하고, 통제사統制使 이순신李舜臣이 수군을 거느리고 왜적의 구원병을 바다 가운데서 크게 쳐부쉈는데, 이순신은 여기에서 전사하였다. 이 싸움에 왜적의 장수 평행장平行長(小西行長)은 성城을 버리고 도망하였고, 부산釜山·울산蔚山·하동河東의 연해 안에 둔쳤던 왜적들도 모두 자기 나라로 물러가 버렸다.

이때 소서행장은 성城을 순천順天의 예교芮橋에 쌓고 굳게 지켰는데, 유정劉綖은 대군을 거느리고 나아가 공격하였으나 불리하여 순천으로 돌아왔다가 얼마 뒤에 다시 나아가 이를 공격하였다.

이순신李舜臣은 명나라 장수 진린陳璘과 함께 바다의 어귀를 눌러잡고 가까이 쳐들어가니, 왜적의 장수 소서행장은 사천泗川에 있는 왜적의 장수 심안돈오沈安頓吾에게 구원을 요구하니, 심안돈오는 군사를 거느리고 수로水路로부터 와서 구원하였는데,

이순신은 나아가 공격하여 왜적의 배 2백여 척을 불태우고, 왜적을 죽인 수는 헤아릴 수 없이 많았다. 이때 아군은 도망하는 왜적을 남해南海의 지경〔노량露梁〕까지 추격하였다. 이순신은 몸소 시석矢石을 무릅쓰고 힘을 다하여 싸웠는데, 날아오는 총알이 그의 가슴에 맞아 등 뒤로 빠져 나갔다. 이에 좌우에 모시던 사람들이 부축하여 장막 안으로 들어가니 이순신은 말하기를,

「싸움이 바야흐로 급하니, 삼가 내가 죽은 것을 말하지 말라.」

하는 말을 마치고 숨을 거두었다.

이순신의 형의 아들 이완李莞은 평소에 담력과 도량이 있는 사람이라, 그는 숙부 이순신의 죽음을 숨기고는 이순신의 명령으로써 그의 영기令旗를 들고 싸움을 독려함이 더욱 급하니 군중에서는 이 사실을 전혀 알지 못하였다. 이럴 때 진린陳璘이 탄 배가 왜적에게 포위를 당하니, 이완은 이를 바라보고는 그 군사를 지휘하여 그를 구원하였다. 왜적들이 흩어져 달아난 뒤에 진린은 사람을 이순신에게 보내어 자기를 구원하여 준 것을 사례하였는데, 이때 비로소 그가 전사한 것을 알고 앉아 있던 의자 위로부터 펄썩 땅바닥에 주저앉으면서 말하기를,

「나는 노야老爺(李舜臣)가 와서 나를 구하여 준 줄로 여겼는데, 어쩌다가 돌아가셨단 말입니까?」

하고는 가슴을 치며 크게 통곡하니, 전 군사들이 다 통곡하여 그 울음소리가 바다 가운데 진동하였다. 왜적의 장수 소서행장은 우리 수군이 추적하여 그 병영을 지나가는 때를 틈타서 뒤로부터

빠져 나와 달아나고 말았다.

이보다 먼저 7월에 왜적의 우두머리인 풍신수길이 이미 죽었었다. 그러므로 바다 연변에 진을 치고 있던 왜적들은 모두 물러가 버렸다.

우리 군사와 명나라 군사들은 이순신이 전사하였다는 말을 듣고 연달아 모든 진영이 통곡하여 마치 자신의 어버이가 세상을 떠난 것처럼 슬퍼하였고, 그의 영구 행렬이 이르는 곳마다 백성들은 곳곳에서 제사를 베풀고는 영구차를 붙들고 울면서 말하기를,

「공公께서는 실로 우리를 살려놓으시더니, 지금 우리를 버려두고 어디로 가십니까?」

하며 길을 막아서 영구차가 지나갈 수가 없었고, 길 가는 사람들도 눈물을 흘리지 않는 사람이 없었다.

나라에서는 그에게 의정부우의정議政府右議政을 추증하였다. 이때 형군문邢軍門〔형개邢玠〕은 「마땅히 그 사당을 바닷가에 세워서 그 충혼忠魂을 표창하여야 한다.」고 하였으나, 그 일은 마침내 실행되지 않았다. 이에 있어서 바닷가의 사람들이 서로 모여 사당을 짓고 민충사愍忠祠라 부르며 때에 따라 제사를 지내고, 장사하는 사람들과 어선漁船들이 왕래할 때 그 아래를 지나가는 사람들은 저마다 제사를 지냈다고 한다.

原文

十月, 劉提督再攻順天賊營, 統制使李舜臣, 以舟師大敗其救
시 월   유 제 독 재 공 순 천 적 영   통 제 사 이 순 신   이 주 사 대 패 기 구

兵於海中, 舜臣死之, 賊將平行長, 棄城而遁, 釜山・蔚山・
병 어 해 중　순 신 사 지　적 장 평 행 장　기 성 이 둔　부 산　울 산

河東沿海賊屯悉退. 時行長築城于順天芮橋堅守, 劉綎以大
하 동 연 해 적 둔 실 퇴　시 행 장 축 성 우 순 천 예 교 견 수　유 정 이 대

兵進攻不利, 還順天, 旣而復進攻之. 李舜臣與唐將陳璘, 扼
병 진 공 불 리　환 순 천　기 이 부 진 공 지　이 순 신 여 당 장 진 린　액

海口以逼之, 行長求援於泗川賊沈安頓吾, 頓吾從水路來援,
해 구 이 핍 지　행 장 구 원 어 사 천 적 심 안 돈 오　돈 오 종 수 로 래 원

舜臣進擊大破之, 焚賊船二百餘艘, 殺獲無算, 追至南海界.
순 신 진 격 대 파 지　분 적 선 이 백 여 소　살 획 무 산　추 지 남 해 계

舜臣親犯矢石力戰, 有飛丸中其胸出背後, 左右扶入帳中, 舜
순 신 친 범 시 석 역 전　유 비 환 중 기 흉 출 배 후　좌 우 부 입 장 중　순

臣曰,「戰方急, 愼勿言我死.」言訖而絶, 舜臣兄子莞, 素有膽
신 왈　전 방 급　신 물 언 아 사　언 글 이 절　순 신 형 자 완　소 유 담

量, 秘其死, 以舜臣令督戰益急, 軍中不知也. 陳璘所乘舟爲
량　비 기 사　이 순 신 령 독 전 익 급　군 중 부 지 야　진 린 소 승 주 위

賊所圍, 莞望見揮其兵救之, 賊散去, 璘使人于舜臣, 謝救己,
적 소 위　완 망 견 휘 기 병 구 지　적 산 거　린 사 인 우 순 신　사 구 기

始聞其死, 從椅上自投於地曰,「吾意老爺生來救我, 何故亡
시 문 기 사　종 의 상 자 투 어 지 왈　오 의 노 야 생 래 구 아　하 고 망

耶?」拊膺大慟, 一軍皆哭, 聲震海中. 行長乘舟師追跡過其
야　부 응 대 통　일 군 개 곡　성 진 해 중　행 장 승 주 사 추 적 과 기

營, 自後逸去, 先是七月, 倭酋平秀吉已死, 故沿海賊屯悉退,
영　자 후 일 거　선 시 칠 월　왜 추 평 수 길 이 사　고 연 해 적 둔 실 퇴

我軍與唐軍, 聞舜臣死, 連營慟哭, 如哭私親, 柩行所至, 人民
아 군 여 당 군　문 순 신 사　연 영 통 곡　여 곡 사 친　구 행 소 지　인 민

處處設祭, 挽車而哭曰,「公實生我, 今公棄我, 何之?」道路
처 처 설 제　만 거 이 곡 왈　공 실 생 아　금 공 기 아　하 지　도 로

擁塞, 車不得進, 行路之人, 無不揮涕, 贈議政府右議政. 邢軍
옹 색　거 부 득 진　행 로 지 인　무 불 휘 체　증 의 정 부 우 의 정　형 군

門謂當立祠海上, 以獎忠魂, 事竟不行. 於是, 海邊之人, 相率
문 위 당 립 사 해 상　이 장 충 혼　사 경 불 행　어 시　해 변 지 인　상 솔

爲祠, 號曰愍忠, 以時致祭, 商賈漁船往來過其下者, 人人祭
위 사　호 왈 민 충　이 시 치 제　상 고 어 선 왕 래 과 기 하 자　인 인 제

之云.
지 운

이순신李舜臣의 인품人品

이순신李舜臣의 자字는 여해汝諧이고, 그의 본관은 덕수德水이다.

그의 선조에 이변〔邊〕이라는 이는 벼슬이 판부사判府事[1]에 이르렀는데 강직한 것으로 이름이 높았으며, 증조曾祖인 이거〔琚〕는 성종成宗[2]을 섬겼는데, 연산燕山[3]이 동궁東宮으로 있을 때 그는 강관講官이 되어 엄격하므로 그(燕山) 꺼림을 당하였다. 그가 일찍이 장령掌令[4]이 되었을 때에 탄핵彈劾하는 것을 회피하지 않으니 만조백관들이 그를 두려워하여 호랑이 장령〔虎掌令〕이라는

1 판부사判府事 : 판중추부사判中樞府事의 약칭. 중추부의 종1품 벼슬.

2 성종成宗 : 조선조 제 9대 임금.

3 연산燕山 : 조선조 제 10대 임금. 곧 연산군.

4 장령掌令 : 조선조 때 사헌부에 속한 관직으로 종4품 벼슬. 정원 2명.

별명이 붙었다. 할아버지인 이백
록〔百祿〕은 가문의 덕으로 벼슬을
하였고, 아버지인 이정〔貞〕은 벼
슬하지 않았다.

이순신은 어렸을 때 영특하고
활달하였다. 그는 여러 아이들과
함께 놀 때에도 나무를 깎아 활과
화살을 만들어 가지고 거리에서
놀았는데, 그 마음을 거스르는 사
람을 만나면 그의 눈을 쏘려고 하
였으므로 어른들도 혹은 그를 꺼
려 감히 그의 집 문 앞을 함부로
지나가지 못하였다.

이순신의 소년시절 모습
(충무공 이순신 기념관 소장)

이순신은 자라서는 활을 잘 쏘았으므로 무과武科[5]를 거쳐서 출
세하였다. 이씨의 조상은 대대로 유교를 숭상하여 문관을 지냈는
데, 이순신에 이르러서 비로소 무과武科에 올라서 권지훈련원봉
사權知訓練院奉事[6]에 보직되었다.

■

5 무과武科 : 옛날 나라에서 관리를 선발하는 과거. 곧 국가고시로, 무과는 조선조 제
  3대 태종 8년(1408)에 설치하여 처음에는 용호방龍虎榜이라 이름했음.

6 권지훈련원봉사權知訓練院奉事 : 훈련원은 조선조 때 관청으로, 군사의 시재試才·
  무예의 연습·병서와 전진戰陣의 강습 등을 맡아보던 곳. 봉사奉事는 여기에 속한
  종8품 벼슬. '권지權知'는 지금의 시보試補(어떤 관직에 정식으로 임명되기 전에, 그 일
  에 실제로 종사하여 사무를 익히는 일, 또는 그 직.)와 같은 뜻.

병조판서兵曹判書 김귀영金貴榮은 자기의 딸〔얼녀孼(서자 얼)女 : 첩에게서 난 딸. 서녀庶女 : 첩의 몸에서 난 딸.〕이 있었는데, 그를 이순신의 첩으로 만들려 하였으나 이순신은 승낙하지 않았다. 어떤 사람이 그 까닭을 물으니, 이순신은 말하기를,

「내가 처음으로 벼슬길을 나왔는데, 어찌 감히 권세가 있는 집안에 의탁하여 승진할 것을 도모하겠는가?」

하였다. 병조정랑兵曹正郞 서익徐益이 자기와 친한 사람이 훈련원訓練院에 있었는데, 그 차례를 뛰어 넘어 추천하여 보고하려고 하였다. 이순신은 훈련원장무관〔掌務官〕으로서 그 불가함을 고집하니, 서익은 이순신을 패초牌招[7]하여 뜰 아래 세워놓고 이를 힐책하였다. 그러나 이순신은 말씨와 낯빛이 조금도 변하지 않고 바르게 설명하며 굽히지 않으니, 서익은 크게 노하여 기승을 부리며 임하였으나, 이순신은 조용히 응수하여 끝내 굽히지 않았다. 서익은 본래 오기가 많아 남을 업신여기므로 비록 동료들이라 하더라도 역시 그를 꺼렸으므로 그와 말다툼하기를 꺼리는 터였는데, 이날 하리下吏들이 섬돌 아래 있다가 모두 서로 돌아보고 혀를 내두르면서 말하기를,

「이관원(이순신)이 감히 본조(병조)정랑과 항쟁을 하니, 그는 유달리 앞길을 생각지 않는 것인가?」

하였다. 날이 저물어서야 서익은 겸연쩍게 굽혀지면서 기가 꺾여

---

7 패초牌招 : 신분이 높은 사람이 낮은 사람에게 서신을 보내 부르는 것.

노량해전도露梁海戰圖

선조 31년(1598) 8월에 노량에서 왜선 300척과 싸워 많은 적선을 쳐부수는 동안 적의 유탄流彈에 맞아 54세로 장렬한 순국을 하였다.(충무공 이순신기념관 소장)

이순신을 돌아가게 하였다. 식자識者들은 이 일로 해서 차츰 이순신을 알게 되었다.

　이순신이 막 옥에 갇혔을 때는 일이 어떻게 될지 헤아릴 수가 없었다. 한 옥리獄吏가 이순신의 조카 이분李芬[8]에게 비밀히 말하기를,

　「뇌물을 쓰면 죄를 면할 수 있겠습니다.」

---

8 이분李芬 : 이순신의 조카로, 통제사가 노량해전에서 전사하자, 그 명령에 따라 발상發喪하지 않고 그 임을 대행하여 왜적을 격퇴시킴.

하였다. 이순신이 이 말을 듣고 이분에게 노하여 말하기를,

「죽으면 죽을 따름이지, 어찌 바른 도리를 어기고 삶을 구하겠느냐?」

하였다. 그가 지조를 지니고 있는 것이 이와 같았다.

이순신은 사람됨이 말과 웃음이 적었고, 용모는 단아하여 마음을 닦고 몸가짐을 삼가는 선비와 같았으나, 속에 담력과 용기가 있어서 자신의 한 몸을 돌보지 아니하고 나라를 위하여 목숨을 바쳤으니, 이는 곧 그가 평소에 이러한 바탕을 축적한 때문이었다.

그의 형님 이희신〔羲臣〕과 이요신〔堯臣〕은 다 먼저 죽었으므로 이순신은 그들이 남겨 놓은 자녀들을 자기의 아들딸처럼 어루만져 길렀으며, 무릇 시집보내고 장가들이는 일은 반드시 조카들을 먼저 한 뒤에야 자기 아들딸을 보냈다.

이순신은 재주는 있었으나 운수運數 : 인간의 힘을 초월한 천운天運과 기수氣數＝운수. 운명.가 없어서, 백 가지의 경륜 가운데서 한 가지도 뜻대로 베풀지 못하고 죽었다. 아아, 애석하다.

原文

李舜臣字汝諧, 德水人. 其先曰邊, 官至判府事, 有直名. 曾祖
이순신자여해 덕수인 기선왈변 관지판부사 유직명 증조

曰琚, 事成宗, 燕山在東宮, 琚爲講官, 以嚴見憚, 嘗爲掌令,
왈거 사성종 연산재동궁 거위강관 이엄견탄 상위장령

彈劾不避, 百僚憚之, 有虎掌令之稱. 祖百祿, 以門蔭仕. 父
탄핵불피 백료탄지 유호장령지칭 조백록 이문음사 부

貞, 不仕. 舜臣少時, 英爽不羈, 與群兒戲, 削木爲弓矢, 遊里
정 불사 순신소시 영상불기 여군아희 삭목위궁시 유리

閭中, 遇不如意者, 浴射其目, 長老或憚之, 不敢過門. 及長善
여중 우불여의자 욕사기목 장로혹탄지 불감과문 급장선

射, 從武擧發身. 李氏世業儒, 至舜臣始得武科, 補權知訓鍊
사 종무거발신 이씨세업유 지순신시득무과 보권지훈련

院奉事, 兵曹判書金貴榮, 有孼女, 浴與舜臣爲妾, 舜臣不肯,
원봉사 병조판서김귀영 유얼녀 욕여순신위첩 순신불긍

人問之, 舜臣曰, 「吾初出仕路, 豈敢托迹權門媒進耶?」兵曹
인문지 순신왈 오초출사로 기감탁적권문매진야 병조

正郞徐益, 有所親在訓鍊院, 欲越次薦報, 舜臣以院中掌務官,
정랑서익 유소친재훈련원 욕월차천보 순신이원중장무관

執不可, 益牌招舜臣, 詣庭下詰之, 舜臣辭色不變, 直辨無撓,
집불가 익패초순신 예정하힐지 순신사색불변 직변무뇨

益大怒盛氣臨之, 舜臣從容酬答, 終不少沮, 益本多氣傲人,
익대노성기임지 순신종용수답 종불소저 익본다기오인

雖同僚亦憚之, 難與爭辨. 是日下吏在階下, 皆相顧吐舌曰,
수동료역탄지 난여쟁변 시일하리재계하 개상고토설왈

「此官敢與本曹抗, 獨不顧前路耶?」日暮, 益愧屈令去, 識者
차관감여본조항 독불고전로야 일모 익괴굴령거 식자

以此往往知舜臣焉. 方在獄時, 事不可測, 有獄吏密語舜臣兄
이차왕왕지순신언 방재옥시 사불가측 유옥리밀어순신형

子芬, 有賄則可免. 舜臣聞之, 怒芬曰, 「死則死耳, 安可違道
자분 유뢰즉가면 순신문지 노분왈 사즉사이 안가위도

求生?」其有操執如此. 舜臣爲人, 寡言笑, 容貌雅飭, 如修謹
구생 기유조집여차 순신위인 과언소 용모아칙 여수근

之士, 而中有膽氣, 忘身徇國, 乃其素所蓄積也. 兄羲臣・堯
지사 이중유담기 망신순국 내기소소축적야 형희신 요

臣, 皆先死, 舜臣撫其遺孤如己子, 凡嫁娶必先兄子, 而後及
신 개선사 순신무기유고여기자 범가취필선형자 이후급

己子, 有才無命, 百不一施而死, 嗚呼惜哉!」
기자 유재무명 백불일시이사 오호석재

군신軍神 이순신李舜臣의
계엄戒嚴

통제사統制使 이순신이 군중에 있을 때는 밤낮으로 경계를 엄중히 하여 일찍이 갑옷을 벗는 일이 없었다.

견내량見乃梁에서 왜적과 서로 대치하고 있을 때였다. 여러 배들이 이미 닻을 내리고 있었는데 밤에 달빛이 매우 밝았다. 통제사(이순신)는 갑옷을 입은 채로 북〔鼓〕을 베고 누웠다가 갑자기 일어나 앉아서 좌우를 불러 소주燒酒를 가져오게 하여 한 잔을 마시고 여러 장수를 모두 불러 앞으로 오게 한 다음에 그들에게 말하기를,

「오늘밤에는 달이 아주 밝구나. 왜적들은 간사한 꾀가 많은지라, 달이 없는 때는 꼭 우리를 습격하여 왔지만 달이 밝은 때도 역시 꼭 와서 습격할 것 같으니 경비를 엄중히 하지 않을 수 없다.」

鳴梁海戰圖一

右水營

洋島

花源半島

이순신 함대

珍島

일본 함대

명량해전도鳴梁海戰圖

임진왜란 때인 1597년 9월 16일에 전라남도 해남과 진도 사이의 울돌목에서 있었던 유명한 해전이다.

하고는 드디어 나팔[角]을 불게 하여 여러 배들로 하여금 다 닻을 올리게 하였다. 또 척후선斥候船에게 전령을 하여 보니 척후하는 군졸이 마침 잠자고 있으므로 불러 일으켜 변고에 대비하게 하였다.

그런데 얼마 뒤에 척후가 달려와서 왜적들이 쳐들어온다고 보고하였다. 이때는 달이 서산西山에 걸려 있고, 산의 그림자가 바닷속에 거꾸로 기울어져 바다의 반쪽은 어슴프레 그늘져 있었는데, 왜적의 배들이 헤아릴 수도 없이 그 그늘의 어둠 속으로부터 몰려와서 장차 우리 배에 접근하려 하였다.

이러한 때 우리 중군中軍이 대포大砲를 쏘면서 고함을 지르니 여러 배에서도 다 이에 호응을 하였다. 그러자 왜적들은 우리가 경비하고 있다는 것을 알고 일시에 조총鳥銃을 쏘니 그 소리가 바다를 진동하고 날아오는 총알이 물속에 떨어지는 것이 비 쏟아지듯하였다. 그러자 왜적들은 드디어 감히 침범하지 못하고 물러서서 달아나 버리고 말았다.

이때 여러 장수들은 통제사(이순신)를 귀신[神]과 같은 장군이라고 생각하였다.

原文

統制在軍, 晝夜戒嚴, 未嘗解甲, 在見乃梁, 與賊相持, 諸船已
통제재군 주야계엄 미상해갑 재견내량 여적상지 제선이

下碇, 夜月色明甚, 統制帶甲枕鼓而臥, 忽起坐呼左右, 取燒
하정 야월색명심 통제대갑침고이와 홀기좌호좌우 취소

酒來飮一杯, 悉呼諸將至前, 語之曰「今夜月甚明, 賊多詐謀,
주 래 음 일 배   실 호 제 장 지 전   어 지 왈   금 야 월 심 명   적 다 사 모

無月時固當襲我, 月明亦應來襲, 警備不可不嚴.」遂吹令角,
무 월 시 고 당 습 아   월 명 역 응 래 습   경 비 불 가 불 엄   수 취 령 각

令諸船皆擧碇, 又傳令斥候船, 候卒方熟睡, 喚起待變, 久之,
영 제 선 개 거 정   우 전 령 척 후 선   후 졸 방 숙 수   환 기 대 변   구 지

斥候奔告賊來. 時月掛西山, 山影倒海, 半邊微陰, 賊船無數
척 후 분 고 적 래   시 월 괘 서 산   산 영 도 해   반 변 미 음   적 선 무 수

從陰黑中來, 將近我船. 於是, 中軍放大砲吶喊[1], 諸船皆應之,
종 음 흑 중 래   장 근 아 선   어 시   중 군 방 대 포 납 함   제 선 개 응 지

賊知有備, 一時放鳥銃, 聲震海中, 飛丸落於水中者如雨, 遂
적 지 유 비   일 시 방 조 총   성 진 해 중   비 환 락 어 수 중 자 여 우   수

不敢犯退走, 諸將以爲神.
불 감 범 퇴 주   제 장 이 위 신

충렬사忠烈祠
경남 통영에 위치한 이순신 장군의 위업을 기리기 위한 사당이다.

1 납함吶喊 : 여러 사람이 일제히 큰소리를 지름.

녹후잡기

錄後雜記

임진왜란壬辰倭亂의 조짐兆朕

무인년〔宣祖 11年, 1578〕 가을에 장성長星[1]이 하늘에 뻗쳤는데, 그 모양이 흰 비단을 편 것처럼 서쪽으로부터 동쪽으로 향하여 돌아다니다가 몇 달 만에야 없어졌다.

무자년〔宣祖 21年, 1588〕 무렵에는 한강漢江의 물이 3일 동안이나 붉었다.

신묘년〔宣祖 24年, 1591〕에는 죽산竹山 태평원太平院 뒤에 있는 한 돌〔石〕이 저절로 일어섰다. 이때 통진현通津縣[2]에서는 쓰러져 있던 버드나무가 다시 일어났는데, 민간民間에서는 거짓말이 돌기를 「장차 도읍을 옮길 것이다.」고들 하였다.

---

1 장성長星 : 혜성을 말하는데, 이 별이 나타나면 병란(전쟁)이 일어난다고 전해짐.

2 통진현通津縣 : 강화도 맞은 편에 있던 현.

또 동해에서 나던 물고기가 서해에서 나더니, 고기가 점점 한강漢江에까지 이르렀다.

해주海州에서 본래 생산되던 청어靑魚가 근 10년 동안이나 전혀 생산되지 않다가 옮겨가 요동바다〔遼海〕에서 생산되었는데, 요동遼東 사람들은 이를 신어新魚라고 불렀다.

또 요동팔참遼東八站에 사는 백성들이 하루는 까닭이 없이 서로 놀라며 말하기를,

「도둑들이 조선朝鮮으로부터 들어오고, 조선왕자朝鮮王子의 십정교자十亭轎子[3]가 압록강鴨綠江에 이르렀다.」

하고 전하여 서로 알려 말하니, 늙은이와 어린이는 산으로 올라가는 등 요란하다가 며칠 만에야 안정되었다.

또 우리나라 사신이 북경北京으로부터 돌아오다가 금석산金石山의 하河씨 성을 가진 사람의 집에서 자는데, 그 집의 주인이 말하기를,

「한 조선朝鮮 통역관이 나를 보고 하는 말이 『너희 집에 3년 된 술과 5년 된 술이 있다는데 아끼지 말고 마시며 즐겁게 놀아라. 오래지 않아서 군사들이 쳐들어올 것이니, 너희들은 비록 술이 있더라도 누가 그것을 마시겠는가?』 하였습니다. 이로 해서 요동 사람들은 조선朝鮮이 다른 뜻을 가지고 있는지를 의심하여 많이 놀라고 의혹하고 있습니다.」

---

3 십정교자十亭轎子 : 가마의 일종.

인정전仁政殿

창덕궁昌德宮의 정전正殿. 서울특별시 종로구 와룡동에 위치.(국보 제225호)

하였다. 사신이 돌아와서 그런 사실을 아뢰니, 조정에서는 통역
관이 반드시 말을 만들어 가지고 일을 생기게 하여 본국本國을
무함하는 사람이 있을 것이라고 해서 몇 사람을 체포하여 인정전
仁政殿⁴의 뜰에서 국문(鞫)하고, 압슬화형壓膝火刑⁵을 행했으나
다 불복不服하고 죽었다. 이런 것은 신묘년 무렵의 일이었다.

그 다음 해(1592)에 드디어 왜변倭變⁶이 일어났는데, 이것으로
큰 난리가 발생하려 할 때 사람들은 비록 이를 깨닫지 못하더라
도 이상한 조짐兆朕을 나타냄이 그 한가지가 아님을 알았다. 더
구나 흰 무지개가 해를 꿰뚫고, 태백성太白星⁷이 하늘에 뻗치는

---

4 인정전仁政殿 : 조선조 때의 정청政廳. 어진 정사(仁政)을 베푸는 궁전이라는 뜻에
   서 붙인 이름.
5 압슬화형壓膝火刑 : 죄인을 고문할 때 행하는 형벌. 압슬은 널판자로 무릎을 짓누
   르는 것이고, 화형은 불로 지지는 것임.
6 왜변倭變 : 왜적의 침구로 인한 변란, 곧 임진왜란을 말함.
7 태백성太白星 : 금성金星을 말함.

이런 일이 없는 해가 없었지만 사람들은 이것을 보고도 보통 일로 여겨 왔다. 또 도성都城 안에는 항상 검은 기운이 있었는데, 이는 연기도 아니고 안개도 아니면서 땅에 서리어 하늘까지 닿았으며 이와 같은 것이 거의 10여 년이나 되었다. 그 밖의 변괴는 다 기록하기 어려운데, 이는 하늘이 사람에게 알리는 바가 심히 간절하다고 말하겠으나, 다만 사람이 능히 이를 살피지 못할 뿐이라고 하겠다.

原文

戊寅秋, 長星竟天, 狀如白練, 自西向東, 數月而滅. 戊子間,
무인추 장성경천 장여백련 자서향동 수월이멸 무자간

漢江三日赤. 辛卯, 竹山大平院後, 有石自起立, 通津縣, 僵[8]
한강삼일적 신묘 죽산대평원후 유석자기립 통진현 강

柳復[9]起, 民間訛言將遷都. 又東海魚産於西海, 漸至漢江, 海
류부기 민간와언장천도 우동해어산어서해 점지한강 해

州素産靑魚, 近十餘年絶不産, 移産於遼海, 遼東人謂之新
주소산청어 근십여년절불산 이산어요해 요동인위지신

魚. 又遼東八站居民, 一日無故相驚曰,「有寇從朝鮮至, 朝鮮
어 우요동팔참거민 일일무고상경왈 유구종조선지 조선

王子十亭轎子到鴨綠江.」傳相告語, 老弱登山, 數日乃定. 又
왕자십정교자도압록강 전상고어 노약등산 수일내정 우

我國使臣, 自北京還, 宿金石山河姓人家, 其主人言,「有朝鮮
아국사신 자북경환 숙금석산하성인가 기주인언 유조선

譯官語我云, 爾有三年酒·五年酒, 毋惜爲樂, 不久兵至, 爾
역관어아운 이유삼년주 오년주 무석위락 불구병지 이

---

8 강僵 : 쓰러질 강. 쓰러지다.

9 부복復 : 다시 부. 다시 또 하다. 돌아올 복. 처음있던 곳으로 돌아오다.

輩雖有酒, 誰其飲之? 以此遼人, 疑朝鮮有異志, 多驚惑云.」
배 수 유 주　수 기 음 지　　이 차 요 인　의 조 선 유 이 지　다 경 혹 운

使臣歸, 啓其事, 朝廷以譯官必有造言生事, 誣陷本國者, 逮
사 신 귀　계 기 사　조 정 이 역 관 필 유 조 언 생 사　무 함 본 국 자　체

捕數人, 鞫於仁政殿, 用壓膝火刑, 皆不服而死, 此辛卯年間
포 수 인　국 어 인 정 전　용 압 슬 화 형　개 불 복 이 사　차 신 묘 년 간

事, 明年, 遂有倭變. 是知大亂將生, 人雖未覺, 而形於兆朕,
사　명 년　수 유 왜 변　시 지 대 란 장 생　인 수 미 각　이 형 어 조 짐

不一其端, 至於白虹貫日, 太白經天, 無歲無之, 人視爲常事.
불 일 기 단　지 어 백 홍 관 일　태 백 경 천　무 세 무 지　인 시 위 상 사

又都城內常有黑氣, 非烟非霧, 盤地接天, 如此幾十餘年, 其
우 도 성 내 상 유 흑 기　비 연 비 무　반 지 접 천　여 차 기 십 여 년　기

他變怪, 難以殫記, 天之告人, 可謂深切, 而特人不能察耳.
타 변 괴　난 이 탄 기　천 지 고 인　가 위 심 절　이 특 인 불 능 찰 이

괴이한 일들

두보의 시〔杜詩〕[1]에,

「장안성長安城[2] 위의 머리 하얀 까마귀는〔長安城頭頭白烏〕
밤이면 연추문延秋門에 날아와 울고〔夜飛延秋門上呼〕
또 인가로 다니며 큰 집의 지붕을 쪼아대니〔又向人家啄大屋〕
지붕 밑 고관들은 오랑캐를 피하여 달아나네〔屋底達官走避胡〕」.

라고 하였는데, 이는 대개 괴이한 일을 기록한 것이다.

　임진년〔宣祖, 25年, 1592〕 4월 17일에 왜적이 쳐들어왔다는 급
보가 이르자 조정과 민간에서는 황황하여 어찌할 바를 몰랐는데,

---

1 두시杜詩 : 당나라 때 시인 두보杜甫의 시. 두보의 자는 자미子美. 그의 시는 웅혼침
통雄渾沈痛하고, 충후忠厚의 정서가 풍부함. 《두공부집杜工部集》 20권이 있음.

2 장안성長安城 : 당나라 때 서울.

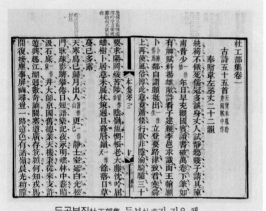

두공부집杜工部集 두보杜甫가 지은 책

갑자기 괴이한 새가 대궐의 후원에서 울다가 공중으로 날아 올라 혹은 가까워졌다 혹은 멀어졌다 하며, 단 한 마리 새 울음소리가 성 안에 가득 차서 듣지 않은 사람이 없었고, 밤낮으로 그 울음소리가 잠시도 멈추지 않았다. 이와 같이 새가 운 지 10일 후에 임금께서 피란길을 떠나셨고, 왜적이 도성으로 들어와서 궁궐宮闕과 종묘, 사직〔廟社〕과 관청과 민간의 집들이 다 텅텅 비게 되었으니, 아아, 그 역시 매우 괴이한 일이라 하겠다.

또 5월에 내가 임금님을 모시고 평양平壤에 이르러 김내진金乃進의 집에 우거하였는데, 김내진이 나에게 말하기를,

「연전年前에 승냥이〔豺〕가 여러 번 성 안으로 들어오고 대동강大同江 물이 붉고 동쪽 강변은 몹시 흐리고 서쪽 강변은 맑았었는데, 지금 과연 이런 변란이 일어났습니다.」

하였다. 이때 왜적은 아직 평양에 이르지 않았는데, 나는 이 말을 듣고서 아무런 대답도 하지 않았으나 마음속으로는 좋지 않게 여겼더니, 얼마 아니하여 평양성이 또 함락되었다. 대개 승냥이는 곧 들짐승이라 성 안에 들어온다는 것은 온당한 일이 아니다. 이

는 마치 《춘추春秋》[3]에 「구욕새〔鸜鵒〕가 와서 깃들이자 여섯 마리 익새〔鷁〕가 날아가 버리고, 많은 순록〔麋〕에 물여우〔蜮〕가 있었다.」는 것처럼 그 반응이 없는 것이 드무니, 하늘이 인간에게 계시한 것이 현저하며 성인聖人이 경계한 것이 깊으니, 가히 두려워하지 않으리오?

또 임진년(1592)의 봄·여름 사이에 세성歲星[4]이 미성〔尾〕·기성〔箕〕을 지켰는데, 미성〔尾〕·기성〔箕〕은 곧 연燕나라 분야라서 옛날부터 우리나라와 연나라가 같은 분야라고 말하였다. 이때 왜적의 군사가 날로 가까워지므로 인심은 흉흉하고 두려워하여 어찌할 바를 몰랐다. 하루는 임금께서 하교下敎하시기를,

「복별〔福星〕이 방금 우리나라에 있으니 왜적을 두려워 할 것이 없다.」

하였는데, 이는 대개 임금께서 이런 말을 빌어서 백성들의 마음을 진정시키려고 한 까닭이었다. 그러나 이 뒤에 도성都城은 비록 잃어버렸다고 하더라도, 마침내는 능히 옛것대로 회복하여 옛 서울로 돌아오게 되었으며, 왜적의 우두머리인 풍신수길〔秀吉〕도 또 마침내는 흉악하고 반역적인 계획을 다 부리지 못하고 저절로 죽어 버렸으니, 이 어찌 우연한 일이리오? 이는 대개 하늘의 뜻이 아닌 것이 없는 것이다.

---

3 춘추春秋 : 춘추시대에 공자가 지은 노나라의 역사서.

4 세성歲星 : 오성五星의 하나. 곧 목성木星.

杜詩,「長安城頭頭白烏, 夜飛延秋門上呼, 又向人家啄大屋,
두시 장안성두두백오 야비연추문상호 우향인가탁대옥

屋底達官走避胡.」蓋記異也. 壬辰四月十七日, 賊報至, 朝野
옥저달관주피호 개기이야 임진사월십칠일 적보지 조야

遑遑, 忽有怪鳥鳴於後苑, 飛在空中, 或近或遠, 只一鳥而聲
황황 홀유괴조명어후원 비재공중 혹근혹원 지일조이성

滿城中, 人無不聞, 終日達夜, 其鳴不暫停, 如此十餘日, 車駕
만성중 인무불문 종일달야 기명불잠정 여차십여일 거가

山狩, 賊入城, 宮闕廟社, 公私廬舍一空, 嗚呼! 其亦怪甚矣.
산수 적입성 궁궐묘사 공사려사일공 오호 기역괴심의

又五月, 余隨駕至平壤, 寓於金乃進家, 乃進語余曰,「年前有
우오월 여수가지평양 우어김내진가 내진어여왈 연전유

豺屢入城中, 大同江水赤, 東邊濁甚, 西邊淸, 今果有此變.」
시루입성중 대동강수적 동변탁심 서변청 금과유차변

時賊未至平壤, 余聞此語, 默然不答, 而心不喜, 未幾平壤又
시적미지평양 여문차어 묵연부답 이심불희 미기평양우

陷. 蓋豺乃野獸, 不合入城市, 如春秋記鸜鵒來巢, 六鷁退飛,
함 개시내야수 불합입성시 여춘추기구욕래소 육익퇴비

多麋有蜮之類. 鮮有無其應者, 天之示人顯矣, 聖人之垂戒深
다미유역지류 선유무기응자 천지시인현의 성인지수계심

矣, 可不懼哉? 可不愼哉又壬辰春夏間, 歲星守尾箕, 尾箕乃
의 가불구재 가불신재우임진춘하간 세성수미기 미기내

燕分, 而自古言, 我國與燕同分, 時賊兵日逼, 人心洶懼, 不知
연분 이자고언 아국여연동분 시적병일핍 인심흉구 부지

所出, 一日下敎曰,「福星方在我國, 賊不足畏.」蓋聖意欲假
소출 일일하교왈 복성방재아국 적부족외 개성의욕가

此, 以鎭人心故也. 然是後都城雖失, 而卒能恢復舊物, 旋軫
차 이진인심고야 연시후도성수실 이졸능회복구물 선진

故都, 賊酋秀吉, 又不能終逞兇逆而自斃, 斯豈偶然哉? 蓋莫
고도 적추수길 우불능종령흉역이자폐 사기우연재 개막

非天也.
비천야

왜적의 간사하고
교묘한 꾀

왜적은 가장 간사하고 교묘하여 그 군사를 쓰는 법이 거의 한 가지 일도 남을 속이는 꾀에서 나오지 않는 것이 없었다. 그런데 임진년(1592)의 일로써 본다면, 가히 서울〔都城〕에서는 교묘한 꾀를 썼으나 평양平壤에서는 졸렬하였다고 말할 것이다.

우리나라는 태평세월이 백 년 동안이나 계속되어 백성들은 전쟁을 알지 못하다가, 갑자기 왜적이 쳐들어왔다는 말을 듣고 어찌할 바를 모르고 엎어지고 넘어지며, 먼 곳 가까운 곳 할 것 없이 바람에 쓰러지듯 다 넋〔魂魄〕을 잃고 말았다.

왜적은 파죽지세破竹之勢[1]로 열흘 동안에 바로 서울까지 들이닥쳐서 지혜로운 사람으로 하여금 전략을 도모하지 못하게 하였

---

1 파죽지세破竹之勢 : 세력이 강하여 모든 적을 억누르고 걷잡을 수 없이 나아가는 것을 가리키는 말.

고, 용감한 사람으로 하여금 과감한 결단을 내리지 못하게 하였으므로 인심은 무너져서 수습할 수 없게 되어 버렸다. 이것은 병가兵家²의 좋은 꾀며 왜적의 교묘한 계책이었다. 그러므로 서울을 빼앗는 데는 교묘하였다고 말하는 것이다.

이때 왜적은 스스로 항상 이긴다는 기세를 믿고서 그 뒷일은 돌아보지 않고 여러 도道로 흩어져 나아가 그들 마음대로 미쳐서 날뛰었다. 군사가 나누어지면 세력이 약하지 않을 수 없는 법인데, 천리에 진영을 연이어 쳐놓고 오랫동안 날짜를 끌고 버티었으니, 이른바 굳센 화살도 멀리 나가고 보면 끝에 가서는 노魯나라에서 나는 엷은 깁〔魯縞〕³도 뚫을 수 없다는 것이며, 장숙야張叔夜⁴의 이른바 「여진女眞⁵은 군사를 쓸 줄 모르는데, 어찌 외로운 군사로 깊이 들어왔다가 능히 돌아갈 수 있겠는가?」 하는 것과 거의 근사한 것이라고 하겠다. 이로써 명나라 군사는 4만 명으로 평양성平壤城을 쳐부쉈고, 평양성이 부서지자 그 여러 도에 퍼져 있던 왜적들은 역시 다 기운이 빠져서, 비록 서울은 아직도 그들이 점거하고 있었으나 대세는 벌써 위축되었다. 이럴 때 우리 백성들로서 사방에 퍼져 있던 사람들이 곳곳에서 공격하니 왜적들

---
2 병가兵家 : 군사학을 연구하는 사람, 또는 그런 학파를 말함.

3 엷은 깁〔魯縞〕 : 노魯나라에서 생산되던 흰 비단 이름.

4 장숙야張叔夜 : 송宋나라 휘종徽宗 때 사람. 자는 계중稽仲, 시호는 충문忠文. 금나라와 싸워 휘종이 적에게 잡혀갈 때 따라가다가 먹지 않고 자결하였다.

5 여진女眞 : 만주 동부에 살던 퉁구스 계통의 한 족속.

은 수미首尾가 서로 구원할 수 없게 되어 마침내는 도망하지 않을 수 없게 되었다. 그러므로 그들이 평양성에서는 전략이 졸렬하였다는 것이다.

아아! 왜적이 잘못한 계교는 우리로서는 다행한 일이었다. 진실로 우리나라로 하여금 한 사람의 장수라도 있어서 수만 명의 군사를 거느리고 시기를 보아 특별한 계교를 썼더라면 그 뱀처럼 늘어선 것을 쳐서 끊어 놓아 그 요긴한 등성이를 나눠 놓았을 것이고, 이를 평양성이 패전할 때에 썼더라면 적의 그 우두머리 장수를 힘들이지 않고 잡았을 것이고, 이를 서울 이남에서 썼더라면 왜적의 한 수레도 돌려보내지 않았을 것이다. 이와 같이 된 뒤에야 왜적들의 마음은 놀라고 간담이 부서져서 수십 년 수백 년 동안이라도 감히 우리를 바로 보지도 못하고 다시는 뒷 염려가 없었을 것이다.

그 당시에 우리는 너무 쇠약하여 힘이 능히 이를 처리할 수 없었으며, 명나라 여러 장수들도 또한 이런 계책을 내 쓸 줄 알지 못하여 왜적으로 하여금 조용히 가고 오게 해서 거의 경계하거나 두려움이 없이 온갖 일을 온갖 수단 방법으로 요구하게 하였다. 이때에 왜적에게 대처하는 전략은 하책下策에서 나와서 봉작과 조공〔封貢〕으로써 그들을 견제하려고 하였으니, 가히 탄식할 일이며 가히 애석한 일이라 하겠다. 지금에 이르러 이를 생각하여 보아도 사람으로 하여금 팔을 거머쥐고 분개하게 한다.

倭最奸巧, 其用兵, 殆無一事不出於詐術, 然以壬辰之事觀之,
왜 최 간 교 기 용 병 태 무 일 사 불 출 어 사 술 연 이 임 진 지 사 관 지

可謂工於都城, 而拙於平壤也. 我國昇平百年, 民不知兵, 猝
가 위 공 어 도 성 이 졸 어 평 양 야 아 국 승 평 백 년 민 부 지 병 졸

聞兵至, 倉皇顚倒, 遠近靡然, 皆失魂魄, 倭乘破竹之勢, 旬日
문 병 지 창 황 전 도 원 근 미 연 개 실 혼 백 왜 승 파 죽 지 세 순 일

之間, 徑造都城, 使智不及謀, 勇不及斷, 人心崩潰, 莫可收
지 간 경 조 도 성 사 지 불 급 모 용 불 급 단 인 심 붕 궤 막 가 수

拾, 此兵家善謀, 而賊之巧計, 故曰工也, 於是乃自恃常勝之
습 차 병 가 선 모 이 적 지 교 계 고 왈 공 야 어 시 내 자 시 상 승 지

威, 而不顧其後, 散出諸道, 任其狂肆, 兵分則勢不得不弱, 千
위 이 불 고 기 후 산 출 제 도 임 기 광 사 병 분 즉 세 부 득 불 약 천

里連營, 曠日持久, 所謂强弩之末, 不能穿魯縞, 而張叔夜所
리 연 영 광 일 지 구 소 위 강 노 지 말 불 능 천 노 호 이 장 숙 야 소

謂女眞不知兵, 豈有孤軍深入, 而能善其歸者, 殆近之矣. 是
위 여 진 부 지 병 기 유 고 군 심 입 이 능 선 기 귀 자 태 근 지 의 시

以, 天兵以四萬攻破平壤, 平壤旣破, 則其在諸道者, 亦皆奪
이 천 병 이 사 만 공 파 평 양 평 양 기 파 즉 기 재 제 도 자 역 개 탈

氣, 雖京城猶據, 而大勢已縮, 我民之在四方者, 處處要擊, 賊
기 수 경 성 유 거 이 대 세 이 축 아 민 지 재 사 방 자 처 처 요 격 적

首尾不能相救, 終不得遁, 故曰拙於平壤也. 嗚呼! 賊之失
수 미 불 능 상 구 종 부 득 불 둔 고 왈 졸 어 평 양 야 오 호 적 지 실

計, 我之幸也, 誠使我國, 有一將將數萬兵, 相時用奇, 擊斷長
계 아 지 행 야 성 사 아 국 유 일 장 장 수 만 병 상 시 용 기 격 단 장

蛇, 分其要脊, 行之於平壤之敗, 則其大帥, 可坐致也, 發之於
사 분 기 요 척 행 지 어 평 양 지 패 즉 기 대 수 가 좌 치 야 발 지 어

京城以南, 則將使隻輪不返矣.
경 성 이 남 즉 장 사 척 륜 불 반 의

如此然後, 賊心驚膽破, 數十百年間, 不敢正視於我, 而無復
여 차 연 후 적 심 경 담 파 수 십 백 년 간 불 감 정 시 어 아 이 무 부

後慮矣. 當時我方積衰, 力不能辦此, 天朝諸將, 又不知出此,
후 려 의 당 시 아 방 적 쇠 역 불 능 판 차 천 조 제 장 우 부 지 출 차

使賊從容去來, 略無懲畏, 要索萬端, 於是, 出於下策, 欲以封
사 적 종 용 거 래 약 무 징 외 요 색 만 단 어 시 출 어 하 책 욕 이 봉

貢羈縻之, 可勝歎哉, 可勝惜哉, 至今思之, 令人扼腕.
공 기 미 지　가 승 탄 재　가 승 석 재　지 금 사 지　영 인 액 완

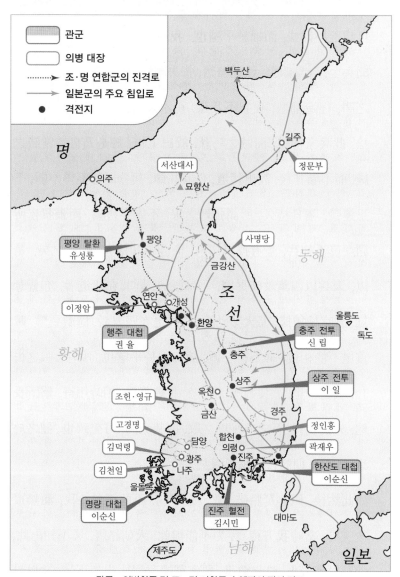

관군 · 의병활동 및 조 · 명 연합군과 왜적의 진입 경로

지세 이용이
승패를 좌우함

　옛날에 조조鼂錯[1]가 병사兵事에 관하여 진언하기를,

「군사를 거느리고 싸움터에 임하여 적과 싸우는 데 중요한 일이 세 가지가 있습니다. 그것은 첫째로 지형地形(地勢)을 잘 이용하는 것이요, 둘째로는 군사들이 명령을 잘 복종하고 익히는 것이요, 셋째로는 무기는 좋은 것과 예리한 것을 쓰는 것입니다. 이 세 가지는 전쟁을 하는 데 가장 요긴한 것이고 승부가 결정되는 것이라, 장수된 사람은 알지 않아서는 안 될 것입니다.」

하였는데, 왜놈들은 공격하는 싸움에도 익숙하고 무기도 아주 예리하였으며, 옛날에는 조총鳥銃이 없었으나 지금은 그것이 있어

---

1 조조鼂錯 : 한漢나라 문제文帝. 경제景帝 때의 정치가. 신불해申不害·상앙商鞅의 형명학刑名學을 배워 문제文帝 때 태자가령太子家令이 되고, 경제景帝 때 벼슬은 어사대부御史大夫가 되어 더욱 중용되었다.

서 그 멀리 가는 위력과 명중시키는 재주가 화살보다도 몇 갑절이나 되었다.

우리가 만약 평원의 넓은 들판에서 서로 만나 둘이 맞대어 진을 치고 병법에 따라 교전하였다면 그를 대적하기가 아주 어려웠을 것이다. 이는 대개 화살의 위력은 백 보步를 넘지 못하지만, 조총의 능력은 능히 수백 보에 이르고 그것도 폭풍과 우박처럼 쏟아지니, 그것을 당해 낼 수 없는 것은 뻔한 이치이다.

그러나 적보다 먼저 지형을 잘 가려서 그 산의 험하고 숲이 빽빽이 우거진 곳을 자리잡아 가지고 활 잘 쏘는 군사를 풀어 매복시켜 적으로 하여금 그 형체를 보지 못하게 하고는 좌우에서 함께 활을 쏘게 한다면, 저들이 비록 조총鳥銃과 창칼이 있다 하더라도 다 쓸 수가 없게 되어 가히 승리할 수 있는 것이다.

이제 그 한 가지 일을 들어 증명을 한다면, 임진년(1592)에 왜적이 서울에 들어와서 날마다 성 밖에 흩어져 노략질을 하여 원릉園陵²도 역시 보전할 수 없는 형편에 이르렀다. 고양高陽 사람 진사進士 이노李櫓는 활을 좀 쏠 줄 알고 담력도 있었다. 하루는 동료 두 사람과 각각 활과 화살을 가지고 창릉·경릉〔昌·敬陵〕으로 들어갔는데, 뜻밖에 왜적의 무리들이 크게 나와 산골짜기에 가득 찼다. 이노 등은 어찌할 계교가 없어서 등나무·칡덩굴이 빽빽이 우거진 숲 속으로 달려 들어갔더니, 왜적들이 쫓아와서

---

2 원릉園陵 : 능묘陵墓. 임금의 무덤. 능陵. 원격의 무덤과 능격의 무덤.

찾느라고 돌아다니며 기웃거리므로, 이노 등은 그 속에서 문득 활을 쏘니 왜적들은 화살을 맞고 거꾸러졌다. 그들은 또 그 장소를 옮겨 왔다갔다 하며 여기 번뜩 저기 번뜩 하니 왜적들은 더욱 헤아릴 수가 없었다.

이로부터 왜적들은 이르는 곳마다 우거진 숲만 보면 멀리멀리 도망하여 피하며 감히 가까이 오지 못하여 두 능〔昌·敬陵〕을 보전할 수 있었다.

이러한 점으로 보면 지세를 잘 이용하고 못 이용하는 데 따라 성공과 실패가 따르게 된다고 하겠다. 그 당시 왜적이 상주尙州에 있을 때 신립申砬·이일李鎰 등이 만약 이런 계교를 쓸 줄 알아서 먼저 토천兎遷[3]과 조령鳥嶺의 수 삼십 리 사이에 활 잘 쏘는 사람 수천 명을 매복시키고 왜적으로 하여금 군사의 수가 많고 적은 것을 헤아릴 수 없게 만들어 놓았더라면 가히 적을 제압할 수 있었을 것인데, 오합지졸烏合之卒[4], 곧 훈련하지 않은 군사를 거느리고 그 험한 요새를 버리고는 평탄한 곳에서 서로 승부를 다투었으니, 그렇게 패한 것은 당연한 이치였으리라. 나는 전쟁의 기밀에 대하여 자세히 말하면서 지금 또 이를 특별히 기록하는 것은 뒷날의 경계를 삼으려는 까닭이다.

---

3 토천兎遷 : 경상북도 문경聞慶 남쪽에 있으며, 일명 곶갑천串岬遷이라고도 한다.

4 오합지졸烏合之卒 : 기율도 없이 되는대로 모여진 군세軍勢를 말함.

昔鼂錯上言兵事曰,「用兵臨戰, 合刃之急有三, 一曰, 得地
석 조 조 상 언 병 사 왈   용 병 임 전   합 인 지 급 유 삼 일 왈   득 지

形, 二曰, 卒服習, 三曰, 器用利, 三者兵之大要, 而勝負之所
형   이 왈   졸 복 습   삼 왈   기 용 리   삼 자 병 지 대 요   이 승 부 지 소

決, 爲將者不可不知也.」倭奴習於攻戰, 而器械精利, 古無鳥
결   위 장 자 불 가 부 지 야   왜 노 습 어 공 전   이 기 계 정 리   고 무 조

銃, 而今有之, 其致遠之力, 命中之巧, 倍蓰於弓矢. 我若相遇
총   이 금 유 지   기 치 원 지 력   명 중 지 교   배 사 어 궁 시   아 약 상 우

於平原廣野, 兩陣相對, 以法交戰, 則敵之極難. 蓋弓矢之技,
어 평 원 광 야   양 진 상 대   이 법 교 전   즉 적 지 극 난   개 궁 시 지 기

不過百步, 而鳥銃能及於數百步, 來如風雹, 其不能當必矣.
불 과 백 보   이 조 총 능 급 어 수 백 보   내 여 풍 박   기 불 능 당 필 의

然先擇地形, 得其山阨險阻林木茂密處, 散伏射手, 使賊不見
연 선 택 지 형   득 기 산 액 험 조 임 목 무 밀 처   산 복 사 수   사 적 불 견

其形, 而左右俱發, 則彼雖有鳥銃槍刀, 皆無所施, 而可大勝
기 형   이 좌 우 구 발   즉 피 수 유 조 총 창 도   개 무 소 시   이 가 대 승

也. 今舉一事爲證, 壬辰, 賊入京城, 逐日分掠於城外, 至園陵
야   금 거 일 사 위 증   임 진   적 입 경 성   축 일 분 략 어 성 외   지 원 릉

亦不保, 有高陽人進士李櫓, 稍解操弓有膽氣. 一日與同伴二
역 불 보   유 고 양 인 진 사 이 노   초 해 조 궁 유 담 기   일 일 여 동 반 이

人, 各持弓矢, 入昌敬陵, 不意賊衆大出滿谷中, 櫓等無以爲
인   각 지 궁 시   입 창 경 릉   불 의 적 중 대 출 만 곡 중   노 등 무 이 위

計, 奔入於藤蘿蒙密叢中, 賊來索之, 徘徊窺覘, 櫓等從其內
계   분 입 어 등 라 몽 밀 총 중   적 래 색 지   배 회 규 점   노 등 종 기 내

輒射之, 皆應弦而倒, 又遷其處, 往來倏忽[5], 賊尤莫能測. 自
첩 사 지   개 응 현 이 도   우 천 기 처   왕 래 숙 홀   적 우 막 능 측   자

是所至, 見叢薄, 則遠遠走避, 不敢近, 二陵得全, 以此見之,
시 소 지   견 총 박   즉 원 원 주 피   불 감 근   이 릉 득 전   이 차 견 지

地形得失, 成敗隨之, 方賊在尙州, 申砬 · 李鎰等, 若知用此,
지 형 득 실   성 패 수 지   방 적 재 상 주   신 립   이 일 등   약 지 용 차

5 숙흘倏忽 : 갑자기. 재빨리. 극히 짧은 시간. 숙倏 ; 倏의 속자. 倏 갑자기 숙. 매우
짧은 시간. 재빨리. 개가 재빨리 내닫는 모양. 본자 儵. 속자 倐.

先於兎遷鳥嶺三數十里間, 伏射手數千人, 使賊莫測多少, 則
선 어 토 천 조 령 삼 수 십 리 간 복 사 수 수 천 인 사 적 막 측 다 소 즉

可以制敵, 乃以烏合之卒不鍊之兵, 棄其險塞, 相角於平地,
가 이 제 적 내 이 오 합 지 졸 불 련 지 병 기 기 험 새 상 각 어 평 지

宜其敗也. 余於兵機, 備言之, 今又特記之, 以爲後戒.
의 기 패 야 여 어 병 기 비 언 지 금 우 특 기 지 이 위 후 계

토천兎遷(토끼비리)
경상북도 문경시 마성면에 위치함.(명승 제31호)

성을 굳게 지키는
묘법妙法

성城은 포악한 도둑을 막고 백성을 보호하는 곳이므로 마땅히 견고함을 으뜸으로 한다. 옛날 사람들은 성城 쌓는 법을 말할 때 다들 성윗담〔치雉〕을 말하였는데, 이른바 천치千雉니 백치百雉니 하는 것이 곧 이것이다.

나는 평상시에 책을 읽는 것이 거칠었으므로 성윗담〔雉〕이 어떠한 물건인지를 알지 못하고, 늘 살받이터〔堞〕¹가 이에 해당하는 줄로 알아서 일찍이 의심하기를, 「살받이터가 다만 천 개나 백 개면 그 성城이 지극히 작아서 능히 여러 사람을 수용할 수가 없겠으니 장차 어떻게 할까?」 하였더니, 왜란의 변고가 일어난 뒤에 비로소 척계광戚繼光의 《기효신서紀效新書》를 얻어서 읽어 보

---

1 타堞 : 堞와 동자. 살받이 타. 살받이. 과녁의 앞뒤와 양쪽에 화살이 날아와서 꽂히도록 쌓은 것. 장벽牆壁. 전쟁에서 화살과 돌을 막는 벽.

척계광戚繼光 초상화

고는, 곧 성윗담〔堞〕이란 살받이 터〔垜〕가 아니고, 곧 지금의 이른 바 곡성曲城[2]과 옹성甕城[3]이라는 것임을 알았다.

대개 성성城에 곡성과 옹성이 없다면, 비록 사람이 하나의 살받이 터 사이에 방패를 세우고 외면에서 날아오는 화살과 돌을 가려 막는다 하더라도 적들이 와서 성 밑에 바짝 달라붙는 놈은 보고도 막을 수가 없는 것이다.

《기효신서紀效新書》에는 50개의 살받이터마다 하나의 성윗담을 만들어 놓되 밖으로 두세 길〔丈〕 나오게 하고, 두 성윗담 사이는 서로 50개의 살받이터를 떨어지게 만들고, 하나의 성윗담이 25개의 살받이터를 점령하게 하면 화살의 위력이 바야흐로 강성하고 좌우를 마음대로 돌아보면서 활을 쏘기에 편리하므로 적군이 와서 성 밑에 붙어 의지할 수가 없는 것이다.

2 곡성曲城 : 성문을 밖으로 둘러 가려서 곱게 쌓은 성벽. 굽이지게 쌓은 성벽. 곱은 성.

3 옹성甕城 : 큰 성문을 지키기 위하여 성문 밖에 쌓은 작은 성. 철옹산성鐵甕山城의 준말. 큰 성문 밖의 작은 성. 원형圓形이나 방형方形으로 성문 밖에 부설하여 성문을 보호하고 성을 튼튼하게 지키기 위하여 만들었다. 둘러싸여 있는 모양이 매우 굳고 튼튼함.

수원화성水原華城의 동포루東砲樓

포루東砲 성벽 밖에 3층으로 지은 벽돌건물로 내부를 공심돈과 같이 비워두어서 그 안에 화포를
숨겼다가 위아래를 한꺼번에 공격을 할 수 있도록 만든 시설물.

임진년(1592) 가을에 나는 오랫동안 안주安州에 머물러 있었는
데 생각하기를, 「왜적이 지금 평양성에 있으니, 만약 하루 아침에
이쪽으로 내려온다.」면 행재소行在所의 전면에서는 한 곳도 가로
막힐 곳이 없는데도 그 힘을 헤아려 보지도 않고 안주성을 수축
하고 이를 지키려고 하였다.

그런데 9월 9일[重陽日]에 우연히 청천강晴川江가로 나가서 주
성州城을 돌아보며, 가만히 앉아서 깊이 생각한 지 오랜 동안에
문득 한 가지 계책을 생각해 내었는데, 이것은 성 밖에 마땅히 형
세를 따라서 따로 뾰족한 성[凸城]을 성윗담 제도[雉制]처럼 쌓
고 그 속을 텅 비워 사람을 수용할 수 있도록 만들고, 그 전면과

좌우에 대포구멍을 뚫어 내어 그 속으로부터 대포를 쏠 수 있게 만들고, 그 위에 대적할 다락을 세우되 다락과 다락은 서로 천 보步 이상 떨어지게 만들고, 대포 속에는 새알 같은 쇠탄환을 몇 말〔斗〕 넣어 두었다가 왜적들이 성 밖에 많이 모여들 때에 대포 탄환을 두 곳에서 번갈아 쏘면 사람과 말은 말할 것도 없고 비록 쇠와 돌이라도 다 부서져 가루가 되지 않는 것이 없을 것이니, 이와 같이 된다면 다른 성가퀴〔堞〕[4]에는 비록 지키는 군사가 없더라도 다만 수십 명으로 하여금 포루砲樓를 지키게 하여도 적은 감히 가까이 오지 못할 것이다.

이는 실로 성城을 지키는 묘법妙法으로서 그 제도는 비록 성윗담을 본떴다 하더라도 그 공효功效(공을 드린 보람)는 성윗담보다도 나을 것이 틀림없는 것이다. 대개 천 보의 거리 안에 적이 감히 가까이 오지 못하게 된다면 이른바 운제雲梯:높은 사닥다리. · 충거衝車:병거(兵車=전쟁 때 쓰는 수레. 전차의 이름. 옆에서 적을 들이치는 병거.)와 같은 따위는 다 소용이 없게 될 것이다.

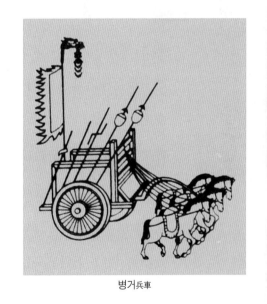

병거兵車

4 첩堞:성카퀴 첩. 성가퀴. 성벽 위에 쌓은 나지막한 담.

이 일은 내가 우연히 생각해 낼 수 있었는데, 그때 이를 즉시 행재소에 아뢰고, 뒤에 경연 자리에서도 여러 번 이 말을 내었었다. 또 사람을 시켜 그것이 반드시 쓸 만한 것임을 보이려 하여 병신년〔宣祖 29年, 1596〕봄에 서울 동쪽 수구문水口門 밖에 한 곳을 가려 돌을 모아 이것을 만들다가 완성하지도 못하였는데, 이론異論이 어지러이 일어나서 그만두고 만들지 않았다.

뒷날에 만약 원대한 생각을 가진 사람이 있으면 나 같은 사람의 말이라고 해서 버리지 말고 이런 제도를 들어 마련한다면, 그것이 적을 막는 방법으로서 이로운 바가 적지 않을 것이다.

原文

城者, 禦暴保民之所, 當以堅固爲主, 古人言城制, 皆曰雉, 所
성 자 어 포 보 민 지 소 당 이 견 고 위 주 고 인 언 성 제 개 왈 치 소

謂千雉百雉者是也, 余平時讀書鹵莽[5], 不知雉爲何物, 每以垜
위 천 치 백 치 자 시 야 여 평 시 독 서 노 무 부 지 치 위 하 물 매 이 타

當之. 嘗疑垜但千百, 則其城至小, 不能容衆, 將何以哉? 及
당 지 상 의 타 단 천 백 즉 기 성 지 소 불 능 용 중 장 하 이 재 급

變後, 始得戚繼光紀效新書, 讀之, 乃知雉非垜, 卽今之所謂
변 후 시 득 척 계 광 기 효 신 서 독 지 내 지 치 비 타 즉 금 지 소 위

曲城・甕城者也. 蓋城無曲城・甕城, 則雖人守一垜, 而垜間
곡 성 옹 성 자 야 개 성 무 곡 성 옹 성 즉 수 인 수 일 타 이 타 간

立盾, 以遮外面矢石, 賊之來傅城下者, 不可見而禦之也. 紀
입 순 이 차 외 면 시 석 적 지 래 부 성 하 자 불 가 견 이 어 지 야 기

效新書, 每五十垜置一雉, 外出二三丈, 二雉間相去五十垜,
효 신 서 매 오 십 타 치 일 치 외 출 이 삼 장 이 치 간 상 거 오 십 타

5 노무(노망)鹵莽 : ① 노무 ; 거침. 조잡함. ② 노망 ; (1) 소금기가 많은 땅과 잡초가 덮인 들. (2) 분명하지 않은 일.

一雉各占地二十五垛, 矢力方盛, 左右顧眄, 便於發射, 敵無
緣來附城下矣. 壬辰秋, 余久留安州, 念賊方在平壤, 若一朝
西下, 則行在前面, 無一遮障處, 不量其力, 欲修安州城, 而守
之. 重陽日, 偶出晴[淸]川江上, 顧視州城, 默坐深念者久之,
忽思得一策, 城外當從形勢, 別築凸城如雉制, 而空其中, 使
容人, 前面及左右, 鑿出砲穴, 可從中放砲, 上建敵樓, 樓相距
千步以上, 大砲中藏鐵丸如鳥卵者數斗, 賊多集城外, 砲丸從
兩處交發, 無論人馬, 雖金石無不靡碎, 若是則他堞雖無守兵,
只使數十人守砲樓, 而敵不敢近矣, 此實守城妙法, 其制雖倣
於雉, 而功勝於雉萬萬矣. 蓋千步之內, 敵旣不敢近, 則所謂
雲梯 · 衝車者, 皆不得用. 此事余偶思得之, 其時卽啓聞行
在, 後於經席, 屢發之. 又欲使人, 見其必可用. 丙申春, 京城
東水口門外, 擇地聚石, 作之未成, 而異論紛起, 廢而不修. 後
日如有遠慮者, 勿以人廢言, 修擧此制, 則其於備禦之道, 所
益不少矣.

진주성晉州城 포루砲樓의
역사役事 문제

내가 안주安州에 있을 때 우인友人 김사순金士純(金誠一)[1]이 경
상우감사慶尙右監司가 되었는데 서신을 보내 이르기를,

「진주성晉州城을 잘 수리하여 죽기를 기하고 지킬 계교를 마련
하려고 합니다.」

하였다. 이보다 먼저 왜적은 일찍이 한 번 진주성晉州城을 침범하
였으나 이기지 못하고 패하여 물러갔었다. 나는 김사순에게 답서
를 보내 이르기를,

「왜적은 조만간에 반드시 쳐들어올 것입니다. 왜적이 지난 해
의 원한을 갚으려고 쳐들어 온다면 반드시 많은 군사를 사용할
것이니, 성을 지키는 일이 옛날과 비교하여 좀 어려울 것입니다.

1 김사순金士純 : 김성일金誠一의 字.

마땅히 포루砲樓를 세워 이에 대비하여야만 가히 근심이 없을 것입니다.」

하고, 드디어는 서신 속에 그 제도를 상세하게 말하였다.

계사년(1593) 6월에 나는 왜적이 다시 진주성을 공격한다는 말을 듣고 종사관從事官 신경진辛慶晉에게 일러 말하기를,

「진주의 일이 매우 위태로운데 다행히 포루砲樓가 있으면 그래도 지탱할 수 있겠지만 그렇지 않으면 지키기가 어려울 것이다.」

하였다. 얼마 있다가 합천陝川으로 내려갔다가 진주성이 벌써 함락되었다는 말을 들었다.

단성현감丹城縣監 조종도군趙宗道君 또한 김사순의 벗인데 나에게 말하기를,

「지난 해에 김사순과 함께 진주성에 머물러 있을 때 김사순이 내 서신을 보고 좋아 날뛰면서 기이한 계교라고 칭찬하면서 즉시 그 막하에 있는 벗 몇 사람과 성城을 돌아보고, 그 형세에 따라 꼭 여덟 곳에 포루를 설치할 것을 생각하고는, 나무를 베어 강물에 띄워 내려 보내게 하였더니, 고을 백성들이 그 역사를 꺼리며 말하기를, 「전에는 포루砲樓가 없어도 오히려 성을 지키고 왜적을 물리쳤는데, 지금은 애써 사람을 수고롭게 들볶습니까?」 하였으나, 김사순은 듣지 않고 포루를 만들 재목을 이미 갖추고 역사를 시작한 지 얼마가 지났는데, 마침 김사순이 병이 들어 일어나지 못하였으므로 그 일은 드디어 중지되고 말았습니다.」

하므로, 서로 함께 이것을 아주 애석하게 여기면서 헤어졌다.

아아! 김사순[士純]의 불행함은, 곧 한 성(진주성) 천만 사람의 불행이었다. 이것은 진실로 운수이지 사람의 힘으로는 능히 용납될 것이 아니었다.

진주성晉州城 공북문拱北門
경상남도 진주시 본성동에 있는 진주성의 북문이다.

余在安州時, 友人金士純, 爲慶尙右監司, 有書云, 「欲修治晉
州, 爲死守計.」 先是賊嘗一犯晉州, 不勝而退, 余答士純云,
「賊早晩必來, 報來則必用大勢, 守比舊差難, 惟當建砲樓以
待之, 可無患.」 遂於書中, 祥言其制. 癸巳六月, 余聞賊復攻
晉州, 謂辛從事慶晉曰, 「晉事甚危, 幸而有砲樓, 則猶可支,
不然難守矣.」 旣而下陝川, 聞晉已陷, 丹城縣監趙君宗道, 亦
士純友也. 爲余言, 「前年與士純, 同在晉州, 士純見余書, 踊
躍稱奇, 卽與幕下士友數人, 巡城因其地形, 以爲當設於八處,
督令伐木, 浮江而下, 州民憚其役, 乃曰, 「前無砲樓, 猶守卻
賊, 今何用勞人?」 士純不聽, 材已具始役有日, 適士純病不
起, 其事遂寢云.」 相與一痛而罷, 嗚呼! 士純之不幸, 卽一城
千萬人之不幸也, 斯固數也, 非人力之所能容.

왜적을 막아낼 방도를 강구함

임진년(1592) 4월에 왜적은 연달아 육지의 여러 고을을 함락시키니, 우리 군사는 그 위풍만 바라보고도 그만 무너지고 흩어져버려서 감히 맞싸우려는 사람이 없었다.

비변사備邊司의 여러 신하들은 날마다 대궐에 모여서 왜적을 막아낼 대책을 강구하였으나 아무런 계책을 마련할 수가 없었다. 어떤 사람이 건의建議하여 말하기를,

「왜적은 창칼〔槍刀〕을 잘 쓰는데, 우리는 굳건한 갑옷으로 막아낼 만한 것이 없는 까닭으로 능히 대적할 수가 없습니다. 마땅히 두꺼운 쇠를 가지고 온몸을 둘러 쌀 갑옷을 만들어 머리까지 그 형체가 보이지 않도록 하며, 이것을 입고 왜적의 진중으로 들어간다고 해도 왜적들은 가히 찌를 만한 틈이 없을 것이니, 우리는 가히 이길 수 있을 것입니다.」

하였다. 여러 사람들은 「그렇겠다.」고 말하였다. 이에 공장工匠
을 많이 모아서 밤낮으로 철갑옷을 만들었다. 나는 홀로 안 되겠
다고 생각하여 말하기를,

「왜적과 싸울 때는 구름처럼 모였다가 새처럼 흩어지기도 하
여 아주 빠른 동작을 귀중하게 여기는 것인데, 온몸을 둘러싼 두
꺼운 철갑을 입는다면 그 무게를 이겨 낼 수도 없고 몸도 또한 잘
움직일 수도 없을 터이니, 어떻게 왜적을 죽이기를 바라겠는가?」
하였더니, 며칠 후에 그것이 쓰기 어렵겠음을 알고 드디어는 그
만두었다. 또 대간臺諫은 대신을 청하여 만나보고 계책을 말하였
는데, 그중에 한 사람은 성을 내면서 대신들의 계책이 없음을 지
탄하였다. 그래서 좌상座上께서 「무슨 계책이 있는가?」고 물으
니, 그는 대답하기를,

「어찌하여 한강漢江가에 높은 누각을 많이 설치하고 적으로
하여금 올라오지 못하게 만들고는, 높은 데서 적을 굽어보고 활
을 쏘도록 만들지 않습니까?」
하였다. 어떤 사람이 말하기를,

「왜적의 총알〔鐵丸〕도 역시 올라올 수 없다던가?」
하니, 그 사람은 말없이 물러가 버렸는데, 이 말을 듣는 사람들은
서로 전하여 웃음거리가 되었다.

아아! 군사는 일정한 형세가 없고, 전투는 일정한 법이 없는 것
으로, 때에 따라 사변에 알맞은 전법을 마련하여 나아가고 물러
서고 모이고 흩어지며 기묘한 계교를 내어 쓰는 것이 다함이 없

어야 하겠는데, 이는 다만 군사를 지휘하는 장수의 능력에 달려 있을 따름이다. 그렇게 본다면 천 마디의 말이나 만 가지의 계교가 다 소용이 없고, 오직 한 사람의 뛰어난 장수를 얻는 데 있겠고, 그리고 조조鼂錯의 진술한 바 세 가지 계책(첫째로 지형을 얻는 것, 둘째로 군사들이 명령을 잘 복종하고 잘 익히는 것, 셋째로 병기가 날카로운 것)은 더욱 절실이 요망되는 것이므로 한 가지도 없어서는 안 된다. 그 나머지 어지러운 것들이야 무슨 도움이 되겠는가?

대저 국가에서는 좋은 장수를 사변이 없을 때에 뽑아 두었다가 그런 장수를 사변이 있을 때에 임명하여야 될 것으로, 이를 뽑는 데는 정밀함을 귀중히 하여야 할 것이다. 그런데 그때 경상도慶尙道 수군장군〔水將〕은 박홍朴泓과 원균元均이고, 육군장수〔陸將〕는 이각李珏과 조대곤曺大坤이었는데, 이들은 벌써 장수감으로 뽑힌 사람이 아니었다. 그 변란(임진왜란)이 발생하였을 때 순변사巡邊使와 방어사防禦使와 조방장助防將 등이 모두 조정으로부터 명령을 받고 내려왔었는데, 각각 마음대로 결단할 권한을 가지고 있으므로 저마다 호령을 내리고, 나아가고 물러서는 것을 뜻대로 행하여 통솔이 되지 않아서 바로 「전쟁에 패하면 수레에 시체를 싣는다.」는 경계를 범하였으니, 일이 어찌 구제가 될 수 있었겠는가? 또 자기가 양성한 군사를 자기가 쓰는 것이 아니고, 자기가 쓰는 군사를 자기가 양성하지 않았으므로 장병들이 서로 알지도 못하였다. 이는 다 군사를 연구하는 사람들이 크게 꺼리는 것이라 어찌하여 앞 수레가 엎어졌는데도 뒤에서 고칠 줄을

알지 못하고 지금에 이르도록 이런 잘못을 따르고, 이와 같은 잘
못을 저지르고서도 사고가 없을 것을 바라는 것은 특히 요행을
바랄 따름이라 하겠다. 이것을 말한다면 그 말만 매우 길어지고
이를 한두 말로는 다할 수가 없다. 아아! 위태로운 일이다.

壬辰四月, 賊連陷內郡, 我軍望風潰散, 無敢交鋒者, 備邊司
임 진 사 월　적 련 함 내 군　아 군 망 풍 궤 산　무 감 교 봉 자　비 변 사

諸臣, 日聚闕下, 講備禦之策, 而無以爲計. 或建議曰, 「賊善
제 신　일 취 궐 하　강 비 어 지 책　이 무 이 위 계　혹 건 의 왈　적 선

用槍刀, 我無堅甲可禦, 故不能敵, 當以厚鐵爲滿身甲, 長不
용 창 도　아 무 견 갑 가 어　고 불 능 적　당 이 후 철 위 만 신 갑　장 불

見物, 被入賊陣, 則賊無隙可刺, 而我可勝矣. 衆曰, 「然」. 於
견 물　피 입 적 진　즉 적 무 극 가 자　이 아 가 승 의　중 왈　연　어

是, 大聚工匠, 晝夜打造, 余獨以爲不可曰, 「與賊鬪, 雲合鳥
시　대 취 공 장　주 야 타 조　여 독 이 위 불 가 왈　여 적 투　운 합 조

散, 貴於捷疾, 旣被滿身厚甲, 其重不可勝, 身且不能運, 何望
산　귀 어 첩 질　기 피 만 신 후 갑　기 중 불 가 승　신 차 불 능 운　하 망

殺賊?」 數日, 知其難用, 遂罷, 又臺諫請見大臣言計, 其中一
살 적　수 일　지 기 난 용　수 파　우 대 간 청 견 대 신 언 계　기 중 일

人, 盛氣斥大臣無謀, 座上問有何策, 對曰, 「何不於漢江邊,
인　성 기 척 대 신 무 모　좌 상 문 유 하 책　대 왈　하 불 어 한 강 변

多設高棚, 使賊不得上, 而俯射之耶?」 或曰, 「賊之鐵丸, 亦
다 설 고 붕　사 적 부 득 상　이 부 사 지 야　혹 왈　적 지 철 환　역

不得上耶?」 其人無語而退, 聞者傳以爲笑. 嗚呼! 兵無常勢,
부 득 상 야　기 인 무 어 이 퇴　문 자 전 이 위 소　오 호　병 무 상 세

戰無常法, 臨機制變, 進退合散, 出奇無窮, 只在於將而已. 然
전 무 상 법　임 기 제 변　진 퇴 합 산　출 기 무 궁　지 재 어 장 이 이　연

則千言萬計皆無用, 惟在於得一將才, 而疊錯所陣三策, 尤係
즉 천 언 만 계 개 무 용　유 재 어 득 일 장 재　이 조 조 소 진 삼 책　우 계

切要, 闕一不可. 其餘紛紛者何補焉? 大抵國家擇將於無事
절 요　궐 일 불 가　기 여 분 분 자 하 보 언　대 저 국 가 택 장 어 무 사

之日, 任將於有事之際, 擇之貴精, 任之貴專, 當時慶尙道水
지일 임장어유사지제 택지귀정 임지귀전 당시경상도수

將, 則朴泓 · 元均 · 陸將, 則李珏. 曹大坤, 已非才選, 及其變
장 즉박홍 원균 육장 즉이각 조대곤 이비재선 급기변

生, 巡邊使 · 防禦使 · 助防將等, 皆自朝廷受命而來, 各持專
생 순변사 방어사 조방장등 개자조정수명이래 각지전

斷之權, 自行號令, 進退由意, 而不相統屬, 正犯輿尸之戒, 事
단지권 자행호령 진퇴유의 이불상통촉 정범여시지계 사

何由得濟? 且所養非所用, 所用非所養, 將卒不相知, 皆兵家
하유득제 차소양비소용 소용비소양 장졸불상지 개병가

大忌, 奈何前車旣覆, 後不知改, 至今尙循此, 塗轍如此, 而望
대기 내하전거기복 후부지개 지금상순차 도철여차 이망

其無事者, 特幸耳. 言之, 其說甚長, 非可一二盡, 嗚呼危哉!
기무사자 특행이 언지 기설심장 비가일이진 오호위재

임진강臨津江에
부교浮橋를 가설함

계사년〔宣祖 26年, 1593〕 정월에 명나라 군사가 평양平壤을 출발하므로 나는 그 군사보다 앞서서 떠났다. 이때 임진강에는 얼음이 풀려서 건너갈 수 없었는데, 제독提督(李如松)이 연달아 사람을 파견하여 부교浮橋를 만들라고 독촉하였다.

내가 금교역金郊驛에 이르렀을 때 황해도黃海道 수령守令이 아전과 백성을 거느리고 대군大軍(명나라 군사)에게 식사를 대접하느라고 들판에 가득 찬 것을 보았다.

나는 우봉현령牛峰縣令 이희원李希愿을 불러 「거느리고 있는 고을 사람이 얼마나 되는가?」를 물으니, 그는 「수백 명에 가깝습니다.」 하였다. 나는 그에게 분부하기를,

「그대는 빨리 고을 사람을 거느리고 산에 올라가서 칡덩굴을 뜯어 가지고 내일 나와 임진강 어귀에서 만나도록 하되, 때를 어

겨서는 안될 것이다.」

하였다.

이희원〔希愿〕은 곧 물러갔다. 이튿날 나는 개성부開城府에서 자고, 또 그 다음날 새벽에 말을 달려 임진강 북쪽 나루터의 덕진당德津堂에 이르렀는데, 보니 강의 얼음이 아직 다 풀리지 않았고, 성에[1]〔流澌유시 : 얼음이 녹아서 흐름〕가 반 길쯤이나 흐르고 있어서 하류의 배가 올라올 수 없었다. 이때 경기도순찰사京畿道巡察使 권징權徵ㆍ수사水使 이빈李蘋ㆍ장단부사長湍府使 한덕원韓德遠과 창의추의군倡義秋義軍 천여 명이 강가에 모였으나 다 어찌할 계교가 없었다.

나는 우봉현牛峰縣 사람을 부르도록 영을 내려 칡으로 새끼를 꼬아 들이게 하여 큰 밧줄을 만들었는데, 크기는 두어 아름이나 되고 길이는 강물을 건너 놓을 만하였다. 이에 강의 남쪽과 북쪽의 언 땅에 각각 두 개의 기둥을 세워 서로 마주보게 하고, 그 안에 하나의 가름대 나무를 뉘어 놓고 큰 새끼 밧줄 열 다섯 가닥을 땋아 강물 위에 늘여서 양쪽 머리를 가름대나무에 동여매었는데, 강면이 넓고 멀어서 새끼밧줄이 반쯤 물에 잠겨 일어나지 않았다. 여러 사람이 말하기를,

「쓸데없이 인력만 소비하였다.」

고 하였다.

---

1 성엣장 : 물 위에 떠서 흘러가는 얼음덩이. 유빙流水. 준말로 「성에」라 함.

나는 천여 명으로 하여금 각각 2, 3척쯤 되는 짧은 막대기를 가지고 칡새끼줄을 뚫어 꿴 다음 힘을 다하여 몇 바퀴를 돌리고 서서 버티어 일으키게 하였더니 마치 빗살처럼 알맞게 늘여졌다. 이에 많은 밧줄로 잘 엮어 묶은 다음 높이 일궈세우니 구부정한 활처럼 공중에 놓여 엄연한 다리 모양이 되었다.

다음에 가는 버드나무를 베어 그 위에 깔고 풀을 두껍게 덮고 흙을 깔아 다져 놓았다.

이렇게 다리가 이룩되자 명나라 군사는 이를 보고 크게 기뻐하여 다 채찍을 휘두르며 말을 달려 지나가고 포거砲車와 군기軍器도 다 여기를 지나 건너갔다. 조금 뒤에 건너는 사람이 더욱 많아지자 엮어 묶은 새끼줄이 자못 늘어져서 물에 가까워졌는데, 대군은 얕은 여울을 따라 건넜으므로 나무랄 것이 없었다.

나는 생각해 보니, 그때 갑작스레 칡을 준비한 것이 많지 않으나, 다시 그 배쯤 구하여 30가닥쯤 만들었다면 새끼밧줄이 더 잘 엮어져서 늘어지는 일이 없었을 것이다.

뒤에 남북사南北史를 보니, 제齊나라 군사가 양나라 임금〔梁主〕 귀巋[2]를 치니, 그는 주나라 총관〔周總管〕 육등陸騰과 함께 이를 막았는데, 주나라 사람들은 협구峽口의 남쪽 언덕에 안촉성安蜀城을 쌓고서 가로 큰 새끼줄을 강 위에 당겨 매고 갈대를 엮어 다리를 만들고 군량을 건너 옮겼다고 하였는데, 그것이 바로 이

---

2 귀巋 : 험준할 귀. 높고 가파른 모양. 홀로 우뚝 서 있는 모양. 여기서는 梁나라 임금 귀巋를 일컬음.

법이었다. 나는 스스로 이르기를,

「나는 우연히 생각하여 이 법을 깨달았으나, 옛날 사람이 이미 행하고 있던 일을 알지 못하였구나.」

하면서 한번 웃었다. 인하여 그 일을 기록하였는데, 다른 날 갑작스러운 일에 대응할 때 도움이 될 것이라고 여긴다.

原文

癸巳正月, 天兵發平壤, 余在軍前先行, 時臨津氷泮不可渡.
계 사 정 월   천 병 발 평 양   여 재 군 전 선 행   시 임 진 빙 반 불 가 도

提督連遣人, 督造浮橋, 余至金郊驛, 見黃海道守令, 率吏民
제 독 련 견 인   독 조 부 교   여 지 금 교 역   견 황 해 도 수 령   솔 이 민

候餉大軍者滿野, 余召牛峰縣令李希愿, 問所率邑人幾何?
후 향 대 군 자 만 야   여 소 우 봉 현 령 이 희 원   문 소 솔 읍 인 기 하

曰,「近數百.」余分付曰,「爾速領邑人, 登山採葛, 明日會於
왈   근 수 백   여 분 부 왈   이 속 령 읍 인   등 산 채 갈   명 일 회 어

臨津江口, 不可失期.」希愿去, 翌日, 余宿開城府, 又明日曉,
임 진 강 구   불 가 실 기   희 원 거   익 일   여 숙 개 성 부   우 명 일 효

馳至德津堂, 見江氷猶未盡解, 冰上流澌半身許, 下流舟艦
치 지 덕 진 당   견 강 빙 유 미 진 해   빙 상 유 시 반 신 허   하 류 주 함

不得上. 京畿巡察使權徵·水使李蘋, 長湍府使韓德遠, 及倡
부 득 상   경 기 순 찰 사 권 징   수 사 이 빈   장 단 부 사 한 덕 원   급 창

義秋義軍千餘人, 集江面, 皆束手無計, 余令呼牛峰人, 納葛綯
의 추 의 군 천 여 인   집 강 면   개 속 수 무 계   여 영 호 우 봉 인   납 갈 도

爲巨索, 大數圍, 長可橫江. 江南北岸, 各立兩柱相對, 其內偃³
위 거 삭   대 수 위   장 가 횡 강   강 남 북 안   각 립 양 주 상 대   기 내 언

置一橫木, 引巨索十五條, 鋪過江面, 兩頭結橫木, 江面旣濶
치 일 횡 목   인 거 삭 십 오 조   포 과 강 면   양 두 결 횡 목   강 면 기 활

---

3 언偃 : 쓰러질 언. 한쪽으로 기울어지다. 쉬다. 숨기다. 괴로워하다. 편안하다. 방죽. 보洑.

遠, 索半沈水不能起, 衆曰, 「徒費人力」. 余令千餘人, 各持短

杠二三尺, 穿葛索極力回轉數周, 互相撑起, 排比如櫛. 於是

衆索緊束, 高起穿窿, 儼然成橋樣. 刈細柳鋪其上, 厚覆以草,

而加之土, 唐軍見之大喜, 皆揚鞭馳馬而過, 炮車軍器, 皆從

此渡, 旣而渡者益多, 絞索頗緩近水, 大軍由淺灘以渡, 而無

責焉. 余念其時, 倉卒備葛不多, 更倍之得三十條, 則加緊無

緩矣. 後見南北史, 齊兵攻梁主嶰, 嶰與周總管陸騰拒之, 周

人於峽口南岸, 築安蜀城, 橫引大索於江上. 編葦爲橋, 以渡

軍糧, 正是此法. 余自謂偶思得之. 不知古人已行, 爲之一笑.

因記其事, 以爲他日應猝之助云.

훈련도독訓練都督을 설치함

계사년(1593) 여름에 나는 병으로 서울〔漢城〕 묵사동墨寺洞에
누워 있었는데, 하루는 명나라 장수 낙상지駱尙志가 내 누워 있는
곳을 방문하고 문병함이 매우 정성스러웠다. 이때 그는 말하기
를,

「조선朝鮮은 지금 미약한데 왜적은 아직도 지경 안에 있으니,
군사를 훈련하여 적을 막는 일이 가장 급선무가 될 것 같습니다.
마땅히 명나라 군사가 아직 돌아가지 않은 이때를 타서 군사를
훈련하는 법을 배우고 익혀서 한 사람으로 열 사람을 가르치고,
열 사람으로 백 사람을 가르친다면 몇 해 동안에 다 잘 훈련된 군
사가 되어 가히 나라를 지킬 만하게 될 것입니다.」

하였다. 나는 그 말에 감동되어 곧 이 사실을 행재소行在所에 빨
리 아뢰고, 인하여 데리고 있던 금군禁軍 한사립韓士立으로 하여

금 서울 안에 있는 군사를 불러 모아 70여 명을 얻어 낙공駱公(駱
尚志)이 있는 곳으로 가서 군사 훈련법을 가르쳐 줄 것을 청하니,
낙상지는 막하 사람으로서 진법陳法을 잘 아는 장육삼張六三 등
10명을 뽑아 교사教師로 삼아 밤낮으로 창검槍劒[1] 낭선筤筅[2] 등의
기술을 연습시켰다.

얼마 뒤에 내가 남쪽 지방으로 내려가게 되자 그 일도 이내 그
만두고 말았는데, 임금께서는 내 장계를 보시고 비변사備邊司에
분부하시어 따로 도감都監을 설치하여 군사를 훈련하도록 명령
하시고, 정승 윤두수尹斗壽로 하여금 그 일을 맡아 다스리게 하였
다.

그해(1593) 9월에 나는 남쪽으로부터 행재소로 불려갔다가, 임
금을 해주海州에서 맞이하여 모시고 서울로 돌아오는데, 연안延
安에 이르러 다시 나에게 훈련도감訓鍊都監[3]의 일을 대신 맡아 다
스리라고 분부하셨다.

이때 서울〔都城〕에는 기근이 심하였으므로 나는 용산 창고〔龍
山倉〕에 있는 중국 좁쌀〔唐栗米〕 1천 석石을 내줄 것을 청하여 날
마다 군사 한 사람에게 두 되〔升〕씩을 주었는데, 사람들이 사방에

---

1 창검槍劒 : 창과 칼. 곧 보병의 무기.
2 낭선筤筅 : 창의 일종으로, 가지가 붙은 대나무 자루로 된 창.
3 훈련도감訓鍊都監 : 선조 26년(1593)에 창설된 기구. 도성 수비를 맡았다. 명나라
  척계광의 저서인 「기효신서」의 군병훈련술을 본떠서 포수砲手 · 사수射手 · 살수殺
  手의 삼수병을 훈련 양성했다.

서 모여들었다. 도감당상都監堂上⁴ 조경趙儆은 곡식이 적어서 다 받아 줄 수 없었으므로, 법을 만들어 이를 조절하려고 하여 큰 돌 하나를 놓아 두고 군사에 응모하기를 원하는 사람으로 하여금 먼 저 그 돌을 들게 하여 힘을 시험하고, 또 한 길쯤 되는 담장을 뛰 어 넘어 보게 하여 할 수 있는 사람은 들어오는 것을 허락하고 할 수 없는 사람은 거절하니, 사람들이 굶주리고 피곤하여 기운이 없으므로 합격하는 사람이 10명에 한두 명 꼴이 되었고, 어떤 사 람은 도감문都監門 밖에서 시험을 보려다가 뜻대로 안 되어 쓰러 져 죽기까지 하였다.

얼마 안 되어 군사 수천 수백 명을 얻어서 파총把總⁵·초관哨 官⁶을 세우고 부서를 나누어 거느리게 하였다. 또 조총鳥銃 쓰는 법을 가르치려 하였으나 화약火藥이 없었다. 이때 군기시軍器寺 에 장인匠人 대풍손大豊孫이라는 자가 있었는데, 그는 적진으로 들어가서 많은 화약을 만들어 왜적에게 주었으므로 강화도江華 島에 가두어 장차 그를 죽이려고 하였다. 나는 특별히 그 죽음을 면하게 하여 주면서 대신 염초焰硝를 많이 구워 속죄하게 하였더

■
4 도감都監 : 나라에 큰일이 있을 때 그 일을 맡아보게 하기 위하여 임시로 설치하는 관청. 당상堂上 : 조선조 때 관계官階, 곧 당상관 동반東班(문관) 정3품 통정대부通政 大夫이상과 서반西班(무관) 정3품 이상의 장군을 말함.
5 파총把總 : 각 군영의 종4품 무관 벼슬.
6 초관哨官 : 각 군영에서 군대 1초哨를 거느리는 위관尉官. 종9품. 1초哨는 1백 명 정 도임.

니, 그 사람은 감격하고 두려워하여 이를 만드는 데 힘을 다해 하루에 구워 내는 분량이 몇 십 근이나 되었으므로 각 부서에 나눠 주어 밤낮으로 총 쏘는 기술을 익히게 하고, 그 능하고 능하지 못한 것을 가려서 이를 상 주고 벌 주고 하였더니, 한달 남짓하여 능히 날아가는 새를 맞히었고, 몇 달 뒤에는 항복한 왜적 및 남쪽 지방의 조총 잘 쏘는 사람과 서로 비교하여도 미치지 못하는 사람이 없었고, 어떤 사람은 그보다 낫기도 하였다.

나는 임금에게 차자箚子[7]를 올려 청하기를,

「군량을 조처하면서 더욱 군사를 모집하시어 1만 명이 차면 다섯 군영〔五營〕을 설치하여 영마다 각각 2천 명을 예속시키고, 해마다 그 반은 성 안에 머물러 두어 군법을 훈련시키고, 그 반은 성 밖에 내놓아 넓고 기름진 땅을 골라서 둔전屯田[8]을 갈아 곡식을 저장하게 하시되, 이를 번갈아 대체한다면 몇 해 뒤에는 군사 식량의 근원이 튼튼하여지고 나라의 근본도 굳건하여질 것입니다.」

라고 청하였다. 임금께서는 그 의논을 조정에 내려 보냈으나 병조兵曹는 이를 곧 거행하지 않았으므로 마침내 효과를 보지 못하고 말았다.

---

7 차자箚子 : 지난날, 간단한 서식으로 하는 상소문을 이르던 말.

8 둔전屯田 : 조선조 때 전답을 군졸·평민들에게 개간시켜 거기서 나오는 수확물을 지방관청의 경비 또는 군량과 국가 경비에 쓰도록 마련한 제도.

癸巳夏, 余病臥漢城墨寺洞, 一日, 天將駱尙志, 訪余于臥次,

問病甚勤, 因言「朝鮮方微弱, 而賊猶在境上, 鍊兵禦敵, 最爲

急務, 宜乘此天兵未回, 學習鍊兵法, 以一敎十, 以十敎百, 則

數年間, 皆成精鍊之卒, 可以守國.」余感其言, 卽馳啓于行

在. 因使所帶禁軍韓士立, 招募京中, 得七十餘人, 往駱公處

請敎, 駱撥帳下曉陣法張六三等十人爲敎師, 日夜鍊習槍劍

筤筅等技. 旣而余下南方, 其事旋廢, 上見狀啓, 下備邊司, 令

別設都監訓鍊, 以尹相斗壽, 領其事. 其年九月, 余自南召赴

行在, 迎駕於海州, 扈從還都, 至延安, 更命余代領都監事. 時

都城飢甚, 余請發龍山倉唐粟米一千石, 日給人二升, 應募者

四集. 都監堂上趙儆, 以穀小不能給, 欲設法限節, 置一巨石,

令願募者, 先擧石試力, 又令招越土墻丈許, 能者許入, 不能

者拒之, 人飢困無氣, 中格者十一二, 或在都監門外, 求試不

得, 顚仆而死. 未久, 得數百千人, 立把摠哨官, 分部領之. 又

欲敎鳥銃, 而無火藥, 有軍器寺匠人大豐孫者, 以入賊陣, 多

煮火藥與賊, 囚江華將殺之, 余特貸其死, 令煮焰焇贖罪, 其

人感懼, 爲之盡力, 一日所煮幾十斤, 逐日分諸各部, 晝夜習

放, 第其能否而賞罰之, 月餘能中飛鳥, 數月後, 與降倭及南
방 제기능부이상벌지 월여능중비조 수월후 여항왜급남

方之善鳥銃者, 相較無不及, 而或過之. 余上箚請措置軍糧,
방지선조총자 상교무불급 이혹과지 여상차청조치군량

益募兵滿一萬, 置五營, 營各隸二千, 每年半留城中敎鍊, 半
익모병만일만 치오영 영각례이천 매년반류성중교련 반

出城外, 擇閒曠肥饒地, 屯田積粟, 輪還遞代, 則數年之後, 兵
출성외 택한광비요지 둔전적속 윤환체대 즉수년지후 병

食之源厚, 而根本固矣. 上下其議, 兵曹不卽擧行, 卒無見效.
식지원후 이근본고의 상하기의 병조불즉거행 졸무견효

기효신서紀效新書
중국 명나라 장군 척계광戚繼光이 지은 병서兵書

심유경沈惟敬에 관한
이런 일 저런 일

심유경沈惟敬은 평양平壤으로부터 왜적의 진중으로 출입하느라고 노고가 없지는 않았다. 그러나 강화講和를 명목으로 한 까닭으로 우리나라에서는 좋아하지 않았다. 최후에 왜적이 부산釜山에 머물러 있으면서 오랫동안 바다를 건너가지 않고, 이책사李册使(李宗誠)가 도망하여 돌아왔으므로, 명나라 조정에서는 심유경을 부사副使로 삼아 양사楊使(楊方亭)와 함께 왜국으로 들여보냈으나 마침내 좋은 보람을 얻지 못하고 돌아왔으며, 이에 소서행장과 가등청정〔淸正〕 등이 도로 들어와서 해상에 주둔하였다.

이에 중국(명나라)과 우리나라에서는 의논이 자자하게 일어나서 잘못을 모두 심유경에게 돌렸고, 또한 심한 사람은 말하기를, 「심유경이 왜적과 공모하여 배반하려는 형편이었다.」고까지 하였다.

우리나라의 중〔僧〕송운松
雲[1]이 서생포西生浦에 들어
가서 가등청정을 만나보고
돌아와 말하기를,「왜적이
명나라〔大明〕를 침범하려 하
고, 그 말하는 것이 아주 사
리에 어긋나니, 즉시 사유를
갖추어 명나라 조정에 아뢰
어야 하겠습니다.」라고 하
니, 듣는 사람은 더욱 노여워
하였다.

유정(惟政, 사명대사)의 영정
(월정사성보박물관 소장)

심유경은 화가 미칠 것을
알고 근심하고 두려워하여 어찌할 바를 알지 못했다. 그래서 곧
김명원金命元에게 글을 보내 그 일의 시종始終 : 처음과 마지막. 시작과
끝.을 서술하여 스스로 변명하였는데, 그 글의 내용은 이러하였
다.

---

1 송운松雲(1544~1610) : 조선조 선조 때의 고승高僧. 속성은 임씨, 자는 이환離幻, 호
는 송운松雲·사명당泗溟堂, 시호는 자통홍제존자慈通弘濟尊者, 법명은 유정惟政.
임진왜란 때 의병을 일으켜 서산대사의 휘하에서 활약하였고, 뒤에 승군을 거느리
고 체찰사 유성룡을 따라 명나라 구원병과 더불어 왜적을 쳐 평양성을 수복하고,
도원수 권율과 함께 의령에 내려가 전공을 세워 당상堂上에 올랐다. 정유재란 때
에도 의승義僧을 거느리고 전공을 세웠으며, 또 일본으로 건너가서 덕천가강德川
家康을 만나 강화를 맺고 포로 3천 5백 명을 돌려오는 등 애국적인 활약이 컸다. 저
서에 『분충서난록奮忠紓難錄』과 『사명집泗溟集』이 있다.

세월이 빨리 흘러 지나간 일들이 어제 일 같습니다. 아아! 지난날에 왜적이 귀국의 지경을 침구하여 바로 평양平壤까지 이르렀으니, 그 안 중에는 벌써 팔도八道[2]에 무서운 것이 없었습니다. 나는 황제의 명령을 받들고 왜적의 실정을 정탐하고 서로 기회를 보아 제어하며, 족하足下 (귀하貴下)[金命元]와 이체찰사李體察[李元翼]를 어지러운 나라 속에서 서로 만났는데, 평양성 서쪽 지방 일대의 백성들이 유리流離(이리저리 떠돌며 다님)하여 괴롭게 지내며 마치 바늘 방석에 앉아 있는 것처럼 아 침에 저녁일을 도모하지 못할 형편에 처하여 있는 것을 목격하고 특히 마음 아프게 여겼습니다. 족하足下[金命元]도 몸소 그러한 일들을 겪었 으니 나의 여러 말을 기다릴 것이 없겠습니다. 나는 소서행장을 격문으 로 불러서 건복산乾伏山에서 만나 서쪽을 침범하지 말 것을 약속하였 는데, 왜적은 명령을 듣고 감히 어기지 못한 지 몇 달을 지난 뒤에 대병 大兵이 이르게 되고, 평양의 승전을 가져오게 되었습니다. 설혹 그때 내가 오지 않았더라면 왜적은 조공祖公[祖承訓]이 패전한 기회를 타가 지고 의주義州까지 달려갔을지도 가히 알 수 없었으니, 평양 한 도道의 백성들이 그 심한 해독을 입지 않은 것은 귀국貴國의 다행함이 막대한 것입니다. 얼마 뒤에 왜적의 장수 소서행장이 서울로 물러가서 지키고, 총병總兵 수가秀家가 거느린 장수 삼성三成(石田・三成)・장성長盛(黑田 長政) 등 30여 명의 장수들이 군사를 모으고 진영을 연결하여 험준한

2 팔도八道 : 조선조 때의 지방행정구역. 국초(태종 때)에 전국을 경기도・충청도・전 라도・경상도・강원도・황해도・평안도・함경도로 나눴는데, 그 말엽(고종 때, 1896)에 13도로 개편하였다.

곳을 지키므로 굳건하여 처부술 수가 없었습니다. 벽제관碧蹄館 싸움 뒤에는 더욱 나아가서 승리하기가 어려웠는데, 그때 판서判書 이덕형 李德馨이라는 사람이 나를 개성開城에서 찾아보았는데, 그는 「장차 왜 적의 세력이 강성하게 떨치는데, 대병大兵이 또 물러간다면 서울은 반 드시 수복할 가망이 없습니다.」 하고, 울면서 나에게 이르기를,

「서울은 나라의 근본이 되는 곳이므로 이를 수복하여야 여러 도를 호령하여 소집할 수 있는데, 지금 사세가 이 지경에 이르렀으니 장차 어떻게 하겠습니까?」

하였다. 나는 말하기를,

「다만 서울을 수복하고 만약 한강漢江 이남을 수복하지 못한다면, 여러 도의 형세도 또한 뜻대로 되기는 어려울 것입니다.」

하니, 이덕형李德馨은 말하기를,

「진실로 서울을 수복하는 것만도 실은 소망에 지나치는 일입니다. 한강 이남은 우리나라의 군신들이 스스로 조금씩 수복하여 지탱하기 어렵지 않을 것입니다.」

하였습니다. 나는 말하기를,

「내가 그대 나라와 도모하여 힘써 서울을 수복하고, 아울러 한강 이 남의 여러 도를 회복하고서, 이어 왕자와 배신을 돌아오게 하여 바야흐 로 나라를 온전하게 만들어 보리다.」

하니, 이덕형은 눈물을 흘리고 머리를 조아리어 감격하여 말하기를,

「과연 그와 같이 될 수 있다면, 노야老爺는 우리나라를 다시 만들어 주는 것으로 그 공덕은 적지 않을 것입니다.」

하였습니다. 조금 뒤에 나는 배를 타고 한강을 건너갔는데, 왕자王子 임해군臨海君 등이 가등청정의 병영으로부터 사람을 파견하여 달려와서 나에게 말하기를,

「혹시 나라로 돌아갈 수 있게 된다면, 한강 이남의 땅은 어떤 곳이든 거리끼지 않고 마음 내키는 대로 이를 주겠습니다.」

하였으나, 나는 그 뜻을 따르지 않았습니다. 또 왜적의 장수와 맹세하기를,

「돌려보내겠거든 돌려보내고, 돌려보내고 싶지 않으면 너희들 뜻대로 죽이든지 마음대로 하라. 그 밖의 일은 꼭 말할 필요도 없는 것이다.」

하였습니다. 왕자王子는 귀국의 왕세자王世子인데, 난들 감히 소중한 줄 알지 못하겠습니까? 이런 때를 당하여서는 차라리 죽이려면 죽이라고 말했지 다른 말을 허락하고 싶지 않았습니다. 그들이 부산釜山에 와서는 재물을 허비하고 예를 다하여 여러 방면으로 왕자에게 예를 극진히 하였는데, 전에 거만하다가 뒤에 공경해진 것은 때에 완급함이 있고, 일에 경중이 있어 부득이 한 짓이라고 여겨집니다.

몇 마디 말 끝에 서울에서 왜적이 물러갔는데 연도의 영책營柵과 남기고 간 군량은 헤아릴 수 없이 많았으며, 한강 이남 여러 도道는 다 수복하였고, 왕자王子와 배신陪臣도 나라로 돌아왔습니다. 마침내 한 통의 서신으로써 적군을 견제시켜 왜적의 우두머리들은 손발이 부산釜山의 막다른 바닷가에 묶인 채 명령을 기다린 지 3년 동안 감히 망령되이 움직이지 못하게 만들었고 계속하여 봉공封貢하는 일의 의논이 결정되어 나는 명령을 받들어 타결하러 왜국으로 가게 되었습니다. 그때 서울

에서 다시 족하(귀하)〔金命元〕와 이덕형 등을 만나보고 말하기를,

「지금 왜국에 가서 봉공을 하겠는데, 왜적이 혹시 물러가면 귀국이 뒷일을 잘 처리하는 계교는 어떠합니까?」

하였더니, 이덕형은 그 말에 응하여 말하기를,

「뒷일을 잘 처리하는 일은 우리나라 군신들이 맡을 책임이니, 노야 老爺는 꼭 괘념하지 마소서.」

하였습니다. 나는 그 말을 듣고 아닌게아니라 그에게 큰 역량이 있고 큰 식견이 있어 위대한 인물임을 기특하게 여겼는데, 지금에 이르러 그 때 사실을 조사하여 본즉, 그 문장文章과 공업功業이 서로 부합되지 않는 것 같으므로 나는 판서 이덕형을 위하여 애석하게 여기지 않을 수 없습니다. 또 부산釜山·죽도竹島의 여러 병영이 곧 철거되지 않은 것은 나의 책임이나 기장機張·서생포西生浦 등 여러 곳에서는 왜적들이 다 건너가고, 병영 울타리〔營柵〕도 다 불타버리고, 지방관地方官에게 땅을 돌려 주도록 하는 감결甘結[3]이 모두 있었다고 합니다.

어째서 가등청정이 한 번 건너와서 한 번 싸웠다는 말도 들리지 않고, 한 개의 화살을 꺾지도 않았는데도 지방관이 몸을 빼어 땅을 양보한 것은 무슨 까닭입니까? 이미 한강 이남은 스스로의 힘으로 조금씩 수복하여 지탱해 갈 수 있다고 말하였는데, 어찌하여 이미 수복하여 놓은 것도 이와 같이 잃어버리는 데 이르게 하는 것입니까? 또 뒷일을 잘 처리한다는 일은 우리나라의 책임이라고 말하였는데, 어찌하여 큰 계교를 들려 주지 아니하고 다만 궐하闕下:명나라 조정.에 다가가서 울부짖

---

3 감결甘結 : 조선 때, 상급 관아에서 하급 관아에 보내던 공문.

는 한 가지 계책뿐입니까? 병법에 이르기를,

「힘의 약한 자는 강한 자에 당하지 못하고, 적은 병력으로 많은 적에게 대적하지 못한다.」

고 하였습니다. 나도 역시 어려운 일을 귀국의 여러 당사자들에게 책임 지우려는 것은 아닙니다. 다만 말하자면,

「사태가 완만할 때는 그 근본을 다스리고, 급박할 때는 그 당면 문제를 다스린다.」고 하였으니, 군사를 훈련하여 잘 지키고, 때를 보아서 적을 제어해야 하는데도 귀국의 당사자 여러분들도 역시 이를 그대로 놓아 두고 그 책임을 묻지 않아서는 안 될 것입니다.

바다를 건너온 이래로 나는 네 번이나 귀국의 임금을 만나서 피차간에 묻고 대답하는 말이 가슴속에서 기탄없이 나왔고, 또 때에 적합하여 조금도 거짓이나 꾸밈이 없었고 조금도 헛된 것이나 잘못됨이 없었습니다. 임금의 마음과 이 사람의 마음이 피차간에 환하게 트이고 분명하였습니다. 나는 진실로 「동국(조선)의 일이 이와 같은 지경에 이르렀으니 가히 다른 염려는 없을 것이다.」고 생각하였는데, 뜻밖에도 귀국의 모신謨臣과 책사策士는 온갖 기지를 써서 이간하는 사건을 번갈아 만들어 안으로는 위험한 말로써 명나라 조정을 격노하게 만들었고, 밖으로는 약한 군사로써 일본에 대해 싸움하도록 만들었습니다. 송운松雲의 한 마디 설화에 이르러서도 또 예법禮法 밖에서 나왔습니다. 그는 「너희를 앞세워 군사를 몰고 가서 명나라를 치려 한다.」라고도 말하고, 「팔도八道를 갈라 주고, 임금이 친히 바다를 건너와 항복하려 한다.」라고도 말하는 등 잠깐 동안에 두세 가지 그런 말을 하였는데, 이는 다만 이 말이 임

금으로 하여금 생각을 내어 움직이게 하고, 명나라 조정을 격동시켜 구원병을 내도록 할 수 있다는 것만을 알뿐, 귀국은 다만 팔도八道가 있을 뿐인데, 만약 이를 다 주기로 허락하고, 또 임금이 친히 바다를 건너가 항복하는 것을 허락한다면, 귀국의 종묘사직(宗社)과 백성들도 다 일본의 것이 되는데, 또 어찌 두 왕자王子를 돌려올지 이를 생각하지 않으오리까? 나는 삼척동자三尺童子라도 결코 실언失言이 이에 이르지는 않으리라고 생각됩니다. 가등청정(淸正)은 비록 횡포하더라도 또한 이처럼 제멋대로 행동하지는 않았을 것입니다. 또 우리 당당한 명나라 조정이 외번外藩 :국경 밖의 자기 나라 속지屬地. 제왕諸王 · 제후諸侯의 봉국封國.을 통솔 · 제어하는데 스스로 큰 체통이 있으므로, 한 번 은혜를 베풀고 한 번 위엄을 부리는 것도 역시 자연 때가 있는 것이니, 반드시 수백 년 동안 서로 전하여 오던 속국을 도외시하여 관계를 그냥 내버려둠을 좋아하지 않을 것이며, 또한 약속을 받들지 않는 역적(일본)을 놓아서 우리의 번국藩國 (朝鮮)을 노략하는 것을 좋아하지 않을 것이 당연한 도리라 하겠습니다.

나는 극히 일을 살피지는 못하였으나, 내외內外 친소親疎 :찬함과 버성김(벌어져 틈이 있다. 사귀어 지내는 사이가 탐탁하지 않다).의 분별과 역순逆順 :거꾸로 된 순서. 향배向背 :좋음과 등짐. 복종과 배반.의 인정에 이르러서는 역시 사람마다 쉽게 깨닫는 것인데, 하물며 황제의 칙명을 받들고 이 일을 조정함에 있어서 그 성패成敗와 휴척休戚 :평안함과 근심 걱정.에 관계가 가볍지 않은지라, 감히 귀국의 일을 업신여기거나 뜻담아 두지 않으리이까? 또 감히 일본의 횡포를 숨겨두고 알려주지 않으리이까? 족하足下 (金命元)는 큰 체통을 이해하는 데 깊으시고, 나라의 정사를 다스리는

데 자세하시므로 이 글을 보내는 것이오니, 행여 족하가 내 평소의 충심을 잘 살펴서 곧 이러한 사정을 임금에게 아뢰고, 아울러 당사 관료들로 하여금 그 까닭을 대략이라도 알도록 하면 다행이겠습니다. 이미 이르기를, 「우리 명나라 조정을 우러러 아주 온전한 계획을 도모하며, 마땅히 처분함을 들어서 다함이 없는 행복을 바란다.」고 하였으니, 다만 잘못된 계교로써 늘 수고하고 졸렬함이 없도록 할 것입니다. 간절히 부탁하면서 뜻을 다하지 못합니다.」

하였다. 이 글을 본다면, 서울을 수복한 이전의 사실은 말이 조리에 맞아서 가히 앞뒤가 분명하게 맞아 들어가지만, 부산釜山 이후의 사실들은 섞갈린 말과 숨기는 말임을 면치 못할 것이다. 그러나 공과 죄는 저절로 서로 가려 숨길 수 없는 것이다. 뒷날에 심유경을 논하는 사람은 마땅히 이 글로써 단안을 삼을 것이다. 그러므로 이 사실을 기록하여 두는 것이다.

심유경沈惟敬은 유세遊說하는 선비였다. 평양성平壤城 싸움 뒤에 두 번이나 적진 속으로 들어갔는데, 이는 보통 사람들로서는 어렵게 여기는 것인데, 그는 마침내 능히 말로써 군사를 대신하여 많은 왜적을 쫓아내고, 이 수천 리의 땅을 수복하였던 것이다. 그는 맨 끝에 한 가지 일이 어긋나서 큰 화(사형)를 면하지 못하였으니 슬픈 일이다.

대개 평행장平行長(小西行長)은 심유경을 가장 신임하였다. 그가 서울에 있을 때에 심유경은 비밀히 소서행장에게 말하기를,

「너희들이 오래도록 여기〔서울〕에 머물러 물러가지 않아서 명나라 조정에서는 다시 대군을 일으켜 이미 서해를 통해서 들어왔으니 충청도로 나와서 너희들이 돌아갈 길목을 끊어 놓을 것이다. 이때는 비록 가려고 해도 뜻대로 될 수 없을 것이다. 나는 평양성에서부터 너와 정이 들어 친숙한 까닭으로 말하여 주지 않을 수 없을 따름이다.」

했다. 이에 소서행장은 두려워하여 드디어 서울을 떠나가 버렸다.

이 일은 심유경沈惟敬이 스스로 우정승〔右相〕 김명원金命元에게 말한 것이고, 또한 김정승〔金相 : 金命元〕이 나에게 그 사실을 이와 같이 말한 것이다.

原文

沈惟敬, 自平壤出入賊中, 不無勞苦. 然以講和爲名, 故不爲
심유경 자평양출입적중 불무노고 연이강화위명 고불위

我國所喜. 最後賊留釜山, 久不渡海, 李冊使逃還, 中朝就差
아국소희 최후적유부산 구불도해 이책사도환 중조취차

惟敬充副使, 與楊使入倭國, 終不得要領而回. 行長 · 淸正
유경충부사 여양사입왜국 종부득요령이회 행장 청정

等, 還屯海上. 於是, 中國與我國, 論譏⁴藉藉, 皆歸咎沈惟敬,
등 환둔해상 어시 중국여아국 논기 자자 개귀구심유경

甚者或言惟敬與賊, 同謀有叛形. 我國僧人松雲, 入西生浦,
심자혹언유경여적 동모유반형 아국승인송운 입서생포

見淸正, 還言賊欲犯大明, 所言絶悖, 卽具奏天朝, 聞者益怒.
견청정 환언적욕범대명 소언절패 즉구주천조 문자익노

惟敬知禍至, 憂懼不知所出, 乃貽書金命元, 敍其終始以自辨,
유경지화지 우구부지소출 내이서김명원 서기종시이자변

---

4 譏 : 나무랄 기. 꾸짖다. 간하다. 충고하다. 원망하다. 싫어하다. 나무람. 조사하다. 살피다. 간체 讥.

其書曰,「日月倏⁵馳, 往事如昨, 噫⁶, 昔倭寇貴境, 直抵平壤,
기서왈　일월숙치　왕사여작　희　석왜구귀경　직저평양

目中已無八道矣. 老朽噬命哨探倭情, 相機撫馭, 得與足下, 曁
목중이무팔도의　노후서명초탐왜정　상기무어　득여족하　기

李體察, 相會于擾攘之中. 目擊平壤迤西一帶, 居民流離愁
이체찰　상회우요양지중　목격평양이서일대　거민유리수

苦, 如坐針氈, 朝不謀夕之狀, 殊可痛心. 足下身歷其事, 不待
고　여좌침전　조불모석지상　수가통심　족하신력기사　부대

老朽之喋喋者, 老朽檄召行長, 相會乾伏山, 約束不令西侵, 聽
노후지첩첩자　노후격소행장　상회건복산　약속불령서침　청

命罔敢踰越者數月, 延及大兵之至, 而致平壤之克, 設或彼時,
명망감유월자수월　연급대병지지　이치평양지극　설혹피시

老朽不來, 倭乘祖公之敗, 而走義州, 未可知也, 平壤一道, 居
노후불래　왜승조공지패　이주의주　미가지야　평양일도　거

民不被其荼⁷毒者, 貴國之幸莫大矣, 旣而倭將行長, 退守王京,
민불피기도독자　귀국지행막대의　기이왜장행장　퇴수왕경

總兵秀家付將三成・長盛等三十餘將, 合兵連營, 控險阨要,
총병수가부장삼성　장성등삼십여장　합병연영　공험애요

牢不可破, 碧蹄戰後, 尤難進取, 彼時判書李德馨者, 謁見老
뇌불가파　벽제전후　우난진취　피시판서이덕형자　알현노

朽於開城, 將謂賊勢旣張, 大兵且退, 王京必無可望矣, 涕泣
후어개성　장위적세기장　대병차퇴　왕경필무가망의　체읍

語老朽云,「王京根本之地, 得之可以號召諸道, 乃今事勢至
어노후운　왕경근본지지　득지가이호소제도　내금사세지

此, 將奈之何?」老朽云,「徒復王京, 若無漢江以南, 諸道事
차　장내지하　노후운　도복왕경　약무한강이남　제도사

勢, 亦難展布.」德馨云,「苟得王京, 實出望外. 漢江以南, 小
세　역난전포　덕형운　구득왕경　실출망외　한강이남　소

邦君臣, 自能尺寸支撑不難也.」老朽云,「我試與爾國圖之,
방군신　자능척촌지탱불난야　노후운　아시여이국도지

---

5 숙倏 : 倏의 속자. 갑자기 숙. 문득. 매우 짧은 시간. 개가 재빨리 내닫는 모양. 빛.
빛나다. 본자 儵. 속자 倏.

6 희噫 : 아! 감탄. 탄식. 한탄 등의 소리.

7 도荼 : 씀바귀 도. 차다. 도독荼毒 ; ①고통. 해악害惡. ②고통을 줌. 학대함. 荼는
씀바귀. 毒은 해독害毒을 주는 것.

務得王京, 幷復漢江以南諸道, 乃還王子陪臣, 方爲全局.」德
무 득 왕 경 병 복 한 강 이 남 제 도 내 환 왕 자 배 신 방 위 전 국 덕

馨涕泣叩頭感激云,「果得如此. 老爺再造小邦, 功德不淺鮮
형 체 읍 고 두 감 격 운 과 득 여 차 노 야 재 조 소 방 공 덕 불 천 선

矣.」俄而, 老朽舟次漢江, 王子臨海君等, 自淸正營, 遣人奔
의 아 이 노 후 주 차 한 강 왕 자 임 해 군 등 자 청 정 영 견 인 분

語老朽云,「倘得歸國, 漢江以南, 不拘何地, 任意與之.」老朽
어 노 후 운 당 득 귀 국 한 강 이 남 불 구 하 지 임 의 여 지 노 후

不從, 且與倭將誓云,「肯還, 還之, 不肯還, 隨爾殺之, 其他不
부 종 차 여 왜 장 서 운 긍 환 환 지 불 긍 환 수 이 살 지 기 타 불

必言也.」王子孫貴國儲君, 老朽敢不知重, 當此之時, 寧言殺
필 언 야 왕 자 손 귀 국 저 군 노 후 감 부 지 중 당 차 지 시 영 언 살

之, 而不肯許他事. 及至釜山, 損資盡禮, 多方曲意于王子, 前
지 이 불 긍 허 타 사 급 지 부 산 손 자 진 례 다 방 곡 의 우 왕 자 전

倨慢而後恭敬, 時有緩急, 事有輕重, 不得已也. 數言之下, 王
거 만 이 후 공 경 시 유 완 급 사 유 경 중 부 득 이 야 수 언 지 하 왕

京倭退矣, 沿途營柵遺糧, 不可勝計矣, 漢江以南諸道盡得矣,
경 왜 퇴 의 연 도 영 책 유 량 불 가 승 계 의 한 강 이 남 제 도 진 득 의

王子陪臣歸國矣. 終以一封羈縻[8], 諸酋斂手於釜山窮海之地.
왕 자 배 신 귀 국 의 종 이 일 봉 기 미 제 추 염 수 어 부 산 궁 해 지 지

候命三年, 不敢妄動, 續以封事議成, 老朽奉命調戢, 王京復
후 명 삼 년 불 감 망 동 속 이 봉 사 의 성 노 후 봉 명 조 즙 왕 경 부

會足下曁李德馨輩云,「今往封矣, 倭或退矣, 貴邦善後之計
회 족 하 기 이 덕 형 배 운 금 왕 봉 의 왜 혹 퇴 의 귀 방 선 후 지 계

何如?」德馨應聲云,「善後之事, 小邦君臣責任也, 老爺不須
하 여 덕 형 응 성 운 선 후 지 사 소 방 군 신 책 임 야 노 야 불 수

掛意..」老朽初聽其言, 未嘗不奇其大有力量, 大有識見, 偉然
괘 의 노 후 초 청 기 언 미 상 불 기 기 대 유 역 량 대 유 식 견 위 연

一柱石也, 及今覈其事實, 似覺文章功業, 不相符合, 老朽不
일 주 석 야 급 금 핵 기 사 실 사 각 문 장 공 업 불 상 부 합 노 후 불

能不爲李判書惜. 且如釜山竹島諸營, 未聞卽撤, 老朽責也.
능 불 위 이 판 서 석 차 여 부 산 죽 도 제 영 미 문 즉 철 노 후 책 야

而機張·西生諸處, 倭兵盡渡, 營柵盡焚, 交割地方官, 俱有
이 기 장 서 생 제 처 왜 병 진 도 영 책 진 분 교 할 지 방 관 구 유

---

8 기미羈縻 : 잡아 맴. 자유를 구속하고 억압함. 羈 굴레 기. 재갈. 잡아매다. 縻 고삐 미.

甘結矣. 何乃淸正一來, 不聞一戰, 不折一矢, 地方官抽身讓
감 결 의　하 내 청 정 일 래　불 문 일 전　불 절 일 시　지 방 관 추 신 양

之何也? 旣言漢江以南, 自能尺寸支撑, 而何至已得復失若
지 하 야　기 언 한 강 이 남　자 능 척 촌 지 탱　이 하 지 이 득 복 실 약

此乎? 又言善後之事, 小邦責任, 何不聞大計? 止有號泣闕下
차 호　우 언 선 후 지 사　소 방 책 임　하 불 문 대 계　지 유 호 읍 궐 하

之一策乎? 法云,「强弱不當, 衆寡不敵.」老朽亦非責難于貴
지 일 책 호　법 운　강 약 부 당　중 과 부 적　노 후 역 비 책 난 우 귀

國諸當事. 但云,「緩則治其本, 急則治其標.」鍊兵修守, 相時
국 제 당 사　단 운　완 즉 치 기 본　급 즉 치 기 표　연 병 수 수　상 시

撫馭, 貴國當事諸賢, 亦不可實之不問耳. 渡海以來, 老朽四
무 어　귀 국 당 사 제 현　역 불 가 치 지 불 문 이　도 해 이 래　노 후 사

會貴國王, 彼此問對之言, 出于胸臆, 合于時宜, 毫無假借, 毫
회 귀 국 왕　피 차 문 대 지 언　출 우 흉 억　합 우 시 의　호 무 가 차　호

無虛謬, 國王之心, 老朽之心彼此洞鑑明矣. 老朽誠謂東事至
무 허 류　국 왕 지 심　노 후 지 심 피 차 동 감 명 의　노 후 성 위 동 시 지

此, 可無他慮. 不期貴國謀臣策士, 機智百端, 間事迭出, 內以
차　가 무 타 려　불 기 귀 국 모 신 책 사　기 지 백 단　간 사 질 출　내 이

危言, 激怒于天朝, 外以弱卒, 桃釁于日本. 至于松雲一番說
위 언　격 노 우 천 조　외 이 약 졸　도 흔 우 일 본　지 우 송 운 일 번 설

話, 則又出禮法之外, 其曰,「前驅伐大明.」曰,「割八道, 國王
화　즉 우 출 예 법 지 외　기 왈　전 구 벌 대 명　왈　할 팔 도　국 왕

親自渡海歸服.」頃刻之間, 二三其說, 但知此言可使國王動
친 자 도 해 귀 복　경 각 지 간　이 삼 기 설　단 지 차 언 가 사 국 왕 동

念矣, 可激天朝發兵矣. 獨不念貴國止有八道, 若盡許之, 又
념 의　가 격 천 조 발 병 의　독 불 념 귀 국 지 유 팔 도　약 진 허 지　우

許國王親自渡海歸服, 則貴國之宗社臣民, 皆爲日本矣. 又可
허 국 왕 친 자 도 해 귀 복　즉 귀 국 지 종 사 신 민　개 위 일 본 의　우 가

取于二王子耶? 老朽以爲三尺之童, 決不失言至此, 淸正雖
취 우 이 왕 자 야　노 후 이 위 삼 척 지 동　결 불 실 언 지 차　청 정 수

橫, 亦不放肆至此. 又不念我堂堂天朝, 統馭外藩, 自有大體,
횡　역 불 방 사 지 차　우 불 념 아 당 당 천 조　통 어 외 번　자 유 대 체

一恩一威, 亦自有時, 必不肯以數百載相傳之屬國, 置之度外,
일 은 일 위　역 자 유 시　필 불 긍 이 수 백 재 상 전 지 속 국　치 지 도 외

亦不肯縱不奉約束之逆賊, 攄我藩籬, 理勢然也. 老朽極不省
역 불 긍 종 불 봉 약 속 지 역 적　노 아 번 리　이 세 연 야　노 후 극 불 성

事, 至于內外親踈之別, 逆順向背之情, 亦人人之所易曉者,
사　지우내외친소지별　역순향배지정　역인인지소이효자

矧玆欽承勅命, 調戢此事, 成敗休戚, 關係非輕, 敢以貴國之
신자흠승칙명　조즙차사　성패휴척　관계비경　감이귀국지

事, 蔑焉不加意耶? 又敢以日本之横, 隱然而不報耶? 足下深
사　멸언불가의야　우감이일본지횡　은연이불보야　족하심

于大體, 詳于國事, 用是走書, 幸足下亮我素衷, 卽爲上達國
우대체　상우국사　용시주서　행족하량아소충　즉위상달국

王, 幷使當事群僚, 槩⁹知所以. 旣云仰我天朝, 以爲萬全之圖,
왕　병사당사군료　개　지소이　기운앙아천조　이위만전지도

還當聽命處分, 以冀無疆之福, 毋徒過計, 月勞而日拙也, 至
환당청명처분　이기무강지복　무도과계　월로이일졸야　지

囑不盡. 觀此書, 王京以前, 則鑿鑿可懲矣, 釜山以後, 未免支
촉부진　관차서　왕경이전　즉착착가징의　부산이후　미면지

辭隱語, 然功罪自不相揜, 後之論惟敬者, 當以此爲斷案, 故
사은어　연공죄자불상엄　후지론유경자　당이차위단안　고

著之云.
저지운

沈惟敬, 遊說士也. 平壤戰後, 再入賊中, 此人之所難, 卒能以
심유경　유세사야　평양전후　재입적중　차인지소난　졸능이

口舌代甲兵, 驅出衆賊, 復此數千里, 末梢一事參差, 不免大
구설대갑병　구출중적　복차수천리　말초일사참치　불면대

禍, 哀哉, 蓋平行長, 最信惟敬, 其在京城時, 惟敬密言於行長
화　애재　개평행장　최신유경　기재경성시　유경밀언어행장

曰,「汝輩久留此不退, 天朝更發大兵, 已從西海來, 出忠淸道,
왈　여배구류차불퇴　천조갱발대병　이종서해래　출충청도

斷汝歸路, 此時, 雖欲去不可得, 我自平壤, 與汝情熟, 故不忍
단여귀로　차시　수욕거불가득　아자평양　여여정숙　고불인

不言耳.」於是行長懼, 遂出城, 此事, 沈惟敬自言於金右相命
불언이　어시행장구　수출성　차사　심유경자언어김우상명

元, 而金相爲余言之如此.
원　이김상위여언지여차

---

9 개槩 : 평미레 개. 槪와 동자. 평목平木 ; 곡식을 담을 때 위를 밀어 고르게 하는 방
망이. 누르다. 억압하다. 저울. 달다. 대개. 대강. 씻다. 느끼다. 절개. 절조. 경치.
동자 槪. 동자 扰. 속자 槪. 간체 槪.

1542년 (中宗 37년 壬寅)		• 경상도慶尙道 의성현義城縣 사촌리沙村里에서 아버지 유중영 柳仲郢과 어머니 안동 김씨의 둘째 아들로 태어남.(10월 1일) * 일본왕사日本王使 승려 안심安心, 은銀 1만 1천량을 무역함. (7월)
1557년 (明宗 12년 丁巳)	16세	• 향시鄕試에 급제及第. * 대마도주對馬島主 제일선사第一船使 송평강차送平康次의 청 請으로 세견선歲遣船 5척을 더함.(4월)
1558년 (明宗 13년 戊午)	17세	• 전주 이씨 이경李坰의 딸과 결혼. * 왜적방어倭賊防禦를 위해 대마도對馬島에 2년의 세사미歲賜 米를 대어 줌.(3월)
1562년 (明宗 17년 壬戌)	21세	• 안동安東 도산陶山에서 퇴계退溪 이황李滉으로부터 『근사록 近思錄』을 배움.(9월) * 황해도黃海道의 적괴賊魁 임꺽정을 잡아 죽임.(1월)
1564년(明宗 19년 甲子)	23세	• 생원회시生員會試에 1등으로 급제.(7월)
1565년 (明宗 20년 乙丑)	24세	• 태학太學에 입학. * 승려 보우普雨의 직職을 삭탈削奪.(5월) * 보우普雨 제주도에 유배流配되어 장살杖殺됨.(6월)
1566년 (明宗 21년 丙寅)	25세	• 문과文科에 급제.(10월) • 승문원承文院 권지부정자權知副正字가 됨으로 벼슬을 시작 함.(11월) * 철장鐵匠 문개文蓋로 하여금 왜인倭人에게 동철제련법銅鐵製 鍊法을 배우게 함.(3월)
1567년 (明宗 22년 丁卯)	26세	• 예문관藝文館 검열檢閱 겸 춘추관기사관春秋館記事官이 됨. (4월) * 왕王 명종明宗 사망.(6월) * 하성군균河城君鈞에 대통大統을 전함.(6월)

1568년 (宣祖 원년 戊辰)	27세	• 성주사고星州史庫의 실록實錄을 폭쇄曝曬(포쇄라고도 함. 바람을 쐬고 볕에 말림)하고 대교待敎가 됨. * 이황李滉 대제학大提學이 됨.(8월) * 이황李滉『성학십도聖學十圖』를 올림.(12월)
1569년 (宣祖 2년 己巳)	28세	• 성절사聖節使 이준백李俊白의 서장관書狀官 겸 사헌부감찰司憲府監察의 자격으로 명明나라에 감.(10월) • 이듬해 귀국하여 전적典籍·감찰監察·공조좌랑工曹佐郎을 지냄. * 이황李滉 향리鄕里로 내려감.(3월) * 이이李珥『동호문답東湖問答』을 지어 올림.(8월) 박응순朴應順의 딸을 왕비로 삼음.(12월)
1570년 (宣祖 3년 庚午)	29세	• 명明나라 연경燕京에서 돌아와 홍문관부수찬弘文館副修撰 지제교知製敎 겸 경연검토관經筵檢討官 춘추관기사관春秋館記事官이 되었다가 다시 수찬修撰이 됨.(3월) • 휴가를 얻어 독서하고 사간원정언司諫院正言이 됨.(가을) • 이조좌랑吏曹佐郎이 됨.(12월) *『국조유선록國朝儒先錄』을 인반양사홍문관印頒兩司弘文館이하, 을사乙巳·정미丁未·기유죄인己酉罪人의 신원伸寃을 누청累請.(5월) * 이황李滉 사망함.(12월)
1571년 (宣祖 4년 辛未)	30세	• 휴가를 얻어 향리鄕里에 내려가 서당書堂을 지으려 하였으나 땅이 너무 좁아 짓지 못함.(6월) *『명종실록明宗實錄』을 인쇄印刷함.(4월) * 백인걸白仁傑, 해관解官을 청해 파주坡州에 돌아감.(7월)
1572년 (宣祖 5년 壬申)	31세	• 원접사遠接使의 종사관從事官이 되어 의주義州에 가서 명明나라 사절使節을 영접迎接.(9월) • 이 해 수찬修撰이 됨. * 이이李珥, 병으로 청주목사淸州牧使를 사임辭任.(3월)
1573년 (宣祖 6년 癸酉)	32세	• 아들 위禕를 낳음.(4월) 이 해 다시 이조좌랑吏曹佐郎이 됨. * 직제학直提學 이이李珥 삼소三疏하여 사퇴辭退.(7월) * 심의겸沈義謙, 대사헌大司憲이 됨.(8월)
1576년(宣祖 9년 丙子)	35세	• 홍문관부응교弘文館副應敎에 오름.(12월)

		*이황李滉에게 문순文純이라는 시호諡號를 내림.(12월)
1577년 (宣祖 10년 丁丑)	36세	·의정부검상議政府檢詳이 됨.(정월) ·홍문관응교弘文館應敎가 됨.(10월) *대원군大院君 사손세습嗣孫世襲의 제도를 정함.(3월) *이이李珥, 『격몽요결擊蒙要訣』을 지음.(12월)
1578년 (宣祖 11년 戊寅)	37세	·2남 여椺를 낳음.(7월) 다시 홍문관응교弘文館應敎가 됨.(8월) *양사兩司, 3윤(尹 : 윤두수尹斗壽, 윤근수尹根壽, 윤현尹晛)을 논핵 論劾함, 3윤尹 파직.(10월)
1579년 (宣祖 12년 己卯)	38세	·홍문관직제학弘文館直提學이 됨.(봄) 승정원동부승지지제교 承政院同副承旨知製敎 겸 경연참찬관經筵參贊官 춘추관수찬 관春秋館修撰官이 됨.(4월) ·이조참의吏曹參議에 임명任命되었으나 사퇴하고, 홍문관부제 학弘文館副提學에 임명任命되었다가(7월) 승지承旨 됨.(겨울) *이이李珥, 상소上疏하여 동서사류東西士類의 보합保合을 논 함.(5월) *백인걸白仁傑, 동서분당東西分黨을 논함.(5월) *윤두수尹斗壽·윤근수尹根壽를 서복叙復.(9월)
1580년 (宣祖 13년 庚辰)	39세	·홍문관부제학弘文館副提學을 사양辭讓하고 휴양休養하기를 상소上疏하자, 상주목사尙州牧使에 임명 됨.(봄) 3남 단襌을 낳음.(10월) *이이李珥, 대사간大司諫이 됨.(12월) *임시분대臨時分臺의 법을 복행復行.(10월)
1581년 (宣祖 14년 辛巳)	40세	·홍문관부제학弘文館副提學이 되어 『대학연의초大學衍義抄』 를 진정進呈.(정월) *동지사冬至使 양희梁喜, 삼위달자三衛㺚子에게 피살됨.(1월) *이이李珥, 공안貢案의 개정을 청함.(5월)
1582년 (宣祖 15년 壬午)	41세	·사간원대사간司諫院大司諫에 승진.(봄) ·4남 진袗을 낳음.(7월) ·도승지都承旨·대사헌大司憲이 됨.(겨울) ·왕명王命을 받아 『황화집皇華集』 서문序文을 찬진撰進.(겨울) *이이李珥, 이조판서吏曹判書가 됨.(1월) *이이李珥, 병조판서兵曹判書가 됨.(12월)

1583년 (宣祖 16년 癸未)	42세	• 홍문관부제학弘文館副提學이 됨.(정월) • 『구경연의九經衍義』 발문跋文을 씀.(정월) • 경상도시찰사慶尙道視察使가 됨.(10월) * 신상절申尙節·신립申砬 등 적호賊胡를 격파함.(2월)
1584년 (宣祖 17년 甲申)	43세	• 홍문관부제학弘文館副提學이 됨.(7월) • 왕명王命을 받고 『문산집文山集』 서문序文을 지어 바침.(7월) • 예조판서禮曹判書 겸 동지경연춘추관사同知經筵春秋館事 홍문관제학弘文館提學이 됨.(7월) * 정철鄭澈, 대사헌大司憲이 됨.(2월) * 종계변무주청사宗系辯誣奏請使 황정욱黃廷彧 등을 명明나라에 보냄.(5월) * 일본 덕천가강德川家康 풍신수길豊臣秀吉 군대를 격파.(4월)
1585년 (宣祖 18년 乙酉)	44세	• 왕명王命으로 『정충록精忠錄』 발문跋文을 지어 바침.(3월) • 장남長男 위禕가 죽음.(4월) • 왕명王命을 받아 『포은집圃隱集』을 교정校訂하고, 『포은집圃隱集』의 정본正本·연보年譜 및 발문跋文을 찬술撰述.(4월) * 교정청校正廳을 두고 경서훈해經書訓解를 교정校正.(2월) * 일본 풍신수길豊臣秀吉 관백關白이 됨.(7월) * 심의겸沈義謙을 파직함.(8월)
1586년 (宣祖 19년 丙戌)	45세	• 부마駙馬의 간택揀擇을 계론啓論. • 길재吉再의 『지주중류비음기砥柱中流碑陰記』를 찬술撰述. * 조헌趙憲, 상소上疏하여 인재양성人材養成의 4불비不備를 논함.(10월)
1587년 (宣祖 20년 丁亥)	46세	• 『퇴계집退溪集』을 편차編次.(3월) * 일본왕사日本王使 귤강광橘康廣 옴.(10월)
1588년 (宣祖 21년 戊子)	47세	• 형조판서刑曹判書 겸 예문관제학藝文館提學 겸 홍문관대제학弘文館大提學·예문관대제학藝文館大提學 지경연知經筵 춘추관성균관사春秋館成均館事가 됨.(10월) * 일본사신日本使臣 현소玄蘇·평의지平義智 등이 와서 통신사通信使 보낼 것을 요구.(12월)
1589년 (宣祖 22년 己丑)	48세	• 사헌부대사헌司憲府大司憲이 되고, 병조판서兵曹判書·지중추부사知中樞府事를 거쳐 다시 사헌부대사헌司憲府大司憲이 됨.(봄)

		• 왕명王命을 받아 『효경대의孝經大義』의 발문跋文을 지어 바침.(6월) • 부인 이씨李氏 죽음.(7월)　　• 예조판서禮曹判書가 됨.(7월) • 이조판서吏曹判書가 됨.(10월) * 일본사신日本使臣 현소玄蘇 다시 옴.(6월) * 일본 통신사通信使의 파견을 의결함.(9월) * 이순신李舜臣 정읍현감井邑縣監이 됨.(12월)
1590년 (宣祖 23년 庚寅)	49세	• 휴가를 얻어 환향還鄉할 때, 노모老母의 의복衣服을 하사下賜받음.(4월)　　• 우의정右議政이 됨.(5월) • 종계변무宗系辨誣의 공공光國功에 광국공신삼등光國功臣三等으로 풍원부원군豐原府院君에 봉함함. * 일본 통신사通信使 황윤길黃允吉 부사副使 김성일金誠一, 일본사신日本使臣 평의지平義智와 출발함.(3월) * 통신사通信使 황윤길黃允吉 등 풍신수길豐臣秀吉의 답서答書를 받음.(11월)
1591년 (宣祖 24년 辛卯)	50세	• 이조판서吏曹判書를 거쳐 좌의정左議政이 됨.(2월) • 대제학大提學이 됨.(7월) • 정읍현감井邑縣監 이순신李舜臣을 전라좌수사全羅左水使로, 형조정랑刑曹正郎 권율權慄을 의주목사義州牧使로 추거推擧함. • 진관법鎭管法 수복修復을 계청. * 통신사通信使 황윤길黃允吉 등 일본국사日本國使 현소玄蘇 등과 함께 부산포釜山浦에 돌아옴.(1월) * 명明나라에 일본 사정을 보고함.(10월)
1592년 (宣祖 25년 壬辰)	51세	• 특명으로 병조판서兵曹判書를 겸함.(4월) • 제장제장諸將을 분견分遣하여 왜倭를 막게 함.(4월) • 도체찰사都體察使로 임명 됨.(4월) 광해군光海君을 왕세자王世子로 책봉冊封할 것을 계청.(4월) • 왕을 호가扈駕하여 개성開城에서 영의정領議政에 오름.(5월) 왕의 도요渡遼를 반대하고 국내항전國內抗戰을 주장.(5월) • 영의정領議政을 사면辭免하고 풍원부원군豐原府院君에 서용叙用.(6월) • 군수보급軍需補給과 명장접대明將接待의 명命을 받음.(6월) • 건조위建兆衞(청태조清太祖, 누르하치)의 입원入援의 청청請을 거

		절토록 계청.(9월) • 평안도도체찰사平安道都體察使에 임명되고 간첩 김순양金順良을 참함.(12월) • 부의기병赴義起兵의 격문檄文을 띄움.(12월) 명장明將 이여송李如松과 안주安州에서 회견會見하고 평양탈환平壤奪還을 논의.(12월) ＊임진왜란壬辰倭亂 일어남.(4월) ＊신립申砬 전사함.(4월) ＊서울 함락됨.(5월) ＊평양성平壤城 함락됨.(6월) ＊이순신李舜臣 한산도閑山島에서 대승大勝.(7월) ＊명明나라 심유경沈惟敬 옴.(8월) ＊명明나라 제독提督 이여송李如松 등 내원來援.(12월)
1593년 (宣祖 26년 癸巳)	52세	• 명군明軍과 연합하여 이여송李如松과 함께 평양을 수복收復.(1월) • 왜군倭軍의 퇴로차단退路遮斷을 황해도黃海道 관군官軍에게 전령傳令.(1월) • 명군明軍과 함께 개성開城에 진주進駐.(2월) 충청·전라·경상 삼도도체찰사三道都體察使에 임명되어(2월) 파주까지 진격함. • 권율權慄의 행주산성幸州山城 철수撤收의 보고를 듣고 제장諸將을 서울 주변에 배치하고 포위 공격할 것을 지령.(3월) • 호남湖南에서 모은 좁쌀로 동파東坡에서 굶주린 백성을 구제함.(4월) • 명군明軍의 대왜화의교섭對倭和議交涉을 이여송李如松에게 항의.(4월) • 명군明軍과 연합하여 한강 이남의 적을 공격하여 퇴로 차단을 계획.(4월) • 명군明軍과 함께 서울 입성入城.(4월) • 장정壯丁을 모집하여 조총鳥銃·대포大砲를 교련敎鍊하고 화기제조火器製造를 계청함.(6월) • 경상도慶尙道 지방 순시巡視에 오름.(7월) • 『기효신서紀效新書』를 모방한 군병교련軍兵敎鍊을 상계上啓.(7월) • 명장明將 유정劉綎에게 진주성晉州城을 수복할 것을 청함.(8월)

		• 도원수都元帥 권율權慄에게 군율신숙軍律申肅을 전령傳令. (9월) • 제병훈련諸兵訓練을 위하여 훈련도감訓練都監을 설치.(10월) • 영의정領議政에 복배復拜하고 훈련도감도제조訓練都監都提調를 겸함.(10월) • 명明나라 사신使臣 사헌司憲이 입국하여 국사전관國事專管을 권고勸告.(11월) ＊평양성平壤城 수복收復.(1월) ＊권율權慄 행주幸州에서 대승大勝.(2월) ＊심유경沈惟敬, 소서행장小西行長과 만나 화의和議를 강강講함.(3월) ＊이순신李舜臣, 삼도수군통제사三道水軍統制使가 됨.(8월) ＊이여송李如松 돌아감.(9월) ＊서울 수복收復.(10월)
1594년 (宣祖 27년 甲午)	53세	• 민심수습民心收拾과 권과경종勸課耕種을 계啓함.(1월) • 호서湖西의 사지위전寺祉位田을 훈련도감訓練都監에서 관리케 함.(1월) • 조령鳥嶺에 설관設關하여 주병둔전駐兵屯田케 함.(2월) • 진관병제鎭管兵制로 환원還元하고 국민군제도國民軍制度를 실시.(3월) • 대왜화의對倭和議의 불가피함을 계啓.(4월) • 훈련도감訓練都監 낭청郎廳을 호서湖西에 파견하여 동오군東伍軍 편성을 실시함.(4월) • 공물貢物을 미곡米穀으로 대납代納케 하여 군량미軍糧米를 확보하게 함.(4월) • 지방관地方官의 근만勤慢을 조사하여 폐정弊政을 쇄신刷新토록 계청.(5월) • 재신宰臣을 명明나라에 파견하여 왜군倭軍의 동정動靜을 알리고 대책을 협의토록 계청.(6월) • 전수기선戰守機宣 11조條를 올림.(6월) • 훈병사무訓兵事務를 병조兵曹에서 전관專管토록 함.(7월) • 군국기무軍國機務 10조條를 올림.(10월) • 문벌계급門閥階級을 막론하고 널리 인재를 등용토록 계청.(10월) ＊승僧 유정惟政 서생포西生浦에서 왜장倭將 가등청정加藤清正

		과 만남.(4월)
		*김응서金應瑞, 소서행장小西行長과 만나 화和를 강구함.(11월)
1595년 (宣祖 28년 乙未)	54세	• 연강지방沿江地方에 요새설치要塞設置와 둔전屯田을 계청. (1월) • 시무時務 10조條를 올림.(2월) • 기축옥사己丑獄事의 억울함을 풀어주도록 청함.(5월) • 왕명王命으로 경기지방京畿地方을 순시巡視하고 연병훈련鍊 兵訓鍊을 친히 사열.(7월) • 경기京畿·황해黃海·평안平安·함경咸鏡 사도체찰사四道體 察使에 임명.(10월) • 사도순찰사四道巡察使에게 교련군병敎鍊軍兵의 통론문通論 文을 보냄.(10월) • 관영제철장관營製鐵場을 설치하고 대포大砲·조총鳥銃의 주 조鑄造를 시작함.(11월) • 남한산성南漢山城을 순시하고 축성설창築城設倉을 지시.(11월) *명明나라 유격遊擊 진운홍陳雲鴻 등 소서행장小西行長과 회담 함.(1월) *명明나라 도사장응룡都司章應龍 등 가등청정加藤淸正과 만 남.(3월) *명明나라 봉왜사封倭使 이종성李宗城 등 도성都城에 이름.(4월)
1596년 (宣祖 29년 丙申)	55세	• 연병규식鍊兵規式을 관하管下 사도四道에 반포頒布하여 시행 함.(1월) • 건주위建州衛(청태조淸太祖, 누르하치) 침입에 대비하여 북변 방비北邊防備를 강화할 것을 평안平安·함경咸鏡 양순찰사兩 巡察使에게 지령指令.(2월) • 황신黃愼으로 하여금 왜倭에 가는 명明나라 사신使臣을 수행 토록 계청.(3월) • 명明나라 사신使臣이 출영出營한다는 말을 듣고 가족을 피란 시킨 재신宰臣을 징계懲戒토록 계啓함.(4월) • 이몽학李夢鶴이 옥사獄事의 위관委官이 됨.(7월) • 왕세자王世子 섭정攝政의 하명下命으로 백관百官을 이끌고 복합伏閤.(8월) • 이순신李舜臣 실오군기失誤軍機의 논죄論罪를 반대하여 사직 원辭職願을 냄.(9월)

		• 청야책淸野策 건의하여 왜군 재침에 대비.(11월) * 심유경沈惟敬이 왜장倭將 소서행장小西行長과 함께 일본으로 향함.(1월) * 명明나라 이종성李宗城, 부산釜山 일본영日本營을 탈출함.(4월) * 홍가신洪可臣 등, 이를 평정하고 이몽학李夢鶴 피살. * 통신사通信使 황신黃愼 및 명明나라 책봉사 양방형楊方亨 일본에 도착함.(8월) * 풍신수길豐臣秀吉 통신사通信使의 책봉册封을 받지 않음.(9월) * 황신黃愼 및 양방형楊方亨 부산釜山에 돌아옴.(11월)
1597년 (宣祖 30년 丁酉)	56세	• 왕명王命을 받고 경기지방의 방비防備를 순시巡視.(1월) • 파사산성娑沙山城에서 열병閱兵 중 이순신李舜臣이 파면罷免되었다는 보고를 받음.(2월) • 이순신李舜臣을 추천한 책임을 지고 사직서辭職書를 냄.(3월) • 왕명王命을 받고 경기지방을 순시하고 방비책을 세움.(8월) • 경기京畿·황해黃海·평안平安·함경咸鏡의 사도四道 병력을 서울에 진주시켜 지키게 함.(8월) • 왕명王命을 받고 경기京畿·호서지방湖西地方을 순시하고 주민들을 위무慰撫하고 제장諸將의 공功과 죄를 다스림.(10월) • 왕명王命으로 남하南下, 명군明軍과 연합하여 울산성蔚山城의 왜군倭軍을 공격함.(12월) * 왜倭의 대군大軍이 또다시 건너옴.(1월) * 원균元均 전사戰死함(7월). * 왜선倭船 6백여 척이 부산釜山 앞바다에 도착함.(7월) * 이순신李舜臣 다시 삼도통제사三道統制使가 됨.(7월) * 이순신李舜臣 명량鳴梁에서 일본 수군水軍을 크게 깨뜨림.(9월)
1598년 (宣祖 31년 戊戌)	57세	• 북인北人들의 탄핵彈劾으로 상차上箚 사직원辭職願을 냄.(2월) • 사도도체찰사四道都體察使의 직職을 사면辭免.(4월) 명明나라 경략經略 정양태丁楊泰·양호楊鎬 등의 무주사건誣奏事件의 진주사陳奏使로 임명.(7월) • 북인北人들의 탄핵으로 영의정領議政에서 파직罷職됨.(10월) • 관작官爵을 삭탈削奪 당함.(12월) * 명明나라 도독都督 진린陳隣 수군水軍을 거느리고 옴.(2월) * 풍신수길豐臣秀吉 죽음.(8월) * 이순신李舜臣, 노량해전露粱海戰에서 일본군의 퇴로退路를

		막고 대파大破한 뒤 전사戰死함.(11월) ＊일본군 총 격퇴, 왜란倭亂 끝남.
1604년 (宣祖 37년 甲辰)	63세	• 다시 부원군府院君에 서용敍用됨.(3월) • 호성공신扈聖功臣 2등을 받음.(7월) ＊승려 유정惟政을 대마도對馬島에 보내어 도민島民의 부산釜山 교역交易을 허락하고 일본 사정을 상세히 정탐하게 함.(6월)
1607년 (宣祖 40년 丁未)	66세	• 병석에 눕자 왕은 내의內醫를 보내어 치료하게 함.(3월) • 사망.(5월 6일) • 향리鄕里에 장사 지냄.(7월) ＊건주위建州衛 노아합적奴兒哈赤, 경성鏡城에서 홀자온忽刺溫 을 무찌름.(2월)
1629년 (仁祖 7년 己巳)		• 문충文忠이라는 시호諡號를 내림.(2월) ＊일본 왕사王使 현방玄方 등 옴.(윤 4월) ＊명明나라 경략원숭환經略袁崇煥, 모문룡毛文龍을 죽임.(6월)

ㄱ

ㄷ

임진록 壬辰錄

부附

부附 · 임진록壬辰錄 목차

1. 최일령崔一令

각설, 이때 조선대왕朝鮮大王께옵서 한 몽사夢事를 얻었으니, 어떠한 계집이 기장[黍]을 자루에 넣어 이고 완연宛然(분명하다)히 들어와 나려 놓거늘, 상上(임금)이 놀라 깨달으시니, 일장춘몽一場春夢[1]이라. 상이 제신諸臣을 불러 몽사夢事:꿈에서 겪은 일.를 설화說話[2]하고 제신을 돌아보아 왈曰,

「경등卿等:경卿; 임금이 2품 이상의 신하를 가리키던 말.은 이 몽사를 해득解得(깨우쳐 알게)하라.」

하시니, 영의정領議政 최일령이 주奏 왈(임금에게 아뢰어 가로되),

「신이 해득하오니, 가장 불길하여이다.」

하니, 상이 가라사대,

「길흉간吉凶間에 설화하라.」

하시니, 일령이 복지伏地:땅에 엎드림. 주 왈,

「신이 잠간 해득:깨우쳐 앎.하오니, 인人 변에 벼 화[禾]하고 그 아래 계집 녀女자 하였으니 이 글자는 왜倭자오매, 아마도 왜놈이 들어올 듯하여이다.」

하니, 상(임금)이 대로하사 꾸짖어 왈,

「시절이 태평하거늘, 경은 어찌 요망한 말을 하여 인심을 요란

---

1 일장춘몽一場春夢 : 한바탕의 봄꿈이라는 뜻으로, 헛된 영화榮華나 덧없는 일을 비유하여 이르는 말.

2 설화說話 : ① 한 민족 사이에 전승되어 온 이야기를 통틀어 이르는 말. 신화, 전설·민담으로 구분됨. ② 이야기. 옛날 이야기.

케 하고, 짐朕의 마음을 불안케 하느뇨?」

하시며,

「일령을 원찬遠竄:먼 곳으로 귀양보냄.하라.」

하시니, 일령이 복지 사죄謝罪 왈,

「소인이 지식이 없사와 요망妖妄한 말을 하였사오니, 그 죄 만
사무석萬死無惜[3]이오나 복원伏願[4] 폐하陛下는 죄를 용서….」

하며 돈수애걸頓首哀乞[5]하니, 상이 대노하사 왈,

「잔말 말고 바삐 적소謫所:지난날, 죄인이 귀양살이하던 곳.로 가라.」

하시니, 일령이 할 일 없어 적소로 가서 주야로 임군과 처자를 생
각하고 탄식을 마지 아니하더니, 이때는 임진년壬辰年 춘삼월이
라. 백화百花는 만발하고 방초芳草:향기로운 풀. 봄의 싱그러운 풀.는 요
뇨嫋嫋[6]한데 고향을 생각하고 마음이 산란하여 누각樓閣에 올라
산천을 구경하더니, 문득 광풍狂風이 일어나며 삼 척 돛대 단 배
천여 척이 해상에 떠 들어오거늘, 일령 대경大驚:크게 놀라다.하여
동래부사東萊府使를 불러 왈,

---

3 만사무석萬死無惜 : (만 번 죽는다 해도 아까울 것이 없을 정도로) 죄가 매우 무거
  워 용서할 여지가 없음을 이르는 말.

4 복원伏願 : 복망伏望. (웃어른의 처분을) '엎드려 (삼가)바랍니다'의 뜻으로, 한문
  투의 편지글에서 쓰는 말.

5 돈수애걸頓首哀乞 : 돈수頓首 ; ①(남을 공경하는 태도로) 머리를 땅에 닿도록 숙이
  고 절함. ② '경의를 표함'의 뜻으로 편지 끝에 쓰는 말. 계수. 애걸哀乞 ; 애처롭게
  사정하여 빎.

6 요뇨嫋嫋 : ①약하디 약함. ②바람이 솔솔 부는 모양. ③감기어 휘도는 모양. ④
  소리가 가늘게 이어져 끊이지 않는 모양. ⑤낭창낭창하고 긴 모양. ⑥부드럽고
  아름다운 모양.

「적선賊船이 들어오니, 그대는 바삐 군사를 거두어 도적을 막으라.」

하니, 부사 황급하여 일변 군사를 거두며 일변 장계狀啓[7]하더니, 벌써 왜적이 배를 강변에 대고 왜장倭將 소섭蘇攝(小西인 듯?)이 칼을 들고 강변에 뛰어나와 소리를 벽력같이 지르며 외(왜)어(일본 말) 왈,

「조선 동래부사는 빨리 나와 내 칼을 받으라.」

하고, 달려들어 부사 이순경李順敬을 버혀들고 칼춤을 추며 재주를 부려 이렇듯이 희롱戲弄하니, 왜국 장대 청정淸正이 대희大喜하여 북을 울리고 억만장졸이 물 끓듯 하며 살〔矢〕같이 들어오니, 군사가 칠십 만이요, 용장勇將이 수만여 원員[8]이라.

청정이 장대將臺[9]에 앉아 제장諸將 군졸에 각각 소임所任을 맡길새 소섭으로 하여금,

「강원도江原道 원주原州를 치고 평안도平安道를 치라.」

하고, 동경청東京淸으로 하여금 정병精兵 일만과 용장 천여 원員(명名)을 주며 왈,

「그대는 전라도全羅道를 치고 김해金海 군량軍糧을 수운輸運:

---

7 장계狀啓 : 감사나 왕명으로 지방에 파견된 벼슬아치가 글로 써서 올리던 보고.

8 원員 : 조선 때, 고을을 다스리는 부윤·목사·부사·군수·현감·현령 등 관원을 두루 일컫던 말. 명名. 인원. 관원. 벼슬아치. 수령守令. 용장勇將.

9 장대將臺 : 지난날, 지휘하던 장수가 올라서서 명령하던 돌로 높이 쌓은 대臺. 성城. 보堡. 둔屯. 수戍 따위의 동서東西에 쌓았음.

물건을 실어서 나르는 일. 하라.」

하고, 문경文京을 불러 정병 오만과 용장 수천여 원을 주며 왈,

「충청도忠淸道〔原文 : 江原道〕 영동永同을 치고 함경도 이십육 주州를 치라.」

하고, 부경府京을 불러 정병 이십 만과 용장 삼천여 원을 주며 왈,

「그대는 강원도…십팔 주를 치고 군량이 진盡 : 다 없어지다. 하거든 강원도…로 군량…을 수운輸運하라.」

하고, 마룡馬龍을 불러 정병 일만과 용장 천여 원을 주며 왈,

「그대는 전라도로 가서, 황해도를 치라.」

하고, 평수길平秀吉을 불러 군사 오만과 명장名將 수천여 원을 주며 왈,

「경상도를 치라.」

하고,

「청정은 남은 장졸을 거느리고 경상우도를 짓치고 충청좌도를 치고, 소섭은 충청우도를 치고 경기도로 득달得達 : 목적한 곳에 다다름. 목적을 달성함. 하여 조선 왕에게 항복 받은 후에 내가 스스로 조선 왕이 되어 그대 등을 일품一品 벼슬을 주리라.」

하니, 제장 군졸이 일시에 영을 받을 새,

「만일 군중에 영을 어기는 자者가 있으면 군법으로 시행하리라.」

하니, 수만여 원 제장이 청령聽令 : 명령을 주의 깊게 들음. 하고 군사를 반분하여 팔도八道에 헤어져서 짓치니, 고각함성鼓角喊聲 : 고각鼓角

; (군중軍中에서 호령할 때 쓰던) 북과 나팔. 함성喊聲 ; 여럿이 함께 지르는 고함소리.은 천지에 진동하고 기치창검旗幟槍劍 : 기치旗幟 ; 기旗. 군중軍中에서 쓰는 기. 깃발과 창과 검.은 햇볕을 희롱하니, 어찌 망극罔極 : 임금이나 어버이의 은혜가 워낙 커서 갚을 길이 없음.치 아니하리오.

팔도 백성이 난難을 보지 못하다가 뜻밖에 난을 당하니, 남녀노소 할 것 없이 서로 붙들고 통곡하며 피난하니, 어찌 살기를 바라리오. 이러한 울음 소리 산천에 낭자하니, 가련하고 불상한 경상景狀 : 모습. 모양.은 차마 보지 못할러라.

각설, 이때 왜장 소섭이 바로 군사를 몰아 강원도로 향하더니, 왜국에서 소섭의 매씨妹氏 편지가 왔거늘, 하였으되,

「제번除煩[10]하고, 소나무 송松자 있는 곳에 가지 말고, 송자 있는 곳에 가면 대패할 것이니, 부디 가지 말라.」

하였거늘, 청송靑松과 송도松都에 가지 않고 강원도로 들어가 강원감사江原監司 이래李來와 평안감사 이공태李公太를 베고, 그 골 기생 월천月川은 천하의 절색絶色이라 죽이지 않고 첩을 삼아서 주야로 연광정練光亭에 놀아 풍류로 세월을 보내더라.

이때 왜장 등이 군사를 몰아 좌충우돌하더라. 선봉장先鋒將 청정이 경상도 치고 조령鳥嶺을 넘었으니, 조령 별장別將이 방비防備 : 적의 침공이나 재해 따위를 맞을 준비를 함.치 못하여 청정의 칼에 죽으니, 그 위엄을 막을 자者가 없더라.

---

10 제번除煩 : (한문투의 간단한 편지 첫머리에) 번거로운 인사말을 덜고 바로 할 말을 적는다는 뜻으로 쓰는 말. 제례除禮.

2. 이순신李舜臣

이때 퇴재상退宰相 이순신이 이런 변고를 당할 줄 알고 거북선 수천 척을 물에 띄우고 그 안에 수만여 군사를 용납케 하고 배 위로 구멍을 무수히 뚫고 배 안에서 밥을 지어 먹게 하고 연기는 배입으로 나오게 하니, 완연한 큰 거북이 물에서 떠다니며 흡사한 안개를 토하게 하였거늘, 왜장 등이 바라보고 대경하여 활과 총으로 무수히 쏘니 거북 등에 살이 무수히 박혔으되, 안은 뚫지 못하는지라.

수천 척 거북이 창망蒼(滄)茫 : 넓고 멀어서 아득함. 해상海上 : 바다 위. 에 떠다니며 방포소리 나며 살이 비오듯 하며 군사가 무수히 죽으니, 청정이 대경하여 활과 총이 빗발치듯 하되, 거북은 달아들어 입으로 안개를 토하며 살이 비오듯 하며 군졸이 분분紛紛 : 이리저리 뒤섞이어 어수선하다. 이 넘어지니, 왜장이 당치 못할 줄 알고 적기赤旗를 두루며 또한 산으로 올라가니, 순신이 급히 좇아 군사와 배를 재촉하여 적진敵陣을 좇아 조선 한산도閑山島〔原文, 韓山東〕에 다다르니, 좌우 산세는 울울한데 반석…상에 철쭉, 진달래, 두견화는 반만 웃고 반기는 듯하고, 온갖 비조飛鳥가 날아들어 춘몽을 희롱하니 슬픈 마음 절로 난다. 경개景槪(경치景致)를 구경타가 홀연忽然히 깨달아 좌우 산천을 바라보니, 산세가 험악하여 갈 길이 없거늘, 제장 군졸이 함지陷地 : 움푹 꺼진 땅. 에 빠져 죽는 줄 알고 서로 붙들고 통곡하며 살펴보니, 벌써 죽은 자 태산 같고 피흘려

성천成川 : 냇물을 이루다. 한지라.

이순신이 중군中軍에 분부하여 남은 군사를 매복하였다가 급히 내려가 적진을 짓치니, 적졸敵卒의 주검이 태산 같거늘, 순신이 승전고勝戰鼓를 울리며 본진으로 들어갈 새 한 군사 보報하되,

「적병이 무수히 온다.」

하거늘, 순신이 군사를 재촉하여 급히 들어 대적하더니, 적진에서 방포소리 나며 화살이 순신의 어깨를 맞히니, 순신이 황급하여 선창 밖에 나와 하늘에 축수하고, 왜전矮箭 : 짧은 살.을 먹여 종일토록 쏘다가 기운이 쇠진하여 살에 맞아 죽으니, 제장 등이 군중에 전령하되,

「순신의… 기색을 내지 말라.」

하고… 장의…를 뱃머리에 세우고 적진을 쫓아가며 고함鼓喊 : 북을 울리며 여럿이 한꺼번에 소리를 지름.하니, 왜장 등이 배를 물에 띄우고 달아나거늘, 인하여 순신의 시체를 빈殯 : 시체屍體를 관棺에 넣어 장국葬鞠(장사를 지낼 웅덩이)에 옮기기까지를 말함.하고 이 연유를 나라에 상달코자 하더니, 도리어 왜적이 침노하기로 상달치 못하더니, 왜장이 순신이 죽었단 말을 듣고 대희하여 왈,

「이제는 조선에 명장이 없으니, 조선을 함몰陷沒 : 함락. 멸망함.하리라.」

하고 바로 경성京城으로 향하니라. 당초에 청정이 십만 대군을 거느려 경상도를 칠 새, 진주병사晉州兵使 양익태梁益台와 경상감사 이짐李朕을 항복받고 선봉을 삼아 길을 갈라 치게 하고 청

정은 우도右道를 치고 상주尙州를 치니, 상주목사牧使 남덕천南德天이 방비치 못하여 청정의 칼에 죽는지라.

경상도를 파破하고,

「칠십일 주 수령으로 군량을 수운하라.」

하고, 조령을 넘어 충청도를 치니, 이때 신립장군申砬將軍이 충청도 군사를 거두어 조령산성에 유진留陳 : 행군하던 군대가 어떤 곳에서 한동안 머무름.코자 하다가 계집의 간계에 빠져 군사를 퇴진하여 탄금대彈琴臺에 유진하고 기다리더니, 청정이 조령을 넘어선 신립의 진을 바라보고 대희하여 왈,

「조선에 명장이 없음을 가히 알겠도다. 신립이 우리를 막지 아니하고 강변에 배수진을 쳤으니 우습도다. 옛날 한신韓信은 배수진을 쳐 조군曹軍을 피하였거니와, 이제 신립申砬이 배수진을 치고 어찌 나를 당하리오.」

하고, 일시에 군사를 재촉하여 짓치니, 신립이 미처 손을 놀리지 못하여 십만 대병을 순식간에 함몰하고 신립이 할 일 없어 하늘을 우러러 탄식하고 물에 달아들어 빠져 죽으니, 주검이 강수江水를 막아 물이 흐르지 못하는지라. 청정이 승전고를 울리며 군사를 퇴진하여 충주목사忠州牧使 지군池君을 베고 병사兵使 문명文名을 베고 제장이 순신을 탐지探知 : 더듬어 찾아내거나 알아냄.하고 경기도로 향하니, 그 형세를 당할 자 없더라.

3. 정출남鄭出男

각설, 이때는 임진년 사월이라. 충청도 장계를 올리거늘 개탁
開坼:봉封한 편지便紙나 서류書類를 뜯어봄.하니 하였으되,

「왜적이 강성하여 칠십만 대병을 총독總督하여 동래부사를 죽이
고 각 도를 짓치니, 청정과 소섭은 삼국 조자룡이라도 당치 못한다.」
하고,

「경상도 칠십일 주를 항복받고 충청도로 와서 신립과 합전合
戰하여 신립의 십만 대병을 함몰하고 신립도 물에 빠져 죽사오
니, 왜적이 승전하여 충주목사와 병사를 죽이고 경도京都로 향하
오니, 복원伏願:엎드려 삼가 바랍니다. 전하는 급히 도적을 막으소서.」
하였거늘, 상(임금)이 대경(크게 놀람)하사 최일령의 몽사(꿈속의
일) 해득한 것을 그제야 아시고 원찬遠竄:먼 고장으로 귀양살이를 보냄.
원배遠配. 보내신 것을 한탄하시며, 더욱 생각하시며 좌우 제신을
둘러보아 왈,

「뉘 능히 왜적을 대적하리오.」
하시매,

「안으로 용장이 없고 밖으로 적세敵勢 위급하니, 뉘라서 도적
을 함몰하고 종묘사직宗廟社稷[11]과 도탄塗炭[12]에 든 백성을 구하

---

11 종묘사직宗廟社稷 : 왕조 때, '왕실과 나라' 를 아울러 이르던 말.

12 도탄塗炭 : (진흙구덩이나 숯불 등에 빠졌다는 뜻으로) 생활이 몹시 곤궁하거나
비참한 경지를 이르는 말. 도탄에 빠지다. 몹시 곤궁한 지경이 되다.

여 짐의 근심을 없게 하리오.」

하시되, 포도대장 정출남이 출반주出班奏[13] 왈,

　「신이 비록 재조(재주) 없사오나 한 칼로 왜적을 함몰咸沒:다 죽음. 몰사沒死.하고 전하의 근심을 덜리라.」

하되, 상(임금)이 대희:크게 기뻐하심.하사 군사 오만과 용장 오십여 원員(명)을 주며 가라사대(말씀하시길),

　「경이 나가 조심하여 왜적을 함몰하고 짐의 근심을 없게 하라.」

하시되, 출남이 수명受命:명령을 받들다.하고 남대문을 나와 제장을 불러 소임을 맡길 새, 김여춘金如春으로 선봉을 삼고, 백여철白如喆로 중군장中軍將 삼고, 남익신南益信으로 우익장右翼將을 삼고, 양희발梁喜勃로 좌선봉을 삼고, 김치운金治雲으로 후군장 삼고, 그 남은 장졸을 각각 소임을 정한 후에 정출남은 청총마靑驄馬:총이말=흰 바탕에 푸른 빛깔이 섞인 말. 총마驄馬.를 타고 칠십 근 장창長槍을 좌우에 갈라 들고 군중軍中:군대의 안. 군인의 몸으로 전쟁터에 나가 있는 동안.에 하령下令 왈,

　「군중에 만일 영을 어기는 자 있으면 군법으로 시행하리라.」

하고, 행군하여 충주로 내려와 적진을 살펴보니, 진세 웅장커늘, 출남이 싸움을 도도니(돋우니), 청정淸正이 운천동雲天東으로 좌익장을 삼고 제장의 소임을 각각 맡긴 후에 방포放砲:①군중軍中의

---

13 출반주出班奏 : 왕조 때, 여러 신하 가운데서 특별히 혼자 임금에게 나아가 아뢰던 일.

호령으로 공포를 놓아 소리를 냄. ② 발포發砲함. 소리 나며 팔만금사진八萬禁巳陣：陣法의 한 가지.을 치거늘, 정원수元帥 또한 방포 일성에 오행진을 치고 중군장 백여철로 진세를 지키게 하고 병창竝唱：가야금 · 거문고 등의 악기를 타면서 자신이 거기에 맞추어 노래를 부름, 또는 그 노래. 출마出馬：말을 타고 나감.하여 크게 외워 왈,

「적장은 들으라. 네 아무리 무도無道한들 천의天義를 모르고 외람히 남의 예의지국을 침범하여 불쌍한 백성만 죽이지 말고 빨리 나와 내 칼을 받으라. 우리 전하께옵서 나로 하여금 너희들을 함몰하라 하옵기에 왕명王命을 받자와 왔으니, 빨리 나와 내 칼을 받으라.」

하니, 적진에서 한 장수 내달아 외워 왈,

「조선 정출남은 들으라. 나는 왜국 선봉장 청룡淸龍일러니, 조그마한 네가 당돌히 우리를 능욕하여 우리 대군을 희롱하기로 네 목을 베어 분함을 풀리라.」

하고, 달아들어 합전하니, 양진의 고각함성鼓角喊聲：전쟁터에서 사기를 돋우려고 북을 치고 나팔을 불며 아우성치는 소리.은 천지를 흔드는 듯 분분한 창빛은 일월日月：해와 달을 희롱하더라.

이십여 합에 승부를 결단치 못하여 양장兩將 싸우는 양樣(모양)은 두 범이 밥을 다투는 듯, 청황룡靑黃龍이 여의주如意珠：용龍의 턱 아래에 있다고 하는 불가사의不可思議의 구슬. 사람이 이것을 얻으면 변화變化를 마음대로 부릴 수 있다고 함.를 다 토하는 듯하는지라. 출남이 기운을 도도(돋우다=내다)와 소리를 지르며 칼을 날려 청룡을 치니, 청룡의

머리 마하馬下(말 밑으로)에 날려지거늘(떨어지니), 칼 끝에 꿰어 들고 크게 외워(외치기를) 왈,

「청정도 빨리 나와 내 칼을 받으라.」

하니, 청정이 제 아우 주검을 보고 분기를 충천하여 내닫거늘(쫓아오거늘), 바라보니 신장이 구 척이요, 보신갑保身甲 : 몸을 안전하게 지키는 갑옷.을 입고 일백 근 철퇴를 들고 우수右手에 일백 근 명천검鳴天劍 : 중국中國 고대古代의 명검名劍의 이름.을 들고 적토마赤兎馬 : 중국 삼국 시대에 위魏의 여포呂布가 타던 준마의 이름. 뒤에 촉한蜀漢의 관우關羽가 소유함.를 타고 살같이 들어오는지라(달려온다).

정출남이 한번 바라보니, 정신이 아득하여 말 머리를 돌려 본진으로 들어오더니, 청정이 천동天動같이 달아오며 외워 왈,

「조선 장군 정출남은 닫지(달아나지) 말고 내 칼을 받으라. 네가 내 아우를 죽였는다!(죽였겄다!)」

하며, 우수(오른손)의 명천검으로 정출남을 치니(내리치니) 출남의 머리 마하(말 밑으로)에 떨어지는지라. 명천검으로 출남의 목을 꿰어 들고 십만 대병을 한칼로 순식간에 함몰하고 횡행하여 버히니(베니), 주검이 태산 같고 유혈이 강수江水(강물같이) 되었는지라. 청정이 승승하여 승전고를 울리며 본진에 들어오니, 제 장이 치하하여 왈,

「장군 용맹 곧 아니면…귀신이로다.」

하니, 청정이 소笑 왈,

「대장부 세상에 나서 용맹이 없으면 만리 타국에 나와 남의 나

라를 어찌 치리오.」

하고, 군사를 총독總督하여 도성으로 향하여 치니 그 형세를 당할
자 없더라.

각설, 이때 전하께옵서 정출남을 전장에 보내시고 십여 일토록
소식을 몰라 근심하시더니, 뜻밖에 양주楊州 땅에서 장계가 왔거
늘 급히 개탁(개봉)하여 보시니, 하였으되,

「정출남은 양주에서 왜적과 합전하여 왜장 청룡을 버히고 도
리어 청정의 칼에 죽삽고 인하여 십만 대병을 함몰하옵고 또 적
이 도성을 범하오니, 복원(엎드려 청하건대) 전하는 급히 도적을
막으소서.」

하였거늘, 상이 놀라자 제신을 모아 탄식하여 가라사대,

「적세가 위급하니, 무삼(무슨) 계교를 내어 종묘사직을 안보하
리오.」

하시며, 용안에 눈물을 흘리시니, 좌우 제신(신하들이)이 황급하
여 어찌할 줄을 모르더라.

수문장이 급히 고하되(아뢰기를),

「도적이 벌써 한강漢江을 건넜다.」

하거늘, 상이 망극하사 어영대장御營大將 최달성崔達性과 금위대
장禁衞大將 백수문白壽文을 불러 왈(말하기를),

「성중城中의 백성이나 총독하여 동서남북 사대문을 굳게 지키
게 하라.」

하시고, 남문으로 나와 갈 바를 알지 못하시더니, 김원동金元東이

주 왈,

　「평안도는 아직 도적이 아니 들어왔다 하오니, 복원(엎드려 삼가 바라오니) 전하는 그리로 가사이다.」

하고, 전하를 모시고 평안도로 가니라.

　이때 도적이 조선 왕이 피난할 줄 모르고 도성만 지키고 둘러싸고 크게 외워(외치기를) 왈,

　「조선 왕은 빨리 나와 항복하라.」

하는 소리 도성이 무너지는 듯하니, 성중에 있는 사람이야 그 아니 망극할가. 서로 붙들고 통곡하며 물 끓듯 하더니, 문득 남대문으로 오색 구름이 일어나며 일원 대장이 억만 대병을 거느리고 왜진을 헤쳐 :헤치다의 예스런 말. 우뢰 같은 소리를 지르며 청정을 불러 왈,

　「우리 조선국 사직이 사백 년이 넉넉하거늘, 너는 방자히 천운을 모르고 불쌍한 백성만 죽여 시절을 요란케 하느뇨? 바삐 물러가라. 나는 삼국적(의) 관운장關雲長이라.」

하거늘, 청정이 대경하여 바라보니, 일원 대장이 적토마를 타고 삼각수三角鬚 :두 뺨과 턱에 나 삼각형을 이루고 있는 수염.를 거사리고(거느리고) 봉鳳의 눈을 부릅뜨고 청룡도靑龍刀를 빗겨 들고 천병만마千兵萬馬를 거느리고 섰으니 완연한 관운장이라. 황급하여(히) 말을 날려(몰아) 평안도로 행하니라.

4. 김덕령金德齡(原文 ; 金德陽)

　이때 평안도 평강平康〔사실은 평강은 강원도〕 땅에 있는 김덕령
이라 하는 사람이 있으되, 연광年光이 십오 세요, 힘은 능히 천근
을 들고 일 두一斗 밥을 먹고 둔갑장신遁甲藏身 ː둔갑하는 술법으로 남
에게 보이지 아니하게 몸을 숨김.은 삼국적 제갈량諸葛亮에 더한다 하되,
시절이 태평하기로 농사를 일삼더니, 가운이 불행하여 부친 상
사를 당하매, 애통으로 세월을 보내더니 뜻밖에 왜적이 조선을
둘러싼단 말을 듣고 모친 앞에 나가 여짜오되(여쭙기를),

　「소자가 듣사오니, 왜적이 가까이 왔다 하오니, 복원伏願 모친
은 허락하옵소서. 부친 상복을 벗어 상문에 살르고, 왜적을 쳐 물
리치고, 국가의 근심을 덜고, 시절이 태평하오면 소자의 일흠(이
름)이 죽백竹帛에 올라 부모에 영화를 뵈압고(뵈옵고) 복록福祿을
받을 듯하오니, 모친은 허락하옵소서.」
하되, 모친이 꾸짖어 왈(말씀하시길),

　「우리 집 사람은 너 하나뿐이라. 선영先塋 향화香火를 받들 것
이어늘, 어찌 이런 말을 하느뇨? 옛날 명나라 호왕胡王이 둔갑遁
甲 ː귀신을 부려 변신하는 술법.을 이루어 소대성蘇大成을 유인하여 장운
동腸運動 ː위에서 소화된 음식을 대장大腸에 보내기까지 창자의 소화 작용으로 일어
나는 운동.에 불을 질렀으되 소대성을 잡지 못하고 도리어 대성의
칼을 면치 못하여 죽고, 초패왕楚覇王의 역발산力拔山 기개세氣蓋
世 ː힘은 산을 뽑고, 기상은 세상을 덮을 만함.로도 오강烏江을 못 건너서 머

리를 버혀(베어) 정장亭長을 주었으니, 너 무슨 재조(재주)로 왜적을 물리치리오. 속절없이 전장 백골이 될 것이니 이런 말 내지 말고 농업이나 힘쓰라.」

하니, 덕령이 모친의 영을 거역치 못하여 탄식만 하더니, 도적이 가까이 왔단 말을 듣고 모친 모르게 상복을 벗어 상문에 걸고 집을 떠나 순식간에 왜진에 들어가니, 청정이 김덕령을 보고 놀래어 수문장을 불러 호령 왈,

「진문陣門:진陣으로 드나드는 문.을 허수이 하여 조선 사람을 들어오게 하느뇨?」

군중에 하령 왈,

「활과 총으로 쏘아 잡으라.」

하니, 활과 총이 비오듯 하거늘, 김덕령이 몸을 피하였다가 총과 화살이 그친 후에 다시 진중에 들어가 청정을 보고 불러 왈,

「나는 평안도 평강 땅에 사는 김덕령일러니, 네가 천운을 모르고 외람한 뜻을 가져 의기양양하기로 내 왔으니, 내 재조를 보라. 내일 오시午時에 네 수만 명 군사 머리에 백지 일 장씩을 붙일 것이니, 그리 알라.」

하고, 문득 간데 없거늘,

청정이 고히 여겨(일러 깨우쳐주다.) 제장에게 분부 왈,

「내일 총과 활을 많이 준비하였다가 사시巳時 말이나, 오시 초 되거든 일시에 짐승이라도 쏘아 죽이라.」

하더니, 그 이튿날 사시 말 오시 초녘 되어 사면으로서 채색 구름

이 일어나며 지척咫尺:썩 가까운 거리.을 분별 못하고 눈을 뜨지 못하더니, 이윽고 하늘이 청명하며 덕령이 들어와 청정을 불러 꾸짖어 왈,

「나의 재조(재주)를 보라.」

하고, 백지를 던지니, 억만 군사 머리에 올라 감기거늘, 억만 군사가 백화白花밭이 되었는지라. 청정이 그 재조를 보고 크게 질색하여 왈,

「내 재조 팔 년을 공부하였으되, 저러한 재조를 배우지 못하였으니 어찌 하리오. 아마 저 사람을 유인하여 선봉을 삼으면 염려 없이 대사를 이루리라.」

하고 자탄自歎하더니, 덕령이 머리에 달린 백지를 일시에 걷어치우고 청정을 불러 왈,

「나도 운수 불길하기로 재조만 뵈었으니 빨리 돌아가라. 만일 듣지 아니하면 부친 상옷을 상문에 살우고 너희를 한 칼로 무찌를 것이니, 부디 잔명殘命:남은 목숨.을 보전하여 급히 돌아가라.」

하고, 간데 없거늘, 청정이 의심하여 급히 성중으로 돌아가니라.

각설, 이때 전하께옵서 영의정 정현덕鄭玄德을 다리시고 평안도로 행하시더라. 이때 소섭이 평양平壤 성중을 함몰하고 근처에 온단 말을 들으시고, 평안도 토곡土谷 성중에 유하시더니, 십구 세 된 아해(아이)가 있으되, 힘은 천 근을 들고 재조와 용맹이 무궁하나 기개가 없기로 소섭을 대적치 못하였더니, 일일은(하루는) 한 양반이 들어와 그 아해를 보며 왈,

「네 기상을 보니, 재조를 미간眉間 : 양미간兩眉間의 준말로 두 눈썹 사이.
에 나타낸지라 군사를 거느려 도적을 멸하고 대공을 세움이 네
마음에 어떠하뇨?」

그 아해 생각하되,

「이 양반이 혹시 누구신가.」

하고, 복지伏地 : 땅에 엎드림. 주 왈,

「소신이 재조는 없사오나 국병國兵이 이러하온데, 어찌 노약老
弱한들 도적을 치지 아니하리까.」

하매, 전하 가라사대,

「네 성명은 뉘라 하느뇨.」

그 아해 주 왈,

「소신의 성은 김이요, 명은 고원古元이로소이다.」

상이 즉시 편지를 써 주며 왈,

「내 말을 타고 곧 관官에 가 부윤府尹 한성록韓成錄을 주라.」

하시되, 고원이 봉명奉命 : 임금의 명령을 받듦. 하고 곧 관에 가 부윤을
보고 편지를 드리니, 부윤이 대경황망大驚惶忙하여 즉시 떠나 평
안도 토곡 성중으로 들어와 복지 사배謝拜하되, 상이 반기사, 용
안에 용루龍淚 : (용의 눈물이라는 뜻으로) 임금의 눈물을 높이어 이르는 말. 를 흘
리시며 탄식하며 가라사대,

「국운이 불행하여 왜적이 허虛 : (대비가 되어 있지 않은) 약점. 를 짓치
니(함부로 마구 들이치다), 선조대왕宣祖大王의 종묘를 어찌 안보 :
안전보장安全保障의 준말. 하리오. 평양으로 향하여, 소섭이 평양 성중에

웅거雄據하였기로 이곳에 유한다.」

하고, 통곡하시더니, 한성록이 복지 주 왈,

「소신은 국변國變이 이러하였으되, 대왕께옵서 이리 와 계신 줄 아지 못하옵고 태만怠慢히 있삽다가 조서詔書를 받자와 왔사오니, 신의 죄는 만사무석萬事無惜[14]이로소이다. 복원伏願 전하는 근심치 말으소서.」

하되, 상이 눈물을 거두시고 한성록에 장계하사,

「군사를 모아 도적을 막으라.」

하시더라.

이때 조선의 삼백 육십 주州에 삼백 주는 왜놈의 땅이 되고 육십 주만 남았으되, 함경도 천북天北 군사만 남았으니, 길이 막혀 왕래치 못하고 황해도 군사는 산곡山谷:산골짜기.으로 피난가고 경기도 군사 팔십 명은 도성을 지키게 하고 다만 평안도 군사만 거두니, 겨우 일만 명일러라. 상이 가라사대,

「군사도 부족하거니와 장수도 없으니, 도적을 어찌 막으리오.」

하시며, 최일령을 생각하시며, 제신諸臣을 둘러 보시고 탄식하더라.

각설, 이때 귀향갔던 최일령이 동래 적소에 이서(있어) 생각하되,

「이제 왜적이 사방에 헤어졌으니(흩어졌으니) 어찌 길을 통하며 왕명을 구하리오.」

---

14 만사무석萬事無惜 : (만 번 죽는다 해도 아까울 것이 없을 정도로) 죄가 매우 무거워 용서할 여지가 없음을 이르는 말.

하고, 즉일 길을 떠나 몸을 감추어 경성으로 향할 새 도적에게 잡힐까 하여 낮이면 숨어 가고 밤이면 행하여 십여일 만에 도성에 득달하니(이르니), 대왕은 피난하시고 장안에 들어선즉 장안이 적적하고 국궐國闕 : 나라의 대궐. 이 소슬蕭瑟 : 으스스하고 쓸쓸하다. 하매, 문득 전하께옵서 평안도로 피난하시었단 말을 듣고 토곡성에 득달하여 전하께 뵈옵고 복지 통곡하니, 상이 대경 대희하사 일령의 손을 잡으시고 눈물을 흘려 왈,

「짐이 경의 말을 들었으면 이런 환患을 아니 당할 것을 도시都是(도무지) 짐이 불명不明 : 불 분명. 어리석음. 사리에 어두움. 하여 경을 원척(멀리 귀양보냄)하였더니, 경은 옛일을 생각치 아니하고 지금 짐을 찾아오니, 더욱 불인不忍 : 차마 하지 못함. 하도다.」

하시며,

「경은 연전사年前事를 생각치 말고 선조공先朝公 창건하신 나라를 위하여 도적 막을 모책謀策 : 계책을 꾸밈, 또는 그 계책. 을 가르치라.」

하시니, 최일령이 복지伏地 : 땅에 엎드리다. 주 왈(아뢰기를),

「본도本道에 김응서金應西라 하는 사람이 있으되, 힘은 삼천 근을 들고 재조와 용맹은 삼국적 조자룡을 압도壓倒한다 하오니, 급히 그 사람을 명초命招 : 임금이 신하를 부름. 하여 도적을 막으소서.」

하니, 전하 기꺼하사(기꺼이) 사신使臣을 보내시더라.

5. 김응서金應瑞(原文 ; 金應西)

각설, 이때 김응서는 본도에 있어 왜란을 당하여도 왕명이 없기로 사직社稷을 받들지 못하여 탄식을 마지 않더니, 일일은(하루는) 사신이 와서 왕명을 받자와 전하거늘, 김응서 즉시 갑주甲胄:갑옷과 투구.를 갖초고 천리준총마千里駿驄馬를 달려 토곡성에 득달하여(도달하여) 전하께 뵈오니, 상이 대희하사 바라보니, 눈은 소상강瀟湘江 물결 같고 신장 팔 척이요, 황금 투구에 순금 갑옷을 입고 구십 근 장창을 좌수에 들고 팔십 근 철퇴를 우수에 들었으니 짐짓 영웅이라.

상이 만심화의滿心和愩:만심환희滿心歡喜 ; 만족하여 한껏 기뻐함.하사, 또 대희하여 일령더러 왈,

「이제 명장을 얻었거니와 군사가 부족하니, 어찌하리오.」

일령이 주 왈,

「조선 군사로서는 당치 못할 것이옵고 조선 장수 김응서는 왜적을 당케(당하지) 못할 것이오니, 복원 전하는 중국청병中國請兵을 보내옵소서.」

상이 옳이(게) 여기사 청병 사신을 택출하랴 하실 즈음에 병조판서 유성룡柳成龍(原文 ; 柳石龍)이 복지 주 왈,

「신이 청병 사신으로 가리이다.」

하니, 상이 대희하사 즉시 유성룡으로 청병 사신으로 정하여 보내더라. 일령이 응서더러 왈,

「왜적 소섭이 평양 기생 월천을 첩으로 삼았다 하오니, 월천과 약속을 하면 소섭이(을) 죽이기는 그대 장중掌中:장악중掌握中의 준말. 자기 수중에 들어온 것.에 있거니와 연광정 높은 뜰에 방울로 진을 쳤으니, 소리 막을 재조 있느뇨?」

응서 대 왈,

「방울 소래(소리)는 둔갑으로 막으려니와 월천과 약속할 묘책을 가르치소서.」

일령 왈,

「당태(중국에서 나는 솜) 한 근과 독한 술 백여 병을 가지고 십여 장성을 넘어가서 당태로 방울 소래를 막은 후에 연광정에 들어가면 자시子時 초는 하여(쯤에) 월천이 나올 것이니, 월천의 손을 잡고 입을 귀에 대이고 일일이 약속을 단단히 정하고, 술을 먹인 후에 장군이 조심하여 소섭을 버히고(베고) 즉시 정하亭下에 엎드러서 소섭에게 죽기를 면하라.」

하되, 응서 대답하고 당태 한 근과 독한 술 백여 병을 가지고 평양 팔십 리를 진시辰時 초에 떠나 유시酉時 말에 득달하여(도달하여) 말을 문외門外에 매고 밤을 살펴보니 초경이 되었는지라.

몸을 날려 십오 장 성을 뛰어 넘어가서 신장神將을 불러 당태를 주며 왈,

「방울 소리를 막으라.」

하고, 연광정에 들어가니, 소섭이 등촉을 밝히고 월천을 데리고 노래도 부르며 이렇듯이 희롱하거늘, 응서 몸을 날려 감추고 월

천이 나오기를 기다리더니, 자시 초는 하여 월천이 나오거늘, 웅서 월천의 손을 잡고 왈,

「너는 비록 기생이나 조선 국록國祿을 먹고 왜놈을 섬겨 부부지례夫婦之禮를 행하는가? 나는 왕명을 받자와 소섭을 죽이러 왔으니 너의 뜻이 어떠하뇨?」

월천이 왈,

「소녀는 비록 계집이오며 왜장 소섭의 첩이 되었사오나 장군 같은 영웅을 만나지 못하여 주야로 원이 되옵더니, 명천明天이 감동하사, 장군님을 만났사오니, 어찌 반갑지 아니하리오. 장군님의 약속을 가르쳐 주옵소서.」

웅서 대희하야 독한 술병을 내어 주며 왈,

「이리 이리 하라.」

하고, 소섭의 거동을 낱낱이 물으니, 월천이 대답하여 왈,

「소섭이 반잠 들면 한 눈만 뜨고 잠이 다 들면 두 눈을 다 뜬다.」

하고, 방으로 들어가 소섭더러 말하여 왈,

「소녀의 오래비가 있삽더니, 지금 장군님을 뵈러 왔나이다. 문밖에 있삽나이다.」

소섭이 반겨 왈,

「너의 오라비가 왔다 하니, 나와 남매간이라 어찌 반갑지 아니하리오.」

하되, 월천이 즉시 문 밖에 나와 웅서를 청하니, 웅서 들어가 예필禮畢 좌정座定 후에 소섭이 김웅서의 상을 보고 대희 왈,

「재조 있고 여러 장수 죽일 재조 가졌으니, 실로 영웅이로다. 그대는 나를 도우면 조선 장수 팔장을 버힌 후에 나는 청정의 부장副將이 되고 청정은 조선 왕 되고 우리 둘이 대공을 이룬 후에 일등 공신功臣이 되어 국록을 먹고 이름을 후세에 빛낼 것이니, 그대는 나를 도움이 어떠하뇨.」

응서 거짓 기꺼(기뻐)하며 허락하더라.

이때 월천이 주 왈(말하기를),

「소녀의 오래비가 주효酒肴 : 술과 안주.를 가지고 왔으니 장군님과 분배하여 잠수실가 바라나이다.」

소섭이 허락하여 왈,

「너의 오래비가 제 뉘를 위하여 주효를 가지고 왔다 하니 더욱 반갑도다.」

하며, 잔을 잡고,

「술 부어라.」

하니, 월천이 거동보소. 홍상紅裳 : ① 지난날의 조복朝服의 아래옷. 붉은 바탕에 검은 선을 둘렀음. ② 붉은 치마. 다홍치마.치마를 후리쳐 꿰고 술 부어 들어 두 손으로 한 잔 권코, 두 잔 권코 일배일배 부(다시)일배一盃一盃復一盃라. 한 병 술을 다 마시니, 술이 대취하여 자리에 넘어지거늘, 응서가 월천을 데리고 문외로 나와,

「다른 의심은 없느뇨?」

하니, 월천 대(대답) 왈(하기를),

「다른 의심은 없사오니, 급히 처치하옵소서.」

응서 문을 열고 보니, 소섭이 눈을 부릅뜨고 이수頤鬚:턱 수염.를 거사리고 잠이 깊이 들었거늘, 응서 칼을 들고 칼춤 추며 들어가니, 소섭의 칼 명천검 빛난 칼이 벽상에 걸렸다가 응서 들어옴을 보고 소소와 치려 하다가 칼 임자가 잠이 깊이 들었기로 용납만 할 뿐일러라. 응서에게 월천이 이왕에 그 칼 재조는 아는지라.

「입으로 침 세 번만 뱉고 달아들어 치라.」

하니, 응서 그대로 시행하고 후리쳐 치니, 소섭의 머리 검광劍光을 좇아 떨어지는지라. 응서 칼을 던지고 즉시 땅에 엎드려서 엿보더니, 문득 목 없는 소섭이 일어나며 벽상에 걸린 칼을 들고 휘휘 두르며 한 번 들어 연광정 대들보를 치고 넘어지거늘, 응서 그제야 목을 칼 끝에 꿰어 들고 월천을 옆에 끼고 십오 장 성을 넘어가 월천더러 왈,

「시운이 불행하여 너도 소섭의 첩이 되었으나 잠시라도 부부지례는 일반이라, 너로 하여금 소섭을 죽였으나 너를 살려 두면 나도 소섭 같이 환을 당하리라.」

하고, 마지못하여 월천의 머리를 버혀 가지고 통곡하며 토곡성에 득달하여 전하께 소섭의 머리를 드린 후에 또 월천의 머리를 올리니, 상이 일변 대희하시며 일변 애련히 여기사 응서의 손을 잡고 칭찬하여 가라사대,

「월천이 비록 미천한 계집이나 일단 충성만 생각하고 소섭을 죽이고 또 저도 죽었으니, 월천은 천추만대千秋萬代:(천년과 만년의 뜻으로) '아주 오랜 세월'을 이르는 말.에 이름이 빛나리라.」

하시더라.

각설, 이때 유성룡이 중국 청병 사신으로 들어가 황제께 뵈온 대 황제 문 왈,

「조선에 무슨 연고 있기로 짐의 나라에 들어왔느뇨?」

하시되, 성룡이 복지 주 왈,

「소신 나라에 운수 불길하와 왜난을 당하와 종묘사직이 조모 朝暮에 위태하옵고 중지重地를 뺏기어 소신의 국왕이 평안도 토곡성중으로 피난하옵고 적세가 위급하옵기에 들어왔나이다.」

하고 패문牌文[15]을 올리거늘,

천자 보시고 대경하사 만조滿朝 제신을 모아 가라사대,

「조선 국왕이 왜난을 만나 구원병을 청하였으니, 경등의 뜻이 어떠하뇨?」

하신대, 좌승상左丞相 유필柳畢이 주 왈,

「하교下敎 지당하오나 이때는 농절農節이오니, 청병 보내기 불가하여이다.」

하니, 천자 혼자 임의로 결단치 못하여 허락지 아니하시거늘, 성룡이 그저 돌아와 그 연유를 상달하니, 상이 일령을 불러 왈,

「청병 사신이 그냥 왔으니 어찌 하리오.」

하시되, 일령이 주 왈,

「전하는 근심치 말으소서. 청병은 스사로(스스로) 오리이다.」

■

15 패문牌文 : 중국에서 조선에 칙사勅使를 파견할 때, 칙사의 파견 목적과 일정 등 칙사와 관련된 제반사항을 기록해 사전에 보내던 통지문通知文. 공문서의 한 가지.

하니, 상이 청병 오기만 기다리더라.

　각설, 이때 왜장 평수길平秀吉이 삼만 군졸을 거느려 경상우도를 짓쳐 진주晋州(原文, 陳州)에 웅거하였더니, 이때 본읍 기생 모란牡丹 : 이는 논개를 이름인 듯?이라 하는 기생 있으되, 한갖 충성만 생각하고 한 꾀를 내어 왜장 평수길을 다리고 촉석루矗石樓에 올라가 잔치를 배설排設(베풀다)하고 즐겨하니, 분분한 풍류 소리는 바람을 좇아 반공半空에 자자藉藉 : (소문이나 칭찬 따위가) 여러 사람의 입에 오르내리어 떠들썩하다.하고 불빛 같은 홍상치마는 누상에 비쳤는데 향기는 십 리에 진동하니, 왜장이 묘함을 탐하는 중에 술이 대취하였는지라. 모란이 군졸 없는 때를 승시乘時 : 때를 탐.하여 거문고를 놓고 섬섬옥수纖纖玉手를 넌지시 들어 탁문군卓文君의 봉鳳이 황凰을 구하는 곡조를 타더니, 춤추며 홍상치마를 걷어쳐 안고 처량한 곡조와 슬픈 소리(노래) 부르니, 그 소리 처량하여 단산丹山 봉황이 우는 듯하더라. 모란이 한갖 충성만 생각하고 생사를 둘러 보지 아니하고 일평생에 이름만 빛내고저 함을 뉘 알리오. 그 모란의 태도는 사람의 정신이 아득하고 간장이 녹는 듯한지라.

　평수길이 흥을 이기지 못하여 모란을 안고 칼춤 추며 즐길 즈음에 모란이가 덥석 안고 촉석루 난간에 뚝 떨어져 만경창파萬頃蒼波 : 한없이 넓은 바다나 호수의 푸른 물결. 깊은 못에 속절없이 죽는지라. 왜장이 대경하여 즉시 평수길의 시체를 건지고 즉시 또 모란의 시체를 건져 놓고 군사를 몰아 즉시 청정의 진으로 가더라.

　각설, 이때 대왕이 청병 오기만 기다리시더니, 진주목사 장문

狀聞: 장계狀啓를 올려 주달奏達함, 또는 그 글.이 왔거늘 즉시 개탁하니(뜯어보니), 하였으되,

「퇴재상 이순신이 왜장을 대적할 새, 괴이한 묘책을 내어 한산도의 왜장을 무수히 죽이옵고 성공하여 돌아오다가 왜장 살에 맞아 죽삽고, 본읍의 모란이라 하는 기생이 있으되 다만 충성만 생각하고 왜장을 다리고 촉석루에 올라 춤추다 왜장을 안고 물에 빠져 죽사오니, 과연 이런 충성은 전고前古: 지난 옛날.에 없을까 하나이다.」

하였거늘, 상이 보시고 대경 칭찬 왈,

「시절이 태평하거든 순신은 충무공忠武公(原文 ; 忠烈公)을 봉封하여 서원을 짓고 춘추로 제향祭饗을 받게 하고, 모란은 촉석루 앞에 비를 세워 충렬忠烈을 표하라.」

하시더라.

6. 이여송李如松

이때 대국 천자께옵서 청병 사신을 그냥 보내고 주야로 염려하시더라. 한 날(어느 날) 밤에 동대: 끊임없이 잇닿게 하다.로서 일원 대장이 내려와 탑전榻前: 임금의 자리 앞.에 복지 주 왈,

「형님은 어찌 청병을 보내지 아니하나이까?」

하거늘, 천자 대경하여 문問 왈,

「그대가 귀신인가, 어찌 날더러 형님이라 하느뇨?」

장수 왈,

「소장小將은 삼국적 관운장關雲長이옵고 형님은 유현덕劉玄德이 환생還生하여 천자가 되고, 장비張飛는 환생하여 조선 왕이 되고, 소장은 미부인糜夫人을 모시고 조조曹操에 갔삽다가 무죄한 사람을 죽이므로 환생치 못하옵고 조선 지경을 지키옵더니, 지금 왜적이 조선을 덮어 거의 땅을 다 뺏기옵고 종묘 사직이 조모간에(경각간에) 망케(망하게) 되옵고 조선 왕명이 시각에 있삽거늘, 형님은 어찌 청병을 아니 보내시니이까?」

천자 그 말을 들으시고 마음이 비창悲愴하여 대경 통곡하시고 그 장수를 살펴보니 신장은 구 척이요, 손에 청룡도를 빗겨 들고 봉의 눈을 부릅뜨고 삼각수를 거사리고 왔으니, 분명한 관운장일러라.

천자 용상에 내려와 재배 왈,

「장군은 누구를 보내라 하시나이까?」

운장이 왈,

「청병은 팔십만만 보내고 장수는 당나라 이여송을 보내시면 왜적을 물리치고 조선을 구하고 오리이다.」

뜰 아래 내려서 왈,

「형님이 내 말을 아니 들으면 무사치 못하리이다.」

하고, 문득 간 데 없거늘, 천자 대경하여 공중을 향하여 재배하고 이튿날 조회朝會 : 왕조 때, 백관百官이 정전正殿 앞에 모여 임금에게 조현朝見하던

일.에 백관百官 모아 의논 왈,

「짐이 간밤에 일몽을 얻으니, 조선 관운장이 와서 여차如此하고 저리 저리 하고 청병을 보내라 하기로 청병은 못 보낸다 하였으나 제경諸卿들의 뜻이 어떠하뇨?」

제신이 주 왈,

「운장은 본디 충절 있는 장수오니, 지휘대로 하옵소서.」

천자 즉시 조서를 하여 익주益州에 내리사,

「군사 팔십만 명을 거두라.」

하시고, 당나라 이여송을 명초하사 왈,

「짐이 경의 재조(재주)를 아는지라 조선에 나가 왜놈을 물리치고 공을 세워 이름을 빛내고 들어오면, 이름을 죽백에 올려 대국의 일등 공신이 되리라.」

하시되, 이여송이 복지 주 왈,

「소신이 재조 없사오나 동국東國에 나가 왜적을 함몰하고 들어오리이다.」

천자 대희하사(크게 기뻐하며) 대원수大元帥에 대장절월大將節鉞: 대장大將이 부임赴任할 때 임금이 주는 절節과 부월斧鉞.을 주더라.

이여송이 하직 숙배肅拜하고 행할 새 만조 백관이 사십 리에 나와 전송 왈,

「장군은 만리 밖의 동국에 나가 대공을 세우고 들어오면 그 공을 치사致謝하리이다.」

하니, 이여송이 왈,

「조고마한(조그마한) 왜놈을 어찌 근심하리오.」

하고, 익주로 행하여 팔십만 대병을 거느려, 제장을 불러 소임을 맡길새, 그 아오(아우) 이여백李如栢으로 선봉을 삼고 이여월李如月：李如梧인 듯?로 후군장을 삼고, 호령하여 왈,

「만일 군 중에 태만한 자 있으면 군법으로 시행하리라.」

하고 천리준총마를 타고 머리에는 구룡군관九龍軍冠이요, 몸에는 홍황단전복紅黃緞戰服이요, 우수에 팔각도八角刀를 들고 좌수에는 우모단수기羽毛緞繡旗：새 깃으로 짠 기旗.를 들었으니, 황금 대자代赭：갈색을 띤 가루 모양의 안료顔料.로 썼으되 대사마大司馬〈대장군 당나라 이여송〉이라 하였더라.

즉시 발행하여 조선으로 향하니 기치창검은 일월을 가리웠고 고각함성은 천지를 뒤흔드는 듯하여, 물결은 출렁출렁 압록강 건너와서 탐지를 보내니, 조선 왕이 제신을 거느려 백리 밖에 나와 맞을 새, 상이 두 번 절하고 좌정 후 가라사대,

「장군님이 황상의 명을 받자와 원로에 수고를 하시니, 과인寡人：(덕이 적은 사람이란 뜻으로) 임금이 자신을 낮추어 이르던 말.의 마음이 불안하여이다.」

하시니, 이여송이 두 번 절하고 가로되,

「대왕은 뜻밖에 왜난을 당하오니, 오죽 근심하시리까. 황상의 명을 받자와 왔사오되 대왕을 뵈오니, 대왕의 지성至誠：지극한 정성.이 없사오니, 아무리 생각하여도 돕지 못하고 그저 돌아가겠나이다.」

하거늘, 상이 근심하사 일령더러 이여송이 하던 말을 낱낱이 이르시니 일령이 주 왈,

「전하는 근심치 말으소서. 당장唐將 있는 뒤에 칠성단七星壇을 모시고 독을 쓰고 축문祝文을 읽으시고 울으시면 당장이 듣고 용서할 도리가 있사오니, 그대로 하사이다.」

상이 즉시 영을 내려,

「단을 모으라(만들라).」

하시고, 단에 올라 독을 쓰고 슬피 통곡하시니, 이여송이 듣고 문 왈,

「우는 소리 어디서 나느뇨?」

군사 고하되,

「조선 왕이 이 장군님이 그저 회군하신단 말을 들으시고 우시나이다.」

하거늘, 이여송이 탄식하여 왈,

「슬프다. 상을 보니 왕후의 기상이 아니옵더니, 울음소리를 들으니 용의 울음소리 분명하도다. 사백 년 사직이 넉넉하다.」

하고, 즉시 제장을 불러 소임을 맡길 새 조선 장수 구름 모이듯 하더라.

평안도 평강 땅에 사는 김응서金應西와 전라도 전주 사는 강홍엽姜弘葉도, 황해도 사는 김승태金勝台와 함경도 사는 유홍수柳弘守와 강원도 사는 백철남白鐵南과 경기도 사는 문두황文頭黃의 여러 사람들이…범 같은 장수라. 각각 갑주를 갖초고 이여송에

뵈온대 이여송이 보시고 칭찬 왈,

「조선 같은 편소지국偏小之國에 저러한 영웅호걸이 많거든 어찌 요란치 아니하리오.」

하고 그중에 재조를 보려 하고 높은 깃대 끝에 황금 일만 량을 달고 일러 왈,

「제장 중에 저기 달린 황금을 떼어 오는 자 있으면 선봉을 삼으리라.」

하니, 제장이 영을 듣고 한 장수 내달아 춤추며 몸을 날려 소소와(솟구쳐) 황금을 철퇴로 치니, 황금이 떨어지는지라. 또한 장수 내달아 몸을 소소와(솟구쳐) 남은 황금을 떼어 가지고 들어왔거늘, 이여송이 문 왈,

「그대는 성명을 뉘라 하느뇨? 또 먼저 뗀 장수도 뉘라 하느뇨?」

장종將種: 장군 집안에서 태어난 사람, 또는 무장武將 집안의 자손. 이 대 왈,

「먼저 장수는 김응서요, 두 번째 뗀 장수는 강홍엽이로소이다.」

하니, 응서로 선봉을 삼고 홍엽으로 후선봉을 삼고 유홍수로 좌익장을 삼고 백철남으로 우익장을 삼고 김일관金一官으로 군량장軍糧將: 군대의 양식을 책임지는 장수.을 삼고 그 남은 제장은 다 후군장을 삼을 새, 제장이 군사를 몰아 강원도 왜장 청정의 진으로 행하니라. 이때 대왕께옵서 유성룡을 불러 가라사대,

「조선 군사와 대국 군사의 군량장을 맡아 수운하라.」

하시더라.

각설, 이때 이여송이 왈,

「좋은 술 천 독만 내일 식전에 대령하라.」

하니, 웅서 대답하고 나와 군중에 전령하되, 땅 밑을 깊이 파고 술 천독을 하여 묻고 그 위에 백탄 숯을 피워 밤새 끓이게 하고 그 이튿날 술 천 독을 대령하니, 이여송이 보고 칭찬 왈,

「조선도 명인이 있도다.」

하고, 또 분부하여 왈,

「내일 조시朝時에 용탕龍湯을 대령하라.」

하니, 웅서 능히 대답하고 나와 서천西天을 바라보고 슬피 우니, 어떠한 용이 시냇가에 죽었거늘, 즉시 용탕을 지어 올리니, 이여송이 또 가로되,

「소상瀟湘¹⁶반죽班竹¹⁷ 젓갈을 들이라.」

하니, 웅서 능히 대답하고 나와 전하께 상달하니, 상이 가라사대,

「그 전 선조 시에 어떠한 양반이 일후에 써먹을 일이 있다 하고 전하여 온 것이 있으니, 급히 가져가라.」

하시되, 웅서 반겨 듣고 젓갈을 갖다 올리니, 이여송이 칭찬 왈,

「천재로다. 천재로다. 이런 사람은 세상에 없도다.」

하고, 또 분부 왈,

---

16 소상瀟湘 : 중국 호남성의 동정호洞庭湖 남쪽에 있는 소수瀟水와 상수湘水를 아울러 이르는 말.(부근에 유명한 소상팔경瀟湘八景이 있어 경치가 수려함.)

17 반죽班竹 : 대과에 딸린 대의 한 가지. 흔히 인가 부근에 심는데, 높이는 10m 가량 자람. 줄기에 검은 반점이 있는 것이 특징임. 단소 · 붓대 · 부채 · 죽세공 재료로 널리 쓰임.

「내일 조시 초에 백마白馬 백 필을 대령하라.」

하니, 웅서 능히 대답하고 군 중에 전령하되,

「분 칠도 하고 흰 가루 칠도 하여 백마 백 필을 대령하라.」

하니, 이여송이 대소大笑 왈,

「임시 체면이라도 저렇듯하니, 어찌 그대의 재조(재주) 없으리오.」

하고, 인하여 유성룡으로 군량장을 삼고 군량을 수운하게 하고 청정의 진으로 향하더라.

이때 청정이 강원도 원주原州 성중에 웅거하였더니, 군사가 고하되,

「이여송이 군사를 거느려 온다.」

하거늘, 청정이 대경하여 각 도에 헤어진(흩어진) 장졸을 거두니, 명장이 팔백여요, 정병이 십만여 명이라. 청정이 복(북)을 울리며 방포放砲 : 군중軍中의 호령으로 공포空砲를 놓아 소리를 내던 일. 일성에 팔만 군사 진을 치는지라.

이여송이 원주에 득달하여(당도하여) 적진을 살펴보니, 진세를 가히(쉽게) 알더라. 이여송이 북을 치며 싸움을 도도우니(돋우니), 적진에서 한 장수 내달아 외워(외치기를) 왈,

「당장 이여송은 들으라. 우리 대왕께옵서 조선을 거의 다 얻었거늘, 너는 무삼 재조 있건데 망케(망하게) 된 조선을 구하고저 하여 우리를 치려 하느냐. 네 진중에 내 적수 있거든 빨리 나와 내 칼을 받으라.」

하거늘, 선봉이 김응서 병창 출마하여 크게 외워 왈,

「우리 진중에 영웅호걸이 구름 모이듯 하였거늘, 너는 어찌 죽기를 재촉하는가?」

하고 싸워 삼십여 합에 이르러 응서의 칼이 번듯하며 왜장 마원태馬元台의 머리 땅에 떨어지는지라. 응서가 칼 끝에 꿰어 들고 좌충우돌하니, 적진에서 마원태 죽음을 보고 번개같이 날랜 오장五將이 내달라 외워 왈,

「조선 장수 김응서는 어찌 우리 장수를 죽이는가?」

하며 천둥같이 달아(달려)오거늘, 응서 말 머리를 돌려 우뢰 같은 소리를 지르며 한 칼로 오장을 대적하여 십여 합에 이르러 기운이 쇠진衰盡:기운이나 세력이 쇠하여 다함.하여 본진으로 돌아오고저 하더니, 이때 청정은 오장이 응서를 잡지 못함을 보고 분기 충천하여 벽력 같은 소리를 지르며 방포 소리나며, 방패를 갖고 명천검을 들어 응서의 말 머리를 깨치니, 말이 엎드러지는지라. 응서의 급함이 경각에 있는지라.

이여송이 보고 대경하여 당장 삼 인을 명하여 응서를 급히 구하니, 응서 본진으로 와 이여송께 치하하여 왈,

「장군의 명命, 곧 아니면 어찌 소장의 잔명殘命:얼마 남지 않은 쇠잔한 목숨.을 보전하였으리이까.」

하고 이여송의 말을 얻어 타고 급히 들어가 싸우니, 당장은 구인이요, 왜장은 오인이라. 양진의 고각함성은 천지 진동하고 분분한 칼 빛은 하늘에 덮혔는지라. 산중 맹호가 밥을 다토(다투)는

듯하고 벽해수碧海水 잠긴 용이 구비(굽이)를 치는 듯한지라.

십여 합에 이르러 적장의 칼이 번듯하며 당장 이여월의 머리가 떨어지고 선장鮮將 강홍엽의 칼이 번듯하며 왜장 한일천의 머리 떨어지고 김일관의 칼이 번듯하며 왜장 한업韓業의 머리 떨어지고 김태승의 칼이 번듯하며 왜장 문경의 머리 떨어지니, 청정이 오장의 죽음을 보고 분기를 이기지 못하여 말에 올라 나는 듯이 내달아 우뢰같이 소리를 질러 왈,

「당장은 무삼(무슨) 일로 나의 아장亞將을 다 죽였는가?」
하며 달아들거늘, 바라보니 신장이 구 척이오, 일백 근 투구를 쓰고 몸에 구리갑을 입고 우수(오른손)에 일백 근 철퇴를 들고 좌수(왼손)에 일백 근 명 천검을 들고 한 자 입을 벌리고 달아(달려)들어 삼십 합에 청정의 칼이 번듯하며 태경의 머리 떨어지거늘,

이여송이 당장의 죽음을 보고 병창竝唱:두 사람이 소리를 맞추어 노래 하는 일. 출마出馬하여 왈,

「적장 청정은 어찌 나의 아장을 죽였는다? 너의 근본을 들으라. 너희 놈이 옛날 진시황을 속이고 동남童男 동녀童女 오백 인을 거느리고 들어가 나오지 아니하여 씨를 퍼쳐(퍼트려) 자칭 황제라 하고 강포强暴:우악스럽고 포악함.만 믿고 조선국 같은 예의지국을 침범하니, 어찌 분하지 아니하리오. 너는 나를 당치 못하거든 내 칼을 받으라.」
하는 소리, 천지가 진동하더라.

청정이 듣고 대로大怒:크게 성냄. 몹시 화냄.하여 왈,

「조선을 거의 다 얻었거늘, 너는 청병으로 와서 어찌 나를 당하리오.」

하고, 명천검으로 이여송을 대적코저 하니, 고각함성은 천지 진동하여 천붕지탁天崩地坼：하늘이 무너지고 땅이 갈라진다는 뜻으로, 대변동·대사변 또는 매우 큰소리를 이르는 말. = 천붕지탑天崩地塌：큰소리에 천지가 진동함.

하는 듯하여 십여 합에 승부를 결단치 못하고 청정이 기운이 진하여 말 머리를 돌려 본진으로 들어가거늘, 명장 칠인이 합세하여 청정을 좇아가며 호통하는 중에 청정이 전면을 바라보니 억만 대병이 내달아 길을 막으며 일원 대장이 외워 왈,

「망발妄發[18]생의生意[19]하였으니, 어찌 천신天神인들 무심하랴. 청정은 닫지 말고 내 칼을 받으라.」

하거늘, 청정이 눈을 들어 보니, 일전 보던 바 관운장이라.

대경하여 운장과 더불어 십여 합에 기운이 쇠진하여 칼 빛이 점점 둔한지라. 명장 칠인이 달려들어 싸우니, 청정이 그물에 든 고기요, 쏘아 놓은 범이라. 이여송의 칼이 공중에 번개되어 운무雲霧：구름과 안개. 중에 빛나더니, 청정의 머리 검광을 좇아 떨어지는지라. 슬프다, 청정의 용맹이 속절없이 죽으니 천신도 애닯도다. 웅서 달려들어 칼 끝에 꿰어들고 본진에 들어와 춤추며 이여송에게 치하하여 왈,

---

18 망발妄發 : 말이나 행동을 그릇되게 하여 자신이나 조상을 욕되게 함, 또는 그런 말이나 행동.

19 생의生意 : 생심生心 ; 하려는 마음을 냄, 또는 그 마음.

「장군의 용맹은 왜국에 진동하고 천추에 유전流傳:세상에 널리 퍼짐.하리이다.」

하더라.

각설, 이때 전라도 갔던 동철同鐵이며, 충청도 갔던 마웅태馬雄台며, 함경도 갔던 봉철鳳鐵이 일시에 진을 파하고 청정의 진에 합세코저 하다가 청정이 죽었단 말을 듣고 대경 실색하여 일시에 달려들어 외워(외치기를) 왈,

「당장 이여송과 조선 장수 김웅서와 강홍엽은 어찌 우리 대장을 죽였는가. 우리등(들)이 네 머리를 베어 우리 대왕께 원수를 갚으리라. 닫지(달아나지) 말고 내 칼을 받으라.」

하니, 이여송이 듣고 분기를 이기지 못하여 칼을 들고 내닫고저 하거늘, 웅서와 강홍엽이 만류 왈,

「장군은 노함을 참으소서. 소장 등이 나가 왜장을 버혀 장군의 노함을 풀리라.」

하고, 일시에 병창竝唱:동시에 같이. 출마하여 벽력같이 외워 왈(외치기를),

「너는 김웅서와 강홍엽을 아는가 모르는가? 두렵지 아니하면 빨리 나와 우리 칼을 받으라.」

하되, 왜장이 일시에 달려들어 십여 합에 웅서의 칼이 반공중에 번개되어 마웅태를 치니, 머리 땅에 떨어지니, 문경이 대경하여 크게 외워 왈(외치기를),

「적장은 어찌 우리 장수를 해하는가? 내 명심코 너를 죽여 우

리 장수의 원수를 갚으리라.」

하고, 십여 합에 거짓 패하여 응서와 홍엽이 본진으로 향하니, 문
경이 분기를 이기지 못하여 크게 외워 왈,

　「너는 잔말 말고 내 칼을 받으라.」

하고, 급히 좇아 오거늘, 응서와 홍엽이 본진에 들어와 방포 일성
에 삼 겹〔삼중三重〕오행진을 굳이(군게) 치니, 나는 제비라도 벗
어날 길이 없었는지라.

　왜장 문경이 진중에 들어와 벗어날 길이 없어 할 일 없어 주저

躊躇 : 머뭇거리거나, 나아가지 못하고 망설임. 자저越趄 ; 머뭇거리며 망설임.하거
늘, 응서 달려들어 문경의 말 머리를 깨치니 말이 엎드러지거늘,
문경을 사로잡아 장대將臺 아래 앉히고 … 죄왈(죄상을 말하기를),

　「네가 감히 예의지국을 침범하느뇨?」

하되, 문경이 살기를 원하여 항복 애걸하거늘, 이여송이 호령하
여 왈,

　「네놈 천륜을 모르고 외람한 뜻을 두어 조선 같은 예의지국을
침노하는가? 조선에 영웅 호걸이 구름 모이듯 하여 너의 대장 청
정과 소섭, 평수길도 우리 칼에 혼백이 되었거든 너희 놈은 방자
하여 범람한 뜻을 두니, 두렵지 아니하냐. 그럴수록 방자하여 감
히 내 진중에 들어왔는가. 이제 너희를 버힐(벨) 것이로되, 이미
항복하기로 그냥 놓아 보내니, 빨리 돌아가 차후는 다시 외람猥濫
: (하는 짓이) 분수에 지나침.한 뜻을 두지 말라.」

하고 보내더라.

차설, 진을 파破하매, 왜인의 주검이 태산 같고 피 흘러 강수 되었더라. 이여송이 칭찬 왈,

「조선 대왕이 벌써 저러한 영웅을 두었도다.」

하고 탄식하더라.

각설, 이때 대왕이 전장(전쟁) 소식을 고대하던 차에 날로 기다리더니, 승전 패문을 보시고 불승환희不勝歡喜:겸손하게 기쁨을 사양하다.하자 최일령을 불러 왈,

「군량이 전하여지니(떨어져 가니), 어찌 하리오.」

일령이 주 왈,

「신이 듣사오니, 평안도 삭주朔州 땅에 사는 김수업金守業이라 하는 부자가 있으되, 곡식이 이십육만 석이 있다 하오니, 수업을 명초하사 군량을 당케(충당케) 하옵소서.」

하되, 상이 수업을 패초 牌招:왕명으로 승지承旨가 좌하座下(앉은 자리의 아래라는 뜻으로)를 부르는 것. 편지에서 상대편을 높이어 그의 이름 아래에 쓰는 말. 좌전座前. 하시되, 수업이 명을 받자와 복지 사배하니 상이 가라사대,

「군량이 진盡(다할 진. 다 없어지다. 떨어지다.) 하였으니 너의 곡식을 취取하여 쓰고 시절이 태평하거든 갚고저 하노라.」

하시되, 수업이 주 왈,

「소신의 곡식이 전하의 곡식이오니, 쓰실 대로 쓰기를 바라나이다.」

하거늘, 상이 즉시 수업으로 군량장을 삼아 군량을 수운하게 하고 단을 모으고 백 리 밖에 나와 이여송을 맞을 새, 이여송이 군

사를 거두어 회군하고 중국의 군사를 점고點考:명부에 하나하나 점을 찍어가며 사람의 수효를 조사함.하니, 삼십만 대병이 다 죽고 장수 백여 명이 또 죽었는지라. 이여송이 탄식하며 왈,

「부모 처자 일가친척 다 버리고 만 리 타국에 나와 전장 고혼孤魂이 되었으니, 가련하고 불쌍하다.」

하고 즉시 밥을 지어 모든 귀신을 위로할 새,

「너희 혼백은 들으라. 부모와 동생 처자를 이별하고 만 리 타국에 왔다가 배도 오죽 고플 때 있으며 슬픈 마음도 오죽 있으며 고국을 생각하다가 전장 혼백魂魄이 되었으니, 불쌍하고 가련하기로 밥을 지어 위로하니, 착실히 흠향欽饗:신명神明이 제물祭物을 받음.하라.」

하시더라.

이때는 정유년丁酉年 삼월이라. 이여송의 철비鐵碑:쇠로 만든 비.를 세워 천추에 유전流傳:세상에 퍼지어 전함.케 하고 홍비단 백 필을 승전기〔旗〕를 만들어 세우고 승전고〔鼓(북)〕를 울리며 토곡성에 들어와 전하게 뵈오되, 전하 대희하사 대연大宴을 배설하고 즐기실새, 이때 친히 잔을 잡아 이여송에게 권하시니, 이여송이 부복 칭찬하더라. 인하여 잔치를 파하고 이여송이 이여백으로 중군을 삼아 군사를 거느리고 중국으로 돌아가게 하고, 무사 백여 명을 거느리고 각 읍으로 다니며 명산名山 대천大川 혈맥을 다 자르고,

「조선 같은 편소지국에 영웅 호걸이 많은 탓이라.」

하더라.

7. 김덕령金德齡

이때 대왕이 제신과 군사를 거느려 태평곡泰平曲을 울리며 환궁하시고 문무 제신을 차례로 봉封하실 새, 최일영으로 태부太傅: 고려高麗 때 두었던 왕세자王世子의 스승의 하나 태사太師의 다음 가고 태보太保의 위임.를 삼으시고, 강홍엽으로 선봉을 삼으시고, 유성룡으로 우의정을 삼으시고, 유홍수로 좌의금左義禁: 왕명王命을 받들어 죄인罪人을 추국推鞠하는 사무를 맡아보는 관아.을 삼으시고, 문두황으로 부원수를 삼으시고, 정태경鄭台京으로 좌도령左都令을 삼으시고, 한성록으로 판서判書를 삼으시고, 김칠원金七遠으로 어영대장御營大將을 삼으시고, 그 남은 제장은 각 도 각 읍의 방백方伯 수령守令을 봉하시고 백성 조세를 삼 년을 탕감蕩減하시고 각 도에 학업과 검술을 숭상하니, 세화연풍歲和年豊하고 노소 백성이 처처處處에 격양가擊壤歌: 풍년이 들어 농부가 태평한 세월을 즐기는 노래.라. 인인仁人 순시舜時라(요순 시절이나 다름없다). 정출남으로 충렬공忠烈公을 삼으시고 서원을 사역使役(빌려서)하사 춘추로 제향祭響: 祭享; ① 나라에서 지내는 제사. ② 제사의 높임말. 제향祭饗.을 받게 하시니라.

각설, 이때 무술년戊戌年이라. 김덕령의 소문을 들으시고 금부도사를 명령하여,

「덕령을 잡아 올리라.」

하시니, 도사 수명受命: 명을 받들고하고 내려가 덕령을 보고 왕명을 전하니, 덕령이 보고 대경하여 모친께 들어가 그 연유를 고하니,

그 모자지생：어머니와 아들만의 삶.의 거슬음：지금으로부터 과거로 따지어 올라가다.을 어찌 다 측량하리오. 인하여 덕령이 하직하고 나오니, 도사 철망으로 씌워 갈 새(갈 새：데려가니), 철원 땅에 이르러서 덕령이 도사더러 왈,

「여기 친한 사람이 있으니, 잠간 놓아 주면 가서 보고 감이 어떠하뇨?」

도사 왈,

「공公에 사정私情이 없으니, 어찌 잠시인들 놓아 보내리오.」

하거늘, 덕령이 꾸짖어 왈,

「아무리 왕명이 지엄하신들, 잠간 사정이야 없으리오.」

하며, 몸을 요동하니, 철망이 썩은 새끼 떨어지듯 하거늘, 칼을 들고 공중에 소소와(솟구쳐) 십여 장이나 넘은(넘는) 나무 끝을 번개같이 다니며 나무를 무수히 작벌作伐하니, 도사가 아무말도 못하고 구경만 할 뿐일러라.

문득 공중으로서 한 사람이 날아와 덕령의 손을 잡고 왈,

「내 아니 그렇다더냐. …환을 당하였으니, 바삐 가 천명을 순수順受하라. 뉘를 원망하며 뉘를 한하리오. 이제 운수 불길하여 이런 환을 당하였으니, 나는 다시 세상에 나오지 아니하리라. 내 그대를 위하여 입신양명立身揚名：입신하여 이름을 세상에 드날림.하쟀더니(하려 했더니) 성공치 못하고 비명에 죽게 되니, 내 마음이 도리어 슬프도다.」

하고 간 데 없거늘, 덕령이 도로 철망을 쓰고 전하께 뵈오매 상이

가라사대,

「너는 어찌 대환을 당하여 시절이 불안한데 국가를 받드는 것이 고금의 당연한 일이려니와 너는 무삼 뜻으로 국가를 돕지 아니하고 도적의 진에 들어가 술법만 배우고 종묘사직이 조석에 망케 되어도 종시 돕지 아니하는가?」

하시고, 무사를 명하여,

「내어 버히라.」

하시니, 무사 일시에 달아들어 칼춤 추며 덕령을 치니, 칼이 덕령에 맞지 아니하고 세 동강이 나는지라. 무사 등이 대경하여 그 연유를 탑전에 상달하니, 상이 대로하사,

「큰 매로 치라.」

하시니, 덕령이 주 왈,

「신이 죄는 없사오나 전하께옵서 신을 죽일 마음이 계시거든 〈만고 효자 충신 김덕령萬古孝子忠臣金德齡〉이라 판에 새겨 주시면 신이 죽사오되, 그렇지 아니하면 여한이 되겠나이다.」

하되 즉시 하령하자 현판에 새기시고,

「죽이라.」

하니, 덕령이 주 왈,

「신은 그저는 죽지 아니하오니, 왼쪽 다리 아래 비늘이 있사오니 비늘을 떼고 치오면 죽으리라.」

하니, 무사 일시에 달아들어 비늘을 떼고 한 번 치니, 그제야 죽거늘, 상이 덕령의 죽음을 보시고, 시체를 본가에 보내게 하시니라.

슬프다. 덕령의 모친이 덕령을 전장에 보내고 주야로 슬퍼하더니, 일일은(하루는) 덕령의 죽은 시체가 왔거늘, 내달아 덕령의 시체를 안고 뒹굴며 얼굴을 대고 슬피 통곡하여 왈,

「이것이 너의 죄가 아니라, 내가 보내지 아니한 죄로다. 다만 모자母子(어머니와 아들) 있어 의탁依託(의지)하고 세월을 보내더니, 이렇듯 죽었으니, 내 혼자 살아 뉘를 의탁하여 살리오.」

하며, 슬피 통곡하니, 애원한 울음소리 원근 산천에 사무쳐 자자藉藉하니 뉘 아니 슬퍼하리오. 선산지하先山之下에 안장安葬하니라.

8. 김응서金應瑞와 강홍엽姜弘葉

각설, 이때 대왕께옵서 제신을 모아 의논 왈,

「왜장이 다 죽었으되, 부자지국父子之國 항서降書를 아니 받으면 후환이 될 것이니, 군사를 조발무發:이른 아침에 길을 떠남. 조행무行. 하여 다시 왜국에 들어가 항서降書:항복의 뜻을 적은 글.를 받으면 어떠 하리오.」

하시되, 제신이 주 왈,

「하교 마땅하여이다.」

하니, 상이 즉시,

「김응서, 강홍엽을 보내라.」

하실 새, 서로 선봉을 다투거늘, 상이 가라사대,

「선봉 제비를 짚으라(뽑으라).」

하시니, 홍엽이 선봉에 치였는지라. 홍엽과 웅서 군사 이십만을 거느려 즉시 발행發行할 새, 상이 양장兩將의 손을 잡으시고 가라사대,

「경 등을 만리 타국에 보내고 일시라도(항시) 염려할 터이니, 경 등은 충성을 다하여 들어가 남을 수이 여기지 말고 공을 세워 돌아오라.」

하시니, 두 장수 수명 하직하고 나와 행군할 새, 호령이 추상 같고 군령이 엄숙하더라.

이때는 무술년 동시월冬十月이라. 삼남三南을 지내어 동래에 득달하여 행선行船할 새(때), 웅서 진 뒤로서(에서) 크게 외워 왈(외치기를),

「장군은 잠간 군사를 머무르고 내 말을 들으소서.」

하거늘, 놀래어 돌아보니, 어떠한 사람이 옷도 벗고 발도 벗고 한 사람이 군중에 들어 와 뵈옵거늘, 웅서 문 왈,

「그대 어떠한 사람이건대 진중에 들어와 무삼 말을 이르고자 하느뇨?」

하되, 그 사람이 가로되,

「나는 조선 땅에 있는 왜덩강이라 하는 귀신인데, 장군님이 군사를 급히 행군하시기로 왔나이다. 군사를 삼 일만 유하여 가면 반드시 공을 이룰 것이요, 급히 행군하면 대패하리라.」

하고, 문득 간 데 없거늘, 웅서 크게 괴이히 여겨 홍엽더러 왈,

「군중에 괴이한 일이 있으니, 삼 일만 유하고 감이 어떠하뇨?」

하되, 홍엽이 왈,

「군중에는 사정이 없다 하니 대병을 어찌 유하리오.」

북을 쳐 군사를 총독하니, 또 귀신이 와서 앙천仰天：하늘을 쳐다
봄.탄식歎(嘆)息：한탄하여 한숨을 쉼. 왈,

「장군을 위하여 이르되 종시 듣지 아니하니, 환을 면치 못하리
라.」

하거늘, 응서 쟁錚을 쳐 군사를 거두고저 하니, 홍엽이 대로 왈(크
게 꾸짖기를),

「장군은 병법을 아는가 모르는가? 병법에 하였으되, 허즉실虛
則實：보기에는 허하나 속은 충실함.이요, 실즉허實則虛：보기에는 충실하나 속
은 허함.라 하였으니, 나는 군중의 도원수都元帥：①(고려·조선 때) 전쟁
이 났을 때 군무軍務를 통괄하던 임시 무관직. ②한 지방의 병권兵權을 도맡은 장수.이
요, 그대는 나의 아장亞將：조선조 때, 병조참판·포도대장 등을 두루 이르던
말.이라. 어찌 내 말을 듣지 않느뇨?」

하되, 응서 탄식하여 왈,

「장군이 만일 갔다가 무삼 패가 있어도 소장을 원망치 말라.」

하고, 행군하여 여러 날 만에 일본에 득달하니, 동설령冬雪嶺에
다다른지라.

각설, 이때에 왜장이 대병을 조발하여 조선 나와 함몰함을 생
각하고 분기를 이기지 못하여 군병을 주야로 연습하더니, 일일은
(하루는) 천기를 보니, 조선 대병이 왜국을 해코자 하거늘, 제신을

모아 의논 왈,

　「내가 천기를 보니, 조선 대병이 우리나라를 침범코저 하니, 멀리 방비하라.」

하고, 영광도의 팔낙八樂을 명하여 군사 이만을 주며 왈,

　「그대 군사를 거느려 동설령에 매복하였다가 모월 모일 모시에 적병이 당하거든(이르거든) 일시에 달려들어 치고 만일 적병이 오지 않거든 회군하라.」

하니, 팔낙이 수명하고 군사를 거느려 동설령 좌우편에 매복하였더라.

　각설, 조선 대왕이 왜국에 들어갈 때 응서 홍엽더러 왈,

　「동설령은 험하여 군사가 행보行步치 못하겠다.」

하니, 홍엽이 의심치 아니하고 군사를 재촉하여 동설령을 향하더니, 불의에 복병伏兵이 내달아 치니, 만리 원로에 기운이 노곤하여 그 군사를 어찌 당하리오. 홍엽과 응서가 불의의 난을 당하여 미처 수습치 못하여 이십만 대병을 함몰하니, 주검이 태산 같고 유혈성천流血成川하니, 응서 하늘을 우러러 탄식하여 왈,

　「만리 타국에 들어와 이십만 대병을 함몰하고 본국으로 들어간들 무삼 면목으로 전하를 뵈오리오. 예서 군사와 한 가지로 죽느니만 같지 못하다.」

하고, 홍엽을 꾸짖어 왈,

　「이것이 뉘 탓이야, 장군의 탓이로다.」

하며, 하늘을 우러러 탄식 왈,

「명천은 살피소서.」

하더라.

각설, 이때 왜장 홍대성洪大成이 왜왕께 주 왈,

「조선 장수가 군사를 함몰하였으니, 이제 장수를 모아 검술로 조선 장수를 죽이사이다(죽여야 합니다).」

하니, 왜왕이 즉시 연광도 팔낙을 명하여 왈,

「임진년 원수를 갚고저 하니, 그대 등은 힘을 다하여 원수를 갚으라.」

하니, 팔낙과 홍대성이 수명하고 나오니, 두 장수 검술은 옛날 초패왕이라도 당치 못한다 하더라. 즉시 백사장에 나와 진을 치고 양장이 진 전에 나서며 외워 왈,

「적장은 오늘날 검술로 결단하자.」

하니, 응서 듣고 분기를 이기지 못하여… 적장이 검술로 결단하자 하니, 홍엽이 만류하여 왈,

「적장의 검술을 보니, 천인天人같다 하니, 장군이 당치 못할 듯하니, 어찌 승부를 다토(다투)고저 하리오.」

하되, 응서 더욱 분기를 이기지 못하여 홍엽을 꾸짖어 왈,

「저런 것이 장수라 하고 출반주하니, 어찌 우습지 아니하리오.」

십 척 장검을 들고 외워 왈,

「적장은 물러서지 말고 가까이 오라.」

하니, 적장이 의기양양하여 나오거늘, 응서 크게 꾸짖어 왈,

「너는 우리 군사 없음을 우수이(우습게) 여기느냐?」

하고, 칼춤을 추며 달려들어 재주없는 체하고 눈을 반만 감고 섰으니, 또한 적장 양인이 칼춤 추며 달려들어 응서의 몸을 자주 범하거늘, 응서 칼을 놓고 손을 넌지시 들어 춤추니, 적장 등이 승시乘時：(좋은) 때를 탐. 기회를 얻음. 승기乘機.하여 칼이 자주 범하거늘, 응서 기운을 도도어(돋워) 벽력 같은 소리를 지르며 우뢰같이 달려들어 적장의 칼을 뺏아 가지고 공중에 소소와(솟구쳐) 나는 듯이 양장을 치니, 양장의 머리 일시에 날려지니, 응서 눈을 부릅뜨고 왜장을 불러 왈,

「너희 놈이 우리 군사 없음을 경솔히 여겨 감히 희롱하느뇨? 방자함이 이렇듯 하니, 한칼로써 너를 없애고 너의 임군을 베어 우리 전하에게 바치리라.」

하되, 왜장이 듣고 대경하여 제신을 모아 의논 왈,

「조선 장수의 재조를 보니 묘책이 없으니, 어찌 하리오.」

하되, 제신이 주 왈,

「팔낙과 홍대성의 검술을 당할 자 없을까 하였더니, 이제 적장 응서의 재조를 보니 우리나라에는 없을 듯하니, 적장을 달래어 화친하느니만 같지 못하니이다.」

왜왕이 옳게 여겨 즉시 사신을 보내어 응서와 홍엽을 청하니, 이때 응서 적장을 버혀(베어) 들고 본진에 들어갔더니 어떤 사람이 와 일봉서一封書를 올리거늘, 받아보니 하였으되,

「그대가 짐의 나라에는 역적이요, 그대 나라에는 충신이라. 어

찌 남의 충신을 해하리오. 오늘날 연석에 한가지로 놀기를 바라
노라.」

하였거늘, 홍엽이 웅서를 돌아보며 왈,

　「이제 왜왕이 우리를 해코저 하니 어찌 하리오.」

하되, 웅서 왈,

　「장군은 무삼 뜻으로 아느뇨? 나는 어찌 하든지 종말을 보리
라.」

하고 사관使官을 따라가니, 왜왕이 반겨 나와 예필 후에 가로되,

　「과인의 나라가 이 지경이 되었으니 어찌 소소하리오. 조선과
화친코저 하여 임진년에 외람한 마음을 내었더니 하늘이 밝으사
칠십만 대병을 함몰하고 들어오지 아니하옵고 또 과인이 밝지 못
하여 하늘을 거역하와 동설령에 매복하여 장군을 쳤삽더니, 장군
은 천하의 영웅이요, 만고의 충신이라. 하오나 십만 대병을 함몰
하고 하면목何面目: '무슨 면목', 곧 '볼 낯이 없음'을 뜻함.으로 본국에 돌
아가 전하를 뵈오리오. 차라리 과인을 도와 만종록萬鐘祿:아주 두텁
고 후한 봉록俸祿.을 받음이 어떠하뇨.」

　　웅서와 홍엽이 대답치 못하니 왜왕이 가로되,

　「옛날 한신은 천하 영웅이로되, 초나라 배반하고 또 초나라를
멸하였으나 세상이 다 그르다 아니한다 하니, 장군은 깊이 생각
하소.」

　　웅서 홍엽이 서로 돌아보며 대답치 아니하니, 왜왕이 다시 말
이 없고 대접이 극진하더라. 왜왕이 제신을 모아 의논 왈,

「응서의 마음이 철석같으니, 어찌 감感케(돌릴 수) 하리오(있으리요).」

　제신이 주 왈,

「전하는 두 장수의 마음을 주어 안정하여 각별히 접대하시면 저도 생각하는 도리가 있으리다.」

하니, 왜왕이 옳이 여겨 대연大宴:크게 베푼 잔치. 큰 연회.을 배설排設: 의식儀式이나 연회 등에서, 필요한 여러 가지 제구祭具를 차려 놓음.하고 두 장수를 청하여 즐길 새, 왜왕이 잔을 들어 권하여 왈,

「장군이 만리 타국에 들어와 회심하는 마음이 있을까 하여 권하노라.」

하며,

「내 정숙히 할 말이 있으니 허락하라.」

　응서 대 왈,

「왕은 말을 하소서.」

　왜왕이 가로되,

「과인의 뉘가(누이가) 있으되 나이 십오 세요, 인물과 태도는 서시西施와 양귀비:둘 다 중국 고대의 절세 미인들.라도 믿지(미치지) 못하옵고 재조와 덕행은 천하에 제일 가기로 영웅을 구하더니, 이제 장군으로 배필을 정하고저 하니, 응서는 허락하라.」

하고,

「또 공주의 나이 십오 세라 홍엽으로 부마를 삼고저 하니, 사양 말고 허락하라.」

하니, 홍엽이 뜰 아래 내려서며 세 번 절하고 가로되,

「패한 장수를 위하여 달빛 같은 옥랑자를 허락하시니, 백 년 동락할 사람을 어찌 사양하리오.」

하거늘, 응서 심사心思가 불편하나 마지못하여 허락함을 보더라. 왜왕이 대희하여 즉시 좋은 날로 택일 행례할 새, 신부의 찬란한 모양과 신랑의 황홀한 모양을 어찌 다 측량하리오.

세월이 여류如流:흐르는 물과 같이 빨라하여 왜국에 들어온 지 벌써 삼 년이 되었는지라. 일일은(하루는) 밤중에 추월색은(가을 달빛이) 창밖에 은은히 비치어 사람의 정신을 놀래는 듯한지라. 적적한 방안에 홀로 생각하되,

「홍엽이 나와 만리 타국에 들어와 사생을 같이 하자고 금석같이 언약하고 조선 임군의 전교를 받자와 후일을 보자 하였더니, 이제 이 지경을 당하였으니 장군은 어찌하려 하시느뇨?」

하니, 홍엽이 변색하여 가로되,

「부귀영화를 보라.」

하고,

「왜왕이 우리를 극진히 대접하니, 차마 들어갈 마음이 없노라.」

하거늘, 응서 홍엽의 말을 듣고 분기를 이기지 못하여 대로 왈,

「고서에 하였으되, 충신은 불사이군不事二君:(신하가 절개를 지켜) 두 임금을 섬기지 아니함.이요, 열녀는 불경이부不更二夫:두 지아비를 번갈아 바꾸어 들이지 아니한다.라 하였으니, 나는 왜왕의 머리를 베어 가지고

고국에 들어가 전하께 드리고 남의 웃음을 면하리라.」

하니, 홍엽이 부끄러워 대답치 아니하고 종시 고국에 돌아갈 뜻이 없어 왜왕더러 응서의 하던 말을 낱낱이 하니, 왜왕이 듣고 대로하여 만조 백관을 모아 의논할 새, 응서를 잡아 들여 꾸짖어왈,

「그대를 위하여 작첩을 구비코 마음을 위로하였거늘, 무엇이 부족하여 나를 해코저 하느뇨? 나를 버리고 고국에 들어가 네 임군을 섬기는 것은 충성이려니와 무삼 뜻으로 나를 해코저 하느뇨? 너를 죽여 후환이 없이 하리라.」

하고 무사를 명하여,

「죽이라.」

한데, 응서 눈을 부릅뜨고 왜왕을 꾸짖어 왈,

「네가 천운을 모르고 강포만 믿고 외람한 뜻을 두었으니, 네 머리를 버혀 우리 전하의 분함을 덜까 하였더니, 하늘이 도웁지 아니하사 또 강홍엽의 간계에 빠져 여기서 죽게 되니, 슬프도다 슬프도다. 우리 임군을 배반하고 여기 온 지 이미 삼 년이 되도록 성공치 못하니, 지하에 들어간들 불충지죄不忠之罪를 어찌 면하리오.」

하고,

「홍엽을 버힌 후에 후사를 보리라.」

하고,

「만리 타국에 와서 죽으니 천지도 무심하다. 지하에 들어가서

우리 전하께 뵈옵고 설원雪寃 : 원통함을 풂.하리라.」

하고, 칼을 들어 홍엽을 치니 머리가 땅에 떨어지는지라. 웅서 하늘을 우러러 탄식하여 왈,

「명천은 살피소서. 조선 장수 김웅서는 대왕의 명을 받자와 만리 타국에 와서 성공치 못하고 이곳에서 죽사오니, 명천은 살피소서.」

하며, 무수히 통곡하다가 제 칼로 제 목을 버히니, 웅서 말이 제장수 죽음을 보고 달려들어 머리를 물고 비룡飛龍같이 천리 해고를 건너와서 평양을 바라보고 살같이 가는지라.

각설, 이때 웅서의 부인이 낭군을 만리 타국에 보낸 지 이미 삼년이 되도록 소식을 몰라 주야로 바라던 차에 문밖에 난데없는 말방울 소리 나거늘, 반겨 나가 보니 낭군의 말이 왔거늘, 고삐를 잡고 보니 낭군은 어데 가고 머리만 물고 왔느냐? 부인이 대경하여 왈,

「말은 비록 짐승이로되, 만리 타국에서 집을 찾아왔거니와 낭군은 오시지 않고 어찌하여 머리만 왔는고!」

하며, 슬피 통곡하니, 노소 없이 뉘 아니 슬퍼하며 금수禽獸도 슬퍼하며 산천초목도 다 슬퍼하는 듯하더라.

부인이 낭군을 생각하며 슬피 통곡하다가 기절하더니, 양구良久 : 조금 있다가, 잠시 후에 정신을 진정하여 낭군의 머리를 옥함玉函에 넣어 말 태우고 눈물을 흘리며 경성으로 올라갈 새 무지한 말이라도 눈물이 흐르고 몸에 땀이 나는지라. 말을 대궐大闕 앞에

매고 탑전에 들어가 복지 주 왈,

「소녀의 지아비 머리를 말이 물고 왔사오니, 어찌 슬프지 아니하리오.」

하고 통곡하거늘, 전하 대경하사 옥함을 열고 보시고 용안에 용루를 흘리시며 축문을 지어 제사할새, 축문에 하였으되,

〈유세차 維歲次 : 祭文 따위의 첫 머리에 쓰는 말로, (해는 干支를 좇아 정定한 차례대로 가고)란 뜻을 가졌음. 모월 모일에 조선 국왕은 감소고우敢昭告 于 : 감히 밝혀 알리건대란 뜻. 경의 충성은 하늘이 도우신 충신이라. 김응서가 만리 타국에 들어 간 지 삼 년이 되도록 소식이 돈절하매 (끊겨), 때로 오기를 바라더니, 과인의 덕이 적어 만리 타국에 가 원혼이 되어 왔으니, 지하에 들어간들 어찌 경卿의 충성을 갚지 아니하리오. 타국에서 죽은 원혼이라도 짐의 지성을 감동히 여기어…….〉

하시고, 제사를 파한 후에,

「장군의 머리를 채단으로 염습殮襲 : 죽은 이의 몸을 씻은 다음에 수의壽 衣를 입히고 염포殮布로 묶는 일.하여 옥함에 넣고 확실確實 : 틀림이 없음. 사실과 같음. 흠향歆饗 : 신명神明이 제물祭物을 받음. 신명神明이 제사의 예禮를 받음. 흠향歆享.하라. 이 연유로 각 도 각 읍에 행관하라.」

하시고, 부인에 직첩職牒 : 벼슬아치의 임명서 辭令書.을 주시니, 부인이 천은天恩을 축수하고 행장을 수운하고 고향에 돌아가, 예를 마친 후에 삼삭三朔 만에 선산에 안장하고 눈물로 세월을 보내더라.

각설, 이때 상이 타국에 가 죽은 장수를 위로하여 경상도 대동

미大同米 : 三稅의 하나. 땅에 따라 쌀 무명 따위를 上納케 하던 제도. 여기서는 大同
稅法에 따라 거두던 쌀을 말함. 만 석石을 허급許給하시고, 또 각 읍에 모
든 소를 잡히기를 신칙申飭 : 알아 듣도록 거듭 타일러 훈계함. 하더라. 이
때 전하 한 몽사를 얻으시니, 김응서 복지 주 왈,

「소신이 힘을 다하여 왜왕의 머리를 버혀 전하께 드리옵고 국
운을 만분의 일이나마 갚고저 하였더니, 홍엽이 소신의 말을 듣
지 아니하여서 중로에서 이십만 대병을 함몰하옵고 그 길로 왜국
에 들어가 왜왕의 머리를 버혀 가지고 돌아올까 하였삽더니, 강
홍엽이 부귀만 생각하고 의리를 생각지 아니하고 왜왕과 친근하
기로 홍엽을 죽이고 신은 자사하였사오니, 그 죄 만사무석이오나
신이 비록 황천에 돌아간들 원혼이… 되었사오나 어찌 전하를 돕
지 아니하리이까. 복원 전하는 만세무양萬歲無恙(=만세무강萬世無
彊)하옵소서. 소신은 어찌 원한을 다 풀리이까.」
하고 간 데 없거늘, 전하 깨달으시고 몽중에 승서(용서) 하는 말이
귀에 쟁쟁한지라. 제신을 모아 몽사를 설화하시고 응서 충절을
못내 칭찬하시더라.

9. 사명당泗溟堂(原文 ; 士明堂)

각설, 이때는 경자년庚子年 삼 월 일러라. 평안도 안빈낙사安貧
樂寺에 있는 서산대사라 하는 중이 있으되, 육도삼략六韜三略과

천문지리天文地理와 오행술법을 무불통달하기로 산중에 처하여 세상풍진世上風塵 :사는 동안 바람과 티끌이라, 평안하지 못하고 어지러운 세상. 을 모르더니, 일일은(하루는) 청천명월晴天明月 :맑게 갠 하늘에 밝은 달밤.이 밝았는데 자연 탄식 왈,

「왜인이 임진년 원수를 갚고저 하니, 이제 왜인이 조선을 침범하면 종묘사직이 위태하고 우리 불도도 위태하리라.」

하고,

「내가 산중에 있으나 조선 수토水土를 먹으니, 어찌 조선을 돕지 아니하리오.」

하고, 즉시 가사袈裟 :중이 입는 법의.를 착복하고 육환장六環杖을 짚고 경성에 올라가 차승상을 보고 전하께 뵈옵기를 청하니, 승상이 그 연유를 물은 후에 탑전에 들어가 아뢰되 즉시 명초하시니, 대사가 관내에 들어가 복지하되, 상이 문 왈,

「무삼 연고로 짐을 보고저 하느뇨?」

하시니, 대사 주 왈,

「소승은 평안도 안빈낙사에 있삽더니, 임진년에 대왕께옵서 왜란을 당하였으되, 진작 나와 도웁지 못한 죄는 만사무석이로소이다.」

하니, 상이 가라사대,

「노승은 국가를 생각하니, 가장 반갑도다. 그러나 무삼 일이 있느뇨?」

하시니, 대사 주 왈,

「소승이 천기를 보니, 왜놈이 임진년 원수를 생각하고 조선을 침노코저 하기로 올라와 이 사연을 상달코저 하여 불원천리 왔사옵고 이제 김응서, 강홍엽은 다 죽삽고 다른 장수 없사오니, 뉘라서 왜놈을 당하리이까. 이제 왜놈을 나오지 못하게 할 묘책이 있삽나이다.」

상이 놀라 가라사대,

「그러하면 어찌 하리오.」

하시되, 대사 주 왈,

「소승의 상좌上佐 사명당이라 하는 중이 있으되, 육도삼략을 통달하옵고 팔만대장경八萬大藏經과 둔갑장신지술遁甲藏身之術이 능통하오니, 그를 명초하사 왜국에 사신을 보내옵소서.」

하거늘, 상이 즉시 유성룡으로 하여금 명초하시니, 사명당이 봉명하고 경성에 득달하여 전하를 뵈오매, 상이 가라사대,

「대사의 말을 들으니 그대가 측량치 못하는 재조를 가졌다 하니, 한번 수고를 아끼지 말고 일본국에 들어가 항복받아 후환이 없게 하고 돌아오기를 바라노라.」

하시니, 사명당이 주 왈,

「소승이 비록 산중에 있으나 조선 수토를 먹사오니, 어찌 그만한 수고를 아끼리까.」

하되, 상이 대희하사 사명당으로 봉명사신奉命使臣을 정하시니 사명당이 전로全路에 노문路文 놓고 탑전에 하직 숙배肅拜하니, 비록 중이라도 사신의 위의를 갖추고 행장을 수습하여 십여 일

만에 경상도 동래에 득달하여 삼 일을 유하되, 동래부사 송경宋卿
이 나와 보지 않고 가로되,

　「조선 사람이 허다하거늘, 하필 중놈을 보내는고.」

하며 나와 보지 않거늘, 사명당이 분함을 이기지 못하여 무사를
명하여,

　「부사를 나입拿入 :죄인을 법정으로 잡아들임.하라.」

하니, 무사가 일시에 부사를 나입하니(잡아들여), 사명당이 꾸짖
어 왈,

　「명색이 비록 중이려니와 왕명을 받자와 사생을 생각치 않고
만리 타국에 들어가거늘, 너는 왕명을 생각치 아니하고 중이라
쉬이 여겨, 너는 근본만 생각하고 대령待令치 아니하니 국가의 만
고역적이라. 어찌 죄를 용서하리오.」

하고 무사를 명하여,

　「급히 처참하라.」

하고, 동래부사 죄를 장계하여 전하께 상달하고 행군하여 배를
타고 일본에 득달하여 패문 보내니라.

　왜왕이 개탁하니, 하였으되,

　「조선 사명당 생불生佛이 들어온다.」

하였거늘, 왜왕이 대경하여 제신을 모아 의논 왈,

　「조선 같은 편소지국에 어찌 생불이 있으리오만, 생불이라 하
였으니 어찌 하리오.」

　제신이 주 왈,

「좋은 묘책이 있으니 심려하지 마옵소서.」

하고,

「삼백육십 간 병풍을 만들어 일만 일천 귀 글을 지어 병풍에 써서 남대문 밖에 동편으로 두르고 사신을 청하여 천리마를 급히 몰아 사처에 오거든 글을 외우라 하여, 만일 외우지 못하거든 죽이사이다.」

하고, 즉시 실시하여 삼백육십 간 병풍에 일만 일천 귀 글을 써서 동편에 두르고 사신을 청하니, 말을 타고 급히 몰아 오니, 이때 조선 생불이란 말을 듣고 남녀노소 없이 구경하는 사람이 백 리에 늘어섰더라.

사처에 좌정한 후에 왜왕이 예필 후에 가로되,

「사신이 생불이라 하니, 들어오는 길에 병풍의 글을 보았느뇨?」

사신이 왈(사명당이 말하기를),

「보았노라.」

왜왕이 왈,

「글을 보았다 하니, 외우라.」

하니, 사신이 왈(사명당이 말하기를),

「어찌 그만한 글을 연송連誦 : 책 한 권을 처음부터 끝까지 내쳐 욈.치 못하리오.」

하고, 삼경三更에 시작하여 이튿날 오시午時까지 연송하니, 일만 구백구십 귀를 연송하거늘, 왜왕이 왈,

「어찌 다음 귀는 연송치 아니하느뇨?」

사명당이 왈,

「없는 글도 외라 하느뇨?」

왜왕이 괴히 여겨 사관으로 하여금,

「가서 보라.」

하니,

「과연 병풍 두 간이 닫혔다.」

하거늘, 왜왕이 그제야 고개를 숙이고 대답치 못하더라.

사명당이 별당으로 나오니, 왜왕이 밥을 지어 올리거늘, 사명당이 왈,

「일본 음식을 먹지 못한다.」

하거늘, 왜왕이 제신을 모아 의논 왈,

「조선 사신이 생불이 분명하니, 어찌 하리오.」

제신이 주 왈,

「일백 오십 자 구리방석을 만들어 물에 띄우고 앉으라 하면 제 아무리 부처라도 죽사오리다.」

하니, 왜왕이 옳이 여겨 구리방석을 만들어 물가에 나와 사신을 청하여 왈,

「그대가 생불이라 하니, 방석을 타라.」

하니, 사명당이 먼저 염주를 방석 위에 던지고 앉아 팔만대장경을 외우니, 그 방석이 잠기지 아니하고 바람 따라 왕래하여 동풍이 불면 서로 가고, 서풍이 불면 동으로 가며 완연히 떠다니며 일

엽주一葉舟를 임의로 타고 만경창파萬頃滄波 : 한없이 넓은 바다나 호수
의 푸른 물결. 대해大海 중에 다니며 사명당은,

　「호사로다, 호사로다.」

하거늘,

　왜왕이 보고 대경하여 제신께 의논 왈,

　「조선 사신을 어찌 하리오.」

하니, 한 신하 주 왈,

　「내일은 잔치를 배설하고 채단방석을 놓고 오르라 하여 채단
방석에 앉으면 필연 요물妖物이요, 백목白木을 취하면 부처러니
와 그렇지 아니하옵거든 죽이사이다.」

하고, 이튿날 채단방석을 놓고 사신을 청하여,

　「방석에 앉으라.」

하니, 사명당이 백팔염주百八念珠를 손에 들고 백목에 앉거늘, 왜
왕이 왈,

　「그대가 부처면 어찌 비단을 취치 아니하고 백목에 앉았느
뇨?」

　사명당이 왈,

　「부처가 백목을 취하느니(지) 어찌 비단을 취하리오. 백목은
목화나무에 핀 꽃이요, 비단은 버러지 집으로(에서) 나오는 것인
고로 취치 않노라.」

하니, 왜왕이 다시 말이 없이 잔치를 파하고 제신을 모아 의논
왈,

「조선 사신이 생불이 분명하니 어찌 하리오.」

하되, 제신이 주 왈,

「내일은 구리로 한 간 집을 짓고 생불을 청하여 구리집에 들어오거든 문을 잠그고 사면으로 숯을 피우면 제아무리 생불이라도 그 안에서 죽으리라.」

하니, 왜왕이 옳이 여겨 구리집을 짓고 사신을 청하여 방 안에 앉힌 후에 문을 잠그고 사면으로 숯을 쌓고 대풀무를 놓아 부니, 불꽃이 일어나며 겉으로 구리가 녹아 흐르니 아무리 술법 있는 생불인들 어찌 살기를 바라리오.

사명당이 그 간계를 알고 사면 벽상으로 서리 상霜자를 써 붙이고, 방석 밑에는 얼음 빙氷자를 써 놓고 팔만대장경을 외우니, 방안이 빙고氷庫 같은지라. 왜왕이 왈,

「조선 생불의 혼백이라도 남지 못하였으리라.」

하고, 사관을 명하여 문을 열고 보니, 생불이 앉았으되, 눈썹에는 서리가 찌(끼)고 수염에는 고두래미(고드름)가 달렸는지라.

사명당이 사관을 보고 꾸짖어 왈,

「왜국이 남방이라 덥다 하더니, 어찌 이러하게 차냐?」

하되, 사관이 혼이 나서 그 사연을 왕께 고하니, 왜왕이 대경하여 왈,

「분명한 생불을 죽이지 못하고 쓸데없는 재물만 허비하였노라.」

하고,

「달래어 화친하느니만 같지 못하다.」

하고, 한 꾀를 생각하고 무쇠말을 달궈 놓고 사신을 청하여 왈,

「그대가 부처라 하니, 저 쇠말〔鐵馬〕을 타고 다니라.」

하니, 사명당이 그 간계를 알고 밖에 나와 조선을 바라보며 팔만 대장경을 외우니, 사방으로 난데 없는 구름이 모여들어 뇌성이 진동하며 소나기가 끊이지 아니하고 오니, 성중에 물이 고여 여강여해如江如海하여 인민이 무수히 빠져 죽는지라.

사명당이 호령 왈,

「간사한 왜왕은 종시 깨닫지 못하고 여러 가지로 나를 죽이려 하거니와 내 어찌 간계에 빠지리오. 이제 왜국을 함몰하니, 만일 잔명을 보전하려거든 급히 항서降書를 올리면 비를 그치게 하려 니와, 그렇지 아니하면 너의 일본은 동해를 만들리라.」

하고, 삼룡三龍을 불러,

「비를 주며 왜왕을 놀라게 하라.」

하니, 삼룡이 일시에 귀비(구비)를 치며(굽이 치며) 소리를 지르며 천지가 무너지는 듯하거늘, 왜왕이 대경망극大驚罔極:몹시 놀라 임금 이나 어버이의 은혜가 워낙 커서 갚을 길이 없음.하여 어찌할 줄을 모르더라.

구중궁궐九重宮闕이 다 바다가 되어 물결이 태산같이 점점 뜰 에 들어오니, 왜왕이 할 일 없어 인끈을 목에 매고 용포龍袍를 벗 어 땅에 깔고 두 무릎을 공손히 꿇고 두 손을 마주 잡고,

「비나이다, 비나이다. 하늘을 우러러 조선 사신 사명당전에 비 나이다. 제발 적선積善 살려 주옵소서. 소왕의 나라 인민이 다 함

몰하게 되니, 살려 주소서. 부처님전에 비나이다. 소왕이 무도하와 부처님인 줄 모르고 무수히 희롱하였사오나 그 죄는 죽어도 마땅하거니와 제발 적선 살려 주옵소서.」

하며, 부자지국 항서를 올리거늘, 사명당이 받지 아니하고 왈,

「너의 잔명을 보전하려거든 연년에 인피 삼백 장씩 하여 바치되, 십오 세, 십륙 세 된 규녀閨女:양반집의 시집 안 간 여자. 가죽으로 바치고, 또 불알 삼 두씩 바치되 십오 세, 십륙 세 된 유아幼兒로 하라.」

하니, 왜왕이 왈,

「생불님 말대로 하면 삼 년 내에 일본은 망하오니 달리 처분하소서. 부처님께 명을 바칠지라도 인피와 불알을 바칠 수 없나이다.」

하니, 사명당이 왈,

「연년이 인피 삼백 장과 불알 삼 두씩을 바치는 항서와 부자지국 항서를 바삐 써 올리고 그렇지 아니하면 비를 더 주어 함몰을 하리라.」

하고, 삼룡을 호령하니 비가 우박 퍼붓듯 하는지라. 왜왕이 말하길,

「비 내려 망하나 인피로 망하나 피차 일반이라. 생불님 덕분으로 양국이 편안하게 하소서.」

하고 할 일 없이 급히 항서를 써 올리거늘, 사명당이 항서를 받은 후에 왜왕을 꾸짖어 왈,

「너는 무삼 욕심으로 청정과 소섭과 평수길을 내보내어, 우리

조선을 요란하게 한 죄목을 묻고저 하사 전하께옵서 나를 보내시니, 아무리 한들 우리 예의지국을 해하리오. 그 죄를 생각하고 씨 없이 다 죽이고저 하였더니, 인명이 지중至重하기로 십 분 용서하였거니와 인피를 대신하여 사람 삼백 명씩 관關에 수자리 살리되 일 년씩 번갈아 하라. 차후는 다시 외람한 마음을 두지 말고 잘 조선을 섬기라. 우리나라에 영웅 호걸이 구름 모이듯 하고 나라가 비록 편소지국이나 천하에 제일이요, 남경 천자라도 믿지 못할 것이요, 타국이 다 범람한 뜻을 내지 못하고 각보일우各保一隅 : 각 보포保布 한 구석(한 모퉁이). 하느니, 생불이 우리나라에 나 같은 생불이 연년 수천여 명이라, 이번에 나를 보내시며 그대 나라에 들어가 부자지국父子之國 항서를 받으라 하시기로 왔느니, 일후에는 다시 범람한 뜻을 두면 우리 일천 부처가 일시에 들어와 너의 일본은 동해를 만들 것이니, 차후는 반反치 말라.」

하되, 왜왕이 고두사죄叩頭謝罪 : 머리를 조아려 사죄함. 왈,

「소왕이 아무리 무지하온들 부처님 가르치시는 걸 어찌 거역하리이까. 지위知委하시는 대로 시행하리이다.」

하고, 즉시 잔치를 배설하고 즐기다가 이튿날 사명당이 회환回還할새, 일본 인민이 조선 생불이 환기고국還其故國 : 자기 나라로 돌아간다. 한단 말을 듣고 다투어 구경하더라.

왜왕이 백 리 외에 나와 전송하여 진보珍寶 : 아주 진귀한 보물.를 무수히 드리거늘, 사명당이 본대 탐욕이 없는지라, 진보를 물리치고 왈,

「불알 삼 두씩, 인피 삼백 장씩 바치되 연년이 삼백 장 내에 일개, 일 장이라도 덜 바치면 또 건너와 일본을 함몰할 것이니, 각별 조심하라.」

하고 길을 떠나 물가에 다다르니, 삼룡이 배를 대고 순식간에 건너 삼 일 만에 조선 지경에 득달하여 왜왕에 받은 항서를 봉하여 경성으로 보내고 인하여 길을 떠나니, 위풍과 이름이 일국에 진동하더라.

각설, 이때 대왕이 일본 항서를 보시고 대회하사 왈,

「사명당의 공로는 천추에 제일이로다.」

못내 칭찬하시며 들어오기를 고대하던 차에 사명당이 경성에 득달하여 탑전에 복지(엎드려) 사배하되, 왕이 손을 잡고 칭찬불사稱讚不辭(칭찬을 아끼지 않으시고 말씀하시기를)하사 왈,

「그대가 만리 타국에 들어가 빛난 이름을 세우고 무사히 들어오니 그 공로는 천고에 없도다.」

하시고, 사명당과 서산대사를 벼슬을 주실 새, 서산대사는 병조판서 호위대장을 삼으시고 사명당은 금부도사를 삼으시니, 두 대사 복지 주 왈,

「비록 조고마한 공로가 있사오나 중대한 벼슬을 주시니, 국은이 망극하여이다.」

하고, 벼슬에 있을 제 칠 삭 만에 두 대사 복지 주 왈,

「승 등의 벼슬을 갈아주시면(거두어 주시면) 산중에 들어가 불도를 숭상하여지이다.」

하거늘, 상이 창연愴然:몹시 슬픔.함을 마지못하여 가라사대,

「경의 소원이 그러할진대 임의로 하라.」

하시고 벼슬을 갈아주시니, 두 대사 숙배하고 물러 나오니, 만조 백관이 멀리 나와 전송하더라.

이때 왜왕이 인피 삼백 장과 불알 삼 두씩을 연년에 바치니, 이로 당치 못하여 동래 땅에 왜관을 짓고 구리쇠 삼백육십 근과 주석 쇠 삼만 육천 근과 통쇠 삼만 육천 근과 시우쇠 삼만 육천 근을 연년이 조공朝貢하여 부자지국 조공 연년이 하더라.

이때 대명大明 천자 조선이 일왕께 금자광록대부가자金紫光祿大夫〔加資:정3품 통정대부通政大夫 이상의 품계.〕를 보내서 덕택을 사해에 빛내게 하시더라.

임진록 壬辰錄

이 작품은 선조 때의 임진왜란을 소재로 한 역사소설의 성격을 띠고 있으나, 플롯*은 완전히 허구로 꾸며져 있다. 현실적으로 패배한 우리나라가 승리하고, 실지로 승리를 거둔 왜국倭國이 패배한 것으로 표현해 놓았다.

아군이 도처에서 왜군을 격파하고 있으며, 우리나라 군사가 왜국에까지 원정을 간다. 또 사명당泗溟堂을 죽이려는 왜왕倭王의 간교한 술책을 도술로써 분쇄하고는 부자지국父子之國의 항서를 받으며, 인피 3백장 등의 공물을 바치게 하고 환국한다.

이와 같은 『임진록壬辰錄』은 모든 사건이 허구일 뿐 아니라, 등장하는 인물도 반 이상이 가공적인 인물이며, 역사적 인물에 대한 표현도 허구이다.

---

* 플롯plot : 소설 · 희곡 · 설화 따위의 이야기를 형성하는 줄거리, 또는 줄거리에 나오는 여러가지 사건을 엮어 짜는 일과 그 수법. 구성構成. 결구結構.

이렇게 역사적 사실을 무시하고 플롯을 완전히 허구로 꾸민 것은, 왜족倭族에 대한 우리 민족의 복수심을 정신적으로 표현해 보고자 했기 때문이다.

그리고 명나라의 구원장 이여송李如松의 행패를 응징하는 것도 흥미있는 구성이다. 우리나라를 구원해 주었다고 할 수 있는 이여송을 질책하는 것은, 구원군으로 와서 심한 행패를 부린 명나라 군사에 대한 우리 민족의 증오심을 대변한 것이라 하겠다.

누구나 이 작품을 읽으면, 임진란壬辰亂의 국치國恥를 십분 씻고도 남을 정도로 전편을 통쾌하게 이끌어 나가고 있으므로, 왜족에 대한 우리 민족의 복수심을 그려 놓은 복수문학으로서의 기능을 잘 발휘하고 있다 하겠다.

동국대교수 김기동

신완역 개정판

징비록懲毖錄
● 附 임진록壬辰錄

개정改訂 초판 1쇄 발행 2015년 3월 5일
개정改訂 초판 2쇄 발행 2020년 12월 15일

역   주 | 김종권
디자인 | 이명숙·양철민
발행자 | 김동구
발행처 | 명문당(1923. 10. 1 창립)
주   소 | 서울시 종로구 윤보선길 61(안국동)
          우체국 010579-01-000682
전   화 | 02)733-3039, 734-4798, 733-4748(영)
팩   스 | 02)734-9209
Homepage | www.myungmundang.net
E-mail | mmdbook1@hanmail.net
등   록 | 1977. 11. 19. 제1~148호

ISBN 979-11-85704-24-1 (03810)
18,000원